irresistiblemente tú

Erótica

Ana Forner

Tan irresistiblemente tú

Serie Tan tú, tan nosotros, 1

Esencia/Planeta

Avinguda Diagonal, 662, 6.ª planta. 08034 Barcelona (España)
www.esenciaeditorial.com
www.planetadelibros.com

Adaptación de la cubierta: Booket / Área Editorial Grupo Planeta a partir de la idea original de Tiaré Pearl
Imagen de la cubierta: Shutterstock
Primera edición en Colección Booket: octubre de 2021

Depósito legal: B. 13.242-2021
ISBN: 978-84-08-24781-4
Composición: Realización Planeta
Impresión y encuadernación: Liberdúplex, S. L.
Printed in Spain - Impreso en España

Biografía

Ana Forner nació el 31 de diciembre de 1979 en Valencia. Casada y madre de dos hijos, compagina su trabajo como contable con su afición por la escritura, una afición que llegó inesperadamente con su primera obra, *Elijo elegir*, publicada en 2015 y ganadora del premio Mejor novela erótica en el evento Murcia Romántica de 2017. En sus horas libres le gusta leer, disfrutar de su familia y rodearse de buenos amigos.

Instagram: @ana.anaforner
Facebook: www.facebook.com/profile.php?id=100009698947240&fref=nf

Esta novela te la dedico a ti, querid@ lector/a.
Disfrútala mucho. Ríe alto. Siéntela. Y no corras,
porque lo bueno de no haberla leído es que
puedes hacerlo. Sé bienvenid@.

Capítulo 1

La Rioja, octubre de 2019

Dicen que los recuerdos no son nada, solo vivencias del pasado, pero, para mí, son esos momentos que, minuto a minuto, van llenando la vasija de eso que llaman vida. La mía, mi vasija, está repleta de buenos momentos y todos ellos o, al menos, la gran mayoría están relacionados con mi carrera profesional.

Permíteme que me presente primero. Me llamo María Eugenia de la Rúa y soy la diseñadora de Dior; supongo que eso sería lo primero que verías si te asomaras a mi vasija —los desfiles, la moda, los viajes, las entrevistas, el lujo en el que me muevo y la gente *chic* con la que me relaciono a diario—, pero no siempre fue así y, si husmearas un poco más y te adentraras en ella, verías el esfuerzo y la tenacidad con la que he luchado año tras año hasta llegar a conseguirlo, pues empecé trabajando como dependienta de una tienda de *prêt-à-porter*, mientras estudiaba, y llegué a convertirme en la diseñadora de cabecera de la multinacional D'Elkann; justo ahí fue cuando mi vasija empezó a llenarse por algo más que trabajo, algo que flotaba por encima de todo, como hace el aceite con el agua, y que se negaba a diluirse o a desaparecer, como sigue haciendo ahora, a pesar del tiempo que ha transcurrido. Ese aceite que emerge sobre todo se llama Ciro Zabat, y hoy voy a reencontrarme con él.

«No te preocupes, no tienes que hablar con él, ni siquiera tenéis por qué coincidir; esta finca es grande y habrá muchos invitados», me digo, percibiendo el ligero temblor de mis manos, que viene acompañado de los latidos acelerados de mi corazón.

Inspiro profundamente, intentando recuperar la calma, esa calma que está ahí, escondida en alguna parte, a la espera de que la encuentre y me vista con ella. «Vamos, eres la diseñadora de Dior y estás acostumbrada a situaciones límite; esto no es nada, tranquilízate», me ordeno mientras deslizo la mirada por el espejo de cuerpo entero que tengo frente a mí... y puede que sea porque solo soy capaz de ver sus ojos, que atesoran las muchas tonalidades del mar, del azul del fuego y del infinito del cosmos, pero, pese a mis esfuerzos, no consigo verme del todo, como si su imagen fuera capaz de provocar interferencias hasta desdibujar lo que tengo delante. Interferencias, esas que no han desaparecido y que me llevan, en contra de mi voluntad, a él; al roce de sus labios sobre mi piel, a esa mezcla irresistible de ternura y sexo que proyectaba o a ese magnetismo al que no pude resistirme, a pesar de mis muchas reticencias.

«No tenía que haber venido», me riño, reacondicionando mis pensamientos para, casi al segundo, evadirme de nuevo, dejando de ver mi vestido de alta costura, diseño propio, por supuesto, para, simplemente, ver ese aceite que continúa flotando por encima de todo a pesar de mis intentos por hacerlo desaparecer. Un aceite de un tono dorado intenso, como el color de su pelo, y que tiene, como si de un aura se tratara, el azul de sus ojos; ese azul que podía variar y pasar del tono oscuro de la noche hasta al turquesa más fascinante... «ese azul y ese dorado que, de manera inconsciente, han terminado siendo los colores estrella de mi última colección, aunque eso él no lo sabe ni tiene por qué saberlo tampoco», pienso, deslizando la mirada del espejo hasta llegar a la ventana, desde donde se divisa el paisaje que fue testigo de nuestro primer encuentro y de nuestros primeros momentos y donde mi vasija empezó a llenarse de él y de todo lo que me hacía sentir: lo que emergía por encima de todo; mi aceite; mi mar; mi fuego; mi infinito... mi posibilidad, y, como si algo así fuera posible, entro en la espiral de los recuerdos, que me engullen, como si fueran un agujero negro y yo una simple partícula que navegara en el universo. «Cuántas veces en el pasado me he referido a él como a mi agujero negro», discurro con tristeza, retrocediendo en los años hasta llegar a ese fin de semana...

«Al niño no le pongáis vino, que todavía no tiene la edad apropiada para beber», le dije cuando fuimos a esa casita, en medio del campo, para hacer una cata.

Recuerdo cómo mi cuerpo se tensó cuando percibí sus pasos acercarse a mí, lentos, cadenciosos y hasta podría asegurar que arrogantes, junto con su sonrisa, que llenaba su mirada del brillo resplandeciente del sol y que aclaraba el tono azul de sus iris, de por sí ya de un color imposible, porque nunca, jamás, había visto una mirada tan azul como la suya... y qué curioso que pueda evocarlo tan bien cuando ha pasado tanto tiempo. Puede que sea porque las emociones y los recuerdos nunca se borran del todo; siempre están ahí, listos para que puedas rescatarlos y volver a revivirlos, aunque, a veces, sería mucho mejor poder olvidarlos.

«Ricura, no puedo estar prestándote atención todo el rato; contrólate, ¿quieres?», replicó con voz rasposa, pegando su cuerpo a mi espalda, apoyando su barbilla en mi hombro y rozando el lóbulo de mi oreja con sus labios.

«Y mi piel se erizó y mi vientre se contrajo hasta casi dolerme, y, a pesar de mi gesto de fastidio, deseé más. Ricura, pelirroja... nunca me llamaba por mi nombre, y pasó de ser un niñato insolente a medio hacer a convertirse en mi chico de anuncio y, más tarde, en mi... ¡Basta!», me ordeno, cortando el hilo de mis pensamientos, soltando todo el aire de golpe.

«Maldito sea Instagram y maldita sea yo, que no me pierdo ninguna de sus publicaciones o de sus *stories* —me lamento, rememorando cómo mi cuerpo vibraba con él y percibiendo el latido del dolor instalarse en mi garganta—. Hice lo que tenía que hacer —me reafirmo, sintiendo cómo mis ojos se llenan de lágrimas al ser consciente de lo mucho que viví a su lado, despertando de esta especie de ensoñación en la que me había sumido y que ha liberado mi llanto. Si ahora estamos en este punto es porque es lo que la vida nos tenía reservado.

«Ahora... Aprendí a vivir *mi ahora* a su lado y, maldita sea... ya es suficiente», me reclamo, frenando mis recuerdos con una voluntad de hierro, como hago cada vez que se desbordan en mi pecho o en mi mente, que es bastante a menudo últimamente, y, sí, es cierto, puede que yo hiciera lo que tenía que hacer, lo mejor para mí en ese momento, pero también es cierto que perdí más que gané.

«Se acabó, ya está bien», me exijo de nuevo, llenando mis pulmones de aire, sin poder alejar mi mirada de la ventana, viendo, a través de ella, y esta vez de verdad, la cordillera Cantábrica, que parece dominarlo todo junto a los viñedos, que, a sus pies, se encuentran cobijados por ella.

«Yo cuido de ti y tú cuidas de mí. Tan fácil como eso. Sí o no, ¿qué dices?», rememoro con dolor, imaginándolo otra vez frente a mí. Malditos recuerdos que se niegan a desaparecer; malditos recuerdos que me atrapan una y otra vez; malditos recuerdos que me llevan continuamente a ese pasado que no logro olvidar. «Siempre me sentí protegida y cuidada a su lado», reconozco, dejando de frenarlos para consentir que me envuelvan con el invisible abrazo de la añoranza, para permitir que su mirada azul turquesa se filtre a través de ellos y para volver a sentir sus brazos rodeando mi cuerpo. Y hoy voy a verlo de nuevo porque, por mucho que me diga que esta finca es grande, no es lo suficientemente inmensa como para evitar nuestro encuentro.

«Aquí empezó todo y aquí estamos otra vez», concluyo, inspirando con fuerza cuando mi corazón comienza a acelerarse ante la posibilidad de verlo y, por enésima vez, me dejo arrastrar por esa espiral de momentos compartidos que hoy no deja de emerger a la superficie y que me lleva irremediablemente a ese fin de semana...

—Estás hecho un desastre —oigo mi voz a través de ellos.

—Cierto, ¿quieres ayudarme tú a solucionarlo? Si me desvistes y juegas un poquito conmigo, luego dejaré que me vistas y hasta que elijas mi ropa —replicó, y qué reales pueden ser nuestros recuerdos, porque ahora estoy allí, disfrutando de su voz, tentadora, caliente y resbaladiza.

—¿Acaso tienes seis años? —La mía, tan a la defensiva como lo estaba mi cuerpo.

—Te aseguro que los críos de seis años no juegan a mis juegos, pero tú sí que podrías jugar, ¿qué me dices?

—Que eres un crío, eso es lo que digo —le respondí, alzando el mentón mientras todos a nuestro alrededor guardaban silencio, expectantes—, y, para que te enteres, a mí me van los hombres de verdad, no los niñatos insolentes a medio hacer. —Esa fue la primera vez que lo llamé de ese modo y, sin darme cuenta, esbozo una sonrisa.

—Ricura, te aseguro que con este niñato insolente a medio hacer te lo pasarías en grande. Vamos, ¿juegas o no?

«Por supuesto que me lo pasé en grande, pero no solo eso, fue mucho más... como esa canción, como lo que tuvimos y como lo que sentimos —reconozco con tristeza—. Y dejamos que desapareciera como esa frase que él escribió con conchas sobre la arena y que el agua fue lamiendo y desdibujando», pienso, secando esa lágrima que con una rapidez asombrosa ha escapado de mis ojos.

«Ya está bien. Ya has recordado demasiado. Ya has llorado suficiente y ya lo has añorado en exceso —me reprendo con firmeza, recomponiendo mi rostro—. Eso pasó, fue una etapa de tu vida en la que fuiste inmensamente feliz, pero pasó, y ahora eres otra, como posiblemente él será otro, y todo esto no tiene cabida en la actualidad», me sigo riñendo, dirigiendo la mirada de nuevo hacia el espejo y a mi reflejo.

«Qué maravilla de vestido y qué orgullosa me siento de todo lo que he ido consiguiendo», asumo mientras observo la prenda, que, como toda la colección, es una oda a la feminidad y que rinde homenaje a los elementos de la naturaleza, evocando el poder de las mujeres. «Diosas y semidiosas creadoras de vida; ese es el hilo conductor de la colección, en la que las plumas y los bordados inspirados en la mitología griega se llevan todo el protagonismo», pienso, deslizando los dedos por uno de los pequeños ocelos bordados sobre el tul marfil del vestido y que abarcan las tonalidades de sus ojos, azul oscuro por el borde y en el centro y el turquesa más fascinante entre ambos.

Y así fue cómo lo diseñé; primero, el color de sus ojos; luego, la pluma con el color de su pelo. Un ocelo junto a otro, hasta llenar el tul de él y de su mirada... «Una mirada que, como el aceite, se resiste a diluirse o a desaparecer», medito, recordando ese libro que leí entre sus brazos. *Rebeca*. «Él ha sido el protagonista indiscutible de mi vida, como Rebeca lo es en esa novela, porque, a pesar del mensaje de esa camiseta que yo diseñé hace ya tanto, o de mis palabras o mis intenciones, ha estado presente en cada momento de estos últimos años sin necesidad de hacer acto de presencia —admito, ensombreciendo el gesto—. Qué feliz fui y qué fácil resultaba todo a su lado, tan fácil como subir los pies descalzos al sofá de casa, tan natural como respirar, tan sencillo como vivir», divago con dolor.

—Estás alargando el momento y lo sabes —me riño en voz alta, sin dejar de acariciar el ocelo, deteniendo la mirada en el delicado bordado dorado que simula la pluma y maldiciéndome por dentro porque yo no soy así; yo enfrento las situaciones encarándolas, no me encierro en una habitación, por muy bonita que sea, por miedo a lo que sienta cuando me sumerja de nuevo en el azul de sus ojos—. Suficiente —añado, inspirando con fuerza y saliendo de mi cuarto tras coger mi *clutch*, donde he guardado esa pequeña concha que siempre llevo conmigo... a pesar de que debería quitarla, incluso tirarla, solo que, por alguna razón que no entiendo, no lo hago y continúa conmigo desde ese día en el que él la puso en mi mano.

—¿Puedo pasar? —pregunto con voz firme, dando unos suaves toques en la puerta de la habitación de mi amiga, haciendo a un lado mis recuerdos.

Valentina Domínguez. La reina del hielo. Mi musa. Mi amiga y una de las mejores modelos de todos los tiempos... y va a dejarlo todo por amor. «Menuda estupidez», sentencio para mí, siendo la María Eugenia que me gusta ser y no la María Eugenia de la habitación que sigue llorando por esa posibilidad que dejó atrás.

—¡Claro que sí! ¡Adelante! —oigo que me indican desde el otro lado, y entreabro la puerta para encontrarme con ella y con Alana, su hermana.

—Pensaba que ya estarías vestida —comento, esbozando una sonrisa, para luego cerrar la puerta y contemplar el vestido que, todavía en la percha, se halla colgado de un saliente del armario.

—Nos hemos puesto a recordar viejos tiempos y aquí seguimos —me dice, feliz, mientras deslizo la mirada por la estancia.

Seguro que él fotografiaría esto... a Valentina ya peinada y maquillada, ataviada con una bata de seda blanca; a su hermana, ya lista, esperando para ayudarla a vestirse; el tocador de madera oscura, donde descansa una foto de mi amiga, siendo niña, en brazos de su madre fallecida; las copas de *champagne* sobre una bandeja de plata y las flores frescas, de múltiples colores, colocadas en un jarrón de cristal en un extremo del mueble; la cama de hierro forjado; las guirnaldas que decoran el cabecero; la colcha verde y los cojines blancos, a juego con las cortinas. Sí, sin lugar a duda, él fotografiaría esto.

—¿Me ayudas a ponérselo? —me pregunta Alana, yendo hacia el vestido, y la sigo para admirarlo mejor.

—Es precioso y perfecto para ella y el entorno —la halago, pues ha sido ella la diseñadora—. Enhorabuena —la felicito con afecto, pues sigo sus pasos de cerca, desde que la conocí ese fin de semana, cuando Valentina nos ofreció esta finca para hacer reportajes, y me gusta mucho el rumbo que está tomando su carrera.

—Gracias —me contesta con orgullo, descolgándolo—. Venga, vamos al lío —le propone a su hermana, y siento la felicidad llenarme por dentro, pues he vestido a Valentina para multitud de eventos y, hoy, voy a ayudarla a hacerlo para su evento más importante: su boda con Víctor, ese hombre al que nunca pudo olvidar y que formó parte de su vida, siendo recuerdo, durante los años que fue modelo.

Como él ha formado parte de la mía, pues me ha acompañado sin saberlo durante todos estos años... A todos aquellos que aseguran que los recuerdos no son nada, yo les diría que lo son todo. Son presencia, porque, a través de ellos, puedes sentir a tu lado, en cierto modo, a la persona añorada. Son calma cuando te llevan a revivir momentos bonitos. También pueden ser virulentos y excitantes, incluso tempestuosos o dolorosos, pero siempre son algo, porque tienen la capacidad de agitarte y de llevarte de vuelta a ese pasado no olvidado, para sentirlo y revivirlo de nuevo, aunque sea ya en forma de recuerdos.

—Sigo sin creer que vayas a casarte —comento, obligándome a hablar al percatarme del silencio en el que me había sumido—; o estás loca o muy enamorada para dejarlo todo estando en la cumbre —insisto con cariño.

—Puede que ambas cosas y, en realidad, no voy a casarme, van a anillarme —matiza, y me obligo a fingir fastidio poniendo los ojos en blanco.

«Fingir, algo que voy a hacer mucho durante el día de hoy», reconozco con tristeza.

—Ya te he pedido antes que ni me lo menciones —le recuerdo, pues, cuando he llegado a la finca, ya ha utilizado esa expresión—. Por si no te ha quedado claro, yo solo permito que me anille Dior y, ¡por Dios!, esa expresión es tan horrorosa... ¡ni que fuera un caballo o una vaca que hubiera que marcar! —exclamo con vehemencia, y qué bien se me da esto de fingir.

—Me parece que hoy más de uno va a tener que saldar deudas —insiste, sonriendo, consiguiendo que esa espiral de recuerdos me engulla de nuevo, como no ha dejado de hacer desde que recibí la invitación a la boda.

—Estoy practicando, ricura. Ya sabes ese dicho... si ves a un hombre cargado, no le preguntes si está casado —me dijo, burlón, precisamente cargando mis maletas.

—¡Oh, my Diorrrrr! ¡No pienso casarme contigo, nunca! ¡Solo me faltaría eso! —le contesté, completamente horrorizada.

«¡Oh, my Dior!, qué pocas veces utilizo esa expresión ahora, cuando antes siempre la tenía en los labios, y ni siquiera sé en qué momento empecé a sustituirla por otras —pienso, solapando mis recuerdos con mis pensamientos—. Puede que lo hiciera cuando me convertí en la diseñadora de esa firma y mis modales se volvieron, si cabe, más refinados, quién sabe... he cambiado tanto», reconozco, permitiendo que esa espiral me engulla hasta alejarme de esta habitación.

—¿Qué nos apostamos? —oigo de nuevo su voz. Tan seguro de sí mismo. Tan vacilón. Tan irresistible.

—¿Lo dices en serio? —le formuló Dante, uno de los fotógrafos que nos acompañó ese fin de semana.

—Joder, y tanto. —Y, a pesar de los años que han pasado, todavía tengo vívidos detalles que debería haber olvidado, como el brillo de su mirada, divertido y decidido a la vez; su sonrisa, llena de peligro, pero no de un peligro del que quieres huir, sino de uno que deseas vivir, y, sobre todo, recuerdo mi frustración porque, a pesar de mis palabras y de mis gestos, no podía evitar mirarlo o, incluso, meterme con él, y no para fastidiarlo precisamente.

—Vais a perder como apostéis a favor de esa estupidez —les aseguré, y eso es de las pocas cosas que ahora comparto con la María Eugenia de entonces.

—Quinientos pavos a que te casas con ella —soltó Dante, sorprendiéndome, porque, sinceramente, lo hacía más inteligente.

—¡Quinientos a que no! ¡¡¡No pienso casarme con él!!!

—En unos años la tengo anillada —les aseguró, rotundo.

Ese día fue la primera vez que oí esa expresión. Y no solo apostó Dante, sino que también lo hizo Pilar, la responsable de publicidad y marketing de D'Elkann, «y ambos han perdido, porque está claro que no lo ha conseguido», me digo, percibiendo las punzadas del dolor instalarse en mi garganta cuando los recuerdos llegan de nuevo junto con el sonido de esas olas que esa tarde nos acompañaron.

—Eso está olvidado ya —le garantizo a mi amiga, saliendo de esta espiral para regresar al presente de esta habitación—. No tengo intención de saldar deudas con nadie, y mucho menos de retomar un tema que no me interesa en absoluto —prosigo, regresando, en contra de mi voluntad, a esa playa con forma de concha y viéndonos a nosotros en ella...

—Cierra los ojos.

—¿Para qué? —le pregunté con desconfianza.

—Tú ciérralos, pelirroja; solo dos minutos, venga.

«Malditos recuerdos que hoy no dejan de aflorar. Maldito aceite que se niega a diluirse o a desaparecer», farfullo mentalmente con dolor, dirigiéndome al mueble para coger una copa de *champagne* de la bandeja de plata. «Un *champagne* que esa noche bebimos de nuestro cuerpo... —rememoro, sintiendo las gotitas de agua de la copa fundirse en la yema de mis dedos—, donde yo sentía su respiración —sigo castigándome, antes de poder frenarlo—. Esto va a ser más complicado de lo que pensaba», reconozco mientras oigo de fondo la voz de Casilda, el ama de llaves y algo así como una madre para mi amiga, que acaba de llegar.

—Pero ¿todavía no te has vestido? ¡Será posible! ¡Venga, que se hace tarde! ¡Si es que siempre igual! —refunfuña, y sonrío—, siempre bregando con unos y con otros. ¿La vistes tú o lo hago yo? —le pregunta a Alana con decisión, y me apoyo en el tocador, haciéndome a un lado, ya que, en realidad, quien debe vestirla es ella y no yo, pues en cierto modo ocupó el puesto de su madre cuando la suya murió—. ¡Venga, trae! —le pide con ímpetu a Alana.

—De eso, nada, que este vestido es muy delicado, ¡quita! —le replica ella mientras me acerco a Valentina para hacerme con la bata que se ha quitado—. Ayúdame tú, María Eugenia.

—A ver si te crees que no sabría hacerlo —le rebate, poniendo los brazos en jarras.

—Por supuesto que sabrías, Casilda Martínez de la Nuez, aunque no sepas beber nuestro vino —interviene mi amiga, feliz, arrugándole la nariz, mientras Alana y yo empezamos a ponerle la prenda.

—Ya estamos otra vez con el vinito de las narices —le dice, y sonrío abiertamente.

—¿Sigues mezclándolo con gaseosa? —indago, pues, cada vez que he comido aquí, ese tema ha salido a colación.

—Sí, sigue cometiendo sacrilegio una y otra vez —afirma Alana, sonriendo.

—Si es que no hay forma de que aprenda —remarca Valentina, mirándola con cariño.

—¿Qué queréis? Ya os he dicho miles de veces que ese vino que hacéis está fuerte. No puedo con él y ¡chitón! —les ordena con brío, deteniendo la mirada en la novia, ahora que lleva ya el vestido puesto—. ¡Ay! Qué guapa estás, hija. ¿Recuerdas aquella vez que te dije que *cada cassoleta té la seua tapadoreta*? —le pregunta, haciendo a un lado todo su carácter para empezar a emocionarse.

—Claro que lo recuerdo —musita Valentina, atesorando las lágrimas en sus ojos y reteniéndolas para evitar que fluyan.

—Y hoy vas a casarte con él —susurra, acunando las manos de mi amiga con las suyas—. Enhorabuena, hija.

—Gracias, Casi. Gracias por estar en mi vida y por cada consejo que me has dado; aunque mezcles nuestro vino con gaseosa, te quiero un montón —le confiesa Valentina, con la emoción cercando sus palabras, fundiéndose en un abrazo con esta mujer que tan importante ha sido y es para ella.

—¡Hala! ¡Ya me has hecho llorar! Con el rato que ha echado tu amiga poniéndome guapa para que ahora termine llorando a mares —le dice, sacando un pañuelo de su bolso para secarse las lágrimas, mientras llaman a la puerta.

—¿Se puede? —oigo una voz femenina al otro lado. «Ada, creo que se llamaba», rememoro a toda prisa.

—¡Adelante! —la invita a entrar Alana mientras termina de abrocharle los botones del vestido a Valentina.

—Estás preciosa —la halaga cuando accede a la habitación, acercándose a ella, y, sí, la verdad es que está increíble.

Mientras ellas hablan, me evado de nuevo, como llevo haciendo desde que he llegado a esta finca.

—Piérdete, ¿quieres? —le exigí, dándole la espalda para alejarme de él, solo que quedó en eso, en un mero intento, cuando él me aferró por la cintura.

—Contigo me perdería hasta en el infierno —me aseguró con voz ronca, rozando mi oreja con sus labios y pegando su pecho a mi espalda—. Unos años, ricura; solo unos años, recuérdalo.

—Que me sueltes, niñato —le pedí entre dientes, posando mis manos sobre las suyas para librarme de su abrazo.

Sin molestarse en contestarme, y con un movimiento fluido, me dio la vuelta hasta dejar mis pechos adheridos a su torso, permitiéndome ver el mar en su mirada... un mar lleno de corrientes y de peligro. Creí que iba a besarme; quería que lo hiciera, pero, en lugar de eso, me soltó.

—Nos vemos, ricura.

—¡Vamos a hacernos un *selfie*! ¡Venga! —propone Alana, y regreso otra vez a este presente que no estoy disfrutando tanto como debería mientras ella saca su móvil y todas nos colocamos alrededor de Valentina.

—¡Por la novia!

—¡Por la novia! —secundamos todas.

—No puedo creerlo. —Él, y mi corazón empezando a latir furioso dentro de mí, creando su tam-tam particular—. Ricura, que os hagáis un *selfie* con tantos fotógrafos invitados a tu boda debería ser pecado —le dice en inglés, apoyándose en el marco de la puerta con total despreocupación. Tan arrogante como siempre. Tan despreocupado como era. Tan sexy. Tan irresistiblemente él.

Tiene la mirada fija en Valentina; la ceja, enarcada; la media sonrisa, lista para ensancharse; el pelo rubio, más revuelto de lo habitual; la barba, recortada... «Esa barba que un día, desnuda y entre risas, le afeité —rememoro mientras mi mirada baja de su rostro a su cuerpo. Ni siquiera se ha molestado en ponerse un traje y simplemente lleva una camisa negra con unos pantalones de pinzas a tono, y está imponente—. Mucho más que entonces y mucho más de lo que se aprecia a través de Instagram», reconozco, deseando que me mire y atraer su atención. Y yo era la que quería evitarlo cuando solo deseo que nuestras miradas se encuentren de nuevo.

—¡Pues también tienes razón! —oigo que le responde mi amiga, rebosando felicidad por todos los poros de su piel, y, cuando oculta su mirada tras su cámara, siento cómo esa vibración que llegaba cuando estábamos juntos regresa de nuevo para envolvernos, solo que no lo hace sola y viene acompañada por los recuerdos, por la añoranza y también por la decepción. Pero eso, entre nosotros, no resulta ninguna novedad.

—Fingid que no estoy —nos indica, como si algo así fuera posible, sacándonos la primera fotografía, y siento cómo algo dentro de mí se sacude con fuerza, negándose a vivir esto... su indiferencia.

—Valentina, cielo, te espero fuera. Ya sabes que yo soy más de estar con adultos —suelto, incapaz de callarme, empleando el mismo idioma que ha usado él, echando a andar hacia la puerta y hacia su cuerpo y, sí, puede que quiera atraer su atención, pero también quiero marcharme lejos de él y de todo lo que ha traído de vuelta con su mera presencia y unas cuantas frases... tan cerca de mi orilla, pero a la vez tan lejos de ella que ni siquiera puedo rozarlo con la yema de los dedos.

Veo cómo sonríe con dureza, dirigiendo su rostro hacia mí, permitiendo que atrape los colores del mar, de un azul acerado que me impone, como él, y que incrementa el latido del dolor que tengo instalado en la garganta, porque siempre voy a quererlo y siempre va a detener mi mundo con su mirada o con su presencia.

—Nos vemos de nuevo, pelirroja —me dice con total despreocupación, esta vez ya en español, y, si yo creía que recordaba el tono de su voz cuando hablaba conmigo, no podía estar más equivocada.

—Eso parece; por suerte solo serán unas horas. ¿Me dejas pasar? —le pregunto con frialdad, cubriendo mis sentimientos con el manto de la indiferencia.

«Si esto es lo que nos tenía reservado la vida, vaya mierda de sorpresa», me reitero, tan segura como que no voy a saber manejar todo esto que siento creciendo dentro de mí.

—Faltaría más —me contesta, utilizando la misma frialdad con la que yo me he dirigido a él, apartándose.

Evito su mirada como evito rozar su cuerpo, sintiendo mis deseos más latentes que nunca llegar para zarandearme, «porque, maldita sea, sigo deseando atrapar su atención, sigo ansiando sus labios y sigo deseando recuperar todo aquello que tuvimos y perdimos. Y, aunque es cierto que he conseguido todos mis objetivos, dejé lo más importante, a él, por el camino», constato, incrementando el ritmo de mis pasos para salir cuanto antes de aquí.

—¿A dónde vas con tanta prisa? —me intercepta Pedro, el padre de Valentina, cuando casi me doy de bruces con él en las escaleras.

—Lo siento —me disculpo, recomponiendo mi rostro y aferrando la barandilla con ímpetu—. Oye, estás impresionante —lo halago, pues no tengo respuesta alguna para su pregunta.

—Muchas gracias y, si me lo permites, tú estás preciosa —me devuelve el cumplido, y le dedico una sonrisa.

—Gracias, de nuevo, por permitir que me aloje aquí en lugar de en la casita de inviados —insisto, pues, sinceramente, creo que no hubiera sido capaz de compartir el mismo techo con él.

—Las puertas de esta casa siempre estarán abiertas para ti. Todos queremos que te sientas cómoda. Lo sabes, ¿verdad? —me plantea, y asiento con la cabeza, cuestionándome hasta dónde sabrá, pues nunca he comentado con nadie, ni siquiera con Valentina, lo que sucedió entre nosotros, y mi amiga me ha contado que él nunca le habla de mí—. ¿Valentina ya está lista? —inquiere, cambiando de tema.

—Sí, y está más preciosa que yo. Ve a verla, te está esperando —le digo con afecto, posando la mano sobre el brazo de este hombre que es pura sabiduría y que captó lo nuestro al vuelo ese fin de semana.

—María Eugenia, ¿está todo bien? —me plantea, y detecto la preocupación en los miles de matices que desprende su voz.

—Claro que sí —le miento, zafándome de su mirada y de él.

Inspiro profundamente cuando salgo de la casa y los rayos del sol me dan de lleno en el rostro. «Qué mal lo he gestionado —me recrimino—, pues había un universo de posibilidades frente a mí y yo he elegido la peor de todas, como la última vez, cuando nos vimos», admito, sintiendo el aire puro llenarme por dentro.

Qué fácil me resulta gestionar mis sentimientos lejos de él, en París, desde la *maison*, en la avenida Montaigne, donde su voz suena ligeramente distorsionada, donde su mirada no tiene la fuerza necesaria para engullirme o donde su olor y su presencia son como una sombra incapaz de sacudirme. «Sí, qué fácil es vivir así», reconozco, echando a andar hasta llegar al lugar donde mi amiga contraerá matrimonio con Víctor... en el jardín de la finca de su familia, junto al hombre que la vio hacerse mujer. Ella fue modelo, la mejor, queriendo esto. Yo soy diseñadora, la mejor también, queriéndolo a él. «Valentina renunció al mundo de la moda y eligió el amor. Yo renuncié al amor, eligiendo las garantías que me ofrecía el mundo de la moda», reflexiono, posando mi mirada en la enorme encina, bajo la cual hay un corazón hecho con pétalos de rosa blancos.

«Yo veo moda allá donde miro. Veo bocetos. Veo color. Veo texturas. Ella solo ve amor, el que siente por Víctor, y no teme arriesgarse, por eso nuestras decisiones han sido tan distintas», pienso, sentándome en una silla mientras capto de reojo a Nick Klain, uno de los mejores fotógrafos de nuestro sector, que charla con Dante, con Víctor y con otro hombre al que acompaña un niño. Hay tantas opciones en la vida, y todas son válidas si te hacen feliz. Yo soy feliz. Tengo lo que siempre quise tener, solo que hay momentos, como este o muchos otros, en los que echo de menos otras cosas... a él e incluso, a veces, a la María Eugenia que fui cuando estaba a su lado; una María Eugenia despreocupada, que aferraba su cintura con fuerza cuando subía en su moto; una María Eugenia apasionada, que gritaba y que se retorcía entre sus brazos y que vio, desnuda, el atardecer y luego el amanecer junto a su cuerpo en ese pequeño hotel de Asturias... esa luna y ese sol que he plasmado en un diseño de mi última colección de alta costura y que ha recibido multitud de alabanzas. «Esa luna y ese sol que yo tengo dentro; el sol, iluminando mis alrededores más cercanos, y la luna, luchando por hacerse ver por encima de ellos», discurro, bajando la mirada hasta el pequeño ramillete de flores anudado con un cordón en la silla que tengo frente a mí, y, sin percatarme, me dejo arrastrar por esa espiral de recuerdos que hoy no deja de aflorar para llevarme lejos de aquí, a ese primer año en París en el que mi vida podría haber cambiado de nuevo si yo lo hubiera permitido, solo que no lo hice, y, con mi decisión, empujé el aceite hasta el fondo de la vasija, hasta que encontró la forma de volver a subir otra vez y he tenido que convivir con ello, con ese aceite que nunca termina de diluirse ni de desaparecer y que siempre está ahí, revelándome lo que pudo ser y lo que pude tener.

Me obligo a recomponer el rostro y a cubrirlo con la máscara que utilizo cuando no deseo mostrar lo que siento al verlo salir de la casa y, por Dios, su mera presencia es capaz de eclipsar la del resto de los presentes, ya no solo por su increíble físico, sino por la seguridad que emana de cada uno de sus movimientos y esa fuerza que se desprende de ellos, «la misma con la que me alzaba», me castigo, alejando la mirada de su cuerpo para dirigirla al frente.

«Si yo me conformase, tú no estarías aquí sentada, pero, si después de luchar por ti, no lo hubiese conseguido, lo hubiera aceptado y hubiera seguido con mi vida. Hay una diferencia abismal entre conformismo y aceptación», rememoro con dolor.

«Y por supuesto que ha seguido con su vida», me digo, volviendo a esa mañana en esa terraza... y no debería dolerme tanto. Maldita sea, estoy deseando regresar a París y dejar de sentir las punzadas del dolor clavarse en mi garganta con saña.

Me levanto en cuanto empieza a sonar *Right here waiting*, de Richard Marx. «Vaya, no podrían haber elegido una canción más acertada —pienso mientras siento cómo algo dentro de mí se agita—. Nosotros no nos hemos esperado —constato con tristeza—, y seguimos con nuestra vida como si no hubiésemos formado parte de la del otro, como si no nos hubiéramos fusionado en un solo cuerpo, impregnando al otro con parte de nuestra esencia, o como si no hubiese sido especial y único», y entonces me rindo a mis deseos: me doy la vuelta y me encuentro con su mirada; una que me engulle, como tantas veces hizo en el pasado, y me dejo ir, dejo de resistirme para girar sobre su eje gravitatorio y permitirle a mi yo más íntimo, ese que sabe lo que quiere, ir a donde quiera ir.

Capítulo 2

La Rioja, 7 de octubre de 2014

—Al fin tranquilos, ¡qué crío más impertinente! —me quejo con fastidio, subiendo a la parte trasera del coche y sentándome mientras Pilar me mira, divertida, desde el asiento del copiloto.

—Estabas esperando que te besara de nuevo, di la verdad —me dice, sorprendiéndome, y tuerzo el gesto.

—Por supuesto que no —le miento entre dientes.

—Pedazo beso te ha dado en la casita, casi suelto un gemido viéndoos —me confiesa entre carcajadas, y dirijo mi mirada hacia la ventanilla para ocultar lo que no deseo mostrar.

«Desde luego que casi ha gemido, lo que no sé es cómo he podido frenar yo el mío», reconozco al revivirlo en mi mente... Su mano rodeando mi nuca, acercándome a él; la dureza de su cuerpo; sus labios adueñándose de los míos, autoritarios, firmes, decididos; mi lengua deseando salir al encuentro de la suya y ese calor que ha brotado de mi centro hasta llegar a mi garganta. Me he pasado el fin de semana llamándolo crío insolente a medio hacer, cuando en realidad está más que hecho. Me he pasado el dichoso fin de semana fingiendo que me molestaba su presencia, cuando en el fondo solo deseaba sentirlo cerca, y esto es algo que me repatea como nada en la vida, porque a mí nunca me han gustado los hombres más jóvenes que yo, sino todo lo contrario: los que me gustan y me atraen son los maduritos interesantes, y esto que ha pasado y he deseado se queda aquí, como mi amiga, como esta finca y como estos viñedos.

—¿Te imaginas que gano la apuesta? —me pregunta Pilar, sacándome de mis pensamientos, y me vuelvo en su dirección para fulminarla con la mirada, porque eso está completamente descartado.

—Debe de sobrarte mucho el dinero como para malgastarlo así.

—María Eugenia, te encanta, reconócelo —me pincha en el mismo instante en el que Dante accede al vehículo.

—No pienso reconocer semejante estupidez.

—Habláis de Ciro, ¿verdad? —adivina, y tuerzo más el gesto, sin molestarme en contestarle siquiera—. Yo tengo una duda...

—No pienso resolvértela —lo corto antes de que pueda plantearla.

—¿Qué sucedió ayer cuando os fuisteis con el caballo? —suelta, pasando de mí.

—¿Puedes poner un poco de música? —le pido, con una sonrisa forzada.

—¿Qué pasa, que necesitas música de ambiente para narrarlo? —me pregunta Pilar con sorna, encendiendo la radio.

—No es para mí, es para vosotros, para que os entretengáis y me dejéis en paz. No me gusta. Me saca de quicio y no pasó nada. Fin de la conversación —concluyo, rotunda, mientras suena *(Everything I do) I do it for you*, de Bryan Adams, «y, ¡maldita sea!, qué canción más oportuna», pienso con disgusto, recordando lo que ocurrió ayer, algo que no voy a contarle ni a Dante ni a nadie, cuando conseguí dejar de gritar como si me fuera la vida en ello, que me iba.

—Joder, ricura, qué pulmones tienes —me dijo, socarrón, posando su mano en mi vientre, pegándome más a él y consiguiendo que mis pulmones se cerrasen de golpe—. Ya te he dicho antes que no vas a romperte el cuello ni a morir, así que tranquila, ¿vale?

—¿Y puedes aclararme por qué has hecho semejante estupidez?

—No sé de qué estupidez me hablas —me respondió con sorna, y recuerdo cómo mi espalda se pegó más a su pecho, mi mejor opción a lomos de semejante dinosaurio.

—Lo sabes de sobra, alejarte del resto. ¿Por qué no podías limitarte a dar un simple paseo, como estaban haciendo ellos?

—Porque eso, ricura, es un coñazo, y porque quería tenerte para mí solo —me confesó, acercando sus labios al lóbulo de mi oreja, rozándolo con ellos y dejándome muda durante unos instantes.

—Ya...

—¿Ya? Vaya, pensaba que tendrías una respuesta más ingeniosa.

—Y la tengo, pero no a lomos de este animal. Cuando te diga lo que pienso realmente, quiero tener los pies sobre el suelo, para poder soltarte, además, un buen guantazo sin temer por mi vida —le dije, provocando sus carcajadas; unas carcajadas que vibraron en su pecho y en mi espalda y que, junto a su mano en mi vientre, humedecieron mi centro, muy a pesar mío.

—Aunque ahora me soltaras ese guantazo, no dejaría que te cayeras; al contrario, te pegaría más a mi cuerpo.

—Seguro. Ni se te ocurra hacerlo, ¡y quita esa mano de ahí! —le exigí, aunque era lo último que deseaba.

Cogí su mano para alejarla de la mía y terminó apresándola con la suya.

—¡Suéltame!

—Qué bien hueles, pelirroja —declaró, hundiendo su cara en mi pelo, sin soltar mi mano—. Si te relajaras un poquito, este paseo podría ser memorable. Tú, yo y este paisaje, ¿existe algo mejor?

—París, la torre Eiffel, Dior y tú bien lejos —le rebatí, y de nuevo su pecho vibró con su carcajada.

—Te equivocas, pelirroja —replicó, convencido, liberando mi mano para aferrar las riendas de nuevo.

—¿Tú crees? —le pregunté, volviéndome ligeramente, deseando oír su contestación.

—Por supuesto. ¿Sabes qué sería mejor que esto?

—¿Tú jugando con los cochecitos? —planteé, carcajeándome yo esa vez, empezando a relajarme.

—Tú y yo desnudos jugando a conjugar verbos en una playa desierta.

—No sé qué me suena peor, si lo de tú y yo desnudos en una playa o lo de conjugar verbos.

—¿Sabes qué verbos utilizaríamos?

—Mejor ahórratelo —le pedí, tiñendo mi voz de fastidio, a pesar de que no había nada que me apeteciera más que descubrirlo y empezar a conjugarlos.

—María Eugenia —oigo la voz de Pilar y me vuelvo hacia ella—. ¿Dónde estabas?

—Aquí, ¿dónde quieres que esté? —contesto con seriedad.

—Pues te he llamado tres veces. ¿No estarías pensando en...?

—¡No!, no lo estaba haciendo, y ¡ya está bien de nombrarlo!

—¡Pero sí no lo he hecho! —se defiende, soltando una risotada—. Y, oye, que no te culpo, que está buenísimo.

—¡Oh, my Dior, la que me espera! —musito dramáticamente.

—Te estaba preguntando qué te ha parecido la finca —insiste mientras cierro los ojos y apoyo la cabeza en el respaldo.

Necesito olvidarme de este niñato de una vez.

—Me parece que vamos a volver en más de una ocasión, pero sin críos insolentes a medio hacer —sentencio, rotunda, abriendo los ojos y topándome con la mirada burlona de Pilar. Madre mía, yo soy la que quiere olvidarse de él y, a la primera de cambio, estoy nombrándolo.

* * *

Llegamos a Madrid tras un viaje interminable de casi seis horas. Solo espero que, ahora que los viñedos han quedado atrás, él no vuelva a cruzarse en mis pensamientos y mucho menos en mi camino.

—Nos vemos mañana —le digo a Pilar cuando Dante detiene el vehículo frente al edificio en el que vivo—. Estoy muerta. Muchas gracias, Dante —añado una vez que ha sacado mi equipaje del maletero.

—De nada. Nos vemos —se despide de mí con una sonrisa.

Vacío discretamente mis pulmones cuando su coche se pierde entre el tráfico madrileño. De vuelta a la normalidad y ¡gracias! «Prefiero un millón de veces al odioso Maurice que a él», constato con fastidio, cogiendo mis maletas y accediendo a mi edificio.

Siento cómo la calma me invade por dentro nada más entrar en mi casa, «mi remanso de paz —pienso mientras contemplo mi aspecto en el enorme espejo envejecido de cuerpo entero que hay en el vestíbulo y desde donde se divisa el pequeño árbol que hay junto a la mesa del salón, una mesa de madera tallada a mano y una verdadera obra de arte—. Esto es lo mío. Mi hogar. Mi despacho. Mis bocetos. Mi sosiego». Esbozando una sonrisa, me dirijo a mi habitación, donde un precioso mural que simula un bosque encantado domina la pared donde se apoya el cabecero. «¿Cómo será su casa? —me pregunto de repente—. Seguro que un caos, como él», sentencio, dejando las maletas... —Pero, vamos a ver, ¿qué me importará a mí cómo sea o deje de ser su casa? —me reprendo, frunciendo el ceño—. Céntrate, haz el favor.»

Pongo música para no tener que oír mis pensamientos, que parecen empeñados en llevarme de vuelta, una y otra vez, a este fin de semana tan bucólico que, si no hubiera sido por él y por lo que me ha hecho sentir, habría sido más que perfecto, reconozco yendo hacia el baño para empezar a llenar la bañera. Y mientras suena *Please*, de Jordan Smith, deshago mi equipaje, obligándome a pensar en mi trabajo y en la finca de Valentina, donde estoy convencida de que regresaremos; de hecho, este fin de semana he imaginado infinidad de diseños que estoy deseando plasmar en el papel, y esa finca sería un marco perfecto.

—Dios, estoy molida —musito para mí, encendiendo unas cuantas velas para seguidamente desprenderme de la ropa, ansiando hundirme en el agua perfumada, solo que, antes de hacerlo, dirijo la mirada a mi vientre, a ese punto exacto donde él posó su mano y, tal y como sucedió ayer, siento cómo mi sexo se contrae suavemente.

«Por favor. ¿Qué me pasa?», me planteo, frustrada, hundiendo mi cuerpo en el agua y gimiendo de placer, con el recuerdo de unos ojos, tremendamente azules, llegando para fastidiarme el momento.

* * *

Despierto a la mañana siguiente y lo primero que hago cuando abro los ojos es ver otros; los suyos.

—Mierda —me riño en voz alta, haciendo a un lado la colcha con más ímpetu del preciso para luego dirigirme al baño, donde dar rienda suelta a mis necesidades más básicas con la irritación siguiendo mis pasos—. Necesito un café y centrar esta mente dispersa de una vez —me digo con disgusto una vez lista, yendo hacia la cocina—. No puedo creerlo. Ni que fuera una adolescente impresionable, ¡pero si me saca de quicio! —farfullo, empezando a prepararme el café... largo y cargado.

«El problema es que hace mucho tiempo que mi compañero de cama lleva pilas. Ese es el quid de la cuestión —afirmo mentalmente, llevando la taza a la pequeña isla central—. Me hace falta salir con alguien que se afeite y disfrute de la ópera o del teatro, no yéndose de fiesta a Ibiza», me digo, haciéndome con uno de los muchos cuadernos que tengo repartidos por toda la casa para empezar a plasmar los bocetos que he ido imaginando este fin de semana.

Una explosión de colores —verde, rosa, dorado y morado—, flores bordadas sobre gasas, organzas y tules, incluso sobre lonetas, surgen de mis dedos, que se mueven con rapidez sobre el papel en blanco. Simple y complejo a la vez. «Un minivestido de tul con grandes flores bordadas con piedras y *paillettes*, lleno de color, vistoso y elegante al mismo tiempo —medito, pasando de página para esbozar, con maestría, otro boceto—. Les daría protagonismo a las flores, que podrían estar bordadas en el bajo... o, mejor, a lo largo de toda la prenda —pienso, empezando a dibujarlas—. Faldas largas, de tul blanco, salpicadas con flores bordadas con hilo de algodón y seda a tono; hasta me atrevería y le pondría una cazadora de lino negro para romper la paleta monocromática —divago mientras mis dedos vuelan sobre el papel y en mi cabeza se reproducen un sinfín de diseños—. Elegantes, sofisticados, para una mujer que desea disfrutar de su feminidad —defino mientras compruebo la hora en mi reloj de pulsera. Maldita sea, voy a llegar tarde, pero no puedo parar—. Podría combinar básicos, como un suéter acanalado, un chaleco o una cazadora, que se fundirían en perfecta simbiosis con evanescentes vestidos de tul o gasa bordados con flores con efecto tatuaje —prosigo mi momento creativo, viéndolo todo en mi cabeza—. Necesito desarrollarlo con tranquilidad», me digo finalmente, cerrando el cuaderno y ansiando llegar cuanto antes a mi despacho—o, más bien, a mi mesa en el Departamento de Diseño —rectifico, esbozando una sonrisa y dirigiendo mis pasos al vestidor ubicado en mi habitación.

«Cuántas veces Manuel y yo hemos hablado sobre eso —rememoro al tiempo que voy ojeando mis vestidos—. Por mucho que intente explicarle que necesito estar en continuo contacto con mi equipo, no hay forma de que lo entienda; para él es impensable que no quiera tener un despacho propio y para mí es impensable encerrarme en uno», reflexiono mientras valoro qué ponerme. Opto finalmente por un vestido ceñido verde bosque de media manga y largo hasta la rodilla, que complemento con unos salones *nude*. Me gusta verme bien y, sobre todo, elegir colores que combinen con mi melena pelirroja y mi piel clara, y, aunque de pequeña tuve que soportar que me llamasen zanahoria y estupideces de todo tipo, hoy estoy orgullosísima del color de mi pelo.

* * *

—Buenos días, Pepe —saludo con cordialidad al empleado de seguridad cuando llego a D'Elkann, la multinacional en la que trabajo.

—Buenos días, señora —me devuelve el saludo con profesionalidad, y me obligo a no poner los ojos en blanco. Odio que me llamen *señora*.

—María Eugenia, por favor —le pido—. ¿Voy a tener que pedírtelo todos los días? —le pregunto, sonriendo.

—Entiéndalo, señora, solo me limito a hacer mi trabajo —me contesta con una sonrisa de disculpa, y niego con la cabeza, dándolo por perdido, y dirigiendo mis pasos hacia los ascensores, que se encuentran al fondo de esta elegante y diáfana recepción.

—María Eugenia —me saluda Maurice, el odioso Maurice, entrando en el ascensor tras de mí, y me obligo, de nuevo, a no poner los ojos en blanco o a no torcer el gesto.

—Maurice —siseo casi entre dientes—, ¿todavía por aquí? —inquiero, viendo las plantas por las que vamos pasando en el pequeño indicador.

—Veo que te alegras de verme —me replica, divertido, y freno el comentario que casi escapa de mis labios. Oh, my Dior, no puedo con este hombre.

—Me alegraré el día que no pretendas colármela —le rebato, mirándolo por encima de mis gafas de pasta.

—Tienes unos gustos muy selectos.

—Y tú deberías trabajar con empresas que confeccionen vestuario laboral, no con diseñadoras de colecciones Premium.

—¿Sargas, gabardinas y popelines en tonos básicos sin estampados imposibles? —me plantea, burlón, en el mismo instante en el que se abren las puertas en la quinta planta, donde se ubica el Departamento de Diseño.

—Seguro que disfrutarías a lo grande regateando precios y bajando calidades. Serías el rey del mambo. Yo, de ti, me lo pensaría —le contesto con aplomo, saliendo del cubículo y deseando dejarlo allí encerrado para siempre.

—No estarás intentando deshacerte de mí, ¿verdad?

—¡Oh, my Dior! ¡Nunca haría eso! —le miento, con la esperanza de que me deje en paz y se quede en el Departamento de Compras.

—María Eugenia, aunque te moleste sobremanera que tenga que regatear precios, eso forma parte de mi trabajo, para eso me pagan.

—¿Y también te pagan para bajarme las calidades? —Me freno en seco para volverme y encararlo—. No estoy dispuesta a discutir contigo tan temprano —añado, armándome de paciencia y echando a andar otra vez.

—Pues nadie lo diría —me replica, siguiéndome—. Necesito mostrarte unos tejidos, ¿tengo que pedirte audiencia?

—me suelta, guardando sus manos en los bolsillos de los pantalones, y me doy media vuelta para fulminarlo con la mirada.

Tendrá unos cincuenta años, a lo sumo; moreno, con el pelo pulcramente peinado hacia atrás, ojos verdes, tan alto como yo y vestido con uno de sus trajes a medida. Si no fuera tan insoportable, puede que hasta me gustara un poco, pero, sinceramente, lo aborrezco.

—Por supuesto. Habla con Sonia —le digo, girando sobre mis tacones para acceder a Diseño, casi cerrándole la puerta en las narices.

Sonia es mi secretaria; bueno, en realidad también lo es de Elkann, el dueño de la compañía, cuando viene a Madrid y necesita cualquier cosa, pero, como eso ocurre en escasas ocasiones, no cuenta.

—Buenos días —saludo a mi equipo, maldiciéndome en silencio, pues me gusta llegar la primera.

—Pero mira que eres simpática. Pobre hombre, con lo guapete que es y qué mal lo tratas —me dice Crescencia, una de las diseñadoras de Temporada y Pronto Moda.

—Todo para ti si lo quieres —le suelto, dejando mis cosas sobre la mesa y echando un vistazo rápido al departamento, una sala enorme separada en dos secciones: Temporada y Pronto Moda, de la que Greta es la responsable, y Dreams, nuestra colección Premium, ambas controladas y supervisadas por mí.

—Yo, con mi Antonio, estoy más que servida, no me des más trabajo, por favor —me replica cómicamente, dirigiéndose a su mesa.

—Greta, ¿todavía no ha llegado Luna? —le pregunto, haciendo referencia a una de mis diseñadoras.

—Sí, claro que ha llegado... la he visto —me miente claramente, y la miro por encima de mis gafas de pasta.

—Se ha dormido —sentencio con seguridad, observando a Carolina y a Mauro, miembros de mi equipo, enfrascados ya en su trabajo—. La que había llegado —añado al poco rato, dirigiéndome a Greta, cuando la aludida accede al departamento con el rostro arrebolado, sin duda alguna fruto de la carrera, con tacones incluidos, que habrá hecho desde los ascensores hasta Diseño. Siempre igual—. Buenos días —la saludo con seriedad.

—Lo siento, lo siento, lo siento —se disculpa, dejando sus cosas con celeridad en la zona pertinente, para luego encaminarse a su mesa.

«Si fuera un poco más puntual, sería perfecta», pienso, sin quitarle la mirada de encima. Luna tiene algo que me recuerda a mí... ese talento que forma parte de uno mismo, que no se fuerza y que sale de manera natural; de hecho, su manera de entender y expresar la moda es muy similar a la mía y, aunque Mauro y Carolina son buenos, ella es brillante.

—Lo lamento, María Eugenia, lo digo de verdad, es que...

—Déjate de excusas, ¿quieres? —la reprendo, dirigiendo mi mirada hacia Greta—. Conque la habías visto, ¿eh? —le recrimino mientras esta le dedica una mirada furibunda a su amiga—. A trabajar todo el mundo —les ordeno, deseando enfrascarme en el mío.

Paso el resto del día y de la semana volcada en mi trabajo, que me absorbe por completo, impidiéndome pensar en lo que no debo, y del que disfruto al máximo, pues no me importa ser yo quien cierre las luces del departamento a última hora de la tarde o quien las encienda a primera hora de la mañana.

—Señora De la Rúa, aquí hay un joven que pregunta por usted —me notifica Pepe, y no sé si es por lo de joven o porque algo dentro de mí, que he ido silenciando a base de bocetos, ha estado esperando este momento durante toda la semana, pero me temo que sé de quién se trata sin necesidad de tener que oír su nombre—: Ciro Zabat.

Y, si yo creía que el corazón no podía detenerse sin que murieras de inmediato, no podía estar más equivocada, porque el mío se ha parado por completo de golpe, llevándose mi respiración con el cese de sus latidos.

—Dile que me he ido o que estoy reunida o lo que quieras inventarte, pero no estoy disponible —sentencio cuando consigo recuperar la capacidad del habla, colgando después el telefonillo y mirando al frente, sin ver.

—María Eugenia, ¿estás bien? —me pregunta Luna, a mi izquierda, y me fuerzo a recomponer el gesto.

—Por supuesto —contesto con sequedad, obligándome a hacerlo a un lado—. A ver esos bocetos —le pido, alargando la mano para hacerme con ellos mientras ella se mantiene de pie junto a mí y yo los observo en silencio—. Me gusta mucho este —le indico, deteniendo la mirada en el diseño de un vestido-camisón con un pronunciado escote en uve enmarcado por varios volantes superpuestos—. Este largo asimétrico y este volante cruzado en el cuerpo quedan muy bien. Muy bonito —la halago.

—Utilizaría un encaje Chantilly y, como complemento, unas sandalias romanas —me cuenta, entregándome el boceto de ese calzado.

—Difiere un poco de...

—Pelirroja —oigo su voz sexy, rasposa y tentadora, y alzo la mirada para encontrarme con la suya, tan azul como la recordaba o puede que incluso más.

Está apoyado como si nada en la puerta acristalada, sin quitarme los ojos de encima, mientras el resto de las miradas, las de todo el Departamento de Diseño, me temo que están puestas sobre él.

—Vaya —capto la voz cargada de admiración de Luna, a mi lado.

—Es mi sobrino —balbuceo, y no sé por qué narices he dicho algo así, levantándome para ir hacia él con la furia instalada en mi mirada—. Sal —le ordeno entre dientes cuando estoy frente a la suya... azul eléctrica, divertida, guasona y cargada de demasiadas cosas que prefiero no desgranar.

—Detrás de ti, pelirroja —me indica sin quitarme los ojos de encima, y me afano en cruzar la dichosa puerta para salir cuanto antes del campo de visión de todo el equipo de Diseño.

—Creo haberle dicho claramente al de seguridad que no podía atenderte —constato, enfadada, echando a andar hacia el despacho de Elkann, pues necesito un lugar discreto en el que pueda dejarle las cosas bien claras sin que cientos de ojos estén puestos sobre nosotros.

Y, por primera vez desde que trabajo aquí, echo de menos tener un despacho propio.

—¿De verdad? No me he enterado —me responde, vacilón, y vuelvo ligeramente la cabeza para dedicarle una mirada furibunda, sin detener mis pasos.

—¿Cómo has entrado? —le pregunto, accediendo al despacho y cerrando la puerta tras él.

—Por la puerta —me contesta con insolencia.

—Sabes perfectamente a lo que me refiero —replico, cada vez más molesta.

—Ya sabes lo que dicen: ten amigos hasta en el infierno, para que te den la mejor caldera —suelta, guiñándome un ojo, yendo hacia la mesa y apoyándose despreocupadamente en ella.

—¿Siempre tienes que recurrir a algún refrán? —le formulo, recordando perfectamente cuando, en la casita de invitados, citó...

—¿Si ves a un hombre cargado, no le preguntes si está casado? —corta el hilo de mis pensamientos con insolencia, y me cruzo de brazos, enarcando una ceja—. Creo recordar que hay alguna apuesta por ahí relacionada con ese tema.

—Ni lo menciones —le exijo entre dientes mientras él imita mi gesto, cruzando sus brazos a la altura del pecho, y me obligo a no mirar cómo la dichosa camiseta se ciñe a sus fabulosos músculos. ¡Por favor!

—¿Este es tu despacho, pelirroja? —quiere saber, recorriendo con su mirada turquesa la estancia.

—No —niego, escueta, sin querer aclararle nada más—. ¿Qué haces aquí? ¿Y quién te ha autorizado la entrada? —insisto, obligándome a centrarme.

«¿Qué mirada turquesa y qué ocho cuartos? Su mirada y listo.»

—Ya que tú no has venido a verme, no me ha quedado más remedio que hacerlo yo... —me contesta, con una media sonrisa—, y otra cosa, pelirroja: aunque quisieras, no podría ser tu sobrino —asegura, acercándose a mí, y observo sus pasos lentos y arrogantes y el brillo decidido de sus ojos.

—Nos llevamos once años, por supuesto que podrías ser mi sobrino —le rebato entre dientes mientras él se acerca más de lo recomendable a mí y yo me insto a no retroceder un maldito centímetro.

—Vaya, por lo que veo, te has interesado por mi edad —me replica, vacilón.

—Ya quisieras... fue Pilar la que se lo preguntó a Valentina —le miento, pues, en realidad, fui yo quien lo hizo—. Ha sido ella la que te ha dejado entrar, ¿verdad? —deduzco, atando cabos.

—Por partes... No podría ser tu sobrino porque lo que tengo en mente no es algo que hagan los sobrinos con sus tías.

—¿El qué?, ¿jugar con los cochecitos? —«Maldita sea, tendría que haberme callado», me fustigo cuando todavía no he terminado de formular la frase.

—Estoy deseando jugar contigo, con cochecitos o sin ellos, siempre y cuando estemos desnudos sobre una superficie lisa —me dice con voz rasposa, sin alejar su mirada de la mía.

—Sigue soñando —le espeto, sintiendo cómo mi centro se humedece a pesar de mis palabras.

—Contigo, ricura, siempre —me replica con voz ronca, y siento cómo el ambiente se vuelve peligrosamente electrizante—, aunque estés utilizando los brazos como escudo.

—Qué tontería —pronuncio, dejándolos caer a ambos lados de mi cuerpo—. Vete, ya te he dicho que no me interesas y que estoy ocupada —prosigo, dándome la vuelta para abrirle la puerta y que se largue de una vez.

—Cena conmigo —me propone, con una voz tremendamente sexy, haciéndose con mi cintura con una de sus manos y frenando mi avance, y siento cómo mi vientre se contrae suavemente.

—Suéltame —le pido, tensándome, girando la cabeza para encontrarme con su mirada eléctrica mientras mi cuerpo obedece su orden muda, volviéndose hasta quedar frente a él.

—Cena conmigo —insiste al tiempo que solo puedo perderme en su mirada, como si hubiera un agujero en ella que me absorbiera sin que yo pudiera hacer nada por evitarlo.

—¿El qué? ¿*Nuggets* con patatas fritas? No, gracias —me meto con él sin moverme un centímetro, sintiendo el calor de su mano traspasar la fina tela de mi blusa.

—Hace mucho que dejé de cenar *nuggets* con patatas, pero, si a ti te gustan, no tengo inconveniente en comerlos de nuevo

—me responde, acercándose más a mi cuerpo, tanto que su pecho roza el mío—. Pelirroja, sabes que lo estás deseando, deja de hacerte de rogar, ¿quieres? —me pide, acariciando con su cálido aliento mis labios.

«Debería moverme —me digo—. Debería alejarme de él; de su voz rasposa, tentadora y sexy; de su cuerpo, que, sin tocarlo, intuyo que es puro músculo, y de todo lo que está avivando en mi interior. Es once años menor que yo», me recuerdo con sequedad, y esa sola frase resulta suficiente para enfriar los cientos de fuegos que estaban empezando a arder en mi vientre.

—Oye, no quiero que te ofendas, pero no quiero volver a verte. Ya te dejé claro, y fue en serio, que no me van los críos a medio hacer —le recuerdo con frialdad, separándome de su cuerpo—, y no quiero que te lo tomes como un insulto, pero yo ya estoy a otra cosa —afirmo, siendo la María Eugenia que acostumbro a ser cuando trabajo, una mujer fría que marca las distancias.

—Sé que vas a ponérmelo difícil —comienza a decir, enganchando los pulgares en las trabillas de sus pantalones mientras me quedo atrapada en su mirada—, pero yo también voy a hacerlo, pelirroja —me asegura, con la voz llena de convencimiento y arrogancia, acercándose de nuevo a mí, y lo miro alzando el mentón—. El día que no vea lo que estoy viendo en tus ojos, me creeré eso que dices de que no te gustan los críos a medio hacer, pero, mientras tanto, me parece que vamos a empezar a jugar, no al juego que deseo, pero sí al previo —concluye, alargando su mano para hundirla en mi ondulante melena, y siento que no me llega suficiente aire a los pulmones.

—¿De qué juego previo hablas? —le pregunto con un hilo de voz, posando mi mirada en sus labios, que están más cerca de lo que deberían de los míos.

—El de derrotar a la reina para que caiga en mis brazos —me cuenta, rodeando mi cintura con su otra mano.

Está tan próximo a mí que nuestras frentes están casi pegadas; tanto, que mi pecho está tocando el suyo; tantísimo, que su aliento es el aire que estoy respirando. Va a besarme. Lo sé, como sé que debería alejarme, porque... «¿qué tontería es esa de derrotar a la reina?», pienso, obligándome a...

—Hasta luego, pelirroja —se despide de repente, alejándose y dejándome completamente pasmada—. Empieza el juego, ricura —oigo que añade antes de desaparecer por la puerta mientras yo suelto todo el aire de golpe y me dirijo a la silla que tengo a unos pocos pasos para sentarme.

«¿Qué hostias acaba de pasar?», me planteo, sin ser capaz de reaccionar.

Capítulo 3

—¿Ese era tu sobrino? —me pregunta Luna cuando regreso, unos minutos más tarde, al Departamento de Diseño—, ¡pues menudo sobrino tienes! ¿Podrías presentármelo, no crees? —insiste, machacona, y la encaro con seriedad.

—Los bocetos —me limito a contestarle, sentándome de nuevo en mi espacio, sin poder alejarlo de mi mente.

«Lo ha hecho a propósito», me digo mientras ella pone delante de mí el boceto de las sandalias que estábamos revisando antes de que «mi sobrino» nos interrumpiera—. Por supuesto que lo ha hecho a propósito y yo he sido una estúpida por no haberme alejado antes.

—Descartado —suelto, rotunda, haciendo el boceto a un lado mientras todos comienzan a abandonar el departamento—. Sustitúyelo por unos botines de *strass* y puntera afilada que añadan el toque de rebeldía que le falta a este almibarado boceto —prosigo con autoridad, enfadada conmigo misma por lo que ha pasado en el despacho de Elkann—. Dejaré sobre tu mesa los que me gusten para que hagas los planos, las ilustraciones y las fichas técnicas. Ya puedes irte —le ordeno, deseando quedarme a solas de una vez para martirizarme.

—¿Pizza y vino en tu casa o *stilettos* y labios rojos? —le plantea Greta a Luna, y sonrío, fingiendo que no las oigo.

—*Stilettos* y labios rojos, *off course* —le contesta la otra, y las imagino yendo de fiesta, como hará él y como debería hacer yo.

—Emborrachaos por mí, por favor —les pide Crescencia—; lo más loco que voy a beberme yo esta noche va a ser un vaso de leche con Cola-Cao, en pijama y en el sofá de mi casa, cuando acueste a las pequeñas bestias —les cuenta cómicamente.

—Yo creo que caeré antes de que lo hagan mis pequeñas bestias —secunda Orencia, su hermana, y dejo de fingir que no las oigo para apoyar la espalda en el respaldo de la silla y sonreír—. No tengáis hijos, son unos chupópteros que os absorberán el dinero y las fuerzas —remata, y sonrío aún más, porque ambas, a pesar de sus palabras, son unas madrazas.

—Lo que no entiendo es cómo mi Antonio todavía está enamorado de mí, porque es llegar a casa y ponerme mi *outfit* de vagabunda o mi pijama, y no sé qué es peor —comenta Crescencia entre carcajadas.

—Tu Antonio está loco por ti —secunda Greta mientras las pequeñas lamparitas que hay en cada mesa van cerrándose a medida que todos van abandonando los puestos de trabajo.

—Hasta luego, jefa. Nos vemos el lunes —se despide de mí Mauro al tiempo que capto de fondo las risotadas de Luna y Greta ante un comentario que han hecho Crescencia y Orencia.

—Nos vamos, María Eugenia. Buen fin de semana —se despiden de mí y, en apenas unos minutos, el departamento que bullía de actividad queda sumido en el más absoluto de los silencios.

—¿Firmamos el pacto de paz con una cena? —me pregunta Maurice, apoyado en la puerta, tal y como estaba él, «¡y qué distintos son el uno del otro!», pienso con rapidez.

Él, con sus *jeans* rasgados, su camiseta, sus *sneakers* y el pelo revuelto... y luego Maurice, con su traje a medida y el cabello perfectamente peinado hacia atrás. La noche y el día.

—Ya sabes cuándo llegará el pacto de paz —respondo, rindiéndome y apagando mi portátil. «Hoy no tengo la cabeza para quedarme», reconozco, cerrando la luz de mi lámpara—. Tengo planes para esta noche, pero gracias por la invitación —le miento, obligándome a mantener con él una conversación cordial, pues llevo toda la semana queriendo matarlo.

—Otra vez será. ¿Quieres que te lleve a casa? —se ofrece al tiempo que yo recojo todas mis cosas.

—¿Y esa amabilidad? —inquiero, recelosa, apagando la luz del departamento para luego dirigir mis pasos hacia el ascensor.

—Soy amable, aunque no lo creas.

—Tienes razón, no te creo —susurro, esbozando una sonrisa, accediendo al elevador.

—Eso es porque estás mezclando lo personal con lo profesional.

—Puede ser —musito, consultando la hora en mi reloj de pulsera. Las siete y veinte. «Vaya, hacía tiempo que no salía tan pronto», me sorprendo mientras el ascensor llega a la planta baja—. Nos vemos, Maurice —me despido de él, y me percato entonces de que Pepe ya ha terminado su turno. «El lunes tendrá que ser», me digo, tomando nota mental de hablar también con Pilar, para que mi pesadilla particular no vuelva a colarse en la empresa.

Quiere derrotar a la reina. Menuda estupidez.

* * *

Inspiro profundamente cuando salgo a la calle. Viernes y sin nada que hacer, asumo viendo a la gente caminar con decisión con un destino en mente. «Mi destino, antes, era cualquier bar en el que hacer el previo con mis amigas antes de irnos a cenar, pero luego comenzaron a tener pareja, a casarse y a tener hijos, y terminé quedándome sin planes para los viernes, para los sábados y también para los domingos —rememoro, guardando las manos en los bolsillos de mi abrigo de *tweed* de cuadros marrón, gris y plata mientras observo lo que acontece a mi alrededor sin moverme de mi sitio—. Aunque, si soy sincera, he de reconocer que, en algunas ocasiones, son capaces de encontrar una hora, dos a lo sumo, en su ajetreada vida de esposas-madres-trabajadoras para poder vernos y tomar algo juntas, solo que entonces soy yo la que muchas veces acaba dándoles largas, porque nuestras vidas han tomado un rumbo tan distinto que, cuando empiezan a hablar de colegios, profesoras, deberes y todas esas historias, siento deseos de gritar. Al final siempre acabo recurriendo a Candela», admito, cogiendo el móvil para llamarla.

—Hola, hermanita —la saludo en cuanto descuelga—. ¿Ya has terminado por hoy? —me intereso, inspirando el frío que comienza a flotar en el ambiente.

—Sí, ¿por?

—Porque yo también he salido ya y no me apetece nada tener que ir a casa tan pronto. ¿Tienes planes? —le pregunto, echando a andar sin un rumbo fijo.

—Si te cuento mis planes, te echarás a llorar —contesta con desgana.

—¿Por qué dices eso? —inquiero, frunciendo el ceño.

—Ven a mi casa y lo sabrás —me propone antes de colgar, y echo a andar de nuevo, solo que esta vez yo también tengo un destino en mente.

* * *

—Eyyyy, ¿qué te pasa? —le pregunto, abrazándola, cuando llego a su casa y veo sus ojos completamente irritados, sin duda alguna, fruto del llanto.

—Vamos a la cocina y te lo cuento. He abierto una botella de vino blanco de ese que tanto te gusta, por si te apetece emborracharte —me anuncia, zafándose de mi abrazo, y la sigo, preocupada, quitándome el abrigo por el camino.

—Sabes que yo nunca me emborracho... y suéltalo de una vez, ¿quieres? —le pido, ya de los nervios.

—Estoy embarazada y no sé quién es el padre —me confiesa atropelladamente, y la miro siendo incapaz de articular palabra.

—¿Puedes repetirlo, por favor? —murmuro con un hilo de voz, sentándome en una de las sillas que rodean la pequeña mesa.

—Estoy embarazada y no sé quién es el padre —reitera, y la observo, apoyando los codos en la mesa y la frente en mis manos—. Estaba muy ebria y me acosté con un tío que no conocía de nada, y está más que claro que no utilizamos protección —me cuenta, sentándose delante de mí.

—¿Te has hecho la prueba del sida? —le planteo, completamente paralizada por el miedo, pues no hay nada que me aterrorice más que el hecho de que le pueda suceder algo a mi hermana.

—Sí, la del sida y no sé cuántas más. Estoy sana. Embarazada, pero sana —afirma, echándose a llorar de nuevo, y siento cómo el alivio llega para liberar mi pecho.

—Pero Candela... —empiezo a hablar.

—Ya sé lo que vas a decirme —me corta, exasperada—: con lo responsable que eres, ¿cómo te ha pasado algo así? —adivina, y guardo silencio, pues me parece que no es el momento para echar sermones—. Y lo soy, no lo dudes; soy una tía tremendamente responsable, pero que comete errores.

—Lo sé, cariño, solo que la consecuencia de este error no va a ser algo pasajero. ¿Qué vas a hacer? —le pregunto, alargando la mano para coger la suya, necesitando que me sienta cercana.

—Voy a tenerlo —sentencia, sin dejar de llorar—. No es un bebé buscado y, ahora, si soy sincera, ni siquiera puedo decir que sea querido, pero él no tiene la culpa y es mi hijo o mi hija, al fin y al cabo. No quiero abortar.

—No quieres abortar porque ya lo quieres —resumo, dándole un suave apretón—. Tranquila, ya verás como todo sale bien... puede incluso que le des una alegría a mamá, ahora que ya había perdido las esperanzas de ser abuela —añado, intentando bromear.

—No sé quién es el padre y engendré a este bebé en una noche de borrachera. ¿De verdad crees que va a llevarse una alegría cuando se lo explique? ¿Ella, que va a la iglesia todos los días, que es amiga del sacerdote, catequista y no sé cuántas cosas más? Va a matarme —me asegura, y sonrío, pues cualquier día mi madre le quitará la sotana al sacerdote y se la pondrá ella.

—No puede matarte porque eso va en contra de los mandamientos. ¿Cuál es el de no matarás?, ¿el primero?

—No, creo que el primero es el de amarás a Dios —me corrige, secando sus lágrimas, y la contemplo con cariño. Va a ser madre. Vaya...

—Lo bueno de todo esto es que, en cuanto se entere, rezará muchísimo por ti y por el bebé, encenderá velas y pondrá estampitas de santos alrededor de ellas y hará todas esas cosas que hace mamá —le digo, consiguiendo que sonría entre lágrimas—. Si quieres, podemos ir juntas a contárselo —me ofrezco, levantándome para ponerme un poco de vino—. Te preguntaría si te apetece, pero me parece que casi mejor si bebes agua.

—¿Sabes cómo me siento? —me plantea con seriedad, y tomo asiento en una silla a su lado para estar más cerca de ella.

—¿Cómo?

—Sé que no me violó, porque no lo recuerdo así; es más, recuerdo que incluso lo pasé bien, pero estar embarazada de alguien a quien no conoces y del que no sabes ni su nombre es... es... ni siquiera sé cómo definirlo, pero no es bonito, al menos no lo es para mí —me confiesa, guardando silencio durante unos segundos que respeto aferrándome yo también al mío—. No elegí quedarme embarazada y tampoco lo elegí a él como padre. No fue algo pensado ni valorado, pero aquí estoy, con el bebé de un desconocido creciendo dentro de mí.

—Bueno, también es tuyo, enfócalo así. En realidad, sí que has elegido, porque podrías abortar y esto terminaría aquí, pero no lo harás.

—¿Tú abortarías?

—No —le respondo sin dudarlo un instante, y en esa pequeña fracción de segundo que ha pasado entre su pregunta y mi respuesta he visto el rostro de Ciro frente a mí—. Los hijos no entran dentro de mis planes, puede incluso que nunca los tenga, pero, si me quedara embarazada como tú, sin planificarlo, lo tendría. Aunque ahora no lo veas así, este va a ser el mayor regalo que te dé la vida —afirmo, ensombreciendo el gesto, porque es verdad y puede que yo nunca lo tenga.

—Permíteme que en estos momentos no comparta esa idea —me rebate mientras yo cojo la copa para darle un largo trago—; ni siquiera sé cómo voy a organizarme.

—Mamá y papá ya están jubilados y yo buscaré huecos para estar a tu lado cada vez que me necesites. Al final este bebé será un poquito de todos, puede incluso que nos peguemos por cogerlo —bromeo, acercando mi rostro a su tripa—. Soy tu tía

María Eugenia y ya te quiero, aun sin conocerte —susurro, dándole un beso a la barriga de mi hermana.

—Tú quieres que no deje de llorar, ¿verdad? —me pregunta entre lágrimas.

—Quiero que lo veas como lo que es, algo para estar feliz y no así —replico, secando sus lágrimas—. No has contraído ninguna enfermedad chunga y vas a ser madre: haz el favor de dejar de llorar de una vez, ¿quieres?

—Qué fácil es hablar cuando no te sucede a ti.

—¿Cómo te sentirías si lo perdieras? Imagina que comienzas a sangrar ahora, ¿cómo te sentirías?

—Peor de lo que me siento ya, además de muy culpable por no haberlo querido desde el principio.

—Siempre es un buen momento para empezar a querer. Es tu bebé, Candela, y, sí, ha llegado sin ser buscado, pero está aquí, aquí dentro —musito, acariciando su tripa— y solo espera que lo quieras. Eres adulta, tienes un buen sueldo, además de una casa propia...

—En realidad no es mía, sino del banco —me corta con una sonrisa.

—Tú ya me entiendes. Oye, las cosas no siempre suceden cuando queremos que sucedan. Esto es la vida, cariño, no una película de esas que nos gustan, y tenemos dos opciones: lamentarnos y vivir las cosas desde el drama o ver el lado bueno. ¿Cuál eliges tú?

—¿Sabes que me estás haciendo sentir muy mal?

—Lo siento, no es lo que pretendo.

—Tú serías mejor madre que yo.

—Te recuerdo que eras tú la que jugaba con las muñecas, no yo.

—Es verdad, tú las vestías —me dice, sonriendo y dibujando esa misma sonrisa en mi rostro.

—Cierto.

—¿Te gustaría ser madre?

—No, el noventa por ciento de mi vida, y sí, el diez por ciento —le respondo, deseando cambiar de tema—. ¿Y puedo saber cómo cogiste semejante cogorza? —añado, terminándome la copa de vino y levantándome para servirme más.

—De la misma forma en que la cogerás tú como no comas algo. Venga, te invito a cenar por ahí —me propone, levantándose.

—Oye, podemos cocinar algo si no te apetece salir.

—Tengo la nevera y la despensa completamente vacías; además, necesito que me dé el aire.

—Eres una ama de casa desastrosa —la riño, saliendo de la cocina tras ella.

—Te aseguro que, estos días, hacer la compra era lo último que pasaba por mi cabeza —me cuenta, saliendo de su habitación, y la miro frunciendo el ceño.

—¿Desde cuándo lo sabes?

—Desde hace un par de semanas —me aclara, poniéndose el abrigo.

—¿Y por qué no me lo has dicho antes? —le recrimino, dándole una palmada en el brazo.

—¡Auuuu!, ¡tía! —se queja mientras me cruzo de brazos para no soltarle otra—. Joder, necesitaba hacerme a la idea.

—Tenías que habérmelo contado enseguida —la riño, enfadada—. ¿De cuánto estás?

—De ocho semanas —me informa, bajando su mirada al suelo, y la contemplo con ternura.

Cande tiene treinta y cinco años, tres menos que yo, y trabaja en el taller de restauración del Museo del Prado. Ella posee, como los maestros antiguos, buena mano. Es responsable, sensata, centrada y trabajadora, como yo, solo que viste con *jeans*, zapatillas deportivas y camisas holgadas, suele llevar el pelo recogido en una coleta medio deshecha y no le gusta maquillarse. Ella es fresca y natural, como el rocío de la mañana, y yo soy todo lo contrario, porque no concibo salir a la calle tal como va a hacer ella.

—¿Quieres dejar de mirarme así? —me pregunta, ladeando la cabeza.

—No tenemos prisa, puedes cambiarte y arreglarte si quieres —le propongo, sonriendo.

—Llevo todo el día currando, estoy embarazada y voy a salir con mi hermana, ¿de verdad crees que se me pasa por la cabeza subirme a unos tacones como tú? —me rebate, echando a andar hacia la puerta, y la sigo sin poder dejar de sonreír.

—Yo también llevo todo el día currando y voy a salir con mi hermana, pero no te arreglas por el resto, te arreglas por ti misma, para verte bien —le aclaro, llegando al rellano, donde ya me está esperando.

—Y este será el discurso de la próxima diseñadora de Dior —comenta con cariño, y sonrío muy anchamente.

—Por supuesto —acepto, guiñándole un ojo, y accedemos al ascensor cuando llega a nuestra planta.

* * *

—Estaba pensando... —empiezo a decir mientras degusto mi lubina con verduras— que, si estabas con tus amigas, igual ellas conocen al chico con el que te acostaste.

—Ellas iban más pasadas que yo —me confiesa frente a su ensalada de quinoa, pollo, dados de tomate, rabanitos y maíz.

—Pero ¿qué os pasó? —le pregunto, frenando la sonrisa.

—Que mi amiga Ana Belén es muy moderna, eso es lo que nos pasó —me cuenta con fastidio, haciendo una mueca—. A ver, se suponía que iba a celebrar su cumpleaños invitándonos a cenar y que ya, luego, nos iríamos por ahí de marcha —me relata, y la miro por encima de mis gafas de pasta—. ¿Puedes explicarme qué entiendes tú si recibes ese tipo de invitación? ¡Venga! ¿Qué pensarías que vas a hacer?

—Pues justo eso, ir a cenar y luego...

—¡Ahí, ahí, ahí! —repite, señalándome con el tenedor, que lleva un trozo de tomate pinchado—. ¿Y dónde darías por hecho que vas a cenar? —insiste, moviendo el tenedor, y, durante un instante, visualizo el tomate salir volando.

—¿En un restaurante? —inquiero, pegando la espalda al respaldo de la silla, huyendo del tenedor inquisidor.

—¡Pues no! ¿Sabes dónde nos llevó? —me plantea, alzando la voz, moviendo más la mano y perdiendo el tomate por el camino. Por favor...

—Cuéntamelo tú, seguro que es más divertido que cualquier cosa que pueda imaginar —le pido, sonriendo finalmente.

—¡¡¡Al pub!!! Reservó todo un pub para celebrar su cumpleaños, solo que sacó primero la bebida y después la comida, que había un montón, pero, cuando ya llevas media cogorza encima, como que se te olvida eso de ingerir alimento. Tía, la que liamos. Solo te diré que Macarena vomitó en el taxi... intentó sacar la cabeza, pero ni siquiera llegó a tiempo.

—Macarena, la *influencer* —matizo, sin poder borrar la sonrisa de mi rostro. Venga ya.

—La misma. La que le da permiso al aire para que llene sus pulmones de marca —comenta, burlona, y suelto una carcajada.

—Pues sí que ibais finas. Pero, escucha, si había reservado el pub para vosotras, solo tienes que hablar con Ana Belén y que te pase la lista de los invitados —le propongo.

—Fue lo primero que hice en cuanto me dijeron que estaba embarazada —me responde, pinchando un nuevo trozo de tomate, solo que esta vez, gracias a Dios, se lo lleva a la boca.

—¿Y?

—¿Sabes que nos cambiamos de pub? Hay uno al lado, muy de moda ahora, y, según me ha contado, en cuanto le cantamos el *Cumpleaños feliz*, muchas de nosotras, entre las que parece ser que me incluyo, nos largamos al otro. Ni me acuerdo de ese traslado.

—Eso te pasa por ser mala amiga, mira que dejarla sola —le recrimino, sonriendo.

—¿Sola? Tía, ¡pero si no cabíamos de tantos que éramos! Además, tú ya sabes que no soy de quedarme mucho tiempo en el mismo sitio y me gusta ir variando. En fin, que a saber con quién me acosté; igual lo tengo enfrente y ni lo reconozco.

—Pues más te vale no hacerlo, porque soy capaz de clavarle ese tenedor en todos los huevos —le digo, esta vez con seriedad.

—¡Vaya!, ¡qué agresiva! —suelta, sonriendo.

—Candela, si ibas tan bebida, no debería haberse acostado contigo, y menos sin protección; aunque no lo recuerdes como una violación, en cierta forma, sí que se aprovechó de ti.

—Puede que él fuera igual que yo. No voy a culparlo, María Eugenia; lo que hicimos fue responsabilidad tanto suya como mía, solo que seré yo la que cargue con las consecuencias —reflexiona con severidad, ensombreciendo el gesto.

—Y también la que disfrutará de todo lo bueno que traiga

consigo esa «consecuencia»; una cosa por la otra —sentencio, observando nuestros platos ya vacíos—. Sigue sin apetecerme ir a casa, ¿vamos a tomar algo? Tú, sin alcohol, por supuesto.

—Al girar la esquina está el pub —me explica, y la miro por encima de mis gafas.

—Pues ya sabes a dónde vamos. Coge ese tenedor y guárdatelo en el bolso —le señalo, pidiendo la cuenta.

—Estás de coña, ¿verdad?

—Pues no, te estoy hablando muy en serio. Coge ese tenedor, corta más que estos cuchillos —añado, consiguiendo que suelte una risotada.

—No pienso hacer eso —niega, divertida.

—Como quieras —le indico, encogiéndome de hombros, cogiendo el mío y metiéndomelo en el bolso.

—Es el padre de tu futuro sobrino barra futura sobrina, no puedes clavarle el tenedor en los huevos.

—Te folló estando tan borracha que eres incapaz de recordar su cara o su nombre, así que puedo hacer lo que quiera, te lo aseguro —afirmo, abonando la cena—. Guárdate el dinero para mi sobrino barra sobrina —sentencio, levantándome y dirigiéndome a la salida seguida por ella.

—Cuánto tiempo sin pasar por esta calle, la han llenado de pubs —constato, observando los locales atestados de gente, incluso en la acera.

—¿La han llenado? —me pregunta, divertida, deteniendo sus pasos—. Hermanita, lleva años así —me aclara, enarcando una ceja—. Alucino contigo. Dios mío, estoy segura de que mamá tiene más vida social que tú. Yo, tras dar a luz, tendré más vida social que tú —se burla, y tuerzo el gesto.

—Por supuesto que tengo vida social; voy a desfiles, a cenas, a eventos... —me defiendo, intentando recordar cuándo fue la última vez que estuve por aquí o salí de marcha.

—Mira, es ahí —me indica Candela, cortando el hilo de mis pensamientos.

—Pues venga, y abre bien los ojos: igual tienes suerte y tu subconsciente lo reconoce —le recomiendo, acelerando el ritmo de mis pasos.

—Quieres clavarle un tenedor en los huevos, no sé si quiero reconocerlo —replica, sonriendo, y sonrío con ella, accediendo al pub.

—Al menos, el padre de mi futuro sobrino barra sobrina tiene buen gusto —le comento a mi hermana cerca de la oreja, observándolo todo mientras ella se adentra en el local y yo la sigo sin perder detalle de nada.

Paredes pintadas en tonos morados, negros y grises. *El árbol de la vida*, de Gustav Klimt, hecho con un precioso mosaico, presidiendo la entrada. Una barra de cristal negro, de lado a lado, sobre la que cuelgan varias lámparas en forma de lágrimas. «Vaya —pienso con admiración, deteniendo la mirada en los taburetes de metal y terciopelo situados tras ella—, qué decoración más original», me digo, a la vez que suena una canción que no conozco de nada.

—Aquí hacen unos cócteles que te mueres —me cuenta Candela mientras espera a que la atiendan.

—Pídeme el que te guste a ti —le digo, haciéndome con un par de taburetes que justo acaban de quedar libres—. Oye, y eso del fondo, ¿qué es? —le pregunto, deteniendo mi mirada en las enormes lámparas de cristal que se adivinan.

—Una zona con sillones para estar más tranquilos. Si quieres, luego podemos ir allí a sentarnos —me propone, para luego llamar al camarero y pedir las consumiciones mientras yo me fijo en la chica que tengo al lado. Lleva una falda de piel tan corta y ceñida que más le vale no agacharse.

—¿Cogiendo ideas para futuros diseños? —inquiere con sorna mi hermana, y me vuelvo para mirarla, con su camisa de cuadros y sus *jeans*.

—No sé qué es peor, si tú con tu *outfit* de leñadora o ella con el suyo —suelto, torciendo el gesto—. Oye, ¿esta canción es así o es que se ha quedado enganchada? ¿En serio se lleva esta música? —le planteo, sintiendo un ligero dolor de cabeza.

—¿Cuántos años tienes, treinta y ocho o sesenta y ocho? —me formula, guasona, y niego con la cabeza, poniendo los ojos en blanco.

—Venga ya, el local está genial, pero la música es un horror —afirmo, cogiendo mi cóctel para dirigirme a la zona de los sillones... y frenando en seco cuando llego a ella; tan en seco que parte de mi consumición se derrama sobre mi mano.

—¿Qué haces? ¡Tía, que casi me tiro la bebida encima! —oigo que protesta Candela mientras yo me doy la vuelta para largarme lo más rápido que pueda de su campo de visión.

—¡Pelirroja!

Mierda.

Capítulo 4

—Pero ¿no querías sentarte aquí? —inquiere mi hermana, sin entender nada, quieta como un pasmarote, mientras yo casi echo a correr hacia un lugar donde pueda ocultarme de él. No me fastidies—. ¡María Eugenia! —me llama, alzando la voz, y, si no me hubiese visto, la hubiera oído a ella. Será posible...

—¡Ey! ¿A dónde vas con tanta prisa? —me pregunta mi pesadilla particular, dándome alcance y posando su mano en mi cintura. Detengo mis pasos para darme media vuelta y encararlo.

—¡Con lo grande que es Madrid! —exclamo, exasperada, mientras él me mira, divertido.

Va vestido con un suéter negro y unos simples *jeans*, y está frustrantemente sexy. Oh, my Dior, soy la mujer con más mala suerte del mundo.

—Cierto, pelirroja, con lo grande que es Madrid y hemos tenido que coincidir en este pub. Igual el destino quiere decirte algo —me indica, burlón, bajando su mirada hasta mi mano—. ¿Puedo? —me pregunta con voz rasposa, levantando ligeramente la mirada y licuando mis huesos con ella.

—Puedes, ¿qué? —contesto, sin entender nada; suficiente hago si controlo el tono de mi voz.

—Probarlo —me aclara, sosteniéndome la mirada, solo que la diversión que antes había instalada en ella ha desaparecido, para dar paso a algo caliente y atrayente, algo capaz de arrastrarme como no me aferre a la poca cordura que me queda.

Incapaz de hacerme con ella o de articular palabra alguna, alargo la mano para tenderle la copa mientras todo a mi alrededor enmudece y desaparece, como si un agujero negro se hubiera instalado en el centro del local para absorberlo todo a su paso excepto a nosotros. Enganchada a sus ojos, que me mantienen anclada al suelo, contemplo cómo se hace con ella, solo que, en lugar de llevársela a los labios, como creía que iba a hacer, me sorprende al cambiársela de mano para, con la que le queda libre, coger la mía y acercársela a la boca... y, sí, sé que podría retirarla, marcharme o hacer cientos de cosas, pero por alguna razón que escapa a mi comprensión no lo hago.

«La Virgen», atino a pensar cuando sus labios rozan mi piel y siento su lengua, caliente y húmeda, lamer los restos de la bebida, trazando un excitante recorrido sobre mi mano, y tengo que contener el gemido que amenaza con romper mi silencio mientras ese agujero negro toma dimensiones gigantescas hasta engullirlo todo por completo, consiguiendo que solo lo vea a él. A él y su mirada llena de un fuego azul. A él y sus labios demorándose en mi piel. A él. Solo a él.

—¿Te cuento lo que haría con esta bebida? —me reta con voz ronca, aferrando mi mano con fuerza, cuando ya no queda ni rastro del líquido sobre mi piel, tirando de ella para hacer que me mueva y consiguiendo que despierte de este estado de hipnosis excitante en el que me había sumido sin darme cuenta.

—Por favor, ahórramelo, y, como vuelvas a hacer eso, te quedas sin huevos —le suelto entre dientes, volviendo a oír esta música horrorosa con la que nos están deleitando y que, durante unos segundos, había dejado de percibir, y viendo de nuevo a toda la gente que abarrota el local y que, durante unos instantes, había desaparecido para mí. Y, si su mirada estaba hace unos minutos atestada de fuego azul, la mía está ahora llena de un fuego rojo, furioso y devastador—. ¡Y suéltame! —siseo, liberando mi mano mientras él me dedica una sonrisa llena de demasiadas cosas. «Mi hermana», pienso, buscándola con la mirada, centrándome de una maldita vez. «¿Por qué he permitido que haga eso?», me pregunto en el mismo instante en el que la localizo—. Venga ya —me quejo, sin poder creerlo, pues la muy idiota se ha sentado con los amigotes de esta pesadilla con piernas.

—Vamos, pelirroja —me propone, posando su mano en mi espalda, y me muevo, enfadada, para evitar su contacto, que, durante ese breve roce, ha conseguido traspasar la tela de mi ropa para dejar una marca llena de necesidad y deseo sobre mi piel.

—No me toques —le ordeno, yendo hacia mi hermana, seguida por él—. Candela cariño, ¿nos vamos? —le pido, sintiendo su cuerpo demasiado cerca del mío e, instintivamente, me muevo para poner un poco de distancia entre ambos.

—¿Hablas en serio? —me plantea, haciéndome millones de preguntas con la mirada mientras yo hago otro tanto de lo mismo con la mía, porque, vamos a ver, ¿de qué conoce a estos?

—Quédate, pelirroja —interviene con voz rasposa, acercando su pecho más de lo estrictamente necesario a mi espalda, y no sé si es por lo cerca que intuyo que están sus labios de mi oreja, o por la repercusión inmediata que está teniendo sobre mi sexo, pero necesito largarme de aquí, necesito que me dé el aire y, sobre todo y lo más importante, necesito dejar de sentir todo esto que estoy sintiendo.

—Lo lamento, Candela... tú puedes quedarte si quieres, pero yo me marcho —le anuncio, y veo la decepción instalada en los ojos de mi hermana, así que, cuando hace ademán de levantarse, cedo, y no lo hago por mí, cedo por ella, porque necesita distraerse después de todo lo que ha pasado y porque no quiero ir de aguafiestas por la vida y menos con ella. Maldita sea.

—¡Está bien! —claudico, molesta, deshaciéndome del abrigo mientras ella, sonriendo feliz, se mueve para que me siente a su lado.

«No me lo puedo creer, si no tenía suficiente con él, ahora voy a tener que soportar al resto de sus amigotes —refunfuño mentalmente, disgustada—. ¿Qué hostias hago yo aquí?»

—Encantado, soy Martín —se presenta uno de sus amigos, tendiéndome la mano.

—Bruno —me saluda otro, y le ofrezco mi mano, obligándome a sonreír y a ser un poquito simpática.

—Hola, soy Santi —interviene el chico moreno que estaba hablando con Candela cuando he llegado.

—Yo soy María Eugenia, su hermana —me presento esta vez yo, deseando que Ciro no diga ninguna estupidez del tipo «voy a anillarla» o cualquier cosa que cruce su mente en este momento—. ¿Los conoces? —me dirijo a Candela, muerta de curiosidad, al tiempo que, de reojo, observo cómo mi pesadilla se sienta frente a mí con despreocupación.

—¿No recuerdas a Santi? —me pregunta, sin poder borrar la sonrisa de su rostro, mientras el aludido apoya los antebrazos en sus piernas, dedicándome otra sonrisa.

«Si tengo que recordarlo, es porque lo conozco, ¿no?», me interpelo, deteniendo la mirada en su rostro, sin ver en sus facciones nada que me resulte familiar.

—Santi iba conmigo a clase —me cuenta mi hermana, y gracias a Dior, porque situaciones como estas me dan muchísimo apuro.

—¿Santi? ¡Anda! ¡Pues sí que has cambiado! —comento, escaneándolo de arriba abajo, y... «¡Oh, my Dior!, por supuesto que ha cambiado», me fustigo, dándome una colleja mental, porque creo que tenía catorce años la última vez que lo vi.

—Por suerte —me contesta, divertido, y me muerdo el labio inferior, negando con la cabeza.

—Creo que esto es tuyo, pelirroja —me dice, captando mi atención en el acto, tendiéndome el vaso y consiguiendo que, durante unos segundos, me quede de nuevo enganchada a su mirada y a su voz—. Está muy bueno —prosigue mientras oigo a mi hermana charlar de nuevo con Santi.

«Tú sí que estás bueno —se me escapa esa idea con rapidez—. Pero ¿por qué hostias he pensado eso?», me cuestiono, haciéndome con el vaso y obligándome a ignorarlo con todas mis fuerzas.

—Oye, ¿y cómo lo has reconocido? —le pregunto a Candela, pues, aunque Santi fue su mejor amigo de guardería y más tarde del colegio, cuando terminaron la secundaria sus caminos se separaron y, con el tiempo, llegaron a perder todo contacto.

—Me ha reconocido él a mí, supongo que yo también lo recordaba como un adolescente delgadito —suelta, dedicándole una sonrisa, y guardo mis comentarios para mí, pues me parece que ahora, y por lo que intuyo a través de la ropa, ha dejado de serlo para tener uno de esos cuerpos perfectos esculpidos en el gimnasio.

«Como el suyo —vuelve a la carga mi subconsciente al tiempo que veo de reojo cómo se levanta y se larga—. Mejor, que se marche y no vuelva», me digo, deseando esfumarme yo también cuanto antes.

—¿Y tú de qué conoces a Ciro? —se interesa Santi, y veo la sonrisita de suficiencia de mi hermana.

—De nada, solo hemos coincidido un par de veces.

«Y he tenido más que suficiente»; guardo para mí esa pequeña matización.

—Pues, para no conocerlo de nada, te ha lamido la mano —me recuerda Candela cerca de la oreja, y le doy un codazo en las costillas.

—¡Joder, me has hecho daño!

—Cállate o me piro —la amenazo, sonriendo entre dientes.

Paso la siguiente media hora con la sonrisa pegada en mi rostro, pues, por mi hermana, me estoy forzando a ser simpática, pero estoy hasta la triple costura de oírla recordar viejos tiempos con Santi y, aunque el resto de sus amigos son majos, estoy deseando irme de una vez. Si llego a saber que la noche iba a terminar así, me hubiese ido de cabeza a mi casa después de la cena.

—Voy al baño —le susurro a Candela al oído.

«Necesito estirar las piernas y ver otras caras, cualquiera menos la suya —pienso cruzando el local, que está atestado de gente—. ¡Oh, my Dior! ¡Estoy mayor! ¡Qué coñazo! ¿Y dónde hostias se ha metido?», me pregunto, pero no porque me importe, por supuesto, sino por simple curiosidad.

—Pelirroja. —Él y su mano en mi cintura, frenando mi avance. Yo y mi gesto de fastidio cruzando mi rostro.

—Suéltame —le pido, molesta, sin ni siquiera volverme para mirarlo.

—¿A dónde ibas? —inquiere, posando su otra mano en mi cintura.

—¿Y a ti qué te importa? —le espeto con aspereza, moviéndome para alejarme de él, solo que, cuando lo hago, él lo hace conmigo.

—Eres la tía más sexy de todo el pub —declara, pasando de mi pregunta, y, sin poder reaccionar, siento cómo sus manos se deslizan lenta y tortuosamente de mi cintura hasta llegar a mis caderas, donde se detienen.

«Por Dior, no puedo estar excitándome con esto y menos con él —pienso, disgustada, sin moverme—. El problema es que he llenado mi vida de trabajo y hace mucho que unas manos no me tocan; sin duda, ese es el problema —sentencio, percibiendo cómo hunde su cabeza en mi cuello—. Apártate», me ordeno, mordiéndome el labio inferior cuando percibo su pecho completamente pegado a mi espalda y su cálido aliento bañar mi cuello.

—Todavía tengo el sabor de tu piel en mi boca —me confiesa con voz ronca, y puede que sea porque ha rozado mi cuello con sus labios al hablar o porque sus manos continúan ancladas a mis caderas o por la frase en sí, pero estoy tan excitada que hasta me duele—. Vente conmigo, pelirroja —me pide, y me obligo a respirar con normalidad y no pegar más mi cuerpo al suyo.

«No puedo irme con él; es un crío, por muy bueno que esté», me reconduzco, recuperando parte de la lucidez, que parece salir corriendo cuando lo tengo cerca.

—Ya te dije que no me van los críos —le recuerdo con aspereza, forzándome a ser desagradable, y no porque se lo merezca, sino porque necesito, por mi cordura, que me deje en paz de una maldita vez—. Oye, esto está lleno de jovencitas, ¿por qué no vas a darles la tabarra a ellas? Igual hasta se divierten contigo —añado, posando mis manos sobre las suyas para alejarlas de mi cuerpo, para luego darme media vuelta y quedar frente a él... solo que, ahora, mis manos están aferradas por las suyas.

—El problema es que yo solo tengo ojos para ti —afirma con insolencia, y tuerzo el gesto, sintiendo el calor de sus manos traspasar mi piel.

—Pues yo no estoy interesada —le replico, liberándome de su agarre.

—¿Y por qué no te creo? —me pregunta con seriedad, rodeando mi cintura con una de sus manos y pegándome a su cuerpo.

Y de nuevo siento cómo ese agujero negro llega para absorberlo todo y a todos excepto a nosotros. De nuevo veo cómo su mirada se llena de ese fuego azul que parece atraparme. De nuevo siento cómo mi cuerpo reacciona en exceso ante el suyo. De nuevo mi cordura por los suelos. De nuevo, él.

—Eres tremendamente... —empieza a susurrarme, acercando su rostro al mío, y dejo de resistirme para solo sentir. Sentir la fuerza con la que me apresa. Sentir cómo mi cuerpo se amolda al suyo. Sentir su cálido aliento rozar mis labios—... irresistible y cabezota. Como quieras, pelirroja —prosigue, soltándome, consiguiendo que despierte de este estado hipnótico en el que me sumo con preocupante rapidez cuando lo tengo cerca—. Nos vemos, ricura —se despide de mí, guiñándome un ojo para luego darse la vuelta y desaparecer de mi campo de visión.

«¿Cómo?», me pregunto, parpadeando varias veces, instándome a girarme para dirigirme al baño y que nadie vea el estado de confusión en el que me encuentro.

«Lo está haciendo a propósito —presupongo, accediendo a la pequeña estancia, cerrando la puerta y llevándome las manos a la cabeza—. ¿Qué me está pasando? —me planteo, frustrada y exasperada—. Es un niñato. No puedo sentirme atraída por él. A mí nunca, jamás, me han gustado los hombres más jóvenes y, sí, lo sé, es un error generalizar, pero siempre me han parecido espantosamente inmaduros, y ahora estoy perdiendo la cabeza por un crío insolente a medio hacer con los ojos más azules e increíbles que he visto en mi vida», asumo mientras alguien llama a la puerta, metiéndome prisa.

Fuego azul, mar turquesa, océano profundo... y todos esos azules están en sus ojos y en su mirada.

—Me hubiera ido con él —reconozco a media voz, con la mirada fija en la pared que tengo frente a mí, sin verla realmente—. Me hubiera ido con él —me repito, asimilándolo, sintiendo cómo el calor sube por mi cuello hasta llegar a mi rostro—, y la hubiera fastidiado muchísimo —concluyo mientras llaman de nuevo a la puerta y cabeceo, molesta, abriéndola y fulminando con la mirada a la chica que tengo delante.

Salgo del baño y cruzo el local sin molestarme en mirar a nadie, sin poder creer lo que hubiera hecho si él no se hubiese marchado, cabreada conmigo misma y frustrada a partes iguales, porque eso habría sido una soberana estupidez y una gran idiotez. Cuando llego hasta mi hermana, que está encantada de la vida, cojo mi abrigo, importándome bien poco ir de aguafiestas. Se terminó.

—Candela, me marcho ya. Chicos, encantada de haberos conocido —me despido con voz firme, obligándome a no preguntarme dónde estará y siendo muy consciente de que eso de «obligándome a no preguntarme» no debería estar ahí.

—¿Ya? —protesta mi hermana, decepcionada, y la miro sin dar crédito.

«¿Cómo que ya? ¿Esta qué quiere, quedarse aquí toda la noche?»

—Y yo creyendo que no eras de las que se quedaba mucho rato en el mismo sitio —le recuerdo, molesta, incapaz de callarme, y, por Dior, ella no tiene la culpa de lo que me está pasando—. Quédate si te apetece, en serio, no pasa nada —añado, rectificando y variando mi tono, sintiéndome mal de repente.

—Ya nos veremos, Santi; lo he pasado muy bien —oigo que le dice, y me repito eso de ser simpática, agradable y sociable.

—Santi, me he alegrado mucho de verte de nuevo, dale recuerdos a tu familia —comento, dedicándole una sonrisa.

—Hasta luego, chicos —se despide Candela del resto de los presentes.

«Venga», la apremio mentalmente, pues estoy deseando largarme de aquí.

Cruzo el local, seguida por Candela, con la vista fija al frente y, sí, otra vez soy consciente de que estoy forzándome a no buscarlo con la mirada y que debería preocuparme o, al menos, darme qué pensar que esté obligándome continuamente a no buscarlo, a no mirarlo, a no... «¡Hostias con el "no"!», me quejo mentalmente, malhumorada, inspirando el frío de la noche cuando me recibe con los brazos abiertos.

—Quiero hacerte tantas preguntas que no sé ni por dónde

empezar —me suelta mi hermana mientras percibo cómo ese agujero negro se desliza desde donde fuera que estuviese oculto hasta llegar a donde me encuentro yo.

Está de espaldas a mí, lleva una cazadora de piel y está poniéndose el casco, y no puedo ni quiero alejar mi vista de su cuerpo. «¿Esa moto es suya?», me pregunto, sin perder detalle de cómo sube a ella y... ¡Oh, my Dior!, estoy segura de que no hay nada más sexy que un tío sexy sobre una moto de gran cilindrada.

—No me lo puedo creer —capto la voz de Candela llegando, distorsionada, hasta mis oídos, y me vuelvo hacia ella, reaccionando al fin.

—Ni yo, larguémonos de aquí —le ordeno con sequedad, echando a andar, enfadada ya no solo conmigo, sino con el universo entero.

—Madre del amor hermoso, ¡te gusta ese tío! —exclama, asombrada, siguiéndome, y, cuando oigo el rugido de su moto al pasar por nuestro lado, siento cómo mi vientre se contrae con fuerza.

—No digas tonterías, es un crío —le rebato, obligándome a no volverme para mirarlo mientras el sonido de la moto va perdiendo intensidad a medida que se aleja... «y de nuevo he tenido que obligarme "a no", como llevo haciendo toda la noche y casi desde que lo conocí», reconozco, vaciando mis pulmones con fuerza.

«Por Dior, ¿qué me está pasando?»

—Un crío que está muy pero que muy bueno, y que te ha lamido la mano mientras tú lo mirabas como nunca te había visto mirar a nadie —me cuenta, y siento cómo el rubor cubre mi rostro.

—Qué mentira más grande —siseo, enfadada y muerta de vergüenza.

—Ya sé que nunca te han gustado los tíos más jóvenes, pero no puedes comparar a ese rubio con el resto de los tíos; eso sería como comparar un cangrejo con un bogavante... ambos son crustáceos y tienen patas que se chupan, pero para nada son iguales. Ese tío es un bogavante, uno muy grande, y te juro que no sé qué haces aquí, conmigo, cuando podrías estar chupándole las patas —suelta sin titubear, y la miro sin dar crédito a lo que acaba de decir.

—No pienso chuparle nada; de hecho, espero no coincidir nunca más con él.

—Que vayas de María Eugenia por la vida es una cosa, pero no lo hagas yendo conmigo, porque nos conocemos. Venga, asúmelo, es más joven que tú y te gusta; no pasa nada, no estás cometiendo ningún delito ni nadie va a condenarte por ello... Además, tampoco os llevaréis tanto...

—Once años —detallo, como si fuera una eternidad.

—¿Y?

—¿Cómo que «y»? Mira, no sé si te has dado cuenta, pero yo ya estoy a otra cosa. Esto que hemos hecho hoy no va conmigo; de hecho, hacía años que no salía de este modo y no por ello soy menos guay que tú —replico atropelladamente, acelerando mis pasos—. No me gusta esa música; en realidad, me provoca dolor de cabeza. Yo soy más de Sarah Brightman, Andrea Bocelli o Yiruma y...

—Menudo coñazo —me corta, deteniéndose, y lo hago yo también.

—Para ti, y seguramente para él; sin embargo, yo disfruto más con una cena tranquila, el teatro, el cine o el ballet que yendo de marcha.

—¿Esos son todos tus impedimentos para estar con él? Eres tan piedra —me rebate, negando con la cabeza.

—¿Qué quieres decir? —inquiero, cruzándome de brazos y poniéndome a la defensiva.

—Eres como una piedra enorme que necesita un hueco más enorme todavía para poder pasar. ¿Por qué no dejas de ser piedra y empiezas a ser agua? Mírate, con tu falda por la rodilla...

—Es de piel y ceñida, no lo digas como si fuera vestida como una vieja —me defiendo, pues esta falda es diseño nuestro y una maravilla de prenda.

—Rectifico. Mírate, con esa falda ceñida y de piel negra por la rodilla, con tus tacones, con tu melena larga y ondulada, con tu maquillaje perfecto. No hay nada fuera de su sitio... llevas horas despierta y es como si acabaras de salir de casa. Eres como una *superwoman*, pero una *superwoman* cuadriculada. Tienes treinta y ocho años, pero, a veces, aparentas veinte más. Oye, estás buenísima, y entiendo que para ir a trabajar tengas que ir así vestida y dar cierta imagen, pero luego, en tu tiempo libre, podrías ser la joven que eres; me juego el cuello a que en tu elegante vestidor no hay ni un vaquero rasgado.

—Ni lo habrá —sentencio, completamente segura de ello.

—Porque eres piedra. Porque a ti te gusta la música clásica y no te molestas en darle una oportunidad a la otra. Porque a ti te gustan los planes tranquilos y no quieres darte cuenta de que, con otros, también podrías pasarlo bien. Porque eres piedra y no te adaptas. Sé agua, date la oportunidad de vivir otras cosas, porque puedes ser María Eugenia, la elegante y sofisticada diseñadora que es capaz de tirar adelante con todo cuando trabaja, pero también puedes ser la mujer que se marcha con un tío más joven que ella, que disfruta de la vida, que escucha pop y rock y lleva unos vaqueros rasgados. Te aseguro que no va a caerse el mundo ni tu carrera va a irse al traste porque hagas eso.

—El problema es que yo no soy así ni quiero serlo, y no me importa que creas que soy una piedra. Oye, yo ya viví todo eso cuando tenía que vivirlo. Ya llevé *jeans* y ya salí de fiesta por ahí, y no deseo repetirlo. Te lo he dicho, yo ya estoy a otra cosa. Además, aunque no me creas, me saca de quicio: es insolente, vacilón... y un encanto —cedo finalmente, porque ¿qué sentido tiene que la engañe a ella?—. Sé a lo que está jugando y, créeme, me lleva la delantera, y hay una parte de mí que desea que sea así. Deseo que me gane la partida, pero luego hay otra parte que se resiste a claudicar —le confieso finalmente—. Podría dejarme de hostias, irme con él y librarme de todo esto que tengo aquí anudado —concluyo, llevando las manos a mi vientre.

—¿Y por qué no lo haces?

—Porque esto no tiene futuro, y no porque él sea un crío, sino porque yo quier...

—Quieres ser la diseñadora de Dior y no tienes tiempo que perder —me interrumpe con seriedad—. Te he oído decir esa frase tantas veces que es como si la tuvieras grabada en la frente.

—Pero es la verdad. No quiero perder el tiempo con niñerías.

—Ya, pero, por si no te has dado cuenta, has hablado de futuro. Has dicho «porque esto no tiene futuro». Entonces, ¿qué más te da echar un polvo o dos con él? Te liberas de eso que tienes anudado en el vientre... que, por si no lo sabes, se llama deseo, y listo, a no ser que, en el fondo, sí que desees algo más.

—Por supuesto que no —niego, totalmente convencida.

—En ese caso, no veo dónde está el problema. Oye, la gente mantiene relaciones sexuales, incluso la que tiene un objetivo en mente. Sale, se lo pasa bien y luego curra como la que más, y tú puedes hacer lo mismo, aunque tenga once años menos que tú y tenga gustos diametralmente opuestos a los tuyos. Igual te sirve hasta de inspiración —me pincha, sonriendo y enarcando una ceja.

—No creo —le respondo, esbozando una sonrisa.

—Porque la maravillosa y creativa María Eugenia de la Rúa no necesita a nadie para que la inspire; es eso, ¿verdad? —se mofa de mí, y sonrío ampliamente, negando con la cabeza.

—Evidentemente... y otra cosa: no estoy dispuesta a ser agua si ello implica llevar pantalones rotos, volver a oír esa música del infierno o acostarme con un crío, por muy encantador que sea.

—Di *follar* —me reta mi hermana, y la miro sin poder creerlo.

—Qué ordinariez de palabra —comento, haciendo una mueca, guardando las manos en los bolsillos de mi abrigo y echando a andar.

—*Hostia* no es que sea una palabra muy elegante y la empleas muy a menudo. Venga, di *follar* y *polla* también.

—Perdona, pero no es lo mismo —me defiendo, rechazando pronunciar semejantes palabras que él diría sin dudarlo un instante, y, no sé por qué, pero mi vientre se ha anudado más al asociarlas con Ciro. Ciro... hasta su nombre me parece sexy. Por favor, llevo demasiadas horas despierta y estoy empezando a pensar estupideces.

—Dilas —me exige, sacándome de mis pensamientos.

—Que me dejes —le pido, de nuevo frustrada.

—¿Te das cuenta de que eres muy piedra?

—¿Por qué no dejamos el temita ya?

—Porque es la primera vez que miras a un hombre de esa forma. Tendrías que haber visto la cara que has puesto cuando se estaba montando en su moto. Venga, di la verdad, te habría encantado subirte con él.

«Subirme con él. Subirme sobre él. ¡Oh, my Dior! ¡Estoy salida! Yo no pienso así», me riño, sintiendo cómo me arden las mejillas y mi centro se vuelve líquido con ese calor.

—Por supuesto que me hubiera encantado, y luego me hubiese arrepentido muchísimo, así que mejor que no lo haya hecho. Fin de la conversación —zanjo el tema con seriedad, cerrando la enorme bocaza de mi hermana en el acto.

Capítulo 5

Tras acompañar a Candela a su casa, cojo un taxi para llegar a la mía cuanto antes. «Que sea agua», refunfuño en silencio con fastidio, entrando en mi hogar, viendo el reflejo de mi cuerpo en el enorme espejo de cuerpo entero que tengo en el vestíbulo.

«Eres la tía más sexy de todo el local», oigo su voz a través de mis recuerdos y, sin percatarme, deslizo la mirada desde mi rostro hasta mis caderas, donde se han detenido sus manos.

«Todavía tengo el sabor de tu piel en mi boca», rememoro, sintiendo cómo mi piel se eriza de nuevo al revivir la sensación de sus labios rozando mi cuello.

Sigo excitada, reconozco, y echo a andar hacia mi habitación, dejando a mi paso el bolso y el abrigo sobre el sofá verde bosque y, a continuación, comienzo a desabrocharme la blusa, con la imagen de sus ojos guiando mis dedos.

«El problema es que yo solo tengo ojos para ti», me llega su voz a través de mi memoria mientras mis manos se afanan en librarse de mi ropa, «como harían las suyas», pienso, negándome en redondo a cuestionar lo que voy a hacer, para luego acostarme en la cama y llevar mis dedos hasta mi sexo, húmedo, caliente y palpitante.

Echo la cabeza hacia atrás, cerrando los ojos para verlo solo a él, a la vez que mis dedos se pasean por mi vagina, mojada y anhelante, imaginando que son los suyos y oyendo de nuevo su voz, sugerente y rasposa, rozando la piel de mi cuello, mientras fabulo que su miembro roza mi abertura... y gimo, gimo fuerte, pellizcando mi pezón mientras otros dedos se adentran a mi interior, solo que ya no son los míos y son los suyos. Él, masturbándome. Él, besándome. Él, chupando mis pezones, tirando de ellos con sus dientes. Sus dedos masajeando mi clítoris para luego hundirse en mi interior. Él y su voz rasgada. Más. Más. Él y su duro miembro accediendo a mi cuerpo. Él, entrando y saliendo. Fuerte. Rápido. Delirante. Él, y yo explotando de tan solo imaginarlo.

—Dios mío —musito con la respiración completamente desordenada, abriendo los ojos y clavándolos en el techo. «Acabo de masturbarme pensando en él», me martirizo cuando mi sexo todavía está temblando—. No puedo creerlo —me digo, observando mis piernas completamente abiertas y mis dedos empapados.

«Ha sido la hostia y eso que solo estaba imaginando que era él», reconozco, echando la cabeza atrás.

Sin poder quitármelo de la cabeza, me dirijo a la ducha, necesitando que el agua tranquilice mi agitado cuerpo. «No sé qué me está pasando —admito, disgustada—. No sé por qué reacciono así cuando lo veo, ni por qué mi cordura o mi voluntad desaparecen cuando lo tengo cerca. Ya me sucedió en los viñedos y continúa sucediéndome aquí, en Madrid. Maldita sea, que me esté sucediendo esto a mí, a mí. Por Dios...»

* * *

Despierto a la mañana siguiente con cientos de recuerdos sacudiéndome por dentro, anudando más eso que se niega a soltarse de mi vientre, y, a pesar de que sé cuál es la solución para desanudarlo, me niego a recurrir a ello, por lo que me levanto de la cama, más que dispuesta a eliminarlo de mi mente de una maldita vez.

«Qué poquito disfruto de mi casa», me digo, poniendo música, muy distinta a la que oí anoche, pues es la que me gusta, la que me relaja y la que me hace sentir bien. «Disfrutar de la música. Disfrutar de mi hogar. Disfrutar de mi tiempo... Qué poquitas veces me lo permito —me lamento, sentándome en el sofá y viendo el sol, a través de la ventana, empezar a tomar fuerza—. El sol, ese que ilumina nuestros alrededores más cercanos pero que, al hacerlo, nos priva de la visión del cosmos infinito plagado de estrellas, galaxias y misterio. Yo tengo un sol enorme dentro de mí, uno que ilumina mis objetivos pero que me priva de ver o de sentir otras cosas. Un sol que es como un velo y en el que, oculta tras él, me siento a salvo», considero, abrazando mis piernas. Sé lo que quiero. Sé a dónde quiero llegar y no lo escondo, pues incluso mi jefe sabe que mi objetivo es Dior. Dior, mi sol y mi día, pero luego está mi noche, en ese cosmos infinito donde brillan mis deseos más íntimos y las cientos de posibilidades que estarían a mi alcance si me atreviese a retirar ese velo tras el cual me oculto.

Y por primera vez accedo a su Facebook y a mi noche plagada de estrellas; una noche atestada de fotografías de actrices y modelos, en blanco y negro y en color, posando para él en plena calle, entremezcladas ocasionalmente con algunas suyas; aunque todas son buenísimas, a mí solo me interesan aquellas en las que aparece él, esas en las que el azul más increíble del fuego y del mar traspasa la imagen para adentrarse en mi vientre.

—Estoy obsesionándome —sentencio, saliendo de la aplicación para encaminar mis pasos hacia la cocina y prepararme el desayuno—, y espero que se me pase pronto, porque es un coñazo —me quejo, apretando la mandíbula.

«El problema es que siempre es él quien se larga. Siempre es él quien decide; ahora te lamo la mano, ahora me marcho, ahora voy a besarte, ahora lo pienso mejor y me voy. Es como estar todo el rato en el límite del campo gravitatorio de un agujero negro en el que giras y giras sin poder ver nada que no sea él, solo que, cuando crees que va a engullirte, cuando crees que vas a desaparecer por ese agujero, esa atracción desaparece y te quedas flotando en ese espacio imaginario que has creado en tu mente», asumo, percatándome de lo equivocada que estuve anoche al imaginar un agujero negro llegando para arrasar con todo, cuando el agujero negro es él. Es él quien me atrae. Es él quien me hace girar. Es él quien consigue que deje de ver o de oír. Él es mi agujero negro, mi noche y mi cosmos. Uno que puede ser aterrador y fascinante a la vez.

Suelto todo el aire de golpe, volviendo a mi realidad... a la realidad de mi cocina y de mi vida. Mi vida es llegar a ser la diseñadora de Dior. «Ya está bien de tanta hostia», sentencio, recordando cómo ayer mi hermana remarcó las muchas veces que utilizo ese taco... «y, por Dior, tengo que dejar de hacerlo», me riño a la vez que cojo el móvil de nuevo, pero no para volver a entrar en su Facebook, sino para llamar a Candela.

—Qué pesada eres —me dedica en cuanto descuelga.

—¿Estabas durmiendo? —le pregunto, acabando de prepararme el café.

—No, estaba bailando salsa. ¿Tú qué crees? Pero si estoy que me quedo frita de pie, ¡por supuesto que estaba durmiendo! —me dice, enfadada.

—Menudo genio te gastas de buena mañana —remarco, sonriendo y sentándome en uno de los taburetes de la isla, con mi café en la mano—. ¿Vas a llamar tú a mamá o la llamo yo?

—¿Para qué quieres hacerlo? —me plantea, de repente nerviosa.

—¿A que ya te has despertado? —le formulo, sin poder callarme.

—¿A que sigue gustándote? —me suelta, sorprendiéndome. ¡Venga ya!

—Eres idiota —sentencio, absolutamente convencida.

—Y tú ayer te quedaste sin chupar las patas del bogavante —me contesta, dejándome pasmada.

—No me gusta el bogavante —replico de inmediato, y no tendría que haber dicho eso, porque me encanta y lo sabe.

—Mentirosa —me rebate, y espiro todo el aire de golpe.

—¿La vas a llamar tú o lo hago yo?

—¡Pero ¿qué prisa hay?!

—No querrás que se entere cuando esté a punto de convertirse en abuela...

—No, pero tampoco tengo necesidad de contárselo tan pronto.

—Llámala y dile que iremos a comer. Pasaré a recogerte a la una y media... y, por favor, que no tenga que estar esperándote —le pido, pues mi hermana y la puntualidad no es que se lleven precisamente bien.

—De acuerdo, pesada. ¡Si lo llego a saber, habrías sido la última en enterarte! —me espeta antes de colgar.

«Mi madre va a poner el grito en el cielo», pienso, mordiéndome el labio inferior al tiempo que accedo al WhatsApp y frunzo el ceño al ver la entrada de un mensaje de un número que no tengo registrado en mi lista de contactos.

Buenos días, pelirroja.

—¿Perdona? —casi grito, soltando el teléfono sobre la encimera como si me quemara.

«¿Por qué tiene mi número? ¿Y quién hostias se lo ha dado?», me pregunto, poniéndome al instante de pie, como si el móvil fuera un dinosaurio dispuesto a comerme... y, cuando oigo la entrada de otro wasap, me debato entre salir disparada de la cocina o enfrentarme al dinosaurio. Opto por el dinosaurio.

No esperaba que me invitaras a tu casa,
pero sí un «buenos días» al menos. ☺

Vete a la mierda.

Mi primer mensaje.

Borra mi número.

El segundo.

Luego, sin esperar contestación por su parte, lo bloqueo. Listo. Fin del asunto. Obligándome a no pensar más en él y más que dispuesta a eliminarlo de mi vida, me dirijo a cambiarme, pues mi profesora de yoga está a punto de llegar.

* * *

«Esto es lo mío —afirmo, adoptando la postura Sirsasana con la ayuda de Carla, mi instructora, mientras la música suave que suena durante la práctica llega a mis oídos y la dulce fragancia de las velas inunda mis fosas nasales—. Sí, esto es lo mío y no lo otro... y ni siquiera debería haberme hecho esa matización», me riño, instándome a eliminar de mi cabeza cualquier tipo de pensamiento para poder centrarme en los beneficios de la postura en mi cuerpo y en mi mente.

Tras una hora de práctica, diez minutos de relajación y media hora de meditación, ya a solas, me encamino a la ducha, siendo más consciente que nunca de lo que me ha costado mantenerlo en el borde externo de mis pensamientos, pues más veces de las que me gustaría se ha colado a través de ellos.

Paso el resto de la mañana trabajando con mis diseños y, a la una en punto, tras terminar el boceto de un jersey de seda color marfil decorado en el ribete de la manga con plumas de avestruz con el mismo tono, me dirijo a recoger a mi hermana.

* * *

—Qué piedra eres —me dedica, mirándome de arriba abajo en cuanto abre la puerta—. Vamos a comer a casa de mamá, no a un desfile de alta costura —me reprocha, y observo con disgusto sus *jeans* rotos, su suéter holgado, sus deportivas y su pelo recogido en una simple coleta.

—Entiendo lo del suéter holgado para disimular tu todavía inexistente tripa, pero, lo otro, ¿era necesario? —inquiero, cruzándome de brazos.

—Yo creo que mamá tuvo un lío con el sacerdote y una de las dos somos el resultado de ese rollete, porque ni muerta me visto yo así un sábado por la mañana. Da gracias de que no vaya en chándal.

—Tampoco es que vayas mucho mejor —sentencio, contrariada—. Cuando tengas al bebé, lo vestiré yo si no te importa.

—No voy a vestirlo barra vestirla de repollo —me asegura, y pongo los ojos en blanco mientras accedemos al ascensor.

—No, mejor ponle unos *jeans* rasgados nada más nacer, y unas deportivas.

—Oye, gracias por venir a por mí, como si fuera pequeña,

y hacer que no pase por este marronazo yo sola —me suelta de repente con nerviosismo.

—Para mí siempre vas a ser pequeña, tengas la edad que tengas, y por supuesto que no iba a dejar que pasaras por esto tú sola, aunque odie cómo te vistas o cómo me temo que vas a vestir a mi futuro sobrino barra sobrina.

—Apenas he dormido esta noche —me confiesa, saliendo del ascensor cuando se abren las puertas, y la sigo.

—¿Qué te he dicho muchas veces? Que el problema no es el problema, sino cómo...

—...nos enfrentamos a él —finaliza la frase por mí, dirigiendo sus pasos hacia la boca de metro más cercana—. La teoría me la sé de coña, la dificultad radica en ponerla en práctica.

—Estás enfrentándote a este asunto adelantando acontecimientos. Ya te has imaginado qué dirán mamá y papá y te has preocupado en exceso sin que haya sucedido nada todavía, y eso es malo para el bebé. A partir de ahora no solo tienes que cuidar tu alimentación, sino también tu mente, porque estáis conectados y todo lo que tú sientes va a sentirlo él —le digo mientras ella camina cabizbaja.

—Ya lo sé, y créeme que lo estoy intentando, pero...

—El «pero» es un borrador que elimina todo lo que acabas de decir, así que cambia tu frase.

—¡Es que no sé cómo gestionar todo esto! Ayer mismo, cuando me encontré con Santi, no supe si decírselo o no... ¿Cómo se le explica algo así a un tío que hace años que no ves? Porque, claro, resulta muy fácil decir que estás embarazada, pero ¿y las preguntas que vienen después? ¿Estás casada? No —se plantea la cuestión y se responde ella misma, acelerando sus pasos, y la sigo, dejando que saque todo lo que tiene dentro, que es como carcoma—. ¿Tienes pareja? No. Y, ¿entonces? Pues nada, el caso es que me emborraché una noche, follé con un tipo del que no recuerdo ni su cara y aquí estoy, con un bebé en camino. ¿Te das cuenta? —me pregunta, deteniéndose en seco—. Tía, que me pidió el teléfono y no se lo di, porque... ¿para qué iba a hacerlo?, ¿para que, cuando se entere, me suelte que no quiere marrones así? Porque, oye, estaría en su derecho. Voy a ponerme como una vaca, voy a tener cambios de humor repentinos y todo lo que un embarazo conlleva sin que el crío sea suyo. En serio, es para echar a correr —concluye, rompiendo a llorar, y la abrazo en silencio.

—¿Estás mejor? —inquiero cuando su llanto cesa unos minutos después.

—¿Me ves mejor?

—Yo te veo muy guapa. —Es la verdad; igual es amor de hermana, pero aun con estas pintas la veo bonita.

—Seguro.

—Venga, respira profundamente muchas veces, tranquilízate y luego hablamos —le pido, empezando a bajar las escaleras del metro.

—La gente que nos haya visto habrá flipado conmigo —oigo que comenta a mis espaldas, y sonrío a la vez que niego con la cabeza.

—Francamente, como actriz dramática, no tendrías precio.

Hacemos el resto del trayecto en silencio, ella sumida en sus pensamientos y yo, en lo que quiero decirle cuando salgamos del vagón y nadie pueda oírnos.

—A ver, vamos por partes... —arranco mi discurso cuando salimos en la parada de Sol—. No tienes por qué ir contando por ahí que estás embarazada si no quieres hacerlo, pero, si la persona con la que estás es alguien con quien te apetece compartir la noticia, no pasa nada, puedes hacerlo, y no tienes por qué especificar cómo ha sucedido; simplemente con explicar que has decidido asumir la maternidad en solitario estará solventado. Si esa persona quiere salir corriendo, que salga, eso ya es cosa suya, pero, de nuevo, estás adelantando acontecimientos. ¿Quién está siendo piedra ahora? —le pregunto mientras encaminamos nuestros pasos hacia la calle Arenal, donde viven nuestros padres—. Hazme caso, deja que fluya y vive esto con naturalidad, porque nadie va a apedrearte ni a señalarte con el dedo por el hecho de ser madre soltera; de hecho, muchas mujeres deciden decantarse por esa opción y no pasa absolutamente nada. Así que, si vuelves a verlo, dale tu teléfono sin que tenga que pedírtelo. Santi fue tu mejor amigo en la infancia e igual solo pretendía recuperar esa amistad —le digo, y luego me viene a la cabeza mi teoría sobre el sol—. No te ocultes tras soles que te muestren solo lo que te rodea, porque son ellos los que te impiden ver el universo, y, sobre todo, disfruta esto que estás viviendo.

—Sí, claro, como lo que voy a vivir ahora —me rebate con ironía.

—Todavía no lo has vivido, no sabes lo que va a pasar —sentencio, convencida.

—Ni tú tampoco, y no me refiero a esto en concreto. Mira, anoche estuve pensando...

—Ni lo menciones —la corto antes de que pueda proseguir.

—Es que yo ahora me siento como si me hubieran cortado o atado las alas. Tú tienes las tuyas intactas, eres libre para irte con unos y con otros, y, en cambio, anoche terminaste sola en tu cama, como yo. No te ocultes tú tampoco y vive lo que te apetezca, disfrutándolo por las dos.

—¡Qué tontería! Que estés embarazada no significa que no puedas mantener relaciones sexuales.

—Follar, vamos —remarca, y la miro por encima de mis gafas de pasta.

—¡Oh, my Dior! Eres tan ordinaria cuando quieres... —refunfuño, evitando hacer cualquier comentario relacionado con él. «Lo he bloqueado», me recuerdo antes de alejarlo de mis pensamientos para luego guardar unos minutos de silencio, unos en los que, gracias a Dior, mi hermana se ampara—. Me encanta esta calle —le confieso un poco después, mientras caminamos cogidas del brazo—. Bueno, en realidad, toda esta zona —matizo, pues tiene un encanto especial; quizá sea porque todavía conserva la esencia de la época de los Austrias o porque me crie aquí, pero tiene algo que me hace sentir bien, en casa y a salvo—. ¿Te acuerdas de cuánto nos gustaba de pequeñas ir a jugar a los jardines de la plaza de Oriente?

—Yo era la reina y tú, la que me vestía.

—Y tu rey llegaba a lomos de un caballo blanco —rememoro, sonriendo, recordando a las niñas que fuimos.

—¿Te das cuenta de que siempre eras tú la que vestía a las muñecas o a mí cuando jugábamos? Tenías una imaginación desbordante, incluso de cría.

—Siempre quise ser diseñadora, incluso cuando era tan renacuaja que esa palabra no entraba dentro de mi vocabulario —le digo una vez nos encontramos frente al edificio donde viven nuestros padres—. Ha llegado el momento, hermanita. ¿Estás lista?

—Ni de coña, pero qué remedio. Venga, vamos. Cuanto antes me lo quite de encima, mejor.

* * *

—¡Mira que os cuesta encontrar un hueco para venir a vernos! —se queja mi madre, dándome un abrazo.

—No te preocupes, que a partir de ahora vas a vernos muy a menudo —contesto, mirando a Candela, que está a punto de echar el corazón por la boca. Qué tonta.

—¿Y eso? —me pregunta mi padre, dándome un par de besos—. Qué guapa estás, hija.

—¿Y yo no lo estoy, papá? —interviene mi hermana y, aunque ha intentado aportarle ligereza a su voz, he sido capaz de detectar el nerviosismo colándose a través de cada una de sus palabras, como si estuviera agolpado en su pecho y fuera desprendiéndose con cada una de ellas.

—Por supuesto. Tengo las hijas más bonitas del mundo —nos asegura, sonriendo, y le guiño un ojo, pues mi padre es la persona más buena y conciliadora que conozco.

—Mmmm, qué bien huele —musito, dejando el bolso y el abrigo en el perchero de la entrada para dirigirme luego a la cocina—. ¿Qué has hecho para comer, mamá? —indago mientras Candela y mi padre me siguen unos pasos por detrás, charlando entre ellos.

—Arroz meloso con bogavante —me anuncia como si nada, yendo hacia la cazuela mientras las carcajadas de mi hermana llegan a mis oídos.

—¿Le has pedido tú que lo preparara? —le planteo con seriedad, volviéndome para mirarla todo lo mal que puedo.

—Te juro que no —me garantiza, sin poder borrar la sonrisa de su rostro—, pero, mira tú por donde, resulta que hoy sí que vas a poder chuparle las patas.

—Parece mentira que, en tu situación, tengas tantas ganas de bromear —me meto con ella, cruzándome de brazos, sin poder callarme al tiempo que mi padre se dirige a la encimera para empezar a cortar queso.

—¿De qué situación habláis? —nos pregunta inocentemente mi madre, con su delantal puesto, sus zapatillas de ir por casa y sus mallas. «¡Oh, my Dior! Seguro que soy yo la hija del sacerdote», afirmo mentalmente, viendo a mi padre con sus *jeans*, con los que igual hasta duerme, y con una camisa de cuadros por fuera de la cinturilla del pantalón.

—¿Eso es queso trufado? —se adelanta mi hermana, poniendo cara de asco, y la miro por encima de mis gafas de pasta. ¡Pero si le encanta!

—¿A qué viene ese gesto de repulsión? —le formulo, frunciendo el ceño.

—Es que huele fatal —nos responde, tapándose la nariz, y suelto una risotada.

—Eso es porque a la sorpresa barra sorpresa no debe de gustarle —deduzco, cogiendo un trozo, dándole un buen mordisco y relamiéndome.

—Tampoco te gustaba a ti anoche el bogavante, o eso decías, y hoy bien que le chuparás las patas —contraataca, y la miro fatal.

—¿No quieres contar nada? —siseo entre dientes.

—No, mejor tengamos la comida en paz.

—¿De qué habláis? ¿Y qué es eso de la sorpresa barra sorpresa? —quiere saber mi madre, removiendo la comida mientras no le quito la vista de encima a mi hermana y mi padre sigue a lo suyo con el queso.

—Estoy embarazada —suelta Candela de repente, y oigo el silencio llegar para acallar cualquier tipo de sonido.

—¿Qué has dicho? —le pregunta mi madre finalmente, con un hilo de voz, dejando de remover el arroz al tiempo que mi padre parece haberse convertido en una estatua de sal.

—Que está embarazada —contesto con aplomo, encaminando mis pasos hacia mi hermana para colocarme a su lado y rodear su cintura con uno de mis brazos.

—Pero ¿tienes novio, hija? —indaga mi madre, blanca como la cera.

—He decidido asumir la maternidad en solitario —le responde, y le doy un suave apretón.

—Nos estáis tomando el pelo, ¿verdad? —interviene mi padre, reaccionando finalmente.

—No, papá, está hablando muy en serio.

—Pero habrá un padre, porque un bebé no se hace solo... —apostilla mi madre.

—He recurrido a un banco de semen —les miente atropelladamente, y veo cómo el rostro de mi madre palidece todavía más.

—Ay, Señor —susurra, sentándose en una silla.

—Oye, mamá, no dramatices —salgo en defensa de Candela, porque, al fin y al cabo, tampoco hay para tanto—. Además, ¿tú no querías ser abuela? Pues, mira, ya vas a serlo.

—Pero no de esa forma. ¿Cómo se te ha ocurrido? —le recrimina mientras mi padre ha vuelto a sumirse en su mutismo—. Ese niño va a tener los genes de un hombre que ni siquiera conoces —añade, completamente escandalizada, poniendo el grito en el cielo.

—Nunca dirás nada más cierto —sentencio, ganándome una mirada furiosa por parte de mi hermana—. ¡Perdón! —me disculpo en voz baja—. A ver, mamá —reconduzco el tema con serenidad, yendo hacia el botellero para descorchar un vino—: nunca terminas de conocer a las personas, al menos, es lo que has dicho tú siempre, y los caminos del Señor son inescrutables...

—Te estás ganando un guantazo... —me reprende mi madre con seriedad, y medio sonrío, intentando encauzar la conversación por donde quiero llevarla.

—Si Dios no hubiera querido que se convirtiera en madre, por muchas inseminaciones que se hubiera hecho, no habría servido de nada... y, en cambio, se ha quedado embarazada con la primera, así que alégrate, porque tú querías ser abuela y vas a serlo —le digo con seriedad, observándolos a ambos. Mi madre, sentada, con la frente apoyada en la palma de una mano en plan trágico, y mi padre, todavía de pie, sin poder articular palabra—. Mira, mamá, esto no es ninguna enfermedad grave ni ningún motivo de discusión, así que deja de poner esa cara de drama de una vez, porque el bebé nos está oyendo y puede que luego no te quiera —contraataco, sirviéndome un poco de vino.

—¿Tú estás bien, hija? —le pregunta finalmente mi padre, y doy gracias por ello; al menos uno de los dos ha formulado la pregunta correcta.

—Sí, sí que lo estoy —le contesta mi hermana, con un hilo de voz.

—Pues, si tú estás bien, yo también —concluye, acercándose a ella para darle un abrazo, y miro a mi madre, instándola a imitarlo.

—Eso sí, si es niña, ni se te ocurra llamarla María Eugenia. Vamos a cortar con la tradición de que la primera niña se llame así, porque tienen que coger aire para pronunciar el nombre —le pido a Candela con gravedad, ganándome otra mirada furibunda por parte de mi madre mientras su voz llega a mi memoria para acallar la de mi familia.

«María Eugenia... —oigo con total claridad a través de mis recuerdos—. Me gusta tu nombre, aunque quizá resulte un poco largo cuando tenga prisa —y siento cómo mi vientre se contrae de la misma manera en que lo hizo en ese momento—, pero supongo que, entonces, me permitirás que lo acorte o que te llame de otra forma.»

Maldito bucólico fin de semana, hostia.

—María Eugenia es un nombre precioso —me llega la voz de mi madre, distorsionada, y cabeceo, regresando a mi presente y bloqueándolo en mi cabeza, tal como lo he hecho en el teléfono.

—Sí, mamá, siempre me ha encantado llamarme así —suelto con ironía—. ¿Comemos ya? Hablar tanto me produce hambre; además, estoy deseando chupar un par de patas —añado, provocando, al fin, la sonrisa de mi hermana.

—Oye, mamá... ¿tú no tienes nada que decir? —la interpela Candela, y niego con la cabeza, porque, vamos a ver, ¿qué necesidad habrá de preguntar?

—Lo que tengo que decir no va a gustarte, y quiero que mi nieto me quiera —le responde, mirándome mal.

—¡No, si al final, con la que se ha cabreado, es conmigo! —exclamo entre molesta y divertida, pues durante toda mi vida la ecuación ha sido esa. Candela la lía. Yo la defiendo. Yo cargo con el muerto. Hostias.

—Dale tiempo a tu madre, ya verás cómo luego está muy feliz —le pide mi padre, conciliador, yendo hacia mamá para rodear su espalda con un brazo—. María Eugenia, que van a hacernos abuelos... —comenta con orgullo, dándole un suave apretón, consiguiendo que ella sonría de una vez y que lo haga yo también mientras los observo.

«Llevan toda la vida juntos —pienso mientras mi padre le da un beso en la mejilla—, toda la vida siendo el apoyo el uno del otro; juntos han sido padres y, ahora, van a convertirse en abuelos. Puede ser que yo jamás tenga eso —me planteo de repente—. Tendré otras cosas y todas ellas relacionadas con la moda, pero tal vez nunca tenga lo que ellos tienen... unas hijas que les dan tantas alegrías como disgustos, un futuro nieto barra nieta en camino, un sábado en familia, una comida en la cocina... Sí, yo tendré otras cosas, pero es bastante improbable que tenga estas.»

—Gracias —susurra Candela, muy bajito, sacándome de mis pensamientos.

—Para eso estamos —le respondo, siguiéndola hasta la mesa, donde nos sentamos—. ¿Estás mejor? —inquiero mientras mis padres charlan entre ellos y, cuando asiente con la cabeza, cojo su mano por debajo de la mesa para darle un apretón.

—¿Ya has ido al médico? —quiere saber mi madre, dejando la cazuela en el centro de la mesa para empezar a servir los platos.

—Sí, ya me han recetado el ácido fólico y todas esas cosas —le contesta mi hermana, evitando dar más información.

—Si me lo hubieras contado antes, te hubiese acompañado... a todo, desde el principio —la riñe mi madre, y veo cómo mi padre frena su sonrisa—. No quiero que vayas sola al médico. Si tu hermana no puede acompañarte, iré yo, ¿está claro? —le plantea, y Candela asiente, porque ella es más de hacer eso.

Cande asiente, guarda silencio y deja que creas lo que quieras creer, como está haciendo ahora, y después hace lo que le viene en gana. Yo, en cambio, soy más guerrillera; suelto las cosas tal como las pienso, planto cara a quien sea y siempre acabo discutiendo con todo el mundo. Supongo que mi hermana es agua y yo, piedra; una piedra enorme que no puede pasar por todos los huecos.

Durante el almuerzo hablamos del embarazo, de cómo se organizará cuando nazca el bebé, de lo cansada que está a todas horas, de los peleles de ganchillo que mi madre tiene intención de hacerle, y que, de antemano, sé que a Candela le horrorizarán, y de todo lo que yo viviré siempre en tercera persona.

—Venga, chúpala —me incita mi hermana cuando me llevo la pata del bogavante a la boca, y vaya por delante que he estado tentada de no hacerlo, porque la veía venir.

—Vete a cagar —farfullo, sintiendo cómo el líquido se desliza por mis dedos.

—¿Está buena, hija? —me pregunta mi madre, sonriendo complacida ahora que se le ha pasado el disgusto.

—Claro, mamá —le respondo, rememorando cómo ayer lamió mi piel.

—Seguro que adivino lo que estás pensando —insiste Cande, y la miro todo lo mal que puedo.

—¡Oh, my Dior, lo que tengo que soportar! —me quejo, dejando la dichosa pata para secarme la mano con la servilleta mientras oigo, de fondo, las risas de mi hermana.

—Por cierto, mamá, ¿sabes con quién coincidimos ayer María Eugenia y yo? ¡Con Santi! ¿Te acuerdas de él? —le plantea y, durante unos segundos, me evado de la realidad de esta cocina para marcharme a la de mis recuerdos, donde un agujero negro del color de sus ojos tira de mí con fuerza.

* * *

—Me marcho ya —les anuncio tras una sobremesa relativamente larga, viendo cómo Candela se sienta en el sofá junto a mi padre.

—¿No te quedas un rato más? —inquiere, apoyando la cabeza en el hombro de papá, y niego con la mía, pues, ahora que las cosas están más calmadas y mi madre ha empezado a entusiasmarse con su futuro nieto barra nieta, mi hermana ya no me necesita a su lado.

—No, tengo cosas que hacer —le miento—. Venga, mamá, dame un abrazo —le pido, sonriendo, y, cuando me abraza, sonrío más.

—No me había enfadado contigo —me confiesa, dándome un beso.

—Tampoco quiero que te enfades con ella. Sé que te ha molestado lo que te he dicho, pero es la verdad: aunque no te hayan gustado los medios que ha utilizado para conseguirlo, va a hacerte abuela, lo que siempre has deseado. Al menos, una de tus hijas, va a darte el gusto.

—Tú también puedes dármelo —replica, mirándome con cariño.

—No creo, mamá —contesto, convencida, zafándome de su abrazo para ir a despedirme de Cande y de mi padre.

—Tu hermana tiene mucha suerte de tenerte —me regala mi padre, dándome un beso.

—Y yo de tenerla a ella, aunque no sepa vestirse. Venga, dame un beso, que me voy —la apremio, y ella se levanta del sofá para abrazarme.

—Tú elegirás el nombre —anuncia, sorprendiéndome.

—No, ese privilegio te corresponde a ti, pero yo le daré la aprobación. Te quiero, tonta —le digo, abrazándola, y la quiero tanto que daría mi vida por ella sin dudarlo.

—Yo más —me confiesa, e intensifico el abrazo, esbozando una sonrisa.

Capítulo 6

Inspiro profundamente cuando salgo a la calle. «Ya ha pasado lo peor —pienso, risueña, guardando las manos en los bolsillos de mi abrigo—, y ha ido mejor de lo que imaginaba», reconozco, echando a andar hacia el Palacio Real.

«Podría haberme quedado en casa de mis padres, como ha hecho Candela —medito, permitiendo a mi mente tomar las riendas de mis pensamientos—. Habríamos visto una película juntos y luego, cuando hubiese terminado, nos habríamos tomado un café sentados en torno a la mesa de la cocina, frente a uno de esos bizcochos que a mamá tanto le gusta hacer; puede incluso que hubiéramos optado por bajar a tomar algo en cualquiera de estas terrazas o a la chocolatería —divago, observando a la gente que está haciendo justo eso y caminando por inercia—, solo que no lo he hecho y he buscado una excusa para marcharme. Qué diferentes somos mi hermana y yo; ella es familiar, le gusta rodearse de personas, y será una gran mamá. A mí, en cambio, cada vez me gusta más estar sola, y no porque sea asocial, sino porque, a medida que voy cumpliendo años, disfruto más de mi soledad y del silencio», reconozco para mí, deteniendo mis pasos cuando llego al Palacio Real.

«Frente a esta imponente fachada y en estos jardines crecí y disfruté de mi infancia mientras mi madre conversaba con otras madres —rememoro, esbozando una sonrisa—. Aquí imaginé a mi hermana vestida de princesa y de reina, y ahora imagino a la gente vestida con mis diseños. Quiero que el nombre de María Eugenia de la Rúa se asocie a moda, a clase y a elegancia. Quiero que las mujeres que lleven mis creaciones se sientan femeninas y fuertes, seguras de sí mismas. No quiero ser una más. Quiero reinventar códigos, alzar mi voz a través de mis diseños, y sin duda quiero hacerlo de la mano de Dior. Quiero ser su diseñadora y que mis colecciones sean mis hijos; quiero jugar, pero con bocetos; darles vida, pero con mis dedos, y entretenerme con telas y combinaciones. Eso es lo que quiero y esa es la vida que deseo, y lo deseo tanto que algún día el universo no tendrá más remedio que dármelo —me convenzo, alzando la mirada hacia el cielo, que me muestra el sol—, pero que es mucho más, solo que yo no puedo verlo, oculto como está tras sus rayos», pienso, bajando la mirada y posándola sobre algo que me resulta familiar, despertando de mi ensoñación cuando me percato de que ese «algo» no es una cosa, sino una persona. Él. ¡Venga ya!

Está de espaldas, fotografiando a una mujer, y, como si no hubiera otra opción para mí, comienzo a caminar hacia ellos o, más bien, hacia él, como si fuera una partícula suelta o perdida en el espacio y él un agujero negro cuya fuerza magnética me atrajera de manera poderosa hasta atraparme. «Tiene el pelo tan revuelto como siempre —pienso, sin poder alejar mi mirada de su cuerpo— y lleva la misma cazadora de anoche.» Bajo la mirada desde su espalda hasta llegar a su trasero, donde la detengo porque... «¡Oh, my Dior!», exclamo mentalmente con admiración, demorándome más de lo estrictamente necesario en cómo sus *jeans* se adaptan a sus formas masculinas mientras todo desaparece de mi campo de visión: turistas tomando fotos, madrileños dando un paseo, un hombre creando música con unas copas, unos niños jugando... todo desaparece y se ensordece para mí... todo, excepto él.

—Perfecto, ricura, vamos con la última. Mírame, justo así, no sonrías —le pide, moviéndose en torno a ella, y detengo mis pasos al despertar de mi ensoñación y percatarme de lo cerca que estoy de ellos.

«Vete —me ordena esa voz interior que sabe lo que me conviene—. Vete ahora que todavía no te ha visto —insiste mientras sigo paralizada, sin poder alejar mi mirada de su cuerpo—. Vete», reitera, esta vez con mayor firmeza, e inspiro profundamente antes de obedecer.

«Pero ¿qué me está pasando? —Confusa, me doy media vuelta, dispuesta a marcharme—. ¿Por qué he reaccionado así en lugar de largarme corriendo? —me pregunto, de nuevo sin reconocerme—. ¿Por qué no puedo alejarlo de mi cabeza o por qué últimamente no dejo de verlo por todas partes? Y encima le he mirado el trasero», me fustigo, sin poder creerlo, echando a andar finalmente para mezclarme con la gente que me rodea y poder escabullirme rápidamente.

—¡Ey, ey, pelirroja! ¿A dónde vas? —Él, y su mano aferrando mi brazo. Él, y mis pulmones vaciándose de aire. Él, y mi vientre contrayéndose con fuerza.

Y, sí, puede que mi rostro denote fastidio, el que siento realmente, porque esta situación y sentirme así me molesta soberanamente, pero nunca me ha gustado mentirme y una parte de mí, que no entiendo pero que está tan presente como la otra, está encantada de la vida de que me haya visto.

—¿Te marchabas sin saludarme? —me plantea cuando me vuelvo para encararlo.

Sumida en mi silencio, observo su ceño, levemente fruncido; la intensidad de su mirada, atestada del azul del mar, del océano profundo y del fuego que rodea la llama; sus rasgos aniñados, que, cuando los contemplas más detenidamente, no lo son tanto; su media sonrisa, dura, sexy y cargada de peligro... y su voz, que no puedo ver, pero que resuena con fuerza dentro de mí. «Es mi agujero negro», pienso, quedándome enganchada a su mirada mientras su mano agarra mi brazo con fuerza; la justa para que no me duela, la justa para que sepa que no va a dejarme ir tan fácilmente.

—No te había visto —le miento finalmente, viendo a la chica que estaba fotografiando unos pasos por detrás de nosotros, aguardándolo—. Lo siento, tengo cosas que hacer y a ti te están esperando —afirmo, deteniendo la mirada en su mano y luego subiéndola de nuevo hasta sus ojos para darle una orden muda que no precisa de palabras.

—Ya hemos terminado. Dame un minuto para que cierre

unas cosas con ella y me tienes para ti sola —me informa con una mezcla de seriedad y burla que me fastidia a partes iguales, casi tanto como lo que provoca en mí.

—Menuda estupidez —gruño, con una sonrisa sardónica, negando con la cabeza—. No te quiero para mí sola, ¿cuándo vas a enterarte? —añado, poniéndome a la defensiva y mirándolo con altivez, porque es la verdad; no me interesa, no me gusta y no es mi tipo, solo que, cuando lo tengo delante, tiendo a olvidarlo con suma facilidad.

—Pelirroja, ¿nunca te han dicho que no está bien mentir? —me rebate, y, con su pregunta, regreso a los viñedos y a ese maldito fin de semana que lo está cambiando todo...

* * *

—¿Confías en mí?

—No —le contesté sin dudarlo un instante.

—Oye, ¿nunca te han dicho que a veces es mejor mentir? Venga, empecemos de nuevo. ¿Confías en mí?

—¿Sí?

—Respuesta correcta.

* * *

—Y yo pensando que era mejor hacerlo —le recuerdo, viendo la diversión instalada en su mirada.

—Solo en algunos casos —me contesta, sustituyendo esa diversión inicial por algo más profundo, oscuro y atrayente—. Oye, solo quiero tomar un café contigo y conocerte mejor; te aseguro que no voy a llevarte a mi casa ni a besarte, y mucho menos voy a proponerte matrimonio, así que tranquila, ¿vale? —me pide con voz rasposa, esbozando una media sonrisa cargada de demasiadas cosas que no puedo desgranar, y me suelto de su agarre.

—Vete a jugar por ahí, ¿quieres? Tienes un parque a unos pocos metros de aquí, te gustará el tobogán —le espeto, furiosa, aunque, en realidad, no estoy furiosa con él, sino conmigo y con esa parte de mí que se ha sentido decepcionada cuando ha dicho que no va a llevarme a su casa ni a besarme.

Por favor.

—Puedo besarte si quieres, no hace falta que te pongas así —me suelta, vacilón.

«¡Venga ya!, ¿en serio soy tan evidente?», me flagelo, apretando los labios, los dientes, los puños... y nada más porque no puedo. Sin molestarme en contestarle, giro sobre mis tacones para largarme de aquí de una vez.

«No te ocultes tú tampoco y vive lo que te apetezca; disfrutándolo por las dos», oigo la voz de mi hermana de repente mientras lo dejo atrás, mezclándome esta vez sí con toda la gente que me rodea, acelerando mis pasos para marcharme cuanto antes de aquí.

—Sería capaz de ver tu pelo a kilómetros a la redonda —me dice, colocándose a mi lado, y lo miro casi frenando en seco.

—¡Me tienes hasta las narices! ¡¿Por qué no desapareces de una maldita vez?!

—Porque no es eso lo que deseas en realidad —me asegura, totalmente convencido, y siento cómo mira dentro de mí, como si mis ojos fueran dos ventanas enormes a mi interior desde las cuales pudiera asomarse para husmear y hallar lo que realmente siento o deseo.

—Por supuesto que quiero que lo hagas —le rebato, bajando el tono de voz, sin soltarme de su mirada, tan azul, tan fascinante que parece increíble que sea de verdad.

—Vamos a hacer un trato. Tú te tomas un café conmigo, intentando ser simpática y al menos sonreír de vez en cuando, y, a cambio, yo te prometo que no volverás a verme —me propone con una seriedad que me impone, consiguiendo que, de nuevo, todo desaparezca y ensordezca para mí; todo, excepto él.

—No hablas en serio —le contesto, preguntándome dónde estará la trampa; porque la hay, estoy segura.

—Hablo muy en serio. Si quieres que nos veamos de nuevo, tendrás que ser tú la que venga a buscarme, pero, si lo haces, tienes que prometerme que luego cenarás conmigo —prosigue, con esa seriedad que no ha dejado de emplear en ningún momento desde que ha empezado a plantearme todo esto, y lo miro, sonriendo y cruzándome de brazos.

—No pienso ir a buscarte —sentencio, convencida.

Antes me tiro por un puente o me pongo unos *jeans* rasgados.

—Pues entonces tomaremos café y no volveremos a vernos; es eso lo que quieres, ¿no es cierto? —me formula, empezando a andar y volviéndose luego para mirarme, y observo su sonrisa desdeñosa y su ceja enarcada.

—Por supuesto. Estoy deseando perderte de vista —le aseguro, sonriendo también, y comienzo a seguirlo.

—Vaya, una sonrisa. ¿Significa eso que aceptas el trato? —indaga, consiguiendo que sonría más.

—Solo si te comprometes a cumplirlo.

—Yo siempre cumplo mis tratos, pelirroja —me garantiza, y, durante una fracción de segundo, camino guiada por su mirada.

—Entonces supongo que tú y yo tenemos un trato —le digo, deteniéndome para tenderle mi mano, que estrecha.

—Eso parece —musita sin permitir que me suelte del azul de sus ojos y, de nuevo, me pregunto dónde estará la trampa.

—Oye, ¿y la chica con la que estabas? —le pregunto, liberando mi mano del calor de la suya, para guardarla en el bolsillo de mi abrigo.

—Ya te he comentado que habíamos terminado —me recuerda con esa voz rasposa y sexy que es capaz de contraer suavemente mi vientre.

«Venga ya conmigo», me riño, molesta, echando a andar otra vez, seguida esta vez por él.

—¿Dónde te apetece que nos sentemos? —le planteo, deseando que este café pase rapidito para poder perderlo de vista cuanto antes; a él y a la María Eugenia que soy cuando estoy a su lado.

—¿Te gusta el chocolate? —inquiere y, antes de poder anularla, una sonrisa se dibuja en mi rostro—. ¿Esa sonrisa es un sí? ¿Sabes que estoy tentado de empezar a contar tus sonrisas? —me confiesa, provocando que sonría más.

«Venga ya. Por favor.»

—Me gusta el chocolate —afirmo, evitando su mirada y la tentación que anida en ella, obligándome a dejar de sonreír de una maldita vez.

—Y ahora es cuando pretendes ir de dura, solo que no te está saliendo —me comenta, divertido, y suelto una carcajada.

—No pretendo ir de nada —le miento, maldiciéndome por ser tan transparente.

—Seguro —me responde, socarrón.

—¿Y a dónde vamos? —cambio de tema a propósito, obligándome a dejar de comportarme como si fuera una preadolescente que ha quedado por primera vez con el chico que le gusta.

—A una de las mejores chocolaterías de Madrid.

—San Ginés —sentencio, quedándome de nuevo enganchada a su mirada—. Crecí con ese chocolate —le cuento, dirigiendo la mirada al frente, supongo que porque es más seguro observar lo conocido que la tentación de lo desconocido, sobre todo si tiene la capacidad de contraer tu vientre y dejarte sin respiración.

—Al final hasta tendremos cosas en común, ¿qué te parece? —me pregunta como si fuera algo sorprendente, y me muerdo el labio inferior para no sonreír más.

—Oye, estás incumpliendo el trato —me riñe, deteniéndose, y lo hago yo también, sin entender sus palabras—. Estás privándome de tus sonrisas, pelirroja, y no quiero que lo hagas; si no voy a volver a verte más, quiero disfrutarlas todas, quiero oír el sonido de tu risa y estar con la María Eugenia que intuyo que eres.

—¿Sabes que la cola llegará hasta el final de la calle? —planteo, echando a andar de nuevo y haciendo caso omiso a todo lo que acaba de decirme.

—¿Estás cambiándome de tema?

—No, solo te estoy advirtiendo de la cola que vamos a encontrarnos cuando lleguemos —le contesto con sequedad, huyendo de su mirada.

—Pues permíteme decirte una cosa: no tienes ni idea —me rebate con insolencia, y me vuelvo para mirarlo por enésima vez.

—He crecido a unos pasos de esa chocolatería, te aseguro que sé muy bien de lo que hablo.

—¿Vivías cerca de aquí? —se interesa, y suelto todo el aire de golpe.

—Sí, ¿y tú? —le pregunto, evitando dar más información.

—Yo, un poco más lejos —me contesta y, cuando giramos la esquina y veo la cola, detengo mis pasos para sonreír con toda mi arrogancia.

—¿Qué habías dicho? ¿Que no tenía ni idea? —lo pincho, cruzándome de brazos.

—Exactamente, eso es lo que he dicho. No tienes ni idea, pelirroja —afirma, arrogante y desdeñoso, cogiendo mi mano y echando a andar de nuevo.

—¡¿Qué haces?! —exclamo, acelerando mis pasos para poder seguirlo, sintiendo la fuerza con la que la apresa; la justa para que no me duela, la justa para que sepa que no va a dejarme ir, tal y como ha hecho antes.

—Ahora lo verás —responde, guiñándome un ojo y dedicándome una sonrisa que no debería llenar mi vientre de millones de mariposas.

—Vale, pero suéltame —le pido, intentando poner un poco de distancia entre ambos para poder recuperar el control de mis deseos.

Detengo mis pasos cuando él detiene los suyos. Me mantengo firme en mi sitio cuando él se vuelve para mirarme y retrocedo un par de pasos cuando los suyos se comen el poco espacio que nos separa. «Es mi agujero negro —pienso con rapidez, percibiendo la energía que emana de su cuerpo— y, como no haga algo por evitarlo, va a terminar engulléndome», reconozco, viendo mis palabras, esas que le he dedicado estos días, flotando en el universo infinito, cada vez más lejos de nosotros.

—Oye, ya te he dicho que, si es la última vez que voy a estar contigo, no quiero que me prives de nada —me pide, clavando su intensa mirada azul sobre la mía, y visualizo la llama del fuego, esa que es roja y naranja, aparentemente, pero que tiene el azul integrado en sus colores; el azul del calor, el azul de la combustión completa. El azul que a veces no vemos pero que no por ello deja de estar presente... como todo esto que estoy sintiendo.

—El trato consistía en sonrisas y en ser simpática, en ningún momento has hablado de cogerme la mano —le recrimino, poniéndome a la defensiva, algo que también hago con suma facilidad cuando lo tengo cerca, posiblemente porque me asusta no poder controlar todo lo que bulle dentro de mí.

—El trato consiste en que te relajes y disfrutes del momento. ¿Lo haces, pelirroja? ¿Disfrutas del momento? —me pregunta, alzando su mano para acariciar mi pelo, provocando que contenga la respiración durante una breve fracción de segundo—. Contéstame, ¿disfrutas de tu vida o eres de las que siempre está trabajando, concentrada en su objetivo? —insiste con seriedad, impidiendo que me libere de su mirada, bajando su mano de mi pelo hasta mi cuello, donde sus dedos acunan mi nuca, ejerciendo la presión precisa.

—Cada uno disfruta de la vida como le place —sentencio, evitando mover la cabeza para intensificar esa presión o ponerme a ronronear como un gato.

—Cierto, solo que la vida es mucho más que trabajo... como tú; tú eres mucho más de lo que permites ver y yo quiero verte, quiero conocerte, y, si solo tengo unas horas para poder hacerlo, no quiero desperdiciarlas con limitaciones, así que vamos a modificar ese trato y a quitar obstáculos o impedimentos, llámalo como prefieras —me dice con esa gravedad que consigue que deje de verlo como a un crío para vislumbrar al hombre que es en realidad.

—No voy a dejar que me beses —le advierto, sintiendo cómo sus dedos se alejan de mi cuello para hundirse en mi densa melena.

—¿Y quién ha hablado de besos? —replica, y contengo la respiración.

Está tan cerca de mí que me llega la caricia de su aliento sobre los labios.

—Pues, entonces, apártate —le pido, posando mis manos sobre su pecho para alejarlo de mí, solo que, al hacerlo, las suyas apresan con rapidez mis muñecas.

—El problema es que no puedo, pelirroja —me confiesa con voz ronca, alterando mi respiración con sus palabras, y, cuando se acerca más a mi cuerpo y percibo todo lo que de él emana, siento como se altera todavía más—, pero, por ti, haré lo que haga falta —añade, soltando mis manos, alejándose de sopetón y dejándome apoyada en la pared, con cientos de posibilidades resbalando por mi cuerpo, como haría el aceite, o flotando en el universo infinito cuando no hay un agujero negro que tire de ti—. Vamos, sígueme, ricura —me ordena, sin molestarse en volverse para mirarme.

«¿Qué hostias acaba de pasar? —me pregunto, confusa, echando a andar de nuevo, viendo su espalda y la mochila que carga sobre uno de sus hombros, en la cual supongo que guarda la cámara y todas sus cosas. Aunque estoy tentada de incrementar el ritmo de mis pasos para ponerme a su altura, me contengo, manteniendo una distancia prudencial entre ambos que me proporcione el espacio necesario para que pueda mantenerme en mi órbita sin sentir que algo poderosamente fuerte tira de mí.

—Pero ¿qué haces? No podemos colarnos —le advierto, siendo yo esta vez la que lo coge del brazo para detenerlo cuando veo que se interna en la chocolatería.

—¿Y quién ha hablado de colarse?

«¿Y quién ha hablado de besos?», rememoro, observando el brillo azul de su mirada y su sonrisa desdeñosa.

—Te has comido toda la cola, está más que claro que lo has hecho —constato, acercándome ligeramente a él para que la gente no pueda oírme.

—De nuevo, no tienes ni idea, pelirroja —me asegura, sonriendo ampliamente, y me cruzo de brazos, molesta, supongo que porque tengo un ego más grande que todo Madrid y no hay nada que me jorobe más que el hecho de que me digan que no tengo ni idea. Venga ya, hostias—. Deja de poner esa cara —me pide, divertido, acercándose más a mí, y lo fulmino con la mirada—. ¿Quieres una porra o tú eres más de churros? —me plantea con insolencia, sin borrar la maldita sonrisa de su rostro.

—Me estás vacilando, ¿verdad? —replico, valorando seriamente mandar nuestro trato al quinto boceto y largarme de una vez—. Si es que, teniendo un parque infantil tan cerca, no sé para qué hemos venido aquí —me quejo, exasperada, metiéndome con él y provocando su risa, profunda y sexy... y, sí, he dicho *sexy*, hostias ya.

—Tienes toda la razón, pelirroja, yo tampoco sé qué hacemos aquí pudiendo estar jugando juntos y conjugando verbos —me responde, hundiendo la cabeza en mi cuello, rozando mi oreja con sus labios y agitando, de nuevo, mi respiración—. Tengo tantos en la cabeza, relacionados contigo, que no me importa por cuál comencemos, siempre y cuando los conjuguemos todos —prosigue, consiguiendo que la mía se llene de todos ellos sin necesidad de que los haya pronunciado, y son tan tremendamente obscenos que siento cómo el sonrojo llega para cubrir mis mejillas y hacerle la competencia a mi pelo—. Vaya, esto sí que es una sorpresa —me dice, alzando una mano para, con el dorso, acariciar mi mejilla, que está ardiendo.

—¡No te confundas! —le espeto, furiosa, alejando su mano de mi piel de un manotazo—. Eres lo más insoportable y molesto que he conocido en toda mi vida, así que haz el favor de colarte o hacer lo que te venga en gana, pero vamos a tomarnos ese chocolate y a terminar con este suplicio de una vez... y, no, no quiero ni churros ni porras —farfullo, moviéndome para encararlo, y, maldita sea, estoy hasta la triple costura de él y de sentirme así.

—Bueno, eres libre de seguir mintiéndote si quieres —me contesta con una sonrisa desdeñosa, guiñándome un ojo. Si es que no puedo con él—. Nada de churros ni de porras, entonces. ¿Entras conmigo o me esperas aquí fuera? —me formula mientras me cruzo de brazos, completamente indignada.

—Espero —siseo entre dientes, evitando decir «te espero».

—Como prefieras, pelirroja. ¿Me das un besito? —me pregunta, vacilón.

—Vete a la mierda —le dedico, provocando de nuevo sus carcajadas.

Lo observo colarse tras la barra, como si lo hubiera hecho cientos de veces, darle un par de besos a una de las camareras y saludar con afecto a otro empleado para luego desaparecer, como si estuviera en su casa, tras una de las puertas, donde supongo que se ubica la cocina, y si dijera que no estoy muerta de curiosidad, estaría mintiendo, porque, si mi ego es más grande que todo Madrid, mi curiosidad abarca ya dimensiones gigantescas.

«Debería irme —refunfuño, comprobando la hora por tercera o cuarta vez—. Han pasado ya cinco minutos, tiempo de sobra como para hacer lo que tenga que hacer —me digo con impaciencia, deslizando la mirada por este local que forma parte de mi vida y de mis recuerdos, pues aquí he merendado con Candela y con mis padres tantas veces que ni siquiera podría contarlas—. Aquí, frente a un chocolate caliente, he ido creciendo hasta convertirme en la mujer que soy ahora, y esta mujer está a punto de mandarlo a la... ¡Por fin!», exclamo mentalmente cuando lo veo salir de donde sea que estuviera, con dos chocolates y una bolsa en la mano.

—Siento el retraso. Toma. —Me tiende mi chocolate y lo miro sin entender nada—. Ven —me pide, haciéndome un gesto con la cabeza, señalándome la salida.

—Y ahora es cuando me cuentas que vamos a sentarnos en la terraza, ¿verdad? —le pregunto con guasa cuando llegamos a la calle y compruebo que las mesas están atestadas de gente.

—¿Acaso lo dudas? —replica, volviéndose para mirarme, y opto por callar, visto lo visto—. Toma, sujétamelo —me pide, tendiéndome su chocolate y la bolsa con los churros, y lo miro frunciendo el ceño—. ¿Confías en mí? —me pregunta, insolente, con una sonrisa, llevándome de vuelta, de nuevo, a los viñedos y a ese paseo a caballo.

—No, pero mejor si te miento y te digo que sí, ¿verdad? —le respondo, dibujando otra en mi rostro.

—Te cuesta, pero al final terminas aprendiendo —me vacila, y suelto una carcajada. ¡Será posible!

Lo veo desaparecer de nuevo dentro del local para, a los pocos segundos, salir cargado con dos sillas, y sonrío, de nuevo, negando con la cabeza.

—Cuatro sonrisas y dos carcajadas; definitivamente debo estar haciéndolo bien —comenta, guiñándome un ojo, «y, maldita sea, es un encanto», reconozco, mordiéndome el labio inferior mientras contemplo cómo deja las sillas, una junto a la otra, cerca de la pared, lejos de la gente.

—Toma.

Le doy su chocolate y sus churros, «y tenía que haberme dejado de tonterías y decirle que quería churros», admito, sentándome a su lado y viendo cómo saca uno y me lo tiende.

—Toma tú también. —Miro el churro que me ofrece—. Estás deseando cogerlo y lo sabes. Venga, pelirroja, llévatelo a la boca —me incita, chulesco, y suelto una carcajada a la vez que me hago con él.

—Eres idiota, ¿no te lo han dicho nunca? —le pregunto, divertida.

—¿De verdad lo crees? Porque estoy sentado en la mejor chocolatería de Madrid junto a una de las mujeres más interesantes y sexis que he conocido en mi vida —me responde con seriedad, clavando su increíble mirada en la mía, y sonrío, negando con la cabeza. Es un encanto —y encima me sonríe. Joder—. Y nunca, jamás, un taco había estado tan repleto de admiración.

—Cállate —le pido en voz baja, sintiendo cómo algo cambia entre nosotros, algo que hace de este pequeño rincón, alejado del resto de los clientes, un lugar especial—. ¿Vas a contarme por qué puedes colarte, como si nada, en la cocina de una de las chocolaterías más famosas de todo Madrid? —indago, cambiando de tema, mientras él hunde su churro en el líquido oscuro, espeso y humeante.

—Porque trabajé aquí —me cuenta antes de darle un mordisco.

—¿En serio? —me asombro, sin poder alejar mi mirada de él—. Pues qué raro que no nos hayamos visto antes, porque llevo toda mi vida viniendo por aquí.

—De nuevo te equivocas, pelirroja —me dice, esbozando una media sonrisa—. Te he servido chocolate a ti, a tus padres y a tu hermana cientos de veces —suelta como si nada.

—Me estás tomando el pelo... —susurro, sin poder creerlo.

—¿Por qué crees que sé que te gustan los churros? —me pregunta antes de hundir de nuevo el suyo en el chocolate.

—Porque le gustan a todo el mundo —argumento mientras él le da un buen morisco.

—El chocolate está más bueno si lo tomas caliente —me indica, como si no lo supiera—. Pelirroja, resaltas por encima de todos, no sé si es por el color de tu pelo, que se ve a kilómetros a la redonda o...

—No te excedas —lo corto, sin saber cómo sentirme.

—No es una crítica —me aclara, esta vez con seriedad, dirigiendo su mirada al frente—. La primera vez que te vi fue una tarde de invierno; llovía a mares y tú entraste empapada, me sonreíste, me pediste un chocolate y me dejaste sin habla —me cuenta como si nada, volviéndose para mirarme—. Te sentaste en la única mesa que quedaba libre, sacaste una libreta de tu bolso, te pusiste a trabajar y ya no levantaste la mirada de eso que estuvieras haciendo en toda la tarde —rememora mientras yo me quedo enganchada a su voz y a su mirada, aunque creo que llevo un buen rato enganchada a ambas—. Tú vas a la tuya, sin ver lo que te rodea; a veces creo que ni siquiera ves lo que tienes frente a ti si no tiene relación directa con tus intereses; de hecho, juraría que ni siquiera me viste esa tarde, a pesar de que me sonreíste. Luego, dejé de trabajar aquí y te perdí la pista hasta que, en la revista en la que curraba, te hicieron un reportaje. Ese día me enteré de que la pelirroja que pedía chocolate con churros y dibujaba vestidos a todas horas se había convertido en una de las diseñadoras más prestigiosas del país. Después coincidimos en los viñedos y creo que, a partir de ahí, ya puedes seguir tú la historia —concluye, dejándome esta vez él a mí sin palabras.

—Vaya... —musito finalmente, rebuscando en mi memoria su rostro, sin llegar a encontrarlo—. Lo siento, no te recuerdo.

—Es difícil recordar lo que no has visto —me tranquiliza, guiñándome un ojo, sin una pizca de crítica en la voz.

—Pero no es así en realidad, al menos no como lo planteas —me defiendo—. No es que no vea a la gente, es solo que soy despistada; no me fijo en las caras y, sí, bueno, voy mucho a la mía, pero porque no tengo tiempo que perder —me defiendo, y es curioso que lo haga, porque esto no es algo que vaya pregonando por ahí.

—Yo tampoco tengo tiempo que perder, pero me parece que nuestros objetivos difieren bastante. ¿Cuál es tu objetivo en la vida, pelirroja?

—Quiero ser la diseñadora de Dior —afirmo y, de nuevo, no sé por qué se lo cuento.

—Nada más y nada menos. Apuntas alto, ricura.

—¿Tú no?

—Más que tú —me asegura, volviéndose para clavar su mirada en esa pared de enfrente que está disfrutando lo que yo no... sus ojos.

—¿Y puedo saber cuáles son tus objetivos? —indago, deseando atraer su atención otra vez.

—Disfrutar de la vida, pelirroja. Aprovechar cada minuto. Exprimir cada segundo y no dejar de hacer nada que desee —declara con gravedad, girándose hacia mí para mirarme, y, de nuevo, me quedo enganchada al azul de sus ojos, solo que, ahora, ese azul ha adquirido las tonalidades del océano más profundo e insondable.

—¿Por qué? —le pregunto, con un hilo de voz.

—¿Por qué no? —me rebate, encogiéndose de hombros.

—No sé, supongo que porque yo siempre he antepuesto mi carrera a pasarlo bien.

—¿No disfrutas de tu vida? —replica, y creo que es la segunda vez que me formula esta pregunta.

—Claro que sí —le contesto, viendo cómo le da un sorbo a su chocolate mientras que el mío permanece intacto—, solo que, posiblemente, lo hago de forma distinta a ti. —Y, ante su mutismo, prosigo—. Ya no me gusta salir por la noche; en realidad, creo que nunca me ha gustado... detesto la música que se lleva ahora y nunca me he emborrachado, pero disfruto con otras cosas, y mi trabajo es una de ellas —le explico mientras contemplo cómo, tras darle un mordisco a su churro, se le queda una pequeña migaja en la comisura de los labios... y, como si fuera lo más natural del mundo, alargo una mano para retirársela.

—Tenías una migaja —me justifico cuando su mirada se llena de una intensidad que me intimida—. Deja de mirarme así, ¿quieres? —le pido, sonriendo con timidez, siendo yo la que clava esta vez la mirada en la pared de enfrente—. ¿Quién era esa chica a la que estabas fotografiando? —le pregunto, deseando aligerar el ambiente, que, de repente, siento electrizante.

—Solo es una amiga; tranquila, no tienes que estar celosa —me responde con insolencia, y me vuelvo para mirarlo todo lo mal que puedo, solo que no me sale y acabo sonriendo ante su sonrisa.

—Eres idiota —afirmo, y creo que también es la segunda vez que se lo dedico.

—Lo que tú digas, ricura —replica, sonriendo más, apoyando la cabeza en la pared y dirigiendo la vista de nuevo al frente... y, durante unos segundos, deslizo la mía por su perfil; por sus cejas, tan rubias como su pelo; por su nariz, recta y perfecta; por su labio inferior, ligeramente más grueso que el superior; por el hoyuelo que se le forma en la barbilla... hasta detenerla en esa sonrisa, que, aunque no puedo ver ahora, siempre parece estar ahí, oculta en la comisura de sus labios, lista para dibujarse en su rostro.

—¿No vas a contármelo? —le pregunto, mojando finalmente mi churro en el chocolate y dándole un mordisco mientras él permanece en silencio, observando a la gente que pasa delante de nosotros.

—Es solo una chica que está empezando y quería unas fotos bonitas —se limita a contestar.

—¿Y la fotografías en la calle? ¿No sería mejor en un estudio? —inquiero con curiosidad, pues he visto en su Facebook varias fotos de ese tipo.

—¿Por qué? —me plantea, girándose finalmente hacia mí.

—¿En serio me estás preguntando por qué? ¿Tú, que eres fotógrafo profesional? —le rebato, asombrada.

—El resultado, si sabes hacerlo bien, pelirroja, no varía demasiado —me cuenta, evitando mi mirada para luego guardar silencio... y algo me dice que hay más.

—¿Nuestro trato incluye que me cuentes lo que estás pensando? —lo reto en voz baja, acercando un poco mi cabeza a la suya y creando, sin pretenderlo, un momento demasiado íntimo.

—Nuestro trato incluye todo lo que tú quieras, ricura —afirma con voz rasposa, alzando la mirada y encontrándose con la mía, y guardo silencio, instándolo a hablar—. Mi objetivo, cuando llegué a Madrid, era convertirme en el mejor fotógrafo del país, solo que me faltaba una cosa esencial para poder conseguirlo: dinero con el que poder montar o alquilar mi propio estudio, así que terminé currando aquí, sirviendo chocolate a la pelirroja que tengo ahora a mi lado —me explica, consiguiendo que sonría y que lo haga un poco más cuando me guiña un ojo—. Después cambié de empleo, cuando encontré otro en el que ganaba más pasta, y así estuve durante un par de años, yendo de aquí para allá, siempre intentando mejorar y también ganar más —prosigue, apoyando de nuevo la cabeza en la pared que tenemos detrás, marchándose con sus recuerdos a esos años y llevándome con él, como si su voz fuera esa mano que aferra la mía con fuerza—. Todo eran impedimentos al principio —rememora, esbozando una sonrisa—, como si la vida estuviera centrada en joderme vivo todos los días, pero decidí no rendirme y, cuando no te rindes, lo consigues —sentencia, volviéndose para mirarme—. Nadie quería contratarme como fotógrafo, porque no tenía un currículum que me avalara y yo solo poseía mi cámara para poder conseguir mi sueño, así que, un día, decidí empezar a hacer fotos en la calle, aprovechando la luz natural. Supongo que, cuando no tienes dinero, te vuelves ingenioso, y yo lo fui, y mucho. Mi objetivo entonces era muy similar al tuyo. Yo tampoco tenía tiempo que perder y estaba completamente enfocado en lograrlo, a pesar de que me cerraron tantas puertas que llegué a perder la cuenta de los noes que me regalaron a diario, hasta que, por fin, una revista me dijo que sí y empecé a currar con ellos. Allí conocí a Estela Suárez —prosigue, haciendo referencia a una actriz muy famosa a la que, por cierto, yo he vestido varias veces—. Congeniamos muy bien desde el principio y le propuse hacerle un reportaje en la calle. Le gustó la idea, aunque de la manera en la que se lo planteé resultaba imposible que no le gustara. Después lo colgó en sus redes sociales, me etiquetó y supongo que ahí empezó todo de verdad. Creé, sin pretenderlo, un nuevo estilo, una forma distinta de hacer reportajes, porque no eran en un estudio, sino en la calle; no eran frente a fondos, sino frente a grafitis, fachadas viejas o callejuelas con cierto encanto, y la luz no provenía de focos ni estaba matizada por nada, porque era la del amanecer, la del atardecer o la que hubiese en ese momento —continúa su relato mientras imagino al chico que fue antes de convertirse en el hombre que intuyo que es ahora, a pesar de que me empeñe en llamarlo crío a medio hacer—. Es difícil que te vean, ricura, sobre todo en este mundillo, pero, cuando lo consigues, entonces todos vuelven la cabeza hacia ti y dejas de ser invisible para ser «ese chico que hace fotos en la calle». Yo tuve la suerte de conocer a Estela y, gracias a ella y a mi esfuerzo, hoy tengo un estudio propio y hago lo que siempre quise hacer. Esos reportajes son mi sello de identidad ahora, y me buscan tanto las personas que quieren perseguir su sueño, como la chica a la que he fotografiado hoy, como *influencers*, *celebrities*, actores y modelos que ya lo han conseguido.

—¿Por eso tu objetivo ha cambiado? ¿Porque ya lo has logrado?

—No —me responde con sequedad, y frunzo el ceño ante esta contestación tan corta y contundente.

—¿Y qué te hizo cambiar, entonces? —me aventuro a indagar.

—Si volvemos a vernos, puede que algún día te lo explique —me contesta, sonriendo, solo que su mirada está atestada de algo que me hace retroceder—. Tengo que irme, pelirroja —me anuncia, levantándose y cogiendo mi vaso, vacío ya, para meterlo dentro del suyo—. No ha sido tan malo como imaginabas, ¿verdad? —me formula, guiñándome un ojo, para luego dejar los vasos y la bolsa de papel, donde iban los churros, en una de las mesas que acaba de quedar vacía, mientras que yo solo puedo pensar en que no quiero despedirme de él—. Supongo que aquí termina todo, a no ser que decidas llamarme —añade, cogiendo su mochila del suelo, y lo miro sintiendo cómo la decepción llega para sentarse a mi lado, en la silla que él ha dejado libre—. Nos vemos, ricura —se despide de mí, colgándose la mochila al hombro y echando a andar... y no, no quiero...

—¡Espera! —lo llamo, levantándome, dejando de pensar para ser simplemente agua.

Me acerco a él sintiendo cómo su cuerpo tira del mío, con su mirada, repleta de la intensidad del mar y del calor del fuego, sosteniendo la mía, como si fuera una cuerda que tirara de mí o un agujero negro que me atrapara con su magnetismo, y, sin detenerme a pensar en mis actos, acerco mis labios a su mejilla para depositar un beso que demoro, en el que mis pulmones se llenan de la fragancia de su piel y en el que mis labios perciben la aspereza de su barba recortada. Un beso que consigue que quiera cientos de besos más.

—De parte de la pelirroja que pedía chocolate con churros y dibujaba vestidos a todas horas —declaro en un susurro casi imperceptible, alejándome ligeramente de él y encontrándome con su mirada, quedándome enganchada a ella, tal y como me sucede siempre.

—¿Y la mujer que tengo frente a mí no quiere darme un beso? —me pregunta con voz cavernosa, sin permitir que me suelte de esa cuerda invisible que me mantiene atada a su mirada, y tengo que frenarme para no alzar mis manos y rodear su cuello con ellas, para no acercar mi rostro al suyo o para no hacer lo que realmente deseo. Besarlo. Besarlo como me besó él en los viñedos. Besarlo hasta que mis sentidos queden atestados de él. Besarlo y sentir su cuerpo pegado al mío.

—No, ella prefiere mantener las distancias —suelto finalmente, haciendo a un lado mis deseos, como hago siempre cuando estoy con él.

«¿Por qué no me permito ceder? ¿Porque es más joven que yo? ¿Porque es ya una cuestión de orgullo?», me pregunto mientras todo desaparece y se ensordece a mi alrededor.

—Dile a la pelirroja que pedía chocolate con churros y dibujaba vestidos a todas horas que me alegra haberla visto de nuevo, y a la mujer que tengo frente a mí... nada, a ella ya se lo diré yo si vuelvo a verla —me responde, provocando la suave contracción de mi vientre y llevándose mi respiración con sus palabras y con el tono que ha empleado—. Espero que hasta pronto, ricura.

Lo veo darse la vuelta y echar a andar mientras permanezco estática en mi sitio... sin mover un músculo, sin echar a correr tras él, sin llamarlo... cuando en realidad no hay nada que desee más hacer.

* * *

Paso el resto del fin de semana en mi casa, haciendo un esfuerzo por concentrarme en mi trabajo y en mis cosas, solo que es bastante complicado conseguirlo cuando no dejo de verlo y oírlo por todas partes.

Capítulo 7

«Lunes, gracias a Dior —pienso, frustrada, cuando llego a D'Elkann—. Menudo fin de semana más jodido», me lamento mentalmente, saludando a Pepe con la cabeza, siendo muy consciente de que no le he vetado la entrada a Ciro en la empresa, algo que iba a hacer el viernes. Maldita sea, estoy deseando cargarme de trabajo para poder dejar de pensar en él de una condenada vez. «Últimamente no dejo de tomar malas decisiones —me recrimino, malhumorada, accediendo al ascensor—. Primero accedí a ir los viñedos, craso error, y, más recientemente, el sábado, en lugar de quedarme con mis padres y mi hermana viendo una película, decidí largarme, y no a mi casa, que era una gran opción, nooo, yo opté por dar un paseo, otro error, y tuve que encontrármelo de nuevo... y no sé si es cosa del destino o casualidad, pero estoy hasta la triple costura de encontrármelo por todas partes, de que sea un encanto y de que me guste estar con él. Y ahora lo echo de menos, hostias. Lo siguiente, ¿qué será?, ¿ponerme unos *jeans* rotos?», me pregunto, accediendo al Departamento de Diseño y encendiendo las luces que yo misma cerré el viernes.

«Tienes un objetivo, deja de centrarte en tonterías», me ordeno, dejando mi bolso y mi cartera sobre la mesa para arrancar mi portátil. Esto es lo mío, mi trabajo, mis bocetos...

«Ese día me enteré de que la pelirroja que pedía chocolate con churros y dibujaba vestidos a todas horas se había convertido en una de las diseñadoras más prestigiosas del país», rememoro de repente, recordando cómo mis pulmones se vaciaron de aire y mi mente, de palabras. «Maldita sea. Es un encanto, está buenísimo, y eso que nunca me han gustado los tíos buenos, y no voy a volver a verlo», concluyo, deteniendo la mirada en el portátil que tengo frente a mí, sin verlo realmente... porque es difícil ver algo cuando tu cabeza está llena de otras cosas; de él, más concretamente, y de todos los momentos que he vivido a su lado, y no sé cómo lo ha hecho, pero ha conseguido colarse dentro de mí y, ahora, no tengo ni idea de cómo echarlo.

«Tú vas a la tuya, sin ver lo que te rodea; a veces creo que ni siquiera ves lo que tienes frente a ti si no tiene relación directa con tus intereses...»

«Y ahora él tiene relación directa con mis intereses —reconozco—. Maldita sea, cómo me ha calado sin apenas conocerme», me lamento, despertando de mi ensoñación cuando el departamento comienza a llenarse de gente.

—Buenos días, jefa. ¿Cómo ha ido ese fin de semana? —me pregunta Greta, dejando sus pertenencias sobre la mesa.

—Ha ido —me limito a contestar, sin dejar de observarla.

Greta es una chica *curvi* muy sexy; lleva el pelo corto, a lo *garçon*, tintado de rubio platino. Tiene los ojos verdes y una preciosa sonrisa dibujada permanentemente en el rostro, que hoy combina con un vestido negro y ceñido, de nuestra colección. Es alocada, trabajadora, una *coolhunter* brutal y la persona perfecta para llevar la sección de Temporada y Pronto Moda.

—¿Ha ido? Qué aburrido suena eso. Un día tienes que venir de marcha con Luna y conmigo, verás qué bien lo pasas —me asegura, y sonrío, negando con la cabeza.

«Una sonrisa», cuento mentalmente, y no sé por qué lo he hecho, me digo, confusa, regresando, durante una fracción de segundo, a ese lugar, fuera de la chocolatería, en la que logró que deseara más.

—Ya estoy mayor para esas cosas —sentencio, levantándome de esa silla imaginaria en la que me había sentado para regresar a la realidad de este Departamento de Diseño.

—Con treinta y ocho años no se está mayor para nada —oigo que me replica mientras detengo la mirada en la puerta, donde se apoyó él el viernes y por donde ahora están entrando Crescencia y Orencia, seguidas de Carolina, otra de los miembros de mi equipo.

Me obligo a alejarlo de mi mente de una vez y a centrarme en lo que debo, en mi trabajo. «Puede que esto no sea alta costura —pienso, sacando los bocetos con los que he estado trabajado este fin de semana—. Puede que D'Elkann no forme parte de la Chambre Syndicale de la Haute Couture, la comisión reguladora francesa que lleva años estipulando qué es y qué no es alta costura. Puede que no seamos franceses y que nuestros vestidos no valgan miles y miles de euros, pero nuestros diseños no tienen nada que envidiar a los de la alta costura parisina», sentencio mentalmente con orgullo, viendo en mi imaginación el boceto que tengo frente a mí en movimiento.

—Tenemos un problema —oigo la voz de Sonia a mi lado, y giro la cabeza para mirarla por encima de mis gafas de pasta.

—Es muy temprano para tener ya un problema, ¿no te parece? —inquiero, molesta. Empezamos bien el lunes.

—En realidad, tenemos este problema desde el viernes, solo que tenía la esperanza de que se solucionara —me confiesa, haciendo una mueca y atrayendo toda mi atención con sus palabras.

—¿Y puedes decirme de qué se trata? —le apremio con sequedad, pues no hay nada que me jorobe más que el hecho de que la gente vaya con rodeos.

—Dante sigue en Italia —me explica y, con su confesión, siento cómo mi corazón da un vuelco.

«Hostia, por supuesto que había trampa.»

—Por su bien, espero que esté aquí mañana a la hora del *shooting* —le contesto con frialdad, dejando de prestarle atención para dedicarme por completo, de nuevo, a mis bocetos.

—No estará —me asegura, convencida, y, armándome de paciencia, dejo a un lado mis diseños para contemplarla con seriedad.

—¿Y puedo saber por qué? —siseo entre dientes.

—No sé qué ha pasado, pero llevan un retraso impresionante. Ya me llamó el viernes para advertirme de que, si la cosa no mejoraba, no llegaría a tiempo y, te garantizo que, si tú estás cabreada ahora, él lo está más —afirma mientras me mantengo en silencio, matándola con la mirada—. Tendrías que haberlo oído, creo que nunca lo he escuchado soltar más tacos seguidos...

—Que él se cabree o suelte tacos no soluciona nuestro problema —la corto con acritud, levantándome para dirigirme al pasillo, donde se ubica la máquina expendedora de café.

—Lo sé, pero no tienes de qué preocuparte, porque tengo la solución perfecta; de hecho, me la propuso Dante y luego lo hablé con Pilar y le pareció bien —me confiesa mientras rezo para que no sea lo que me temo—. ¿Conoces a Ciro Zabat?

Mierda.

—Sí, lo conozco, y, no, no es la solución que necesitamos —replico, sacándome el café.

—¡Pero si es un fotógrafo buenísimo, María Eugenia! ¿Dónde está el problema? —me plantea, sin entender mi respuesta contundente, que no tengo la menor intención de explicarle—. Y encima tiene la mañana disponible...

—¿Y por qué sabes que tiene la mañana disponible? —la interrumpo con brusquedad, mirándola por encima de mis gafas de pasta, llevándome el café a los labios y quemándome la punta de la lengua.

—Porque he hablado con él —me aclara como si nada.

Me cago en la hostia.

—Y, por casualidad, no hablarías con él el viernes, ¿verdad? —indago, intimidándola con la mirada y sin que me importe lo más mínimo.

—Sí, claro; de hecho, estuvo por aquí y charlamos un poco sobre su curro. Tendrías que ver con quién ha trabajado, alucinarías —me cuenta con admiración, yéndose de nuevo por las ramas, y la miro exasperada, obligándola a centrarse—. Bueno, para el caso, Pilar y yo le detallamos qué es lo que necesitábamos, y nos dijo que no había problema. Por lo que nos contó, y contrastamos, ha hecho cientos de *shootings* de ese tipo —prosigue mientras siento cómo todo el cabreo que bulle en mi interior sube por mi cuerpo hasta llenar mi cabeza.

—Encuentra a otro, él está descartado —ordeno, siendo todo lo irracional que puedo llegar a ser, porque en realidad sé que él es la opción perfecta para nuestro problema y yo he caído en su trampa.

«Si quieres que nos veamos de nuevo, tendrás que ser tú la que venga a buscarme, pero, si lo haces, tienes que prometerme que luego cenarás conmigo.»

—Tanto Pilar como yo ya estuvimos mirando perfiles y currículums, y no encontramos a ningún otro candidato, no con tan poco tiempo.

—Venga ya, no me fastidies. ¿Quieres decirme que no sois capaces de dar con un fotógrafo disponible en todo Madrid? —le pregunto, exasperada.

—No si debe tener un currículum equivalente al de Dante. Oye, si te vale un fotógrafo cualquiera, no hay problema, al final de esta misma calle hay uno, pero, si quieres un fotógrafo de moda que se ajuste a tus exigencias, la cosa se limita. Tenemos a Dante, que está fuera; a Jesús Serrano, que mañana tiene un *shooting* con María López, una *influencer* que está en la recta final de su embarazo; a José Díez, que tiene portada con la revista *Alma*... y así podría seguir hasta nombrártelos a todos. María Eugenia, llevamos desde el viernes con este tema y Ciro Zabat es la única solución viable que se nos ocurre —me dice, agobiada, y me termino el café de un trago, abrasándome la garganta.

—Pues, entonces, seguid buscando. Estaré en el taller. Quiero una solución a lo largo de la mañana —la presiono, tirando el vaso vacío a la pequeña papelera antes de encaminar mis pasos, furiosos, hacia el ascensor.

«Él lo sabía, sabía que estábamos sin fotógrafo, por eso me propuso ese trato —medito, hundiendo mi dedo, con más fuerza de la necesaria, en el botón de llamada—, y yo caí como una tonta —me fustigo, accediendo al ascensor cuando se abren las puertas, recordando que me pregunté dónde estaría la trampa, sin llegar a encontrarla—. En todo caso, ¿cómo iba a hacerlo si no sabía nada?», me machaco, dirigiendo mis pasos hacia el final del pequeño vestíbulo cuando el elevador abre sus puertas en la tercera planta, donde, tras una doble puerta de acero, se encuentra el Departamento de Confección.

Saludo a Sabina, la jefa de taller, con un movimiento de

cabeza a la vez que el sonido de la actividad de este espacio llega a mis oídos y mis sentidos se llenan de todo lo que me rodea; los maniquíes, los primeros en llevar nuestros diseños; las máquinas de coser y las planchas; la mesa de corte, al final del departamento, frente a los rollos de tela, y la zona de trabajo, un poco más alejada, de los patronistas.

—Buenos días —saludo a Juan, uno de ellos, colocándome a su lado mientras el plóter va dibujando las trepas bajo las cuales se colocará el tejido para ser cortado posteriormente.

—Buenos días, María Eugenia —me responde, y observo, hipnotizada, la eficiencia de la máquina, solo que, en realidad, no estoy viendo lo que dibuja, sino a él y su sonrisa insolente—. ¿Todo bien? —añade, sacándome de mi ensoñación.

—Todo perfecto, ¿y vosotros? ¿Cómo vais por aquí?

—Hemos tenido un problema con el último canalé *nude* recibido. Ven y te lo muestro; Maurice ya está al corriente. Les ha costado la leche poder cortarlo, porque venía con pequeñas manchas negras —me cuenta, yendo hacia la sección de corte, y suspiro, casi imperceptiblemente, siguiéndolo. Joder con este lunes.

—Buenos días, Samuel —saludo a uno de los cortadores.

—Le estoy explicando lo del canalé —le aclara Juan al tiempo que me cruzo de brazos.

—Joder si ha dado por saco —masculla, yendo a por el rollo de tejido y extendiéndolo sobre la mesa para poder enseñármelo—. Fíjate en estos puntos negros. Está manchado.

—Eso es porque la máquina que tejía estaba sucia —afirmo, sintiendo cómo el cabreo que llevo acumulado se duplica ante lo que estoy contemplando—. ¿Qué ha dicho Maurice? —inquiero, frunciendo el ceño y cogiendo el tejido entre mis dedos, con lo que percibo una aspereza que no debería estar presente.

—Que hablaría con el proveedor.

Yo sí que hablaré con él. Hostias.

—Córtame un trozo —le pido con sequedad—. Esto pertenece a Temporada. ¿Greta está al corriente de esta incidencia? —les pregunto, intentando mantener la compostura a pesar de que, en estos momentos, solo deseo coger a Maurice por el cuello y cortárselo a rebanadas.

—No, lleva días sin bajar —me contesta Samuel, y tomo nota mental de hablar con ella.

Tras conversar con Sabina y comprobar con ella cómo llevan los vestidos de la colección Dreams, me dirijo de nuevo a la quinta planta, donde, hoy, más de uno va a desear no haberse levantado de la cama.

—María Eugenia —oigo la voz de Pilar cuando paso frente a su despacho, y me vuelvo para mirarla, sabiendo, de antemano, lo que va a decirme.

—No —suelto, rotunda, antes de que pueda llegar a mencionarlo.

—¡Venga ya! ¿En serio? —replica, divertida, y la miro todo lo mal que puedo, porque ella estuvo con nosotros ese condenado fin de semana en los viñedos y no necesito contarle nada.

—Y tan en serio —constato con sequedad, caminando con seguridad hacia ella—. Se supone que debo estar al corriente de estas cosas, no ser la última en enterarme —le recrimino, molesta, intentando no alzar la voz.

—El retraso de Dante era solo una posibilidad —se justifica.

—Una posibilidad que se ha materializado hoy. Oye, no lo quiero currando para nosotros; antes anulo el *shooting*, ¿está claro? —concluyo, girando sobre mis tacones para largarme a Diseño.

—Que firme ese *shooting* no significa que vaya a anillarte —me remarca, risueña, y doy media vuelta para fulminarla con la mirada.

—Ni lo menciones —siseo entre dientes.

—Pues, entonces, deja de comportarte así.

—Así, ¿cómo? —le pregunto con aspereza, y me parece que acabo de encontrarme a la primera que va a maldecir haberse levantado hoy.

—¿Hace falta que te lo diga? Sabes que anular el *shooting* ahora sería un follón, sobre todo cuando no hay necesidad, y, además, lo retrasaría todo muchísimo. Escucha: a ti te gusta su trabajo, tú misma se lo comentaste cuando Valentina te lo presentó, tiene un estudio que cumple con nuestras exigencias y es un buen fotógrafo. ¿Quieres explicarme dónde está el problema?

«En que me ha tomado el pelo. Ahí está el problema, hostias.»

—Llevo años siendo la diseñadora de esta casa y nunca he necesitado recurrir a él. Sonia está buscando a otro y tú también deberías estar haciéndolo, en lugar de conformarte con la primera solución que te ha llegado. Él está descartado y no pienso volver a repetirlo —afirmo con acritud.

—Que te guste no debería ser impedimento alguno para que trabaje con nosotros —me rebate, absolutamente convencida, cruzándose de brazos... y, si las miradas matasen, ella ahora estaría muerta.

—¿Y quién ha dicho que me gusta? —siseo entre dientes, cruzándome de brazos yo también. Lo que me faltaba por oír.

—No necesito que nadie me lo diga, recuerda que estaba allí para veros —me responde, esbozando una sonrisa—... pero, oye, que tú puedes seguir engañándote a ti misma todo el tiempo que quieras; sin embargo, cuanto antes lo asumas, mejor para ti. ¡Ah!, y a él también le gustas, mucho, y tampoco necesito que nadie me lo diga. Voy a buscar a otro —añade luego, dándose la vuelta para acceder a su despacho, dejándome con un palmo de narices en medio del pasillo.

No, si al final seré yo la que deseará no haberse levantado de la cama hoy. Hostias.

La aspereza del tejido entre mis dedos me devuelve a la realidad y, con la furia instalada en mi mirada y la frustración copando todo mi interior, encamino mis pasos al Departamento de Compras.

—¿Y Maurice? —le pregunto con frialdad a uno de sus ayudantes en cuanto accedo al departamento.

—Está de viaje —me contesta, temiéndose lo peor, y hace bien.

—¿Y cuándo regresa? —le formulo entre dientes mientras todos enmudecen ante mi presencia.

—En un par de semanas —me informa, prudente.

Un par de semanas es demasiado tiempo como para contener esta rabia que está comiéndome por dentro, y no precisamente por no tener fotógrafo.

—¿Tú sabías esto? —le espeto, dejando el trozo de tejido sobre su mesa.

—Sí, algo me habían comentado —me responde en voz baja, intimidado por la furia que desprenden mi voz y mi mirada.

—¿Y?

—Es un tema que está llevando Maurice. No lo sé, María Eugenia.

—Pero sabrás que esta no es la calidad que pedí. ¡Pero si parece una lija! ¡Y encima ha venido manchado! —exclamo mientras él guarda silencio—. ¿En qué estáis pensando? ¿Cuántas veces he de repetir que no podéis comprar lo que os venga en gana? Por si no os habéis enterado todavía, las clientas esperan encontrar calidad en nuestras prendas, ¡no esto! —les recrimino, alzando la mirada para posarla en cada uno de los miembros del departamento, que no están perdiendo detalle de nuestra conversación... y mejor que no lo hagan—. Devolved este tejido, ¡ya!, y dile a Maurice que me llame, quiero hablar con él —le ordeno con sequedad antes de salir del departamento.

Odio a Maurice con todas mis fuerzas, maldita sea.

—María Eugenia —oigo la voz de Sonia cuando voy a acceder a Diseño.

—Si no vas a decirme que has conseguido localizar a otro fotógrafo, no me interesa —le advierto, apuntándola con un dedo, sin soltar el trozo de tejido.

—¡Pero es que...!

—Pero es que nada. Oye, mi lunes está siendo muy lunes, no lo empeores más, ¿quieres? —le pido, entrando en Diseño, dejándola en medio del pasillo con eso que iba a decirme para quien quiera escucharlo—. Greta —la llamo en voz baja, acercándome a ella.

—¿Tengo que echar a correr? —me pregunta, con una sonrisa.

—No estoy para tonterías. Mira esto. —Le muestro el trozo de tejido y lo dejo sobre su mesa—. Manchado y de un gramaje y una composición distintos a los elegidos, y no te habías ni enterado —le recrimino con seriedad—. Eres la responsable de Temporada y Pronto Moda, y eso implica que salgas de este departamento, no solo para asistir a los desfiles, a los *fittings*, los *shootings* o para ir de *shopping*, sino también para bajar a la tercera planta, donde, por si no lo sabes, hay un taller de confección que no te molestas en pisar —sigo reprendiéndola, bajando más el tono de mi voz para no hacer partícipes al resto de los empleados del departamento—. O empiezas a familiarizarte con él o pierdes tu puesto, ¿lo tienes claro? —le planteo con malhumor mientras ella coge el trozo de tejido y lo aprieta entre sus dedos.

—No volverá a suceder —me asegura con seriedad.

—Más te vale —concluyo, consultando la hora en mi reloj de pulsera y comprobando lo tarde que se ha hecho.

El resto de la mañana la invierto en reunirme con Manuel, el director de la compañía, con el que trato diversos temas, entre ellos, el del tejido, para luego reunirme con mi equipo, ansiando poder encontrar un momento en el que poder sentarme frente a mis bocetos sin que nadie venga a molestarme.

—María Eugenia, tienes una llamada de Elkann —me anuncia Sonia, al otro lado de la línea.

—¿Está solucionado ya el tema del fotógrafo? —le pregunto, masajeando mis sienes.

—Sigo en ello.

—No te largues a comer hasta que no lo tengas cerrado. Ponme con Elkann —le ordeno, viendo, de reojo, a todo el mundo enfrascado en su trabajo—. Buenos días —lo saludo en cuanto Sonia me pasa la llamada.

—Buenos días, María Eugenia. ¿Qué tal todo por ahí? —inquiere con voz grave.

—Hazme un favor y despide a Maurice, ¿quieres? —le pido, enfadada, apoyando la espalda en el respaldo de la silla—. ¡Voy a envejecer a marchas forzadas por su culpa! Te juro que odio a ese hombre con todas mis fuerzas.

—Seguro que no será para tanto.

—Qué fácil es hablar desde tu torre de Londres o desde donde sea que estés ahora... por cierto, ¿desde dónde me llamas? —indago, pues vive prácticamente en los aviones.

—En Londres —me confirma, y lo imagino en su enorme despacho, con su pelo rubio, sus ojos azules y su barba recortada... y, aunque esta definición también podría aplicarse a

Ciro, en realidad no pueden ser más distintos, pues Elkann es un hombre serio que siempre está concentrado en su trabajo y que no permite que nada ni nadie lo distraiga, todo lo contrario a...—. Necesito que vengas. Tengo que hablar contigo sobre varios temas —me dice, sacándome de mis pensamientos, que me habían llevado de vuelta a él y al brillo burlón de su mirada.

—¿Sobre qué? —le planteo, alejando a Ciro de mi mente.

—María Eugenia, si te pido que vengas es porque no quiero tratarlo por teléfono —me indica con voz grave.

—¿Cuándo quieres que esté allí? —demando, inspirando profundamente.

—El viernes 24, pero no vendrás solo para hablar conmigo —me suelta con solemnidad, captando toda mi atención—. Elton John y su marido van a celebrar una cena benéfica el sábado, cuya recaudación irá destinada íntegramente a la lucha contra el sida, y tenemos una invitación. Quiero que acudas en representación de la firma.

—¿Y tú me acompañarás? —le pregunto, esbozando una sonrisa.

—Sabes que no —me responde, y sonrío más, pues, sin escuchar su respuesta, ya sabía que no iba a hacerlo—. Manuel y tú sois la cara visible de la compañía, no yo —me repite, tal y como ha hecho infinidad de veces.

—Está bien. Le diré a Sonia que me saque el billete —acepto, anotando la fecha en mi agenda.

—Confírmame la hora de tu llegada para ir a recogerte al aeropuerto —me señala, tan atento como siempre, pues, aunque podría enviarme al chófer de la compañía y esperarme en su despacho, nunca lo hace y, siempre que voy a Londres, viene a buscarme personalmente.

—De acuerdo. Nos vemos el 24 —le indico antes de colgar.

—Despídeme si quieres, pero no logro localizar a otro fotógrafo —oigo la voz de Sonia a mi lado, y me obligo a mantener la calma... la maldita y preciada calma—. Todos los profesionales con los que hemos trabajado en algún momento o que me han aconsejado, excepto Ciro, están ocupados.

—Y qué casualidad que él sea el único que esté libre, ¿no

te parece? —replico con desidia, asumiendo que voy a tener que ceder.

—En realidad no lo estaba, pero ha sido el único que ha podido dejar libre su agenda para mañana. —«Y ahora, encima, tendré que darle las gracias, no te fastidia», pienso, molesta—. Oye, se está portando superbién... En todo caso, dime qué quieres hacer, porque tampoco quiero joderlo.

«Joderlo, dice —refunfuño con fastidio—. Aquí la única que va a joderse soy yo.»

—Que sea la última vez que sucede algo así y no me lo comunicas en el acto. Quiero saber todo lo que ocurre aquí y me da igual si es una posibilidad o una realidad. ¿Lo tienes claro?

—Clarísimo. Confirmo el *shooting* con Ciro, entonces —me informa, desapareciendo a toda prisa de mi vista antes de que me eche atrás.

«No tenía que haberme levantado de la cama», me lamento, frustrada, clavando la mirada en el enorme *moodboard* que domina la pared de enfrente, intentando encontrar la calma en las fotografías que nos sirven como inspiración para la colección que tenemos entre manos.

«Si quieres que nos veamos de nuevo, tendrás que ser tú la que venga a buscarme, pero, si lo haces, tienes que prometerme que luego cenarás conmigo.»

«Por favor», me fustigo, masajeando de nuevo mis sienes. Creo que voy a buscar un puente y a tirarme de cabeza por él, con unos *jeans* rasgados y una coleta medio deshecha.

Capítulo 8

Llego a D'Elkann a la mañana siguiente intentando no pensar demasiado en lo que ocurrirá hoy, «suficiente lo hice ayer», reconozco cruzando con decisión la recepción, captando el repiquetear de mis tacones sobre el mármol blanco.

—Buenos días —me saluda Sonia cuando llego a Diseño.

—¿Qué pasa, que has dormido aquí? —le pregunto con sequedad, todavía molesta con ella por la situación en la que me ha puesto.

—¿Sigues cabreada?

—¿Tú qué crees? —inquiero, dejando mis cosas sobre mi mesa mientras ella guarda silencio e inspiro profundamente—. Oye, eres mi secretaria y mi brazo derecho y, aunque entiendo que debes gozar de una cierta libertad de movimiento, no puedes ocultarme cosas así, y no me salgas con que era tan solo una posibilidad, porque esa posibilidad me ha jodido mucho, aunque no lo entiendas —le confieso, enfadada, a pesar de que no tengo la más mínima intención de cenar con él—. ¿A qué hora debemos estar en su estudio? —me informo, cambiando de tema, encendiendo mi portátil mientras el departamento comienza a llenarse de gente.

—El *shooting* está programado para dentro de una hora. Van a empezar a llevarse ya los vestidos y Rocío, la modelo, debe estar a punto de llegar a su estudio, al igual que los pétalos —me cuenta, consultando la hora en su reloj de pulsera—.

Como Ciro no dispone de maquilladora y peluquera, se las hemos proporcionado nosotras —prosigue mientras yo, sin mirarla, me limito a observar las muestras de las telas que llegaron ayer—. Pilar y yo nos marchamos ya, ¿te vienes con nosotras?

«¿Una hora en su estudio? Ni muerta», me digo, viendo su sonrisa burlona solaparse con todo lo otro que vi el sábado por la tarde y que todavía es capaz de contraer mi vientre. Maldita sea con él y conmigo.

—Tengo trabajo, mejor nos vemos allí. Envíame su dirección, por favor —le pido, sentándome frente a mi mesa, necesitando encontrar la calma en mi trabajo.

—Está bien, ahora te la paso.

Suspiro suavemente, deteniendo la mirada en el boceto que terminé ayer, a última hora: un vestido con escote asimétrico, por un lado corazón y, por el otro, manga gigot. «Lo confeccionaré con un *paillete* en color *blue sky* y un *crepé* elástico al tono —lo imagino, acariciando la muestra de la tela con la yema de los dedos—. El puño de la manga llevará un bordado en *paillete*, haciendo un efecto de llamas... la llama que vi en sus ojos, el azul que la rodea —caigo en la cuenta, clavando la mirada en el tejido... —Ni siquiera me percaté de que estaba pensando en él cuando lo diseñaba», reconozco, siendo consciente de cómo mi mente o mi alma han plasmado en el boceto la realidad de cómo me siento: abierta y cerrada a la vez con él y con lo que deseo.

Salgo de Diseño cuando ya no puedo alargarlo más, de nuevo obligándome a no centrarme en él y, durante el trayecto hasta su estudio, me dedico a ojear mi correo, aparentando una tranquilidad que, en realidad, no siento ni de lejos.

—Muchas gracias —le digo a Arturo, el chófer de la empresa, cuando detiene el vehículo frente al edificio donde tiene su estudio.

—Llámeme cuando termine y vendré a recogerla —me indica con profesionalidad antes de que me apee.

«No puedo creerlo —me lamento, inspirando profundamente, pulsando el timbre—. No puedo creer que esté aquí. Maldita sea, hostia», gruño en silencio, encaminando mis pasos hacia el ascensor cuando abren la dichosa puerta, momento que aprovecho para cubrir mi rostro con la máscara de la profesionalidad, esa que utilizo a diario, sobre todo cuando estoy en D'Elkann, donde no tengo amigos ni confidentes... bueno, solo uno, Elkann, el hombre que me dio mi primera oportunidad, el que conoce mis sueños e incluso los respalda, a pesar de que vayan en contra de sus propios intereses.

—Vaya, volvemos a vernos, pelirroja —me saluda, insolente, cuando las puertas del ascensor se abren en su planta, y tuerzo el gesto, dedicándole mi mejor mirada de fastidio, siendo plenamente consciente de que esa máscara, con la que había cubierto mi rostro, se ha volatilizado en cuanto lo he visto.

—¿No me digas? —le pregunto, enfrentándolo con altivez y acercándome a él, que está bloqueando la entrada de su estudio con su cuerpo.

—¿Qué pasa?, ¿que me echabas de menos, ricura? —suelta, vacilón, y, durante una breve fracción de segundo, una idea cruza mi mente... él también se cubre con una máscara, atestada de insolencia y de despreocupación, que te impide ver lo que es en realidad. Una máscara de la que se desprendió el sábado, en ese lugar alejado de la gente, en el que la pelirroja que pedía chocolate con churros y dibujaba vestidos a todas horas se encontró con el chico que hacía fotos en la calle.

«Qué tontería», me riño, haciendo a un lado ese pensamiento.

—Ya quisieras. ¿Me dejas pasar o piensas tenerme aquí toda la mañana? —le espeto, cruzándome de brazos y provocando su sonrisa; chulesca, sexy, irresistible y cargada de peligro, solo que es un peligro que me atrae demasiado.

—Solo quiero dejar una cosa clara antes —me dice con seriedad, cerrando la puerta y dejándonos fuera, mientras su voz rasposa se cuela en mi interior, provocando que imagine algo caliente y resbaladizo deslizarse por mi cuerpo.

«Por favor. No puedo creer que haya pensado eso.»

—Sí, mejor vamos a dejarlo claro, para evitar confusiones. No he venido a buscarte ni a verte de nuevo, y, por supuesto, no vamos a cenar juntos. Apártate —le exijo, enfadada con él y con la María Eugenia que está tonta perdida.

—Te equivocas, ricura: tú y yo tenemos un trato y vas a cumplirlo.

—Aquí el único que se equivoca eres tú. Esto es trabajo y no te he buscado yo, ha sido Sonia... y ¡qué casualidad que estuvieras disponible justo cuando ella estaba buscando un fotógrafo! y, si con ello no fuera suficiente, mira tú por dónde viene Dante para proponerte como su sustituto.

—La vida está llena de casualidades, pelirroja —me responde con socarronería—, y en realidad no estaba disponible; he tenido que modificar mi agenda para poder haceros el favor —me matiza, fanfarrón, y lo fulmino con la mirada.

—¿Perdona? No estás haciéndonos ningún favor —le rebato, exasperada, mientras él se dedica a mirarme, divertido, apoyado en el marco de la puerta con los brazos cruzados, y dejo de hablar para contemplarlo con toda la frialdad que soy capaz de atrapar—. Lo sabías, ¿verdad? Por eso me ofreciste ese trato, porque tenías claro que, casi a ciencia cierta, íbamos a quedarnos sin fotógrafo —afirmo, clavándole el dedo índice en el pecho con fuerza, sintiendo que, de alguna forma, me ha estado tomando el pelo.

—No olvides que la información es poder, pelirroja —me contesta, bajando su mirada para observar mi dedo, que permanece presionando su pecho, y lo retiro con rapidez cuando la alza de nuevo para posarla sobre la mía—, pero eso no cambia las cosas. Eres tú la que me necesita y la que está en mi estudio, y, por supuesto, la que ha venido a buscarme. Vas a cumplir el trato, ricura —me asegura mientras yo solo puedo ver la intensidad del mar más embravecido luchando ferozmente con el calor del fuego más abrasador llegando para engullirme si no me aferro a algo que lo impida.

—Abre esa puerta —le ordeno, negándome en redondo a seguir con esta estupidez, y lo que no entiendo es por qué hostias tengo que hacer esas comparativas tan enrevesadas cada vez que veo sus ojos.

—Dilo —me exige con seriedad, sin modificar su postura, y, no, no me había equivocado con lo de la máscara, pues, tras esa fachada de crío insolente, vacilón y sexy hay un hombre que, en estos momentos, está dispuesto a conseguir lo que se proponga.

—Abre esa condenada puerta —insisto con esa misma seriedad que él está empleando.

—Solo cuando lo digas —me repite, y bajo la cabeza, negando con ella.

—Lo pensaré.

—Demasiado ambiguo, pelirroja. —Y si las voces acariciaran, la suya estaría acariciando mi piel ahora.

—Está bien. Una cena el sábado y se terminó esta tontería. ¿Está claro? —replico, solo que, en realidad, no se lo estoy aclarando a él, sino a mí.

—Como el agua. Ya puedes pasar, ricura —me contesta, abriendo la puerta y haciéndose a un lado para facilitarme el acceso.

«Diáfano, más grande de lo que imaginaba y dotado con todo lo necesario para llevar a cabo el reportaje», analizo, deslizando la mirada por su estudio hasta llegar a la zona destinada para el *shooting*, donde ya están esparcidos, por el suelo, los pétalos de rosa de color rosa, como si de un tupido manto se tratara o como si la primavera hubiese llegado de repente para hacer a un lado al otoño con sus hojas secas.

—¿Cumple tus expectativas, pelirroja? —capto su voz a mi espalda, y me vuelvo para encararlo.

—No me interesa el sitio, me interesa saber si las cumplirás tú —le respondo con sequedad, cubriéndome con esa máscara que había dejado en el ascensor, sintiendo la mirada de Pilar puesta sobre nosotros.

—Yo siempre cumplo con las expectativas; es más, las sobrepaso —sentencia, fanfarrón, y me parece que no soy la única que ha echado mano de esa máscara imaginaria, solo que la suya difiere bastante de la mía.

—Permíteme que lo compruebe por mí misma —le digo, quitándome el abrigo ante su mirada, atestada de demasiadas cosas que prefiero no desgranar.

—¿Me permites? —inquiere, enarcando una ceja, y le tiendo la prenda, deseando largarme lo más lejos que pueda de él.

Encamino mis pasos hacia Pilar y Rocío, obligándome a parecer decidida cuando, con franqueza, siento un ligero temblor de piernas; obligándome a mostrar serenidad cuando dentro de mí todo está agitado, como si mis sentimientos y mis emociones estuvieran dentro de una coctelera y alguien estuviera empleándose muy a fondo para mezclarlos; obligándome a aparentar algo que no siento en realidad, como hago siempre cuando él está cerca.

—Hola, Rocío, estás preciosa —la saludo, dándole un par de besos para, seguidamente, revisar el primer *look* con el que la fotografiará; un vestido plisado en tono azul noche con el cuerpo drapeado.

—¿Bien? —oigo que me pregunta Pilar, y asiento con la cabeza, observando cómo le han recogido el pelo en un moño bajo para, a continuación, deslizar la mirada por el vestido.

«Impecable», pienso, acariciando la tela, casi reverenciándola, caminando alrededor de Rocío para contemplarla desde todos los ángulos y evadiéndome a ese momento en el que lo diseñé... la seda abrazando el pecho, como los brazos de un amante imaginario; la falda cayendo en busca de los pies, sin llegar a rozarlos; tan sutil, elegante y femenino como todos los diseños de la colección Dreams.

—Perfecto. Empecemos —le ordeno, volviéndome hacia él, y, es curioso, pero me cuesta pronunciar su nombre, supongo que porque los nombres, al igual que las palabras, tienen un cierto grado de poder y yo no quiero concedérselo.

Está sonriendo ante un comentario que ha hecho el que creo que es su ayudante y lo observo mientras Rocío y Pilar se colocan a su lado. «Solo tiene a dos personas trabajando para él», me percato, observando cómo un chico joven ajusta los focos ante una de sus indicaciones, y me cruzo de brazos, sin perder detalle de sus movimientos, seguros y confiados; de su cuerpo, enfundado en unos *jeans* y un suéter negro que consigue que su pelo parezca más rubio todavía; de su postura despreocupada; de su gesto relajado y de esa media sonrisa que, de nuevo, parece estar lista para ensancharse en cualquier momento, como si no tuviera un importante *shooting* entre manos, como si esto le divirtiera, «que puede que sea así», pienso, fijándome en su perfil cuando se inclina para comprobar algo en el portátil que hay sobre una pequeña mesa y en el que irán volcándose todas las fotografías que vaya haciendo.

—¿Estás lista, ricura? —oigo que le pregunta a Rocío, obteniendo una sonrisa como respuesta—. Vamos, entonces. Colócate en el centro. —Y, sin percatarme, me acerco más a él, temiendo que no sepa hacerlo o que no haya entendido el concepto.

—No queremos fotos... —intervengo, solo que dejo de hablar cuando se vuelve para mirarme, enarcando ambas cejas.

—Pelirroja, sé perfectamente lo que queréis.

—María Eugenia, si no te importa —le pido, molesta, porque no puede llamarme así frente a mi equipo; en realidad, no puede llamarme así nunca, solo que, por una maldita razón que desconozco, se lo permito.

Sin ni siquiera contestarme y, con esa sonrisa desdeñosa que le borraría si pudiera, lo veo volverse para, casi al segundo, ocultar su mirada tras la cámara.

—Relájate, ricura, no te quiero tensa —empieza a indicarle mientras yo, sin ser consciente de ello, comienzo a morder la cara interna de mi mejilla, tensando todo mi cuerpo. «Esto ha sido una mala idea, teníamos que haber aplazado el *shooting* hasta que llegara Dante», me lamento, contemplando cómo le toma una primera foto—. No te quiero estática... aunque no estés caminando, quiero pensar que vas a hacerlo, quiero creer que vas a venir hacia mí... hazlo, ricura, y mírame como si yo fuera tu chico —le pide, consiguiendo que Rocío sonría, solo que no está sonriendo solo ella, Pilar también lo hace—. Ya sé que soy irresistible, pero tienes que hacerte más de rogar... Venga, te quiero más seria, justo así, muy bien, alza el mentón, preciosa. ¿Cómo? ¿Qué ibas a decirme? —le plantea, y dejo de morderme la mejilla para fruncir el ceño, sin entenderlo. «¿A qué viene esa pregunta?», estoy a punto de formular, apretando los labios cuando veo a Rocío entreabrir los suyos, entendiendo su petición a la perfección.

—Suerte que he conseguido localizar un fondo similar al que habíamos elegido —me comenta Sonia en voz baja mientras yo solo tengo ojos para ellos y, más concretamente, para él.

«Vaya, ha sido capaz de conectar con ella en apenas unos minutos», reconozco, percibiendo la conexión que ya hay entre ambos.

—Es tan parecido que pensaba que era el mismo —le confieso, sin poder alejar mi mirada de su cuerpo, de su perfil, de sus manos aferrando la cámara, de las pulseras que decoran su muñeca, tres concretamente...—. ¿Se conocían? —indago en voz baja, frunciendo el ceño sin percatarme.

—¿Quiénes?

—¿Quiénes van a ser? Ellos, Rocío y él.

—No, que yo sepa, a no ser que tengan por costumbre presentarse cada vez que se ven —me contesta, divertida, al tiempo que me aprieto los brazos con las manos sin pretenderlo. «Maldita sea, estoy tan tensa que mañana va a dolerme todo el cuerpo sin que haya movido un solo dedo», asumo, soltando mis brazos, obligándome a relajarme.

Y de nuevo ese verbo... obligándome a... como cada vez cuando estoy con él.

—Leo, necesito aire para que se muevan los pétalos, y tienen que venir de este lado —le indica a uno de sus ayudantes mientras el otro permanece sentado frente al portátil, comprobando que las fotos que va sacando se vayan volcando correctamente—. Necesito ver esto —prosigue, dejando la cámara en el suelo para coger unos cuantos con sus manos y lanzarlos hacia Rocío—. Quiero que se mezclen visualmente con el vestido. —«¡Qué buena idea», admito, llevando mi pulgar a mis dientes, para empezar a mordisquearlo, solo que ya no estoy tensa, sino más bien concentrada en lo que estoy viendo—. Tiene que ser algo sutil, como si los trajera el viento o fueran un segundo fondo, ¿lo entiendes? —le pregunta, cogiendo otra vez su cámara y, unos pasos por detrás de él, descubro al hombre tenaz que sabe lo que tiene entre manos, el que no necesita que nadie le diga lo que tiene que hacer porque lo intuye y porque tiene ese maravilloso don llamado *talento* que tan alto se cotiza y tanto cuesta ver—. Vuélvete un poco, quiero que me muestres ese vestido por detrás... no sé quién lo habrá diseñado, pero es la hostia —oigo que suelta de repente, y muerdo más fuerte mi dedo para no sonreír ante la admiración que destilan su voz y sus palabras—. Perfecto. Oye, ricura, creo que tienes un camino frente a ti, ¿puedes ir hacia él? —le plantea, y veo cómo Rocío hace ademán de dirigirse hacia ese camino imaginario mientras la falda se mueve, agitada por el viento cargado de pétalos de rosas.

—Creo que todos hemos visto ese camino sin que exista realmente. Vaya con el crío insolente a medio hacer —me susurra Pilar al oído, y dejo de morderme el dedo para sonreír finalmente.

—Creo que con este *look* tenéis fotografías más que de sobra para elegir —nos dice, yendo hacia el portátil para comprobarlas.

—Opino igual. Vamos con el segundo vestido —sentencio con firmeza, acercándome a él para observar el resultado en su portátil, muerta de curiosidad por descubrir lo que he visto en movimiento captado a través del objetivo de su cámara, solo que, antes de que pueda llegar a verlo, baja la tapa.

—¿Qué haces? —indago, frunciendo el ceño.

—¿Qué haces tú? —me reformula la pregunta, con voz ronca, atrapando mi mirada con la suya.

—Intentar ver tu trabajo.

—Mi trabajo es impecable; fíate de mí, pelirroja —me responde, con la voz cargada de confianza.

—No lo dudo, pero quiero verlo —insisto, cruzándome de brazos.

—Para eso, vas a tener que esperar. ¿Podrás hacerlo? —me reta, esbozando una media sonrisa repleta de peligro, y lo miro sintiendo cómo, dentro de mí, todo da un vuelco.

—No me llames pelirroja y recuerda quién te paga —le ordeno, aunque con menos firmeza de la que me gustaría, perdiéndome en el azul insondable de sus ojos y olvidando, durante una fracción de segundo, dónde y con quién estamos.

Sin molestarse en contestarme, sin borrar su sonrisa y chasqueando la lengua, pasa frente a mí para dirigirse de nuevo hacia su puesto mientras yo suelto todo el aire de golpe.

Fotografía a la modelo con el segundo *look*, un elegantísimo minivestido confeccionado en seda negra, escote en pico, anchos tirantes y lazo extragrande en la espalda terminado con cola, pendientes de aro salpicados con perlas, pelo recogido y sandalias trenzadas a tono. Un *outfit* neutro, limpio, elegante y sofisticado.

—¿Cuántas veces, siendo pequeña, has levantado las hojas del suelo con el pie? —oigo que le pregunta a Rocío, dedicándole una sonrisa, y observo cómo se ajusta la manga del suéter a sus brazos—. Hazlo, vuelve a ser la niña que fuiste, juega con estos pétalos y sé tú la que los mueva esta vez... Venga, ricura, pásalo bien, sonríe, diviértete y dame lo que quiero ver.

No sé cómo lo hace, pero en mi cabeza se reproduce lo que él está viendo en la suya, solo que yo no veo a Rocío, sino al niño que fue, a ese crío rubio de mirada traviesa que estoy segura de que levantaba las hojas del suelo con los pies. Y sonrío. Por supuesto que sonrío, porque es imposible no hacerlo.

* * *

Da por finalizado el *shooting* a las dos y media, tras casi cinco horas de trabajo ininterrumpido, en las que el tiempo me ha pasado volando, tal y como han volado los pétalos de rosas, en las que he sonreído más veces de las que posiblemente debería haber sonreído y en las que, en algún momento, he dejado de preocuparme para simplemente dejarlo hacer y disfrutar de su talento, porque está cargado de él y era imposible que alguien no volviera la cabeza, arrastrando la del resto.

«Por supuesto que lo ha conseguido», pienso con orgullo; un orgullo que, posiblemente, tampoco debería sentir, pero que está ahí, copando una parte de mi pecho.

—Y, ahora, ¿qué? —le pregunto, intentando no aportarle ningún tipo de emoción a mi voz, colocándome a su lado y cruzándome de brazos.

—Ahora seleccionaré las mejores fotografías y os las mandaré en un archivo para que podáis verlas tranquilamente. Cuando tengáis claras las que os gustan, ya me lo diréis y las retocaré —me responde sin mirarme, con toda su atención puesta en su cámara y, no sé por qué, detengo la mirada en las tres pulseras que lleva en la muñeca: una negra, de piel trenzada, otra idéntica pero en color dorado y, la tercera, combinada en acero y piel.

—Quiero estar contigo cuando hagas esa selección inicial. —Y ese «quiero estar contigo» ha sonado de forma completamente distinta a como sonaba en mi cabeza.

—Yo también quiero estar contigo, pelirroja —me confiesa

con voz ronca, alzando su mirada para atraparme con la intensidad del mar y el calor abrasador del fuego, y sonrío, negando con la cabeza, dándolo por perdido y dándome por perdida a mí también, ya puestos.

—Sabes que estamos trabajando, ¿verdad? —le recuerdo, intentado borrar mi sonrisa. ¡Venga ya!

—¿Y quién ha dicho lo contrario? —me pregunta con esa seriedad que yo he intentado atrapar y que me ha dado esquinazo con suma facilidad.

—Creo que sobran las palabras. ¿Cuándo vas a hacer esa selección? —voy al grano, reconduciendo la conversación.

—Hoy mismo, ¿para qué dejar para mañana lo que puedo hacer hoy? —me suelta, vacilón, y me muerdo el labio inferior para no sonreír, al menos no tanto, volviendo mi cabeza hacia la puerta para evitar que el mar que anida en sus ojos me engulla—. Y, si tú quieres hacer esa selección conmigo, vas a tener que quedarte —me advierte con voz rasposa, y pienso en algo caliente y resbaladizo, algo excitante que puede serlo más, y me giro de nuevo hacia él para descubrir al hombre que se oculta tras esa fachada de crío insolente a medio hacer.

—María Eugenia, nosotras nos vamos ya —oigo que me anuncia Pilar, y dejo de prestarle atención para detener mi mirada en ella y en Sonia, que la sigue unos pasos por detrás, limitándome a asentir con la cabeza.

—Y tú y yo, pelirroja, nos largamos también —me ordena, sin variar el tono de su voz, y, durante una breve fracción de segundo, estoy tentada de correr tras ellas.

—Nos largamos, ¿a dónde? —indago, volviéndome para encararlo, obligándome a aparentar un aplomo que estoy muy lejos de sentir. Y ahí está de nuevo ese verbo... ese que forma ya parte de nosotros o, al menos, de mí.

—No sé tú, ricura, pero yo, con hambre, no puedo concentrarme, y estoy seguro de que, para estar contigo, voy a tener que emplear todos mis sentidos —me dice, sosteniéndome la mirada durante unos segundos que instalan la flacidez en mis huesos, «y, por Dios, no puedo reaccionar así con una frase y una simple mirada», me riño cuando se aleja de mí, mientras me dedico a echarle un vistazo a su estudio, atestado de gente hace casi unos minutos, desprovisto de ella ahora, supongo que porque es más sencillo mirar lo que te rodea para no tener que husmear en tus pensamientos y mucho menos asomarte a tus sentimientos—. Toma tu abrigo —me señala, tendiéndomelo para, seguidamente, ponerse su cazadora, y si fuera yo el fotógrafo y él, el modelo, plasmaría este momento para utilizarlo de portada en alguna revista de moda... sus labios, ligeramente entreabiertos; sus manos ajustando el cuello de su chaqueta; su pelo, revuelto, con algunos mechones más rubios que otros; sus ojos, increíblemente azules, y ese hoyuelo que tiene en la barbilla y en el que hundiría la yema de mi dedo o la punta de mi lengua y... «¡¡¡Por favor, no puedo creer que haya pensado eso!!! Por Dios. ¿Dónde hay un puente?», me pregunto dramáticamente, deseando tirarme de cabeza desde uno bien alto.

—¿A dónde vamos? —le pregunto, reaccionando, y menos mal. Virgen santa...

—Donde nos den de comer —me responde, burlón, dirigiéndose hacia la puerta, y lo sigo dándome una colleja mental tras otra, porque, en serio, no puedo creer que haya pensado eso.

Y si hay un lugar en el que la incomodidad o el no saber qué decir toma dimensiones estratosféricas, ese es, sin lugar a duda, el ascensor, posiblemente porque el espacio es reducido, porque no puedes largarte hasta que no se abran las dichosas puertas o vete tú a saber, pero estoy deseando salir de aquí para dejar de sentir esa electricidad que parece emanar de su cuerpo para conectar con el mío y, qué tontería, por Dior. «Últimamente no dejo de pensar chorradas», me riño, frunciendo el ceño. Eso me pasa por juntarme con quien no debo, hostias.

El sonido de su risa junto con la apertura de las puertas me saca de mis cavilaciones y me vuelvo para mirarlo todo lo mal que puedo.

—¿Puedo saber de qué te ríes? —le planteo, molesta, para seguidamente encaminar mis pasos, apresurados, hacia el exterior. Por favor, necesito salir de aquí ya.

—¿Sabes por qué lo he conseguido? —me formula una vez estamos en la calle, provocando que me detenga con su pregunta y me gire hacia él.

«La luz del sol aclara más sus ojos —me fijo, quedándome enganchada al azul de su mirada—; parecen dos calas de agua turquesa», medito, sin poder frenarlo.

—¿Por qué? —indago con sequedad, cuando consigo dejar de lado estas estupideces.

—Porque sé leer a la gente, pelirroja, y a ti te leo cojonudamente —afirma, fanfarrón, esbozando una media sonrisa, para seguidamente echar a andar de nuevo, y lo sigo frunciendo el ceño.

—Claro que sí, lo que tú digas —replico, condescendiente, caminando unos pasos por detrás de los suyos y guardando mis manos en los bolsillos de mi abrigo. Ya quisiera él saber lo que estaba pensando.

—Estabas deseando salir de ese ascensor —me asegura, volviéndose para mirarme, logrando que me detenga—. Te estaba poniendo de los nervios tenerme tan cerca, sin espacio para largarte, como harías ahora si me acercara demasiado —adivina y, de nuevo, tengo la sensación de que ha hurgado dentro de mí, como si mis ojos fueran esas ventanas por las que ya se asomó una vez.

—En lo único que has acertado es en que me pones de los nervios, y tampoco hay que ser muy listo para darse cuenta de eso —sentencio, enarcando las cejas, echando a andar y pasando frente a su sonrisa, divertida, burlona y chulesca—. Eres algo así como una pequeña pesadilla de la que no logro librarme o como una piedra en el zapato —prosigo, oyendo de inmediato su carcajada a mi lado, y suelto todo el aire, exasperada—. Por favor, menuda tortura, y ahora voy a tener que cenar contigo —me quejo, disgustada, y, sí, estoy disgustada, porque es una tortura, porque es una maldita piedra en el zapato y porque me gusta y no me gusta que me guste, maldita sea.

—Puedes seguir mintiéndote todo lo que quieras, pelirroja, pero sabes que tengo razón —me asegura, entrando en un bar de tapas, y, con mi mano aferrando el pomo de la puerta, valoro seriamente si largarme y pasar de esa selección o...—. Puedes hacer lo que quieras, pero yo de ti me quedaría —me aconseja, a unos pasos por delante de los míos, leyéndome, como él dice, cojonudamente, y, «¡maldita sea!», gruño mentalmente, echando a andar hacia él.

—¡Ey! ¡¿Qué pasa, tío?! —lo saluda el camarero, que se encuentra tras la barra, y veo cómo se dan la mano, sus sonrisas y esa complicidad que aparece cuando los tíos comparten un par de cervezas—. ¿Repetimos el sábado que viene? —le propone, y yo espero su respuesta.

—Ya tengo planes, pero podemos repetir el viernes si quieres —le contesta, y niego con la cabeza, porque sus «planes» soy yo. Maldita sea otra vez.

—Cojonudo, macho, vamos hablando.

—Oye, ponnos un poco de todo —oigo que le pide y, cuando lo veo encaminar sus pasos hacia una de las pocas mesas que quedan libres, lo sigo, resignada.

Y yo que pensaba que no iba a volver a verlo y no dejo de verlo a todas horas.

—Por mí, no lo hagas. Si te apetece salir con tu colega, eres libre de hacerlo —le aclaro, quitándome el abrigo para dejarlo sobre el respaldo de la silla, sintiendo cómo su mirada se desliza por mi cuerpo, enfundado en un vestido negro y ceñido que realza mis formas y, sí, lo admito, me saca de mis casillas, es una jodida piedra en el zapato y no puedo con él, pero, por una razón que, por mucho que lo intente, sigo sin entender, quiero que me mire y este vestido está elegido justo para eso. No hay quien me entienda; no me entiendo ni yo, como para que lo haga otro.

—El caso es que no quiero salir con mi colega, quiero salir contigo —me responde, esbozando una sonrisa llena de peligro, recostando su espalda en la silla. Me fijo en su postura... «sexy, despreocupada e irresistiblemente masculina», y, no, no he pensado eso, me digo, alejando la mirada de su cuerpo para posarla en sus ojos, pero no sé qué es peor, sinceramente—. Por cierto, pasaré a recogerte con la moto.

—Paso, ya te recojo yo en taxi —replico, sin poder creer que estemos hablando de recogernos para cenar juntos.

—¿No te gustan las motos? —indaga, empujando con la espalda el respaldo de la silla y consiguiendo que esta se apoye solo en las patas traseras... y, no sé por qué, lo imagino alzando su moto, yendo solo con la rueda trasera. Por favor.

—Tanto o más que los caballos o los dinosaurios, tú ya me

entiendes —sentencio, sonriendo y provocando su carcajada, sexy y rasposa, y no sé por qué narices he tenido que ser yo la que saque a colación ese fin de semana que más que una piedra en el zapato fue como una roca de enormes dimensiones entre mis dedos.

—Te gustó; venga, reconócelo —me provoca, bajando el tono de su voz sin quitarme la mirada de encima.

—Fue una tortura, como tú —farfullo entre dientes.

—Ya quisieras. En todo caso, no tengo la menor intención de ir en taxi, así que ve haciéndote a la idea de subir en mi moto —me asegura con seriedad, permitiendo que las cuatro patas de la silla toquen el suelo de nuevo y, sin saber por qué, lo imagino conduciendo su moto sin hacer el tonto—. Oye, ¿confías en mí? —me pregunta, apoyando sus antebrazos en la mesa y clavando su increíble mirada sobre la mía.

Sí, confío en él, solo que yo tampoco tengo la menor intención de decírselo.

—No, pero mejor si te miento y te digo que sí —le contesto, sonriendo, creando, sin pretenderlo, un momento solo nuestro, como hice en la chocolatería cuando acerqué mi cabeza a la suya.

—Por algo se empieza —me contesta, sosteniéndome la mirada.

—¡Hombre! Menuda liaste el sábado, cabrón —le comenta alguien cerca de nosotros, consiguiendo que me suelte del influjo de su mirada.

—¡Mira quién fue a hablar! ¡Joder, macho! ¡No se te puede sacar de casa! —le responde, y observo su sonrisa y cómo le tiende la mano.

—Eso me pasa por juntarme contigo. ¿Nos vemos este sábado? —le pregunta, y ya es la segunda vez que alguien le propone quedar el próximo sábado.

—Lo siento, pero ya tengo planes.

—Pues trae a tus planes contigo —le dice como si nada, y lo miro enarcando ambas cejas.

—No creo que a mis planes del sábado les guste lo que tienes en mente —le aclara, con un imperceptible gesto de cabeza, y me cruzo de brazos, apoyando mi espalda en el respaldo de la silla, dándome por aludida.

—Qué cabrón eres —le suelta el otro, captándolo al vuelo, dándole una palmada en la espalda—. Os dejo, pareja, divertíos.

Lo miro, frunciendo el ceño.

—Tus planes del sábado no tienen la menor intención de hacer nada de lo que le ha pasado a ese por la mente, y tú deberías descartarlo si, por alguna estúpida y absurda razón, lo has imaginado. Vamos a cenar y, luego, cuando terminemos, puedes largarte donde quieras, con ese o con el otro —sentencio, convencida, provocando su carcajada.

—Pelirroja, ¿te das cuenta de que eres tú la que lo ha pensado? —me rebate, divertido, ensanchado su sonrisa, y tuerzo el gesto todo lo que puedo—. Te aseguro que en mi cabeza solo está el cenar contigo, pero, oye, que si quieres que luego nos comamos, estoy completamente disponible para ti —añade, recostando de nuevo su espalda en la silla, sin alejar su mirada de la mía, y bufo suavemente, negando con la cabeza.

—Ya quisieras —replico, viendo de reojo cómo comienzan a servirnos las tapas, y alejo mi mirada de la suya para posarla en los pinchos de tortilla, en la ensaladilla rusa, en las bravas y en los calamares.

—¡Ciro! ¡Hola! —lo saludan de nuevo, solo que, esta vez, es una voz femenina.

—¡Hola, ricura! ¡Cuánto tiempo sin verte! —le devuelve el saludo, levantándose para darle un par de besos, «y ahora es cuando ella le propondrá que se vean el sábado», me adelanto, controlándome para no poner ninguna cara rara que lo lleve a imaginar lo que no es.

—Cuando quieras, podemos solucionarlo —le contesta con voz melosa y, «¡venga ya!», pienso, molesta, llenándome la boca con una patata.

—Pon fecha —responde mi pequeña tortura, y, «sí, mira, mejor que quede con otras para que me deje en paz de una vez», me autoconvenzo, hundiendo el tenedor en el calamar con una fuerza innecesaria.

—Me marcho de viaje en unos días, pero te llamaré en cuanto regrese y nos pondremos al día, ¿te parece? —le propone mientras yo la miro de reojo.

Es alta, más o menos de su edad, delgada, con el pelo largo y vestida con una sudadera y unas mallas, y posiblemente sea porque me dedico a la moda, pero, a no ser que venga o vaya al gimnasio, no entiendo qué hace vestida así.

—Te tomo la palabra —le dice, guiñándole un ojo, y cabeceo, sin poder evitarlo.

—Nos vemos. —Y es un «nos vemos» de esos de «estoy deseando verte».

—¿Qué pasa, que conoces a todo el mundo? —inquiero, fastidiada, cuando la tía esa se va... y, sí, he dicho «la tía esa» y mejor que el tono en el que lo he pensado haya quedado para mí. Por favor.

—¿Qué pasa, que no conoces a nadie? —me rebate como si nada, sentándose de nuevo y sorprendiéndome con su pregunta.

—Claro que sí, pero no tanto como tú. Trabajabas aquí, ¿verdad?

—¿En serio crees que tienes que currar en un sitio para conocer a la gente? —me rebate, divertido.

—No sé... tú dirás —contesto, encogiéndome de hombros.

—No, pelirroja, creo que aquí es de los pocos sitios en los que no he currado —afirma, esta vez con seriedad—. Simplemente me gusta pasarlo bien y conocer a las personas, ¿acaso tú no? —Y ahí están sus objetivos. Disfrutar, pasarlo bien y exprimir cada minuto.

—Por supuesto, solo que soy más reservada, y mis objetivos difieren bastante de los tuyos.

—Posiblemente deberías revisarlos, ser la diseñadora de Dior suena demasiado serio y formal.

—¿Tú crees? Igual podrías revisar tú los tuyos —contraataco con acritud, observando su media sonrisa.

—No, pelirroja, creo que eso es bastante improbable.

—Porque ya has conseguido los tuyos. Ya tienes tu estudio propio, ya te has forjado un nombre y hoy, incluso, has trabajado para D'Elkann —le digo, viendo mi sonrisa reflejada en su rostro—. Por eso tus objetivos han cambiado, pero yo todavía no lo he logrado, y no quiero despistarme ni perder el tiempo —le confieso ante su mutismo—. Me dijiste que, si volvíamos a vernos, me lo contarías —le recuerdo, quedándome enganchada a su mirada.

—Y mi respuesta sigue siendo la misma. No quieras saberlo todo tan pronto —me responde, guiñándome un ojo, solo que la diversión y ese punto vacilón que suele ir con él han desaparecido.

—¿Estás haciéndote de rogar?

—¿Lo estás haciendo tú?

—Ya quisiera, se suponía que esto iba a terminar con un chocolate y ahora tengo un plato de bravas frente a mí.

—Y todavía nos queda el sábado.

—Menuda suerte la mía.

—No, pelirroja, menuda suerte la mía —replica, con la voz cargada de admiración, y bajo la mirada hasta la mesa cuando siento la timidez llegar para imponerme con su presencia.

Capítulo 9

—¿Puedo hacerte una pregunta? —le demando, necesitando aligerar el ambiente.

—Dispara.

—¿Qué hiciste el sábado? —le pregunto, esbozando una sonrisa.

—Tomé chocolate con churros con la pelirroja que dibujaba vestidos a todas horas —me contesta, guiñándome un ojo antes de llevarse un poco de ensaladilla a la boca, y lo contemplo mientras la degusta, demorándome en el movimiento de sus labios.

—Sabes que no me refiero a eso —insisto, deslizando la mirada de sus labios a sus ojos.

—Mejor no quieras saberlo —me responde, con una media sonrisa que encierra cientos de posibilidades.

—El caso es que me muero de curiosidad —no cejo en el intento, incapaz de dejar de sonreír.

—Piensa en algo que tú no harías... pues eso mismo —suelta, sonriendo más.

—Hay muchas cosas que yo no haría; te aseguro que el abanico es muy amplio.

—¿Qué no harías? —se interesa esta vez él, con curiosidad.

—Subir en tu moto, tirarme en paracaídas, emborracharme, drogarme...

—Yo tampoco me drogo ni me junto con gente a la que le

vayan esas mierdas —me corta con seriedad—; simplemente me gusta pasarlo bien, y tú deberías hacer lo mismo.

—¿Y quién ha dicho que no lo paso bien? —replico, de repente molesta, porque este tema ya está cansándome. Está claro que él es más joven y que quemará la noche y todas esas cosas, pero yo tampoco soy un muermo y es lo que está pareciendo.

—¿Y quién ha dicho que no lo puedas pasar mejor? —me rebate, enganchándome a su mirada.

—Contigo, ¿verdad?

—¿Ves a alguien más? —inquiere con sorna.

—No necesito estar contigo para divertirme —le aseguro, sin poder alejar mi mirada de la suya... o igual sí puedo, pero no quiero.

—¿Estás segura?

—Totalmente —sentencio, convencida—. Mira, se está haciendo tarde, deberíamos irnos ya —le digo, levantándome.

—Estoy de acuerdo —acepta, con un brillo en su mirada que no entiendo, y, cuando se dirige a la barra, me obligo a moverme para colocarme a su lado—. Yo te invito —me dice sin volverse antes de que me dé tiempo a decir nada, cogiendo la nota que le tiende el camarero que lo ha saludado antes.

—Gracias, pero prefiero que vayamos a medias —le indico, procurando hacerme con ella sin llegar a conseguirlo.

—Te he dicho que yo te invito —insiste, tendiéndole un billete al camarero—. Quédate con el cambio —le comenta a él, para luego volverse hacia mí—. ¿Sabes, pelirroja? Tengo un reto para ti —me plantea mientras me pongo el abrigo.

—No quiero saberlo y tampoco quería que me invitaras —replico, girando sobre mis tacones para encaminarme hacia la puerta.

—No quieres que te invite, no quieres verme más, no quieres salir conmigo —empieza a enumerar una vez estamos en la calle, poniéndose la chaqueta al tiempo que lo observo en silencio, cruzándome de brazos y preguntándome a dónde querrá ir a parar—, no te relajas a mi lado y no quieres subir en mi moto. Necesitamos liberarnos de tanta negación —me señala, ajustándose el cuello de la prenda, atrapándome con sus movimientos, su voz y el brillo de su mirada.

—Lo que necesito es perderte de vista —afirmo, sonriendo sin percatarme de ello.

—Seguro que es eso —musita, acercándose a mí, y clavo mis tacones en el suelo—. Vamos —me anima, aferrando mi mano, sorprendiéndome porque pensaba que iba a... a nada.

—¡Espera! ¿A dónde? —le pregunto cuando echa a andar, tirando de mí.

—Te lo he dicho, vamos a liberarnos de tanta negación —me responde sin dejar de avanzar, y lo sigo, percibiendo la fuerza con la que me apresa; la justa para que no me duela, la justa para que sepa que no va a dejarme ir tan fácilmente.

—Espero que sea currando, porque yo estoy hasta arriba de trabajo y no tengo...

—Tiempo que perder, lo sé, pelirroja —me interrumpe, deteniéndose—, pero déjame decirte una cosa: el tiempo, por si no lo sabes, es algo muy relativo —declara con gravedad, clavando su intensa mirada en la mía—, porque una hora puede ser eterna o pasar en un minuto, y una vida puede durar cien años y pasar en un segundo. Ya sé que tienes trabajo y que crees que no tienes tiempo que perder, pero te aseguro que, mientras lo vivas, de verdad, no lo estás perdiendo, aunque no estés currando.

—Esa teoría puede valer para ti, pero no para mí —le rebato, fijándome en la calle en la que nos encontramos—. ¿Y qué hacemos aquí? Tu estudio no está en esta dirección.

—Cierto, pero mi moto, sí.

Y es entonces cuando la veo, aparcada frente a nosotros. ¡Venga ya!

—No pienso subir en tu moto —le garantizo, y es algo que tengo tan claro como que me llamo María Eugenia de la Rúa.

—Ricura, ya te he dicho que tenemos que liberarnos de tanta negación, y un paseo en moto es exactamente lo que necesitamos. Vamos, deja de hacerte de rogar de una vez, ¿quieres? —me pide, subiendo en ella y, sí, no hay nada más sexy que un tío sexy sobre una moto de gran cilindrada, pero solo eso, yo no pinto nada en esa ecuación.

—No pienso montar en ese trasto. O regresamos a tu estudio o me marcho. —Y, maldita sea, no sé por qué no me habré ido con Pilar y Sonia.

—Sube —me ordena con autoridad.

—Baja —replico, utilizando el mismo tono.

—Pelirroja —me advierte.

—María Eugenia, si no te importa —remarco, viendo su incipiente sonrisa, lista para ensancharse—. ¡Vete a la mierda! —le espeto, dándome la vuelta para largarme de una condenada vez, que es lo que tendría que haber hecho desde el principio.

—Joder, cuánto trabajo vas a darme —oigo su voz a mi espalda, para, casi al segundo, notar sus brazos rodeando mi cintura y alzarme del suelo, tal y como hizo en las cuadras, cuando me negué a montar en el dichoso caballo.

—¡Que me sueltes! ¡No pienso subir en tu moto y estoy hasta las narices de ti! —exclamo, disgustada con todo... con él, conmigo y con esta situación, porque, ¡hostias!, no puede cogerme así.

—Mírame —me exige con firmeza, dejándome en el suelo y volviéndome para que quede frente a él.

—¡No vuelvas a cogerme así! —casi chillo, dándole un manotazo en el brazo.

—Pues no vuelvas a marcharte —me ordena con voz contenida, y ahí está, ese hombre que se oculta tras esa fachada atestada de insolencia y despreocupación—. Te aseguro que no vas a caerte, ni a romperte el cuello, ni mucho menos a morir —me dice, llevándome con sus palabras, de nuevo, a esa cuadra rodeada de viñedos—. Créeme, el mundo no va a detenerse porque te diviertas un poco. Diez minutos, pelirroja, ¿puedes concederte eso? Luego te prometo que nos encerraremos en mi estudio y no saldremos de él hasta que no esté esa selección hecha, pero necesito que te relajes, que dejes de estar tensa cuando estás a mi lado y, si no es mucho pedir, poder oír el sonido de tu risa...

—No vas a oír mi risa subida en tu moto, más bien oirás mis gritos de pánico, porque, para que te enteres, odio las motos y, ya puestos, a ti también —lo corto, fulminándolo con la mirada—. O nos ponemos a currar o me marcho.

—Sabes que no me odias —me rebate, convencido, atrapándome con el azul de su mirada, y, cuando levanta su mano y la hunde en mi densa melena, contengo la respiración—. Diez minutos, pelirroja —repite, pero no proceso sus palabras, porque solo puedo concentrarme en lo ronca y rasposa que ha sonado su voz y en lo cerca que está ahora de mí—, y te prometo que luego...

—No me fío de tus promesas —suelto con dureza, alzando mi mano para posarla sobre la suya y retirarla de mi pelo con brusquedad.

—Y te prometo que luego curraremos sin parar. Lo tomas o lo dejas.

—¿Eres consciente de que podría decirte que me las mandaras todas y hacer yo esa selección desde D'Elkann, cómodamente sentada en mi silla, sin tener que soportarte, verdad? —le pregunto, completamente indignada.

—¿Y tú eres consciente de que no tengo la menor intención de enviártelas sin haberlas seleccionado previamente, verdad? —objeta, con una sonrisa impertinente que le borraría de un guantazo si pudiera.

—No voy a volver a trabajar contigo, que te quede claro —le aseguro con sequedad, pasando frente a él para dirigirme a su moto y terminar de una maldita vez con esto—. Por cierto, estás libre el sábado por la noche, acabo de recordar que no me van los críos insolentes a medio hacer y que no tengo por qué cumplir mis tratos cuando tú no cumples los tuyos. Cuando quieras; estoy hasta la triple costura de perder el tiempo —sentencio frente a este trasto del diablo, contemplando cómo se acerca a su moto destilando arrogancia por todos los poros de su piel, y alzo el mentón cuando se pone a mi altura.

—¿Necesitas ayuda para subir? —me pregunta, bajando su mirada hasta mis piernas.

—¿Necesitas un chupete? —le formulo con insolencia, provocando su carcajada, ¡y maldita sea con él!

—Adelante, pelirroja —oigo que me dice, ya sobre la moto, ¡y maldita sea de nuevo!

—¡Cómo te odio! —exclamo con todo el sentimiento que soy capaz de atrapar, levantando ligeramente mi vestido para poder alzar una pierna, solo que tengo un problema... es demasiado ceñido. Hostias ya—. Mira al frente, ¿quieres? —farfullo entre dientes cuando vuelve la cabeza para posar su mirada descarada sobre mis piernas. «¡Oh, my Dior! ¡No puedo creerlo! No puedo creer que vaya a hacer esto y encima sin casco; esto es como mantener relaciones sexuales sin preservativo», me lamento, recordando a mi hermana. ¡Por favor!—. Como me suceda algo y no pueda ser la diseñadora de Dior, arruinaré tu vida y tu carrera para siempre, te lo advierto —lo amenazo ya sobre este trasto, observando mi vestido convertido en una minifalda indecentemente corta. Ay, Señor, quién me ha visto y quién me ve—. Si pasamos frente a un puente, házmelo saber —le pido dramáticamente.

—Cógete bien a mí —oigo que me dice. «Lo lleva claro si piensa que voy a pegarme a él», pienso, mirándolo todo lo mal que puedo a través del espejo retrovisor—. Pelirroja... —me advierte mientras mantengo las manos sobre mis piernas, retándolo con la mirada—. Como quieras, espero que tengas buenos reflejos —añade, volviéndose ligeramente para mirarme, y me echo más para atrás, sintiendo la vibración del motor en mi trasero y en todo mi cuerpo.

—¡Mierda contigo! —le grito, cogiéndome de su chaqueta cuando arranca, y casi me caigo de culo—. ¡Eres imbécil! —le dedico, arrimándome a su espalda, y, cuando acelera más, me cojo como si me fuera la vida en ello, que me va, oye.

Por Dior y por Dios, tengo los pechos aplastados contra su espalda, la falda levantada hasta casi el ombligo, bueno no tanto, pero mucho, y las braguitas... «¡Ay, mira, ni lo pienses!», me digo, enfureciéndome todavía más, y con toda mi mala leche me aventuro a soltar una de mis manos de su cintura para colarla por debajo de su ropa y darle un buen pellizco en el costado que le ponga los ojos del revés, ensañándome y percibiendo, casi al instante, la vibración de su risa en todo su cuerpo, solo que no contaba con que le diera gas antes de poder retirarla y, ¡por Dior bendito!, «no sé si estoy tocando piel, acero o mármol», alucino, ocultando el rostro tras su ancha espalda mientras mantengo mi mano sobre sus abdominales.

«Si sus abdominales son así... ¡¿cómo será el resto de su cuerpo?! —me pregunto, apoyando mi mejilla en su espalda—. Dior mío, pero si tienen hasta relieve», percibo, abriendo un poco más la palma para tocarlos mejor... y, sí, lo sé, esto está completamente fuera de lugar, pero no he podido evitarlo.

—Ya sé que soy irresistible, pelirroja, pero ¿te importaría no apretarme tanto? —oigo su voz guasona y suelto todo el aire de golpe, frunciendo el ceño y dándole otro pellizco—. ¡Joder! —se queja entre risas—. ¿Sabes que tienes muy mala uva?

—¿Y tú sabes que eres idiota? Dime que ya se ha terminado esta tortura y que podemos ponernos a trabajar de una vez —le pido con voz afectada cuando detiene la moto. Cuando gira la cabeza hacia mí es como si estuviera viendo el maldito anuncio de una colonia en el que el chico malo se vuelve para recordarte que te mueres por él por mucho que te empeñes en negarlo, y, en serio, no puedo creer que haya pensado eso, solo me ha faltado la música de fondo, ¡¡hostia!!

—No puedo arriesgarme a que a la futura diseñadora de Dior le suceda algo. Baja, pelirroja, voy a por los cascos —me informa con voz ronca, deslizando su mirada de mis labios hasta llegar a mis piernas, donde la deja.

—Pues mira al frente —siseo, molesta, bajándome del cacharro este cuando hace lo que le pido y, mira tú por dónde, estamos frente al edificio donde tiene su estudio y yo ni me había enterado—. Ya que estamos aquí y has encontrado un sitio para aparcar, ¿por qué no nos quedamos? Ya he subido en tu moto, ya te has reído un ratito y ahora ya puedes concentrarte —le digo, empleando el mismo tono que utilizaría con un niño de cuatro años.

—El problema, pelirroja, es que no he tenido suficiente y, por si lo has olvidado, aquí la que tiene que reírse y relajarse eres tú, no yo, y estás más tensa que antes —me asegura, dedicándome esa media sonrisa que también podría ser de anuncio.

—¿Y por qué será? —inquiero, obligándome a ser la mujer dura y decidida que soy y no una pánfila a la que le tiemblan las piernas a la primera de cambio.

—Dímelo tú.

—Y yo creyendo que me leías cojonudamente.

—Justo por eso, no seré yo quien te lo diga —me responde, enigmático, mientras me cruzo de brazos, enarcando una ceja—. Te encanta mentirte, ricura, y no tengo la menor intención de arriesgarme a que me des otro pellizco —me garantiza, guiñándome un ojo—. ¡Cógelas! ¡Ahora bajo! —me suelta como si nada, lanzándome las llaves, y me afano en pillarlas al vuelo.

—Puede que cuando bajes no estemos ni las llaves ni yo —suelto, alzando la voz, antes de que cruce el portal del inmueble donde tiene su estudio.

—Entonces iré a buscarte a donde haga falta —asevera, volviéndose hacia mí antes de desaparecer finalmente tras la puerta.

«Esto me está sucediendo porque quiero —reconozco, frustrada, bajando la mirada, disgustada, hasta sus llaves, que descansan sobre la palma de mi mano—. Aunque me moleste admitirlo, si estoy aquí es porque quiero y porque... porque... porque... ¡me joroba hasta pensarlo! —asumo, cerrando la palma y apretando las llaves entre mis dedos—. Y tanto que me joroba. Es un crío insolente, me saca de quicio. Es un encanto y no puedo con él. Es imbécil, sexy, y no es tan crío —claudico, soltando un bufido imperceptible—. Podría haberme ido con Pilar y Sonia, pero ni siquiera lo he valorado seriamente. Podría haberme ido cuando me ha propuesto la estupidez esta del paseíto en moto, pero he cedido, y ahora podría marcharme y terminar con esta idiotez, pero aquí sigo, esperando a que baje, y lo peor de todo es que la más inconsciente soy yo, porque iba a dar ese paseo sin el casco.»

—Y yo pensado que iba a tener que recorrer todo Madrid en tu busca y resulta que sigues aquí, pelirroja —oigo su voz guasona y vacilona a mi espalda, y me vuelvo para fulminarlo con la mirada.

—Y yo pensando que había contratado a un fotógrafo serio y resulta que me he encontrado con un niñato con más ganas de jugar que de currar —contraataco con sequedad.

—Te equivocas, pelirroja, todavía no hemos comenzado a jugar, solo estamos calentando, pero, cuando estés lista, házmelo saber, porque me muero de ganas de empezar —me responde, insolente, esbozando esa media sonrisa que me saca de quicio, y lo miro con toda la frialdad y prepotencia que tengo a mi alcance—. Otra cosa: que tú seas adicta al curro no significa que todos tengamos que serlo. Hemos trabajado toda la mañana sin parar un instante, creo que nos merecemos un descanso, incluso tú, que no tienes tiempo que perder. Toma, póntelo —me ordena, esta vez con seriedad, tendiéndome el casco, y lo cojo con rabia, porque, maldita sea, tiene razón.

Lo veo ponerse el suyo y subir con fluidez a su moto, como si llevara años montándola o fuera una prolongación más de su cuerpo, y no sé por qué estoy pensando esto... «Menuda gilipollez», me digo, echando la cabeza hacia atrás para sacudir mi melena y retirar los mechones de mi rostro para luego ponerme el casco, que me percato que huele a él, por lo que lleno mis pulmones con su fragancia, sintiendo cómo se adentra en mi interior, como si de un conquistador en busca de nuevas tierras se tratara... «Y de nuevo estoy con esta sarta de estupideces —me riño, molesta, sin poder creer que haya fabulado esta chorrada, pero ¡menuda novedad!—. Últimamente solo pienso burradas», prosigo mi cháchara mental mientras subo mi falda, de nuevo, hasta convertirla en una minifalda indecentemente corta.

—Mira al frente —le ordeno, dándole un manotazo en la espalda cuando me libro de mis pensamientos y me doy cuenta de que tenía la vista clavada en mi cuerpo.

—Pelirroja, eres un espectáculo para la vista —me halaga, con la voz cargada de admiración.

—Seguro que sí —le replico, fastidiada, posando mi mano en su cintura para ayudarme a subir—. Maldita sea, cómo te odio —sentencio dramáticamente una vez que me encuentro arriba de este trasto—. Espero no volver a verte en años —añado, rodeando su cintura con fuerza.

—Si sigues apretándome así, posiblemente tu deseo se cumpla y muera por asfixia antes de que termine nuestro paseo —se burla, y lo aprieto más fuerte solo por tocarle las narices y, por Dios y por Dior, es como abrazar una perfecta estatua de mármol. En ese instante, el sonido de su carcajada se cuela en mi interior de la misma forma en la que antes lo ha hecho la fragancia de su colonia.

«Y es cierto que odio las motos y a él, pero mentiría si dijera que no estoy disfrutando —reconozco unos minutos después mientras mis brazos siguen rodeando su cintura, ya con menos fuerza, y mis piernas abrazando su cuerpo—. Puede que sea porque percibo la seguridad con la que conduce, a pesar de lo rápido que vamos, o porque me he vuelto una inconsciente, pero estoy tan a gusto que no tengo ninguna prisa por regresar», asumo, dejándome ir y gozando el momento, dejando de ser roca para empezar a ser agua, esa que fluye, que busca el camino y se adapta en el proceso, como mi cuerpo al suyo mientras nos movemos al unísono, como si fuésemos uno solo... y entonces rememoro otro momento a su lado...

—¿Por qué no podías limitarte a dar un simple paseo, como estaban haciendo ellos? —le recriminé entonces.

—Porque eso, ricura, es un coñazo, y porque quería tenerte para mí solo —soltó como si nada.

«De nuevo me tiene para él solo, como aquel día en los viñedos, y no sé cómo lo hace para conseguir siempre lo que desea o para darles la vuelta a las cosas, porque yo no quería verlo más y, en cambio, no he dejado de hacerlo desde entonces —asumo, comprobando cómo toma la dirección de Vallecas—. Diez minutos», pienso, mordiéndome el labio inferior para frenar la sonrisa que amenaza con aparecer, y, cuando le da más gas al motor, me aferro más a su cuerpo, y no porque tenga miedo, sino porque quiero hacerlo y porque aquí, sobre su moto, será el único lugar en el que permitiré que nuestros cuerpos estén tan pegados.

Aminora la velocidad en cuanto llegamos al parque del Cerro del Tío Pío, un parque del distrito de Puente de Vallecas al que también se le conoce como el parque de las siete tetas por la forma que tienen sus colinas, desde las cuales puedes admirar una panorámica espectacular de Madrid, sobre todo al atardecer.

—Diez minutos, ¿eh? Me encanta tu concepto del tiempo. Por cierto, las motos suelen dejarse en el exterior y aquí se llega andando —lo reprendo cuando detiene el vehículo, tiñendo mi voz de sarcasmo, y, cuando deja su casco en el suelo, hago lo propio.

—Fíjate —me pide, haciendo caso omiso a lo que le he dicho, con la vista al frente, y contemplo lo mismo que él: Madrid a nuestros pies—. Tú estarías ahí ahora mismo, currando en uno de esos edificios, encerrada entre sus cuatro paredes, sin tiempo que perder y perdiéndotelo todo —me asegura, volviéndose para mirarme, y me sumerjo en el dorado de su pelo y en el azul del mar de sus iris—. Cuando te encierras en tu mundo, dejas de ver el mundo, dejas de ver lo que te rodea, incluso lo que tienes delante de ti —añade, mirándome con seriedad, mostrándome al hombre que se oculta tras esa fachada de crío insolente.

—¿Te estás refiriendo a ti? —le pregunto, enarcando una ceja, y no tengo muy claro en qué momento he empezado a sonreír.

—Podría ser, pero... no, me estoy refiriendo a todo en general —me contesta, alejando su mirada de la mía para premiarme con su perfil—, Dime la verdad, ¿ha sido tan malo como pensabas? —me formula, mirándome de reojo, y de nuevo pienso en el anuncio de una colonia en el que él es el protagonista... el chico malo, el que sonríe perdonándote la vida y el que consigue todo lo que se propone; el que reta a la cámara y detiene tu maldito mundo con su mirada, por mucho que tú te empeñes en encerrarte entre tus cuatro paredes para no verla.

—Mientras no te dé por ir a columpiarte o a tirarte por el tobogán, no, no ha sido tan malo como esperaba —reconozco, haciendo a un lado la estupidez que acabo de pensar y quedándome enganchada a esa sonrisa que, aunque todavía no ha asomado a su rostro, sé que está ahí, lista para ensancharse en cualquier instante.

—¿Sabes, pelirroja? No me importaría en absoluto subirte a un columpio —me confiesa, y por el brillo de sus ojos sé que no se está refiriendo a ningún columpio para niños.

—Y a mí no me importaría, en absoluto, perderte de vista durante el resto de mi vida y, mira tú por dónde, no consigo librarme de ti ni un condenado día —le respondo con todo el aplomo que soy capaz de reunir, porque, maldita sea, me he excitado de tan solo imaginarme en un columpio de esos, desnuda, atada y con él...

¡Por Dios!, no puedo creerme que haya pensado eso.

—Y ahora es cuando lo has imaginado, ¿verdad? —adivina, divertido, esbozando finalmente esa sonrisa que estaba frenando y que yo ya había visto o, al menos, intuido.

—Ya quisieras. Por si no te has enterado todavía, a mí me van los maduritos interesantes, no los críos insolentes a medio hacer —le rebato, mirándolo todo lo mal que puedo, algo en lo que me estoy convirtiendo en toda una experta.

—Y yo soy el crío insolente a medio hacer, ¿no es así? —me plantea, chasqueando la lengua.

—Mira qué listo.

—En cambio, no puedo decir lo mismo de ti, porque, a pesar de que no dejo de repetírtelo, aún no te has enterado de que con este crío insolente a medio hacer te divertirías muchísimo —replica, descarado.

—No, gracias —sentencio, convencida, solo que lo hago con una sonrisa que resta credibilidad a mis palabras.

—Tú te lo pierdes —me rebate, sonriendo conmigo, solo que la suya es una sonrisa cargada de peligro.

—Créeme, podré vivir sin saberlo —le aseguro, percatándome de lo cómoda que me siento con él, como antes, durante la comida, o como el sábado, en la chocolatería, pues tiene algo que consigue relajarme, como si a su lado fuera capaz de encontrar el botón de *pause* de mi vida, uno que desaparece cuando desaparece él.

Y, durante unos segundos, lo mantenemos pulsado, admirando el paisaje que nos rodea, cada uno sumido en sus propios pensamientos.

—El sábado me dijiste que, si volvíamos a vernos, me contarías por qué habían cambiado tus objetivos —le recuerdo, rompiendo el silencio y percibiendo cómo echa su espalda hacia atrás, apoyándose ligeramente en mi pecho, y, sin ser consciente de ello, apoyo mi barbilla en su hombro, y no ha sido algo premeditado, sino que ha surgido de manera natural, como cuando subes los pies descalzos al sofá; algo que haces sin pensar cuando te sientes cómoda y «en casa».

—No es cierto, te dije que, si volvíamos a vernos, cabía la posibilidad de que te lo contara algún día —replica en voz baja, sin apartar la mirada de la ciudad que late a nuestros pies.

—Siempre haces lo mismo —le recrimino, rodeando su cintura con los brazos y, de nuevo, es algo que ha surgido de manera espontánea, como si no hubiera otro lugar en el que colocar mis brazos.

—¿El qué? —me pregunta, sacándome de mis cavilaciones.

—Dejarme a medias —afirmo en voz baja, sintiendo cómo la fragancia de su colonia se cuela en mi interior, como antes, cuando me he puesto su casco, solo que ahora ya me resulta familiar.

—¿Tú crees? —inquiere, soltando una carcajada, y percibo la vibración de su vientre en la palma de mis manos—. Además, ¿qué importancia tiene? Al fin y al cabo, soy un crío insolente a medio hacer —me rebate, y me muerdo el labio inferior, sabiendo que es mucho más que eso.

—¿No vas a contármelo?

—Puede que lo haga el sábado, o puede que no —me vacila, dirigiendo su rostro ligeramente hacia mí.

—No voy a salir contigo el sábado —me reafirmo, sonriendo con él cuando la sonrisa aparece en su rostro—, y te sale fatal eso de querer ir de interesante —le aseguro, sintiendo la piel de su mejilla acariciar la mía.

—Tienes razón, para eso ya estás tú —replica con voz ronca y, esta vez, soy yo la que se carcajea.

Qué fácil es estar con él. Qué fácil es olvidarme de mi mundo para estar en el suyo. Y qué fácil es ser agua cuando decides dejar de ser piedra.

—No voy de interesante, simplemente no quiero estar contigo —asevero, a pesar de que soy consciente de que mis palabras pierden credibilidad con la postura de mi cuerpo, pues mis brazos siguen rodeando su cintura y mi mejilla, rozando la suya.

—No estás conmigo, al menos no como yo quiero que estés —me dice con insolencia, y niego con la cabeza, mordiéndome el labio inferior de nuevo y sintiendo su respiración en la palma de mis manos.

—Antes me tiro por un puente —sentencio finalmente, provocando de nuevo sus risotadas.

—Cuando quieras, mientras lo hagamos juntos —me responde con voz grave, y siento el abrazo invisible de la complicidad en torno a nosotros; tan fácil, tan sencillo, tan natural.

—No me digas que haces *puenting* —lanzo, sin poder dejar de sonreír, y hacía mucho tiempo que no me sentía tan relajada con alguien.

—Si no quieres, no te lo digo —suelta, socarrón, esbozando una media sonrisa y apoyando su antebrazo en una de mis piernas, y resulta algo tan natural como que mi mejilla esté acariciando la suya o que mis brazos estén rodeando su cintura.

—Conduces rápido, haces *puenting*, quieres exprimir cada segundo y disfrutar de tu vida —enumero en voz baja, sintiendo cómo algo caliente y excitante llega para asentarse entre nosotros, y lo miro de reojo, preguntándome si él estará sintiendo lo mismo.

—Entre otras cosas... —contesta, enigmático, y, durante una breve fracción de segundo, imagino un agujero negro atestado del color azul de sus ojos y una partícula solitaria vagando por el cosmos infinito. Yo soy esa partícula y él, mi agujero negro, uno que tiene la fuerza necesaria como para desviarme de mi trayectoria.

—... que no vas a contarme —adivino, sintiendo el calor de su mano traspasar mi piel, y es un calor excitante, que contrae mi vientre suavemente y que me hace desear más.

—Hay cosas que es mejor mostrar —me asegura, con voz ronca, volviéndose ligeramente para mirarme, y estamos tan cerca y tan pegados...

—No sé si quiero verlas —musito, cortando el hilo de mis pensamientos, sintiendo cómo el temor llega tímidamente para colocarse a mi lado, y no es un temor cargado de miedo, sino un temor cargado de posibles consecuencias.

—No iba a mostrártelas realmente —me responde, clavando su impresionante mirada azul sobre la mía, convirtiendo en caos mi respiración cuando echa su brazo hacia atrás, con su mano deslizándose, en una caricia, por mi pierna hasta llegar al borde de mi falda... y observo sus labios, a un escaso suspiro de los míos.

«Posiblemente debería alejarme —pienso, sin moverme un centímetro—. Posiblemente debería retirar su mano de mi pierna o separar mi rostro del suyo. Sí, posiblemente debería hacerlo, solo que no lo hago.»

—Joder, pelirroja, tendrías que apartarte si no quieres que te bese —me dice con la voz inundada de deseo; uno que, al igual que su colonia, está colándose en mi interior, solo que no se detiene en mis pulmones, sino que continúa su descenso hasta llegar a mi centro, donde se instala, humedeciéndolo.

—No quiero que me beses —susurro de forma casi imperceptible, solo que ya no sé si es cierto o simplemente estoy repitiendo algo que me he repetido hasta la saciedad para poder creerlo.

—¿Y por qué no te apartas? —me plantea, retirando su mano de mi pierna para hundirla en mi densa melena, y, cuando atrapa algunos mechones de mi pelo con sus dedos y pega mi cabeza más a la suya, cierro los ojos, rindiéndome a lo que deseo realmente.

—No lo sé —admito en un murmullo, sintiendo el roce de sus labios sobre los míos, tan cerca que nuestros alientos se han convertido en uno solo, como nuestros cuerpos, y, sin planteármelo y dejándome llevar por lo que estoy sintiendo, presiono la palma de mis manos para pegarlo más a mí, para sentirlo más cerca, para...

—Pues deberías pensarlo, ¿no crees? —me pregunta, y abro los ojos en el mismo instante en el que retira su mano de mi pelo y aleja su cuerpo del mío—. Ya han pasado esos diez minutos, pelirroja. Ha llegado el momento que tanto estabas deseando —me dice con seriedad, sin saber, o sabiéndolo de sobra, que ahora anhelo otra cosa, enganchándome durante unos segundos al brillo de su mirada, en la que veo instalado el deseo, que sin duda es el mismo que debe abarrotar la mía.

«Qué largo puede ser el camino cuando desconoces a dónde vas y qué corto se hace cuando tienes claro a dónde te diriges —reflexiono cuando llegamos de nuevo frente al edificio donde tiene su estudio—. Ha estado a punto de besarme —asumo, quitándome el casco cuando aparca la moto—. He tenido su mano sobre mi pierna; de hecho, todavía puedo percibir su calor instalado en ella —admito, bajando de la moto y sacudiendo mi melena para poner un poco de orden en ella—. He tenido sus labios a escasos centímetros de los míos y sus dedos enredados en mi pelo, con esa fuerza controlada que utiliza para hacerme saber que no va a hacerme daño, pero que tampoco va a dejarme ir tan fácilmente, a pesar de que esta vez lo haya hecho», me lamento, llevando mis dedos al borde de mi falda para bajarla y dejarla al largo original del diseño, recibiendo como respuesta un chasquido de su lengua. Como respuesta, miro, sonriendo y negando con la cabeza, a mi chico de anuncio, a mi crío insolente a medio hacer y al hombre que está adentrándose en mi interior con la misma facilidad con la que lo ha hecho su fragancia; con una simple inspiración.

—Pelirroja, tienes unas piernas demasiado bonitas como para llevar una falda tan larga —suelta, guiñándome un ojo cuando pasa frente a mí.

—¿Larga es por la rodilla? —le pregunto, enarcando una ceja y rompiendo finalmente ese silencio en el que me había sumido.

—Larga es toda la tela que cubra tus piernas —me asegura con esa media sonrisa cargada de peligro, que forma ya parte de su sello de identidad.

Abre la puerta, haciéndose a un lado para facilitarme el acceso, y, devolviéndole la sonrisa, paso frente a él. Cómo han cambiado las cosas en esos diez minutos, que, por supuesto han sido muchos más, porque he pasado de decirle que lo odiaba a pensar en él como en mi chico de anuncio.

—¿Ha funcionado? —inquiere una vez que estamos en el ascensor, y me fijo en cómo cruza los brazos a la altura del pecho y en cómo apoya la espalda en una de las paredes, destilando arrogancia por todos los poros de su piel.

—No sé a qué te refieres —le miento descaradamente, porque por supuesto que lo sé.

—Joder, cómo te gusta mentirte —musita, bajando la cabeza, para negar a continuación con ella.

—Si tú lo dices —le rebato, viendo cómo alza su mirada, en este caso desdeñosa, para posarla sobre la mía, y sonrío, huyendo del azul de sus ojos, de sus cejas enarcadas y de esa pose de chico de anuncio que tanto va con él.

—Ha funcionado —afirma, convencido, soltando sus brazos para echar a andar hacia mí, y me obligo a mostrar indiferencia—. No has vuelto a decirme que me odias —sentencia, atándome a su mirada—, has sonreído muchas veces, como estás haciendo ahora mismo, e incluso te has carcajeado —prosigue, sin quitarme la vista de encima, apoyando su mano en la pared del ascensor, con su cuerpo a escasos centímetros del mío—. No te has caído, no te has roto el cuello y Dior puede respirar tranquilo porque su futura diseñadora sigue viva —añade con guasa, provocando que una risotada burbujeante suba por mi garganta hasta brotar en mis labios, a pesar de lo excitada que estoy—, y vuelves a reírte... Joder, pelirroja —susurra con la voz llena de demasiadas cosas; cosas buenas, de esas que doblan tus piernas y que te hacen desear cientos de cosas más—. Por supuesto que ha funcionado —afirma de nuevo, acercándose más a mí, y, cuando su frente roza la mía, siento cómo mi vientre se contrae con fuerza—. Vamos, ricura, creo que ya nos hemos divertido bastante —me dice, volviendo su rostro ligeramente hacia las puertas cuando estas se abren y alejándose de mí para abandonar este pequeño cubículo en el que yo me hubiera quedado encerrada durante horas. Y por supuesto que ha funcionado.

Capítulo 10

Sumida otra vez en mi silencio, accedo a su estudio, solo que la María Eugenia que siento que soy ahora dista bastante de la María Eugenia que era esta mañana, y no sé si ese cambio se ha producido de manera gradual a lo largo del día o de repente sobre esa colina, pero es una tontería que siga negando lo que siento.

—Dame tu abrigo —me pide, sacándome de mis pensamientos, y, sin romper mi mutismo, me desprendo de él para tendérselo.

«Qué rara e incómoda es esta situación», reflexiono, llenando mis pulmones de aire con una fuerte inspiración al ver cómo desaparece tras una de las puertas. Esa complicidad, esa comodidad que he experimentado hace apenas unos minutos con él, se ha esfumado. Puede que se haya quedado en ese parque o en el ascensor, pero su lugar lo ocupa en este momento esa tensión que aparece cuando las cosas no están resueltas o cuando queda algo pendiente, y me temo que nosotros tenemos bastante de todo... besos pendientes, promesas pendientes, deseos pendientes... y todo comenzó allí, en los viñedos, cuando lo vi bajar de su coche, con su camiseta arrugada, sus vaqueros desgastados, el pelo revuelto y la mirada oculta tras las Ray-Ban...

* * *

—María Eugenia, ya tenía ganas de conocerte.

«Esa fue de las pocas veces que me llamó por mi nombre», recuerdo, marchándome de este estudio para regresar al parking de la bodega.

«Yo conocía su trabajo; de hecho, me gustaba», rememoro, dejando de ver lo que me rodea para verlo solo a él, pero nunca me hubiera imaginado que el artífice de esos reportajes, llenos de tanto talento, pudiera provenir de alguien tan joven y con más pinta de salir de marcha que de currar.

—Lo mismo digo; me gusta tu trabajo —respondí, y él deslizó su mirada por mi cuerpo, tal y como yo había hecho previamente con el suyo, y, al menos en mi caso, no fue algo premeditado, sino que más bien no pude evitarlo; supongo que fue una mezcla de curiosidad y admiración al mismo tiempo.

—Cuando quieras, podemos hacerlo juntos —me soltó como si nada; tan vacilón, tan insolente, tan arrogante... y, si hubiera podido enfrentar su mirada, estoy segura de que habría detectado ese agujero negro instalado en ella, pues, incluso sin verla, sentí esa fuerte atracción que siento ahora y que ya no pude dejar de experimentar en todo el fin de semana, a pesar de las palabras que le dediqué.

—Con Dante estoy servida, gracias de todas maneras —repliqué sin inmutarme lo más mínimo, pese a lo agitada que me sentía por dentro.

—¿Segura? Porque yo tengo mi cámara lista para ti.

Y ya no me dejó en paz... ni yo quise que lo hiciera, por muy contradictorio que fuera.

* * *

—Ricura, ahí plantada no vas a seleccionar nada —oigo de fondo su voz, y me vuelvo hacia donde resuena, regresando al presente de su estudio para dejar atrás el pasado, aunque siga tan vivo.

Tiene los brazos cruzados a la altura del pecho, como antes en el ascensor, y está apoyado en el marco de la puerta, de nuevo destilando arrogancia por todos los poros de su piel, y estoy convencida de ni siquiera es consciente de ello.

«¿De qué juego previo hablas?», recuerdo que le pregunté,

mientras encamino mis pasos hacia él. «El de derrotar a la reina para que caiga en mis brazos», me contestó.

«Y está ganando... —admito, pasando por su lado para acceder al que supongo que es su despacho, todavía sumida en mi silencio—. Está consiguiendo que solo desee caer en ellos —reconozco, posando la mirada en la mesa de cristal con patas de acero que tengo frente a mí, en la pequeña lámpara negra que hay en un extremo y en el caos controlado que parece dominarlo todo—, y lo peor de todo es que no me importa en absoluto perder; es más, lo estoy deseando», reconduzco mis pensamientos, fijándome en las paredes blancas y en la pequeña ventana que supongo que da a un patio interior.

—¿Es este tu despacho? —le pregunto, a pesar de que es algo obvio, pues necesito centrarme de una vez, porque está bien ser consciente de lo que uno desea, pero está mejor recordar lo que uno quiere, y no es lo mismo desear que querer, aunque de entrada lo parezca. El deseo es complicado, se enrosca en tu vientre y nubla tu mente; el querer, y no en términos amorosos, es simple y fácil de entender. Yo quiero ser la diseñadora de Dior y quiero ser libre para poder ir hacia donde mi carrera me lleve sin sentir que dejo parte de mi vida atrás. «Puede que por eso no quiera tener parejas y que la maternidad esté completamente descartada para mí», asumo, posando mi mirada en las fotografías, imagino que suyas, que están colgadas en una de las paredes.

—Así es —me contesta, pasando por mi lado para sentarse en la silla que hay frente a su mesa—. Ven, pelirroja, siéntate aquí, a mi lado —me dice, y me percato de que me había quedado plantada en el centro de la estancia.

—¿Por qué nunca me llamas María Eugenia?

—¿Por qué nunca me llamas por mi nombre? —replica, sorprendiéndome, y lo miro frunciendo el ceño, echando a andar hacia él.

—Por supuesto que lo hago —le miento, haciéndome con una silla para colocarla a su izquierda.

—No es verdad. Me llamas crío insolente a medio hacer —me rebate, esbozando una media sonrisa, sin perder detalle de mis movimientos—, pero nunca empleas mi nombre —prosigue, apoyando su espalda en el respaldo y girando la silla para quedar frente a mí, y rehúyo su mirada, durante unos segundos, posiblemente porque tiene razón.

—Eres un crío insolente a medio hacer —le dedico, cruzando mis piernas y apoyando yo también mi espalda en el respaldo, devolviéndole la sonrisa y permitiendo que atrape mi mirada de nuevo—, y te llamaré por tu nombre cuando tú dejes de llamarme pelirroja o ricura —sentencio, sintiendo cómo esa complicidad que yo creía haber dejado en la colina del parque, o en el ascensor, regresa para abrazarnos otra vez.

—María Eugenia es demasiado largo y formal, pero Ciro no. Venga, prueba a decirlo —me reta, y observo sus brazos, apoyados en el reposabrazos y, sí, echo de menos que estén sobre mis piernas... «o, al menos, que lo esté uno de ellos», reconozco, recordando cómo mi piel se ha erizado de deseo cuando lo ha echado hacia atrás en una caricia que era solo una pequeña muestra de todo lo que podría ser.

—Eres un crío —insisto, aparcando mis pensamientos y un poco mis deseos, porque sería una tontería ceder ante ellos y también porque es más sencillo mantener las distancias que implicarse en algo que no sabes cómo va a terminar.

—¿Sabes lo que creo?

Y con su voz me percato de las muchas veces que me he marchado de su lado para vagar por mi mente; de las muchas veces que he abrazado el silencio para intentar ordenar el caos que habita en ella, y de las muchas veces que me he repetido lo mismo, como si al hacerlo cupiera la posibilidad de que me lo creyera.

—No, y creo que no quiero saberlo —afirmo, convencida.

—Te asusta estar conmigo —me asegura, haciendo caso omiso de lo que acabo de decirle, inclinando su cuerpo para apoyar los antebrazos en sus piernas, clavando su impresionante mirada azul sobre la mía, y qué maravilla de color, pues abarca todos los tonos del mar en ella—. Por eso no me llamas por mi nombre y te escudas en mi edad para poner distancia entre nosotros, como si esos once años que nos separan fueran un impedimento insalvable entre ambos.

—Qué tontería —me defiendo, mirándolo con altivez, solo que no lo es.

—Y te pones a la defensiva, como estás haciendo ahora. No me molesta que me llames crío insolente a medio hacer, porque sé que no lo soy y porque tengo claro que es la forma que has encontrado para no acercarte a mí, solo que, a veces, consigo traspasar tus barreras y encontrarte de verdad, como sucedió el sábado o como ha sucedido hoy —declara, sonriéndome, y detecto la calidez que ahora anida en su mirada.

—Si tú lo dices —replico, entre molesta y enfadada, porque odio que «me lea» tan bien.

—Sí, si yo lo digo, y haznos un favor y relájate, ¿quieres? No puedo sacarte otra vez de paseo, porque se nos harían las tantas y, entonces, tendría que llevarte a cenar —suelta con chulería, esbozando una sonrisa demasiado pegadiza—. ¿Tengo que empezar a contar tus sonrisas de nuevo, pelirroja? —me pregunta, con la voz atestada de intensidad, y me percato de que yo también estaba sonriendo y, maldita sea, es un encanto y me tiene completamente calada.

—Eres idiota. No necesito que me saques de paseo y mucho menos que me lleves a cenar —afirmo, observando su ceja enarcada, su mirada divertida, su sonrisa desdeñosa y los mechones desordenados que caen en su frente.

—Pero lo estás deseando... Venga, reconócelo —me rebate, sin permitir que me suelte del azul de sus ojos.

—Te equivocas. Lo que estoy deseando, y desde hace horas, es ponerme con esa selección de una vez —le contesto, inclinando ligeramente el cuerpo para alargar mi mano y colocar su cabello bien, como acostumbra a llevarlo, peinado hacia atrás.

«Vaya —atino a pensar cuando mis dedos se hunden en su pelo y mis rodillas se pegan a las suyas—. Qué curioso que algo tan simple y mundano pueda vaciar tus pulmones de aire, instalar el deseo más caliente en tu vientre o incluso llenar tu cabeza de imágenes... Yo, con mis dedos en su pelo, sentada a horcajadas sobre sus piernas. Yo, tirando de sus mechones, con su boca adueñándose de la mía. Yo, sintiendo la suavidad de su cabello en la yema de mis dedos, con sus manos subiendo por mis piernas hasta llegar a mi trasero, para pegarme más a su sexo.»

—Estate quieta o te aseguro que tardaremos bastante en hacer esa selección —me advierte con voz ronca, cogiendo mi muñeca con fuerza; la justa para no hacerme daño, la justa para que sepa que no va a dejarme ir tan fácilmente.

—Suéltame —musito como puedo, quemándome con el azul de la llama y quedándome atrapada entre las fauces de ese agujero negro que es él para mí.

—Llegará el día en el que no lo haré y te sujetaré con más fuerza —me asegura con seriedad, contrayendo mis entrañas y mi sexo con sus palabras, y busco las mías, las que puedan rebatir las suyas, solo que no las encuentro—. Vamos con esa selección —masculla, girando su silla, alejando sus rodillas de las mías, solo que sus palabras y esa promesa no corren tras él, sino que se quedan conmigo, asentándose en mi pecho... Otra promesa pendiente que se suma a las que ya nos hemos hecho o, más bien, me ha hecho.

Vacío discretamente mis pulmones para llenarlos de nuevo, recostando mi espalda en el respaldo de la silla, supongo que en un vano intento de poner un poco de distancia entre ambos, mientras el recuerdo de su pelo entre mis dedos, de la fuerza con la que ha apresado mi muñeca o de la intensidad de su mirada, la misma que ha acompañado sus palabras, sigue demasiado presente entre ambos, como si de un tercero en discordia se tratara.

—¿Tienes alguna preferencia musical? —me plantea, solo que no se gira para mirarme.

—Lo que elijas, por mí, estará bien —me limito a contestarle y, cuando empieza a sonar la música que odio, pongo los ojos en blanco.

—¿Seguro? —me pregunta con guasa.

—No, realmente no puedo con esta música —le confieso, esbozando una sonrisa que de pronto siento tímida, como si la propia sonrisa no tuviera muy claro si debería estar instalada en mi rostro.

—¿Qué es lo que te gusta? —indaga, recostándose en la silla, y, de nuevo, lo siento cerca de mí, y no cerca en distancia, sino cerca de mi alma, de la María Eugenia que soy en realidad.

«A veces, consigo traspasar tus barreras y encontrarte de verdad», me ha dicho antes, como está haciendo ahora, y no sé cómo lo logra, pero es algo que consigue con suma facilidad.

—Creo que lo que me gusta a mí no te gustará a ti —le advierto, quedándome enganchada a su mirada, algo que hago también con suma facilidad.

—Prueba a decírmelo. —Y otra vez detecto esa intensidad en su mirada y en sus palabras, esa que consigue que me vuelva tímida o quizá un poco reticente a abrazarla.

Mordiéndome el labio inferior, acerco mi silla a su mesa, pero también a él, y, haciendo a un lado esta sensación electrizante que está subiendo por mis piernas, tecleo en el buscador de Spotify «María Eugenia de la Rúa», para dar con la carpeta que he empezado a crear recientemente con todas esas canciones que me gustan e inspiran y con las que mis dedos vuelan sobre el papel, creando y dando vida a mis diseños.

—Así que mi pelirroja tiene una carpeta propia con su nombre —oigo su voz rasposa a mi espalda y, cuando su brazo roza el mío, doy un paso atrás, recostándome de nuevo en el respaldo—. Vamos a ver qué te gusta —añade, leyendo los títulos de las canciones.

—¿Sabes cuál es cuál por el título? —le formulo con incredulidad.

—Más o menos. ¿*Nessun dorma*? —inquiere, volviéndose para mirarme, enarcando una ceja, y esbozo una sonrisa enorme, muy segura de que no la ha oído en su vida.

—¿Demasiado joven para conocerla? —me burlo, sin poder eliminar ese gesto de mi rostro.

—Ya llevamos tres sonrisas —me suelta, haciendo caso omiso a lo que acabo de decirle, dándole al «Play» para reproducirla... y, cuando la voz de Pavarotti empieza a llenar la estancia, prosigue—. Es un aria del acto final de la ópera *Turandot*, de Giacomo Puccini. —Entonces lo miro sin poder creerlo, y ha borrado mi enorme sonrisa con sus palabras, pues sé que es un aria, pero no tenía ni idea de lo otro—. Pelirroja, crecí escuchando coplas, zarzuela y ópera; de hecho, creo que solo escuchaba eso y, aunque la ópera me encanta, mis grandes son Marifé de Triana y Concha Piquer —añade como si nada, y lo miro abriendo desmesuradamente la boca. ¡¡¡Venga ya!!!

—Te estás quedando conmigo, ¿verdad? —le pregunto, viendo su sonrisa desdeñosa. Sí, se está quedando conmigo.

—¿Qué pasa, ricura? ¿Te asombra que tenga cultura musical? Que escuche música que a ti te espanta no significa que no me guste o no conozca otros géneros —me indica, tecleando en el buscador *Nuvole bianche*—. Te encantará esta canción —me asegura, convencido—. Cuando me canso de lo que se lleva ahora, regreso a lo que se llevó en el pasado, o a esto, porque una cosa no es incompatible con la otra, como nosotros; aunque seas unos años mayor que yo, aunque vistas tan formal o aunque ahora quieras matarme, te garantizo que no somos incompatibles —concluye, con una sonrisa desdeñosa.

—Gracias por lo de mayor y lo de formal —le digo con seriedad mientras las notas del piano llenan la estancia y mi pecho.

—Lo de mayor no es algo que yo piense, pero tú sí, y lo pones continuamente frente a nosotros, como si fuera un muro inquebrantable o algo insalvable. Lo de la ropa, lo asumo... vas demasiado formal siempre, incluso en los viñedos —musita, llevando sus dedos al borde de mi falda, pasando la yema por la piel de mis piernas que queda libre de tela—. ¿Nunca desconectas, pelirroja? ¿Siempre vas vestida como la diseñadora de D'Elkann? —indaga, enarcando una ceja, atándome al azul insondable de su mirada.

—Soy la diseñadora de D'Elkann y me gusta vestir bien, no como tú, que siempre vas de cualquier manera, hecho un desastre —sentencio, dándole un manotazo para retirar sus dedos de mi piel, provocando su carcajada, sexy y rasposa.

Y, por primera vez, la palabra *irresistible* cruza mi mente.

—Ya te dije en los viñedos que, si jugabas conmigo, luego te dejaría vestirme y hasta que eligieras mi ropa —me responde, burlón.

—Cuando crezcas.

—Qué pena que tengamos que esperar cuando podríamos empezar a jugar ahora —comenta, esta vez con seriedad, clavando su impresionante mirada sobre la mía para luego guardar silencio durante unos segundos, que a mí se me hacen eternos y en los que no sé qué decir, «porque es verdad y, en realidad, es una pena que no podamos jugar ahora», reconozco, quedándome atrapada en el azul de su mirada—. Y si no podemos jugar, será mejor que nos pongamos a currar —sentencia, endureciendo la mirada y soltándome de ella para volverse hacia su portátil, y, discretamente, vacío mis pulmones.

—Sí, será lo mejor —susurro finalmente.

Abrazando el silencio, el mismo en el que se está amparando él, roto únicamente por las notas del piano, observo cómo abre una carpeta y, cuando al instante la pantalla se llena con cientos de imágenes en miniatura, dejo de mantener las distancias para, simplemente, comérmelas, como haría con sus labios si los impedimentos no fueran los guías de mis pasos o si las barreras que nos separan no fueran insuperables.

—¿Tengo que ir diciéndote lo que veo o ya lo ves tú? —me pregunta con acritud, sin volverse para mirarme, abriendo la primera de ellas.

«A veces, consigo traspasar tus barreras y encontrarte de verdad», rememoro otra vez, y ojalá yo pudiera traspasar las suyas ahora para encontrarlo de nuevo.

—¿Qué tal si ambos vamos comentando lo que vemos? —le propongo, haciendo a un lado mis pensamientos para centrarme en la fotografía—. No me gusta esta; no sé si es por la postura de su cuerpo, pero no termina de encajarme.

—A mí tampoco, vamos con otra —acepta, abriendo una segunda imagen.

Y puede que no haya encontrado a mi chico de anuncio, pero he encontrado al hombre meticuloso en el que se convierte cuando trabaja, al hombre exigente que busca la perfección de cada fotografía y al hombre paciente que no tiene prisa y se detiene tantas veces como haga falta para mostrarme y explicarme esos detalles que a mí me pasan desapercibidos.

—¿Esta o esta? —me plantea, dándome a elegir.

—Si te digo que las veo iguales, ¿te ofenderás mucho? —le planteo, saturada, pues llevamos varias horas viendo fotografías y he llegado a un punto en el que no veo fallos ni, como en este caso, diferencia alguna.

—Fíjate en el movimiento del vestido, justo en este lado —me indica, señalándolo con el dedo, y hago una mueca.

—Elije tú... ¿por cuál optarías si yo no estuviera aquí? —inquiero, observando cómo echa la espalda hacia atrás sin levantar su mirada de la pantalla del portátil.

—Por esta, sin lugar a duda —me asegura, girándose por fin para mirarme, y asiento con la cabeza.

—Pues esa —sentencio, levantándome para estirar las piernas y dirigiendo mis pasos hacia la ventana, que, como suponía, da a un patio interior, y no sé cómo lo hace para no perder la concentración en algo tan monótono.

—¿Estás cansada? —suelta, y detecto la diversión instalada en su voz.

—¿Quedan muchas? —le contesto con otra pregunta.

—No, esta era la última.

«Gracias a Dios, porque estoy hasta la triple costura de ver fotografías.»

—Qué pena —me lamento con guasa, provocando su risotada, y me demoro en ella, absorbiendo sus matices, percatándome de que, en algún momento, durante estas horas, he conseguido traspasar sus barreras y encontrarlo de nuevo, solo que no he sido la única en lograrlo.

—Podemos empezar otra vez si quieres —se mofa de mí, y soy yo la que ríe ahora— o podemos ir a picar algo y luego empezar a retocarlas juntos —oigo que me propone, y niego con la cabeza, sin borrar la sonrisa de mi rostro.

—Llevo todo el día contigo, no quieras alargar más mi tortura —sentencio, cruzándome de brazos y apoyando mi espalda en la pared.

—El día que dejes de mentirte será un gran día —me responde con seriedad, levantándose para acercarse a mí y, si no fuera porque tengo la pared detrás, retrocedería un par de pasos.

—El día que dejes de creer que me estoy mintiendo sí que será un gran día —contraataco, alargando mi mano para posarla sobre su pecho y evitar que se acerque más de la cuenta, solo que su cuerpo tiene algo que me hace desear más... tocarlo más, sentirlo más... como antes, en la colina, cuando he rodeado su cintura con mis brazos o cuando me he pegado más de la cuenta a él.

—Supe desde el primer momento que ibas a ponérmelo difícil —me confiesa con voz ronca, aferrando mi muñeca con esa fuerza controlada que, como su cuerpo, consigue que desee más—, solo que hay veces, como ahora, cuando llevo todo el día a tu lado, en las que la impaciencia me puede —prosigue, atándome a su mirada. «Es mi agujero negro», pienso de repente, perdiéndome en el azul intenso del universo, capaz de silenciar al mundo y de desdibujar todo lo que me rodea para que solo pueda escucharlo o verlo a él— y no quiero esperar. Contéstame una cosa —me pide mientras mi pecho sube y baja más rápido de lo normal y el deseo más caliente y demoledor se instala entre mis piernas—: ¿vas a tardar mucho en reconocer que ambos deseamos lo mismo? —me pregunta, acercándose más a mí, sin soltarme, rozando la piel de mi cuello con sus labios.

—¿Vas a tardar mucho en darte cuenta de que no es así? —susurro con un hilo de voz, y no sé por qué sigo negándome lo que a todas luces es una realidad.

—Entonces, no quieres que te bese, ¿verdad? —me plantea, apretando más mi muñeca, besando mi cuello como besaría mis labios, contrayendo mi vientre y mojando mi centro mientras mi respiración deja de ir rápida para ir desbocada.

—Para —le pido, frenando un gemido cuando siento su erección rozar mi sexo, y tengo que controlarme como nunca para no dejarme ir, para no frotarme contra ella y para no ser yo quien lo bese con esta desesperación que está arañándome por dentro.

—Sus deseos son órdenes para mí, alteza —me responde con dureza, soltando mi muñeca—. Vamos, te llevo al curro —me dice con seriedad, dándose la vuelta para luego salir de la habitación, dejándome temblando, contra la pared, mi punto de apoyo ahora.

—No hace falta, vendrán a recogerme —le indico cuando consigo encontrar la voz y la fuerza necesarias como para echar a andar, y esto es algo nuevo para mí y me perturba muchísimo, porque yo no soy así; a mí no me tiemblan las piernas ni la voz, y mucho menos pierdo la fuerza o se me escapan las palabras cuando un hombre besa mi cuello o se pega a mi cuerpo. No, yo no soy así, solo que, con él, no puedo ser de otra forma.

—Te llevo yo. Fin de la discusión —me rebate con dureza cuando salgo de su despacho y nuestras miradas tropiezan de nuevo, y, durante una breve fracción de segundo, visualizo una barrera enorme en torno a él, que me impide verlo o encontrarlo... «pero ¿qué esperabas?», me pregunto, deteniendo mi mirada en el azul de sus ojos; el azul del océano insondable y el azul del universo, porque el universo está lleno de color, aunque, de entrada, solo veamos el negro.

Él es como ese universo que me rodea; está lleno de color, de nebulosas azules, de polvo cósmico, de agujeros negros, de estrellas y planetas, solo que yo, en mi ceguera, me quedo en la superficie, en el color negro, el que se ve primero, el que me muestra mi sol, que alumbra mis alrededores más cercanos.

—No hace falta, de verdad.

—No pienso discutir contigo sobre este tema. Toma. —Me tiende el abrigo, que acepto, rindiéndome finalmente.

«Y, de nuevo, cómo han cambiado las cosas entre nosotros en apenas unos minutos...», me percato, sintiendo un extraño peso que se asienta en mi pecho, haciéndose un hueco, mientras lo sigo hasta la puerta y la incomodidad llega para instalarse a nuestro lado cuando accedemos al ascensor y ambos guardamos silencio, un silencio largo e incómodo que ninguno rompemos.

—Espera —le pido, una vez que estamos en la calle, cuando lo veo acercarse a su moto.

—¿Qué quieres? —me plantea con acritud, ignorando mi petición, sacando los cascos del maletín y entregándome el mío, que cojo, para seguidamente subirse en la moto sin apenas mirarme.

«No sé ni por dónde empezar», reconozco, dirigiendo mis pasos hacia él, porque ¿qué dices cuando no sabes qué decir, pero tienes cientos de cosas golpeando tu pecho y tu garganta? ¿Qué dices cuando sabes que continuamente entras en contradicción o cuando deseas cosas que no te convienen?

—Mira... no espero que me entiendas, porque ni yo misma lo hago, pero, créeme, es mejor así —suelto al fin, atrapando su atención, y de nuevo siento que soy una partícula minúscula vagando por el universo infinito, solo que, al contrario de lo que pensaba inicialmente, él no es mi agujero negro, sino el universo en su totalidad y, a pesar de saberlo, les doy voz a mis impedimentos, dándoles fuerza a cosas a las que posiblemente debería restársela... siendo tan piedra como solo yo puedo ser—. Eres demasiado joven para mí y nuestros objetivos difieren en exceso; yo estoy centrada en mi carrera y tú, en pasarlo bien, y no lo juzgo, de verdad, me parece fenomenal, pero... creo que deberías fijarte en otras chicas, como en la morena de la cafetería o en cualquiera que busque lo mismo que tú, porque en mí no vas a encontrarlo.

—¿Y puedes decirme qué es lo que busco? —replica, rompiendo su silencio y frunciendo el ceño, sin permitir que me suelte de su mirada, atestada de seriedad.

—Dímelo tú —le pido, perdiéndome en ella.

—¿Para qué voy a molestarme en hacerlo cuando parece que tú lo tienes tan claro? —me rebate, desarmándome.

—Sea lo que sea, no estoy interesada —concluyo finalmente.

—Sube —me ordena con sequedad, poniéndose el casco y guardando, para él, lo que sea que esté pensando.

Obedezco, guardando también para mí todo lo que le diría si me diera pie a ello, aferrándome al silencio de la misma forma en que está haciendo él. Posiblemente sea lo mejor, guardar silencio, callar, que no otorgar, y permitir que todo se asiente hasta que encuentre su lugar y, aunque yo sé dónde está el mío, mi lugar, tiendo a olvidarlo con demasiada facilidad cuando estoy a su lado, como ahora, cuando mis brazos rodean su cintura y mis piernas su cuerpo y, de nuevo, es algo tan sencillo y natural como subir los pies descalzos al sofá de casa o como respirar, algo para lo que no necesitas pensar, porque surge de manera espontánea, como hace el agua cuando nace y busca su camino o como lo que sentimos cuando no utilizamos nuestras palabras para modificar su curso.

—Gracias —musito cuando detiene la moto frente al edificio de D'Elkann. Cuando alejo mis brazos de su cintura, siento la añoranza golpear la yema de mis dedos y la palma de mis manos al negarles el contacto con su cuerpo—. ¿Guardo yo misma el casco en el maletín? —le pregunto, intentando hacer a un lado esa sensación de nostalgia que no tiene cabida.

—Quédatelo, ya lo tienes para el sábado —me contesta, sin quitarse el suyo, sin detener la moto y con esa acritud que ha atrapado con ambas manos en su estudio y que sigue manteniendo presa entre ellas.

—Ya te he dicho que no voy a cenar contigo el sábado —le repito, alzando la voz, pues está dándole gas a la moto a propósito para no oírme—. ¡Te estás comportando como un crío! —exclamo, fulminándolo con la mirada.

—Aquí la única cría que hay eres tú. Pasaré a recogerte a las nueve y media, no te retrases —me señala, y, antes de que pueda rebatirle nada, sale disparado, dejándome plantada en medio de la acera, con su casco en la mano.

Accedo al inmueble sin poder creer que se haya marchado dejándome con la palabra en la boca, sintiendo el casco como un enorme caballo entre mis dedos; un caballo de color amarillo fluorescente de dos metros de altura y, sí, lo sé, ni es amarillo ni tiene ese tamaño y mucho menos podría sostenerlo con mi mano, pero, a todos los efectos, como si lo fuera.

—Pepe, ¿puedes guardármelo, por favor? —le pido, necesitando librarme de él—. Ya lo recojo luego —prosigo, recomponiendo el gesto, pues temo que la agitación que me invade por dentro esté reflejándose en mi rostro.

«Tengo que terminar con esto de una vez —me ordeno, dirigiendo mis pasos hacia el ascensor—, solo que lo siento demasiado dentro de mí, como si hubiera encontrado la forma de colarse en mi interior y, ahora, no supiera cómo echarlo.

—¡Hombre, al fin llegas! —oigo la voz de Pilar cuando paso frente a su despacho, y esto era justo lo que necesitaba para poder centrarme de una maldita vez. Ser yo. Ser la María Eugenia con la que estoy cómoda, con la que me manejo a la perfección y a la que no le tiembla nada.

—¿Perdona? —inquiero con brusquedad, mirándola con altivez por encima de mis gafas de pasta.

«Tengo que ponerme lentillas —pienso de repente—, y no sé de dónde hostias ha salido eso... o sí», reconozco, vagando de nuevo por mis pensamientos, recordando las muchas veces que hoy, cuando nos hemos acercado demasiado, me han molestado.

«No necesitas ponerte nada porque no va a acercarse más y mucho menos vas a volver a salir con él», sentencio, regresando a la realidad de la María Eugenia que soy.

—¿Disculpa? —me rebate, divertida, y, con su pregunta, recuerdo a Greta y a Luna y cómo muchas de sus conversaciones comienzan así, solo que no tengo la más mínima intención de iniciar ninguna que tenga que ver con él.

—¿Querías algo? —la corto, cruzándome de brazos y dando gracias al cielo por haber dejado el casco en la recepción, pues solo me faltaría que me hubiera visto cargada con él.

—No sé... ya me dirás, porque yo hace horas que he regresado de su estudio y tú llegas ahora. ¿Algo que contar al respecto? —insiste, acercándose a mí, y esto me pasa por compartir confidencias con gente del trabajo. Maldito bucólico fin de semana, que lo ha cambiado todo.

—¿Me estás pidiendo explicaciones? —le formulo, sin poder creerlo.

—Mentiría si dijera que no estoy muerta de curiosidad —admite con sinceridad.

—Pues cómetela con patatas —replico, girando sobre mis tacones.

—Al menos coméntame qué te ha parecido su trabajo —me plantea, y vacío discretamente mis pulmones.

—Espectacular —reconozco sin asomo de dudas, volviéndome para mirarla.

—Te has quedado para ver las fotografías, ¿verdad? —adivina, sonriendo y acercándose de nuevo a mí, y asiento con la cabeza.

—Hemos hecho la selección juntos —le confirmo finalmente, intentando no imprimirle ningún tipo de emoción a mi voz.

—¿Y habéis hecho algo más juntos? Teniendo en cuenta que quiere anillarte... —me suelta, y la fulmino con la mirada.

—Y tú has apostado a favor de esa estupidez.

—¿De verdad crees que es una estupidez? Porque he visto cómo lo miras y no me lo parece tanto —me rebate, y niego con la cabeza, exasperada.

—¿No tienes trabajo que hacer? Por si no lo sabes, no te pagan por cotillear, y menos sobre mí —la reprendo, haciendo caso omiso a sus palabras.

—No estoy cotilleando, simplemente estoy contrastando contigo ciertos aspectos del *shooting*.

—Seguro que sí, sobre todo del *shooting*... Vete a trabajar —le ordeno, dando media vuelta para dirigirme hacia el Departamento de Diseño, hurgando en mi bolso por el camino para sacar el móvil, desbloquearlo y terminar con todo esto.

Me ha surgido un imprevisto el sábado.
Lo siento, ya nos veremos.

«Solucionado», me felicito, accediendo esta vez sí al sitio donde está mi lugar.

Me sumerjo en mi trabajo para no pensar más en él, solo que ya no quedan muchas horas de jornada laboral y, antes de lo que me gustaría, todos comienzan a abandonar el departamento.

—¿Te quedas, jefa? —me pregunta Luna desde su mesa.

—Sí, me quedo —afirmo, recostando la espalda en el respaldo de la silla, recordando la sensación de la suya sobre mi pecho y la de mi barbilla sobre su hombro; mis brazos rodeando su cintura; sus dedos enroscados en mi pelo, y sus labios luego en mi cuello... y suelto todo el aire de golpe, dirigiendo la mirada hacia mi móvil.

Desde que le he enviado el mensaje no he vuelto a revisarlo, «y no por falta de ganas, sino por cabezonería», reconozco, conectando los datos de nuevo para ver, casi de inmediato, llegar su respuesta.

En lugar de recogerte a las nueve y media, lo haré a las nueve. Yo de ti lo pensaría mejor, pelirroja, antes de poner otra excusa, porque, como sea muy mala, en lugar de adelantar media hora será una entera.

«¡Venga ya! —atino a farfullar en mi cabeza, releyendo el wasap—, y no sé si me hace gracia o me joroba tanto o más como que me digan que no tengo razón, puede incluso que todo a la vez», reconozco, frustrada.

«Porque sé leer a la gente, pelirroja, y a ti te leo cojonudamente», recuerdo de repente.

«¡Y tanto que sabe leerme!», admito, dejando de nuevo el móvil sobre la mesa y clavando mi mirada en ella, pero sin verla realmente, pues solo puedo verlo a él.

Maldito bucólico fin de semana.

Capítulo 11

—Ciro acaba de traerme las fotografías, ¿las vemos juntas? —me propone Pilar, y tengo que repetir mentalmente sus palabras para poder entenderlas y reaccionar.

—¿Las ha traído él? ¿Personalmente? —le formulo, necesitando cerciorarme de que realmente lo que he oído es lo que ha dicho.

—Sí —me confirma, sonriendo, mostrándome un *pendrive*.

—Dámelo —le pido, molesta, haciéndome con él.

«Se supone que mañana cenamos juntos y ni siquiera se ha dignado a entregármelo a mí —me ofendo—, y no es que quiera verlo, al contrario, porque ya me ha sentado mal esa cena sin necesidad de ingerirla, pero, ya que hicimos la selección juntos, qué menos que entregármela a mí personalmente», pienso, indignándome más con cada segundo que pasa.

—¿Te sucede algo? —me pregunta Pilar, sentándose a mi lado.

—Por supuesto que no —niego, colocando el *pendrive*. Pulso sobre la carpeta cuando aparece en la pantalla del portátil y, mientras voy abriendo una a una esas fotografías que yo, en realidad, ya he visto, solo que no estaban retocadas, me amparo en el silencio, mi mejor opción ahora mismo.

—Vaya, son buenísimas —oigo la voz admirada de Pilar al tiempo que yo sigo sumida en mi mutismo.

«Por supuesto que lo son», reconozco para mí.

—No están mal. ¿Cuándo lo ha traído? —planteo como si nada, sin alejar la mirada de la pantalla del portátil.

—Creo que todavía no habría llegado al ascensor para marcharse cuando he venido a comunicártelo; la verdad es que me lo ha entregado y ha salido disparado... No sé a dónde iba, pero tenía bastante prisa —me cuenta mientras yo me demoro en sus palabras más de lo que debería—. ¿Por qué me lo preguntas?

—Por nada. Vistas —sentencio, quitando el *pendrive* para entregárselo de nuevo.

—Al final será cierto eso de que no hay mal que por bien no venga —comenta, sonriendo, y la miro sin devolverle la sonrisa, porque, sinceramente, sigo ofendida y porque tampoco voy a ponerlo ahora en un altar.

—El trabajo de Dante es impecable y tan bueno como este. No te emociones ni te confundas; que nos guste el resultado no significa que vayamos a cambiar de fotógrafo.

—Nadie ha dicho que Dante no sea bueno ni que vayamos a cambiar, pero no está de más tener una segunda opción, y esto te lo digo ahora, porque he visto el resultado y ya estoy tranquila, pero llevo desde el lunes con ansiedad por culpa de este tema.

—No tenías por qué, ya te comenté el martes que era bueno —le recuerdo, de hecho, creo que utilicé la palabra *espectacular* para definir su trabajo.

—Ya, pero no es solo que sea bueno, es que entregue en fecha y que el resultado final sea el esperado. Créeme, estos días han sido muy mierda.

—María Eugenia, tienes a Arturo esperando —me anuncia Sonia, accediendo al departamento.

—Ya voy —le respondo, levantándome para ir a por mis cosas a la zona pertinente—. Que las suban ya a la web —le ordeno a Pilar, para luego salir de Diseño, obligándome a alejarlo de mi mente.

—Buenos días, Arturo. ¿Todo bien? —inquiero cuando accedo al interior de la berlina que esperaba frente a la puerta.

—Muy bien, ¿y usted? —me contesta, incorporándose a la circulación.

—También —le indico, abriendo mi móvil para ojear mi agenda.

Llego al hotel a la hora prevista, encontrándome en la puerta con una de las chicas que trabaja en *Harper's*, la revista a la que voy a conceder la entrevista.

—Buenos días, María Eugenia; la estaba esperando —me saluda con profesionalidad, tendiéndome la mano, que acepto, y, aunque no suele gustarme que me hablen de usted, no la corrijo, pues es lo correcto en estas situaciones.

—Buenos días, Sofía —le devuelvo el saludo con afabilidad, llamándola por su nombre, pues intento recordar detalles, anécdotas e incluso ciertas situaciones familiares, como nacimientos, bodas y hechos importantes, aunque no para cotillear, por supuesto, ni para crear lazos de amistad, sino para mostrar una cierta cercanía con las personas.

—Hemos pensado que esta vez estaría bien hacer la entrevista en los jardines del hotel —me cuenta mientras accedemos al mismo, un palacete situado en el barrio de Chamberí y antigua residencia de un influyente duque—, para desmarcarnos un poco del anterior reportaje —me explica mientras me limito a asentir con la cabeza, vaciándome de palabras y de pensamientos cuando llegamos al jardín, y no precisamente por los castaños centenarios que lo dominan, sino por quién está junto a Patricia, la periodista que va a entrevistarme.

«Por eso tenía tanta prisa», deduzco con rapidez, quedándome enganchada al brillo de sus ojos, atestados de cientos de azules que pintan las emociones y que conozco tan bien.

—María Eugenia, ¡qué alegría verla de nuevo! —me saluda Patricia, acercándose a mí para darme un par de besos, pero yo sigo sin poder reaccionar, contemplando su media sonrisa perfilarse en su rostro... y lo que no entiendo es por qué hostias he estado todos estos años sin tropezarme con él y ahora no dejo de verlo por todas partes.

—Lo mismo digo, Patricia. Sin duda alguna el matrimonio te ha sentado fenomenal —la halago cuando consigo hacerme con las palabras de una maldita vez, recordando que se casó hace poco.

—Gracias, la verdad es que estoy muy feliz —me confiesa al tiempo que nos acercamos a donde él aguarda, y finjo no verlo y mucho menos conocerlo, pues temo saludarlo y que me premie con un «pelirroja» o un «ricura», cuando aquí ni siquiera se atreven a tutearme—, y eso que no quería casarme... y fíjese que, si llego a saberlo, paso antes por el altar —añade mientras yo siento su mirada descarada recorrer mi cuerpo.

«Lo de la ropa, lo asumo... vas demasiado formal siempre», se cuela de repente esa frase en mi mente, mientras observo de reojo su atuendo; unos *jeans* desgastados, una camisa blanca por fuera de la cinturilla y un suéter de cuello caja color azul índigo. «Al menos hoy no lleva una camiseta arrugada», pienso... ¡y como si me importara!

—Ahora se ha convertido en una férrea defensora del matrimonio —me cuenta Sofía y, con su observación, me doy cuenta de que había dejado de prestar atención a lo que me estaba explicando Patricia.

—¿De verdad? Pues yo no pienso casarme —suelto para mi sorpresa, pues no acostumbro a hacer confidencias de este tipo en entrevistas de trabajo; de hecho, nadie en este mundillo es conocedor de mi situación personal.

—Pero ¿tiene pareja? —se interesa Patricia, invitándome a sentarme en uno de los mullidos sillones blancos que supongo que han colocado expresamente para la ocasión, y, de reojo, veo su sonrisa.

—Ya sabes que nunca hablo de mi vida privada —le recuerdo, deseando borrársela con un puñetazo.

—Bueno, no perdía nada por intentarlo —replica, divertida, sentándose frente a mí.

—Y ni se te ocurra utilizar este comentario como titular —le advierto, acompañando la frase con una sonrisa cómplice. Maldita sea—. Aquí hemos venido a hablar de moda, así que vamos a centrarnos —prosigo, reconduciendo la conversación.

—Completamente de acuerdo. Por cierto, él es Ciro Zabat, el fotógrafo que cubrirá la entrevista —me cuenta, y me limito a dedicarle una sonrisa que acompaño con un asentimiento de cabeza. Suficiente.

—Encantado, María Eugenia —me dedica él, y algo me dice que está pasándoselo en grande.

—¿Quieres hacer las fotos antes? —oigo que le pregunta Sonia, y, por favor, que las haga ya y se largue.

—No tengo prisa. Además, me gustaría tomar alguna a lo largo de la entrevista —le responde con seriedad y, cuando pasa por mi lado para sentarse en uno de los escalones de mármol blanco que conectan el interior del hotel con el jardín, siento cómo mi vientre se contrae suavemente... «y no sé si es por su presencia o porque la fragancia de su colonia se ha colado en mi interior, como ha hecho él, y esto está tanto de más...», me recrimino, frustrada, pues no debería pensar ni sentir estas cosas; más bien debería estar molesta por tener que soportarlo de nuevo.

—Empecemos, pues —secunda Patricia, conectando la grabadora, y me obligo a mirarla solo a ella, a centrarme en lo que debo y a dejar de considerar estas tonterías—. ¿Qué cree que buscan sus clientas con sus diseños?

—Sentirse mujeres de verdad, seguras de sí mismas, pero sin olvidar la elegancia y la feminidad. La moda, en ocasiones, tiende a disfrazar a la mujer, y yo no busco eso; yo busco que se vean bien y que les siente bien, porque no es una falda, por ejemplo, sino cómo les sienta esa falda y cómo se sienten llevándola.

—¿Qué opina sobre las tendencias? —me pregunta y, durante un momento medito mi respuesta, porque, en realidad, pienso que las tendencias pueden llegar a ser muy aburridas y, al final, todo el mundo viste igual, solo que esto no es muy apropiado que lo verbalice, pues D'Elkann tiene un Departamento de Temporada y Pronto Moda que se nutre de ellas.

—Creo que es bueno seguirlas, pero con ojo crítico y sabiendo muy bien lo que a uno le favorece y lo que no —le contesto, finalmente—. La moda, en el fondo, debería ser algo individual, y no porque se lleve la minifalda todas deberíamos llevarla —añado, relajándome, y qué curioso, porque siento su mirada puesta sobre mí; de hecho, lo tengo enfrente, pero ya no me incomoda su presencia, sino que, contra todo pronóstico, me está relajando, como cuando subí en su moto... tensa al principio, cómoda después. Supongo que ese es parte del efecto que también provoca en mí... «Me hace sentir como en casa», admito, desviando mi mirada durante un escaso segundo de Patricia hacia la suya, y quedándome enganchada a ella y a la intensidad que desprende.

—Pero, si fuese algo individual y no existieran las tendencias, ¿qué sería entonces de la moda? —me plantea la periodista, y centro de nuevo mi atención en ella y en mi argumentación.

—En realidad, la moda es una repetición de ideas inspiradas en el pasado. Lo que se está viviendo ahora, con la moda, es un disparate. Las mujeres visten dejando muy poco espacio a la imaginación o a la fantasía, con faldas minúsculas, transparencias inimaginables, aberturas imposibles o escotes de vértigo, incluso parece que el mal gusto venda, y eso es algo que escapa a mi comprensión. No se trata de vestir ocultando el cuerpo, sino de vestir realzando nuestras formas, de insinuar, que no mostrar, porque la moda también es deseo y es querer descubrir lo que se oculta bajo la tela de esa prenda. Si se pierde el misterio, ¿qué nos queda? —le formulo esta vez yo a Patricia, recordando a la María Eugenia del principio, a esa María Eugenia que se ponía nerviosa cada vez que tenía que conceder una entrevista, la que apenas podía dormir las noches previas y la que se torturaba continuamente con las respuestas que había dado cuando, ahora, por el contrario, lo vivo con total naturalidad, disfrutándolo incluso.

Contesto a todas las cuestiones, completamente relajada, ante su atenta mirada, percatándome de que, a pesar de que había dicho que haría alguna fotografía durante la entrevista, en realidad no ha hecho ninguna; es más, no se ha levantado de ese escalón en ningún momento, ni ha sacado la cámara de su mochila.

—¿Vamos con las fotos? —le propone Patricia, y desvío la mirada hacia él, poniéndome nerviosa de repente y empezando a morder la cara interna de mi mejilla.

—Sí, vamos allá —dice, haciéndose con la cámara para luego acercarse a mí, y, sin dejar de morder mi mejilla, observo sus movimientos, seguros y fluidos—. Míreme, María Eugenia. —Y, no sé por qué, siento que está burlándose un poco de mí al hablarme de usted—. ¿Puede sonreírme un poco? —añade, y adivino esa sonrisa a punto de colarse en sus labios, que consigue que dibuje otra en los míos—. Sígame con la cabeza, sin modificar la postura de su cuerpo —me pide, solo que esta vez el tono de su voz ha variado y ya no soy capaz de detectar ni la burla ni la mofa—. Mire a Patricia, y tú igual, Patricia, miraos —nos señala, colocándose frente a nosotras para sacarnos otra instantánea y, de nuevo, estoy segura de que su trabajo será impecable—. Quiero un primer plano de su rostro, pero no me sonría esta vez, solo míreme —me indica, y lo hago, miro al hombre que tengo delante de mí; al hombre que consigue lo que no ha conseguido ningún otro, que me tiemblen las piernas y, a la vez, que me sienta como en casa; al hombre que logra sacarme de quicio y que, al mismo tiempo, es capaz de robarme una sonrisa y una carcajada tras otra y encima contarlas. Sí, ese hombre al que yo tildo de crío insolente a medio hacer y que me tiene completamente calada—. Yo ya lo tengo, Patricia... Si no necesitas nada más, me largo —le informa, sin molestarse en mirarme, ojeando las fotografías que acaba de hacernos, y lo contemplo en silencio.

«No es la ropa que llevas, sino cómo te sienta y cómo te sientes tú llevándola —rememoro esa frase que forma parte de mi sello de identidad—. Y a él le sienta como un guante», reconozco, sin poder quitarle la mirada de encima.

—Con tener un par de fotos con las que poder acompañar el reportaje, será suficiente —le responde mientras me fijo en cómo guarda la cámara en su mochila para luego enfundarse una cazadora de piel y, durante unos breves instantes, detengo mi mirada en su rostro, ese rostro que conozco tan bien y que he tenido tan cerca del mío, para luego imaginarlo sobre su moto y volver a sentir la sensación de ir sobre ella; su vibración en mi cuerpo o su respiración en la yema de mis dedos y en la palma de mis manos... y es que hay instantes que, por muy breves que sean, tienen la capacidad de detener el tiempo y de conseguir que vuelvas a revivir lo que, posiblemente, estás deseando vivir de nuevo.

—Nosotras también hemos terminado —oigo que se dirige a mí y, con su voz, me percato de las muchas veces en las que me pierdo en el caos de mis pensamientos. «Quizá, este sea otro de los efectos que provoca en mí», asumo, pues siempre me sucede cuando él está cerca—. Muchísimas gracias —me dice, volviéndose esta vez hacia mí—. Como siempre, ha sido un placer entrevistarla.

—Lo mismo digo. Por cierto, ya tenéis en la web de D'Elkann

lo nuevo que entra en tiendas la próxima semana —le comunico, omitiendo hacer comentario alguno sobre el fotógrafo que ha hecho ese trabajo.

—Perfecto, lo mencionaremos en la entrevista —me asegura, y sonrío, satisfecha, pues eso es lo que buscaba.

—María Eugenia, me alegra haber coincido con usted, espero verla muy pronto —me dice, y centro mi atención en él, adivinando esa sonrisa insolente que se encuentra oculta en la comisura de sus labios.

«Adivinar sonrisas, detectar los cientos de azules que anidan en su mirada, desgranar los matices de su voz, sentirme como en casa y perderme en el caos de mis pensamientos... maldita sea, todo esto me molesta tanto como si tuviera una piedra enorme en el zapato.»

—Claro —me limito a contestar, acompañando esa palabra con un asentimiento de cabeza cuando en realidad lo que deseo es decirle «qué remedio» o cualquier comentario que le deje cristalinamente claro que continúa siendo mi pesadilla particular—. Yo también tengo que irme —me despido de Patricia y de Sofía, acercándome a ellas para darles un par de besos, ignorándolo tanto como puedo.

—Vamos, la acompaño a la puerta —oigo que me dice, y me obligo a dedicarle la misma sonrisa que le dedicaría a cualquiera que se ofreciera a acompañarme.

Echo a andar sin molestarme en contestarle, pasando de él mientras busco mi móvil en el bolso.

—Me gusta eso de hablarle de usted —suelta con sorna cuando estamos accediendo al interior del hotel y Patricia y Sofía ya no pueden oírnos—, y hacer como si no nos conociéramos tiene su punto —continúa con guasa, la misma que vería en su mirada si me volviera hacia él, algo que no tengo la más mínima intención de hacer.

—Déjame en paz —siseo entre dientes, marcando el número de teléfono de Arturo para que venga a recogerme—. Ya hemos terminado, te espero en la puerta —le indico cuando contesta la llamada.

—Sabes que yo puedo llevarte —interviene de nuevo, caminado a mi lado.

—No, gracias —mascullo, molesta, y no lo estoy con él, sino conmigo, algo que debería sumar a los muchos efectos que provoca en mí.

—Como quieras. Nos vemos mañana —se despide como si nada cuando llegamos al exterior del hotel, pasando por mi lado sin mirarme él tampoco y yendo directo hacia su moto. Me obligo a no seguirlo ni a decirle las muchas cosas que le diría si Patricia y Sofía no estuvieran a punto de salir también. Maldita sea con él y conmigo.

Paso el resto del día de mala leche, porque tengo meridianamente claro que si es una condenada piedra en el zapato es porque yo se lo consiento, y porque una parte de mí está deseándolo todo con él por mucho que me jorobe y me toque las narices reconocerlo, como las chorradas que pienso continuamente cuando está cerca... perdiéndome en el caos de mis pensamientos, por favor. «Yo antes no utilizaba estas expresiones tan enrevesadas, ni tampoco estaba hecha un lío, ni me masturbaba pensando en un tío en concreto... porque me he masturbado pensando en él», me remarco, y, si con eso no tuviera suficiente, he asociado estar a su lado con subir los pies descalzos al sofá de casa. Maldito bucólico fin de semana, quién me mandaba a mí ir a catar vinos, hostias.

«Y de nuevo es viernes por la tarde y, de nuevo, estoy sin planes —farfullo mentalmente, quedándome plantada frente a la puerta de cristal y acero de D'Elkann—. Hace justo una semana estaba plantada en este mismo lugar. Hace justo una semana me enteré de que iba a ser tía y hace justo una semana me encontré con él en ese pub. Podría llamar a Candela, arrastrarla a algún restaurante para cenar, beber vino blanco y ahogar mis frustraciones en alcohol, pero creo que hoy no sería buena compañía para mi hermana ni para nadie», sentencio, cogiendo un taxi que me lleve a mi casa. Mejor si me lamento sola.

Inspiro profundamente cuando llego a mi hogar. «Necesito relajarme —me digo, dejando mis cosas en el armario que hay en la entrada, descalzándome y sintiendo la calidez de la madera en la planta de mis pies—. Necesito volver a sentirme tranquila y no en este estado de agitación continuo en el que me hallo», reconozco, encaminando mis pasos hacia el pequeño balcón que inunda el salón con la luz del atardecer, esa luz que ya no es brillante, sino tenue y discreta, que trae consigo la oscuridad de la noche y te indica que tu día está a punto de terminar.

«Hace tiempo, concretamente cuando comencé a trabajar en D'Elkann, me propuse que, cuando llegara el final de cada día, tenía que estar segura de que lo había aprovechado al máximo y que había dado el ciento por ciento de mí misma —rememoro, echando la vista atrás—. Posiblemente él se prometiera lo mismo —medito, apoyando mi cuerpo en el marco de la ventana, dejando de ver mi barrio para verlo solo a él—, solo que él se concentra en vivir y en exprimir su vida y yo, en ese objetivo a largo plazo que, para muchos, es un imposible. Qué distinto es un objetivo de otro», concluyo, inspirando profundamente, percatándome de que, de nuevo, lo he colocado a mi lado... y esto es cosa mía.

«El día que dejes de mentirte será un gran día —me llega su voz a través de mis recuerdos—. Y por supuesto que me estoy mintiendo —admito de nuevo—, y también he entrado en bucle con este tema, pues soy incapaz de alejarlo de mi mente...»

De pronto oigo mi móvil sonar a lo lejos y vuelvo la cabeza hacia el armario de la entrada, donde he dejado el bolso, para luego casi echar a correr hacia él.

—Dime —saludo a mi hermana cuando descuelgo.

—¿Sigues currando? —capto su voz y sonrío, encaminando mis pasos hacia el sofá, pues nuestras conversaciones pueden durar horas.

—No, estoy en casa, ¿y tú? —le pregunto, recostándome y subiendo los pies al respaldo, suspirando de gusto. ¡Qué cansada estaba y ni siquiera me había dado cuenta!

—Me queda una hora más o menos... y se me ha ocurrido que podrías invitarme a cenar en tu casa. Sigo con la nevera vacía y no me apetece nada hacer la compra ni ir a comer algo por ahí.

—Puedes venir si quieres, pero te advierto que hoy no soy una buena compañía —le confieso, clavando la mirada en el techo.

—Bueno, yo tampoco lo era la semana pasada y estuviste conmigo. ¿Qué te sucede? ¿No irás a decirme que tú también estás embarazada y no sabes quién es el padre? —bromea, consiguiendo que sonría otra vez.

—He tenido un mal día, solo eso —me limito a contestar, llevando la mano a mi pelo para hundir mis dedos en él, trayéndolo de vuelta con ese simple gesto.

—Y eso que tú eres la jefa y la que putea al resto del personal. Si tú has tenido un mal día, no quiero ni imaginar el día que habrán pasado los miembros de tu equipo —suelta con guasa y, antes de que pueda rebatirle nada, prosigue—. Oye, tengo que colgar, nos vemos en un rato.

—Pero dime al menos qué te apetece cenar y lo voy pidiendo —le digo, incorporándome.

—Me apetece mogollón falafel y cuscús de verduras. No sé si puede considerarse un antojo, pero llevo todo el día soñando con comerlo —me cuenta, haciéndome sonreír de nuevo.

—Pues, entonces, vamos a cenar eso, no vaya a ser que mi sobrino barra sobrina nazca con una marca enorme en la frente —contesto, bromeando, pues, en realidad, no creo en esas cosas.

—Cuelgo, que mi jefa está mirándome mal. Yo sí que tengo días malos con ella, menuda cruz —sentencia, cortando la comunicación, y hago lo propio para luego realizar el pedido de nuestra cena.

«A pesar de que hablar con Candela siempre me hace sonreír, sigo agitada y molesta», asumo, dirigiéndome al tocadiscos de madera que tengo en un rincón para poner un poco de música, cerrando los ojos durante un instante cuando comienza a sonar *E più ti penso*, de Andrea Bocelli y Ariana Grande.

Abro los ojos, negando con la cabeza, al escuchar una parte de la canción, que bien podría aplicarme, para luego dirigir mis pasos hacia el baño.

«Voy a cenar con él mañana —me recuerdo, colocándolo otra vez a mi lado, observando mi reflejo en el enorme espejo que domina la estancia... mi perfecta melena del color del fuego; mi piel lechosa, pues ni siquiera en verano coge un poco de color; mis ojos azules, pero no del azul de sus iris, sino de un azul básico, ese que no encierra cientos de tonalidades, y mis labios carnosos, lo único que me gusta realmente de mi rostro», asumo, consciente de que soy excesivamente crítica conmigo misma, mientras me desprendo de la ropa, dejándola con cuidado en el banco de madera que tengo tras de mí.

«Somos tan distintos —me digo, contemplando mi cuerpo ya solo con la ropa interior—. Él tiene un cuerpo perfecto y yo... yo cumpliré los cuarenta dentro de dos años», me fustigo, mordiéndome el labio inferior y desprendiéndome del sujetador y las braguitas para observar mi cuerpo desnudo y, sí, sé que no estoy mal, pero que también podría estar mejor. Me giro para ver mi trasero, torciendo ligeramente el gesto, pues, a pesar de que hago yoga casi a diario, ya no es lo que era, me lamento, recordando el suyo enfundado en sus vaqueros, tan prieto y tan perfecto, y no sé por qué estoy pensando esto cuando no tengo la más mínima intención de permitir que me vea desnuda y mucho menos de verlo desnudo a él, a pesar de que mi vientre se ha contraído a la vez que mi sexo, con tan solo imaginarlo.

Me doy una larga ducha con el agua casi hirviendo, obligándome a alejarlo de mi mente, obligándome a recuperar esa calma que últimamente parece querer huir de mí, sintiendo cómo el cansancio llega con cada gota de agua que se desliza por mi cuerpo y que he ido acumulando hora tras hora, supongo que día tras día, pues llevo toda la semana durmiendo mal. Salgo por fin de la ducha y me seco con una mullida toalla, para, seguidamente, encaminar mis pasos hacia mi habitación. «No sé si es por él o por mí, pero me cuesta conciliar el sueño y, cuando lo consigo, duermo intranquila —reflexiono, poniéndome el pijama—. Es por él —me sincero, yendo hacia la cocina—, y también por la cena de mañana —me digo, abriendo el frigorífico para hacerme con una botella de vino blanco—, y, sí, también por mí y por este estado de contradicción continuo en el que me hallo», admito, descorchando la botella para luego servirme una copa.

«Todo sería más fácil si dejara de verlo de una vez —sentencio, encaminando mis pasos hacia el salón, con la copa en la mano—; no sé si es cosa del destino o suya, pero he pasado de conocerlo de oídas y por algún reportaje esporádico a tenerlo en mi vida, y esto no sería importante si no me agitara tanto por dentro o si no me sintiera tan bien estando a su lado o... o si no me atrajera tanto —acepto, sentándome en el sofá—, y encima compartimos gustos musicales y sabe lo que es un aria.»

«Maldita sea, ojalá desapareciera de mi vida de una vez», me digo, frustrada, subiendo los pies al sofá y colocándolo a mi lado de inmediato, porque estar a su lado es tan sencillo como hacer esto, y no debería serlo ni debería estar pensando en él, hostia, que no me lo quito de la cabeza. «Maldito bucólico fin de semana», gruño mentalmente, disgustada, haciendo de esta frase mi mantra particular.

Dejo la copa sobre la mesa cuando llaman al telefonillo y, gracias a Dior, porque necesito estar con alguien para poder detener mis pensamientos de una vez.

—¿Vamos a cenar o vas a acostarte? —me pregunta mi hermana cuando sale del ascensor mientras me mantengo apoyada en el quicio de la puerta, esperándola.

—Ya te he advertido que hoy no soy buena compañía —suelto, correspondiendo a su abrazo cuando sus brazos me envuelven—. De todas formas, incluso en pijama, voy mejor vestida que tú. Oye, ¿no tienes otra cosa que no sean esos vaqueros de vagabunda y esa sudadera? Si trabajaras para mí, no te dejaría ni pasar por la puerta.

—Por si no lo sabes, estos vaqueros son tendencia ahora —me indica, y la miro frunciendo el ceño.

—El día que sea tendencia tirarse por un puente, supongo que serás la primera en hacerlo, ¿no? —replico, cerrando la puerta y siguiéndola hasta el salón a la vez que me fijo en los bajos de los pantalones que lleva, deshilachados y rotos.

—Muy graciosa.

—No soy graciosa, simplemente estoy constatando un hecho. Sé que se llevan los vaqueros rotos, pero estos están hechos con todo el mal gusto del mundo —sentencio, sentándome frente a ella y de nuevo subiendo los pies al sofá.

—Tía, déjame en paz, ¿quieres? Tú vas vestida siempre como si fueras a subir a un avión privado y nadie te dice nada —me rebate, siendo Candela quien lo pone otra vez a mi lado.

—Déjalo, no tengo ganas de discutir —le pido, alargando una mano para coger mi copa.

—¿Qué pasa? Venga, suéltalo.

—No lo sé —le confieso, perdiendo la mirada en la pared de enfrente.

—Por supuesto que lo sabes, vamos... Sea lo que sea, te aseguro no hay nada peor que guardarse las cosas para una misma; no veas el peso que me he quitado de encima desde que he dicho que estoy embarazada.

—Supongo que son demasiadas cosas; hoy me han hecho una entrevista y me han preguntado qué opino acerca de las tendencias...

—Que te encantan —me corta, mofándose.

—Y he tenido que meditar mi respuesta, porque, sobre este tema, no soy libre de expresar lo que opino realmente.

—Bueno, pero Temporada y Pronto Moda son cosa de Greta —me indica, pillando en el acto por dónde voy.

—Sí, pero supervisado siempre por mí. D'Elkann fue una oportunidad maravillosa en su momento, estar al frente de la colección Dreams fue un sueño hecho realidad...

—Pero no es suficiente, porque tú quieres diseñar alta costura y no quieres ir a ver desfiles, sino que quieres asistir a tu desfile, ¿verdad? —da en el clavo, y asiento en silencio.

—D'Elkann siempre fue «mi lugar»; de hecho, todavía lo siento así, solo que a veces tengo la sensación de que ya no lo es tanto, como hoy, cuando he tenido que defender las tendencias. Yo no quiero seguir tendencias. Yo quiero crear tendencias —le aclaro, enfatizando mis últimas palabras—. Y no quiero que los miembros de mi equipo tengan que ir de *shopping* para coger ideas, sino que sean otros los que lo hagan con mis colecciones. D'Elkann está quedándose pequeño para mí —asumo con tristeza, percatándome de que parte de la mala hostia que me ha acompañado durante todo el día también ha sido por esto, aunque yo solo podía verlo a él—. ¿Crees que aspiro a imposibles? —inquiero, sintiendo cómo un peso difícil de explicar se asienta en mi pecho.

—Los imposibles dejan de serlo cuando alguien los consigue. Todas las grandes cosas siempre empiezan siendo un sueño, en ocasiones imposible. Piensa en el inventor de los aviones... un pesado aparato de metal volando por el cielo, o en la tecnología de hoy en día, pues estamos conectados con el mundo sin necesidad de utilizar cables de ningún tipo y podemos grabar vídeos y enviar fotos que otro recibe al segundo. ¿No crees que eso sería un imposible para la gente del siglo pasado? —me plantea mientras guardo silencio—. Hay personas que están deseando que otros no cumplan sus sueños porque así justifican, de alguna manera, que ellos no hayan cumplido los suyos, pero también hay otro tipo de personas que están deseando ver cómo otra lo logra, porque, en cierto modo, les da esperanza y les muestra que ellos también podrán conseguirlo.

—Ya... —musito, callando luego durante unos segundos—. Temo quedarme estancada —reconozco en voz baja—. Sé que soy buena, pero no sirve de nada que yo lo sepa si no lo sabe quien debe saberlo. Si el mundo no te ve, no existes, y a mí no me están viendo, al menos, no como necesito.

—Estás muy negativa y eso no va contigo, ¿ha sucedido algo?

—Que yo también tengo mis bajones —admito, levantándome para ir hacia la ventana, desde la que tendría que ver la torre Eiffel si mis sueños se hubieran cumplido—. Yo pensaba que el paso de Raf Simons por Dior sería algo pasajero y lleva ya dos años al frente de la firma... y parece que va para largo —murmuro, abrazando mi cuerpo con ambos brazos.

—Eso nunca se sabe. Fíjate en mí y en cómo ha cambiado mi vida en un fin de semana —me dice, trayéndolo de vuelta con sus palabras, porque mi vida, de algún modo, también ha cambiado o, al menos, se ha sacudido con fuerza, y todo comenzó también en un fin de semana.

—¿Y tú cómo estás? —le planteo, volviéndome para mirarla.

—¿Sabes a quién me encontré en la puerta del curro? —me dice, y me acerco a ella para sentarme de nuevo en el sofá—. A Santi.

—¿Y qué hacía allí? Porque dudo mucho que pasara justo por delante de tu trabajo por casualidad.

—Estaba esperándome —me confiesa, esta vez con seriedad, y la miro instándola a hablar—. Me invitó a tomar algo y, entre copa y copa, sin alcohol —matiza cuando enarco una ceja—, le conté que estaba embarazada; no iba a hacerlo, pero tampoco quiero que se ilusione conmigo ni crea lo que no es.

—Oye, estar embarazada no equivale a dejar de vivir. ¿Por qué no puede ilusionarse contigo? —le pregunto, molesta, oyendo de fondo el telefonillo.

—¿Tú qué crees? Por cierto, tengo ecografía la semana que viene, ¿me acompañarás? —me pide mientras entreabro la puerta, para esperar al repartidor de la comida.

—Por supuesto; estoy deseando conocer a mi sobrina barra sobrino y, sobre lo otro, eres idiota.

—¿Tú crees? Porque yo más bien creo que soy un marrón con piernas.

—En todo caso, eso lo tendrá que decidir él, no tú. ¿Qué te dijo?

—Le costó un poco reaccionar, fue como cuando te cuentan algo que es una putada enorme pero tienes que fingir que no lo es por solidaridad con el otro, más o menos mi caso —me contesta mientras las puertas del ascensor se abren y llega el repartidor con la cena—. Le conté la verdad —me confiesa cuando llego otra vez hasta donde está ella—. Nos hemos reencontrado después de estar años sin vernos, pero continuamos siendo los mismos... Continuamos riéndonos con las mismas cosas, la Big Mac sigue siendo nuestra hamburguesa favorita, nos gusta vestir de manera informal y no hay nada mejor en el mundo que ver una película de acción con un paquete de pipas. Si lo piensas bien, es una mierda habernos reencontrado ahora —farfulla, guardando silencio.

—Porque, si os hubierais encontrado antes, posiblemente ese sábado no te hubieras ido con ese tío y ahora no estarías embarazada.

—Sí y no, porque, si lo enfoco así, me siento culpable, no sé...

—¿Sabes lo que opino? Que las cosas siempre suceden como tienen que suceder, incluso las malas o las que nos hacen sufrir.

—Tú tienes la mente demasiado abierta, yo soy más terrenal, y te recuerdo que hace nada estabas lamentándote frente a esa ventana.

—Porque la inmediatez forma parte de mi ADN. Yo quiero las cosas y las quiero ya, y no quiero esperar más porque ya he esperado suficiente, solo que la vida, el universo o Dios han decidido que no ha llegado mi momento todavía y que tengo que seguir aguardando, puede incluso que mi futuro no sea conseguirlo y, aunque me jorobe, será porque debe ser así.

—¿Y tú crees que la vida, el universo o Dios querían que me quedara embarazada de un tío del que no recuerdo ni su cara? —me pregunta, guasona, mientras me dirijo a la cocina a por cubiertos y platos.

—Puede ser. Es más, aunque ahora consideres que esto que te ha sucedido es una putada enorme, sigo pensando que este bebé será el mejor regalo que te dé la vida —afirmo, cargada con todo, para dejarlo sobre la mesa y regresar a la cocina a por vasos mientras ella va disponiéndolo.

—Y, si lo ves así, ¿por qué no tienes hijos? —me formula, disgustada, y me obligo a guardar silencio, porque con mi hermana tengo que fijarme bien en las señales de stop.

—Porque yo no jugaba con las muñecas, yo las vestía —le recuerdo, sentándome en el sofá, frente a ella—. Por cierto, ¿qué día tienes la ecografía? Porque el viernes debo irme a Londres —le comento, para luego empezar a dar buena cuenta de mi cena.

—Qué bien huele lo tuyo, ¿es el de pollo? —inquiere, llevando su cuchara hasta mi plato—. Tía, qué hambre tengo todo el rato —protesta, llenándose la boca con la comida—. Me encanta Londres, ¿no puedes llevarme? —prosigue y, por favor, parece mentira que seamos hermanas.

—Yo soy la hija del sacerdote, seguro —secundo, viéndola comer.

—Qué idiota eres. Oye, está buenísimo, ¿me lo cambias?

—Porque estás embarazada, porque, si no, te quedabas con las ganas —cedo, cambiándole el plato—. Y no voy a hacer turismo, voy a currar —remarco—. No me has dicho qué día es la eco.

—El miércoles, a las ocho de la tarde. ¿Podrás venir? —me pregunta, sin dejar de comer.

—Supongo que sí, pero casi mejor si te lo confirmo después, porque eres capaz de comerte lo tuyo y lo mío como ose ir en busca de la agenda. Tía, qué manera de engullir —le digo, valorando si contarle lo otro—. Mañana ceno con el rubio de la moto —le suelto atropelladamente, consiguiendo que deje la cuchara y aleje su mirada del plato para posarla sobre mí.

—¿Con el tío que te lamió la mano? —inquiere, sin dar crédito y, oye, tampoco es que me extrañe.

—Sí —musito, dejando la cuchara yo también, porque de repente se me ha cerrado el estómago—. Te juro que no es algo que esté buscando, pero no sé cómo lo hace para liarme continuamente.

—A ti no te lía nadie si tú no quieres que te líen —sentencia, sonriendo, y siento cómo mi corazón incrementa el ritmo de sus latidos.

—Lo sé, pero con él es diferente, yo misma soy diferente. Te prometo que no quiero nada con él y que es como una maldita piedra en el zapato de la que no consigo librarme.

—¿Te gusta?

—Tiene veintisiete años —detallo.

—No te he preguntado su edad —replica, esbozando una sonrisa.

—Pero tiene veintisiete años —insisto, machacona, porque soy incapaz de ver más allá de eso.

—¿Quieres dejar de repetirme la edad que tiene? Dime solo si te gusta.

—No.

—Menuda trola —se mofa, soltando una risotada.

—Yo qué sé, tía. Es insoportable, pero también es un encanto, y me saca de quicio, pero me siento bien estando con él y...

—¿Has estado ya con él? —me corta, llenándose a continuación la boca con cuscús.

—No nos hemos acostado, si es eso a lo que te refieres.

—¿Quieres hacer el favor de contármelo todo? Y, si puede ser, desde el principio si no te importa —me pide, y subo los pies al sofá para empezar a narrarle nuestra historia, esa que, en cierto modo, comenzó hace años en la chocolatería de San Ginés.

—¿Era camarero de la chocolatería? —alucina cuando llego a ese punto.

—Nos sirvió chocolate la tira de veces... y se acordaba de mí —destaco, esbozando una sonrisa para luego seguir con mi relato.

—Vaya —musita cuando lo finalizo.

—Vaya —secundo, mordiéndome el labio inferior.

—¿Sabes lo que pienso?

—No sé si quiero saberlo.

—Te encanta ese tío, pero estás llenas de prejuicios...

—¿Prejuicios es ser realista? —la interrumpo, molesta—. ¿Puedes decirme qué hago yo con un crío de veintisiete años?

—Lo mismo que hace un hombre con una mujer más joven.

—No es igual —remarco, convencida.

—¿Por qué? —me rebate, frunciendo el ceño.

—Porque no, y, además, somos demasiado distintos.

—¿Te das cuenta? Yo, con Santi, te he hablado de lo que nos une y de los gustos que compartimos, y tú, con Ciro, todo el tiempo te has centrado en lo que os separa. Me has contado que te sientes cómoda con él, incluso has subido en moto, tú, que no puedes con ellas, y lo has disfrutado. ¿Por qué no te relajas y dejas de pensar tanto para simplemente disfrutar del momento? Tú, que tienes una mente tan abierta en el plano espiritual, me sorprende que después, cuando se trata de tu vida, olvides todo lo que sabes. Hace nada me has dicho que las cosas siempre suceden como tienen que suceder, incluso las malas o las que nos hacen sufrir... ¿No se te ha ocurrido plantearte que igual tienes que vivir esto? No dejas de verlo por todas partes; de hecho, ya estaba en tu vida cuando tú todavía no habías empezado a trabajar en D'Elkann, solo que no lo viste. Demasiadas coincidencias, ¿no te parece?

—Tía, ¿qué dices? —le pregunto, hundiendo los dedos en mi pelo y, no sé por qué, este gesto tan simple me recuerda mucho a él y tiene la capacidad de removérmelo todo por dentro.

—Lo mismo que me dices tú a mí. Oye, deja de pensar tanto en el futuro y en que tiene veintisiete años y vívelo. Si vuestro destino no es estar juntos, ya se encargará la vida, el universo o Dios de separaros, así que deja de poner impedimentos y permite que fluya lo que tenga que fluir. Sé agua de una vez, porque llevas siendo piedra demasiados años y puede que haya llegado el momento de hacer un cambio —me anima mientras yo abrazo mis piernas, apoyando mi cabeza en ellas.

—Y tú eres la terrenal —le recuerdo, llenando mis pulmones de aire.

—Demasiados años escuchando tus teorías. Una cosita... ¿vas a terminártelo o no?

—Tía, te has comido todo el falafel y el cuscús, ¿de verdad tienes más hambre?

—¿Quieres dejarme en paz? Ahora tengo que comer por dos.

—¡Qué barbaridad! —exclamo, sintiendo los nervios morderme por dentro.

—¿Te lo vas a comer o no? —insiste, y suelto todo el aire de golpe, negando con la cabeza, con cientos de dudas todavía pululando en mi mente—. Por cierto, sé que hay otra cosa que te preocupa, aunque te hayas cuidado mucho de mencionarlo —me dice como si nada, con la boca atiborrada de cuscús de verdura.

—¿Quieres tragar antes de hablar?

—Siempre te han gustado los tíos más mayores que tú, los maduritos interesantes, como tú los llamas, y siempre has sido la joven, el pibón y la guapa de la pareja y, en este caso, el guapo es él —suelta como si nada, y la fulmino con la mirada—. Tienes que admitirlo: tú no estás mal, pero él juega en otra liga, y eso que solo lo vi en un pub casi a oscuras.

—Eres idiota.

—Pero tengo razón.

—Por supuesto que no —replico, fastidiada.

—Lo que tú digas —me responde, encogiéndose de hombros, sin que le afecte lo más mínimo el tono de mi voz o que esté mandándole puñales con los ojos—, pero estoy convencida de que ya te has puesto frente al espejo para analizar tu cuerpo, sobre todo las tetas y el culo —añade, convencida, y la miro todo lo mal que puedo—, y estás estupenda, así que no dejes que estúpidos complejos te frenen.

—No tengo ningún complejo ni la más mínima intención de hacer nada con él —le aseguro, convencida. Por favor, si lo que no sé es por qué hostias estamos hablando de esto.

—Lo harás, porque hay cosas que no pueden frenarse y esta es una de ellas.

—Y estás tan segura, ¿por...? —Y está poniéndome de una mala leche...

—Porque es la primera vez que te veo así —asevera, y frunzo el ceño sin percatarme de ello—. Tú nunca dudas, es sí o no, y, cuando el tema deja de interesarte, cortas por lo sano, sin contemplaciones de ningún tipo; de hecho, creo que jamás te he visto dudar así ni cuestionarte tanto empezar algo. Tú eres como una *superwoman* que puede con todo... y por primera vez te veo como una mujer, por eso no vas a poder frenarlo, porque estás sintiendo de verdad y, cuando se siente así, desde las entrañas, no hay vuelta atrás —me asegura, y guardo silencio, porque sinceramente no tengo nada que decir, o sí... y prefiero guardarlo para mí.

Capítulo 12

Despierto el sábado sintiendo cómo mi corazón se sacude en mi interior, con fuerza, y qué barbaridad, «pero si esto no va a pasar de una simple cena», me riño, levantándome para dirigirme a la cocina. Necesito un café, centrarme de una vez, olvidarme de él y salir de este bucle odioso en el que vivo.

Desayuno, hago yoga con Carla, mi instructora, y más tarde me voy de compras con Almudena, una amiga a la que no veía desde hacía creo que meses, y con la que como en el Mercado de San Miguel mientras me habla de sus hijos y yo, de los míos o, lo que es lo mismo, de mis bocetos. Luego damos un paseo, compartiendo confidencias, en el que no me molesto en nombrarlo, regreso a casa, curro un poco... Y todo lo hago en un estado de espera que me saca de quicio, como cuando estás pendiente de una noticia y simplemente te dedicas a llenar tus minutos, sin llegar a disfrutarlos, porque, en realidad, estás esperando que llegue otro momento. «Este, porque ya son las nueve», me percato mirando el reloj, sintiendo cómo este estado de agitación en el que llevo sumida todo el día se incrementa, «aunque, si soy sincera, llevo agitada desde que lo he conocido», asumo, dirigiéndome hacia el espejo de la entrada para analizar mi aspecto; pantalones de piel negros, suéter ceñido transparente en escote, hombros y mangas a tono con el pantalón, labios rojos, ojos ahumados, sin las gafas y con la melena suelta.

«Vas pidiendo guerra —me planteo, torciendo el gesto, analizándome de nuevo—. Igual voy demasiado excesiva —prosigo, valorando si quitarme el rojo de los labios o estos pantalones que se ciñen demasiado a mi cuerpo—. Parezco la tía del anuncio de «Busco a Jacq's», y qué mayor soy, porque ese anuncio tiene la tira de años, puede que él no hubiera nacido todavía. Debería quitarme estos pantalones y ponerme unos *jeans*, seguro que él va vestido de cualquiera manera —insisto, machacona—. Me cambio —sentencio, quitándome los tacones para casi echar a correr hacia mi habitación mientras, en mi cabeza, comienzo a hacer todas las combinaciones posibles con la ropa que tengo—. Pero ¿dónde voy yo con unos *jeans*? —me pregunto cuando estoy empezando a quitármelos—. Estos pantalones son divinos; que él vaya hecho un desastre no significa que tenga que ir yo también vestida de cualquier manera», continúo, poniéndomelos de nuevo y regresando al salón para recuperar mis tacones en el mismo instante en el que suena el timbre de la puerta.

«Sí, voy muy excesiva y posiblemente los labios, con este rojo intenso y rabioso, sobraban o quizá el ahumado de los ojos. Maldita sea, se me ha ido la mano arreglándome —me lamento, haciendo caso omiso del timbre, que suena de nuevo—. ¿Parezco una *drag queen*? —me pregunto, horrorizada, clavando la mirada en el espejo, analizándome de nuevo—. Sí, soy una mezcla de "Busco a Jacq's", una *drag queen* y vete tú a saber qué más. Maldita sea, yo, que soy de colores rosados y maquillaje discreto, ¿dónde hostias voy? —me riño, oyendo de nuevo el timbre—. Tendría que haberme puesto firme con esta historia y haberlo cortado antes de llegar a este punto; ni chocolate, ni comida, ni paseíto en moto ni hostias en vinagre.»

«Porque es la primera vez que te veo así. Tú nunca dudas, es sí o no, y, cuando el tema deja de interesarte, cortas por lo sano, sin contemplaciones de ningún tipo; de hecho, creo que jamás te he visto dudar así ni cuestionarte tanto empezar algo», percibo la voz de mi hermana a través de mis recuerdos y, maldita sea otra vez, «porque tiene razón», asumo, oyendo el timbre por enésima vez, solo que ahora es el de mi casa y no el del videoportero de la calle. Sintiendo el cabreo llegar de manera repentina, abro de par en par para encontrarme con mi maldita piedra en el zapato.

—¿Quién te ha abierto? —Ese es mi saludo; un saludo que podría calificarse de todo menos de afable o agradable, y es que, cuando quiero, no hay quien me gane a simpática.

—Tú, no. —El suyo, y su mirada recorriendo mi cuerpo. ¡Oh, my Dior! Va a creerse que me gusta y que me he tomado mi tiempo en arreglarme, que es justo lo que he hecho, maldita sea—. Joder, pelirroja —musita, alzando su mirada para clavarla en la mía; una mirada atestada de admiración, la misma que he oído en su voz.

—No te lo creas mucho, estoy deseando que esto acabe y que me dejes en paz de una vez —sentencio, obligándome a seguir molesta y que esa admiración que todavía anida en sus ojos no me ablande—. No entres, voy a por el abrigo y salgo —le pido entre dientes, dirigiendo mis pasos, apresurados, hacia mi habitación.

Más simpática y no nazco.

—¿No me invitas a pasar? —me pregunta a mi espalda, y detecto la burla y la diversión instaladas en su voz.

—No tenías ni que haber subido —le recrimino, alzando la voz para hacerme oír.

«Tengo el abrigo perfecto para contrarrestar este *look* tan excesivo», me digo, cruzando la habitación donde, anexado a ella, está mi vestidor. Un enorme y maravilloso vestidor.

—Pues haber bajado, pelirroja —me responde sin alzar la voz, y me giro de golpe para verlo apoyado en el marco de la puerta de ¡¡¡mi habitación!!!

«¿Qué hace aquí? —alucino, sintiendo cómo las palmas de las manos comienzan a sudarme—. Esta es ¡¡¡mi habitación!!!, donde duermo y donde me masturbé pensando en él, no puede estar aquí», me digo, sonrojándome, y ¡venga ya!

—Qué mural más bonito. Me gusta tu casa y me gustas tú, sobre todo hoy —me llega su voz rasposa y, de nuevo, siento que soy una partícula vagando por el universo de su mirada, atestada de cientos de azules que me atrapan sin que yo pueda hacer nada por evitarlo.

—Te he pedido que no entraras —le recuerdo cuando consigo dejar de pensar en estas tonterías y hacerme con las palabras necesarias para construir una frase.

«Debería dejar de mirarlo, debería moverme, coger el abrigo y salir de aquí, donde la cama, de repente, está demasiado presente», insisto, pero sin hacerme ni caso.

—Cierto, pero estás demasiado buena, pelirroja, y no podía arriesgarme a dejarte sola y que te sucediera algo —replica, insolente, sonriendo y consiguiendo que sonría yo también.

—No necesito que nadie, y menos tú, cuide de mí. Sal de aquí —le pido, demorándome en los mechones desordenados de su pelo, en la postura relajada de su cuerpo, en el suéter negro que asoma a través de la chaqueta de piel y en los *jeans* desgastados que completan su *outfit*.

«Me gusta, me gusta cómo le queda», admito, consciente de que estoy mirándolo más de la cuenta, y de nuevo la palabra *irresistible* cruza mi mente a gran velocidad, dejando una estela brillante tras de sí.

—Siempre detrás de ti —me dice con un tono de voz muy tentador.

Negando con la cabeza y reaccionando por fin, me interno en el vestidor para hacerme con el abrigo de una vez, para salir cuanto antes de aquí.

—Vámonos —le ordeno, obligándome a seguir molesta con él, «solo que no sé cuándo he dejado de estarlo», reconozco, pasando por su lado ante su mirada abrasadora, por lo que aprieto la lana entre mis dedos.

—El casco, pelirroja —me comenta a mi espalda cuando llegamos a la entrada y, sin soltar palabra, abro la puerta del armario para hacerme con él.

«Mi caballo fluorescente», pienso, cogiéndolo, pues, cada vez que he abierto esta maldita puerta durante estos días, ha sido como si fuera eso, un caballo de dos metros de altura de color amarillo fluorescente imposible de no ver.

—¿Te importaría dejar de llamarme pelirroja de una vez? —le pregunto, cerrando la puerta de mi casa para dirigirme, con paso decidido, hacia el ascensor, percibiendo sus pasos tras de mí.

—Sí, me importa —me responde con esa insolencia y esa

pose vacilona que va tanto con él, accediendo al interior de este cuando las puertas se abren, y niego con la cabeza, colocándome a su lado.

—Pues qué bien —farfullo, clavando la mirada en las puertas, supongo que porque es más seguro que posarla sobre la suya, y, cuando percibo la fragancia de su colonia revolotear en torno a mis fosas nasales, estoy tentada de dejar de respirar momentáneamente para impedir que se cuele en mi interior, donde ya habita él.

—Y de nuevo estás deseando salir de aquí —oigo su voz rasposa acariciándome, y medio sonrío, sin alejar mi mirada de las puertas, comenzando a ponerme el abrigo.

—Y de nuevo estoy deseando que esto pase rapidito —agrego, notando cómo se acerca a mi cuerpo para retirar mi melena y poner bien el cuello de la prenda, y ha sido un gesto tan natural como cuando yo apoyé la barbilla en su hombro, solo que esta vez ha venido acompañado de un escalofrío placentero recorriendo mi espalda.

—Seguro que sí —capto su voz burlona, y dejo de fijarme en las puertas para mirarlo a él, haciendo a un lado mis pensamientos y esta necesidad acuciante de volver a sentir su contacto.

—Piensa lo que quieras —mascullo, molesta y, otra vez, no lo estoy con él, sino conmigo.

En cuanto se abren las puertas del ascensor, echo a andar para salir cuanto antes de este espacio reducido que por segundos parece estrecharse más.

—Te propongo una cosa —me dice, y me giro para mirarlo, deteniendo mis pasos para encararlo.

—¿Otro trato? —le formulo, enarcando una de mis cejas—. No, gracias, mira a dónde nos ha llevado el primero, no necesito un segundo —niego, rotunda, detectando la diversión instalada en su mirada.

—Te quejarás —me responde con una sonrisa desdeñosa, y, a pesar de que el asunto me toca mucho las narices, hay dos cosas que no puedo negar: una, que me hace gracia, y otra, que esa sensación de comodidad y de complicidad que nos envolvió el martes ha llegado para abrazarnos de nuevo.

—Por supuesto —afirmo, todo lo convencida que puedo, evitando sonreír. Si es que es un encanto.

—Te relajas, te olvidas de todo y yo, a cambio...

—Prometes desaparecer de mi vida —lo corto para concluir la frase por él, provocando su carcajada, sexy y grave.

—Te prometo que lo pasarás muy bien.

Y no sé si es por la intensidad que se ha adueñado de su mirada, por el tono de voz que ha empleado o porque su mano se ha adentrado en mi melena, atrapando los mechones de mi pelo, pero ha dejado de hacerme gracia, posiblemente porque mi vientre se ha contraído con fuerza, porque mi respiración se ha tornado un caos y porque mi centro se ha vuelto completamente líquido, y esto está completamente fuera de lugar. «Solo va a ser una cena», me instigo, bajando la mirada al suelo para desengancharme de la suya.

—Eres como una maldita piedra en el zapato —musito, percibiendo la fuerza controlada con la que aferra mi pelo, y no sé por qué pero me gustaría que tirara más fuerte, y esto también está tan fuera de lugar como lo otro—. Además, estoy completamente segura de que tu concepto de pasarlo bien difiere bastante del mío —prosigo, haciendo a un lado este deseo que está adueñándose de mi cuerpo para alzar la mirada y perderme en el azul de sus ojos, «y suerte que he hablado antes de hacerlo», pienso de repente, sintiendo mi cabeza vaciarse de palabras por la intensidad que desprende.

—Es verdad, seguro que el tuyo solo incluye currar —me rebate con voz ronca, abriendo su mano para soltar mis mechones y envolver mi cabeza con ella, provocando que mi vientre se anude.

—Voy a proponerte yo otro trato: yo me relajo, intento no mirar el reloj a cada minuto y tú, a cambio, te estás quieto. —Y, sinceramente, no sé cómo he sido capaz de decir algo tan largo sin que me tiemble la voz. ¡Por favor!

—¿Contigo a mi lado vestida así? Joder, eso es pedirme demasiado, pelirroja —replica con un tono de voz caliente y rasposo que aprieta más el nudo de mi vientre.

Cuando posa su otra mano en mi cintura, siento cómo todo se vuelve más real, más de verdad, como si hubiera abierto los ojos de golpe a un mundo entero de sensaciones; la fuerza de su mano aferrando mi cintura, el calor de su otra mano fundiéndose en mi cuero cabelludo, su mirada inundada de deseo adentrándose en la mía, y su voz, esa que resuena en mi pecho. Y yo debería hacer a un lado todo esto y reaccionar de una maldita vez.

—¿Hoy ya no voy formal?

«¿Y así es cómo reaccionas?, ¿coqueteando con él?», me riño, percibiendo la fuerza con la que su cuerpo atrae el mío; mi agujero negro, mi universo en su totalidad.

—¿Hace falta que te conteste? —me plantea, sin permitir que me suelte de su mirada, y creo que nunca nadie me había mirado así, con este deseo y esta intensidad que anida en sus ojos ahora.

«Siempre has sido la joven, el pibón y la guapa de la pareja y, en este caso, el guapo es él», pienso de repente, sintiéndome más deseada de lo que me he sentido jamás, y esto es una tontería. Tiene veintisiete años. «¿Qué estoy haciendo?», me pregunto, recobrando el sentido común y haciéndome con todas las palabras que, durante un breve instante, se habían volatilizado.

—Oye, vamos a cenar y a terminar con esto —manifiesto, endureciendo mi mirada y mi voz, alejándome de su cuerpo para salir de esta entrada que, de pronto, se había vuelto diminuta—. ¿Y la moto? —inquiero con sequedad una vez que estoy en la calle, y, aunque no me he girado para mirarlo, siento su presencia a mi lado, tan palpable como si mi brazo estuviera rodeando su cintura o el suyo rodeando la mía.

—Vamos a hablar claro tú y yo —oigo que me dice, y me vuelvo, asombrada, hacia él, porque no sé qué me ha sorprendido más, si la frase en sí o el tono que ha empleado—. No voy a anillarte, al menos no esta noche ni tampoco a corto plazo —me asegura, y detecto la misma dureza que yo he empleado con él adueñarse del tono de su voz—. No voy a atarte a una cama si no es lo que deseas y no voy a conjugar ningún maldito verbo si no empiezas tú antes a hacerlo, así que relájate, ¿quieres? —sisea entre dientes, adelantando un paso para acercarse más a mí, uno que yo retrocedo, supongo que por instinto, supervivencia o por temor a que me guste demasiado.

—Que no vas a anillarme es algo que tengo clarísimo —replico, «y es por supervivencia», asumo con rapidez—; que no vas a atarme a una cama es algo obvio —y puede que también sea por temor a que me guste demasiado— y, por supuesto, no pienso conjugar ningún maldito verbo contigo. ¡Ah!, y otra cosa: no quiero relajarme, quiero perderte de vista, ¿está claro? —le pregunto, sabiendo que los prejuicios están tan presentes como la supervivencia y los temores.

—Creo que queremos cosas distintas —farfulla, pasando por mi lado, y lo sigo, amparándome en mi silencio, porque es así y alguno de los dos, al final, tendrá que rendirse, y no voy a ser yo.

Caminamos envueltos en un mutismo tenso e incómodo que asfixia, molesta y ralentiza los minutos, hasta llegar al lugar donde tiene aparcada la moto, y suspiro discretamente cuando lo veo subir a ella. «¡Qué mal hemos empezado la noche!», constato, colocándome el casco para luego aferrarme a su cintura para subir, igual que me aferro a este silencio, para, en cierta forma, protegerme, y, cuando rodeo su cintura con mis brazos, siento cómo la calma llega discretamente para instalarse entre nosotros, cómo mi cuerpo se relaja con la vibración de su moto y cómo todo comienza a fluir de manera natural entre ambos mientras nos movemos al unísono, «y, aunque no tengo ni idea de a dónde vamos, no me importa en absoluto», pienso, percibiendo su respiración pausada en la yema de mis dedos y en la palma de mis manos.

«Estoy llena de prejuicios —asumo, notando la seguridad con la que conduce—. Me gusta, muchísimo; de hecho, ya me gustó cuando lo conocí, a pesar de que me sacaba de quicio, como sigue haciendo ahora... y no solo me gusta, además me atrae como nunca me había atraído nadie y, a pesar de ello, no solo soy incapaz de dar el paso, sino que encima no dejo de retroceder, posiblemente porque mis pasos están en el futuro y no en el presente, donde deberían estar.»

—¿Cenamos aquí? —inquiero, sorprendida, quitándome el casco cuando detiene la moto en el parking privado de Maskala, uno de los restaurantes más de moda de la ciudad.

—Si no vas a echar a correr, esa es la idea —me responde

con guasa y, de repente, me percato de que podríamos haber llegado mucho antes, pero hemos estado dando un paseo, como hicimos el martes, y lo ha hecho para que me relajara... y puede que para relajarse él también.

—Este restaurante tiene lista de espera de un año —recalco, bajándome de la moto y sintiendo cómo las yemas de mis dedos reclaman su respiración.

—¿No me digas? —replica, vacilón, bajando él también, con un movimiento fluido.

«Mi chico de anuncio — pienso antes de poder frenarlo, mordiendo la cara interna de mi mejilla y observando cómo hunde los dedos en su pelo para peinarlo hacia atrás—. Deja de mirarlo», me ordeno, reconduciendo mis pensamientos y vaciando discretamente de aire mis pulmones.

—¿Y puedo saber cómo lo has conseguido? —indago, omitiendo confesar que llevo meses en lista de espera, tendiéndole el casco para que lo guarde junto al suyo.

—Vas a tener que relajarte y pasarlo bien si quieres que te lo cuente —me replica, guiñándome un ojo, para luego echar a andar hacia la puerta, y sonrío ampliamente sin querer evitarlo.

—Estás haciendo lo mismo —constato, siguiéndolo sin llegar a ponerme a su altura y, aunque solo veo su espalda, intuyo que ha sonreído.

—¿Y qué se supone que hago? —me plantea, deteniendo sus pasos para esperarme, girándose para mirarme.

—Como si no lo supieras... —le respondo, y no sé si vuelvo a sonreír o es que no había dejado de hacerlo.

—¿Sabes que yo podría decir lo mismo de ti? —me formula, y lo miro enarcando una ceja, sin llegar a entenderlo.

—No sé a qué te refieres —le digo, esta vez con seriedad, viendo el ascensor y eligiendo las escaleras.

—Lo que tú digas —me rebate, y es él quien, esta vez, camina unos pasos por detrás de mí, y opto por guardar silencio.

«Vaya», atino a pensar cuando accedemos al establecimiento, porque, si el suelo de mosaico en sí ya es todo un espectáculo para la vista, los altos techos ornamentados, con la cúpula ovalada de cristal y acero en el centro, lo son todavía más. «Vaya», pienso de nuevo con admiración, bajando la mirada para recorrer discretamente el local con ella; decoración minimalista, sofás de líneas rectas en tonos grises en torno a mesas redondas cubiertas con manteles blancos, sillas de acero, paredes a tono con los sofás...

—¿Es la primera vez que vienes? —me susurra, cerca de la oreja, y me obligo a dejar de mirarlo todo.

—¿Y tú? —le planteo, volviéndome para mirarlo, muy convencida de que este no es su ambiente; seguro que él es más de tapeo, cerveza y borrachera.

—Si adivino lo que está pasando ahora mismo por tu mente, vas a ser tú la que me invite a cenar la próxima vez —suelta, esbozando una sonrisa, en el mismo instante en el que se acercan para atendernos.

—No vas a invitarme a cenar, esto no es una cita y no vamos a volver a vernos —le aclaro una vez acomodados en nuestra mesa y, si no fuera porque la lista de espera es como para echarse a llorar, vendría a cenar aquí fin de semana sí, fin de semana también.

—Mira que te gusta ponerlo complicado, joder —farfulla, atrayendo mi atención de nuevo, y me giro para mirarlo, percatándome de que no desentona para nada en el sitio.

—Y mira que te gusta a ti insistir. No vas a invitarme ni vamos a salir de nuevo, así que quítatelo de la cabeza.

—¿Te molesta que te inviten? —me pregunta, recostando su espalda en la silla, y contemplo su pose relajada en contraste con la intensidad que desprende su mirada. «Azul profundo y acero, me gusta esa combinación», se me escapa de repente.

—Sí, si no me une nada a esa persona —remarco con contundencia.

—Pues, para no unirnos nada, no dejamos de vernos, pelirroja —me rebate, sin permitir que me libere de ese azul atrayente que domina sus ojos.

—No dejamos de vernos porque no me dejas en paz —le aclaro, viendo cómo enarca una de sus cejas.

—Seguro que es eso —musita, sonriendo ampliamente, solo que no está sonriéndome a mí, y me vuelvo para ver cómo una camarera, alta, joven y rubia, con el pelo recogido en una cola tirante, se acerca a él.

—¡Eyyyyy! ¡Por fin! —exclama la rubia en cuestión, colgándose de su cuello mientras él rodea su cintura con ambos brazos para fundirse en un abrazo con ella.

—¿Tengo que venir aquí cada vez que quiera verte? —inquiere con ese tono de voz rasposo y sexy que creía que utilizaba solo conmigo y... «¡sí, hombre!, ¿abraza así a todas sus amigas?», me disgusto, sin poder quitarles la vista de encima.

—Lo siento... Ostras, estaba deseando verte. Creo que me he quemado los ojos de tanto que he mirado la puerta... ¿Cómo estás? —le pregunta la rubia de las narices, sin despegarse de su cuello, y, no es por nada, pero esto está completamente fuera de lugar, porque está claro que no soy nada suyo, pero, si fuera su pareja, esta tía estaría excediéndose muchísimo.

—Peor que tú. —¡Venga ya!, ¿esto es necesario? Es como si yo ahora me pusiera a halagar a otro tío frente a él u otro tío me soltara la parrafada que le ha soltado ella—. Por cierto, te presento a María Eugenia, una amiga. —Y que nadie pretenda entenderme, pero me está tocando mucho los ovarios todo esto, sin exclusiones de ningún tipo.

—Encantada —la saludo, sin dignarme levantarme, porque, ¿para qué voy a hacerlo si ella sigue colgada de su cuello?

—Igualmente —contesta, soltándose de una vez para venir hacia mí, y ahora sí que me pongo de pie—. Soy Leticia, me alegra conocerte —añade con simpatía, solo que yo no estoy por la labor.

—Lo mismo digo —le contesto, empleando el mismo tono distante que utilizo en mi trabajo.

—Bueno, espero que disfrutéis de la cena... y tú y yo tenemos una comida, una cena o lo que tú quieras pendiente —le dice, guiñándole un ojo, y venga, lo reconozco, estoy celosa. Muy celosa. Ya puedo ponerme unos *jeans* rasgados y tirarme por un puente.

—Ya te llamo —se despide de ella, dedicándole esa sonrisa desdeñosa que tan bien conozco.

—¿Ahora se lleva esto? —suelto cuando estamos de nuevo solos y, sí, posiblemente debería cerrar el pico y fingir indiferencia, pero, sinceramente, no me apetece.

—¿El qué? —replica, sin entenderme.

—Quedar con una mujer estando con otra.

—No si fueras mi pareja, pero, como tú misma has dicho, esto no es una cita... —me parafrasea, dedicándome la misma sonrisa desdeñosa que le ha dedicado a ella, y lo miro todo lo mal que puedo—. Si fueras mi chica, pelirroja, te aseguro que solo tendría ojos para ti. —Y necesito un puente muy muy alto para asegurarme la muerte inmediata, porque, durante una fracción de segundo, he deseado ser su chica y que solo tenga ojos para mí y, ¡por favor!, ¿dónde está ese puente?... pero, vamos a ver, ¿quién necesita un puente cuando puedo tirarme de un avión sin paracaídas?

—No, gracias, simplemente era curiosidad —mascullo, guardando silencio cuando el camarero llega con las cartas—, y no vamos a pedir el menú degustación; me niego en redondo a estar dos o tres horas sentada aquí contigo —le aclaro, siendo todo lo desagradable que puedo llegar a ser, y es que, de verdad, no sé cómo me aguanta y sigue con esto, porque, en estos momentos, no me aguanto ni yo.

—Solo es una amiga —me indica, divertido, y estoy tentada de levantarme y dejarlo aquí plantado.

—Que no me des explicaciones, que me da igual quién sea —le miento entre dientes, clavando la mirada en la carta.

—Y, si te da igual, ¿por qué te has puesto celosa? —me pregunta en un susurro ronco, y alzo los ojos de la carta para fulminarlo con ellos, solo que no recordaba que era mi universo y yo una simple partícula vagando por él... y, ¡vamos a ver!, pero ¿por qué hostias no dejo de pensar en estas tonterías? «Qué universo, qué partícula y qué ocho cuartos», me riño, molesta, sin reconocerme, porque nunca, en mis casi cuarenta años, había pensado estas chorradas ni me había comportado así.

—No me he puesto celosa; simplemente hay cosas de los jóvenes de hoy en día que no entiendo —le rebato, remarcando la palabra *jóvenes* para que me quede claro a mí también.

—Y yo soy el joven y tú, la adulta —me remarca esta vez él a mí, y tengo que alejar mi mirada del influjo de la suya.

—Si te comparas a mí, sí —le respondo, sintiéndome intimidada por la seriedad que se ha adueñado de su voz y su mirada.

—Y tú no dejas de hacerlo continuamente, ¿verdad? —inquiere, sin desprenderse de ella.

—Supongo que es inevitable —murmuro, dejando de ver a la gente que nos rodea para verlo solo a él.

—¿Y qué es lo que no entiendes exactamente? —me plantea, cambiando de tema, recostando de nuevo su espalda en el respaldo de la silla.

—Nada —le digo, centrando mi atención en la carta, porque casi mejor si me callo de una vez.

—¿Sabes que hay palabras y frases que son trampa? —comenta, divertido, y dejo de ojear la carta para observarlo a él—. «No me pasa nada», «¿crees que me hace gorda?» o, la mejor de todas, «deberías pensarlo»... no, espera, «haz lo que quieras», esa es la peor; es más, creo que, cuando te la dicen, casi mejor si te arrodillas, entregas tus muñecas para que te esposen y pides clemencia. Segunda sonrisa de la noche —me suelta, y me doy cuenta de que una amplia sonrisa está cruzando mi rostro.

—Eres idiota, y en realidad son tres.

—No es cierto.

—¿Que eres idiota o lo de las sonrisas? —le formulo, olvidando que estoy cabreada.

—Lo de las sonrisas, por supuesto —afirma, consiguiendo que me carcajee—, y ahora que he conseguido el triple salto mortal...

—¿El triple salto mortal es que me ría? —pregunto, sin poder borrar la sonrisa de mi cara.

—Sin duda —musita, guiñándome un ojo e inclinando su cuerpo para acercarse a mí—. Voy a aclarar tus dudas: no solo me emborracho y como *nuggets* con patatas, también me gusta venir de vez en cuando a este tipo de restaurantes, para poder degustar comida de adulto —me explica, sorprendiéndome, porque, de nuevo, he sido más que evidente; eso o es que, utilizando sus palabras, me lee cojonudamente bien—, y, digas lo que digas, esto es una cita... He pasado a recogerte y vamos a cenar juntos; lo que venga después, lo dejo ya a tu elección, pero, y escúchame bien, hay algo en lo que no voy a ceder: voy a invitarte, porque esto fue idea mía, no tuya, y, sí, es cierto, no somos pareja, pero sí que hay algo que nos une, lo quieras tú o no. ¡Ah!, y si permito que una mujer se cuelgue de mi cuello es porque otra, tú en este caso, se resiste a hacerlo; el día que dejes de ponerlo difícil y de mentirte, te aseguro que cambiarán muchísimo las cosas, ¿está claro? —me plantea con gravedad, y creo que ni he respirado mientras lo escuchaba.

—No sé por dónde empezar, entre tanta estupidez —replico cuando consigo reaccionar.

—Si me das la razón en todo, terminarás antes —me responde con insolencia, consiguiendo que sonría de nuevo—. Según tu recuento, esta es la cuarta. Joder, cómo están costando esta noche —me suelta, y sonrío más.

—No pienso darte la razón en nada, ni tampoco voy a molestarme en rebatirte toda esa sarta de chorradas.

—Como prefieras, cielo —me dice, y lo miro enarcando una ceja.

—Déjalo. ¿Qué vas a pedir? —cambio de tema, porque este es demasiado peliagudo y porque tiene razón en todo, por mucho que me toque las narices reconocerlo.

—Has descartado el menú degustación, así que el cochinillo, supongo. ¿Y tú?

—Yo no como carne.

—¿Estás segura? —me pregunta y, no sé por qué, he pensado en su carne, concretamente en su miembro en mi boca.

«¡Oh, my Diorrrrr! ¿Se me está yendo la cabeza? Igual estoy sufriendo algún tipo de enfermedad que me hace imaginar cosas raras», me agobio yo sola, porque, vamos a ver, yo no pienso estas cosas... y no es que sea una puritana, para nada, pero es que tiene veintisiete años... y sé que no dejo de repetírmelo, pero es porque no dejo de olvidarlo.

—Joder, pelirroja, eres tan evidente que a veces hasta me joroba leerte tan bien —da de nuevo en el clavo, y detecto el fastidio desprenderse de su voz.

—Qué sabrás tú, y, no, no como carne, ningún tipo de carne. —«Y, sí, mierda, soy tan evidente como un libro abierto», admito, disgustada.

—Por suerte, todo puede cambiar —me rebate, y que piense lo que quiera, no voy a volver a verlo después de esta cena.

—Si tú lo dices... —contesto, y juro que no quería replicar nada, pero se me ha escapado. Malhumorada, observo al camarero acercarse para tomarnos nota—. Y ahora que me tienes aquí y es la última vez que vamos a vernos —prosigo una vez que nos quedamos de nuevo a solas, tras pedir—, ¿podrías explicarme por qué cambiaron tus objetivos y cómo has logrado que te den mesa en este restaurante...? Espera, es por ella, ¿verdad? —deduzco, percibiendo su sonrisa instalada en la comisura de sus labios; una sonrisa que está frenando, tal y como estoy haciendo yo con la mía.

—Ya te comenté que debes tener amigos hasta en el infierno para que te den la mejor caldera.

—Y tú los tienes, ¿no es así? —inquiero, sin alejar mi mirada de la suya.

«Es irresistible», pienso antes de poder frenarlo.

—Puede ser, ¿y tú? —me formula, dedicándome toda su atención.

—No tantos como tú —reconozco.

—Y, eso, ¿por qué?

—Por muchas cosas... —Ante su silencio, continúo—. Soy reservada, cada vez más, y en el trabajo me gusta mantener las distancias —prosigo, empezando a relajarme, sintiéndome cómoda de verdad, como si lo conociera desde siempre y no temiera mostrarme tal y como soy—; ya no me gusta salir por ahí y mis amigas tienen casi todas hijos, algunos casi de tu edad —le miento descaradamente, provocando su sonrisa—. Supongo que he ido recluyéndome en mi mundo y ahora me cuesta salir de él. Luego están los desfiles, las fiestas y los eventos a los que asisto y en los que prefiero no intimar mucho —le confieso mientras el camarero deja en el centro de la mesa los entrantes que hemos pedido para compartir.

—¿Por qué? —me pregunta, cogiendo un poco de comida y poniéndola en mi plato, y es la primera vez que alguien me sirve a mí primero antes de servirse él.

—Porque luego la gente coge confianzas que no debe. Fíjate en Pilar... ahora cree que puede bromear conmigo sobre ti, y no va por ahí el tema —le cuento, adivinando su sonrisa aguardar en la comisura de sus labios—. Por eso me gusta llevarme bien con todo el grupo, pero sin permitir que se acerquen demasiado.

—Y lo has integrado tanto en tu vida que ahora no sabes ser de otra forma —acierta con seriedad y, sin que lo mencione, sé que está refiriéndose a él.

—Puede ser, solo que contigo creo que estoy llena de prejuicios —admito antes de poder retener las palabras.

—Pues deberías desprenderte de ellos, ¿no te parece? —me propone, mirándome fijamente, y guardo silencio cuando ponen frente a nosotros la cena.

—Tiene buena pinta... —comento, obligándome a sonreír, necesitando cambiar de tema porque sé que no voy a hacerlo.

—¿Sabe Pilar que estás cenando conmigo? —me pregunta, pinchando un trozo de carne, y hago lo mismo con mi canelón de verduras.

—No, nadie en la empresa sabe nada de mi vida privada, y así quiero que continúe. Puede que no lo entiendas, siendo tan sociable como eres, pero yo no tengo amistades en el trabajo ni tampoco confío en nadie.

—¿Cómo puedes trabajar sin confiar en tu equipo? —me plantea, casi alucinando.

—No me has entendido. Confío en su capacidad, por eso trabajan para mí, pero mis proyectos, mi vida y ciertas áreas de mi profesión no les conciernen; de hecho, ni siquiera saben que mi sueño es llegar a Dior, simplemente creen que es una broma a la que recurro con frecuencia y no le dan la más mínima importancia —le confieso, y, cuando enarca una ceja, prosigo—. El sector del diseño difiere muchísimo del tuyo y tienes que andarte con cuatro ojos para proteger bien tu espalda, porque, quien no tiene talento y sí mucha ambición, pisoteará a quien haga falta para alcanzar sus objetivos —me justifico, y, cuando niega con la cabeza, sé que está callando algo—. ¿Qué? Venga, suelta lo que estás pensando.

—¿Te digo cómo te veo? —me reta, enarcando una ceja, y sin darme cuenta me zambullo en el mar de sus ojos.

—No —respondo en cuanto salgo a la superficie de nuevo, y es una contestación que ni siquiera he tenido que pensar.

—Eres tal cual te defines cuando te pones en la piel de la

María Eugenia diseñadora: distante, desconfiada, irónica en ocasiones, llena de prejuicios y completamente centrada en tu trabajo, pero eres totalmente distinta cuando te desprendes de ella, y lo más curioso de todo es que me gustas de todas las formas; me gusta la diseñadora a la que hablan de usted y mira por encima de sus gafas de pasta, pero también la pelirroja que sube en mi moto, rodea mi cintura con fuerza y me cuenta sus sueños, y, ya que esta es nuestra última noche, quiero que te olvides de todo y dejes de ver solo mi edad para verme solo a mí, como hago yo contigo. Aunque no lo creas, ricura, la edad es solo un número sin importancia —me asegura mientras una sonrisa se prende de sus labios.

—Qué fácil es opinar así cuando no se tienen ni los treinta —replico, obligándome a no darle vueltas a todo lo que me ha dicho.

—Te equivocas, qué fácil es pensar así cuando le das importancia solo a las cosas que realmente la tienen —me rebate, esta vez serio, y guardo silencio, pues, ante eso, ¿qué voy a objetar?—. Hay quien tiene una crisis personal cuando cumple los cuarenta y hay quien lo celebra con una fiesta, ¿qué harás tú? —me plantea, y, durante un instante, valoro mi respuesta.

—Depende de dónde esté en ese momento.

—Es verdad, por un instante he olvidado que vas a ser la diseñadora de Dior —declara, esbozando una sonrisa, dibujando otra en mi rostro— y que todo tu mundo gira en torno a eso.

—¿Te estás burlando? —le pregunto, flipando.

—¿De ti? No me atrevería —me asegura, sonriendo más.

—Te estás burlando —afirmo, mordiéndome el labio inferior y negando con la cabeza, y es la primera vez que un hombre me trata así y me hace sentir tan bien y relajada.

—Oye...

«Su voz rasgada, el azul del océano y el dorado del sol; está lleno de color», divago, quedándome enganchada a su mirada.

—¿Qué...? —musito, sin poder liberarme.

—Nunca me burlaría de ti y, si algún día lo consigues, seré el primero en celebrarlo.

—Ya... —me limito a decir, mordiéndome de nuevo el labio inferior, soltándome del azul del mar.

—No me has contestado —insiste, y, discretamente, vacío mis pulmones, apoyando la espalda en el respaldo de la silla, pues nos habíamos acercado demasiado. Mejor así.

—Si estoy en París, lo celebraré trabajando, creando mi mejor colección, y si continúo estando aquí... será una mierda, porque significará que han pasado ya dos años y sigo sin lograrlo —le confieso con una sinceridad aplastante, y esto también es algo nuevo para mí, pues nunca, jamás, me he abierto tanto con un hombre; de hecho, solo lo hago con mi hermana.

—La vida son otras cosas —me responde, y detecto algo en su mirada que hace que me ponga en alerta.

—¿Como qué?

—Como esto: una cena en buena compañía, disfrutar del momento, poder respirar, pelirroja. Estás tan centrada en tu objetivo que te olvidas de vivir y la vida es mucho más que alcanzar una meta laboral.

—No para mí —replico, poniéndome a la defensiva, porque, aunque sé que tiene razón, soy como una especie de mula que solo mira hacia delante, incapaz de ver lo que tiene a los lados. Yo quiero ser la diseñadora de Dior y toda mi existencia gira en torno a eso; no hay más, y todo lo otro me importa bien poco.

—Has dicho que, si no lo consigues, celebrar tus cuarenta aquí será una mierda, cuando la mierda sería no poder celebrarlos. ¿Te das cuenta de la diferencia? Yo quería tener mi estudio de fotografía, poder elegir mis curros y forjarme una reputación como fotógrafo, y trabajé como un cabrón para lograrlo, pero, ahora que lo tengo, no soy más feliz por tenerlo. Soy feliz porque un día abrí los ojos —me cuenta, enigmático—, y es algo que deberías hacer tú también —apostilla, mostrándome al hombre que es en realidad cuando se olvida de ser un crío insolente, fanfarrón y vacilón.

—¿Y qué sucedió para que abrieras los ojos? —me intereso, tan centrada en lo que me está explicando que no puedo ver otra cosa que no sea él.

—Demasiada información para un solo día, ¿no crees? —replica, sonriendo, guiñándome un ojo y provocando que sonría con él.

—Por eso cambiaron tus objetivos, ¿verdad?, porque abriste los ojos, porque te sucedió algo que te hizo cambiar. ¿Qué fue?

—Conocí a una pelirroja que me llamó crío insolente a medio hacer, ¿te parece poco? —me pregunta, y sé que está mintiéndome.

—Te estoy hablando en serio —refunfuño en broma, esbozando una sonrisa que no consigo frenar, porque es un encanto, porque es irresistible y porque me tiene ganada.

—Tendrás que salir conmigo otra vez si quieres saberlo —me suelta, socarrón, y ahí está de nuevo; mi crío insolente y mi chico de anuncio.

—No vamos a salir de nuevo, te lo digo en serio, así que quítatelo de la cabeza. —Y ahí están mis prejuicios hablando por mí.

—¿Y quién no quiere salir conmigo, la diseñadora respetable o la pelirroja que se ha quitado las gafas para que pueda acercarme mejor?

—¡Qué tontería! Me quito las gafas muchas veces —suelto una trola, porque me ha costado la vida ponerme las dichosas lentillas, sobre todo en el ojo izquierdo.

—Lo que tú digas. Contesta —insiste, sin permitir que me suelte de su mirada.

—Ambas.

—Deberías aprender a mentir mejor, pelirroja.

—No lo estoy haciendo —le miento mientras el camarero llega para retirar los platos y, cuando le pide el postre para ambos, me percato de lo cómoda que me siento a su lado y de que he compartido más confidencias con él en una cena que con otros hombres durante meses.

—En todo caso, si salir conmigo nunca es tan malo, dime, ¿por qué te cuesta tanto? —me plantea, pillándome por sorpresa, llevándome con él a esa colina en la que comparé estar a su lado con subir los pies descalzos al sofá de casa, una comparación que sigo manteniendo.

—Solo si prometes no enfadarte.

—No suelo enfadarme, pelirroja —me asegura y, simplemente, lo creo.

—Tienes veintisiete años. —Y es algo que me sale de dentro y que no puedo controlar. No quiero estar con un hombre más joven, punto.

—Y tú, treinta y ocho. ¿Vamos a contrastar datos personales? —se burla de mí, y sonrío a la vez que niego con la cabeza. Qué pena que nos llevemos tantos años.

—Somos demasiado distintos, solo tienes que ver nuestros objetivos. Además, yo no quiero empezar nada serio con nadie... —Y, no sé por qué, la palabra *serio* se ha colado en esa frase, cuando se supone que es un crío insolente a medio hacer que solo piensa en divertirse.

—¿Esos son tus motivos de peso? —inquiere, haciendo caso omiso a esa palabra que todavía resuena dentro de mí y en este local como si la hubiera pronunciado con un enorme altavoz.

—¿Te parece que pesan poco?

—¿Y tú eres la adulta? —inquiere, sorprendido, y lo miro más sorprendida todavía, por el tono empleado.

—¿De verdad me has preguntado eso?

—Sí, es justo lo que he hecho —me contesta con gravedad, guardando silencio cuando el camarero se acerca con el postre, un plato para compartir—. Te propongo un trato: tú te olvidas de todo eso durante esta noche y...

—Tus tratos siempre acaban conmigo comiendo contigo —lo corto, percatándome de que de nuevo nos hemos acercado demasiado, pero esta vez no modifico mi postura.

—Cierto, solo que no estamos comiendo lo que me gustaría en realidad —me responde con insolencia, y enarco una ceja, sonriendo—. Y luego ya veremos qué pasa. Deja de pensar en tu futuro, en lo que quieres y en nuestra edad y vamos a pasarlo bien, al menos durante esta noche. ¿Qué dices? —me propone, y, durante una breve fracción de segundo, me quedo enganchada al azul de sus ojos.

—Solo si prometes dejarme luego en paz.

—Hecho —acepta, esbozando una resplandeciente sonrisa, y qué dientes más perfectos tiene... «y he vuelto a caer», me doy cuenta de repente.

«Maldita sea, seguro que hay trampa.»

Capítulo 13

Dejo que me invite, al igual que permito que me conozca mejor, a pesar de que, en realidad, me tiene completamente calada.

Cuando nos levantamos para salir del restaurante y apresa mi mano con decisión, detengo mis pasos en seco bajo la cúpula de cristal.

—¿Qué haces? —le recrimino, sin dar crédito, tirando de mi mano para soltarme, sin llegar a conseguirlo.

—¿Ya has olvidado el trato? —me formula, volviéndose para mirarme, y siento la fuerza con la que la aferra; la justa para que no me duela, la justa para que sepa que no va a dejarme ir.

—El trato era que me olvidara de todo durante esta noche, no que nos cogiéramos de la mano como si fuéramos una pareja de adolescentes.

—¿Qué pasa?, ¿que tus maduritos interesantes no te cogen de la mano? —replica con insolencia, y me obligo a caminar, porque estamos en medio del local y porque no quiero llamar la atención de nadie.

—¡Suéltame! —le pido una vez en el exterior, intentando zafarme del agarre, sin lograrlo, y sonriendo tontamente. «Deja de sonreír, ¿quieres?», me riño a mí misma.

—No, pelirroja, no pienso soltarte. Si esta es mi última noche contigo, no voy a dejar de hacer nada que desee hacer. —«Y ahí está otro de sus objetivos», pienso, observando su mano envolviendo la mía.

—¿No irás a decirme que quieres jugar a las parejitas? —le pregunto, provocando que su mirada se llene de un deseo caliente y oscuro que anuda mi vientre.

—¿Te digo lo que quiero? —me reta y, de reojo, observo las escaleras que nos llevarán al parking. «Debería salir corriendo», me digo cuando se acerca a mí, sin liberar mi mano, mientras retrocedo los pasos que él está adelantando hasta sentir la pared en mi espalda. Esto ya lo viví en su despacho.

—Ni se te ocurra besarme —le advierto, sintiendo mi respiración empezar a acelerarse.

—No tengo intención de hacerlo, aunque me muera de ganas —sentencia, soltando mi mano para rodear mi cintura con ella, y siento la fuerza que emana de su cuerpo—. Todo lo que hagamos esta noche dependerá de ti y de lo que tú quieras —me asegura con voz ronca, acariciando mis labios con su cálido aliento.

—¿Y si no hacemos nada? —inquiero, sintiendo mi centro latir por él cuando apoya su frente contra la mía, con sus manos ciñendo mi cintura, pegándome a su cuerpo, y sus labios rozando los míos. Maldita sea, no soy de piedra, por mucho que a veces lo crea.

—Pues será una lástima si tenemos en cuenta que no vamos a volver a vernos. Yo de ti lo pensaría bien, pelirroja, porque tú y yo podemos pasarlo cojonudamente juntos —declara, alterando mi respiración, solo que, antes de que pueda contestar o hacer nada, se separa de mí... y esto también lo he vivido antes—. Vamos, ricura, voy a conseguir que cambies el concepto —me indica, empezando a bajar las escaleras como si nada, y lleno mis pulmones con una fuerte inspiración.

«Lo está haciendo a propósito —me recuerdo, empezando a seguirlo—. Está llevándome al límite para que le pida que me ate a la cama y empecemos a conjugar verbos, y, a pesar de que no quiero hacerlo, cada vez lo deseo más.»

—¿Qué concepto? ¿El de derrotar a la reina para que caiga en tus brazos? —replico con frialdad, fingiendo una tranquilidad e indiferencia que dista mucho de cómo me siento realmente.

—No, ricura, me refiero a pasarlo bien saliendo de noche.

Has comentado que no te gusta salir, ¿verdad? —me recuerda, volviéndose para mirarme, y enarco una ceja—, y eso es porque no has salido conmigo —concluye, fanfarrón, ¡y venga ya!

—Si tu idea es llevarme de fiesta con tus amigotes y a hacer botellón en cualquier aparcamiento o descampado, ya puedes llevarme a mi casa. —«Y ahí están sus veintisiete años hablando por mí», me digo, oyendo su carcajada resonar en las paredes de este parking.

Sin molestarse en contestarme y sin borrar su sonrisa insolente y perfecta de su rostro, se pone el casco y lo imito. «A saber dónde va a llevarme», farfullo mentalmente con disgusto mientras nos subimos a la moto.

Se incorpora a la circulación y me aferro más a su cintura para percibir, casi al segundo, su respiración en la yema de mis dedos y en la palma de mis manos, y sonrío, relajándome, sonriendo más cuando acelera, y esto también es algo nuevo para mí que estoy descubriendo a su lado, porque odio las motos; de hecho, siempre he temido caerme y dejarme la piel en el asfalto, «y, además, se supone que no puedo con él, solo que cuando estoy a su lado tiendo a olvidarlo y a cambiar el concepto», reflexiono, llenando mis pulmones con fuerza, disfrutando de este paseo tanto o más de lo que he disfrutado la cena. No hay quien me entienda, sobre todo cuando suelto una carcajada, a la que se une y que yo atrapo con la yema de mis dedos, cuando acelera y sale el primero en cuanto el semáforo se pone en verde.

«De nuevo estoy aquí, en esta calle por la que no pasaba desde hacía años y en la que, en ese pub, me lamió la mano», recuerdo, quitándome el casco y apoyando mi mano en su cintura para bajar.

—¿Hubieras preferido hacer botellón en un aparcamiento? —se burla, desprendiéndose del suyo, y lo miro sonriendo, enarcando una ceja.

—Muy gracioso... —replico, acercándome a él para colocarle los mechones del pelo como acostumbra a llevarlos, desordenados y hacia atrás, «y es tan suave como lo recordaba», me digo, percatándome de la naturalidad con la que lo he hecho, sin cuestionármelo, como si fuera lo más normal del mundo... como cuando subes los pies descalzos al sofá de casa.

—Pónmelo fácil, ¿quieres? —me pide, y vacío mis pulmones de aire con el tono ronco y atrayente que ha empleado, y no sé si se refiere a que esté quieta o a que ceda ante lo que espera.

—¿A dónde vamos? —inquiero, evitando su mirada y retirando la mano de su pelo... y, tal y como me sucede cada vez que las alejo de su cintura, siento cómo mi piel reclama su contacto, y es curioso que eche de menos algo que no me pertenece ni quiero coger tampoco; querer y desear, qué conceptos más distintos.

«Ojalá no existieran las consecuencias o pudieras borrar tus actos —pienso de repente mientras él guarda los cascos en la pequeña maleta que lleva en la parte trasera de la moto—, porque, si así fuera, me pegaría ahora mismo a su cuerpo para besarlo de una vez; hundiría mi lengua en su boca y mis dedos en su pelo para sentirlo de una maldita vez y luego conjugaría todos los verbos que no dejan de resonar en mi pecho... solo que las consecuencias existen y no puedes borrar tus actos —me advierto, yendo hacia la acera para alejarme de él y de la tentación continua que es para mí—. Tiene veintisiete años», me recuerdo, y esa frase es suficiente motivo como para enfriar mi cuerpo.

—¿A dónde quieres ir? —me pregunta, colocándose a mi lado y echando a andar sin mirarme, y lo sigo, percatándome de que no me ha cogido la mano. Mejor.

—No sé, eres tú el que iba a cambiarme el concepto —lo parafraseo, buscando su mirada sin llegar a encontrarla.

—Puedo cambiarte el concepto en cualquiera de estos pubs, elige —me dice, deteniendo sus pasos, y alzo la mirada para leer el nombre del que tengo frente a mí.

—Dime que te bese —leo en voz alta y ¡venga ya!—. Mejor pasemos de largo —farfullo, siendo testigo de cómo una sonrisa se dibuja en su rostro.

—Estás llena de prejuicios, pelirroja. Vamos, atrévete —me reta con insolencia, haciendo un movimiento con la cabeza para que entremos, y, soltando todo el aire de golpe, giro sobre mis tacones para adentrarme en este pub, que, me temo, difiere tanto del otro.

«Y tanto que difiere —constato con disgusto—. Aquí duro

dos segundos, porque es cutre con ganas; al menos el otro estaba bien decorado y tenía una zona para estar cómodamente sentados... y acaba de cogerme la mano —me doy cuenta, tensándome al instante, percibiendo la fuerza con la que está apresándola—. Debería soltarme», me recrimino, aferrándola con esa misma fuerza, siguiéndolo y sorteando a la gente que está bailando, dándolo todo, en el centro de la pista, y, de nuevo, esto es tan natural como subir los pies descalzos al sofá.

Nos detenemos en cuanto llegamos a uno de los extremos de la barra y, cuando libera mi mano para acercarse a ella, siento cómo esa sensación tan familiar de echar de menos llega para instalarse en mi piel.

«¡Cómo no! —pienso, esbozando una sonrisa cuando lo veo chocar la palma de su mano con la de uno de los camareros, y, cuando otro se acerca para saludarlo, lo miro enarcando una ceja—. ¿Qué pasa, que conoce a todo Madrid?», me pregunto, sintiéndome completamente fuera de lugar, porque este no es mi ambiente, ni conozco a nadie, ni tampoco la música que está sonando, y, aunque es mucho mejor que la que pinchaban en el otro local, tampoco tengo ni idea de cómo se baila.

«He ido recluyéndome en mi mundo y ahora me cuesta salir de él», rememoro mis palabras... y tanto que lo he hecho, pues mi mundo es otro completamente distinto a este.

—¿Qué te apetece tomar? —se dirige a mí, y dudo mucho que aquí haya *champagne* o hagan cócteles decentes, además de que ya he bebido vino blanco durante la cena.

—Agua —sentencio, provocando su carcajada, y durante un instante me acuerdo de cuando era joven y salía de marcha con mis amigas; recuerdo que pedíamos ron con Coca-Cola en un vaso extragrande con cinco o seis pajitas de las que íbamos bebiendo todas—. ¿Qué? —añado, molesta porque yo ya no bebo eso. «Además ¿qué hostias hago yo aquí?»

—¿Agua?

—¿Qué pasa, que no puedo pedir eso? No me gusta el alcohol, al menos no el que seguro que sirven aquí, que será de garrafón —le suelto, enfadada, porque me está tocando mucho las narices que me mire así.

—¿Me dejas elegir por ti? —me pregunta, y lo único que

me ata a este lugar es ese azul que incluso a oscuras puedo adivinar.

—Pide lo que quieras —claudico finalmente, desenganchándome de su mirada para dirigir la mía hacia la gente que baila a mi alrededor.

«Yo era así —medito con cierta añoranza—. Me encantaba bailar, solo que ahora me encantan otras cosas... Por eso no quiero estar con él, porque a su lado me sentiría así todo el rato, fuera de lugar.»

—¿Sabes que estar a tu lado es un reto continuo? —me plantea, acercándose a mí y rozando mi oreja con sus labios, a la vez que envuelve mi cintura con sus brazos, y, si no existieran las consecuencias y pudiera borrar mis actos, haría exactamente lo mismo.

—¿Por qué? —inquiero, evitando rozar la piel de su oreja con mis labios, manteniendo los brazos pegados a ambos lados del cuerpo y sintiendo la fragancia de su colonia revolotear por mis fosas nasales.

—Porque pasas de estar a gusto a querer largarte en cuestión de segundos y porque no dejas de cuestionar lo que deseas. —Y, si fuera un libro abierto, no me habría leído mejor.

—No es verdad —miento, percibiendo la fuerza con la que está rodeando mi cintura, y me muerdo la cara interior de una mejilla, porque, de nuevo, estoy excitándome.

—Lo que tú digas —me susurra, deteniendo sus labios en la piel de mi cuello, sin llegar a besarlo... «Que lo haga», anhelo de repente, sintiendo mi respiración volverse un caos y mis manos reclamar su cuerpo—. Voy a pedir, hazme un favor y no te largues —añade antes de alejarse de mí, «y, maldita sea, he estado a punto de flaquear», me fustigo soltando todo el aire de golpe. Debería largarme y terminar con esto de una vez—. Toma —me dice unos minutos después, tendiéndome un vaso con hielo y una bebida de color rosa, y, no, no me he ido a pesar de las muchas veces que lo he considerado.

—¿Qué es? —indago con desconfianza, llevándome el vaso a los labios, sin despegarme de su mirada.

—Tú pruébalo —me ordena, y obedezco. «Vaya, pues no está mal», admito cuando el líquido se desliza por mi garganta—. ¿Y bien? —me plantea, llevándose el botellín de cerveza a los labios y, si yo pensaba que no había nada más sexy que un tío sexy sobre una moto es porque no había visto esta imagen; él, con su pelo revuelto, con las mangas ligeramente remangadas y el movimiento de su garganta al tragar y, maldita sea, es mi chico de anuncio—. Si no dejas de mirarme así, terminaré por creérmelo —susurra con voz ronca, acercándose a mí, manteniendo las manos quietas, y sonrío a la vez que alzo el mentón.

—Necesitas bien poco para creértelo.

—¿Estás segura? —replica y, por Dior, ojalá pudiera eliminar mis actos.

—Muy segura —le contesto con aplomo, alejándome de su cuerpo, porque no se puede y es mejor mantener las distancias—. Vaya, una canción que me gusta... —comento, instalando la diversión en su mirada.

—A mí también —me confirma, y observo su media sonrisa y su mirada invadida de cientos de azules.

—Y conoces el título, ¿verdad? —lo reto, esbozando una sonrisa, sintiendo cómo la complicidad llega para envolvernos y llevarnos con ella a un mundo que no es ni el suyo ni el mío, sino uno intermedio en el que podemos encontrarnos.

—*Ocean* , de Karol G. Ya puedes incluirla en tu *playlist* —me dice, guiñándome un ojo.

—¿Cómo puedes retener todos los títulos? —le planteo con curiosidad, acercándome a él para hacerme oír.

—Entre los muchos curros que tuve, uno fue el de DJ —me cuenta como si nada—. Además, está canción está pegando muy fuerte ahora, pelirroja. ¿Acaso no escuchas la radio? —añade, divertido, y sonrío, negando con la cabeza.

—Ya sabes lo que escucho —respondo, posando mi mano en su hombro, cuidándome mucho de no rozar su oreja con mis labios.

—Tu *playlist*, ¿verdad? —adivina, enganchándome a su mirada y echo de menos sentir el tacto de su mano rodeando mi cintura, como si ese fuera su lugar y mi piel lo supiera.

—Y Spotify —le aclaro, guiñándole esta vez yo el ojo y provocando su sonrisa de anuncio. «Es irresistible», pienso de pronto—. ¿Y trabajaste en muchos sitios? —le pregunto, «y, sí, estamos muy pegados, pero es que la música está muy alta», me justifico a mí misma, porque es más sencillo mentirme que aceptar que necesito acercarme a él.

—En muchos, pelirroja. Venga, baila conmigo —me propone, sorprendiéndome, y lo miro como si me hubiera pedido que subiera de nuevo sobre ese caballo enorme al que subimos ese fin de semana.

—No. —Y es un no de «¡venga ya!» y «¿qué estás diciendo?».

—¿No sabes bailar? No me lo creo —comenta, divertido, y lo encaro queriendo dedicarle mi mejor mirada de fastidio, solo que en este instante no recuerdo cómo era.

—Claro que sé bailar, pero no sé bailar esto —reconozco, esbozando finalmente una sonrisa.

—No puede ser... la afamada María Eugenia de la Rúa, la mejor diseñadora de nuestro país y la futura diseñadora de Dior, no sabe cómo bailar esto —suelta con insolencia, situándose tras de mí, y, cuando posa sus manos en mis caderas, siento cómo mi piel respira, algo que no estoy haciendo yo—. Muévete conmigo. —Y, por favor, «yo lo que deseo es moverme, pero de otra forma», gimoteo mentalmente antes de poder frenarlo, porque, ¿cómo no piensas eso cuando lo tienes pegado a tu espalda, con sus labios rozando tu cuello?—. ¿Quieres relajarte? —me pide con voz ronca, y no debería hacerlo, «debería largarme de aquí y terminar con esto ahora que todavía estoy a tiempo me recrimino, inspirando profundamente—, solo que no deseo hacerlo», reconozco, dejando de pensar para simplemente dejarme llevar y permitir que mi cuerpo se mueva al compás del suyo, tal y como nos movemos cuando vamos en su moto.

Y qué sencillo es todo cuando pulsas el botón de *pause* de los pensamientos y solo respiras, vives y disfrutas.

—¿Quieres otro? —me pregunta cuando dejo el vaso vacío sobre una de las mesas altas que se encuentran diseminadas por el local, y niego con la cabeza, sintiendo mis mejillas arreboladas. Dios, hacía años que no bailaba tanto, y de pronto me doy cuenta de que, en algún momento, entre canción y canción, he dejado de sentirme fuera de lugar.

—Me muero de calor —le confieso, recogiendo mi densa melena con las manos, retirando todo lo que puedo el pelo de mi cuello, pues lo siento como una manta en la espalda... y, cuando sopla en mi nuca, cierro los ojos, percibiendo cómo mi vientre se anuda con fuerza. Y si la piel puede latir de necesidad, la mía está latiendo ahora, mucho y muy fuerte—. Voy a pedir agua —suelto de golpe, asustada por esta necesidad que parece multiplicarse por minutos.

«Necesito poner un poco de distancia entre ambos —me instigo, echando a andar—. Esto se me está yendo de las manos —me agobio, sorteando a la gente, haciendo caso omiso de la sensación de añoranza que está adueñándose de mi piel ahora que estoy lejos de él— y, por favor, no puedo sentirme así —me riño, experimentando cómo el alivio o la calma se instalan en mi pecho cuando siento su mano aferrando mi brazo—. Es él, esa fuerza controlada es la suya», me digo, mordiéndome el labio inferior.

—Estás demasiado buena, pelirroja, para ir por ahí tú sola —me susurra cerca de la oreja, y siento el latido de mi piel fundirse con el suyo.

—¿Ni siquiera para ir a la barra? —inquiero con seriedad, volviéndome finalmente para mirarlo.

—Ni siquiera para eso —me responde, contundente, aferrando mi mano para echar a andar de nuevo, y, no sé cómo lo ha hecho, pero ha conseguido que esto... ir de la mano, bailar juntos, muy cerca el uno del otro, que rodee su cintura cuando vamos en su moto o que rodee la mía cuando se acerca a mí, sea algo tan normal, tanto como subir los pies descalzos al sofá.

—Toma —le ofrezco un botellín de agua cuando me hago con un par, abriendo el mío para darle un largo trago—. ¿Qué? —le planteo, esbozando una sonrisa.

—He perdido la cuenta de las sonrisas que llevas esta noche —comenta con gravedad, atrapando otra vez mi mano para regresar a donde estábamos, y lo sigo sin poder borrar ese gesto de mi rostro... «solo que no era eso lo que estaba pensando», me percato de repente, optando por dejarlo pasar y no indagar demasiado en el asunto.

—Vaya, una canción que conozco —le anuncio, sorprendida, sin temer parecer lo mayor que soy si me comparo con él—. ¿Te suena? —le pregunto, retándolo con mi sonrisa cuando llegamos al lugar que hemos hecho nuestro.

—Es imposible no conocer a Roxette, pelirroja —me asegura, acercándose a mí, y doy un paso para acercarme a él, y de nuevo no sé cómo lo ha hecho, pero ha conseguido que el estar casi pegados cuando bailamos o cuando hablamos sea tan natural como respirar—. Y ya no puedo estarme quieto —me confiesa, variando el tono de su voz y también sus intenciones, solo que no retrocedo y alzo mis manos para rodear su cuello con ellas, arrimándome más a su cuerpo, sin poder soltarme de su mirada—. Vas a tener que dar tú el paso, ricura —me reta con seriedad, levantando una mano para hundirla en mi densa melena mientras la otra se mantiene anclada a mi cintura, «y, no, yo tampoco puedo estarme quieta», admito, respirando a duras penas, sintiendo el deseo más demoledor instalarse en mi vientre para, desde ahí, llenarme por completo.

«No voy a conjugar ningún maldito verbo si no empiezas tú antes a hacerlo», me llegan sus palabras a través de mis recuerdos mientras mi pecho sube y baja y mi sexo se vuelve líquido por él y, dejándome ir, descanso mi frente en la suya, percibiendo su dureza en mi centro.

—Ciro... —musito, rozando sus labios con los míos, y es la primera vez que me atrevo a pronunciar su nombre.

—Pelirroja —masculla, apretando la mandíbula y enredando sus dedos en mi pelo, con fuerza, esa que yo ansiaba, y hago lo mismo con el suyo... y, si quedaba algún pensamiento en mi mente en contra de esto, acabo de fulminarlo con ese gesto.

«Respirar, vivir y sentir intensamente», pienso, percibiendo su respiración fundirse con la mía, y dejo de frenarme para besarlo de una maldita vez, para buscar su lengua con la mía y para gemir entre respiraciones, porque eso es lo que estamos haciendo. «Dios mío», atino a pensar cuando nos movemos, sin poder separarnos, para ir hacia la pared, donde apoyo la espalda y donde mi mano se cuela por debajo de su suéter y la suya por debajo del mío, donde mi centro busca su dureza y donde me froto por primera vez contra ella. «Por Dios», farfullo mentalmente, gimiendo con fuerza cuando impulsa sus caderas hacia delante, recibiendo una respuesta inmediata por parte de las mías. «Más», anhelo, deslizando mi mano por la piel de su espalda, besándolo con una necesidad y una fiereza que me asustan. «Estamos dando un espectáculo», me inquieto de repente, pero sin poder parar, clavándole las uñas y oyendo su rugido colarse a través de su garganta... «uno con el que me correría, y no puedo pensar esto aquí, no puedo hacer esto aquí y, si lo empiezo, no voy a poder pararlo», me alarmo, percibiendo sus exigencias, que bien podrían ser las mías, pero luego me arrepentiría, así que poso mi mano en su pecho para alejarlo de mí.

—No... para, en serio —le pido a duras penas, sintiendo la garganta completamente seca y recordando que he tirado el botellín al suelo cuando me he vuelto loca, porque eso es lo que me ha sucedido.

«Tiene veintisiete años, maldita sea», me fustigo, solo que esa frase ya no tiene la fuerza que tenía antes y otra palabra ha llegado para recordarme por qué la sentía resonando en mi interior con fuerza. «Serio» y «empezar algo serio»... con él sería así, algo para tener en cuenta, y no algo pasajero, y sería un error por todo.

—Pelirroja, no me jodas —gruñe, separándose de mí mientras hundo los dedos en mi pelo, sin poder creer lo que termina de suceder.

«¿Qué hostias acaba de pasarme?»

—Me voy —musito, incapaz de mirarlo, haciéndome con el abrigo que había dejado, debajo de su chaqueta, en el taburete situado junto a la mesa, en este rincón que hemos hecho nuestro durante toda la noche.

Sin esperar respuesta por su parte, echo a andar hacia la puerta, tan avergonzada como si hubiera mantenido relaciones sexuales frente a todos... «que, oye, poco nos ha faltado», me riño, reviviendo cómo me he frotado contra su miembro, cómo he gemido y cómo le he clavado las uñas en la espalda.

«Maldita sea, y ahora voy y me largo y la adulta soy yo.»

—María Eugenia —oigo su voz, controlada y fría, resonando en medio de la acera. No pelirroja ni ricura, María Eugenia, y para nada ha sonado como ha sonado la mía cuando lo he llamado por su nombre—. Has venido conmigo y te largarás conmigo —masculla con acritud, aferrando mi mano con fuerza, solo que esta vez no es controlada. Está furioso, y no me extraña.

—No pretendo que me entiendas, pero...

—Tienes razón, es imposible que te entienda cuando ni siquiera tú misma te entiendes —replica y, hostia, cuánta razón tiene—. Te he prometido que iba a dejarte en paz después de esta noche y tengo intención de cumplirlo —me asegura, sorprendiéndome, tanto por la frialdad que ha empleado como por sus palabras, porque, sinceramente, pensaba que era un farol—. El día que dejes de actuar guiada por la cabeza y lo hagas dejándote llevar por lo que tienes aquí dentro —añade, deteniéndose y posando su mano en mi corazón—, búscame. Vamos —sisea, sacando los cascos y tendiéndome el mío, para luego subir a su moto.

Y si el mundo puede detenerse con unas palabras o una mirada, el mío acaba de detenerse ahora.

Capítulo 14

Detiene su moto cuando llegamos a mi casa, solo que no se molesta en pararla, ni en quitarse el casco, ni mucho menos en mirarme, y, cuando me apeo de ella y guardo el casco en el pequeño maletín, sale disparado, perdiéndose entre el tráfico.

«¿Qué he hecho?», me fustigo, accediendo al edificio, sintiéndolo todavía demasiado dentro de mí mientras evoco ese beso que ha sido como una bomba nuclear estallando en mi interior; sus manos en mi piel, pegándome a su cuerpo, tan duro como una piedra; su boca, robándome un gemido tras otro; su lengua, enredada con la mía, «exigiéndome lo mismo que le estaba exigiendo yo a él... creo que hasta nos hemos mordido», rememoro, sintiendo el calor llegar a mis mejillas para incendiarlas, y es una mezcla de vergüenza y deseo, todo a la vez, porque no voy a poder olvidar ese beso en toda mi vida y, si con un beso ha conseguido que pierda la cabeza de esa forma... «¿Qué hubiera sucedido si hubiéramos llegado hasta el final?», me pregunto, accediendo a mi casa, donde su presencia sigue conmigo.

«Menudos abdominales tiene —pienso con admiración, percibiendo su dureza latir en la palma de mis manos y también en mi centro—. Por Dios, me he frotado como una gata en celo —me machaco, muriendo de vergüenza y excitándome de nuevo mientras dirijo mis pasos hacia el baño, liberándome del suéter por el camino—. Me arde la piel —constato, inspirando con fuerza—. Una ducha. Necesito darme una ducha de agua bien fría», me digo, solo que, cuando veo mi cuerpo desnudo en el espejo, lo veo a él frente a mí; veo el deseo más primitivo instalado en su mirada, su cuerpo perfectamente esculpido, sus manos y mi necesidad... y, sin querer cuestionarlo, llevo las mías a mi sexo, empapado con su recuerdo. Apoyando la espalda en la pared, abro las piernas y cierro los ojos para irme con él, para que sean sus manos las que se paseen entre mis pliegues mojados, para que sean sus dedos los que accedan a mi interior y para que sea su otra mano la que tire de mi pezón, con fuerza, como cuando ha tirado de mi pelo... «y no sé por qué necesito esa fuerza cuando estoy con él», me asombro, metiendo y sacando mis dedos, una y otra vez, una y otra vez, respirando de nuevo entre gemidos, «porque no son los míos y son los suyos», fabulo, echando la cabeza hacia atrás y gritando cuando llego al orgasmo.

«Y es la segunda vez en poco tiempo que me masturbo pensando en él —reconozco, abriendo los ojos para ver mi reflejo en el espejo; mis labios entreabiertos, mi rostro arrebolado, mis ojos incendiados todavía de deseo—. Dios mío, pero ¿qué estoy haciendo?», me sorprendo, metiéndome en la ducha, cerrando los ojos y permitiendo que el agua me dé de lleno en la cara.

«¿Sabes que estar a tu lado es un reto continuo? Porque pasas de estar a gusto a querer largarte en cuestión de segundos, y porque no dejas de cuestionar lo que deseas»,

me acuerdo de su frase, apoyando la frente en la pared de cristal de la mampara, anhelando su mirada, el tono rasposo de su voz y su fuerza; la fuerza con la que me ha besado, la fuerza con la que me ha pegado a su cuerpo, esa fuerza controlada con la que ha aferrado mi brazo y esa fuerza que yo le reclamaba y que he obtenido cuando he dejado de frenarme... «Sería la hostia acostarme con él —admito, soltando todo el aire de golpe—. Solo que eso no es posible, porque mis prejuicios y la vida que he planeado hablan demasiado alto», asumo, recordando cómo he salido casi corriendo de ese pub en el que bien podría haberme encontrado con Greta, con Luna o... «Un momento, ¿y si me hubiera encontrado con ellas? ¿Y si estaban allí y me han visto? ¿Y si me ha pillado alguien de D'Elkann?», me planteo, sintiendo el calor de la vergüenza llegar para adueñarse de mi rostro.

—Maldita sea... —musito, agobiándome por momentos.

«Ojalá pudiera eliminar mis actos. Ojalá existiera ese botón de borrado, como el del teclado del ordenador», pienso, visualizándolo en mi cabeza, porque, si existiera, lo pulsaría ahora mismo e iría haciendo desaparecer cada minuto que he pasado a su lado hasta llegar a esa llamada que recibí de Valentina...

* * *

—Oye, ¿tienes algo que hacer este fin de semana, aparte de odiar a Maurice? —me preguntó, teniendo muy claro por dónde entrarme, pues sabe que odio a Maurice con todas mis fuerzas.

—¿Por qué? ¿Vas a invitarme a comer uvas? —repliqué, ilusa de mí. Tendría que haber colgado y no haber escuchado más.

—Mejor, voy a invitarte a beberlas —me rectificó. ¡Y tanto que las bebí!, y ahora lo estoy sufriendo como una especie de resaca continua que nunca cesa, sino que va in crescendo—. ¿Recuerdas cuando te expliqué que mi familia tenía una bodega? —prosiguió, y tonta de mí seguí atenta a lo que me decía.

—Sí, claro —le contesté. «Estaba bebiendo café», recuerdo de repente, y ojalá me hubiera atragantado y le hubiera colgado.

—Pues el sábado será la presentación de un nuevo vino que llevará mi nombre y me gustaría invitaros a Pilar, a Dante y a ti. Dime que vendréis, por favorrrr... Tengo ganas de veros, sobre todo a ti; tienes que contarme qué te está haciendo el odioso Maurice, y no hace falta ni que busques hotel, porque puedes alojarte en la casita de invitados de la finca. ¿Qué me dices? ¿Fin de semana bucólico, bebiendo vino y alejada del odioso Maurice o fin de semana caótico en Madrid corriendo el riesgo de tropezarte con él?

«¡Qué bien supo vendérmelo, la hija de su madre», me lamento.

—Yo, con tal de estar alejada de ese tipo, me voy hasta la Conchinchina si hace falta.

—¿Dónde? —me preguntó, soltando una carcajada.

—¡Al quinto boceto! ¡Oh, my Diorrrr! ¡Qué joven eres, hija! —le respondí, exasperada.

—Entonces, ¿vas a venir o no? —insistió, y debería haberle colgado.

—Si me invitas a vino y prometes escuchar mis desvaríos, haré un esfuerzo e iré.

¡Y cómo la fastidié!

—Prometo invitarte a mucho vino, escuchar tus desvaríos y mostrarte esta finca que va a enamorarte tanto como a mí si tú me prometes, a cambio, que, si te gusta, la tendrás en cuenta para futuros *shootings*— me soltó a bocajarro, y ahí empezó todo, porque también lo invitó a él.

* * *

Maldito bucólico fin de semana, y ahora lo he besado, me he masturbado por segunda vez pensando en él y, encima, no me lo quito de la cabeza. Vaya mierda.

Paso el domingo en mi casa, tirada en el sofá y escuchando casi en bucle *Ocean*, de Karol G, esa canción que es él, martirizándome por lo que sucedió anoche y rememorándolo también, porque sigo en conflicto conmigo misma y todavía no sé qué es lo que deseo.

«El día que dejes de actuar guiada por la cabeza y lo hagas dejándote llevar por lo que tienes aquí dentro, búscame.»

«¿Y cómo va mi corazón a guiar mis pasos cuando mi cabeza lo tiene tan claro?, ¿cuando llevo años convencida de que no me gustan los tíos más jóvenes que yo que encima se matan en el gimnasio? Él es todo lo que yo siempre he rechazado, porque, por muy maduro que parezca a veces, y aunque sepa lo que es un aria, no deja de tener veintisiete años», reflexiono, clavando la mirada en el techo, y me reafirmo en que no sería algo pasajero, y ese es otro problema, al menos para mí.

Pongo el móvil en silencio cuando me llama mi hermana por tercera vez, supongo que para saber qué tal lo pasé con el rubio de la moto. «Casi mejor si no se lo cuento», me digo, suspirando con fuerza. Todo sería mucho más sencillo si no me gustara tanto, si no nos hubiéramos besado, sobre todo como nos besamos, y si continuara tocándome las narices como en los viñedos, y es que ha pasado de ser un niñato insolente a medio hacer a ser mi chico de anuncio, y ese es mi otro problema, que es irresistible...

* * *

—Ricura, te aseguro que con este niñato insolente a medio hacer te lo pasarías en grande. Vamos, ¿juegas o no? —me preguntó, vacilón, ante la mirada desorbitada de todos.

—Joder, esto parece el inicio de una peli porno, ¿nos sentamos? —recuerdo que propuso Dante.

—No creo que haga falta, pero, Valentina, cariño, haznos un favor y busca un cochecito o un balón para cuando el niño se nos aburra, más que nada para que no nos dé el viajecito y se mantenga entretenido —solté, socarrona, y ahí ya estaba ganándome, solo que yo no era consciente de ello.

—Necesitas que te den un par de lecciones, ricura, tienes la lengua demasiado afilada —me replicó con seriedad, y soy consciente de la mirada altanera que le dediqué.

—¿Y vas a dármelas tú? Pero si acabas de salir del colegio y, otra cosa, no me llamo «ricura», me llamo María Eugenia.

* * *

«Podría llamarlo —pienso de repente, haciendo a un lado mis cavilaciones—. Podría olvidarme de las dichosas consecuencias, de mis estúpidos prejuicios, y limitarme a respirar, vivir y sentir... y sería la hostia —sentencio mentalmente—, pero las consecuencias existen; de hecho, las tengo frente a mí ahora, y mis prejuicios no van a desaparecer por mucho que me muera de ganas de acostarme con él —reconozco, descartando la idea—. Olvídate y punto», me ordeno con firmeza, y es exactamente lo que voy a hacer.

El lunes voy a trabajar, como hago el martes y el miércoles, y es una putada tener que obligarte a no recordar y a no sentir, porque es suficiente que no quieras para que tu mente te lleve una y otra vez a esos momentos, a esos instantes, a esos lugares... a él.

«Lo echo de menos —admito, saliendo de la empresa a las siete y media para acompañar a Candela al ginecólogo—. Echo de menos su sonrisa desdeñosa, encontrármelo cuando menos me lo espero, el azul cambiante de su mirada y a él, en su totalidad, porque, no sé cómo lo ha ido haciendo, pero ha conseguido meterse bajo mi piel y que mi cuerpo añore el suyo», me lamento, cogiendo un taxi, suspirando suavemente y perdiendo la mirada en el tráfico de la ciudad... y no estoy viendo el tráfico, estoy buscando una moto. La suya. Ya ni siquiera necesito un puente o un avión para tirarme y matarme en el acto. «Cualquier día consideraré normal hasta ponerme unos *jeans* rasgados», me digo, disgustada, deseando que me pase pronto toda esta tontería y sacudirme de una vez este enamoramiento de adolescente y... un momento... «Por supuesto que necesito un puente o un avión que vuele bien alto, porque no me sirve solo con matarme, necesito matarme y rematarme, porque acabo de emplear la palabra *enamoramiento*.»

«¡Oh, my Dior! No puedo creerlo —me asombro, sintiendo el calor subir por mi cuerpo hasta incendiar mi rostro—. No puedo estar enamorada de él, ¡venga ya!», me digo, negando con la cabeza mientras bajo el cristal de la ventanilla para que me dé el aire, pues me asfixio de tan solo pensarlo.

—¡Al fin llegas! —me reprende mi hermana a modo de saludo cuando el taxi logra dejarme frente al hospital; me encanta Madrid, pero odio los dichosos atascos.

—Perdona, se me ha hecho un poco tarde —me disculpo, dándole un par de besos para seguidamente acceder al interior con premura, seguida por ella— y, encima, había un montón de tráfico —me quejo, exasperada, porque me he puesto de los nervios cuando he conseguido centrarme y olvidarme de la dichosa palabra que me ha llevado a vivir un sofocón digno de la menopausia.

—Si fueras en metro, en lugar de en taxi, llegarías antes.

—Ya sabes que no me gusta el metro... todos ahí apretados,

me muero del agobio con tan solo imaginarlo; además, si pasa algo, de ahí no sales —replico mientras nos encaminamos hacia los ascensores.

—¿No vas a reñirme por ir así vestida? —me pregunta, extrañada, y estoy tan a lo mío que ni siquiera me había dado cuenta de que lleva un chándal y, por Dios, esa prenda debería estar prohibida incluso para hacer deporte.

—¿Serviría de algo? —le planteo, pulsando el botón de llamada cuando estamos frente a los elevadores.

—Te he llamado —me recrimina.

—Estaba llegando —me limito a contestarle.

—Te llamé el domingo.

—Sí, lo vi, pero ya era tarde y luego lo olvidé.

—También te llamé el lunes —insiste, machacona, y lleno discretamente de aire mis pulmones.

—Eres muy pesada —le dedico, volviendo a pulsar el botón de llamada.

—Y tú estás callándote algo —adivina en el mismo instante en el que se abren las puertas y yo accedo al interior del cubículo, guardando silencio. No voy a volver a estar en un ascensor sin pensar en él—, y no sé por qué me parece que ese «algo» tiene el pelo rubio y una moto de gran cilindrada —sigue acertando, y la miro enarcando una ceja.

—Pues te equivocas. He estado superliada en el curro, solo eso, y tú tienes mucho tiempo libre, por lo que veo.

—Sí, claro. ¿Te has acostado ya con él? —me suelta, y suerte que solo estamos nosotras. ¡Qué indiscreta es, por favor!

—No digas tonterías, es un crío —farfullo entre dientes, saliendo del ascensor cuando se abren las dichosas puertas, viendo su mirada atestada de azules a través de mis recuerdos y rememorando la sensación de sus manos en mi piel, un recuerdo que todavía es capaz de anudar mi vientre y de instalar el deseo más ardiente entre mis piernas... y, por favor, «estoy salida», me fustigo.

—Y a Dios gracias. Ya era hora de que cambiaras tus gustos de una vez; en serio, no sé qué les encuentras a los tíos mayores. Ese último con el que saliste, Andrés...

—Andrés es un señor de los pies a la cabeza —salgo en su

defensa, porque es la verdad. Es educado, culto, viste bien, huele de maravilla... «solo que ni siquiera él tuvo el detalle de servirme a mí primero», pienso de repente.

—Andrés tenía casi la edad de papá —apostilla, burlona, y vacío discretamente los pulmones de aire—, y estoy segura de que no tiene el cuerpazo que tendrá ese rubio. Menudo bogavante vas a comerte, hermanita, si es que no te lo has comido ya —insiste mientras llegamos a la sala de espera de ginecología.

«¿Por qué no se callará de una vez? —me sulfuro, viendo dos sillas libres y yendo hacia ellas—. Madre mía, cuántas mujeres embarazadas», me digo, sentándome y observando sus vientres abultados.

—Dentro de poco vas a estar así —le comento, guiñándole un ojo, pasando de todas las tonterías que ha dicho.

—¡Ay, ya lo sé!

—¿Cómo lo llevas?

—Mejor, al menos ya no me siento como al principio y este puntito y yo ya nos queremos.

—Eres su madre, este puntito te ha querido desde el primer momento —la corrijo, llevando mi mano a su barriga—, y a mí vas a quererme un montón, aunque todavía no me conozcas, porque soy tu tía y la que va a consentírtelo todo.

—No te pases, a ver si entre mamá y tú me lo echáis a perder.

—Lo siento, es lo que tiene ser el único puntito de la familia. Oye, ¿tú no tendrías que ir a decir que has llegado? —le pregunto, porque no es que yo sea una entendida en la materia, pero supongo que igual debería ir a anunciar que está aquí.

—¡Ay, es verdad! —se percata de pronto y, por favor, ¡qué desastre es!

—Este puntito va a necesitarnos un montón con una madre como tú que va en chándal al médico, tiene la nevera vacía y hace cosas como estas —me meto con ella, siguiéndola hasta la consulta de la enfermera.

«Es imposible que seamos hermanas», medito, observando su coleta, su chándal de felpa, holgado en las rodillas, y las deportivas horrorosas que calza, frente a mí, con mi fabuloso vestido negro con mangas abullonadas.

—Qué idiota eres —me dedica antes de acceder a ella—, y deja de mirarme así, ¿quieres?

—No he dicho nada —me defiendo, echando atrás mi melena para sacudirla.

—Mira que te gusta que te miren —me dedica, negando con la cabeza una vez en la consulta, y me obligo a guardar silencio, porque no es el momento de tirarnos los cuchillos y porque es la verdad.

En silencio, soy testigo de cómo la pesan, de cómo le toman la tensión y de cómo va contestando las preguntas que le van formulando. «Puede que yo no viva nunca algo igual —me planteo de repente—; puede que yo nunca tenga mi vientre lleno de vida... y no es que lo desee, pero hay veces, como ahora, en las que considero que posiblemente eche de menos vivir algo así», reconozco, viendo su rostro cruzar fugazmente por mi mente.

—Ya lo tengo, ahora te llamo —le indica la enfermera, dedicándole una afable sonrisa a mi hermana, y regresamos de nuevo a la sala de espera.

—¿No vas a contármelo? —insiste otra vez cuando ya estamos acomodadas en las sillas en las que estábamos antes; ya de pequeña era así, machacona como ella sola, por eso al final siempre terminaba saliéndose con la suya, pero porque todos acabábamos rindiéndonos por cansancio.

—Ya te he dicho que no hay nada que contar —secundo, armándome de paciencia.

—Pero cenaste con él, ¿verdad?

—Sí, cené con él, fuimos a tomar algo y luego me llevó a casa. Fin.

—¿Sabes que se te nota muchísimo cuando estás mintiendo? —me pregunta, sonriendo, y al final va a ser cierto eso de que soy como un libro abierto—. Te besó, ¿no?

—Sí, me besó, pesada —musito, malhumorada y en voz baja, porque, sinceramente, lo último que me apetece es hacer partícipe a la chica que tengo al lado de mi vida privada.

—¿Y?

—Y ya te lo he dejado claro antes: su edad no es compatible con la mía —le recuerdo, presenciando cómo la chica en cuestión se levanta cuando la llaman. Una menos—. Como todas estas vayan delante de ti, tenemos para una hora fijo.

—Perfecto, para que me lo cuentes todo —replica, repantigándose en la silla.

—Me besó, me gustó y me largué —me rindo finalmente, y no por cansancio, sino porque la conozco y no va a dejarlo pasar. Menuda cruz le espera a este puntito.

—Para una vez que te besa un tío con todos sus dientes puestos, vas y te largas, ¡ya te vale!

—¿Se puede ser más idiota de lo que tú eres?

—Tía, venga ya, seguro que Andrés lleva más postizos que suyos. Si hubieses seguido más tiempo a su lado, un día te hubieras levantado y te hubieras encontrado con su dentadura dentro de un vaso de cristal —persevera, y la miro todo lo mal que puedo—. No me mires así, es lo que tiene salir con maduritos interesantes, que, como la cosa funcione, con el tiempo dejan de ser maduritos interesantes para ser... ya lo defines tú misma —retrocede en su comentario cuando la fulmino con la mirada.

—Que es lo que sucedería exactamente, pero al revés, si yo saliera con él y la cosa fuera a más. Tía, nos llevamos once años; paso de que sean mis dientes los que estén dentro del vaso de cristal dentro de unos años.

—Y el bogavante que te habrás comido durante todo ese tiempo, ¿dónde lo dejas?

—De verdad, zanjemos el tema —le pido, deseando que la llamen de una vez para que me deje en paz.

—Ni de coña. Mi vida es muy aburrida ahora y necesito hablar de la tuya para entretenerme.

—Si quieres entretenerte, tienes Netflix.

—Ya he visto todas sus series.

—Imposible.

—Oye, vamos a centrarnos y a hablar en serio. ¿Por qué te importa tanto la edad si igual lo único que busca es echar cuatro polvos?

—Porque me da la sensación de que, con él, no serían solo cuatro polvos.

—Pues mejor, eso que te llevas.

—No lo entiendes... —susurro, negando con la cabeza—. Estoy segura de que, con él, la cosa iría a más y... y...

—¿Y qué? —me corta, impaciente.

—Que somos demasiado diferentes —constato, exasperada.

—Y de ahí no sales. Anda que tú sí que eres pesada.

—¿Sabes por qué no funcionó lo de Andrés?

—¿Porque era demasiado mayor para ti? —me pregunta con retintín.

—No. No funcionó porque, a pesar de que éramos muy similares, me propuso vivir juntos y, a largo plazo, tener hijos.

—Pues hubiera parecido el abuelo de las criaturas —apuntilla.

—No es tan mayor, no te pases. Además, eres tú la que quería hablar del tema, así que céntrate, ¿quieres?

—Solo he hecho una matización. Venga, sigue.

—Puede sonar fatal lo que voy a decirte, pero yo no quiero tener hijos o parejas que me aten a un lugar o exijan mi completa atención. Yo quiero ser libre para, un día, poder hacer las maletas y largarme a donde me exija mi carrera, y es una elección de vida que he hecho, tan válida como la tuya o como la de las mujeres que están aquí sentadas, con su bebé en sus entrañas. No quiero que nadie pierda el tiempo conmigo, porque yo tengo un objetivo muy claro, y no estoy dispuesta a renunciar a él ni tampoco a sentirme culpable por nada.

—Pero ese objetivo, de la forma en el que lo planteas, te deja sola. ¿No te arrepentirás dentro de unos años de no tener a nadie a tu lado?

—Puede ser o puede que encuentre a alguien que vea la vida como yo. De todas maneras, lo encuentre o no, es lo que he decidido. No quiero rendirme ni plantearme que no es posible, y necesito ser libre para, si surge la oportunidad, estar disponible en todos los sentidos y poder hacer mi equipaje, cerrar mi casa e ir a donde tenga que ir.

—Pero estás mirando muy a largo plazo cuando ni siquiera os habéis acostado. ¿Por qué no dejas de pensar tanto y te dedicas a sentir más?

—Eso es lo que me pidió él —le confieso, sabiendo que sigo en el futuro cuando debería estar en el presente.

—Te aconsejo que dejes de darle tantas vueltas y vivas lo que te apetezca vivir; si luego te pide más, caliéntate entonces la cabeza, pero no ahora. No te reconozco, de verdad... Tú nunca has sido así, mira con Andrés: viviste lo que te apeteció a su lado y, cuando te propuso algo que no iba contigo, cortaste por lo sano. No sabes lo que va a pasar; puede que un día te lleves la sorpresa de tu vida y seas tú la que dé prioridad a otras cosas, o puede que sea él quien te dé carpetazo a ti. ¡Qué sabrás tú lo que te tiene reservado la vida! Sal con ese chico, olvídate de su edad y de lo que os separa, pásalo bien y disfruta, y luego ya se verá.

—Candela de la Rúa —oigo que la llama la enfermera.

—Venga, vamos, estoy deseando ver a ese puntito —le digo, levantándome, dando por finiquitado el tema.

«Por Dios, qué cosita más bonita», me emociono, sintiendo cómo mis ojos se humedecen cuando una miniatura perfecta aparece en el monitor.

—Eso es la cabeza, ¿verdad?, y los bracitos y las piernas —enumero, percibiendo cómo mi pecho se llena de amor por ese puntito que, en cierto modo, tiene un poquito de mí.

—Así es —me confirma la ginecóloga, y dirijo la mirada hacia mi hermana, que no puede dejar de sonreír... y, no, no quiero tener hijos, no quiero mantener una relación que me ate a nadie, pero... «pero me encantaría ser yo la que estuviera acostada ahora en esa camilla y que esa cosita fuera mía —reconozco, sintiendo la garganta cerrada— y ojalá nunca me arrepienta de mi decisión», me planteo de repente.

—¿Puedes ver lo que es? —indaga Candela, sin poder alejar la mirada del monitor, sacándome de mis pensamientos.

—No, es demasiado pronto —le responde la doctora—. Está todo perfecto... Vamos con el corazón —prosigue y, cuando oigo los latidos apresurados y llenos de vida de mi pequeño puntito, permito que las lágrimas, que estaba guardando en el interior de mis ojos, fluyan de una vez.

—Madre mía, qué rápidos van —musito, secándolas, y, no sé por qué, no puedo dejar de pensar en él.

—Es lo normal —nos confirma la ginecóloga—. Está todo bien. Límpiate y te espero fuera —le indica a mi hermana antes de salir de la habitación, y observo a Candela entre lágrimas.

—¡Madre mía! —exclamo, admirada, secándomelas.

—¿Has visto qué preciosidad? Tía, está todo formado y lo está haciendo él solo.

—O ella. ¿Qué te gustaría que fuera?

—Me da igual, solo quiero que esté bien y no haberle transmitido lo que sentí al principio; quiero que sepa que lo quiero muchísimo y que voy a cuidar de él o de ella.

—Y vas a ser una supermamá.

—Y tú, una supertía que va a reñirme mucho cuando lo vista con ropa espantosa.

—Ni se te ocurra, ¿me oyes? Mejor ya le compro yo la ropa —comento, sonriendo, ayudándola a limpiarse el gel—. Como cuando éramos pequeñas, tú serás la mamá y yo me encargaré de la ropa —añado ante su sonrisa.

—Has llorado como una Magdalena —se burla de mí, cambiando de tema—, y tú eres la que no quiere tener hijos ni pareja. Qué tonta eres. María Eugenia, con todo el amor que tienes para dar, ¿por qué vas a quedártelo para ti sola o para tu preciada carrera?

—Has olvidado mencionar al puntito. Todo mi amor será para él y un poquito para ti.

—Es que me gustaría que vivieras esto algún día —declara con seriedad, y salgo de la estancia para no escucharla más.

* * *

—¿Cenamos juntas? —me propone una vez que estamos fuera del hospital.

—¿Qué pasa, que tienes la nevera vacía? —le formulo, obligándome a hacer a un lado toda esta tristeza vestida de añoranza que está presionándome el pecho, y es una añoranza de algo que no voy a vivir y, sí, posiblemente sea muy tonta.

—Por supuesto que no —me contesta y, cuando enarco una de mis cejas, continúa—. Me he propuesto ser una buena ama de casa, a ver si lo consigo —me aclara, sonriendo y consiguiendo que sonría con ella.

—Pues, entonces, me largo a mi casa. No tengo hambre y estoy hecha polvo; sueño con ducharme y ponerme el pijama.

—Si todos los pijamas que tienes son como el que llevabas puesto el otro día, podrías ir de cena incluso así vestida —se mete conmigo, echando a andar, y la sigo, riéndome.

—Mejor ve a casa en taxi —le aconsejo, silenciando mi risa al recordar cuando me dijo que lograr que me riera era algo así como conseguir un triple salto mortal.

—Sí, hombre, y me dejaré un pastizal. Mira, este autobús me deja cerca —me informa, dándome un beso apresurado para no perderlo.

—¡Llámame cuando llegues a casa! —le pido, alzando la voz para hacerme oír.

—¡Pesada! —me dedica, corriendo ya, y la contemplo en silencio subir al bus mientras siento la añoranza de unos ojos azules y de una sonrisa insolente golpear mi pecho.

* * *

«Yo me casé hace años con mi sueño», pienso, quitándome la alianza del dedo mientras el taxi circula con rapidez por la ciudad, ahora que apenas hay tráfico. Cogí las joyas de mi abuela, que me tocaron en herencia, las fundí y me hice una alianza en la que hice poner una inscripción de algo que no quería olvidar: «Los sueños se cumplen, sé imparable». Lo grabaron con relieve y en un tono un poco más oscuro, para que pudiera leerse incluso en la distancia y para que, cuando estuviera a punto de desfallecer, lo viera fácilmente y lo recordara. «Quiero ser imparable —afirmo, poniéndomela de nuevo—. Quiero diseñar alta costura y quiero cumplir todos mis sueños —me reafirmo, haciendo a un lado esa sensación de tristeza que se ha adueñado de mí dentro de esa consulta de ginecología—. Y voy a conseguirlo. Por mí. Por estos años de duro trabajo. Y porque me lo merezco», me digo, sintiendo la determinación llegar para llenarme por dentro de la misma manera en que me ha llenado esa pena de la que ya no queda resto alguno.

Capítulo 15

Observo las gotas de lluvia golpear el cristal de la ventana cuando el avión aterriza en Londres y sonrío, feliz, pues me encanta que llueva y adoro estar aquí. Además, necesito un fin de semana lejos de Madrid y de su recuerdo. «La última vez que hui de la ciudad todo cambió para mí —reflexiono de repente—, porque lo conocí y empecé a pensar en cosas que no debía, a hacer cosas que tampoco debía y a desear cosas que tampoco debía. Solo espero que este fin de semana traiga consigo esa calma y ese sosiego que perdí en La Rioja», me animo, incorporándome a la fila para salir del aparato.

«No sé por qué no dejo de traerlo de vuelta; posiblemente lo haga porque ha cumplido su palabra y no ha vuelto a ponerse en contacto conmigo, o porque no me lo quito de la cabeza o porque mis argumentos de peso cada vez pesan menos», reconozco, formando parte de la marea de pasajeros que van en busca de sus maletas.

—Bienvenida a Londres —me saluda Elkann, mi jefe, cuando atravieso la puerta corrediza de llegadas, y le dedico una sonrisa, fundiéndome en un abrazo con él.

—Gracias —respondo, sintiendo el cariño llegar para envolvernos, pues no es solo mi jefe, es el hombre que me dio la oportunidad de mi vida y también un poco mi confidente, sobre todo cuando se trata de temas laborales.

—¿Qué tal ha ido el vuelo? —me pregunta con afabilidad,

haciéndose con mi equipaje, y lo miro con cariño. Me fijo en su pelo rubio perfectamente cepillado hacia atrás, su ceño fruncido, sus ojos azules, su barba perfectamente recortada y su ropa informal pero elegante a la vez... «nada que ver con él», pienso sin poder frenarlo, colocándolo de nuevo a mi lado, y me obligo a apartarlo y a reaccionar.

—Bien, como siempre —comento al tiempo que sorteamos a la gente.

Y, durante un breve instante, admiro al hombre que camina a mi lado; un hombre que empezó su carrera siendo modelo y que terminó convirtiéndose en un auténtico tiburón de los negocios, pues, gracias a su visión comercial, a su trabajo duro y a su empeño, ha conseguido que D'Elkann esté presente en las principales calles de Londres, Dublín, París, Roma, Nueva York y Viena, y lo mejor de todo es que ha conseguido que parezca incluso sencillo lograrlo.

—La lluvia te recibe, también como siempre —me dice cuando salimos del aeropuerto, e inspiro la humedad cargada de frío antes de volverme para mirarlo y dedicarle una sonrisa.

—Cómo no... —contesto, observando sus ojos azules, tan distintos a los suyos, pues en los de Gael no suele brillar la diversión ni tampoco la burla; incluso mantienen la seriedad aunque él esté sonriendo. A veces me pregunto si sucedería algo en su vida que instalara esa sobriedad en su mirada, pero, a pesar de la confianza que tengo con él, nunca me he atrevido a formularle esa pregunta, supongo que porque a mí tampoco me gusta que indaguen demasiado en mi vida—. Sabes que me muero de curiosidad, ¿verdad?

—Cómo no... —me parafrasea, divertido, dedicándome una sonrisa, que, como ya intuía, no le llega a los ojos, como si hubiera un muro de contención que lo impidiera—, pero vas a tener que esperar, porque primero vamos al hotel para que dejes tu equipaje.

—Te estás volviendo demasiado inglés —me meto con él mientras encaminamos nuestros pasos hasta el coche de la empresa.

—¿Tú crees? —replica, esbozando una media sonrisa.

—Sí, sin lugar a duda. Buenos días —saludo al chófer, que

me espera con la puerta abierta, antes de acceder a la berlina. «Maldita sea, qué frío hace», me lamento, alzando el cuello de mi abrigo a pesar de que la calefacción está encendida—. ¿Qué hago aquí? —suelto a bocajarro cuando se sienta a mi lado.

—Y tú sigues igual de impaciente —asevera, subiendo el cristal que nos separará del conductor—. Estás aquí por dos motivos. El primero esa fiesta solidaria.

—Cuya recaudación irá destinada a la lucha contra el sida —prosigo por él, muerta de ganas de saber cuál es ese segundo motivo que me ha traído aquí.

—Exacto —me contesta, con esa voz profunda que lo caracteriza.

«Su vida es esto —pienso, sin poder frenarlo—. Él vive por y para su trabajo, como hago yo, y ambos, con nuestra elección, le hemos dado la espalda a la vida que discurre alejada de D'Elkann», concluyo, viendo su rostro surcar mi mente.

—Pero hay algo que no me encaja —añado, haciéndolo a un lado para centrarme en lo que debo, y es algo que ha estado ahí, todo el rato, solo que yo he estado tan ocupada pensando en él que ni siquiera me había percatado de ello hasta ahora.

—¿Y puedo saber qué es?

—Si me lo dices tú, terminaremos antes —replico, altanera, pues no estoy para adivinanzas y no me cabe duda de que está ocultándome algo.

—¿Y perderme tus elucubraciones?, por favor... —me dice, esbozando una sonrisa y contagiándomela.

—Un evento de estas características no se organiza en un par de semanas, esto tú lo sabes desde hace tiempo y, en cambio, decidiste mi asistencia hace relativamente poco —argumento, atando cabos.

—Cierto —me confirma, y enarco una ceja.

—¿Por qué?

—¿Cómo que por qué? Sabes que no vamos a todas las fiestas o eventos a los que nos invitan...

—No hables en plural, aquí la única que va soy yo —lo corto, cruzándome de brazos.

—Eres la única que debe ir —remarca con gravedad.

—Sigue —le ordeno.

—Tengo poco más que contar; simplemente he estado esperado porque quería asegurarme de que tu presencia allí era necesaria.

—Me encanta lo claro que eres.

—No necesitas saber nada más —me responde, enigmático, y me pregunto qué estará ocultándome, porque hay algo tras su decisión, estoy convencida de ello.

—Espero que no me arrepienta...

—Si lo haces como creo, más bien vas a agradecérmelo —declara, mirándome directamente a los ojos, solo que no consigo ver nada a través de ellos. «Menuda coraza lleva puesta», constato, soltándome de su mirada para dirigir la mía hacia la ventanilla, muy segura de que no voy a poder sonsacárselo.

—Quiero que despidas a Maurice —le anuncio de repente, aparcando el tema de la fiesta para centrarme en otro que me cabrea muchísimo y que no tenía intención de tocar hasta que llegáramos a su despacho.

—Sabes que no voy a hacerlo —me asegura con seriedad.

—Eso es porque, desde lo alto de tu torre, no te enteras de lo cabrón que es —sentencio con sequedad, abriendo mi bolso y sacando el trozo de tejido que cogí del almacén—. Manchado y con una composición y gramaje distintos a los elegidos, y esto no sería relevante si fuera algo puntual, lo jodido es que no lo es. Oye, yo no puedo diseñar vestidos de ensueño y luego tener que encontrarme con esta mierda.

—Este tejido no es para la colección Dreams —puntualiza, y algo me dice que está al corriente de este asunto, como de todo lo que acontece en la empresa.

—Lo sé, pero que sea para Temporada y Pronto Moda no justifica que debamos bajar la calidad de los tejidos.

—Pero tampoco igualarla, porque el precio difiere bastante —me rebate, con voz acerada.

—Nadie ha dicho que haya que igualarlo, pero esto es un acrílico del malo. No me jodas —le recrimino, cabreada.

—No me jodas tú, y haz el favor de relajarte. Ya he hablado con Maurice y esto no volverá a suceder, pero las ligeras variaciones en cuanto a composiciones y gramajes están permitidas, y sabes que un tejido puede venir manchado, barrado o agujereado, sobre todo cuando hablamos de puntos, canales y felpas, y es algo completamente ajeno a Compras —me dice, soltando todo el aire de golpe—. Escúchame: tú diseñas y apruebas bocetos sin tener en cuenta que luego, desde Compras, tienen que adaptar tus exigencias a sus presupuestos y, créeme, aunque no lo veas, Maurice hace un gran trabajo.

—Me cago en la hostia, Elkann —mascullo entre dientes y, si pudiera, me bajaría ahora mismo de este coche y lo mandaría a la mierda a él y al capullo de Maurice.

—¿Puedes confiar en mí? —me pregunta, y me vuelvo para mirarlo, tan cabreada y ofuscada que no puedo ver nada más allá de este dichoso tejido y de todos los que lo han precedido. ¡Que me relaje, dice, hostias!

—No estoy en el mejor momento para que me pidas eso.

—Y qué equivocada estás... —replica, dejándome pasmada.

—Lo que tú digas —le dedico entre dientes, viendo cómo el vehículo se detiene frente al hotel en el que suelo alojarme cada vez que vengo a la ciudad.

—Vamos —me señala, bajando del automóvil, y suelto todo el aire de golpe para imitarlo. Maldita sea.

Hago el *check-in* y dejo mis maletas en la habitación mientras él me espera en la recepción, hablando por teléfono, y, cuando regreso a ella, ambos nos encaminamos de nuevo hacia el coche, para dirigirnos a las oficinas centrales de D'Elkann.

—Baja —me ordena cuando el coche se detiene en Trafalgar Square, rompiendo el mutismo en el que ambos nos hemos sumergido; yo, porque hiervo de rabia, y él, a saber.

—No hemos llegado —constato con sequedad, observando la calle en la que estamos a través de la ventanilla.

—¿Y eso quién lo dice? Baja —me ordena otra vez, empleando el mismo tono que estoy empleando yo con él, abriendo la puerta de la berlina para, seguidamente, apearse del vehículo—. Primero, deja de comportarte como una diseñadora endiosada —me recrimina, echando a andar cuando me coloco a su lado, y ahora es cuando le daría un guantazo tras otro—. Tienes un equipo respaldándote, no puteándote, y tú no debes interpretar tu canción como solista, sino como directora de la orquesta —me matiza, sin molestarse en mirarme, guardando sus manos en los bolsillos de su abrigo, y lo fulmino con la mirada.

—Y ahora resulta que la solista soy yo y no Maurice, que hace lo que le viene en gana —remarco, enfadada, frenando en seco—. ¿Para eso me has hecho venir?, ¿para soltarme el sermón? —inquiero y, maldita sea, a saber qué hostias le habrá contado Maurice—. Para que te enteres, no soy ninguna diseñadora endiosada, simplemente estoy velando por tu negocio, pero, si a partir de ahora todo vale, por mí, perfecto. Si luego bajan las ventas, tú sabrás, porque las clientas no son tontas y si Temporada y Pronto Moda funciona tan bien es porque saben que, en nuestras prendas, aparte de diseño, también tiene cabida una calidad que no encuentran en otras marcas.

—¿Y quién ha dicho que todo vale? —me pregunta entre dientes, acercándose a mí para no hacer partícipe de nuestra conversación a nadie, y puede que el tono de sus ojos sí sea variable con sus emociones, porque ese azul turquesa que normalmente domina su mirada se ha vuelto acerado... y, de nuevo él... azul y acero y esa cena en ese restaurante—. Joder, María Eugenia, solo te estoy pidiendo que llegues a un entendimiento con Maurice, porque mi tiempo vale un huevo y no puedo perderlo tratando estos temas. Esto que ha pasado es inaceptable y desde Compras lo están solucionando, pero no puedes montar un circo cada vez que te varían las calidades, porque no solo estás tú y lo que te gustaría, también está el Departamento de Compras y el Financiero, y cada uno vela por lo suyo, así que, cuanto antes lleguéis a un entendimiento, mejor para todos —masculla, echando a andar otra vez, tan cabreado como lo estoy yo.

—¿Y puedo saber qué hostias hacemos aquí en lugar de ir a tu despacho? —le planteo con frialdad, haciendo a un lado este tema del que poco más hay que decir.

—Al contrario de lo que piensas, no te he hecho venir a Londres para soltarte ningún sermón. Vamos, quiero mostrarte una cosa —me comenta, encaminando sus pasos hacia la National Gallery, uno de los museos de arte más prestigiosos de la ciudad y uno de los más famosos internacionalmente.

—Y ahora vamos a ver cuadros. De puta madre —siseo entre dientes cuando accedemos a una de sus muchas salas.

—¿Tanto te cuesta quedarte callada? —me reprende, frunciendo el ceño, y lo miro apretando los labios para no mandarlo a la mierda—. Así me gusta. Cinco minutos, María Eugenia, solo te pido cinco minutos de silencio para que te dediques a contemplar lo que te rodea. Olvídate de Maurice, de lo mucho que te cabrea e incluso de la fiesta de mañana y sumérgete en lo que te rodea. Vacíate de todo y saca a la diseñadora que tienes dentro —me pide en un susurro cerca de la oreja, y no sé cómo lo consigue, pero logra que me olvide de todo para ver solo el arte que nos envuelve.

Obras abstractas que me llevan, con sus trazos y sus colores, a bosques encantados, a calas turquesas de arena blanca y a jardines plagados de flores de múltiples tonalidades. «Qué maravilla —pienso para mí, alejándome de él para detener mi mirada en cada matiz, en cada detalle, en cada pincelada—. El arte emociona, como hace la música; te engancha y te lleva de su mano al mundo infinito de la imaginación. El arte cerca tu garganta y tiene la capacidad de llenar tus ojos de lágrimas, como hace la música y también la moda, porque no hay nada más emocionante que un desfile donde se aúne todo, y este es mi mundo», reflexiono de repente.

—¿Qué ves? —inquiere al rato, y sonrío, sabiendo exactamente a qué se refiere.

—Veo estampados de ensueño —musito, centrando mi mirada en el azul de sus ojos, que vuelve a ser del tono de una cala paradisiaca.

—¿Te digo yo lo que veo? —añade en voz baja, y asiento con la cabeza, completamente abducida por el tono ronco de su voz y por la intensidad que desprende su mirada ahora.

—Veo el puente perfecto entre Dreams y Temporada y Pronto Moda. Veo una colección nueva que vista a la mujer que debe enlazar una reunión de negocios con una cena. Veo prendas versátiles, en un estilo *chic*, donde predominen el blanco y el negro, pero donde se incluyan los estampados que has imaginado recorriendo estos lienzos. Quiero una colección en la que las prendas puedan combinarse entre sí de distintas maneras, obteniendo *looks* diversos que puedan utilizarse tanto de día como de noche.

—Me encanta —susurro, percibiendo el entusiasmo latir en la yema de mis dedos—. ¿Quién diseñaría los estampados?

—Yo; de hecho, tengo unas cuantas ideas en mente —me anuncia, aunque sin desvelarme nada más, y ahí está esa forma de trabajar que es tan similar a la mía, posiblemente porque he tenido al mejor maestro; él. Revelando solo lo justo, guardando para sí lo que, de momento, es un tesoro demasiado preciado—. Solo te pido que confíes en mí y, por supuesto, máxima discreción con este tema.

—Sabes de sobra que no voy a hablarlo con nadie. ¿Nuestro amigo lo sabe? —inquiero, echando a andar cuando él lo hace.

—Cuando dices «nuestro amigo», deduzco que no estás refiriéndote a Manuel, sino a Maurice, ¿verdad?

—Verdad.

—No, todavía no; quería hablarlo contigo antes. Esto, por ahora, es solo una idea, un sueño que tengo en mente, pero hay otras cosas que van por delante y que quiero cerrar antes.

—Entonces, ¿es algo a largo plazo? —le planteo, sintiendo las gotitas de agua darme en el rostro cuando salimos a Trafalgar Square, y alzo el cuello de mi chaqueta para protegerme de ellas y de este frío cortante.

—Posiblemente —contesta, echando a andar hacia el vehículo, que nos está esperando—. Esta colección tiene que ser algo especial —prosigue una vez accedemos al interior y nos encontramos a cobijo del agua, del frío y a salvo de oídos indiscretos—, y quiero que todo lo que tenga que ver con ella también lo sea: los tejidos, los estampados, los diseños... pero añadir una nueva colección, con el incremento de ventas que tenemos a diario, nos va a obligar a hacer cambios en nuestra infraestructura o en nuestra forma de trabajar.

—En Diseño podemos asumirlo, pero vas a necesitar a más gente en Confección.

—Lo sé —se limita a contestarme, e intuyo que hay algo más, algo que no va a explicarme por ahora, porque él es así y yo he aprendido a ser como él; a guardar silencio, a sopesar bien las ideas, a estudiarlas y cerrarlas y, luego, a compartirlas.

El resto del día lo empleamos en tratar diversos temas relacionados con la empresa, que son muchos y variados, y, por supuesto, a hablar sobre esta nueva colección que ya no es solo su sueño, sino también el mío, y qué emocionante es vivir el proceso desde el principio con este hombre con el que me siento una alumna continuamente, pues rebosa talento por todos los poros de su piel.

—Quiero pedirte una cosa —me dice con seriedad, apoyando la espalda en el respaldo de su silla mientras la luz mortecina del atardecer se cuela a través de la ventana que tengo frente a mí.

—Si tiene que ver con Maurice, no puedo prometerte nada —lo advierto de entrada, esbozando una sonrisa, pues ese cabreo que sentía bullendo dentro de mí ha ido perdiendo fuerza, a lo largo del día, hasta desaparecer por completo.

—No tiene nada que ver con él —me asegura, y no sé si es por el tono de voz que ha empleado o por ese brillo fugaz que ha cruzado su mirada durante una breve fracción de segundo, pero ha conseguido que un latido extraño se adueñe de mi garganta; uno que, de una manera difícil de explicar, lleva la tristeza consigo—. Quiero que luches por tus sueños, María Eugenia, y que, cuando llegue el momento, ningún sentimiento de culpabilidad te frene. No estás en deuda conmigo. Esto es solo un negocio: yo vi talento en ti y te ofrecí un puesto de trabajo, ¿está claro?

—¿Y puedo saber a qué viene esto? —le pregunto, sin poder alejar mi mirada de la suya, y algo me dice que este fin de semana va a traer más cambios a mi vida.

—Simplemente quiero que lo tengas claro cuando llegue el momento —se reafirma, levantándose para acercarse a mí. En silencio, lo veo sentarse en la silla que tengo a mi lado e inclinar ligeramente el cuerpo para apoyar los antebrazos en sus piernas, y no sé si quiero seguir escuchando, porque, de repente, temo lo que sus palabras puedan traer consigo—. Has sido mi apuesta más segura desde el primer instante y lo sigues siendo, pero, si yo lo vi, otros más inteligentes que yo también lo verán, y es lo que debe ser. ¿Recuerdas que una vez te dije que te ayudaría a conseguir tus sueños? —me formula, atrapándome con su mirada, y asiento con la cabeza—. Perfecto. Vamos a cenar —cambia de tema como si nada, levantándose y dejándome con un palmo de narices.

—Espera un segundo, no puedes decirme esto y pretender que lo deje pasar —protesto, levantándome pero sin moverme de sitio, mientras él se pone el abrigo con toda la tranquilidad del mundo.

—No te he dicho nada, solo te he recordado algo que no quiero que olvides. Venga, muévete, estoy muerto de hambre.

Y aunque lo intento de todas las formas posibles, no logro sonsacarle nada más durante la cena o durante el día siguiente, cuando pasamos la mañana juntos en su despacho, y es que en la vida de mi jefe no hay un rato para el ocio o para la diversión, como tampoco lo hay en la mía.

* * *

El coche de la compañía pasa a recogerme por el hotel a las siete en punto de la tarde y, enfundada en un vestido largo y ceñido, de cuello caja y manga larga con hombros ligeramente estructurados y confeccionado con un tejido cuajado de pequeñas lentejuelas rectangulares verde esmeralda, accedo al vehículo con mi melena pelirroja cayendo como una cascada por mi espalda. «¿Qué estará haciendo? —me pregunto de repente, perdiendo la mirada por la ventanilla—. Hoy hace justo una semana que nos besamos —pienso, mordiéndome la cara interna de una mejilla, viendo su rostro cruzar mi mente, algo que hace muy a menudo—. Hoy hace una semana que me vestí pidiendo guerra y encontré el fuego —me castigo, sintiendo cómo mi vientre se contrae ante ese recuerdo—. Hoy hace una semana que estuve en su mundo y hoy... hoy estoy en el mío, vestida como me gusta, yendo a una fiesta en la que estoy segura de que no me sentiré fuera de lugar y con gente afín a mí y mis gustos, solo que... solo que nada», corto el hilo de mis pensamientos, llenando mis pulmones con una fuerte inspiración. Cojo mi *clutch* cuando la berlina se detiene frente al edificio en el que tendrá lugar la cena y, posteriormente, la fiesta.

«¡Oh, my Dior!, por eso quería Elkann que estuviera aquí

—exclamo mentalmente, asombrada, cuando accedo al interior del recinto y el lujo y el *glamour*, en toda su extensión, me reciben con los brazos abiertos—. Vaya, Elton John y su marido no han reparado en gastos y han congregado a la flor y nada de la sociedad británica, del mundo de la moda, de la música, del cine y... un momento —detengo el curso de mis cavilaciones cuando mi corazón se salta un latido al reconocer, entre los muchos invitados, a Sidney Toledano, el presidente de la casa Dior, el hombre que destronó a Galliano y el que más tarde designó a Raf Simons como actual diseñador de la *maison*—. Por Dios bendito, yo idolatro a este hombre desde hace años», me emociono, sin poder alejar mi mirada de su persona.

—¿Me permite que la acompañe a su mesa? —se dirige a mí un chaval joven, con una carpeta en la mano, y me limito a asentir con la cabeza, dándole mi nombre, y me quedo sin respiración cuando me lleva justo a su lado, a la mesa en la que se encuentra él. ¡¡La hostia!!

«¿Recuerdas que una vez te dije que te ayudaría a conseguir tus sueños?», resuena en mi mente la voz de mi jefe mientras el latido de la tristeza, engalanado de gratitud, se instala en mi garganta ahora que sus palabras cobran finalmente sentido.

—¿María Eugenia? —oigo una voz que me resulta ligeramente familiar y me vuelvo para ver a la actriz Charlize Theron, con la que he coincidido varias veces en diversos eventos y desfiles.

—Charlize, ¡qué alegría verte de nuevo! —la saludo, dándole un par de besos.

—Lo mismo digo. Estás espectacular —me halaga, deslizando su mirada por mi vestido, y hago lo propio con el suyo. Dior—. Ese vestido es diseño tuyo, ¿verdad?

—No visto nada que no sea diseño mío —le aclaro, esbozando una sonrisa—, y tú deberías hacerlo —prosigo en voz baja, dedicándole una sonrisa cómplice, pues todavía no he conseguido que elija uno de mis diseños para un estreno o para pisar la alfombra roja.

—Hace bien, yo tampoco lo hago —oigo que dice alguien a mi espalda con voz grave, y me vuelvo para encontrarme, frente a frente, con la mirada de ese hombre que puede convertir mi sueño en realidad—. Perdone mi atrevimiento, me llamo Sidney Toledano, ¿y usted? —me pregunta y, durante un breve segundo, que yo siento eterno, detengo mi mirada en su nariz prominente y en sus profundas ojeras. «Solo duermo cuando estoy cansado», leí un día en una entrevista que le hicieron; es tan alto como yo, corpulento, y lleva el cabello espeso y plateado peinado de lado.

—María Eugenia de la Rúa. Encantada de conocerlo —me presento, tendiéndole la mano, que se lleva a los labios.

Y si hay momentos cruciales en la vida de las personas, sin duda yo estoy viviendo el mío ahora.

—Lo mismo digo. Charlize, estás bellísima —la saluda, dándole un par de besos para dirigirse de nuevo a mí—. Entonces, ¿es usted esta María Eugenia de la Rúa? —me formula, cogiendo el pequeño cartelito blanco que se encuentra en la mesa donde aparece mi nombre escrito en cursiva y en tinta negra, y asiento con la cabeza, percatándome de lo grandes que tiene las manos.

—Eso parece —contesto, todavía sin poder creerlo, viendo, con el rabillo del ojo, una pequeña medalla que lleva en la solapa de la chaqueta y que indica su condición de Caballero de la Legión de Honor de Francia.

—Por favor —me indica, moviéndose para retirar la silla y que pueda sentarme, y esta es mi oportunidad de conseguirlo y, de nuevo, ha sido gracias a Elkann, y en este instante cobra más valor la conversación que mantuvimos ayer.

—Sidney, deberías ver los diseños que crea esta mujer. La colección Dreams es un sueño, y nunca mejor dicho —interviene Charlize, y, si estoy soñando, no quiero despertar nunca.

—La conozco —afirma, dejándome pasmada, provocando que la sangre deje de circular por mis venas.

—Espero que sea de su agrado —le comento, cogiendo la copa de vino que acaban de servirme para llevarla a mis labios. «Conoce mi trabajo», me ilusiono, obligándome a mostrarme firme y tranquila y a que no me tiemblen ni la mano ni la voz.

—Lo es. En realidad, su manera de entender la moda coincide bastante con la mía —me asegura, y no es para menos, pues he crecido como diseñadora siguiendo las pautas de mi otro gran maestro: Christian Dior—. ¿Puedo hacerle una pregunta? —me plantea, y es curioso, porque, cuando estoy con Ciro, soy incapaz de ver o escuchar nada que no tenga relación con él y, en cambio, ahora, cuando estoy viviendo el momento más crucial y decisivo de mi carrera y posiblemente de mi vida, soy capaz de ver todo lo que me rodea e incluso de escuchar conversaciones ajenas, y esto es algo en lo que posiblemente debería reflexionar cuando esté a solas.

—Por supuesto —acepto, haciendo a un lado su recuerdo para centrarme en lo que debo.

—¿Qué busca cuando imagina un boceto? —Y me percato de que no ha dicho «cuando dibuja» un boceto, pues su actual diseñador tiene mucho talento, pero no sabe dibujar.

—Quiero que la mujer que vista mis diseños se sienta femenina y segura de sí misma. Yo no quiero seguir códigos ni tendencias, quiero reinventarlos y olvidarme de ellas, porque, para seguirlas, ya están otros —me explico, convencida, ante su atenta mirada—. Quiero revolucionar la moda y alzar mi voz a través de mis diseños. Quiero demostrar que no necesitamos disfrazarnos o mostrar nuestra piel en exceso para que nos tengan en cuenta o para reivindicar nada. El día que un hombre vista con unos pantalones transparentes mostrando sus nalgas al mundo puede que valore que un diseño mío muestre los pechos de la mujer... aunque... ni así —prosigo, segura, mientras él guarda silencio, y sé que estoy tirándome de cabeza a la piscina, pero no me importa—. Se han distorsionado tanto los conceptos y las palabras que hemos llegado a un punto que no entiendo ni comparto, y necesitamos reubicarlos para empezar a valorarnos de nuevo como mujeres y como personas. Y qué mejor forma de hacerlo que mostrarnos al mundo como lo que somos: mujeres inteligentes que sabemos que no debemos exhibir nuestras cartas antes de empezar a jugar, sino cuando ya hemos ganado.

—Una forma de pensar muy arriesgada, ¿no le parece? —inquiere y, sonriendo, saco un bolígrafo de mi *clutch* para, sobre la servilleta blanca, dibujar un diseño que tengo en mente desde hace días, y lo curioso es que no quiero sorprenderlo, sino convencerlo.

—Se lo regalo. Aquí tiene mi forma de pensar arriesgada, sin mostrar nada y mostrando más que si lo hiciera. Lo evidente y lo sencillo es para todos; lo difícil y lo arriesgado, para mí. Y, ahora, fin de la conversación. Estamos en una fiesta y pretendo disfrutar de ella y también conocerlo a usted —le digo, cogiendo de nuevo la copa de vino para llevármela a los labios, fingiendo un aplomo y una seguridad que estoy muy lejos de sentir. Estoy hablando con Sidney Toledano, el presidente todopoderoso de Dior, y le he dicho que no quiero hablar más de trabajo. ¡Por favor!

—Elkann tiene mucha suerte de poder contar con usted —me alaba, y lo miro enarcando una ceja, sin soltar mi copa de vino.

—¿Conoce a Elkann? —planteo, sorprendida.

—Hemos coincidido un par de veces —me responde, esbozando una sonrisa, y se la devuelvo muy convencida de que, si hoy estoy aquí sentada, a su lado, es gracias a él—. ¿Qué tonos emplearía?

—Azul y dorado —respondo sin dudarlo un segundo, percatándome de que son sus colores; el azul de sus ojos, el dorado de su pelo.

—Me gusta. Gracias por el regalo —me dice, cogiendo la servilleta, plegándola y guardándola en el bolsillo de su chaqueta.

Ya está hecho. Solo espero haberlo hecho bien.

Paso el resto de la noche sintiendo que estoy viviendo un sueño, pues Sidney es la clase de hombre con el que me siento a gusto; es culto, educado y divertido. Ese tipo de persona con la que puedes hablar durante horas y horas, bien sea de moda o de la vida en general, solo que no ha conseguido que mi mundo enmudezca, a pesar de vivir en el mismo que yo.

—Ha sido un verdadero placer conocerte, María Eugenia —se despide frente a mi vehículo, bien entrada ya la noche.

—Lo mismo digo, Sidney; lo he pasado genial —le aseguro, tuteándolo, tal y como ha hecho él conmigo, pues, entre plato y plato, hemos acordado dejar de hablarnos de usted—. Llámame si vienes a Madrid —le indico con afabilidad, y no porque sea el presidente de Dior, sino porque me gusta él como persona.

—Y tú ven a verme si vienes a París —me corresponde, dándome un par de besos.

—Te lo prometo —musito, viendo cómo abre la puerta de mi coche para que acceda a él—. Buenas noches —me despido, subiendo ligeramente mi vestido para entrar en la berlina y, cuando cierra la puerta, me vuelvo hacia la ventanilla para dedicarle una sonrisa resplandeciente.

«Madre mía —pienso, echando la cabeza hacia atrás cuando el vehículo se pone en marcha, alejándome de él, sin poder dejar de sonreír—. Voy a necesitar años para poder digerir esto.»

* * *

—Buenos días, ¿desayunas conmigo? —le pregunto a Elkann al día siguiente, cuando contesta mi llamada.

—Hace horas que he desayunado —me contesta mientras apoyo la espalda en el cabecero de la cama—. ¿Qué tal fue esa cena ayer?

—Lo sabías, ¿verdad? Sabías que Sidney Toledano iba a asistir —susurro, perdiendo la mirada en la pared que tengo enfrente.

—Sí, lo sabía —me confirma y, sin tenerlo delante, sé que ha esbozado una media sonrisa.

—Estaba sentada a su lado —le cuento, mordiéndome el labio inferior y viendo el sol, a través de la ventana, resplandecer ya desde lo alto, alumbrando mis alrededores más cercanos, pero privándome de ver el universo infinito, ese universo infinito que es él.

—Sí, eso también lo sabía —me cuenta con voz profunda.

—No sé qué decir.

—Solo dime que lo hiciste bien.

—Eso espero... Gael... —Y no puedo ni acabar la frase, porque, en realidad, no sé ni por dónde empezar a construirla.

—Escúchame, la vida son ciclos, y el tuyo en D'Elkann está terminando. Tienes muchísimo talento, María Eugenia, y, muy a mi pesar, tu futuro no está en la empresa, sino en la alta costura. Yo no quiero atarte a un puesto, porque, si lo hiciera, perderías ese brillo que te caracteriza. Solo te pido que, si se pone en contacto contigo, Toledano o quien sea, me avises para que pueda buscar con tiempo un sustituto —me dice con voz profunda, y siento cómo unas garras invisibles estrangulan mi garganta, porque esto no es la primera vez que lo hablamos, pero sí la primera vez que realmente puede suceder.

—Nunca te dejaría tirado, puedes estar tranquilo respecto a eso —le garantizo, notando cómo una lágrima se desliza por mi mejilla—. Gracias por ser mi maestro y por darme las oportunidades de mi vida, primero como diseñadora de la firma y ahora con esto. Nunca, jamás, por muchos años que viva, podré llegar a agradecértelo —afirmo, percibiendo el recorrido de esa lágrima hasta llegar a mi cuello, donde se detiene.

—Yo no he hecho nada, María Eugenia. Todo lo que has logrado, todo, ha sido gracias a tu esfuerzo y dedicación, y, si consigues que Sidney te elija a ti, llegado el momento, será porque ayer lo hiciste bien, ¿está claro?

—Una vez leí que las mujeres teníamos grandes ambiciones y los hombres grandes egos, pero a ti no puedo incluirte en esa definición, porque nunca he conocido a un hombre más generoso que tú. Por supuesto que has hecho algo. Has antepuesto mis sueños a tus intereses, ¿te parece poco?

—¿Sabes por qué funciona tan bien D'Elkann? —me plantea, sorprendiéndome.

—Por ti —le aseguro, sin asomo de duda.

—Te equivocas. Funciona tan bien porque todos estáis motivados y porque estáis donde queréis estar, por eso dais lo mejor de vosotros mismos. Tu tiempo en la empresa se está agotando, y yo puedo ir a favor de eso o en contra.

—Y has decidido ir a favor.

—Cuando frenas a tu equipo, su entusiasmo desaparece y, con él, su talento. No soy generoso, simplemente estoy velando por mis intereses —me aclara, solo que no estoy de acuerdo con sus palabras.

—Lo que tú digas, pero no vas a conseguir que cambie de opinión —sentencio, sonriendo.

—¿A qué hora sale tu vuelo? —cambia de tema, porque él también es así; se incomoda cuando lo ensalzas, resta importancia a sus logros y enaltece los de las personas que lo rodean, y yo tengo mucho que aprender todavía de él, porque no soy hombre, pero mi ego, si esa comparación es cierta, es tan grande o más que el de todos ellos.

—Dentro de tres horas.

—Buen viaje. ¿Te veré en la fiesta de la empresa? —inquiere, haciendo referencia a la fiesta benéfica que todos los años celebra D'Elkann y cuya recaudación va destinada íntegramente al colegio Santos García de Madrid, un colegio de enseñanza especial cuya última ampliación corrió a cargo de la empresa, y esa es otra de las facetas que la gente desconoce de mi jefe, pues parte de los beneficios van destinados a la investigación y a una fundación que creó hace años, Mi Pequeño Campeón, en la que trabajan con familias de niños con lesiones cerebrales que derivan en discapacidad, para apoyarlas y acompañarlas en todas las dificultades que pueden surgirles.

—Sabes que nunca me la pierdo —le confirmo, pues es mi manera de aportar mi granito de arena.

—Nos vemos entonces dentro de unos meses.

—Sí, nos vemos —me despido antes de colgar.

«Por supuesto que este fin de semana va a traer cambios consigo», asumo, levantándome para dirigirme hacia la ventana, desde donde contemplo el ir y venir de los transeúntes, solo que, en realidad, no lo estoy viendo.

«Sé que soy buena, pero no sirve de nada que yo lo sepa si no lo sabe quien debe saberlo. Si el mundo no te ve, no existes, y a mí no me están viendo, al menos, no como necesito.»

«Ahora ya me ha visto —me animo, rodeando mi cuerpo con ambos brazos—; incluso le he regalado un boceto. Lo que venga a continuación ya dependerá de él o de lo que el destino me tenga reservado», medito, llenando mis pulmones con una fuerte inspiración.

* * *

Llego a Madrid al caer la tarde y, mientras el taxi cruza la ciudad, una imagen cruza mi mente; la suya. «No he sabido nada de él desde que me dejó en la puerta de mi casa —me entristezco, mordiéndome la cara interna de una mejilla—. Ha desaparecido de mi vida, como si nunca hubiera formado parte de ella. Puede que esté esperando a que yo dé el paso, solo que no voy a hacerlo, a pesar de que no me lo quito de la cabeza y de que este fin de semana, con todo lo que ha traído consigo, no ha sido comparable con lo que viví el sábado a su lado, y a pesar, también, de que lo que siento por él, en ocasiones, resuena con más fuerza en mi interior que mis propias palabras.»

«Todo se complicaría demasiado —concluyo, sintiendo un peso extraño asentarse en el centro de mi pecho o de mi corazón—, y, ahora que estoy tan cerca de alcanzar mi propósito, no es el momento de empezar nada, y menos con él. Mejor si se mantiene alejado de mí. Mejor si no me llama. Mejor si no vuelvo a verlo», sentencio, inspirando profundamente, pues, durante un breve instante, mis bronquios se han cerrado o puede que hayan sido mis pulmones o quizá ese peso que siento en el pecho, pero, sea lo que sea, ha conseguido contraer mi interior.

* * *

Paso los siguientes meses llenando mis días y mi mente de trabajo, acompañando a mi hermana al ginecólogo cada vez que tiene una revisión, cenando algún viernes con ella y comiendo los sábados en casa de mis padres, y, aunque no quiero pensar en él, hay momentos en los que flaqueo, como la noche del 31 de diciembre en casa de mi amiga Silvia, cuando veo a mis amigas con sus maridos y sus hijos y la vida personal tan plena que tienen, «y no es que piense en él porque me sienta sola, porque no va por ahí el asunto, sino porque, de una forma difícil de explicar, lo echo de menos y me encantaría saber de él», reconozco mientras sostengo en brazos a Adriana, su hija, tan resuelta y decidida a pesar de lo pequeña que es. «La que le espera a mi amiga cuando este bichito crezca», me río mentalmente, divertida, haciendo mis cavilaciones a un lado.

Capítulo 16

«Estamos a 12 de enero y esta noche tendrá lugar la fiesta benéfica que todos los años organiza D'Elkann y sigo sin tener noticias de él —me aflijo, dejando de ver mi aspecto en el espejo de la entrada para irme con mis reflexiones a donde quieran llevarme—. Ha cumplido su promesa, ¡vaya si lo ha hecho!», me lamento, pues, por mucho que me diga a mí misma que es lo mejor, en realidad, estoy mintiéndome, solo que soy tan necia y orgullosa que me niego en redondo a dar el paso...—, y debería darlo, debería vivir mi presente, olvidarme de Toledano, de esa llamada que ni siquiera sé si llegará a producirse algún día y aprender a vivir mi vida como venga, sin tantas expectativas, sin tantos planes y sin tantos prejuicios —me reprendo, regresando a mi presente, en el que él no está—. Y ahora es cuando debo decirme que es lo mejor, pero estoy cansada de autoengañarme —reconozco, deslizando la mirada por el reflejo que me devuelve el espejo, demorándome en el vestido confeccionado en tejido *glitter* de color verde empolvado, con cuello barco, manga corta y ceñido en la cintura con un cinturón rígido dorado—. Debería dejarme de tanta hostia y vivir lo que tengo frente a mí... y de verdad que lo haría, si supiera cómo», admito, volviéndome hacia el telefonillo de la entrada cuando suena.

Mi taxi. Ese taxi que me llevará a esa fiesta en la que no me sentiré fuera de lugar. Ese taxi que me llevará a compartir un buen rato con gente afín a mis gustos, como en la fiesta de Londres. Ese taxi que me moverá por mi mundo, de mi casa a mi entorno laboral, sin sacarme de él. Y estaría bien cambiar de mundo. Estaría bien saber hacerlo. Y estaría mejor saber moverme por ambos. Sí, estaría muy bien saber ser agua para poder adaptarme a las situaciones y poder encajar en ellas, poder sentirme a gusto en todos los mundos y tener la capacidad de saltar de uno a otro sin despeinarme, tal y como hace él.

* * *

Accedo a la sala acristalada, donde, como todos los años, se llevará a cabo la cena, saludando por el camino a toda la gente que voy encontrando a mi paso: compañeros de trabajo, periodistas, editores de revistas de moda, actores, *celebrities* y modelos... y es que, aunque esta cena no la ha organizado Elton John, tampoco tiene mucho que envidiarle a la otra. «Bueno, dudo mucho que encuentre por aquí a Sidney Toledano», apuntillo, guardando la sonrisa para mí y acercándome a mis chicas.

—Buenas noches, qué guapas estáis todas.

—Tú sí que estás guapa, jefa, que hasta con un saco se girarían para mirarte —me dice Crescencia, provocándome una carcajada.

—Anda, qué exagerada eres. Oye, ¿y Luna? —le pregunto a Greta, buscándola con la mirada, pues Greta y ella son como uña y carne y no la veo por aquí—. Y no me digas que está en Formentera, porque ayer la vi en la empresa —le indico, pues es la excusa que utiliza todos los años para no asistir a esta fiesta.

—A ver, que lo de Formentera es cierto, solo que este año habéis retrasado este fiestón y ya está de vuelta, pero es muy sosa cuando se lo propone, qué quieres que te diga —me cuenta, dedicándole una sonrisa al empleado de Compras al que sermoneé, y observo sus labios rojos, sus largas pestañas y el mono negro y ceñido que lleva—. Por mucho que le hable de esta fiesta, no hay manera —prosigue, sin mirarme, guiñándole un ojo al chico en cuestión y suscitando mi sonrisa, pues, sinceramente, admiro esa capacidad para flirtear y hablar al mismo tiempo.

Va pidiendo guerra, como yo aquel sábado, solo que estoy segura de que ella no se habrá vuelto medio loca frente a ningún espejo, sino que, más bien, le habrá lanzado un par de besos a su reflejo.

—Pues ella se lo pierde —le respondo, cogiendo una copa de vino blanco cuando el camarero pasa por nuestro lado.

—Eso, chiquilla, tú que puedes, ve a por todas; yo mejor me voy a por el jamón, que ya no estoy para ir guiñándole el ojo a nadie —le dice Orencia, y tuerzo el gesto al ver llegar a Maurice. Maldita suerte la mía.

—Eso es un hombre y lo demás son tonterías —oigo que suelta Crescencia, y la miro sin poder creerlo.

—No hablas en serio, ¿verdad? —inquiero con disgusto.

—¡Y tan en serio! Si no fuera porque estoy casada con mi Antonio, este ni con alas se me escapaba —me contesta con aplomo, y la miro enarcando una ceja, porque se extinguiría la especie humana antes de que yo me acostara con él. Seguro que en mitad del acto me regatearía gemidos y, por favor, me entran náuseas de tan solo imaginarlo.

—María Eugenia —me saluda el aludido cuando llega hasta donde estamos nosotras.

—Maurice —le devuelvo el saludo entre dientes—. Vaya, qué poco has estado de viaje —añado, obligándome a esbozar una sonrisa, y qué distintas son las sonrisas cuando son sinceras de cuando son forzadas.

—¿Enterramos el hacha de guerra, aunque sea por esta noche? —me pide, sosteniéndome la mirada.

—Continúas trabajando en la empresa, ¿no? —le planteo, alzando el mentón.

—No querrás que te prive de mi compañía... —replica con insolencia, esbozando una sonrisa que, en su caso, sí que es de verdad.

—Pues, entonces, olvídate —sentencio, arrancándole una carcajada.

—Como quieras, pero creo que estamos en la misma mesa —me responde, divertido.

—Maldita suerte la mía. —Y es que no puedo con él.

—Mujer, pero no seas así —me suelta Crescencia, y me

vuelvo hacia ella para fulminarla con la mirada—. ¿Otra copita de vino, jefa? —me pregunta, sonriendo, haciéndose con otra copa a pesar de que tengo la mía llena.

—Madre mía, ¡qué bueno que está ese! —capto que exclama Greta, solo que, para Greta, están todos buenos—. No me va a dar la vida esta noche, entre el jefazo supremo y este, voy a babear más que un caracol —añade por lo bajo, provocando las risas de Crescencia y Orencia, ¡por favor!

—Si nos lleváramos bien, todo sería más fácil —se dirige a mí Maurice, dedicándome otra sonrisa, y, ¡venga ya!, ¿está ligando conmigo el idiota este?

—Prueba a no tocarme tanto las narices; así, igual, con mucha suerte, lo consigues —le propongo, llevándome la copa a los labios, para luego darme la vuelta y largarme lo más lejos que pueda de él.

—Tienes a tu futuro marido haciendo las delicias de todas las mujeres de la sala —me cuenta con guasa Pilar, cogiéndome del brazo suavemente, y la miro sin entender nada.

—¿Perdona? —le pregunto, sin comprender a qué se refiere, y, cuando hace un gesto con la cabeza y miro hacia donde me indica, estoy a punto de caerme de espaldas—. ¿Qué hostias hace aquí? —le formulo, sin poder quitarle la mirada de encima, muy segura de que él es el tío bueno del que hablaba Greta.

«La leche, está imponente con ese traje; de hecho, está más que imponente. Dios mío de mi vida lo que hacen un traje a medida y una pajarita.»

—¿Cómo que qué hace aquí? A esta cena, mientras se abone el cubierto, puede venir quien quiera. De verdad, María Eugenia, qué fuerza de voluntad tienes, hija, porque está para hacerlo padre una vez tras otra.

—No digas tonterías —la reprendo, colocándome de espaldas para que no pueda verme, y bebiéndome el contenido de mi copa de un trago—. Voy a saludar a Elkann —le digo con menos firmeza de la que me gustaría, soltándome de su agarre para ir hacia mi jefe. «¡Oh, my Dior! No puedo reaccionar así, tan exageradamente», me riño, pero es que está aquí y yo llevo más de dos malditos meses en bucle y me tiemblan hasta las piernas, hostia—. Bienvenido —lo saludo cuando llego hasta donde se encuentra, barriendo mis pensamientos para darle un abrazo, que corresponde, «pero es que está aquí», insisto, machacona, «aquí, en esta fiesta».

—Muchas gracias. Estás preciosa, María Eugenia —me halaga, y me obligo a centrarme de una vez—. Te presento a Stacy, una amiga —prosigue, y detengo la mirada en la mujer alta y rubia que se halla a su lado... «y que va a durarle lo mismo que todas, un cambio de camisa», me guaseo, dándole un par de besos a la susodicha.

—Encantada.

—Permíteme un par de minutos —le pide a la tal Stacy y, cuando aferra con suavidad mi brazo para alejarme del resto de los presentes, sé lo que quiere.

—No se ha puesto en contacto conmigo.

—Vaya, qué transparente soy —me dice, esbozando una sonrisa.

—¿Crees que la fastidié? —Y me viene bien hablar de esto para no centrarme en lo otro.

—Eres demasiado lista como para hacerlo, y él también lo es como para no ver lo evidente. Mantenme informado, ¿quieres? —me solicita en voz baja mientras detengo la mirada en su ceño fruncido, que permanece perenne en su rostro, añadiéndole atractivo—. ¿Has hablado con Maurice? —me pregunta, cambiando de tema.

—Me ha pedido que enterremos el hacha de guerra —admito, rindiéndome y buscando un camarero para hacerme con una copa de vino... y aprovechando para buscarlo a él. Maldita sea, está riéndose con una chica de Contabilidad.

—Toma —oigo a Elkann, y me vuelvo para verlo con una copa de vino blanco, lista para mí.

—Gracias —respondo, pegándole un largo trago con el que tragar mis celos; porque, sí, estoy celosa.

—Oye, ¿estás bien?

—No estoy dispuesta a enterrar la maldita hacha de guerra, ¿está claro? —expreso con seriedad y, sí, estoy cabreada, y esta vez no precisamente por el odioso Maurice. ¿A eso ha venido? ¿A ponerme celosa?

—Clarísimo —suelta Maurice a mi espalda y, ¡Oh, my Dior!, estoy por irme sin ni siquiera haber cenado.

—Mira, ya estamos todos —comento, disgustada, provocando las carcajadas de Elkann.

—Creo que voy a pedirte un aumento de sueldo —se dirige Maurice, con guasa, a nuestro jefe y, hostias, solo me faltaba oír esto.

—Hazme un favor y despídelo; no puedo con él, de verdad —le pido teatralmente a Elkann, solo que estoy hablando muy en serio, por mucha gracia que les haga a ambos.

Me alejo de ellos tanto como puedo, solo que, al hacerlo, me acerco a él... «y, ¡maldita sea!, menuda nochecita me espera», farfullo mentalmente con disgusto, pillando un canapé.

—María Eugenia. —Él, y mi corazón golpeando mi pecho con fuerza, en plan bestia.

—Vaya, qué sorpresa, y yo pensando que ibas a dejarme en paz —respondo con altanería, volviéndome para mirarlo y encontrándome con su increíble mirada azul.

«Es irresistible —constato, zambulléndome en ella—. Y me gustaría saber por qué estoy empleando este tono, cuando lo he echado tanto de menos —me reprendo, flotando en ella—. Puede que sea justo por eso, o porque no me ha llamado pelirroja o porque necesito protegerme de todo esto que despierta en mí y que tanto me asusta. Quizá sea porque mi orgullo y mis prejuicios siguen ahí, tocándome las narices, tanto o más que el detestable Maurice... o puede que sea por todo en general», me planteo, observando cómo esboza una media sonrisa cargada de peligro que despierta cientos de anhelos en la yema de mis dedos y que remueve todo esto que anida en mi interior; esto, que tiene la capacidad de bloquear mis bronquios y contraer mi pecho; esto que sentía pesado en mi corazón; esto llamado comúnmente *sentimientos* y con los que yo no sé manejarme, al menos, no con él.

—Solo he venido a saludarte, no te creas lo que no es —me aclara con dureza y, maldita sea, soy idiota.

—Perfecto. Me doy por saludada. Pásalo bien —replico antes de darme la vuelta para largarme de aquí, metiéndome el dichoso canapé en la boca, y no precisamente porque tenga hambre, sino porque no sé qué hostias hacer con él, como tampoco sé qué hacer con todo esto que siento presionando mi pecho.

«Y cuando son todos los que te hacen algo, posiblemente deberías considerar si eres tú la que tiene el problema con todos», me riño, saliendo como una exhalación de la sala para dirigirme al baño y estar un momento a solas. No puedo con Maurice. No puedo con Elkann cuando les resta importancia a temas que para mí sí que la tienen y no puedo con él o, más bien, con lo que me hace sentir. «Qué mal ha empezado la noche y yo tengo mi parte de responsabilidad en todo esto», asumo, sentándome en uno de los bancos que hay en el tocador.

«Hasta el baño es bonito —pienso, llenando mis pulmones de aire—, y me ha llamado María Eugenia en lugar de pelirroja o ricura, y me estoy comportando como una diseñadora endiosada y también como una idiota», admito levantándome, más que dispuesta a enmendarlo.

«Primero él —priorizo, sintiendo el orgullo bullir en mi garganta mientras lo busco con la mirada por el salón y, cuando lo localizo charlando, de nuevo, con esa chica de Contabilidad, siento cómo los celos llegan para enredarse con él hasta abrasármela—. Tranquila», me ordeno, sin saber qué deseo realmente.

—¿Me permites? —le pregunto a la chica en cuestión, utilizando el mismo tono que empleo cuando trabajo y, sí, es cierto que podría haber empleado otro, pero no me apetece.

—Ahora te busco —le dice, dedicándole una sonrisa desdeñosa, y vacío discretamente mis pulmones, deseando que este cóctel termine cuanto antes para que no pueda cumplir lo que ha dicho—. ¿Qué quieres? —me suelta con sequedad, una vez estamos a solas, guardando las manos en los bolsillos de sus pantalones.

—Oye, siento lo de antes, ¿vale? El caso es que no esperaba verte por aquí —reconozco, evitando su mirada, tragándome esa mezcla de orgullo y celos que tenía enredada en la garganta.

—¿Eso es todo? —me plantea, bajando el tono de su voz y... «no, no es todo, solo que no quiero decírtelo», pienso, volviéndome para quedarme enganchada al azul de su mirada, ese azul que es cambiante y que tiene la capacidad de atraparme e incluso de engullirme si no me sujeto a algo que lo impida.

—¿Por qué has venido? —Y, como cada vez que estoy con él, siento cómo el mundo, mi mundo, enmudece y desaparece.

—¿Qué pasa, pelirroja? ¿Estás haciendo una encuesta a todos los invitados o solo has venido a preguntármelo a mí? —se mofa, con esa sonrisa altanera que tan bien conozco, y, maldita sea, está guapísimo y yo... yo lo echo de menos, hostia. Echo de menos compartir confidencias con él. Echo de menos acercarme más de lo recomendable a su cuerpo para hablar. Y echo de menos esa fuerza controlada con la que aferraba mi mano o mi piel y que dejó de ser controlada para ser la que necesitaba cuando permití que sucediera lo que ambos estábamos deseando... Sí, maldita sea. Lo echo de menos.

—¿Vuelvo a ser pelirroja? —replico, enarcando una ceja y, al final, será verdad eso de que soy una piedra enorme o que soy idiota; puede que sea ambas cosas.

—¿Echabas de menos serlo? —me formula, enarcando la suya, y detecto la burla colarse a través de sus palabras.

—Ya quisieras.

—Si estabas intentando disculparte, acepto tus disculpas. Diviértete —me dice, dándose la vuelta para largarse, dejándome con un palmo de narices, y carraspeo antes de girar sobre mis tacones para irme yo también.

—¿Todo bien? —me pregunta Maurice cuando me siento a su lado y, no, ni de lejos.

—Perfecto —le miento, obligándome a sonreír y a enterrar la maldita hacha de guerra, aunque sea solo por esta noche.

«Y menuda noche», me lamento, escuchando una de sus batallitas mientras bebo el vino que quedaba en mi copa de un trago, y me sirvo más; hoy es cuando me emborracho, porque casi mejor ahogarme en alcohol que seguir oyéndolo hablar.

—¿Ves como no es tan difícil? —me plantea Elkann en voz baja, y lo miro todo lo mal que puedo. «El año que viene no vengo», me prometo a mí misma.

—Déjame en paz, menuda nochecita llevo —le confieso con disgusto, porque es la verdad; estoy hasta la triple costura de todo y todavía nos falta el postre, el discursito de Manuel y los bailecitos—. Estoy por empezar a beber a morro de la botella, a ver si así cojo una buena cogorza y dejo de oírlo —contesto, disgustada, y, aunque se cuida mucho de no reírse, sé que está deseando hacerlo—. Vete a la mierda —le dedico cuando tose para no soltar una risotada.

«En realidad, lo que más me molesta es que está sentado con la tía esa de Contabilidad —reconozco, sonriendo, cuando todos ríen por un comentario de Maurice, que hoy está con el gracioso subido... y creo que nunca había fingido tanto, porque, sinceramente, quien me vea debe de pensar que estoy pasándolo en grande, cuando, francamente, estoy deseando largarme, eso o ponerme unos tapones.

—¿Te apetece bailar? —me propone, tras el discurso de mi jefe, subido ya del todo. Vamos, que este debe de creer que finalmente seremos amigos, cuando las hachas están más en alto que nunca.

—Ve tú, ya iré luego —le miento, y ojalá sea cierto eso de que miento fatal, para que lo pille de una vez y me deje en paz.

—Venga, mujer, no te hagas de rogar —interviene Manuel, «y ya está bien, no puedo más», me digo, cogiendo mi copa y mi *clutch* para cambiar de mesa.

—Ahora vuelvo —suelto con aplomo, dirigiéndome a la mesa de mis chicos.

—¿Qué tal, jefa? ¿No te animas a bailar? —me pregunta Mauro cuando me siento en la silla que ocupaba Greta.

—¿Está Maurice en la pista de baile? —le formulo, provocando su carcajada—. Chico listo —añado, guiñándole un ojo y encontrándome con una mirada azul que tiene la capacidad de contraer mi vientre y de despertar el deseo entre mis piernas.

—¡Venga, María Eugenia, vamos a mover el esqueleto! —me instiga Orencia, y solo me faltaba eso.

—Si me tienes un mínimo de aprecio, no insistas —le pido, obligándome a no mirarlo.

—Déjala, que lleva toda la noche soportando a Maurice —se alía conmigo Carolina, y por fin doy con alguien con un poco de sentido común, que me entiende.

—¿Tan malo ha sido? —inquiere Mauro, llenando mi copa.

—Por mucho que te contara, no te harías una idea —afirmo, bebiéndome el *champagne* de un trago.

—Pues viene hacia aquí —me avisa Carolina, divertida, y me vuelvo para verlo llegar hacia mí.

Pero ¿este hombre no pilla las indirectas?

—¿Podéis matarme, por favor? O, mejor, matadlo a él y ahorradme este suplicio —mascullo, provocando las carcajadas generalizadas, y no sé por qué hostias a todo el mundo le hace gracia esta situación.

—No acepto un no por respuesta —oigo que me dedica, y pongo los ojos en blanco. Necesito veinte botellas de *champagne* para mí sola.

—Lo siento, amigo, pero vas a tener que esperar. —Él, y yo sintiéndome como Baby cuando Johnny va a buscarla... «y posiblemente él estaba en la guardería cuando estrenaron *Dirty dancing* y mis amigas me obligaron a ver esa película», pienso a gran velocidad, sintiendo cómo aferra mi mano con fuerza para llevarme a la pista de baile.

¡Y cómo echaba de menos sentir su mano atrapando la mía!

—Te debo una bien grande, pero paso de bailar —le digo una vez que llegamos a la pista, viendo de reojo a Crescencia junto a Greta darlo todo cerca de nosotros.

—Ni lo sueñes, pelirroja —replica, agarrando mi cintura para pegarme a él, y dejo de resistirme para permitir que fluya lo que tenga que fluir mientras suena *Como si fueras a morir mañana*, de Leiva, «pero lo que tiene que fluir me excita demasiado», admito, sintiendo la fuerza con la que está apresando mi piel y cómo la necesidad de tocarlo crece en la yema de mis dedos—. Joder —susurra cerca de mi oreja, arrimándome más a él, «y no podemos bailar tan juntos», me digo, notando su respiración tan acelerada como lo está la mía.

«Aléjate —me ordeno, aunque sin hacerme caso, percibiendo la fragancia de su colonia colarse en mi interior y la necesidad por enterrar mis manos en su pelo o rodear su cuello llegar para nublar mi cabeza—. No, no puedo hacer eso aquí, no puedo pegarme tanto a él, no estando Pilar presente, mis jefes, mi equipo y tantísima gente que me conoce. Maldita sea, como siga así, voy a ser la comidilla de todos», me riño.

—Suficiente —musito, posando una mano en su pecho para separarlo de mí mientras su mirada atrapa momentáneamente la mía.

«Maldita noche llevo», gimoteo mentalmente, separándome de él, obligándome a no buscarlo con la mirada mientras voy despidiéndome de unos y de otros y regalando sonrisas por doquier a la vez que voy inventando excusas que justifiquen mi marcha tan temprana. Inspiro profundamente en cuanto dejo la música, al odioso Maurice y a él dentro de la sala... «y no estoy huyendo, al menos no como hice ese sábado —me digo, poniéndome el abrigo—, simplemente temo no poder controlarme y acabar como esa noche frente a toda esta gente con la que debo lidiar a diario y ante la que tengo una reputación que mantener».

—Vamos, yo te llevo —me llega su voz, y me vuelvo para verlo rebasarme con decisión.

—No hace falta, voy a pedir un taxi —rechazo su propuesta, solo que, en lugar de detener mis pasos, lo sigo hasta llegar al parking, viendo mi respiración dibujar nubes en la noche.

—Toma —me indica, haciendo caso omiso a lo que le he dicho, sacando del maletín ese casco que, de una forma difícil de explicar, ya siento mío.

—¿Y quién te ha dicho que voy a subir en tu moto? —le pregunto sin cogerlo, quedándome enganchada al azul de su mirada.

«Y ahora es cuando tengo la oportunidad de saltar a su mundo —pienso de repente—. Ahora es cuando puedo vivir lo que tengo frente a mí. Ahora es cuando puedo soltar las expectativas y hacer a un lado mis prejuicios. Es justo ahora», me reafirmo, bajando la mirada hasta ese casco que sigue delante de mí.

—Pelirroja. —Es una clara advertencia.

—¿Qué? —inquiero, alzando la voz, porque temo hacerlo, temo dar ese salto, adentrarme en su mundo y luego no poder salir de él.

—Joder —masculla, soltando los cascos para, sin darme tiempo a reaccionar, acercarse a mí y estrellar sus labios contra los míos.

Y qué fácil es saltar de un mundo al otro cuando te muestran cómo hacerlo. Qué fácil es adentrarte en él cuando estás deseando descubrirlo. Y qué fácil es dejar de cuestionarlo todo cuando tu cabeza y tu corazón se llenan de lo mismo... de él.

«Por Dios —atino a pensar, enredando mi lengua con la suya, llevando mis manos a su pelo para atrapar sus mechones con mis dedos y pegarlo más a mí—. Más cerca, necesito sentirlo más cerca —constato, percibiendo la fuerza con la que me apresa—. Más, más», le exijo con mis labios, sintiendo que me falta el aire mientras una de sus manos se cuela por debajo de mi falda y sube por mis piernas, arrancándome un gemido que resuena en el silencio de la noche y no... no puedo hacer esto aquí, a la vista de todos.

—Espera, no podemos... —musito, con la respiración entrecortada, percibiendo su dureza rozar mi centro, y tengo que hacer acopio de toda mi fuerza de voluntad para no frotar mi sexo contra el suyo—. Aquí no —le aclaro, descansando mi frente en la suya, muy segura de que, si lo hiciera, seríamos incapaces de parar.

—Ponte el casco —me ordena entre dientes, alejándose de mí, y, esta vez, me afano en obedecer.

«Y, sí, echaba de menos esto —reconozco, subiendo a la moto y rodeando su cintura con ímpetu—. Echaba de menos sentir su respiración en la yema de mis dedos y en la palma de mis manos, pero, sobre todo, echaba de menos esta sensación de estar en casa que me embarga cada vez que estoy con él —admito, notando la vibración de su moto expandirse en mi cuerpo—. Voy a permitir que suceda lo que tenga que suceder —asumo, percibiendo lo rápido que conduce—. Voy a vivir mi ahora, poniendo mi cabeza y mi corazón en él, porque, lo que tenga que suceder, lo que esté destinado para mí, sucederá de todas formas», me digo, apretándome más a él y recibiendo, como respuesta inmediata, un incremento de la velocidad.

Bajo de la moto en cuanto la aparca cerca de mi casa y, si quedaba alguna duda dentro de mí, debe de haberse quedado a mitad del trayecto, incapaz de igualar nuestra velocidad, porque si hay algo que en este instante tengo claro es que quiero estar con él, quiero descubrir su mundo y mostrarle el mío, y ya no me importa que tenga veintisiete años ni todo ese discurso que, hasta hace nada, pesaba tanto en mi cabeza.

—Dime que estás segura —me exige, sin bajar de la moto, cuando se quita el casco, y, durante unos instantes, me planteo si tendrá alguna especie de poder extrasensorial que le permita leerme la mente.

—Estoy segura.

Y nunca he dicho algo tan de verdad.

«Cómo cambian las cosas cuando dejas de cuestionarte —pienso, siendo yo la que aferra su mano esta vez cuando baja del vehículo—. Cómo cambian las cosas cuando permites que sea tu corazón el que hable por ti —discurro, echando a andar hacia mi casa, percibiendo la fuerza con la que mantenemos unidas nuestras manos—. Y cómo cambian las cosas cuando permites que fluya», concluyo, soltando un suspiro cuando, mientras abro la puerta del edificio, se coloca tras de mí para hundir su cabeza en mi cuello y darme un beso que contrae mi vientre con garra.

«Voy a acostarme con él —asumo, echando la cabeza hacia atrás, sintiendo el recorrido de sus labios por mi piel—, y no veo el momento de hacerlo», reconozco, percibiendo su erección en mi trasero, y, sin poder frenarme más, echo hacia atrás mis nalgas para frotarme contra ella.

—Para o te follaré aquí —me advierte entre dientes, colando su mano por debajo de mi falda, llevándola con rapidez al centro de mis piernas, que late de anticipación, y arrancándome un gemido largo y profundo cuando pasea sus dedos, por primera vez, por mi sexo—. Joder, abre de una puta vez —me exige con voz rasposa, y me afano en hacerlo.

Sin apenas separarnos, llegamos hasta el ascensor y, una vez que accedemos a él, creo que ambos perdemos la cabeza, porque ya no puedo despegarme de su boca y necesito tocarlo. Necesito liberarlo de esta pajarita y de esta camisa que impide a mi piel tocar la suya. Necesito sus labios y encontrar su lengua. «Necesito, sí. Necesito esto —acepto, respirando entre gemidos cuando me alza y me pega contra la pared del elevador, haciendo que rodee su cintura con mis piernas—. Sí, sí, necesito esto —me reafirmo, frotándome contra su enormidad cuando impulsa sus caderas hacia delante—. Más. Más —reclamo mentalmente, gimiendo con pasión cuando sus dedos se enredan en mi pelo para tirar de él—. Sí, quiero esto. Quiero esta fuerza. Quiero que tire de mi pelo, que me muerda y que me folle muy fuerte —me digo, reconociendo mi necesidad en su forma de tocarme y besarme.

—Joder, pelirroja —masculla, bajándome cuando las puertas se abren y cogiendo mi mano para llevarme con rapidez hasta mi casa—. Dame las llaves —me ordena, «y casi mejor si abre él», me digo mientras se las ofrezco, mordiéndome con impaciencia el labio inferior.

«Qué equivocada estaba si pensaba que sabía lo que era el deseo —me asombro cuando accedemos al interior de mi piso y sus manos se adueñan de mi cuerpo para librarme del vestido—. Qué equivocada estaba si pensaba que sabía lo que era la necesidad —asumo cuando la suya y la mía se encuentran—. Y qué equivocada estaba en tantas cosas», convengo, liberándolo de su chaqueta y de esa pajarita que, como su camisa, me molestan... y diría algo si encontrara las palabras, solo que se han esfumado y, además, para qué perder el tiempo hablando cuando solo quiero besarlo, así que me dejo arrastrar hasta mi habitación, perdiendo el sujetador por el camino.

«Creo que él tampoco encuentra las palabras», pienso, viendo la admiración y el deseo más abrumador invadir su mirada cuando mis manos llegan al botón de su pantalón. Me percato de que me tiemblan, pero no por el miedo, sino por este deseo caliente y oscuro que siento bullendo dentro de mí, un deseo que nunca había sentido por nadie y que hierve más cuando alza una de sus manos para atrapar mi pecho, terso y lleno.

—Hazme un favor y dime qué verbo quieres empezar a conjugar primero —me pide con voz ronca, pegando su frente a la mía y tirando de mi pezón, llevando ese placer directo al centro de mis piernas.

—Tienes vía libre para conjugar el que quieras primero —contesto, desabrochando el botón finalmente, bajando su cremallera y dejando caer el pantalón al suelo y, ¡por Dios!, «nunca había estado con un hombre así», me regodeo, deslizando mi mirada descarada por sus abdominales, perfectamente definidos, por esa uve perfecta y por esa enormidad que espera ser liberada de sus *slips*.

—¿Puedo hacer lo que quiera, entonces? —me pregunta con voz caliente y rasposa, engulléndome en el agujero negro de sus deseos.

—Sí —musito con voz entrecortada, llevando mis dedos al borde elástico de sus calzoncillos, hundiéndolos en él, cerrando los ojos y echando la cabeza hacia atrás, soltando un gemido cuando sus dedos tiran de nuevo de mi pezón y mi mano acaricia su miembro.

—Vas a gemir mucho, pelirroja —me advierte, adelantando el paso que retrocedo yo. Cuando siento el borde de la cama rozar la piel de mis piernas, me empuja para que caiga sobre esta—, y yo voy a gemir contigo, ricura —me asegura con voz rasgada, poniéndose sobre mí, solo que soy yo la que gime alto y fuerte cuando atrapa mi pezón con sus labios y luego con sus dientes.

—Sí —atino a balbucir, abriendo las piernas para encajarlo entre ellas, llevando mis dedos a su pelo para tirar de él y exigiendo una fuerza que nunca había necesitado y que recibo en mi piel cuando muerde de nuevo mi pezón, provocándome un gemido largo y profundo que alargo cuando alzo las caderas y mi sexo se encuentra con el suyo.

—Para —gruñe, bajando por mi pecho hasta llegar a mi vientre, donde se detiene—. Dame un minuto para que pueda saborear esto —me pide, alzado su mirada, atestada de deseo, para atraparme con ella—. Solo un puto minuto para que pueda vivirlo como quiero —prosigue, incorporándose para liberarme de las medias, y gimo, levantando las caderas, cuando me da un lametazo en mi sexo por encima del encaje de mis braguitas brasileñas.

—No puedo —gimoteo, moviéndome, necesitando que me libere también de ellas y poder sentir su lengua en mi sexo.

—Joder, tenerte así es lo mejor del mundo —susurra con voz ronca, paseando su dedo por mis pliegues cubiertos de tela y humedad, y alzo de nuevo las caderas, sin poder pensar, solo dejándome llevar por este océano de sensaciones que está provocándome con sus dedos, su voz y su mirada, porque nunca nadie me había mirado así ni me había hecho sentir tan deseada.

Gimo cuando sus dedos se cuelan por debajo del encaje, y gimo más alto y fuerte cuando arrastran mi humedad en su paseo, para gemir más aún cuando me libera finalmente de la prenda, y creo que jamás había deseado tanto sentir unos labios sobre los míos.

—Sí, sí, sí, síííííí, síííí —casi grito, abriendo todo lo que puedo las piernas cuando hunde su cabeza en mi sexo.

«Gracias, gracias, gracias —repito mentalmente como un mantra, arqueándome y llevando mis manos a su pelo para pegarlo más a mi centro—. Ojalá esto no acabe nunca», pienso, echando la cabeza hacia atrás y moviendo las caderas contra su boca, que está chupándome como si la vida o el maldito oxígeno estuvieran entre mis piernas.

—No vas a correrte todavía —oigo su voz llegar hasta mi embotado cerebro, sorprendiéndome cuando me da la vuelta, dejándome a cuatro patas sobre la cama.

Siento cómo me tiemblan las piernas y los brazos cuando se sitúa de rodillas tras de mí, y cómo mi sexo late de deseo cuando recoge mi melena con su mano. Cuando tira de mi pelo y me da una palmada en el centro del clítoris, chillo, completamente asombrada, mientras el placer más oscuro me recorre de la cabeza a los pies.

—Otra vez —le ordeno, deseando volver a experimentar ese placer oscuro donde el dolor no duele, sino que lo hace más fiero, más desatado, más voraz—, otra vez —jadeo, sintiendo mi centro completamente empapado, y, cuando recibo otra palmada, en pleno clítoris, acompañada por el tirón de pelo que echa mi cabeza hacia atrás, gimo tan alto como puedo, y vuelvo a gemir cuando recibo otra—. Más, no quiero que pares, sigue —le exijo con voz entrecortada, sintiendo mi clítoris palpitar de placer.

—Tú mandas, pelirroja —murmura, paseando sus dedos por mis labios mojados, calmándolos antes de obedecerme.

Y grito completamente descontrolada cuando hace lo que le estoy pidiendo sin darme tregua, y nunca el dolor había sido tan placentero y adictivo, porque quiero más, más, mááááss... hasta que caigo desplomada sobre la cama cuando el mejor orgasmo de toda mi vida me llena por completo.

—Esto no ha acabado todavía —me asegura, dándome la vuelta para estrellar sus labios en mi sexo, empapado e hinchado.

«Diosssss, Diossss —exclamo sin voz, enardecida, abriendo de nuevo las piernas tanto como puedo—, voy a correrme otra vez —pienso, aferrando la colcha entre mis dedos, tirando de ella y alzando las caderas para que me coma entera, gritando cuando el orgasmo llega de nuevo—. Vaya, acabo de correrme dos veces seguidas», disfruto con admiración, con la sensación de que el aire no llega a mis pulmones, un aire que se esfuma del todo cuando se desprende de sus *slips* y su miembro, duro, terso y enorme, aparece frente a mí.

—Tienes que ponerte un condón —musito, sin poder alejar mi mirada de su cuerpo.

Y es cierto que el tiempo es relativo, porque, a pesar de su celeridad, nunca había corrido más despacio.

—Pelirroja —murmura, reptando por mi cuerpo, rozando mis labios con los suyos, y gimo de tan solo imaginar lo que viene ahora.

—Ciro —susurro, alzando las caderas, invitándolo a acceder a mi interior... y, cuando lo hace, cuando la punta de su sexo roza la entrada del mío, entramos en una espiral de locura de la que no podemos salir, en la que nos mordemos y besamos, en la que gemimos y gritamos, en la que rodamos por la cama, en la que recibo sus embestidas exigiéndole más y en la que mis caderas siguen el ritmo de las suyas; una espiral de locura que nos engulle, cegándonos por el camino, y que nos lleva al orgasmo más extremo.

«He gritado como nunca en mi vida —reconozco, llevándome las manos a la cabeza cuando esa espiral abandona mi cuerpo, evitando sus labios cuando los busca—. Hostia, puede que no sea la comidilla de la empresa, pero voy a ser la comidilla del edificio entero —me recrimino, sintiendo el calor del bochorno llegar cuando veo un arañazo en su hombro y es evidente que se lo he hecho yo—. Dios, debe de pensar que estoy chalada», me fustigo, haciéndolo a un lado para dirigirme al baño, roja hasta las orejas porque he gritado como si se me fuera la cabeza, lo he mordido, le he clavado las uñas y lo he arañado, ¡qué horror!

—Tienes un baño en la entrada —le digo, dirigiéndome al mío, viendo la sombra de la vergüenza seguir mis pasos.

Una vergüenza que entra conmigo en la ducha para incendiar mi rostro de nuevo al rememorar cómo he llegado al primer orgasmo. «Dios, solo me ha faltado pedirle que me azotara el culo —me flagelo, cubriendo mi rostro con las manos—. Debe de estar alucinando, maldita sea —me machaco, recordando cada momento, cada detalle, y experimentando un tremendo sofoco con cada uno de ellos—, porque yo no soy así, al menos, que yo sepa, porque nunca había mordido a nadie, ni le había clavado las uñas, y mucho menos había dejado marcas en su piel. Le he pegado la cabeza a mi sexo —me recuerdo, sintiendo la piel de mis mejillas arder—, he gritado como si estuviera loca, y ahora tengo que verlo otra vez», me lamento, muerta de vergüenza.

Capítulo 17

«Te estás comportando como una cría —me riño, saliendo de la ducha para secar mi cuerpo con una mullida toalla—. Sí, has gritado como una posesa, pero él también lo ha hecho», me animo, encaminando mis pasos hacia mi habitación.

Me percato, frunciendo el ceño, de que no están ni sus pantalones ni sus *slips*, y me abruma el silencio en el que se halla sumida la casa. «¿Se habrá ido?», me pregunto, saliendo en su busca y encontrándolo en el salón, completamente vestido, a excepción de la chaqueta y la pajarita, que ha dejado en el respaldo de una silla, junto a mi ropa.

«Vaya, ha tenido el detalle de recogerla», me digo, dirigiendo la mirada hacia él, que está de espaldas a mí, con la vista perdida en la ventana.

—¿Te marchas? —inquiero, atrapando su atención con mi pregunta.

«Quiero que se quede —reconozco, viendo a mi chico de anuncio en el hombre que está dándose la vuelta para mirarme—. Es más que eso —asumo, permitiendo que atrape mi mirada con la suya—. Es más que un chico de anuncio y que un hombre irresistible. Es más, y ya está. Y jamás podré volver a llamarlo crío insolente a medio hacer después de lo que ha sucedido en mi dormitorio.»

—¿Quieres que lo haga? —me plantea con sequedad, y lo miro sin entender a qué viene ese tono.

—¿Sucede algo? —indago, completamente perdida.

—Tú dirás —masculla, cabreado, acercándose a mí—, porque creo que he sido bastante claro cuando te he preguntado si estabas segura.

—Estaba segura... estoy segura —me afano en aclararle.

—¿Y a qué ha venido eso de antes? —me formula, con la dureza instalada en su mirada y en su voz.

«Maldita sea, le ha molestado que me llevara las manos a la cabeza y me zafara de su beso», deduzco, mordiéndome el labio inferior.

—Me parece que no me lees tan bien como crees —replico en voz baja, perdiéndome en el azul de sus ojos, que ahora es tan profundo como un océano insondable.

—¿Qué quieres decir? —Y, aunque no quiero hacerlo, mi mirada vuela hacia su hombro, cubierto en este momento por la tela de la camisa, donde mis uñas han dejado una marca larga y profunda—. No me jodas, pelirroja —adivina, divertido, y siento cómo la vergüenza llega para incendiar mis mejillas—. ¿Has salido despavorida porque me has arañado?

«Ojalá fuera solo por el arañazo», me fustigo con rapidez, sintiendo mis mejillas arder como si el fuego más virulento se hubiera instalado en la cara interna de mi piel.

—No he salido despavorida —me defiendo, y creo que nunca he pasado más bochorno tras un orgasmo... «bueno, tres, en realidad», rectifico, frunciendo el ceño cuando su carcajada, sexy y profunda, explosiona en su garganta.

—Joder que no —me rebate cuando consigue dejar de reírse, y lo miro, cruzándome de brazos.

—Eres idiota —suelto, solo que lo hago sonriendo.

—Es verdad, soy idiota, pero soy el idiota que se muere por ti y que está deseando que vuelvas a arañarme —declara con voz ronca, acercándose más a mí, y niego con la cabeza.

—Te he mordido —añado, y podría callarme y hacer como si no hubiera sucedido, que sería lo mejor.

—¿Te recuerdo yo todo lo que te he hecho? —me pregunta, esta vez con seriedad.

—No me has hecho daño —me apresuro a aclararle.

—Y tú, a mí, tampoco —me aclara esta vez él a mí—. Oye,

¿qué pasa?, ¿que nunca habías mordido a tus maduritos interesantes o les habías clavado las uñas? —se burla, vacilón, arrancándome otra sonrisa; una que, a diferencia de las muchas que he esbozado durante la cena, sí que es de verdad.

—Digamos que, con mis maduritos interesantes, era más contenida.

—Pues vaya mierda de sexo habrás tenido. Suerte que un crío insolente a medio hacer se ha cruzado en tu camino, ¿no te parece? —replica con toda su chulería.

—No te pases, a ver si te crees que es la primera vez que lo paso bien en la cama —le contesto, intentando borrar la sonrisa de mi rostro, sin llegar a conseguirlo.

—Entonces... ¿lo has pasado bien? —inquiere, acercando sus labios a mis labios, y cierro los ojos, sintiendo su aliento fundirse con el mío.

—No ha estado mal... —musito, alzando ambas manos para llevarlas a su cuello y pegarlo más a mí, sintiendo la necesidad de tocarlo llegar para dominarme por completo.

—No, no ha estado nada mal —sentencia, mordiendo ligeramente mi labio inferior, acelerando mi respiración, y quién iba a decirme a mí, hace apenas unos meses, cuando lo conocí, que iba a terminar así, completamente rendida a él y, con ese pensamiento, un recuerdo fugaz cruza mi mente...

* * *

—Me parece que vamos a empezar a jugar, no al juego que deseo, pero sí al previo.

—¿De qué juego previo hablas?

—El de derrotar a la reina para que caiga en mis brazos.

* * *

—Y ahora que ya has ganado el previo y la reina ha caído en tus brazos, ¿vamos a empezar a jugar? —le pregunto, buscando su mirada con la mía.

—Sí, pero no al juego que tenía en mente, sino a otro más complicado, en el que solo te llevo una ligera ventaja —me confiesa con voz ronca, cogiéndome en brazos y encaminando sus pasos de nuevo hacia mi habitación.

—¿Y puedo saber en qué consiste? —inquiero, y no sé si he vuelto a sonreír o es que no he dejado de hacerlo.

Cuando me deposita, esta vez con cuidado, sobre la cama, dejo de sonreír para mirarlo con seriedad.

—Vas a tener que adivinarlo tú sola —me reta con voz grave, liberándome de la toalla para dejar de nuevo mi cuerpo desnudo frente a él.

—Eso es jugar en desigualdad de condiciones, porque no sé cuáles deben ser mis movimientos para ganarte —le rebato, incorporándome hasta quedar de rodillas, «y estoy mojada de tan solo tenerlo frente a mí y de imaginar todo lo que vamos a hacer de nuevo», pienso, llevando mis manos a su camisa para sacársela de la cinturilla de los pantalones y empezar a desabrochársela.

—Mejor para mí. Con lo que te gusta complicarlo todo, cuanto menos sepas, mejor —afirma, esbozando una sonrisa desdeñosa que contrasta con la intensidad que desprende su mirada, y, otra vez, pienso en el universo infinito, que se oculta tras el día y que solo puedes ver cuando los rayos del sol desaparecen o cuando tú los haces desaparecer; cuando decides ver más allá, cuando te atreves a hacerlo.

—Creo que, ahora, lo tienes bastante fácil —susurro, acercando mis labios a su cuello para besarlo y mi cuerpo al suyo para sentirlo, y, durante un breve instante, me sorprendo de lo sencillo que es estar con él, pedirle lo que quiero, aunque luego me muera de vergüenza, y en lo cómoda que me hace sentir a su lado, como si estuviera en casa, solo que «casa» no es un lugar concreto ni un grupo de personas, casa es él, es esa comodidad que llega cuando estoy a su lado y es esa sensación de «sentirme bien» que aparece cuando lo siento cerca, reconozco, alzando la mirada y quedándome enganchada a la suya, en la que domina el azul de la llama, el azul de la combustión completa y azul del deseo más ardiente—. Y, ahora, me toca a mí —añado, acariciando esa uve perfecta que termina dentro de sus pantalones, para, seguidamente y con premura, librarlo de ellos.

«Y si antes lo he mordido, ahora deseo todo lo contrario», admito, quitándole los *slips* para luego tumbarlo sobre la cama, dejando su cuerpo perfecto listo para mis labios, unos que inician su recorrido en los suyos, demorándose en ellos, familiarizándome con ellos y arrancándole un gemido que se cuela en mi interior para humedecer más mi sexo mientras sus manos se convierten en exploradoras de mi cuerpo.

«Respirar entre gemidos, descubrir la piel del otro, su sabor y su textura, querer más, desear más...», medito mientras mis labios llegan a sus abdominales, solo que ansío llegar a otro lugar, uno que acelera más mi respiración y humedece más mi sexo, por lo que bajo por su cuerpo hasta llegar a donde deseo.

—Pelirroja —farfulla con voz entrecortada, pero yo no puedo hablar ante lo que tengo enfrente, algo que es solo para mí, algo capaz de hacerme gemir sin que me haya tocado o de hinchar mi clítoris sin que lo haya rozado.

Con una avaricia que me sorprende, me lo llevo a la boca, para meterme toda su enormidad en ella y, por Dios, suelto un gemido cuando impulsa ligeramente sus caderas hacia delante. «No quiero que se contenga ni que se frene», ruego, empezando a masturbarlo con mis labios, llevándolo, con ellos, a esa locura que también es casa. Gimo con él cuando impulsa sus caderas con fuerza y anclo mis manos a sus caderas para aferrarme a ellas, empleándome a fondo con mis labios y excitándome con sus gemidos. Qué tonta he sido antes al avergonzarme cuando, en la cama, esto es lo que debe ser, pues la contención o el frío son lo único que no debería estar permitido, lo único que debería abochornarnos, y no el calor del fuego o los gemidos que se cuelan bajo tu piel.

—Para —me pide, cogiéndome por la cabeza para alejarme de su sexo—, para, joder —sisea cuando me resisto a hacerlo, porque, si yo me he corrido en su boca, él también va a hacerlo; es más, necesito que lo haga, necesito que se deje ir, por lo que alzo mis manos para sujetar las suyas y que me deje hacer. Cuando un gemido largo y ronco escapa de su garganta e impulsa de nuevo sus caderas hacia delante, gimo con él sin alejar mi boca de su miembro—. Joder —oigo que dice, cogiendo mi cabeza otra vez para moverla como desea, y creo que, con ese gesto, perdemos el juicio los dos, o incluso puede que yo más, porque nunca había necesitado tanto que alguien llegara al orgasmo y, cuando llega al clímax, cuando explosiona en mi garganta, trago con rapidez.

—Esto no ha acabado todavía —repito sus palabras de antes, separándome de su cuerpo para ir en busca de un preservativo; abro el paquetito y subo de nuevo a la cama para ponérselo, esbozando una sonrisa lasciva cuando otra, igual de lasciva, cruza su rostro.

—Eres la puta hostia —sentencia con admiración mientras se lo coloco, acariciando su miembro mientras lo hago.

—Y eso que no has visto nada... aún —replico con fanfarronería, provocándole una carcajada que enmudece cuando me siento a horcajadas sobre él y llevo su largo a la entrada de mi abertura.

Estoy empapada, pues noto con qué facilidad se adentra en mi interior. «Dios», gimo, echando la cabeza hacia atrás cuando lo siento completamente encajado. «Y si antes necesitaba darle placer, ahora solo necesito encontrar el mío —asumo, moviendo las caderas, yendo en su busca—. Necesito liberarme de esta necesidad que palpita entre mis piernas. Necesito más. Necesito... esto —me reafirmo entre gemidos cuando empieza a moverse conmigo. Cuando lleva uno de sus dedos a mi hinchado clítoris para masajearlo, gimo mucho más, y grito cuando impulsa con fuerza sus caderas hacia arriba para adquirir esa profundidad que le estoy reclamando sin necesidad de emplear las palabras, y es increíble cómo nos entendemos en la cama... Me muevo con él, grito con él, gimo con él y llego al orgasmo más fulminante de mi vida.

—Tú sí que no has visto nada —me asegura entre dientes, moviéndose y moviéndome para dejarme esta vez debajo de su cuerpo, para embestirme con vigor, como si le fuera la vida en ello, y reactivándome de nuevo.

Alzo las caderas para salir al encuentro de las suyas, correspondo a su beso cuando sus labios llegan para encontrarse con los míos y gimo en su boca cuando, con una profunda estocada, se hunde aún más en mí, llevándose consigo cualquier pensamiento racional que pudiera quedar en mi mente, convirtiendo mi cuerpo en un amasijo de sensaciones, en un amasijo de emociones y, entre gemidos, siento cómo una parte de mí se rinde a él; «esa parte que se resistía a todo esto, que ponía impedimentos y que ahora se arrepiente del tiempo perdido», admito, abriendo los ojos para toparme con los suyos, atestados de todos los azules posibles.

—Y ahora es cuando detendría el mundo si pudiera —declara, ralentizando, hasta casi detener, el ritmo de sus acometidas, y, aunque pudiera desengancharme de su mirada, no lo haría.

—Ya lo has hecho —musito, sintiendo cómo enlaza sus dedos con los míos, sin permitir que me suelte de su mirada.

«Y qué grandes pueden ser los pequeños gestos y qué puertas tan enormes pueden abrir», pienso, entreabriendo los labios para recibir los suyos en un beso lento y cargado de sentimiento, pues las palabras llegan hasta donde llegan, y luego viene lo otro; viene esto... viene detener un mundo entero con un gesto y una mirada; viene el silencio cargado de palabras de un beso; viene el conectar de verdad, piel con piel; vienen los movimientos lentos, que frenan la necesidad y alargan lo que no quieres que termine; vienen los suspiros y el enlazar miradas que no se ocultan tras máscaras de ningún tipo y que muestran lo que eres y lo que sientes realmente.

—Pelirroja —susurra con voz ronca, rozando mi oreja con sus labios, y sé que está tan abrumado como lo estoy yo, porque esto no tiene nada que ver con el sexo que estábamos manteniendo. Puede que haya sido su deseo de detener el mundo lo que ha hecho que lo haya conseguido, pero, no, esto no tiene nada que ver con lo otro, «ni se le parece», sentencio, rodeando su cintura con mis piernas.

—Shhhh —murmuro, buscando sus labios, para decirle, con los míos, lo que no sé verbalizar con palabas, porque, para esto que estamos sintiendo, no las tengo.

Poco a poco y sin desenlazar nuestros dedos ni nuestras miradas, comenzamos a movernos de nuevo, a reactivar la rotación de nuestro mundo, a echar mano de esa necesidad que, durante unos minutos, habíamos dejado aparcada, solo que eso que hemos sentido, tan enorme, tan gigantesco, ya no nos abandona, sino que deja su marca en nuestro interior, como el poso del café que termina dejando la suya en la taza o como el eco de su rugido o de mi grito cuando llegamos al orgasmo, ese sonido que tampoco voy a olvidar, porque es el sonido del placer más absoluto que, de nuevo, nos deja sin palabras, mientras percibo los latidos acelerados de su corazón cerca del mío cuando cae desplomado sobre mi pecho.

«Ojalá supiera qué decir ahora —me lamento, llevando mi mano a su pelo para acariciarlo, percibiendo la suavidad de sus mechones en la yema de mis dedos—, y me temo que no soy la única que no sabe qué decir», deduzco, esbozando una tímida sonrisa cuando levanta ligeramente la cabeza y mi mirada se estrella con el azul increíble de la suya.

—Oye, no deberías sonreírme así —me suelta con voz ronca, todavía encajado dentro de mí, y enarco una ceja, sin poder dejar de hacerlo.

—¿Por qué? ¿Qué pasa, que has perdido la cuenta de nuevo? —le pregunto, mordiéndome ligeramente el labio inferior.

—No... bueno, en realidad, sí —reconoce, y adivino la sonrisa escondida en la comisura de sus labios; una sonrisa que, junto a sus palabras, provoca mi risa, que enmudece cuando lleva sus dedos a mi pelo para acariciarlo y su mirada se llena de esa misma intensidad que ha aparecido antes, cuando ha detenido nuestro mundo con su deseo—. Esta vez no vamos a ir cada uno a un baño. Levanta —me pide, saliendo de mi interior para luego ponerse en pie y aferrar mi mano para que lo haga yo también. Y sonrío sin remedio.

«Creo que es la primera vez, en toda mi vida, que sonrío tanto y tan seguido —reconozco, sin poder dejar de hacerlo—, y qué distinto es estar con él a estar con otros», asumo, siguiéndolo hasta el baño, y no es porque sea más joven, o más joven que yo, sino porque es él y porque no tiene nada que ver con el resto de los hombres con los que he estado.

—¿Sabes que es la primera vez que voy a ducharme con alguien? —le confieso, entrando en la ducha, donde él ya me espera, sintiendo que la incomodidad entra conmigo.

—¿En serio? —inquiere, ajustando el chorro del agua para que no se me moje el pelo, que he sujetado en un moño alto.

—No es tu caso, ¿verdad? —lanzo, esbozando una tímida sonrisa, y creo que ya es la segunda vez que sonrío así.

—¿Cómo lo sabes? —me pregunta con esa sonrisa desdeñosa y vacilona que va tanto con él.

—Por esto que has hecho —le señalo, haciendo un ligero movimiento con la cabeza para indicárselo, y no sé por qué me siento vergonzosa ahora, como demasiado expuesta, ¡menuda tontería después de todo lo que hemos hecho juntos!

—Que vaya con cuidado para que no se te moje el pelo no significa que sea algo que haga cada vez que estoy con una tía. Simplemente me he dado cuenta de que antes ya te has duchado y no te lo has mojado, y no quiero que puedas tener ninguna excusa para no ducharte de nuevo conmigo. Oye, ya te he dicho antes que no me sonrías así —me pide con seriedad.

—Así, ¿cómo?

—Como estás haciendo ahora —me remarca con voz ronca, adelantando un paso para pegarse a mi cuerpo y hundir su cabeza en mi cuello, rodeando mi cintura con sus brazos, y, sin cuestionar mis actos, llevo una de mis manos a su pelo, para hundir mis dedos en él mientras que, con la otra, rodeo su cintura.

Estamos abrazados en la ducha y qué curioso que yo, con lo arisca y poco cariñosa que soy, esté haciendo esto; es más, que necesite hacerlo.

—¿Quieres quedarte a dormir? —le planteo, sintiendo su respiración pausada en mi piel y la suavidad de su pelo en mis dedos.

—¿Quieres que me quede? —me formula, moviendo ligeramente la cabeza para encontrar mi mirada.

—Sí. —Y ha sido un sí completamente sincero que no ha llegado tras cientos de dudas, sino con la facilidad con la que subes los pies descalzos al sofá de casa, y es que, a su lado, es así; es sencillo, es normal y, sobre todo, es cómodo.

Tan sencillo, tan normal y cómodo como ducharnos juntos, como embadurnar mi cara con jabón desmaquillante ante su mirada divertida y permitir que luego sea él quien, entre risas, moje mi rostro para retirarlo. Tan sencillo, normal y cómodo como secarnos entre besos, como que me ayude a quitarme las lentillas, sobre todo la del ojo izquierdo, o terminar de nuevo en la cama, con las piernas enredadas, con mi cabeza sobre su pecho y con mis dedos acariciando su piel. Y es que hay personas con las que te sientes «como en casa», cómoda y a gusto, y Ciro es ese tipo de personas.

—Estabas muy guapa esta noche —me halaga en voz baja, provocando una sonrisa que no puedo frenar.

—Tú también. Te sienta muy bien eso de ir vestido de persona adulta —me meto con él, percibiendo, casi en el acto, la vibración de su pecho cuando suelta una carcajada.

—Y tú de eso entiendes mucho, ¿verdad, pelirroja? —replica, y alzo la cara para encontrarme con el brillo atrayente de su mirada y, no sé por qué, imagino un cielo azul oscuro, casi negro, plagado de estrellas.

—Más que tú; de hecho, si no recuerdo mal, me dijiste que, si jugaba un ratito contigo, me dejarías vestirte e incluso elegir tu ropa.

—El problema, pelirroja, es que no hemos jugado suficiente —me responde, vacilón, consiguiendo que sonría más, y suerte que no está contando mis sonrisas, porque llevo un buen puñado de ellas.

—Ya... —musito, mordiéndome el labio inferior—... o sea, que vamos a tener que jugar más —prosigo, ensanchando mi sonrisa.

—Mucho más —me asegura, pasando su pulgar por mi labio inferior, contrayendo suavemente mi vientre.

—¿Y puedo saber durante cuánto tiempo? —le planteo, obligándome a no sonreír tanto, y no es que me importe precisamente la respuesta, pero me gusta este tonteo que estamos teniendo y que nos va a llevar de cabeza a seguir conjugando verbos.

—Hasta que te gane la partida... y puede que ni entonces —me asegura, sosteniéndome la mirada y sorprendiéndome con su contestación.

—Y yo pensando que estábamos hablando de sexo —le recrimino, torciendo el gesto, y, de una forma difícil de explicar, siento cómo esa frase que ha pronunciado se asienta en mi interior, como si fuera una luz de neón que brilla de repente para advertirte de algo o como hace el miedo que aparece para mostrarte un peligro.

—Qué mente más sucia tienes —me replica, insolente, provocando mi carcajada, solo que es una carcajada que no explosiona con fuerza en mi garganta, posiblemente porque esa advertencia sigue ahí, brillando y resonando con fuerza.

—¿Tú no? —le formulo, esta vez con seriedad, posando la palma de mi mano en su pecho para apoyar luego la barbilla en ella mientras siento la suave caricia de sus dedos deslizarse por mi espalda y, aunque quiero hacerla a un lado, olvidarme de ella y centrarme en las sensaciones que está provocándome, no puedo, y ojalá la cosa hubiera quedado solo en sexo.

—Más que tú —me confirma con esa voz rasposa y atrayente que, junto a su sonrisa desdeñosa, forma parte de su sello de identidad.

—¿Y qué sucederá si gano yo? —le pregunto finalmente, bajando el tono de mi voz hasta dejarlo en un susurro.

—Sinceramente, espero que no lo hagas.

—Ya, pero imagina que lo hago. ¿Qué sucederá?

—Que no volverás a verme —sentencia y, esta vez, no tengo que esforzarme para no sonreír.

—En ese caso, no sé si quiero seguir jugando —le confieso, reclinando otra vez la cabeza sobre su pecho y sintiendo cómo el mío se contrae ante esa posibilidad, y es curioso que me sienta así cuando solo llevamos unas horas juntos.

—¿Por qué?

—Porque quiero seguir viéndote —reconozco, y noto cómo hunde sus dedos en mi pelo, atrapándolo con ellos.

—Yo también quiero seguir viéndote, pelirroja —me confiesa, llenando luego sus pulmones con una fuerte inspiración.

—Por eso has venido a la cena, ¿verdad? —me aventuro a saber, moviéndome, para reptar por su cuerpo y apoyar mi cabeza en la almohada, quedando de lado, y estamos tan pegados que nuestras frentes están casi tocándose.

—Estaba hasta los huevos de esperar a que dieras el paso.

«Estaba en lo cierto cuando intuí que, si empezábamos algún tipo de relación, no sería algo pasajero, porque ni siquiera él es como yo creía que era, es mucho más, y esto irá a más y en esto consiste el juego —adivino de repente—, en que yo acepte o no, y podría decirle que acabo de descubrir a qué estamos jugando o podría guardar silencio y fingir que sigo sin enterarme de nada...»

De pronto, aparece una imagen en mi mente...

«¡Quinientos a que no! ¡¡¡No pienso casarme con él!!!», exclamé entonces.

«En unos años la tengo anillada», soltó, vacilón.

Rememoro esa situación y me doy cuenta de que por supuesto que me lleva ventaja, porque yo no quería nada con él y, en apenas unos meses, ha conseguido colarse en mi vida y en mi cama y que quiera seguir viéndolo, «solo que hay un abismo enorme entre estar con alguien y querer casarse, y, justo por eso, no volveré a verlo, porque lo dejaremos cuando lleguemos a esa casilla», concluyo, sintiendo cómo mis bronquios y mi pecho se contraen con fuerza hasta llevarse mi respiración consigo.

«¡Por Dios!, ¿quién piensa en casarse con veintisiete años? —me altero, agobiada, necesitando quitarle realismo a esa teoría—, porque seguro que no va de eso el juego y es otra cosa relacionada con sexo, con salir de fiesta o vete tú a saber qué», me digo, sintiendo cómo mi pecho y mis bronquios recuperan su estado original ante esta nueva teoría que rebate la otra.

—Ricura... —me llama, trayéndome de vuelta al presente con su voz, y lleno mis pulmones de aire con una honda inspiración. «Por supuesto que no es eso», me repito como si necesitara oírlo varias veces para poder creerlo... y, ¿de qué estábamos hablando? «¡Ah, sí! De la cena y de que yo diera el paso», recuerdo de repente.

—No iba a darlo —le confieso finalmente, alzando la mirada, que había ido descendiendo hasta su pecho sin ni siquiera ser consciente de ello.

—¿Por qué?

—Porque yo también puedo ser un poco idiota —afirmo, intentando sonreír sin llegar a lograrlo.

—Llevabas toda la noche sonriéndole así a un tío —me cuenta, alzando su mano para retirar un mechón de mi pelo que había caído sobre mi mejilla.

—Es imbécil —le aseguro, rotunda, y no necesito que me especifique de qué tío habla.

—Pues ese imbécil está deseando acostarse contigo —me indica, convencido.

—Pues te garantizo que yo no; antes me tiro por un puente. —«Y, visto lo visto, debería dejar de hablar de puentes», me aconsejo a mí misma.

—A veces me gustaría no leerte tan bien —comenta con seriedad, sin permitir que me suelte de su mirada y sorprendiéndome de nuevo.

—¿Por qué dices eso?

—Contéstame una pregunta: si nunca es tan malo, ¿por qué no querías dar el paso? —reconduce la conversación al tema de antes, y qué habilidad tiene para hacerlo y para llevarme por donde quiere.

—Es complicado.

—Si dices que es complicado, lo será; prueba a decir que es sencillo —me pide, esbozando una sonrisa, y qué tonta y qué equivocada he estado al pensar que era un crío insolente a medio hacer—. Venga, dilo.

—Es sencillo —suelto a pesar de no creerlo.

—Y cuando te lo creas de verdad, será la hostia de fácil —me asegura, y esta vez sí que sonrío de verdad.

—Eres muy joven para mí —constato con fastidio, borrando la sonrisa de mi rostro y moviéndome hasta quedar acostada de espalda, con la vista fija en el techo, y es cierto que las palabras llegan hasta donde llegan, pero hay palabras y frases que pueden llegar muy lejos, incluso más que los hechos.

—Eso es una tontería y lo sabes —me rebate con gravedad y, sí, sé que cualquiera podría pensar como él, pero yo no, y, de nuevo, mis prejuicios están hablando por mí.

—No, no lo es, y puede que eso me lleve a ganar la partida —le rebato esta vez yo, volviendo ligeramente mi rostro para mirarlo.

—Si ganas la partida será porque quieres ganarla, no por mi edad; eso solo será tu excusa —asevera, rotundo—. Ven aquí —me pide, cogiéndome suavemente para que apoye la cabeza en su pecho—. ¿Sabes por qué solo te llevo una ligera ventaja?

—¿Por qué? —le pregunto, rodeando su cuerpo con mi brazo, y me siento tan cómoda, tan relajada y tan bien a su lado que, solo por eso, debería empezar a creer que es sencillo.

—Porque le das importancia a cosas que no la tienen, y puedes avanzar cinco casillas de golpe con esos discursos a los que les das tanto peso —me asegura, convencido, y, sinceramente, tiene razón.

—Tú y yo vemos las cosas de forma distinta —insisto con cabezonería, tan machacona como solo yo puedo llegar a ser.

—Pues no estaría mal que empezáramos a verlas de la misma forma; la edad, por ejemplo, es un número sin importancia.

—Tengo casi cuarenta años.

—Qué catástrofe, no sé cómo puedes levantarte todas las mañanas sabiendo que rozas la cuarentena.

—¿Te estás burlando? —inquiero, divertida, alzando mi rostro para mirarlo.

—Por supuesto. Tu carrera... —prosigue, sorprendiéndome.

—¿Qué pasa con mi carrera? —lo interrumpo, frunciendo el ceño.

—Que no debería interponerse en tu vida, sino discurrir de manera paralela a ella.

—No se interpone.

—Lo que tú digas —me replica, condescendiente, y ojalá no me leyera tan bien—. La vida es mucho más, y tú te centras en las cosas pequeñas y, al hacerlo, dejas de ver las grandes, las que realmente importan. —Y, con sus palabras, recuerdo mi teoría del sol—. Hagamos un trato.

—No —niego, rotunda, provocando su carcajada.

—Tú dejas de ver los impedimentos y...

—Te he dicho que no voy a hacer ningún trato contigo —insisto, detectando la diversión instalada en su mirada.

—¿Quieres dejarme terminar? —me pide sin dejar de sonreír, «y es irresistible», pienso, deteniendo mi mirada en su rostro, admirándolo y dibujándolo en mi mente, como si de un perfecto boceto se tratara.

—Te garantizo que vas a perder el tiempo, porque no voy a aceptar.

—Tú dejas de ver los impedimentos y yo, a cambio, prometo hacerlo fácil. —Y lo que no le cuento es que ya lo hace fácil—. ¿Qué me dices?, ¿hay trato? —me pregunta, sin permitir que me suelte de su mirada.

—Siempre salgo perdiendo cuando hago tratos contigo, pero... sí, hay trato —musito, regalándole una sonrisa, «y, sí, posiblemente debería haber cumplido mi palabra y haberme negado en redondo, pero no lo he hecho y no quiero empezar a cuestionármelo», me animo, moviéndome para buscar sus labios, porque llevo demasiados minutos sin besarlo.

Y era un beso que no llevaba ninguna expectativa consigo, pero que, sorprendentemente, consigue apagar esa luz de neón que seguía brillando en mi interior. Un beso que me calma, que silencia mis prejuicios y que consigue acallar cualquier discurso que siga pesando más de lo debido. Un beso que me muestra que sí, que puede ser fácil cuando quieres que lo sea y que ensancha ese camino que he tomado cuando lo he invitado a subir a mi casa y, más tarde, a quedarse, porque los caminos y las cosas buenas están ahí, a la espera de que las veas, solo que, en ocasiones, necesitas apagar la luz o que los rayos del sol dejen de iluminar tus alrededores más cercanos para que la infinidad del cosmos aparezca frente a ti.

Capítulo 18

Despierto cuando noto los rayos del sol bailar sobre mi cara y, todavía con los ojos cerrados, percibo cómo una discreta sonrisa asoma a mis labios al revivir lo juntos que hemos dormido y al recordar cómo, incluso en sueños, ha alargado una mano para encontrar mi piel, o cómo su cuerpo ha buscado el mío o el mío el suyo. «Nunca había dormido así con nadie», reconozco, sintiendo cómo esa parte que ayer se rindió a él suspira, feliz, y es algo tan íntimo como el sexo, algo que te acerca a la otra persona y hace que, mientras duermes, la sientas junto a ti... «y ha sido tan sencillo, tan normal y natural como lo es estar a su lado», me digo, completamente relajada, volviéndome para encontrarme con él, solo que, en la cama, solo estoy yo, me percato, incorporándome.

Cubro mi cuerpo con un kimono corto para ir en su busca. «¡Vaya!, no está y, por supuesto, tampoco su ropa —constato cuando ya he recorrido toda la casa, incluido el cuarto de la colada. Se ha marchado sin dejarme ninguna nota, y experimento la decepción llegar para darme los buenos días al comprobar que tampoco tengo ningún mensaje suyo en el móvil—. Ya podría haberse despedido al menos», me quejo mentalmente, sintiendo cómo la decepción le tiende la mano al enfado, entrelazando sus dedos con ella. Cuando oigo el sonido de la puerta al cerrarse, encamino mis pasos, apresurados, hacia el salón para ver a mi chico de anuncio, porque parece justo eso, un chico de anuncio; con su pelo rubio revuelto, sus Ray-Ban cubriendo su increíble mirada azul, su media sonrisa cargada de peligro lista para ensancharse en su rostro y vestido con unos *jeans* y una cazadora de piel, que oculta lo que lleva debajo.

—Vaya, ya te has levantado —me suelta a modo de saludo, consiguiendo que despierte de esta especie de ensoñación en la que me había sumido cuando mi mirada se ha tropezado con su cuerpo, y, en silencio, observo cómo deja una bolsa de papel sobre la mesa para luego desprenderse de la cazadora y las gafas.

—¿Te habías ido? —«Por favor, necesito una cafetera entera para que me despeje de una vez, porque por supuesto que se había ido», me riño.

—Por mucho que te guste que vaya vestido de adulto, los trajes y las pajaritas no son lo mío —me contesta con insolencia, acercándose a mí, logrando que una sonrisa borre esa decepción y ese enfado que su ausencia habían provocado. «Está impresionante y es irresistible, se vista como se vista», reconozco, guardando para mí esa matización—, y tú te has despertado demasiado pronto y me has jodido la sorpresa —me recrimina con voz rasposa, rodeando mi cintura con sus brazos, pegándome a su cuerpo para besarme, pero me zafo de su beso, intentando escabullirme de sus brazos sin llegar a lograrlo.

—¿Me has hecho la cobra? —me pregunta, divertido, impidiendo mi huida, y siento cómo la fragancia de su colonia y de su jabón llegan para adentrarse en mi interior.

—Sí. ¡Déjame!, ¡no me beses! —le pido, soltando una carcajada cuando lo intenta de nuevo y, a pesar de que estoy intentando eludir sus brazos, todo queda en eso, en un mero intento.

—Lo siento, pelirroja, no creo que eso sea posible —replica, mordiendo suavemente mi cuello y, con ello, contrayendo mi vientre.

—Tú te has duchado y yo no me he lavado ni siquiera los dientes —me quejo, percibiendo la fuerza con la que me apresa—. Dame dos minutos —añado, alejando mi rostro del suyo, porque temo que me huela el aliento.

«Maldita sea, ya podría haberme despertado media hora antes», me reprendo, siendo muy consciente de que llevo el pelo enmarañado, que no me he lavado ni la cara, que me olerá el aliento seguro y que, además, me estoy meando.

—Está bien, pero quiero que, cuando salgas del baño, lo hagas con los ojos cerrados —me pide, y lo encaro para mirarlo, olvidándome del aliento y de todo lo que me impide besarlo ahora mismo—. No preguntes —me advierte, provocando mi sonrisa y despertando mi deseo, porque vamos a conjugar verbos, seguro, y creo que nunca me había gustado tanto hacerlo.

—Vale —musito, percibiendo cómo sus brazos pierden fuerza hasta liberarme de su agarre.

Mordiéndome el labio inferior, me dirijo al baño, donde, tras aliviar mis necesidades más básicas y darme la ducha más rápida del mundo, me afano en lavarme los dientes, y creo que jamás lo había hecho tan concienzudamente. «Debería maquillarme —pienso mientras me seco a toda prisa—; solo unos pocos polvos matizantes, colorete, rímel y brillo en los labios.»

—Pelirroja, no quiero tener que entrar a buscarte —oigo su voz vacilona al otro lado de la puerta, y sonrío ampliamente.

«Me ha visto recién levantada, ¿qué más da?», me digo, encaminando mis pasos hacia la puerta y cerrando los ojos para luego abrirla.

—Ya estoy —anuncio, y entonces su mano atrapa la mía para guiarme hasta la cama, y sonrío más.

—Colócate en el centro de la cama y siéntate, pero no los abras todavía —me indica. «Me está excitando», admito, afanándome en hacer lo que me ha pedido—. Dame un segundo —añade, y percibo sus pasos saliendo de la habitación para, casi al instante, oírlos de vuelta... y cómo se activan el resto de los sentidos cuando te falta la vista, porque, ¿huelo a café?—. Ya puedes mirar —me dice, y abro los ojos de golpe para encontrarme con un desayuno frente a mí: café, tostadas, zumo de naranja, chocolate, churros y...

—¿Un tulipán? —inquiero, sorprendida, cogiendo la flor que descansa sobre la bandeja, para olerla.

—Sí, un tulipán —responde con seriedad, sentado en el borde del colchón y, sin soltar la flor, me muevo para sentarme a horcajadas sobre él.

—Gracias, creo que es la primera vez que me traen el desayuno a la cama con una flor —murmuro, admirando el azul de sus ojos, esos en los que podría flotar como en una cala de aguas cálidas—. Eres un encanto —le regalo, enterrando los dedos en su pelo y sintiendo cómo lleva sus manos a mi trasero.

—Pues este encanto está deseando besarte de una vez. ¿Puedo hacerlo ya sin correr el riesgo de que te apartes? —me pregunta, esbozando una media sonrisa tan irresistible como lo es él.

—Prueba —susurro, solo que soy la que acerca mis labios a los suyos, la que tira de su pelo y la que se pega a él, la que emite un gemido cuando sus dedos atrapan mi cabello y la que se mueve sobre su enormidad—. Ciro... —Y me encanta su nombre y me encanta él.

—La idea era que te alimentaras primero y luego la de follar sin parar —me cuenta antes de morder suavemente mi labio inferior, y dudo mucho que podamos desayunar ahora.

—También era que no me despertara antes de que lo tuvieras todo preparado —musito, librándolo de la sudadera y de la camiseta que lleva debajo hasta dejar su piel lista para mí.

—A la mierda los planes —masculla, abriendo mi kimono para encontrarse con mi cuerpo desnudo—. Joder, pelirroja, estás buenísima —me piropea, tumbándome sobre la cama, y suelto una carcajada, porque hacía años que no me decían algo así.

—Tú también estás buenísimo —le digo entre risas mientras él retira la bandeja de la cama—. ¿Qué haces? —inquiero, sin poder dejar de sonreír, cuando lo veo con la taza de chocolate en la mano, «y por supuesto que es mi chico de anuncio», pienso al verlo solo con los *jeans* puestos y relamiéndome como me relamería con ese chocolate que él sujeta entre sus manos.

—¿Tú qué crees? —replica, esbozando una sonrisa cargada de peligro, subiendo a la cama y aprisionando mi cuerpo con sus piernas para luego derramar un poco de líquido espeso sobre uno de mis pechos, y suelto un gemido, que nace entre mis piernas, cuando lame el chocolate de uno de mis pezones—. Te voy a chupar entera —me advierte, cogiendo la taza para derramar un poco más de líquido en mi otro pecho, y jadeo, echando la cabeza hacia atrás, invitándolo a chupar lo que quiera—, y vas a gemir más que ayer —prosigue, fanfarrón, y siento cómo las palabras escapan de mi mente cuando un suspiro invade mi garganta.

Un suspiro que se convierte en un gemido cuando derrama el chocolate en mi sexo, y, ¡por Dios!, gimo todavía más cuando me da un lengüetazo para luego succionar mi clítoris, y abro más las piernas cuando percibo la calidez del chocolate entre ellas. «¡La Virgen!», atino a pensar, respirando entre gemidos mientras él lo toma de mis labios.

—Sí, sí... —murmuro, moviéndome en busca de ese orgasmo que está formándose, soltando un grito de sorpresa cuando me da la vuelta hasta dejarme de nuevo a cuatro patas. «Dios bendito, contrólate», me regaño, emitiendo un gemido largo de tan solo recordar lo que me hizo ayer—. No, espera... —le pido cuando alza mi trasero y adivino sus intenciones.

—Cállate —me ordena con voz rasposa, «y, no, no puede chuparme ahí», me digo, muriendo de nuevo de vergüenza cuando su lengua se desliza por ese lugar que ha estado prohibido para todos. No me lo puedo creer, y menos aún que me esté gustando.

«Voy a querer que la tierra me trague luego —asumo, sintiendo el recorrido de su lengua desde mi trasero hasta mi sexo, y gimo fuerte y descontrolada cuando sus dedos llegan a mi clítoris—. Nunca me había sentido así —asumo, alzándolo y mostrándole mis pliegues, tan libre y desinhibida ahora que la vergüenza ha salido por la puerta—. Quiero más —admito para mí, gritando de nuevo cuando su lengua llega de nuevo a ese lugar que nunca nadie había osado rozar...—, y ahora tengo su lengua en él y es la hostia», reconozco, estrujando las sábanas con ambas manos, gritando más cuando sus labios me llevan directamente al orgasmo más caliente que he experimentado nunca.

—No te muevas —me exige, y oigo el sonido del paquetito del preservativo al romperlo y el de sus *jeans* cuando caen al suelo.

—¡No! Por ahí no —chillo, tensándome cuando siento el recorrido de su dedo por mi ano.

—Hoy, no, pero, algún día, sí —me asegura, y relajo mi

cuerpo, sintiendo que se vuelve líquido cuando pasea su largo por mi sexo—. Joder, pelirroja, eres la hostia —oigo que farfulla, solo que yo solo puedo gemir—. Ven —añade, cogiéndome por la cintura para colocarme como desea, de rodillas frente al cabecero, y echo la cabeza hacia atrás para apoyarla en su hombro cuando siento su pecho pegado a mi espalda y su miembro en mi trasero—. Sujétate, ¿vale? —me pide con voz rasposa.

—Vale —musito, obedeciendo, llevando mis manos a la madera, y solo espero que la cama esté bastante separada de la pared, porque me parece que va a ser de todo menos dulce... y siento los latidos de mi corazón instalarse entre mis piernas ante ese pensamiento, pues me encanta este tipo de sexo que estoy descubriendo con él; fuerte, duro y primitivo.

Suelto un gemido que se entrelaza con el suyo cuando noto la punta de su miembro rozar mi entrada y, cuando se inserta con una fuerte estocada, gimo más, aferrando el cabecero con ambas manos.

—Sííí... sííí... —balbuceo sin sentido cuando empieza a moverse, vigoroso, seco e implacable, y lo dejo hacer, dejo que sea él quien marque el ritmo y el que maneje mi cuerpo como desee—. Más, más... no te pares —jadeo, descontrolada, percibiendo cómo mi cuerpo se convierte de nuevo en un amasijo de sensaciones, sintiéndolo instalado en mi piel, a él, a este hombre que sabe cómo y dónde tocarme para que enloquezca, y qué curioso que me parezca que está siendo dulce cuando está embistiéndome con ímpetu y cuando tengo una de sus manos en mi pecho, apretando mi pezón.

«Voy a correrme», pienso de repente, y no sé si mi pecho es el botón para salir disparada al orgasmo o lo son sus acometidas, puede que sea su rugido en mi oreja o la fuerza con la que está apresando mi cintura con su otra mano, pero no puedo frenarlo, y siento mi sexo completamente empapado facilitarle la entrada. «Ojalá pudiera frenarlo. Ojalá pudiera mantenerlo ahí, en ese punto en el que sientes que vas a explotar, en el que te falta el aire, en el que quieres más aun teniéndolo todo. En ese punto en el que solo puedes sentir; sentir con fuerza, sentir en mayúsculas, sentir y gritar, solo que no puedes mantenerlo ni retenerlo por mucho que lo desees y terminas cediendo y gritando con ganas cuando el orgasmo más asolador explota en tu interior... «y él ha estallado conmigo», me percato al oír su rugido junto a mi oreja cuando se deja ir dentro de mí.

—Me dejas sin palabras —me confiesa con voz entrecortada cuando me ceden las rodillas y me dejo caer sobre su cuerpo.

—Tú, a mí, también —reconozco, permitiendo que, de nuevo, me maneje como quiera, quedando acostada sobre su pecho, captando los latidos, todavía apresurados, de su corazón—, y no solo en la cama —añado, alzando la cabeza para observar su rostro; ese rostro aniñado a primera vista, pero en el que descubres las facciones de un hombre cuando lo estudias con detenimiento, «y es que, con él, nada es como parece a simple vista, porque yo pensaba que era un crío insolente, vacilón e incluso arrogante, y es todo lo contrario», admito, demorándome en su pelo rubio como un campo de trigo, en su tez bronceada, tan distinta a la mía, y en sus ojos azules, que atesoran la intensidad del cosmos y que ahora me miran con la seriedad instalada en ellos—. ¿Por qué me miras así?

—¿Cómo te estoy mirando? —musita, y, no, no es la seriedad la que domina su mirada, es la admiración, y siento cómo mi pecho se hincha ante ella.

—No sé —susurro, evitando decírselo, sonriéndole con timidez ante la fuerza que desprende.

—¿Sabes que puedo enamorarme de ti si continúas sonriéndome así?

—No te estoy sonriendo de ninguna forma —le rebato, sintiendo mi pecho hincharse más, porque, si las palabras llegan hasta donde llegan y luego vienen los hechos, cuando van juntos, de la mano, pueden alcanzar lugares inimaginables.

—Te equivocas, y no es la primera vez que lo haces, así que, si no quieres que me vuelva un pelmazo contigo, deja de sonreírme como estás haciendo ahora, porque eso de enamorarnos no entra dentro de nuestros planes, ¿verdad?

—Ya eres un pelmazo —replico sin dejar de sonreír, evitando contestarle.

—¿Tú crees? —me pregunta, divertido, enarcando una ceja.

—No me has dejado en paz desde que nos conocimos.

—Eso no es del todo cierto. Hacía más de dos meses que no me veías hasta ayer —matiza, hundiendo sus dedos en mi pelo, y siento cómo un suspiro imperceptible escapa de mis labios.

—Eso tampoco es del todo cierto, te he visto en mis recuerdos —le confieso, mordiéndome suavemente el labio inferior.

—Si me has encontrado en ellos, será por algo, ¿no crees?, y estás sonriéndome así, pelirroja, y no soy de piedra.

—Creo que ya no sé sonreír de otra manera —murmuro, encogiéndome de hombros.

—Pues, entonces, tenemos un problema, ricura —afirma, haciéndome a un lado para levantarse—. Vamos —me pide, aferrando mi mano para que lo haga yo también.

«Sí, es cierto, tenemos un problema», asumo, percibiendo la fuerza con la que la apresa.

Nos lavamos en silencio, un silencio que no incomoda a pesar de estar repleto de pensamientos, los suyos y los míos, y, aunque ninguno de los dos los verbalizamos, algo me indica que se asemejan demasiado y, sí, podríamos hablarlo, poner las cartas sobre la mesa y saber a qué nos enfrentamos, solo que no lo hacemos, posiblemente porque ya conocemos la respuesta.

—¿Desayunamos? —me propone, rompiendo su mutismo, y asiento con la cabeza, evitando sonreírle—. Pues venga, que me muero de hambre.

—Tú, al menos, has tomado chocolate —le recuerdo, siguiéndolo hasta mi habitación, echando de menos el contacto de su mano.

—Sin duda he tomado algo más que eso —me responde, vacilón, volviéndose para guiñarme un ojo.

Y, puestos a pedir cosas para no enamorarnos, yo podría pedirle que no empleara ese tono ronco y atrayente, que no me mirara de esa forma o que no me guiñara el ojo, porque yo también corro el riesgo de enamorarme de él y porque tampoco soy de piedra, por mucho que mi hermana se empeñe en afirmar lo contrario, solo que, en lugar de pedírselo, me limito a esbozar una sonrisa, y no he mentido cuando le he dicho que ya no sé sonreírle de otra manera, porque la timidez, cuando me habla o me mira así, siempre va a estar presente, por muy decidida y resuelta que sea.

Cuando niega con la cabeza, dirigiendo su mirada al frente, suelto todo el aire de golpe.

—Vamos a tener que calentarlo todo —comento, poniéndome unas braguitas para luego cubrir mi cuerpo de nuevo con el kimono, viendo cómo se enfunda primero sus *slips* y luego los *jeans*... y, puestos a seguir pidiendo cosas para no enamorarnos, estas podrían ser algunas de ellas: que esa mezcla de ternura y sexo que proyecta no me atrajera tanto, que mi cuerpo no estuviera esperando su respuesta como mis pulmones esperan el aire o que mi piel no anhelara el contacto con la suya todo el tiempo. «Puede que ya esté un poco enamorada de él», asumo, apretando los labios para evitar que ciertas palabras, que no deseo pronunciar, escapen antes de que sea capaz de frenarlas.

—Pues vamos a ello —responde con seriedad, cogiendo la bandeja, y, no, tampoco le he mentido cuando le he dicho que está buenísimo, porque menudos músculos y abdominales tiene.

—Eres un musculitos, ¿eh? —se me escapa, provocando su sonrisa, y posiblemente mi subconsciente ha sabido hallar la forma de dibujársela en el rostro—. ¿Eres de esos que se machaca en el gimnasio continuamente? —inquiero, necesitando meterme con él y aligerar un poco este ambiente que siento demasiado denso y cargado, posiblemente porque los pensamientos, cuando no son verbalizados ni permites que se alejen de tu mente, acaban convirtiéndose en el tercero en discordia.

—¿Algo en contra de eso? —me plantea mientras se encamina a la cocina, utilizando ese tono de voz ronco que debería estar prohibido, sobre todo cuando va vestido únicamente con unos *jeans*.

—¿Sabes que nunca me han gustado los musculitos? —le cuento, siguiéndolo, esperando su respuesta con una sonrisa a punto en mi cara.

—Joder, pelirroja, pues lo disimulas de coña —me rebate, divertido, arrancándome una carcajada.

—Puede que ahora sí, pero nunca me habían gustado —rectifico, cogiendo el café para calentarlo una vez que estamos en la cocina.

—Entonces, te gusto —remarca, vacilón, apoyando sus antebrazos en la barra y enarcando una ceja, y lo miro apoyándome en el otro extremo, enarcando yo también una.

—No me refería a eso —le miento, y ahí está de nuevo su sonrisa, su perfecta sonrisa, porque ¡qué dientes más blancos y alineados tiene!

—Mientes fatal, joder —se burla, provocando esta vez la mía, o puede que siguiera ahí, presente en mi rostro, solo que no me había dado cuenta.

—Piensa lo que quieras —replico, incorporándome para ir a por el café, intentando aportarle indiferencia a mi voz, recordando la flor que he dejado en la cama.

—¿Sabes que a mí siempre me has gustado? Ya me gustabas cuando venías a la chocolatería, aunque ni siquiera me vieras —me cuenta como si nada, sentándose en uno de los taburetes— y, luego, cuando te conocí en los viñedos, me gustaste mucho más —añade, y qué facilidad tiene para hablar de sus sentimientos cuando a mí me cuesta tanto hablar de los míos.

—Y ahora estás en mi cocina, medio desnudo —señalo, dejando los sentimientos a un lado, porque siempre es más sencillo dejarlo en sexo que adentrarse en aguas profundas en las que puedas ahogarte.

—¿Qué te parece? —me pregunta, chulesco, guiñándome un ojo y provocando mi carcajada.

—No sé... dímelo tú —musito, sin poder dejar de sonreír, sentándome a su lado.

—¿Quieres que te diga lo que pienso?

—Claro.

—No existen las casualidades, pelirroja, y cada persona que se cruza en tu camino lo hace por un motivo. Tú no has dejado de aparecer en mi vida desde que llegué a Madrid, así que supongo que por algo será.

Vaya, no solo tiene facilidad para hablar de sentimientos, sino también para adentrarse en esas aguas profundas que yo rehúyo, posiblemente porque me siento indefensa cuando mis pies no tocan el suelo... y, durante un instante, me imagino flotando en un mar infinito y hondo atestado del color de sus ojos.

—O puede que sea porque tú has propiciado esos encuentros. Si en lugar de darme la tabarra, como hiciste ese fin de semana, hubieras pasado de mí, posiblemente ahora no recordaría ni tu cara, pero no me dejaste en paz, y lo mismo luego —le indico, enarcando ambas cejas, apartando mis pensamientos.

—Eso no es del todo cierto, porque yo no sabía que ibas a ir a ese pub ni que te vería después, frente al Palacio Real. Es verdad que he propiciado algunos encuentros, pero otros no han sido cosa mía, pero, oye, puedes pensar lo que quieras —me asegura, para darle a continuación un mordisco a una tostada, y cojo la taza de café para llevármela a los labios.

—¿Cómo has traído todo esto con la moto? —indago, cayendo en la cuenta de repente en ese detalle y porque, sinceramente, hablar de esto es más fácil que hablar de lo otro.

—Jugándome la vida, pelirroja. He estado a punto de caerme dos veces —me cuenta con seriedad, y lo miro sintiendo cómo mi respiración se esfuma.

—Que sea la última vez que haces algo así, ¿me oyes? —le pido, levantándome para acercarme a él, necesitando tocarlo, saber que está bien, no sé...—. No quiero más desayunos si vas a ponerte en peligro —afirmo, llevando mis manos a su cuello mientras veo, en mi imaginación, su cuerpo tirado sobre la calzada, y, por Dios, me desespero y... «Un momento, me está tomando el pelo», recapacito cuando adivino la sonrisa llegar para esconderse en la comisura de sus labios, y es curioso que, con lo poco que lo conozco, sea capaz de reconocerla—. ¡Eres idiota! —exclamo, dándole una palmada en el brazo, y luego siento sus brazos rodear mi cuerpo con fuerza—. ¡Que me sueltes! —le pido en medio de su carcajada, que resuena en mi cocina y en mi pecho—. ¡Imbécil!

—Joder, estoy por caerme de verdad —se burla de mí, sin soltarme, y lo miro todo lo mal que puedo.

—Por mí, como si te abres la cabeza en canal —gruño entre dientes.

—Oye, es normal preocuparse por las personas que te importan y que te gustan —me indica, vacilón, y poso mis manos sobre las suyas para librarme de su agarre.

—¡Ni me importas ni me gustas!

—Y, si no te importo ni te gusto, ¿qué hago aquí, pelirroja? —Y de nuevo estamos adentrándonos en esas aguas profundas donde mis pies no tocan el suelo y... ¡¿qué necesidad habrá?!

—¡Eso querría yo saber! ¡Qué hostias haces aquí! —farfullo, molesta.

—¿Sabes por qué estoy aquí? Porque tú también estabas hasta las narices de imaginar cómo sería estar conmigo y porque te gusto, tanto como me gustas tú a mí, aunque te empeñes en negarlo —sentencia, esta vez con seriedad, abriendo sus piernas para encajarme entre ellas, y no tiene ningún sentido que le niegue algo que es tan obvio—. No lo he traído yo, hay empresas que te traen el desayuno a casa; yo solo he ido a por la flor.

Y por supuesto que me gusta. ¿Cómo iba a no gustarme?

—Suéltame —le pido con sequedad, silenciando mis pensamientos.

—Cuando me sonrías —replica, atrapándome con la mirada de la misma forma en que tiene atrapado mi cuerpo con sus brazos.

—Déjalo, no quiero que te enamores de mí —mascullo entre dientes, porque con él también me siento perdida y tan indefensa como si estuviera flotando en ese mar inmenso que he visualizado antes, a merced del tiempo y de las corrientes, y he sustituido, en mi imaginación, la infinidad del cosmos por la infinidad del océano, solo que no importa mucho, cuando el resultado es el mismo. Yo flotando a la deriva sin tener nada a lo que agarrarme.

—Puede que ya no haya solución para eso —suelta como si nada, enarcando una ceja.

—¿Por qué no podemos dejarlo solo en sexo? —le pregunto, torciendo el gesto.

—¿Puedes hacerlo tú?

—Claro.

—Pues adelante, vívelo como quieras —me dice, soltándome, y no hay ningún tipo de juicio en su voz, simplemente está aceptando mis palabras sin juzgarlas.

—Lo complicas todo demasiado —declaro, soltándome esta vez yo de su mirada.

—¿De verdad crees eso? —me formula cuando me alejo de su cuerpo para sentarme otra vez en mi taburete.

—Sí, de verdad lo creo.

—Pues te equivocas —me indica como si nada, llevándose la taza de café a los labios—. Las cosas solo se complican cuando te niegas a aceptar la realidad.

—¿Y cuál es la realidad, según tú? —inquiero, porque, ¡venga ya!, ¿me está vacilando?

—Nos gustamos y estamos viendo qué pasa, tan sencillo como eso. ¿Cuál es la tuya? —me pregunta, mirándome directamente a los ojos, y vacío discretamente mis pulmones, quedándome enganchada, de nuevo, a ese azul donde no hay dobleces de ningún tipo.

—Mientras lo dejes solo en que nos gustamos, se ajusta bastante a la mía —cedo, captando el brillo de su mirada crecer hasta desbordarse, y niego con la cabeza, sabiendo que, con mi confesión, acaba de ser él quien ha adelantado cinco casillas de golpe.

—Date prisa en terminar —me apremia, ocultando su sonrisa tras la taza de café.

—¿Por qué? ¿Vamos a seguir conjugando verbos? —le planteo, permitiendo que la mía se ensanche en mi rostro, y no puedo creerlo, «¡estoy salida!», alucino de repente, porque solo pienso en sexo. Igual es la edad, ya decía una amiga mía que, cuando cumplió los cuarenta, siempre tenía ganas de sexo, y yo estoy rozando la cuarentena... o igual es él o igual es todo, yo qué sé.

—No como piensas —me responde, sacándome de mis reflexiones, y casi mejor—. Vamos a dar un paseo en moto y luego a comer a un lugar que te encantará.

—Y yo imaginando que ibas a atarme a la cama... —lo provoco, sin que me apetezca nada el plan que está proponiéndome y sin que me importe demasiado que piense que estoy cachonda perdida, que lo estoy.

—Eso ya lo haré cuando regresemos —me indica con voz rasposa, y con qué facilidad reacciona mi cuerpo ante cualquier estímulo que provenga de él.

—¿Y para qué vamos a esperar? —sigo provocándolo, levantándome del taburete, abriendo mi kimono y dejando mis pechos, llenos y turgentes, frente a él.

—Te gusta jugar sucio, ¿eh, pelirroja? —musita, deslizando su mirada por mi cuerpo.

Y, como si fuese algo tangible, veo el deseo llegar para instalarse en su mirada. Un deseo que crece cuando alarga su mano para aprisionar mi pezón con ella y más tarde para atrapar mi pecho. Un deseo que multiplica el mío cuando baja esa mano por mi vientre hasta colarla por debajo de mis braguitas y con la que me arranca un gemido largo y profundo cuando siento el recorrido de sus dedos por mis húmedos pliegues.

—¿Para qué voy a jugar limpio, pudiendo jugar sucio? —replico, llevando mis dedos al botón de sus vaqueros, sintiendo cómo mi vientre se contrae con fuerza—. No quiero esperar, quiero que me beses y que me folles ahora. —Y nunca he dicho algo tan en serio.

—Tus deseos son órdenes para mí, ricura —suelta, poniéndose de pie, alzándome con fuerza por el trasero y haciendo que rodee su cuerpo con mis piernas, para luego llevarme hasta la encimera de la cocina, y bajo mi barbilla para buscar su boca en el mismo instante en el que me deposita en ella.

—Ciro —jadeo en sus labios, llevando una de mis manos a su sexo, sintiéndolo enorme a través de la tela de los *jeans*. «Lo quiero ya dentro de mí», me impaciento mientras siento las suyas por todo mi cuerpo; en mis pechos, en mi cintura... «Por Dios», gimo, colando mi mano por dentro de sus *slips* para acariciar su miembro.

—Joder, pelirroja —farfulla, mordiendo mi labio inferior y metiendo la suya por dentro de mis braguitas, y atrapo su cuello para pegarlo a mí, para besarlo como deseo de una vez, para permitir que su lengua se hunda en mi boca, para gemir, fuerte, para sentir más, al tiempo que nuestras manos no nos dan tregua... tocando, explorando y avivando con virulencia el cuerpo del otro.

—No quiero esperar ni tampoco quiero preliminares, ponte el preservativo ya —le ordeno, sintiendo mi sexo palpitar de deseo.

—Qué coñazo, joder —se queja, alejándose de mí, «y es

verdad, es un coñazo», me digo, bajando de la encimera para quitarme las braguitas—. Ven aquí —me ordena, llegando hasta donde estoy para alzarme de nuevo y depositarme otra vez donde estaba antes, y me afano en liberar su miembro de la prisión de su ropa—. No puedo pensar cuando te tengo así —masculla, hundiendo sus dedos en mi pelo, atrapándolo con fuerza y consiguiendo que mi sexo se humedezca más.

—Fóllame, Ciro —le pido entre gemidos, moviéndome para buscar la fricción de su sexo con el mío, arrancándole un gemido largo y ronco que resuena en mi pecho y en mi centro.

—Ya te he dicho que tus deseos son órdenes para mí —sisea, enfundándose el preservativo con celeridad para casi al segundo hundirse con ímpetu dentro de mí.

Y de nuevo mis pies no tocan el suelo, de nuevo me siento como una partícula flotando en el cosmos, en el océano o en él, «porque él lo engloba todo y sus acometidas, su manera de mirarme o de tocarme, son esa fuerza que puede engullirme sin que haya nada a lo que pueda aferrarme», admito entre gemidos, buscando sus labios, su lengua y su piel, buscando eso para lo que no tengo palabras, eso que crece en el centro de mis piernas y que estalla en mi vientre, en mi pecho y en mi garganta cuando el orgasmo me engulle como un tornado, y ha sido un orgasmo que ha llegado fulminante, sorprendiéndonos a ambos con la premura y la garra con la que nos ha asolado.

—Mejor esto que lo otro, ¿no crees? —le pregunto cuando consigo encontrar la voz, hundiendo mi cabeza en su cuello, un gesto suyo que estoy haciendo un poco mío, sintiéndolo todavía enorme en mi interior.

—Esto, ricura, siempre será lo mejor, pero hay cosas que pueden sorprenderte si permites que lo hagan —replica, y cierro los ojos, manteniendo las piernas en torno a su cuerpo mientras el mío permanece a cobijo en la prisión de sus brazos.

—Para eso ya estás tú —le regalo, moviendo la cabeza para buscar su mirada, sonriendo cuando la encuentro, «y es esa sonrisa que puede hacer que se enamore de mí», adivino sin saber sonreír ya de otra manera, porque, sí, ya lo sé, sé que hay cientos de sonrisas más, pero, cuando estoy con él, solo echo mano de esta, supongo que porque hay cosas, como las sonrisas o las miradas, que van por libre y, cuando surgen, muestran lo que sientes de verdad, por mucho que tú te empeñes en ocultarlo con tus palabras o tus silencios.

—Pues, entonces, permíteme que lo haga y déjate llevar, aunque sea solo por hoy —me pide, y lo que no sabe es que ya lo estoy haciendo, desde que subí anoche en su moto.

—Está bien, vamos a dar ese paseo —cedo finalmente, sonriendo cuando lo hace él, y su sonrisa, con la que está premiándome, también debería estar vetada, porque yo también puedo enamorarme con ella.

«Qué razón tenía cuando ha dicho que las cosas solo se complican cuando te niegas a aceptar la realidad», admito, hundiendo mis manos en su pelo, percibiendo su suavidad en la yema de los dedos de la misma forma en que lo percibo en mi interior, pues todavía no ha salido de mi cuerpo ni tampoco deseo que lo haga.

—¿Qué pasa, pelirroja? —inquiere, atándome a su mirada.

—¿Cómo?

—Estabas sonriendo como no deberías hacer —señala con una sonrisa— y de pronto has dejado de hacerlo. ¿Qué estabas pensando?

—Sabes leerme, no necesitas que te lo cuente —musito, encogiéndome de hombros—. Me gusta tu pelo, es muy suave —cambio de tema y, cuando enarca una ceja, me muevo para sacarlo de mi interior, a pesar de mis deseos de mantenerlo conmigo, y, no sé por qué, siento que he cortado el cordón umbilical que nos mantenía unidos, siendo un solo cuerpo con dos corazones—. Voy a ducharme —le anuncio, recogiendo las braguitas del suelo, para, sin esperarlo, dirigirme al baño.

Capítulo 19

—¿Qué haces? —le planteo cuando lo veo entrar en la ducha.

—¿A ti qué te parece? —replica, colocándose bajo el chorro, y, durante un breve instante, observo cómo el agua se estrella contra su cabeza, empapando su pelo y bajando por su rostro hasta formar pequeños ríos que se ensanchan o se estrechan cuando siguen el recorrido por su cuerpo—. Con lo que me cuesta que avances casillas, pelirroja, no voy a permitir que las retrocedas. ¿Qué está pasando?

—No lo sé, supongo que pensaba que sería de una forma y está siendo de otra —reconozco, clavando la mirada en su pecho, ancho y definido, libre de vello.

—¿Mejor o peor? —me pregunta, colocando sus manos en la pared, aprisionándome con ellas del mismo modo en que aprisiona mi mirada con la suya cuando consigue atraparla.

—Ni mejor ni peor. Distinto —afirmo, llevando las mías a su pecho y fijándome en cómo el agua, que corre por su cuerpo, sube por mis dedos hasta cubrir mi mano, modificando el curso del río que ahora sigue por mis brazos, como si fuéramos, otra vez, un nuevo cuerpo.

—No sé tú, pelirroja, pero a mí me gustan las cosas distintas, las que no espero y las que me sorprenden, como tú. Tú también me sorprendes continuamente, aunque no te lo haya confesado antes —me dice con seriedad, descendiendo su mirada hasta mis labios, donde la demora durante unos instantes, para luego alejarse de mi cuerpo para coger el bote de gel y depositar un poco en su palma—. Ya hablaremos luego —me indica con gravedad, dejándolo ahí, para empezar a enjabonarme.

—Sé hacerlo y podemos hablarlo ahora —replico, sintiendo el recorrido de su palma por mi costado.

—Si con casi cuarenta años que tienes no supieras, resultaría bastante preocupante, ¿no te parece? —suelta, vacilón, demorándose en mi pezón, y esbozo una sonrisa que llega para silenciar las palabras y aligerar el ambiente, y supongo que él también ha encontrado la forma de hacerlo.

Nos duchamos solo con la compañía de nuestras caricias y de nuestros besos, y, mientras aclara mi cuerpo, me percato de que está cumpliendo su parte del trato, porque está consiguiendo que sea fácil siendo como soy tan complicada.

—Intenta no vestirte como si fueras a recoger un premio, ¿quieres? —me pide, socarrón, una vez fuera de la ducha, y lo miro esbozando una sonrisa.

—Qué idiota eres. ¿Te digo yo acaso cómo tienes que vestirte? —le rebato, cubriendo mi cuerpo con una toalla.

—Sí, solo que no te hago caso —me rebate esta vez él a mí, acercándose para aprisionar mi cuerpo contra la pared.

—En ese caso, yo tampoco tengo por qué hacerlo —musito, perdiéndome en el azul de sus ojos.

—Pelirroja, no vamos a dar un paseo por la ciudad, así que nada de faldas, por mucho que me gusten. Ponte esos pantalones de piel que tienes o unos vaqueros, porque los motoristas no solo nos protegemos con los cascos.

—Yo no soy motorista —señalo, provocando su sonrisa.

—Puede que antes no lo fueras, pero ahora, sí.

—¿Y por qué no vamos en coche? Tienes uno, viniste a los viñedos con él —recuerdo de repente.

—Porque ir en coche es muy aburrido. Además, pudiendo tener tu cuerpo pegado al mío, ¿crees que voy a elegir tenerte sentada al lado? —me pregunta, dedicándome esa sonrisa cargada de peligro que ya conozco tan bien.

—O sea, que ese es el motivo, que me pegue a tu cuerpo.

—Y sentir tus pechos en mi espalda o tus brazos rodeando

mi cintura. Sí, ese es el motivo —admite, adhiriéndose a mi cuerpo, rozando mi oreja con sus labios y contrayendo suavemente mi vientre. Y, cuando esconde su rostro en mi cuello, siento cómo la ternura llega para entremezclarse con ese deseo que había empezado a avivar, y lo abrazo, hundiendo mi cara en su cuello, tal y como está haciendo él con el mío, y nunca un abrazo me había llegado tan adentro—. Ha sido una mierda sentirte así de cerca cuando no podía tocarte —me confiesa con voz ronca, contrayendo más mi vientre—. Ya sé que podemos ir en coche, pero no es comparable con la adrenalina de la moto y con tenerte pegada a mí... y, puestos a vivir, mejor hagámoslo disfrutando de cada minuto. —Y, con estas últimas palabras, recuerdo sus objetivos.

—Solo con una condición —le digo, alzando la cabeza para buscar su mirada.

—¿Cuál? —Y, con su petición, detecto la desconfianza hacer mella en su voz.

—Que me cuentes por qué cambiaron tus objetivos —le pido, sosteniéndole la mirada.

—No puedo prometerte eso. Vístete —me ordena, saliendo del baño, y lleno mis pulmones de aire con una fuerte inspiración.

Al final opto por mis pantalones de piel negros y un suéter de cuello vuelto a tono, solo que, esta vez, me maquillo más discretamente. Una vez lista, salgo en su busca.

«Vaya, ha hecho la cama —me sorprendo cuando llego a la habitación—, y además ha puesto la flor en un vaso con agua —observo, esbozando una sonrisa, yendo hacia el tocador donde tengo las gafas, para ponérmelas—. Menudo detalle», agradezco, sin poder dejar de sonreír, encaminando mis pasos hacia el salón, donde lo encuentro sentado en el sofá, ojeando su móvil.

—¿Siempre te cuesta tanto? —inquiere, mirándome, solo que no le contesto y sigo hasta la cocina. Lo sabía, está impoluta.

—¿Lo has hecho tú todo? —le pregunto cuando llego de nuevo al salón.

—No, qué va. He contratado a unos cuantos elfos para que

lo hicieran por mí —me contesta con insolencia—. ¿Tú qué crees? —añade, divertido, y niego con la cabeza, para luego bajar la mirada al suelo. Maldita sea, es un encanto.

—Gracias, siento que, encima que has traído el desayuno, lo hayas tenido que limpiar tú —me disculpo, levantando la mirada para ver cómo se acerca.

—Yo también he dormido aquí y, en realidad, no he sido yo quien ha traído el desayuno —me rebate, sonriendo, para luego recorrer mi cuerpo con la vista—. ¿Zapatos de tacón? —inquiere, enarcando una ceja—. Quítatelos. ¿No tienes unas botas? Oye, te lo he dicho en serio, quiero que vayas protegida y no solo con el casco.

—Está bien —cedo con disgusto, dirigiendo mis pasos hacia el vestidor, seguida por él. Dentro de nada me veo con unos *jeans* rasgados y unas deportivas, hostias.

—¿Estas te parecen bien? —le planteo, mostrándoselas, y es curioso que, siendo yo la que quiere elegir su ropa, esté siendo él quien elija la mía.

—Pueden valer. ¿Chaqueta? —me pregunta, cruzándose de brazos, y no puedo creer que esté viviendo esto.

—Esta —mascullo entre dientes, mostrándole una cazadora de piel que hace años que no me pongo.

—Perfecto. Vámonos ya —me indica, saliendo de mi vestidor, y lo sigo, resignada. «Desde luego, quién me ha visto y quién me ve», me digo, torciendo el gesto.

—¿Y a dónde vamos? —me intereso cuando salimos a la calle.

—¿Siempre tienes que saberlo todo? —me formula, con jovialidad, aferrando mi mano y echando a andar.

—¿Algo en contra de eso? —replico, revisando mi *outfit*, y nunca, jamás, hubiera elegido por mí misma esta combinación.

—Nada, solo que hoy quiero que te dejes sorprender —contesta, volviéndose para mirarme, esbozando una sonrisa repleta de peligro—. Venga, pelirroja, no es tan difícil; deja de querer controlarlo todo y dedícate a disfrutar —añade, dándome un suave apretón con la mano, y sonrío con él, aceptando lo que me está pidiendo.

Tras un corto paseo llegamos hasta donde tiene aparcada la

moto, «y me estoy convirtiendo en toda una experta en la materia», me asombro, contemplando cómo sube a ella mientras yo me pongo el casco para luego subir el pie al estribo y, seguidamente, pasar la pierna por encima del asiento, agarrando su cintura y pegándome a su cuerpo para, casi al segundo, sentir la vibración de la moto en mi cuerpo. Cuando le da gas y se incorpora a la circulación, lo abrazo con fuerza, pero no porque tenga miedo, sino porque yo también quiero sentirlo y que me sienta. Quiero dejarme llevar, como me ha pedido. Y quiero que formemos, de nuevo, un solo cuerpo. Quiero que mis brazos sean ese cordón umbilical que nos mantenga unidos, como cuando estamos juntos.

Y qué bien te sientes cuando te relajas y te dejas llevar, cuando solo te mueves por instinto, tumbándote cuando lo hace él o moviendo tu cuerpo según mueve él el suyo... «y qué excitante puede llegar a ser cuando mi mano sube o baja por su cuerpo —me digo, sonriendo cuando la suya acaricia mi rodilla—. Puede que esto no haya sido tan mala idea», admito, sonriendo cuando lo oigo canturrear una canción.

—¿Podemos hablar a través de los cascos? —me sorprendo, cortándolo, y me llega su carcajada a través de ellos.

—Sí, pelirroja, podemos hablar —me explica con voz ronca.

—¿Y por qué no me lo habías dicho antes? —le recrimino, sintiendo la velocidad abrazar nuestros cuerpos.

—Mejor no preguntes —me indica, vacilón, consiguiendo que sonría más.

—¿Qué canción era esa?

—+.

—Más, ¿qué?

—Solo + —me dice, escueto, dándole más gas a la moto, asombrándome cuando empieza a cantarla, y creo que dejo de respirar cuando oigo la estrofa, porque es la primera vez que un hombre me dice que me quiere cantándome una canción, y porque dudo mucho que sea casualidad que haya elegido precisamente este tema cuando él no cree en las casualidades.

—Cantas muy bien —musito en voz baja cuando el silencio se adueña de mi casco, recibiendo como única contestación que le dé gas de nuevo a la moto.

A pesar de que vamos muy rápido, me da más miedo esa canción que me ha cantado a que podamos caer, y, de nuevo, siento que floto en un mar infinito donde mis pies no tocan el suelo... y es curioso que sean mis pies el punto de referencia que tomo continuamente; subir los pies al sofá, cuando me siento cómoda a su lado, o que mis pies no toquen el suelo, cuando me siento perdida y a la deriva. Y no estaría de más que fuera capaz de encontrar el punto de equilibrio para no estar yendo de un extremo al otro sin parar.

Hacemos el resto del trayecto sin hablar, un trayecto en el que mis manos no vuelven a subir ni a bajar por su cuerpo y en el que las suyas no vuelven a posarse en mi rodilla; un trayecto en el que lo único que resuena, a través de los intercomunicadores del casco, es el silencio, denso y pesado, cargado de pensamientos y palabras no dichas, que vuelve a ocupar más espacio del que deberían.

—¿Buitrago de Lozoya? —le pregunto, rompiendo el mutismo cuando coge el desvío.

—¿Has estado alguna vez? —oigo su voz y siento cómo una especie de alivio, difícil de explicar, se asienta en mi pecho.

—No, pero siempre había querido hacerlo —reconozco, percibiendo su respiración en la yema de mis dedos y en la palma de mis manos.

—Pues ya estás aquí —me contesta, deteniendo la moto para, seguidamente, quitarse el caso, y hago lo propio, admirando, desde la distancia, la muralla que parece rodear al pueblo, al igual que hace el río—. ¿Ves eso de ahí? Es el castillo de Los Mendoza, y allí vivió la reina Juana de Portugal, y también su hija, Juana la Beltraneja.

—¿Sabes quién fue Juana la Beltraneja? —le planteo, sorprendida, viendo su sonrisa empezar a formarse en su rostro y, mira tú por dónde, que la historia va a servirnos para hacer a un lado esa canción que no dejo de escuchar en mi cabeza.

—Me encanta la historia, y no solo la de nuestro país. Sin duda, si recordáramos más, nos equivocaríamos menos —sentencia, convencido—. ¿Te ha gustado el paseo? —me pregunta, cambiando de tema.

—Sí, y también la canción —le confieso, siendo yo la que se

adentra esta vez en aguas profundas, unas que lo son tanto como sus ojos—, y no voy a irme de este pueblo hasta que me permitas conocerte.

—Ya me conoces, lo que ves es lo que hay —afirma, evitando mi mirada, volviendo la suya al frente, a este pueblo rodeado de agua y de pasado célebre.

—No es verdad, eres más de lo que aparentas —le rebato, alzando una mano para posarla sobre rostro y volverlo hacia mí—. Mucho más de lo que dejas ver —afirmo. Y esa canción se titulaba +, como él—. Quiero conocerte, Ciro. Quiero saber qué hay tras esa fachada de crío insolente, pues de crío tienes bien poco —añado mientras él guarda silencio—. ¿No te das cuenta de que siempre haces lo mismo?

—¿Qué hago? —indaga, y detecto la dureza llegar para dominar su mirada y su voz.

—Haces un comentario y luego cambias de tema; lo dejas ahí, flotando en el aire, como has hecho antes con esa canción, o como cuando me cuentas algo de tu vida sin llegar a profundizar en el tema, para, casi al segundo, preguntarme algo o decirme cualquier cosa que me distraiga.

—¿Hago eso? —replica, esbozando una sonrisa.

—Sí, haces eso —farfullo son seriedad.

—Ponte el casco —me ordena, dirigiendo su mirada al frente, para seguidamente ponerse el suyo.

—Lo estás volviendo a hacer —le recrimino a través del intercomunicador.

—Y justo por eso no te lo había dicho —me confiesa, provocando mi sonrisa—. No hagas que me arrepienta, pelirroja —añade, esta vez con seriedad, y no sé si se refiere a que sepa lo de los intercomunicadores o a lo que sucederá si se abre a mí.

* * *

«Qué pueblo más precioso —disfruto cuando pasamos bajo un pequeño arco medieval que sin duda tiene siglos de antigüedad—. Y qué día más bonito hace hoy, pues el sol brilla, imponente, en lo alto del cielo; ese sol que hoy me está mostrando algo más que mis alrededores más inmediatos», pienso, con mis brazos rodeando su cuerpo con la misma fuerza con la que lo aferro cuando conduce a gran velocidad.

—Qué sitio más tranquilo, ¿no? —comento, ansiando oír el sonido de su voz.

—Sí que lo es —me confirma, subiendo por una pequeña rampa empedrada que nos lleva a una especie de plaza, donde están las ruinas del castillo y donde detiene la moto—. ¿Lista para estirar las piernas, pelirroja? —me pregunta, desprendiéndose del casco, y hago lo propio.

—Y para algo más, también. —Y no necesito aclararle a qué me estoy refiriendo—. ¿Vienes mucho por aquí? —indago ante su silencio.

—Tengo un amigo que regenta un restaurante —me cuenta, escueto, mientras me apeo de la moto.

—Que es donde vamos a comer, ¿verdad?

—Dame el casco —me pide, guardando el suyo, y me acerco a él para ser yo quien lo deje junto al otro.

—Me encanta cuando parloteas sin parar —bromeo, pegándome a su cuerpo y sintiendo, casi al instante, cómo sus brazos rodean el mío.

—¿Qué quieres saber, pelirroja?

—Ya lo sabes —musito y, cuando baja su mirada al suelo, negando con la cabeza, sé que va a contármelo.

—Yo era como tú —empieza a explicarme, consiguiendo que deje de ver el pueblo y todo lo que nos rodea para verlo solo a él—; tenía mi vida perfectamente trazada, como si hubiera cogido un pincel y, sobre un lienzo en blanco, hubiese marcado la línea por la que iba a discurrir mi futuro. Abandoné Menorca, donde vivía con mi familia, y me vine a Madrid. Curré hasta la extenuación, llegando incluso a tener dos empleos a la vez, y un día la vida cogió ese lienzo y lo rompió por la mitad —concluye, sin aportarle ningún tipo de emoción a su voz, soltándome para echar a andar.

—¿Qué sucedió?

—Un... un... cáncer de pecho, de mi hermana. Me cuesta la hostia decir esa palabra —me confiesa, endureciendo su mirada y su voz, y, sin ser consciente de ello, cubro mis labios con los dedos de una mano—. Cuando empezaron a irme bien las cosas y pude pagarme el alquiler de un piso, le propuse que se viniera a Madrid a vivir conmigo. Ella también estaba llena de sueños; soñaba con abrir su propio restaurante, con ganar estrellas Michelin y con crear el mejor plato de vanguardia... pero no importa lo que tú quieras o lo que sueñes, porque entonces viene la vida para mostrarte lo que realmente importa, tu propia vida, y en ese momento abrir los ojos un día más se convierte en el mejor regalo de todos y en tu sueño más preciado, el que anula todos los demás —prosigue, sin variar el tono de su voz, mientras yo no puedo hablar—. Recuerdo que estábamos en casa, solo había un baño y tardaba mucho en salir —me dice, y cojo su mano, necesitando reconfortarlo de alguna manera—. Llegaba tarde al curro y la llamé, cabreado, incluso aporreando la puerta. Cuando salió y la miré a los ojos, todo dejó de importar, porque, sin que me lo dijera, supe que sucedía algo. Se había detectado un bulto en el pecho derecho y todo cambió ese día para los dos; para ella, por lo obvio, y para mí, porque me volqué en su cuidado. Fui yo quien rapó su cabeza mientras ella lloraba en silencio, y el que luego le pidió que rapara la mía, prometiéndole, mientras lo hacía, que nos volvería a crecer a ambos. Me volqué en su cuidado porque mi padre no podía dejar su curro y mi madre, cuando venía a Madrid... casi era mejor que no lo hiciera —se pierde en sus recuerdos, apretando la mandíbula y omitiendo comentar nada al respecto—. Fui yo quien estuvo a su lado cada vez que tenía que ir a ponerse un puto gotero, el que le acercó el cubo cuando necesitaba vomitar y no tenía fuerzas para llegar al baño, el que secó sus lágrimas y el que se obligó a no derrumbarse... porque, si lo hacía, ella iría detrás. Y todos los días le juraba y perjuraba que iba a superarlo. Y lo superó. Pero eso nos cambió a ambos, porque nunca pudimos volver a ser los mismos.

»Tú vives como hacíamos nosotros; tienes tu vida perfectamente trazada sobre un lienzo en blanco y, cuando cumplas los cuarenta, lo celebrarás o no, según dónde estés y según lo que hayas logrado. Dejas tu felicidad en manos de tus logros, cuando tu felicidad debería estar por encima de ellos y de todo. Tú y la mayoría de la gente vivís dando por hechas las cosas, haciendo planes muy a largo plazo y estando más en el futuro que en el presente, cuando en realidad la vida no es eso. Esto es la vida, pelirroja; hablar contigo ahora, sentir los rayos del sol sobre nuestras cabezas, sentir tu piel bajo la mía —susurra, alargando su mano para acariciar mi mejilla, y me percato de que, en algún momento, nos hemos detenido—. Esto es lo único cierto y lo único que de verdad importa, porque lo otro, el futuro, es solo una posibilidad remota que puede suceder o no. Por eso mis objetivos cambiaron, porque, si la vida decide romper de nuevo mi lienzo, quiero estar seguro de que la he vivido exprimiéndola tanto como he podido. Quiero estar seguro de que no he aplazado ningún plan, de que he estado todo el tiempo posible con las personas a las que quiero y que he disfrutado cada minuto y cada segundo de ellas, porque eso es lo único que va a quedarnos cuando el lienzo se rompa de nuevo.

»Contéstame una cosa... cuando echas la vista atrás, ¿qué recuerdos te llegan primero?, ¿los de tu curro o los de tu vida? Me refiero a esos momentos que no tienen por qué ser memorables, pero sí especiales. Contéstame, ¿qué recuerdas? —me pregunta, y hago lo que me pide, viéndolo a él y cada instante que hemos pasado juntos, para luego verme en casa de mis padres con Candela, las Navidades, los veranos en la playa... imágenes esporádicas sin orden cronológico, pero que, como bien ha mencionado, fueron especiales... y, de fondo, cruzándose con esas imágenes, mi trabajo en D'Elkann—. Quédate con eso, pelirroja, y, cuando te frustres o te cabrees porque las cosas no te salen como quieres, piensa que estás viva y que tienes la posibilidad de cambiarlo y de seguir luchando, pero sin dejar tu vida a un lado, porque eso es lo único que no tienes que posponer.

—¿Tu hermana está bien? —me preocupo, evitando contestarle, porque sé que, en cierta forma, yo sí aparco mi vida, pero porque mi pasado difiere bastante del suyo y, al final, cada cual vive su vida en base a él.

—Sí, está muy bien —me confirma, y medio sonrío, haciendo a un lado mis pensamientos.

—Me alegro, me alegro mucho —le digo, perdiéndome en el azul de su mirada. Ese azul que ahora parece brillar más—. Eres increíble —murmuro, alargando mi mano para enterrar mis dedos en su pelo, y, cuando agacha la cabeza para enterrarla en mi cuello, lo abrazo tan fuerte como puedo—. Gracias por contármelo.

—¿Servirá de algo?

Y, de nuevo, con su pregunta veo esas aguas profundas frente a mí.

—Es difícil cambiar tu forma de ver la vida cuando no te toca a ti de cerca, pero lo tendré en cuenta —le respondo con sinceridad, buscando su mirada cuando se mueve para alejarse de mí.

—Supongo que eso es mejor que nada. Al final, no te he mostrado el pueblo —cambia de tema, esbozando esa sonrisa desdeñosa que va tanto con él.

—Me has mostrado algo que me importa más —musito, atrapando su mirada otra vez—. No sabía que eras de Menorca —añado, necesitando saber más cosas sobre él.

—Nací en Rodas; de hecho, toda mi familia sigue viviendo allí, pero, cuando destinaron a mi padre a Menorca, nosotros nos trasladamos a esa isla... es más, mi hermana es menorquina de pura cepa.

—Entonces, ¿es menor que tú?

—Sí —me confirma y, durante un breve instante, me quedo enganchada al azul de sus ojos, al azul del mar—. Solo nos llevamos tres años, pero siempre he cuidado de ella, desde que nació. Yo no jugaba con cochecitos ni con balones, pelirroja; yo jugaba con muñecas o a hacer castillos en la arena —me cuenta, y sonrío mirándolo con ternura, rememorando las muchas veces que me metí con él cuando lo conocí en los viñedos, instándolo a entretenerse con balones o cochecitos para que me dejara en paz—. Mi vida siempre ha sido ella, desde que mi madre me anunció que estaba embarazada, y se rompió ese día cuando supe que podía perderla —relata, dirigiendo su vista al frente, y, con sus palabras, recuerdo a Candela y cómo me sentiría yo si le sucediera algo así, y no puedo ni procesarlo, pues siento que mi garganta y mi pecho se cierran con fuerza—. Me gusta cuidar a la gente que quiero —prosigue, volviéndose para mirarme, y detecto la intensidad del cosmos y la profundidad del océano instalados en sus ojos—, y pasar mi tiempo con ella...

que sepa que es importante y especial para mí, y mi carrera es algo secundario, porque lo prioritario es mi vida... y tú estás ahora en ella. La pregunta es si tú quieres que yo esté en la tuya, y no se trata de complicarlo todo, sino de simplificarlo. Sí o no, tan simple como eso, porque, cuando eliminas las barreras, los límites o las fronteras, aparece lo inmenso frente a ti. Piénsalo y, cuando lo sepas, dímelo.

Y ahí está de nuevo mi teoría del sol con sus palabras.

—Tú también estás en mi vida ahora, por eso estoy aquí. Puede que no lo tenga tan claro como tú, pero lo que sí sé es que quiero pasar mi tiempo contigo, y no pretendo poner barreras, límites o fronteras, simplemente necesito saber por dónde piso o que mis pies toquen el suelo —le aclaro, ahogándome en las aguas del mar Egeo mientras él guarda silencio, limitándose a aferrar mi mano para reemprender la marcha.

—¿Alguna vez has tenido pareja?, ¿alguien con quien hayas hecho planes a muy largo plazo? —me plantea, sorprendiéndome con su pregunta, y supongo que no soy la única que siente curiosidad.

—Solo una vez —respondo, endureciendo el tono de mi voz al recordar a Alberto.

—¿Y qué pasó? —se interesa, volviéndose para mirarme, y siento cómo ese dolor, esa rabia y esa tristeza que me embarga cada vez que pienso en él llega para instalarse en el centro de mi pecho.

—Que no era para mí —resumo, evitando su mirada, siendo yo la que, esta vez, la dirige al frente. Y cuántas veces, en el pasado, me he repetido esa frase.

—¿Por qué? —insiste, y lleno mis pulmones de aire para soltarlo de golpe. Si yo he querido que él se sincerara conmigo, lo justo es que le corresponda.

—Él es proveedor nuestro, nos sirve tejido. Yo no suelo tener relación con los proveedores, porque eso es cosa de Compras, pero un día, por casualidad, coincidí con él en la empresa —le cuento, recordando cómo accedí al Departamento de Compras y me di de frente con él—. Él es todo lo que siempre me ha gustado en un hombre: educado, culto, atractivo —detallo, esbozando una triste sonrisa, viéndolo a través de mis recuerdos—. Compartíamos los mismos gustos y nuestro carácter era muy parecido... supongo que era inevitable que termináramos juntos.

—¿Te enamoraste de él?

—Sí —le respondo, rotunda.

«De hecho, todavía siento algo por él —reconozco para mí, evitando mencionarlo, porque ese sentimiento no tiene cabida en mi vida ahora—. Dejó de tenerlo hace mucho tiempo...», me digo, imaginando una madeja de lana de varios colores, en la que cada sentimiento tiene un color distinto, con uno resaltando por encima del resto. El color de la decepción.

—¿Y qué sucedió?

—Que eligió a su familia. —Y, de nuevo, siento cómo el dolor sube por mi pecho hasta llegar a mi garganta, donde se asienta, donde crece, donde me ahoga... y, ese dolor, es otro color.

—¿Te liaste con un tío casado? —indaga, y no hay que ser un lince para reconocer el rechazo colarse a través de su voz.

—No, nunca haría eso —replico, soltándome de su agarre, porque necesito sentirme libre—. Él acababa de separarse cuando nos conocimos y, aunque intentamos ir despacio, a los pocos meses ya estábamos viviendo juntos.

—¿Entonces?

—Sus hijos no lo pusieron fácil, precisamente. —Y, con mi confesión, llegan ellos, llegan Marisa y Alberto; llegan sus miradas y sus palabras cargadas de odio y desdén; llega su rechazo y también nuestras discusiones—. Ellos no me aceptaron; de hecho, creían firmemente que iba detrás del dinero de su padre y me veían como a una especie de cazafortunas. Alberto me excluía de las celebraciones familiares y, créeme, en esa familia siempre había algo que celebrar, porque no quería incomodar a sus hijos o a su exmujer, y yo, con el tiempo, me cansé de esa situación. Le pedí que se fuera y se fue. Supongo que él también estaba un poco cansado de estar continuamente en el centro del conflicto. Luego volvió con ella y yo decidí centrarme en mi carrera —le explico, sintiendo cómo ese dolor abandona mi garganta para continuar su ascenso hasta llegar a mis ojos, donde se convierte en lágrimas que retengo a fuerza de práctica, porque, durante casi un año, practiqué mucho—. Cuando se marchó con sus maletas, cuando cerró la puerta, algo se rompió dentro de mí, y decidí que nunca más iba a darle más peso a mi vida privada que a mi carrera. Tú tienes tus experiencias y yo tengo las mías. Mi lienzo también se rompió ese día, solo que de forma diferente a la tuya. Por eso mis objetivos difieren tanto de los tuyos —concluyo, y, aunque intento frenar mis lágrimas, como tantas veces he hecho, creo que el brillo acuoso de mi mirada me delata.

—Todavía sientes algo por él, ¿verdad? —me pregunta y, otra vez, no hay juicios en su voz; simplemente está constatando un hecho.

—Siento muchas cosas por él y, entre todos esos sentimientos, está el enfado y la decepción, porque optó por lo fácil o por lo que le importaba más, pero eso ya da igual —musito, bajando la mirada al suelo—. Cuando has querido con toda tu alma a alguien, no puedes llegar a olvidarlo del todo, porque siempre habrá una parte de ti que seguirá sintiendo algo, a pesar de todo lo demás.

—¿Lo has vuelto a ver?

—No. Desde que se fue de mi casa, nunca hemos vuelto a coincidir. Supongo que ambos nos hemos cuidamos mucho de hacerlo, a pesar de que sigue siendo proveedor nuestro.

—Ven aquí —me pide, acercándose un par de pasos para abrazarme, y permito que lo haga, permito que me consuele si es que puede definirse así, y, aunque me tiene fuertemente asida, me siento libre entre sus brazos.

—No quiero que te sientas mal con lo que te he contado —le pido, abrazándolo yo también—. Alberto forma parte de mi pasado, de un pasado que no pretendo rescatar, y ahora estoy contigo... no sé muy bien cómo, pero lo estoy, y yo también quiero vivirlo y ver qué pasa —añado, alzando mi rostro para buscar sus labios, que aligeran el peso de mi pecho y liberan mi garganta, porque puede que él no sea el tipo de hombre que siempre me ha gustado, pero porque posiblemente no sabía que existía y simplemente me quedaba en lo conocido.

Capítulo 20

Hacemos el resto del camino hasta el restaurante con su brazo rodeando mis hombros y el mío rodeando su cintura, y, de nuevo, es algo cómodo y natural, algo que ha surgido con la misma facilidad con la que subiría los pies descalzos al sofá o con la que le he contado mi vida o me ha contado él la suya, y es que con Ciro es así; es fácil, es sencillo, es normal. Es cómodo.

—Mira, es aquí —me anuncia, solo que yo, en lugar de detener la mirada en el local, la detengo en su rostro; en el brillo de sus ojos, en la forma de sus labios, de su mandíbula...—. ¿Qué pasa? —me pregunta, volviéndose hacia mí, y adivino la sonrisa llegar para, casi al segundo, ensancharse en su cara. Mi irresistible chico de anuncio.

—Nada —musito, encogiéndome de hombros, sonriendo cuando enarca una ceja—. Te estaba imaginando de crío, jugando con muñecas. —Y, aunque no es exactamente lo que estaba pensando, sí que lo he hecho antes, cuando me lo ha explicado.

—Ahora también juego con muñecas —replica con voz ronca, pegándome a su cuerpo y arrancándome una carcajada—, y, joder, los triples saltos mortales se me dan de coña —prosigue, consiguiendo que alargue mi carcajada—. Si te digo una cosa, ¿me prometes que no te molestará? —inquiere, sin soltarme, y rodeo su cintura con mis brazos.

—Adelante... —susurro, sin dejar de sonreír.

—Que me gustas con gafas —declara, acercando sus labios a mi oreja—, y te quiero desnuda solo con ellas puestas —añade con voz grave, y me muerdo el labio inferior, sintiendo cómo el deseo llega para instalarse en mi vientre.

—Seguro que era eso —le rebato, divertida, buscando su mirada y perdiéndome en ella—. Venga, ¿qué ibas a decirme? —le planteo, viendo cómo la seriedad se instala en su mirada; una seriedad capaz de alejar el deseo y borrar las sonrisas.

—Me alegro de que ese tío se largara —me confiesa finalmente.

—Ya... —murmuro, desviando mi mirada de la suya. Ojalá yo pudiera llegar a esa misma conclusión—. ¿Entramos? —le propongo, y, como tantas veces he hecho desde que se marchó, me pregunto cómo sería mi vida ahora si no lo hubiera hecho.

—Vamos —acepta, aferrando mi mano para echar a andar hacia el interior del restaurante, y lo sigo con esa duda martilleando en mi cabeza.

«Cómo no», pienso, esbozando una gran sonrisa cuando se funde en un abrazo con el que supongo que es su amigo y el dueño del establecimiento.

—¿Qué pasa, tío? ¿Cómo te va todo? —lo saluda, y sonrío, cruzándome de brazos.

—Hasta arriba. Oye, macho, la próxima vez que decidas venir, intenta llamarme un poco antes, ¿quieres? Por si no lo sabes, aquí los clientes reservan con semanas de antelación —le recrimina con una sonrisa.

—Joder, ¡pero si ha sido algo improvisado!

—Siempre es algo improvisado. Cualquier día te pongo a comer en la cocina —le rebate, y sonrío más.

«Ya sabes lo que dicen: ten amigos hasta en el infierno para que te den la mejor caldera —recuerdo de repente—, y para que te den mesa también», añado, tomando nota mental de pasar más tiempo con mis amigas, y no para conseguir algo en concreto, sino simplemente para estar con ellas.

—Cristian, te presento a María Eugenia, una amiga —le dice, y, con su voz, regreso a la realidad de este restaurante.

—Encantada —lo saludo, dándole un par de besos.

—Igualmente. Esa de ahí es vuestra mesa —nos indica, señalándonos la que está cerca de la ventana—. Os dejo, chicos; la cocina me reclama —se despide antes de darle un suave puñetazo en el hombro y salir disparado hacia ella.

—¿De qué lo conoces? —indago mientras nos acomodamos y admiro el maravilloso paisaje que se vislumbra a través de la pequeña ventana de madera—. No me digas que trabajaste aquí también —suelto, provocando su sonrisa.

—Trabajó mi hermana durante unos meses.

—¿Y ahora? —me atrevo a preguntarle.

—Cuando le dieron el alta, decidió que no quería ver siempre los fogones de la misma cocina, sino que prefería ver los fogones de multitud de países —me cuenta con una sonrisa cargada de añoranza—. En este momento está en Irlanda, pero puede que, dentro de un tiempo, decida largarse a otro lugar. Digamos que su objetivo no es abrir un restaurante, sino trabajar en los que hay por el mundo —comenta, repantigándose en su silla, y observo su pose despreocupada y su pelo revuelto.

—Me parece un buen objetivo.

—Lo es, solo que a mí me gustaría tenerla más cerca, pero lo principal es que sea feliz y, si así lo es, poco tengo que decir —acepta, encogiéndose de hombros.

—Puede que dentro de unos años se canse de vivir así y decida regresar —respondo, esbozando una sonrisa y alargando una mano para coger la suya.

—Eso espero —menciona con seriedad, bajando la mirada hasta nuestras manos, moviendo la suya para acariciar mi piel.

—¿La echas de menos?

—Todos los días —me confirma, rotundo—. Tienes suerte de tener a tu hermana cerca.

—Y ahora va a hacerme tía —le cuento, sonriendo feliz—. Es así de pequeñita, pero ya está toda formada —prosigo, alejando mi mano de la suya para acercar mis dedos índices y poder mostrarle su tamaño aproximado.

—¿Es una niña?

—Eso parece —contesto, buscando su mano de nuevo.

—¿Tú quieres tener hijos? —¡Menuda pregunta!

—Tengo treinta y ocho años; posiblemente, cuando quiera

tenerlos, ya no pueda —comento, mirándolo directamente a los ojos, porque esto es algo que él debe tener claro.

—Vuelves a estar en el futuro —me recrimina, sin soltarse de mi mirada.

—Ser realista no es estar en el futuro —matizo, sin hacerlo yo tampoco.

—Sí o no, tan fácil como eso —insiste, y niego con la cabeza, vaciando discretamente mis pulmones.

—No, la mayor parte de las veces, y, sí, en alguna ocasión —admito—. ¿Y tú?

—Sí, todas las veces —me contesta, rotundo.

—Pues entonces estás perdiendo el tiempo conmigo.

Y, no sé por qué, me siento triste al expresar esto.

—Permíteme que eso sea algo que decida yo —replica con gravedad.

—Qué sitio más bonito —cambio de tema, observando el techo y las vigas de madera.

—¿Sabes que acabas de hacer lo mismo que me echabas a mí en cara? —me pregunta, divertido, atrapando mi atención—. Y es la segunda vez, en poco rato, que lo haces; lo has hecho en la puerta y has vuelto a hacerlo ahora. ¿Qué pasa, que estás copiándome?

—Sí, eso creo —bromeo, esbozando un intento de sonrisa.

—Escúchame... Sé la edad que tienes y la que tengo yo. Sé cuáles son tus sueños, porque tú misma me los has contado, y sé todo lo que tengo que saber, pelirroja, pero ya está, no tiene más importancia, porque lo único que importa es...

—Esto, ¿verdad? —lo corto, sonriendo esta vez con sinceridad.

—Te cuesta, pero al final aprendes —suelta, socarrón—. No voy a negarme nada por imaginar un futuro que es totalmente incierto. Quiero estar contigo, ahora, y todo lo demás es solo un espejismo, ¿está claro? —me plantea, y asiento con la cabeza, porque supongo que yo también quiero vivirlo y ver qué pasa.

Y, entre plato y plato, vamos colando confesiones, sueños y deseos y también conociéndonos un poco más; incluso le hablo de mi encuentro con Sidney Toledano y el papel que jugó mi jefe en él, algo que no le he explicado a nadie, ni siquiera a Candela, y, de una manera sencilla, siento cómo esas barreras, esos límites y esas fronteras comienzan a desdibujarse o a derrumbarse, como las paredes de ese castillo del que hoy quedan solo unas ruinas.

—Y ahora es cuando me dices que nunca es tan malo —comenta, vacilón, cuando llegamos hasta donde tiene aparcada la moto, provocando que sonría mucho.

—Si ya lo sabes, no necesitas que yo te lo confirme —matizo, sin poder dejar de sonreír, y es curioso las muchas veces que lo hago cuando estoy a su lado, «posiblemente porque con Alberto llegué a un punto en el que dejé de hacerlo.»

—¿A dónde te has ido? —me pregunta, sacándome de mis pensamientos.

—¿Cómo? —le formulo, completamente perdida, viendo cómo enarca una de sus cejas, para, sin dejar de mirarme, abrir el maletín donde guardamos los cascos.

—Tú dirás. —Y, maldita sea, al final será verdad eso de que sabe leerme.

—¿Sabes que eres un coñazo? —replico, entre molesta y divertida, cruzándome de brazos.

—O tú demasiado evidente —me responde, sonriendo, tirándome el casco, que cojo al vuelo.

—Deja de leerme, ¿quieres? —le pido, sonriendo yo también mientras él sube a la moto.

—Deja de mostrarme lo que piensas y lo haré. Vamos, pelirroja, sube y pégate mucho a mí —me rebate, insolente, y lo hago, rodeando su cintura con fuerza.

Y mientras se come los kilómetros a gran velocidad, vislumbro, durante una breve fracción de segundo, cómo la inmensidad aparece frente a mí, esa inmensidad que ves cuando eres capaz de eliminar por completo las barreras, los límites y las fronteras, esa inmensidad que es un mar de posibilidades, tan infinito como el mismo cosmos. Esa inmensidad que, en realidad, es él.

Cuando escucho, a través de los intercomunicadores, cómo me canta otra canción que habla de despertarse como ayer, sonrío, apretando más su cuerpo, porque, de nuevo, creo que no es casualidad que haya elegido esa canción y dudo mucho que se pueda sonreír más de lo que estoy sonriendo yo, sobre todo cuando escucho a través de la letra de esa canción que soy su universo.

Y, si me atreviera, le diría que no me cantara canciones tan bonitas, porque yo también corro el riesgo de enamorarme de él, y que él también es mi universo, solo que no me atrevo y prefiero guardar silencio, posiblemente porque no tengo esa facilidad suya para hablar de sentimientos o porque soy una cobarde y, este silencio, de momento, es mi mejor opción.

—Me gusta esa canción —comento, sintiendo su respiración en la yema de mis dedos y en la palma de mis manos—, y esa que me has cantado antes, también —prosigo y, si fuera posible, juraría que el mundo se ha detenido mientras nosotros no dejamos de correr—. ¿Cómo se titula?

—*Mi reino* —oigo su voz ronca y profunda y, sí, por supuesto que el mundo se ha detenido—. ¿Y sabes una cosa, pelirroja?

—¿Qué? —musito, esperando su respuesta, y me gusta que hablemos así, cuando los sonidos del exterior quedan amortiguados por el casco y nuestras voces son lo único que importa y que escuchamos de verdad.

—Que tú eres mi reina —me confiesa y, siento cómo, de nuevo, mi sonrisa se ensancha en mi rostro, esa sonrisa que nunca se desvanece por completo y que parece estar siempre lista para él y sus palabras.

«Puede que haya adivinado en qué consiste el juego —medito— o, en realidad, no tenga ni idea. Puede que me lleve una ligera ventaja, o más de la que imagina, pero tampoco es que me importe demasiado mientras pueda seguir pegándome a su cuerpo, mientras pueda sentir su respiración en mi piel o mientras pueda seguir sonriendo así.»

—¿Quieres quedarte a dormir en mi casa? —le propongo de repente y, como viene sucediendo, esa pregunta ha surgido de manera natural, sin complicaciones y sin tener que darle cientos de vueltas.

—¿Quieres que me quede? —replica, y siento que nuestro mundo sigue detenido, a pesar de lo mucho que estamos corriendo.

—Esto también es algo que haces muy a menudo.

—¿Qué hago? —indaga y, sin verlo, sé que ha sonreído.

—Yo te pregunto algo y tú vuelves a preguntármelo.

—Puede que quiera asegurarme de que no vas a arrepentirte.

—No voy a arrepentirme —le garantizo y, cuando un deseo cruza mi mente, lo verbalizo sin cuestionarlo—. Yo también quiero despertarme como hoy —susurro, parafraseando la canción, y qué fácil es hablar así... cuando el que habla es tu corazón y cuando lo único que importa es sentir su cuerpo pegado al tuyo o el tuyo adherido al suyo, da igual.

—En realidad es «quiero despertarme como ayer» —apostilla, divertido.

—Puede que eso te lo diga otro día —admito.

«Por supuesto que hemos detenido el mundo con nuestras palabras», asumo mientras él guarda silencio, dándole más gas a la moto y adelantando sus cinco casillas de golpe.

Hacemos el resto del trayecto sin hablar y, cuando llegamos a Madrid y toma una dirección distinta a la que tomaría si fuera a mi casa, doy por hecho que vamos a la suya a por sus cosas... «Sus cosas», me alarmo, sintiendo que, de repente, me falta el aire, que mi corazón comienza a latir de manera alterada y que mi mente se bloquea, como si una nube inmensa se hubiera instalado en ella, aprisionando los huesos de mi cráneo.

«No te vuelvas loca —me riño mientras en mi cabeza solo resuena *sus cosas*— y, con lo fácil que ha sido tomar la decisión, no vayas a entrar en bucle ahora —sigo reprendiéndome, inspirando profundamente—, pero es que no quiero precipitarme ni fastidiarla ni meterme en aguas demasiado profundas de las que no pueda salir luego. Necesito tocar el suelo, saber por dónde piso», me justifico, sintiendo que no entra bastante aire en mis pulmones.

Cuando aparca y apaga el motor, me afano en apearme de la moto para desprenderme del casco. «Me estoy ahogando», reconozco, evitando su mirada cuando él se quita el suyo, respirando tan hondo como puedo.

—¿Segura, pelirroja? —Y esa pregunta y su voz tienen el poder suficiente como para deshacer esa nube enorme que tenía instalada en la cabeza, para normalizar los latidos alterados de mi corazón y para abrir mis pulmones de golpe, «y no ha sido la pregunta en sí, sino su voz», admito, quedándome enganchada al azul de sus ojos, que atesora las infinitas tonalidades del mar.

—¿Cuántas veces vas a preguntármelo? —replico, ligeramente molesta, dando por hecho a qué se refiere—. Eres un coñazo —añado, percatándome de que, de nuevo, es fácil, cómodo y normal, «y no es por mí, sino por él», asumo, sonriendo cuando su carcajada explota en su garganta, y yo tampoco he tenido que aclararle a qué me refería con mi afirmación. Puede que no sea el único que sabe leer bien al otro.

—Tantas como haga falta, pelirroja, sobre todo cuando... nada —se interrumpe, apeándose de la moto y dejándolo en el aire, y, «sí, casi mejor si no lo dice», pienso, acercándome a él para guardar mi casco junto al suyo.

—¿Dónde vives? —cambio de tema, observando la pequeña plazoleta en la que nos encontramos.

—En esa calle —me indica, señalándola con la cabeza, y guardo silencio, mirando hacia una calle estrecha y peatonal.

Cuando aferra mi mano con fuerza, siento cómo cualquier resquicio de dudas o nervios desaparece con ese simple gesto. «Por supuesto que no voy a hundirme —afirmo mentalmente de pronto, como si acabara de tener una especie de revelación—, porque, aunque mis pies no toquen el suelo, él siempre estará ahí, listo para impedirlo y para impedir que me vuelva loca también», y esbozo una sonrisa que dibuja otra en su rostro. Y hemos echado a andar y ni siquiera he sido consciente de ello.

—Voy a patentar esa sonrisa como mía —declara con voz ronca, consiguiendo que sonría más.

«Si no quieres que me vuelva un pelmazo contigo, deja de sonreírme como estás haciendo ahora, porque eso de enamorarnos no entra dentro de nuestros planes, ¿verdad? —rememoro, y no tengo ni idea de si no entra dentro de nuestros planes o sí—, ni siquiera sé si tenemos planes, pero qué más dará, porque, lo que tenga que ser, será», sentencio, quedándome enganchada de nuevo al azul de su mirada, donde está instalada la inmensidad del universo y lo insondable del océano.

—Es aquí —anuncia, y observo la librería-cafetería que se encuentra en el bajo del edificio para, seguidamente, subir la vista por la fachada color albero hasta detenerla en los balcones de hierro forjado negro, algunos con plantas, otros vacíos.

—Me gusta esta calle —comento, deslizando la mirada por ella, deteniéndola en los muchos comercios, hoy cerrados, que parecen abarrotarla y que la llenarán de vida durante la semana—. ¿Sueles venir mucho por aquí? —le pregunto, señalándole la librería con un movimiento de cabeza.

—Sí, claro. La dueña es muy amiga mía —contesta, abriendo la puerta del edificio.

—¿Y quién no lo es? —replico, esbozando una sonrisa.

—A ti te costó bastante serlo —me recuerda con una sexy sonrisa.

—Creo que hemos pasado de un extremo al otro —le digo, rebasándolo y guiñándole un ojo, para luego dirigir mis pasos hacia el ascensor.

—Cierto, y creo que ya no te incomoda tanto estar conmigo en un ascensor —añade, accediendo a él, y lo sigo sin dejar de sonreír.

—Crees bien —musito, acercándome a él para posar mis manos en su cintura y pegar mi cuerpo al suyo, «y qué distinto es esto a lo de antes...», constato, acercando mis labios a los suyos, sintiendo la dureza de su cuerpo en contraste con la suavidad de sus labios.

—Te echaba de menos, pelirroja —susurra con voz ronca, llevando su mano a mi cabeza para hundir sus dedos en mi densa melena y arrimarme más a él, y percibo esa fuerza controlada que, como su sonrisa sexy y desdeñosa, forma parte de su sello de identidad, pues, si cerrara los ojos y alguien me tocara así, sabría de inmediato de quién se trataba sin necesidad de abrirlos.

—Y yo a ti —murmuro, y es cierto, porque, a pesar de que hemos estado todo el día juntos, echaba de menos esto... «estar a solas, solo nosotros, poder pegarme a él, sentirlo y que me sienta, besarlo y que me bese; percibir sus manos apresando mi piel y ser yo quien aprese la suya», reconozco, suspirando suavemente cuando su lengua se interna en mi boca y con su otra mano me acerca más a su entrepierna, que ha reaccionado al instante con mi contacto.

—Vamos —me dice, alejando ligeramente sus labios de los míos cuando las puertas del ascensor se abren, y esta vez soy yo la que aferra su mano con fuerza.

Capítulo 21

Con la curiosidad instalada y creciendo en mi interior, accedo a su casa, y qué distinta a cómo la imaginaba. Me gusta mucho lo que estoy viendo; suelos de mosaico en el suelo, esos que alguien colocó hace años y que otro decidió mantener; puertas antiguas de esas que casi tocan el techo; paredes blancas y fotografías de paisajes cubriéndolas; muebles actuales y antiguos, compartiendo espacio y sin desentonar los unos con los otros; alguna planta dándole ese toque fresco que aporta el color verde, y libros, muchos libros por todas partes.

—Y yo pensando que la librería estaba abajo y resulta que está aquí arriba —suelto, sonriendo, atrapando su atención—. Tienes un montón —susurro con admiración, encaminando mis pasos hacia la estantería, supongo que hecha a medida, de madera y hierro negro, que ocupa toda una pared—. De todos estos, ¿cuál es tu preferido? —le pregunto, volviéndome para mirarlo, y contemplo cómo se desprende de la chaqueta, que deja en el respaldo de una silla, para luego acercarse a mí.

«Me gusta cómo se mueve. Me gusta cómo me mira. Me gusta todo de él», reconozco, y creo que, en algún instante, he dejado de sonreír para comérmelo con los ojos.

—Este, sin ninguna duda —me dice, sacando un ejemplar y tendiéndomelo.

De tapa dura y de un color azul grisáceo, carece de imágenes o de un título llamativo que pueda atraer la atención del lector y, en cambio, tiene toda la mía, «porque este libro debe de tener tantos años como el mosaico del suelo de su casa», deduzco, localizando el título que los años casi han borrado, en el lomo. *Rebeca*, Daphne du Maurier, Editorial Planeta... y he tenido que dejarme los ojos para poder leerlo.

—¿Cuánto hace que lo tienes? —indago, observando el color amarillento con el que el paso del tiempo pinta las páginas, abriéndolo y sonriendo ampliamente al ver el dibujo de un sol con un sombrero junto al título—. ¿Y esto? —le planteo, divertida.

—Pues no sabría decirte si esta obra de arte pertenece a mi hermana o a mí —me cuenta, esbozando otra sonrisa, llevando una de sus manos a su pelo para desordenarlo, y sonrío ante este gesto que bien podría hacer un crío travieso tras una pequeña trastada.

Sin dejar de sonreír, voy pasando las páginas, captando ese olor a pasado que atesoran los libros en su interior y acariciando, con la yema de los dedos, esa letra pequeña y apretada que tanto me recuerda a la letra de la máquina de escribir que tiene mi madre en casa.

—No tengo ni idea de cuantos años tiene, supongo que la tira, porque este libro se lo compró mi madre cuando era joven. Mi hermana lo descubrió entre los cientos que tiene y me lo descubrió a mí. Me gustó tanto y lo releí tantas veces que, cuando me mudé a Madrid, mi madre me lo regaló —me explica, y por supuesto que debe tener la tira de años, solo hace falta echarle una mirada por encima.

—¿Y qué lo hace especial? ¿Qué tiene para que lo hayas leído tantas veces? —le formulo con curiosidad.

—Deberías leerlo. Quédatelo y luego me lo cuentas tú —me dice con voz ronca.

—¿Estás seguro? —inquiero, porque este ejemplar, solo por lo antiguo que es, ya es especial, y también porque es de su madre, aunque ahora sea suyo.

—Tú solo cuídalo bien y, cuando lo leas, piensa en mí —me pide, atrapando mi mirada con la suya, acercándose a mí, y detecto el brillo que se ha instalado en ella y que ha cambiado en un segundo, pues ya no es tranquilo ni sereno, sino que está lleno de peligro—. Tú y yo habíamos empezado algo en el ascensor —musita con voz rasposa, cogiendo el libro y dejándolo de nuevo en la estantería, para, seguidamente, apresar mi cuerpo con el suyo—, y no soy de los que deja las cosas a medias —prosigue, mordiendo mi labio inferior y llevando una de sus manos a mi trasero, presionando con ella para arrimarme a su erección, ya lista para mí, y acelerando mi respiración—. ¿Qué te hace a ti especial? —me plantea, subiendo su mano por mi cuerpo hasta colarla por debajo del suéter, y no sé si está preguntándomelo a mí o a sí mismo, pero siento cómo mi piel respira ante su tacto, recordándome una flor que se abre ante la primavera—. ¿Qué tienes para que no pueda estarme quieto? —añade, liberándome del suéter, erizando mi piel, y no por el frío, sino por sus preguntas, por el tono de voz que está empleando y por su forma de besarme, tocarme y mirarme.

—¿Qué tienes tú para que no pueda dejar de pensar en ti? —replico, liberándolo de la sudadera, sintiendo la urgencia adueñarse de mis manos, y esa pregunta ha escapado de mis labios tan veloz que mi cabeza ni siquiera ha sido capaz de procesarla y frenarla.

—Lo mismo que tienes tú, pelirroja —musita antes de atrapar mis labios con ímpetu, arrancándome un gemido cuando su lengua se encuentra con la mía, y siento cómo se cuela dentro de mí, de la misma manera en la que el perfume se adentra en tu interior a través de tus fosas nasales, solo que la fragancia de ese perfume desaparece tras la inspiración, y él, por el contrario, toma fuerza tras ella—. Solo con las gafas, acuérdate —me pide, contrayendo mi vientre, y llevo las manos al botón de sus *jeans* para desabrochárselo. «Y qué tendrá este gesto que a mí me resulta tan sexy», me cuestiono, soltando un gemido cuando él desabrocha mis pantalones—. Me flipa tu cuerpo, pelirroja —me regala, y siento cómo una carcajada sube fulgurante por mi garganta hasta explotar en ella.

—Me encanta que me digas esas cosas —admito, llevándolo hasta el sofá y empujándolo suavemente para que se siente en él, quedando frente a su mirada, atestada de deseo, solo con las gafas, el sujetador de encaje negro y mis pantalones de piel del mismo tono.

—El qué, ¿que me flipa tu cuerpo? —inquiere, recorriéndolo con la mirada, y nunca nadie me había mirado como me mira él, y nunca nadie había conseguido que pudiera sentir una mirada en mi cuerpo, como si me estuviera tocando con ella.

—Y que estoy buenísima —le recuerdo con una sonrisa, desabrochando mi sujetador, dejándolo caer al suelo y permitiendo que un suspiro escape de mis labios cuando su mirada no solo me toca, sino que incendia mi piel.

—Es la pura verdad. Estás buenísima, pelirroja, y, si dependiera de mí, estaría follándote a todas horas —me confiesa con voz rasposa, sin perder de vista mis movimientos mientras me desprendo del pantalón y más tarde de las braguitas, también de encaje, hasta quedar desnuda frente a él, solo con las gafas, tal y como me ha pedido.

—¿Te digo yo lo que haría a todas horas? —inquiero, arrodillándome delante de él, sin dejar de mirarlo, liberándolo de sus *jeans*, con su ayuda. Y, «por Dios», pienso, llevando mi mano al interior de sus *slips* para hacerme con su erección.

—La hostia. Hazlo, pelirroja —adivina, y no me hace falta oír más para metérmela por completo en la boca y enloquecer con ella, porque es justo lo que estoy haciendo, enloqueciendo con su sexo entre mis labios, con sus dedos en mi pelo, tirando de él, y con el deseo más morboso, caliente y excitante instalado entre mis piernas, mojándome e incluso doliéndome de pura necesidad—. Espera, para —masculla entre dientes, obligándome a que me aleje de él, y alzo la mirada hasta encontrarme con la suya, desbordada de demasiadas cosas—. No quiero correrme en tu boca. Hoy, no —sentencia, levantándose para ir en busca de un preservativo y regresando unos segundos después.

—A mí también me flipa tu cuerpo —reconozco en voz alta y, de nuevo, mis palabras han corrido más que mi mente.

—Fóllame, pelirroja —me pide, sentándose en el sofá y cogiéndome del brazo con fuerza para que me siente a horcajadas sobre sus piernas, y no puedo esperar, así que encajo la punta de su sexo en mi mojada abertura.

Sosteniéndole la mirada, hundo los dedos en su pelo para tirar de él mientras bajo sobre su largo hasta empalarme completamente. Y por supuesto que el infinito aparece cuando te cargas los límites, las barreras y las fronteras. «Él es mi infinito, ese que nunca hubiera imaginado, pero porque nunca se me hubiese ocurrido imaginar algo así», admito, sintiendo cómo copa todo mi interior. Cuando impulsa sus caderas hacia arriba, con ímpetu, echo la cabeza hacia atrás. «La Virgen», atino a pensar cuando sus manos apresan mis caderas con esa fuerza que mi cuerpo parece necesitar cuando estoy con él, y correspondo a sus exigencias mudas moviéndome al unísono, gimiendo con él, siguiendo su ritmo, como cuando vamos en la moto y dejamos de ser dos para ser uno.

Y de nuevo siento que estamos unidos por algo invisible, algo que no vemos pero que sí sentimos, como un cordón umbilical imaginario que nos mantiene conectados hasta convertirnos en un solo cuerpo con dos corazones latiendo acelerados.

—Déjame a mí ahora —musito entre gemidos, aferrándome a su cuello, necesitando ser yo la que marque el ritmo esta vez—. Tenía que follarte yo, ¿lo has olvidado? —le formulo, y es curioso el lenguaje que empleo cuando estoy a su lado, y es más curioso todavía que no me sienta incómoda utilizándolo.

—Joder, sí, hazlo —me pide con voz entrecortada y, durante un instante, no lo hago, no puedo, impresionada como estoy por la admiración que se ha instalado en su mirada, porque jamás nadie me había mirado así, «y no es la primera vez que lo pienso», me digo, quedándome enganchada a ella.

Y si el mundo puede detenerse con una mirada, nosotros acabamos de detenerlo ahora. Y ojalá supiera qué decir. «Ojalá hubiera algo, una palabra o cientos de ellas, que definieran cómo me siento —me planteo, percibiendo la suavidad de su pelo en la yema de mis dedos y la enormidad de su sexo llenándome por entero—, pero no tengo palabras ante esto o no quiero tenerlas», reconozco, descansando mi frente en la suya, cerrando los ojos y disfrutando de cómo sus brazos rodean mi cuerpo con fuerza, pegándome más al suyo.

Cuando sus labios buscan los míos, encuentro la forma de expresar todo lo que siento, porque hay besos que hablan por ti cuando tú ni siquiera sabes qué decir. Hay besos que se meten bajo tu piel y la erizan, pero no de frío, sino de bonito, de intenso, de especial, como esto que estamos viviendo. Hay besos que llegan para que no los olvides; besos repletos de sentimiento que te arrancan un suspiro tras otro. Besos que emocionan. Besos que evolucionan hasta pedirte más; que busques su lengua y que gimas cuando la encuentras. Besos que llegan a tu sexo para latir en él y exigirte que te muevas, que busques otro modo de hablar, de sentir, de gemir... y lo hago, me dejo llevar por ese beso que todavía siento bajo mi piel, y que no voy a olvidar, para empezar a moverme rápido, subiendo y bajando sobre su miembro, sin soltarme de su cuello, mi punto de agarre, gimiendo en sus labios. «¡Por Dios!», grito mentalmente, sintiendo el orgasmo empezar a formarse en el centro de mi vientre y de mis piernas.

—¡Sí, sííííí, sííí! —exclamo entre gemidos, moviéndome más rápido, más exigente, más delirante, mientras voy en busca de mi placer, estallando unos segundos antes de que lo haga él y, «Dios mío», pienso, sintiendo los últimos coletazos del orgasmo latiendo en mi interior.

Cuando empieza a cantarme, con voz entrecortada, el estribillo de esa canción, +, dibujo una sonrisa en la piel de su cuello, donde tengo los labios pegados, y ojalá no estuviera tan cansada y pudiera moverme para encontrar su mirada, pienso mientras él sigue cantándomela con voz ronca, y me muerdo el labio inferior, sin poder dejar de sonreír, sabiendo que él sí que ha encontrado la manera de decirme cómo se siente

—Nunca me habían cantado —susurro, y ya no tengo tan claro que quiera dar con su mirada.

—Eso te pasa por salir solo con maduritos interesantes —suelta son sorna, hundiendo sus manos en mi melena, para luego apresar mi cuello, siendo él quien mueve la cabeza para enfrentar mi mirada.

—Suerte que he dejado de hacerlo —le indico, sin dejar de sonreír, hundiendo también mis dedos en su pelo, deslumbrada de nuevo con su suavidad.

«Puede que nunca me hayan gustado los hombres más jóvenes que yo. Puede que no sepa si esto tiene futuro o no. Puede que las certezas, a su lado, me rehúyan tanto como las palabras, pero qué más dará cuando me siento tan bien con él, cuando es capaz de detener mi mundo con una sola mirada y cuando conectamos de una forma tan íntima, incluso fuera de la cama. Además, tampoco es que acertara demasiado cuando salía con mis maduritos interesantes y creía que lo sabía todo —me digo, recordando a Alberto—. Yo estaba tan segura de él, tan segura de lo nuestro... y qué hostia me di», rememoro y, en algún momento, he dejado de sonreír.

—¿Me lo cuentas? —me pregunta con seriedad, todavía encajado en mi interior, y debería moverme para que saliera y también guardar mis pensamientos para mí.

—Nada, que me alegra haber empezado esto —balbuceo, porque, al final, es un buen resumen.

—Ya, y por eso has dejado de sonreír, ¿verdad? Oye, no me gusta que piensen en otro tío estando conmigo —me espeta con sequedad, y siento cómo mi pecho se contrae ante el tono de voz que ha empleado.

—Ya, pero, te guste o no, no puedes controlar los pensamientos ajenos. ¿Dónde está el baño? —inquiero, moviéndome con rapidez para sacarlo de mi interior y levantarme.

Y está más que claro que esta no era la respuesta correcta.

—Es esa puerta —me indica con un gesto, y me afano en llegar a él para cerrar la puerta.

«Qué mal lo he hecho —me recrimino, llevando las manos a mi cabeza para luego hundir los dedos en mi pelo, y qué distinto es el mío del suyo—. Como nosotros —concluyo de repente—, porque él es dulce, atento y un encanto, y yo soy seca, áspera y, a veces, muy idiota —me machaco, apoyando la espalda en la puerta—. Y me gustaría saber por qué me cuesta tanto hablar de mis sentimientos con él», reconozco, llenando mis pulmones con una honda inspiración.

Me hago a un lado para permitirle el acceso cuando noto cómo el pomo de la puerta se mueve y, cuando accede al baño y mi mirada tropieza con la suya, me siento indefensa, perdida y flotando en ese mar infinito en el que mis pies no tocan el suelo. «Siempre puedo aferrarme a él, solo tengo que querer hacerlo —me instigo, sin soltarme de su mirada—, y siempre es un buen momento para intentarlo, para buscar ese punto de agarre que incluso pueden ser mis palabras.»

—No estaba pensando en Alberto, al menos, no como crees —le aclaro, apoyando la espalda en la pared, bajando la mirada hasta el suelo de mosaico, en esta estancia de color blanco y negro—. Ya no estoy enamorada de él y, créeme, me ha costado mucho poder decir esto, porque lo estuve durante años, incluso cuando ya no estábamos juntos —empiezo a relatarle, esforzándome al máximo por hacerlo bien y ser lo más sincera posible—. Yo siempre he apostado por relaciones en las que ellos me sacaban unos cuantos años, por un tipo de hombre muy concreto, y no era algo que eligiera conscientemente, sino que, simplemente, surgía así. Tú y esto que tenemos es todo lo opuesto a lo otro, y no sé qué va a suceder entre nosotros ni si tiene futuro o no, pero no me importa, porque me gusta este cambio, porque me siento bien a tu lado y porque me cantas canciones bonitas que me hacen sonreír. Es fácil estar contigo —le confieso y, en algún momento de mi discurso, su dedo ha alzado mi barbilla y su mirada ha atrapado la mía— y me gustas —sigo confesando, «y no ha sido tan difícil», acepto, sonriendo discretamente cuando lo hace él—. Total, tampoco es que acertara demasiado con mis anteriores elecciones —admito, encogiéndome de hombros—. Eso estaba pensando antes... bueno y que me di la hostia de mi vida con Alberto, eso también —concreto, esta vez con seriedad, sintiendo el frío del azulejo en la planta de los pies—. Se me están quedando los pies helados —gimoteo, mordiéndome el labio inferior, llevando la planta del pie derecho a mi pie izquierdo para que solo se me hiele uno, provocando de nuevo su sonrisa y sonriendo, de nuevo, con él.

—Vaya, cuántas cosas has pensado, pelirroja —suelta, alzándome por las caderas para evitar que mis pies descalzos toquen el suelo, y rodeo su cintura con las piernas de la misma forma en que rodeo su cuello con mis brazos.

—Creo que no he sido la única en hacerlo.

—Crees bien. Joder, me he puesto celoso —reconoce, hundiendo su rostro en mi cuello y, si no estuviera abrazándolo ya, lo abrazaría con fuerza.

—Nunca volvería con Alberto —sentencio en voz baja, y esto es algo que tengo tan claro como que estoy viva—. Incluso cuando todavía seguía enamorada de él sabía que era algo que nunca haría.

—¿Por qué? —me pregunta, alzando la vista para buscar mi mirada—. Si lo querías, ¿por qué no?

—Porque no estuvo a la altura y porque, mientras yo luchaba a contracorriente, él simplemente se dedicó a nadar detrás de mí para no tener que enfrentarse a ella. Me decepcionó tanto que dejé de admirarlo, a pesar de lo mucho que lo quería. —Y no sé por qué esto sigue doliéndome tanto, pero lo hace, y siento cómo las lágrimas llegan con rapidez a mis ojos para brotar de ellos sin darme tiempo a frenarlas. Maldita sea, no quiero llorar; no ahora, cuando lo tengo superado—. Mierda —farfullo, soltándome de su cuello para quitarme las gafas y secarlas mientras él se mueve para sentarse sobre la tapa del váter y abrazarme tan fuerte como lo he abrazado yo antes, cuando ha admitido que se había puesto celoso.

—Oye, no pasa nada por llorar.

—Ya lo sé, pero es que me repatea que siga afectándome así cuando eso está más que superado —le comento al tiempo que las lágrimas no dejan de fluir y, «hostia conmigo», me riño, alargando el brazo para dejar las gafas en la encimera de mármol.

—Si lloras es porque no lo está —adivina, y apoyo la cabeza en su hombro, sintiendo la caricia de sus dedos en mi espalda—. Puede que ya no estés enamorada de él y hayas superado esa ruptura, pero no has superado el dolor, por eso sigue ahí el llanto.

—Sigo enfadada con él —farfullo en voz baja.

—Pues perdónalo, pelirroja. Las cosas son tremendamente fáciles, somos nosotros los que las complicamos innecesariamente, aferrándonos a sentimientos que solo nos dañan. Hasta que no lo perdones, seguirás regresando a ese pasado, una y otra vez, como haces ahora, y seguirá doliéndote, como te duele ahora. Piensa en hoy... ¿cuántas veces has pensado en él? —me pregunta, y no tiene sentido que le mienta cuando las ha pillado todas o, al menos, eso creo.

—Unas cuantas, pero porque lo comparaba contigo.

—No quiero que me compares con él ni con nadie. Él y lo que viviste a su lado no tiene nada que ver conmigo ni con lo que vas a vivir junto a mí. Se te están quedando los pies helados de nuevo —deduce con una sonrisa, y es cierto, los tengo congelados—. Vamos a darnos un baño y a calentar esos pies —me propone, levantándose, sin soltarme y llevándome en brazos hasta la bañera.

—Está helada —me quejo cuando mis pies tocan la porcelana, sintiendo cómo mi vello se eriza, y esta vez sí que es por el frío.

—Dame dos minutos —comenta, abriendo el grifo y cerrando el tapón cuando el agua comienza a salir caliente—. Ven aquí —me dice, sentándose, y hago lo que me pide, apoyando la cabeza en su pecho y sintiendo cómo, casi al segundo, sus brazos me envuelven—. Yo también me siento bien a tu lado, a pesar de que no me cantes canciones bonitas —oigo su voz ronca mientras apoya la barbilla en mi cabeza, y sonrío con sus palabras— y, si dijera que estar contigo es fácil, estaría mintiendo, pero me gustan los retos y me gustas tú. Y yo tampoco sé qué va a suceder, pero no me importa, porque voy a disfrutar cada momento a tu lado y, lo que tenga que venir, que venga —me asegura, rotundo, y me mantengo silencio, con la mirada fija en el agua, que está empezando a cubrir nuestro cuerpo.

—Gracias por hacerlo tan fácil —musito poco después, entrelazando mis dedos con los suyos— y por entenderme tan bien —añado, y, aunque le diría cientos de cosas más, opto por callar, porque no sé por dónde empezar entre todas las que siento copando mi pecho.

—No me las des, pelirroja —replica para luego guardar silencio, y no es un silencio incómodo, pero sí uno que podríamos romper si nos atreviéramos a seguir sincerándonos—. Se te va a mojar el pelo —me advierte, y veo cómo el agua ya cubre gran parte de nosotros.

—¿Tienes secador?

—Sí; seguro que es más básico que el tuyo, pero puede valerte —contesta, «y qué bien me siento a su lado», pienso, cerrando los ojos, dejándome mecer por el arrullo del agua y el sonido de su voz.

—¿Podemos quedarnos así hasta mañana? —inquiero sin abrirlos.

—Podemos hacer todo lo que tú quieras —me responde, y sonrío, sintiéndome cuidada y también querida, y es que, a veces, no necesitas que te lo digan para saberlo.

—Me gusta tu casa; es muy de antes, pero, a la vez, muy actual —comento unos minutos después, tras abrir los ojos y observar detenidamente su baño.

—Como yo —afirma, divertido, consiguiendo que una enorme sonrisa domine mi rostro.

—¿Sabes que la imaginaba de otra forma? Con muebles blancos de líneas rectas, alguna pared roja, muy moderna, no sé... Creo que lo último que esperaba encontrar era esto —reconozco, viendo cómo, con la mano que no está aferrando la mía, acaricia mi brazo y, bueno, si lo comparo con lo nuestro, también vale, porque lo último que esperaba vivir a su lado era esto.

—Me gusta lo de antes, y, aunque los muebles que se llevan ahora no están mal, prefiero otra cosa —me explica, y no puedo estar más de acuerdo con sus palabras—. Cuando encontré esta casa fue amor a primera vista. No he reformado nada, excepto la cocina; el suelo, las puertas, e incluso esta bañera, son los originales.

—Por eso te gusto yo, porque soy de antes —bromeo, provocando su carcajada, que resuena en su pecho y también en el mío.

—Tú también eres un poco idiota cuando quieres. Oye, siento decírtelo, pero no eres tan mayor como piensas. Joder, que solo tienes treinta y ocho años.

—Sé que no soy mayor, pero, si me comparo contigo, sí... No sé, es que tú eres tan joven... —susurro, restándole protagonismo a esa sonrisa que dominaba hace unos segundos mi cara.

—Sí, claro, acabo de cumplir los dieciocho, ¡no te jode! ¿Quieres dejar de ser tan cuadriculada? Déjame hacerte una pregunta: ¿te importaba que tus maduritos interesantes fueran mayores que tú?

—No, porque la joven era yo, y ahora soy tu madurita interesante... y no me gusta —reconozco, sonriendo, sintiendo la vibración de su pecho al carcajearse de nuevo.

—Pues va a tener que gustarte, porque la edad es algo que

no podemos cambiar y no va a interponerse entre nosotros. ¿Lo tienes claro? —me plantea, posando su mano en mi mejilla para volver mi rostro hacia él.

—Lo tengo claro —murmuro cuando mi mirada tropieza con la suya, moviéndome para besarlo, sintiendo cómo mi pecho se llena de cosas buenas, esas que te hacen sentir bien; en realidad, muy bien.

Capítulo 22

—¿Me dejas ropa interior? —le pregunto, asomándome a su habitación, con una toalla cubriendo mi cuerpo y otra enrollada en la cabeza—. Vaya, ¡qué bonita! —exclamo con admiración, viendo las lámparas, que son una simple bombilla, caer desde el techo hasta llegar a las mesitas de noche, y el contraste del color gris grafito de la pared del cabecero con el de la madera de la cama y el blanco de la colcha y el resto de las paredes.

—No tengo un vestidor como el tuyo, pero no está mal —me responde, socarrón, esbozando una sonrisa y acercándose a mí solo con unos *slips* puestos—. Qué bien hueles, pelirroja —musita, hundiendo su cara en mi cuello.

—Igual que tú —constato, sonriendo, pegándome a su cuerpo para rodear su cuello con mis brazos y, de nuevo, nos estamos abrazando, y es algo que hacemos con suma facilidad—. Me gusta que hagas esto —le confieso, inspirando el olor de jabón que desprende su piel.

—¿El qué? —inquiere, levantando la cabeza para encontrarse con mi mirada.

—Cuando hundes la cara en mi cuello; siento mucha ternura, no sé... eres tan sexy y haces eso y no sé si quiero abrazarte o... —le digo, frenando mis palabras ante su sonrisa burlona.

—O, ¿qué? —me reta, vacilón.

—O nada, déjalo —le respondo, y estoy sonriendo mucho y también estoy sonrojada y... ¡maldita sea!

—Ni loco. ¿Qué ibas a decir?

—O comerte entero —susurro, borrando la sonrisa de mi rostro, viendo cómo su mirada se llena de deseo.

—Yo sí que voy a comerte a ti —replica con voz rasposa, desprendiéndome de la toalla con la que cubro mi cuerpo de un fuerte tirón—. Joder, la idea era solo coger mis cosas y largarnos, pero no sé si vamos a conseguirlo —añade mientras me coge con fuerza para llevarme a la cama, y gimo de tan solo imaginar lo que viene a continuación.

Gimo más cuando abre mis piernas y estrella sus labios en mi sexo. ¡Por Dios! Alzo las caderas al tiempo que una de sus manos aprisiona mi pecho y su lengua y sus labios se emplean a fondo en mi centro, y no quiero gemir tanto, ni gritar tanto, ni pegarlo tanto a mi sexo, pero no puedo controlarme, no puedo pensar y solo quiero esto. «Quiero que me chupe, que me lama y que no pare», admito, enloquecida, sintiendo cómo un orgasmo caliente empieza a formarse en mi vientre, y me muevo sobre su boca, reclamando más de todo y encontrándolo cuando explota dentro de mí.

—Dios mío —susurro, maravillada, con la respiración hecha un completo caos, clavando la mirada en el techo mientras percibo cómo se levanta de la cama.

—Vamos a subir el precio de los condones con el ritmo que llevamos —suelta, fanfarrón, y sonrío percibiendo cómo el peso de su cuerpo hunde el colchón de nuevo—. Date la vuelta, pelirroja, y enséñame ese culo tan jodidamente perfecto que tienes —me pide con voz ronca y, cuando obedezco, me da una palmada en una de las nalgas que provoca que gima tanto como cuando tenía sus labios en mi centro. «No puedo creerme que haya gemido con esto —me asombro, gimiendo de nuevo cuando me da otra—, porque esto lo llega a hacer otro tío y me vuelvo para darle la hostia de su vida —me digo, levantando el trasero, invitándolo a que repita la acción—. Señor, voy a tener que pensar en esto seriamente más tarde», me fustigo cuando grito al recibir otra palmada—. Eres la puta hostia, pelirroja —comenta con voz entrecortada, aferrando mis caderas con fuerza para insertarse en mi mojada abertura, y grito ya sin que me importe.

Dos, tres, cuatro, ocho, diez... pierdo la cuenta de sus duras acometidas, de las veces que me da una palmada en el trasero y de las veces que grito hasta que el orgasmo llega para fulminarnos a ambos y dejarnos sin energías.

—No me apetece moverme —murmuro cuando consigo encontrar la voz, sintiendo cómo el cansancio se apodera de mi cuerpo, pues anoche apenas dormimos nada.

—¿Quieres que nos quedemos aquí? —me propone con voz grave, y no hay nada que me apetezca más—. Puedo dejarte algo de ropa, y no me importa compartir el cepillo de dientes contigo —añade mientras cierro los ojos, y debería decir algo o levantarme para limpiarme y secarme el pelo o cualquier cosa que no me hiciera parecer más muerta que viva, pero no lo hago y, simplemente, me sumerjo en mis sueños, que solo son alterados cuando noto cómo me mueve y cubre mi cuerpo con la colcha.

* * *

Despierto cuando todavía no ha amanecido y, durante unos minutos, me dedico a escuchar su lenta y pausada respiración, a sentir el peso de su brazo rodeando mi cintura y a disfrutar de este momento mientras imágenes de lo que vivimos ayer llegan para dibujar una sonrisa en mis labios. Y, tal y como me sucedió en la bañera, siento el deseo de quedarme aquí, acostada a su lado durante horas, «pero es lunes —me lamento—, y anoche me dormí con el pelo mojado y ahora no habrá por dónde cogerlo; además, necesito ir a mi casa para cambiarme de ropa», me digo, un poco molesta con el mundo porque hoy no voy a poder desayunar con él ni tampoco daremos un paseo en moto ni comeremos juntos, «ni nada de nada», reconozco, moviéndome con cuidado para no despertarlo.

Y, como me temía, mi pelo asustaría a un muerto, compruebo una vez que llego al baño y me fijo en mi aspecto ante el espejo. «Tendría que habérmelo secado al menos —me riño, observando la maraña en la que se ha convertido mi perfecta melena—, y encima no tengo ni una goma elástica para poder atarlo —gimoteo mentalmente, haciendo una mueca—. Necesito ir a mi casa ya», afirmo, poniéndome uno de sus *slips* y vistiéndome apresuradamente con la ropa que llevaba ayer, solo que, antes de irme, hago algo que nunca había hecho; dibujo un tulipán en una libreta que encuentro en la cocina. «Te echaré de menos», anoto en la parte inferior y, yendo con cuidado para no hacer ruido y despertarlo, la dejo sobre la almohada.

Llego a mi casa con los primeros rayos del sol y, sin tiempo que perder y desnudándome por el camino, me dirijo al baño para darme una ducha y lavarme el pelo. Lo seco rizando ligeramente las puntas para luego vestirme con unos pantalones anchos de color crema y un suéter de canalé negro, con un cinturón, ribeteado en negro, marcando mi estrecha cintura. Seguidamente me maquillo en tonos suaves. Esta soy yo, la María Eugenia que todo el mundo conoce y espera ver, y la otra, la que ha llegado hecha unos zorros, es la pelirroja que él conoce, la que gime cuando le azotan el trasero y la que se duerme entre sus brazos cuando no puede más... «y esa también soy yo, solo que lo he descubierto con treinta y ocho años», admito, cogiendo el abrigo y el bolso para encaminarme a mi trabajo.

* * *

—Buenos días, Pepe —lo saludo con una sonrisa cuando llego a D'Elkann.

—Buenos días, señora —me devuelve el saludo, y no tiene sentido que siga insistiendo en que me llame simplemente María Eugenia, porque no va a hacerlo.

Cruzo la diáfana recepción oyendo el repiquetear de mis tacones sobre el mármol blanco y, mientras llego al final de esta, donde están los ascensores, me pregunto si ya se habrá despertado y habrá visto mi dibujo, y puede que sea una tontería, pero me hubiera gustado estar presente en ese momento. Accedo al ascensor, hurgando en mi bolso para ver si tengo algún mensaje suyo, y ahí está.

> No vuelvas a marcharte sin
> despertarme. Ya te echo de menos,
> pelirroja.

Sonrío tanto como es posible hacerlo.

—Buenos días, jefa —me saluda Mauro cuando accedo a Diseño.

—Buenos días —le devuelvo el saludo, yendo hacia mi mesa mientras observo cómo el departamento va cobrando vida—. ¿Tienes los bocetos que te pedí? —le pregunto con seriedad, sin darle tiempo a iniciar conmigo ningún tipo de conversación que no tenga que ver con nuestro trabajo.

—Dos minutos y te los entrego.

—Que no sean tres —replico, dejando de prestarle atención para centrarme en todo lo que tengo sobre la mesa.

Y esta también soy yo; la mujer exigente con su trabajo y con el de los miembros de su equipo, la que no permite que la despisten ni permite que se despisten y la que busca la perfección en todo. Y, como siempre me sucede cuando cruzo las puertas acristaladas de este departamento, siento cómo su energía me engulle hasta conseguir que me olvide de todo... «incluso de que sigo en ayunas —me digo, consultando mi reloj de pulsera—; las doce y ni siquiera me he tomado un mísero café», me lamento, levantándome para ir hacia la máquina expendedora situada en el pasillo, sintiendo mi estómago quejarse. «Con esto no tengo ni para empezar», asumo, viendo cómo el líquido oscuro va llenando el vaso mientras sueño con llevarme algo sólido a la boca, y sonrío ante ese pensamiento, porque no ha sido precisamente comida lo que he imaginado. Lo echo de menos y me encantaría saber qué está haciendo. «Tengo tanto trabajo que ni siquiera he consultado el móvil», caigo en la cuenta de repente, haciéndome con el café para acceder de nuevo a Diseño y consultar mi teléfono.

Dime que comes conmigo.

«Maldita sea, hace dos horas de esto», refunfuño, mordiéndome el labio inferior.

Lo siento, no había visto tu mensaje.
No puedo, tengo el día complicado.

Lo he tecleado con rapidez para, de inmediato, darle al botón de enviar. Al momento, leo «escribiendo» en su perfil y espero para conocer su respuesta.

Entonces, cena conmigo... Quiero verte, pelirroja.

Y, hostias, va a parecer que le estoy dando largas, pero tengo que acompañar a Candela al ginecólogo y a saber a qué hora salimos; además, tras varios plantones, le prometí que esta vez cenaríamos juntas.

No puedo... Tengo que

—María Eugenia, ¿te vienes? —me pregunta Manuel, accediendo a Diseño.

«¡La reunión!», recuerdo de pronto, cerrando la aplicación sin llegar a enviar el mensaje.

—Sí, claro —le digo, cogiendo mi café para acercarme a él—. Sigo en ayunas —me quejo, pasando por su lado cuando me abre la puerta.

—¿Y eso?

—Me he dormido —le miento mientras nos dirigimos a la sala de reuniones—, y hoy ha sido un caos, menudo lunes llevo —protesto, percibiendo cómo la palma de mi mano atrapa el calor del café de la misma forma en que mis pies atraparon el frío del azulejo. «Debo contestarle en cuanto pueda», me insto mientras Manuel habla y yo finjo escucharlo.

—... Gael estará presente por videoconferencia —prosigue, abriéndome la puerta de la sala de reuniones para facilitarme el acceso, y, cuando mi mirada se encuentra con la de Maurice, tuerzo el gesto. Esto es lo que me faltaba para ponerle la guinda a mi lunes. Tener que soportarlo, hostias.

Aunque intento contestar su mensaje un par de veces, al final desisto, aplazándolo para cuando terminemos, porque, si yo soy exigente con mi equipo, Elkann lo es más con nosotros, y una reunión con él requiere toda mi atención.

Tras más de dos horas en las que hablamos de la nueva colección y de las que tenemos en marcha, en las que se trazan planes de viabilidad, en las que nos plantea trasladar parte de la confección a China y en las que me peleo más que nunca con Maurice, Elkann la da por finalizada, y no sé si lo hace porque está hasta las narices de escucharnos o porque cree que está todo claro, que no lo está.

—María Eugenia, solo es una idea que se está valorando —me comenta Manuel, una vez se corta la conexión.

—Pues no me gusta esa idea —remarco, molesta, apoyando la espalda en el respaldo de la silla y cruzándome de brazos.

—Nos ha quedado cristalino —interviene Maurice, y lo miro con altivez, alzando el mentón.

—No empecéis, por favor. Maurice, déjame a solas con ella —interviene Manuel, y vacío discretamente mis pulmones, apiadándome de este hombre que es una especie de mediador entre todos.

—¿Qué pasa? —me pregunta, apoyando sus antebrazos en la mesa, mirándome fijamente a los ojos.

—Ya os lo he dicho: no me gusta esa idea —insisto, viendo cómo se levanta y se dirige hacia la ventana, dándome la espalda.

—Cuando tenía dieciséis años empecé a trabajar en una compañía que se dedicaba a la fabricación de pantalones vaqueros. Mi trabajo consistía, simplemente, en recoger los retales que le caían al cortador; era una especie de barrendero dentro de la empresa. Luego me hice cortador y más tarde me convertí en jefe de cadena —me cuenta mientras yo no puedo alejar la mirada de su espalda, pues Manuel es la discreción personalizada y no suele hablar de su vida—. Con el tiempo dejé esa compañía para fundar la mía... esta, en la que tú trabajas ahora. Alquilé un bajo, compré una mesa de corte de segunda mano y una máquina para poder cortar el tejido y, sin serlo, también me hice patronista. Recuerdo que cortaba el tejido y lo llevaba por las casas para que lo cosieran, y luego esas prendas las vendía por los mercadillos y en las tiendas de barrio. Así empezó todo esto —me explica, volviéndose para mirarme mientras lo escucho con atención, pues no tenía ni idea de los inicios de D'Elkann—. Después amplié el préstamo, alquilé otro local más grande y monté mi propio taller, porque necesitaba sacar más producción, y confeccionar por las casas ya no era una opción para el negocio. Y un día, por casualidad, conocí a Gael. Él había sido modelo y conocía el mundo de la moda al dedillo; es más, tenía una forma de ver las cosas que me impresionó, porque él iba más allá... digamos que tenía esa visión que me faltaba a mí, así que no lo dudé y le propuse que fuera mi comercial. Empezó yendo por las tiendas vendiendo nuestro producto y, más tarde, y sin que nadie se lo pidiera, decidió ir a las principales tiendas de la ciudad y a los desfiles, para captar las tendencias, lo que tú llamas ahora un *coolhunter*, para luego decirme lo que se cortaba y lo que no.

»Estaba completamente volcado en el negocio, casi te diría que vivía por él, así que, con el tiempo, le planteé que fuera mi socio, y déjame decirte que fue una de las mejores decisiones de mi vida. Cuando Gael me recomendó expandir la empresa, no solo acepté, sino que, además, le vendí la mayor parte de mis acciones. Todo lo que me ha propuesto ha funcionado, todo, incluso mucho mejor de lo que yo hubiera imaginado inicialmente, así que, cuando me habló de llevarse parte de la confección al extranjero, no lo dudé un segundo, porque sé que funcionará. Si yo, que soy fabricante y lo llevo en la sangre, entiendo que esto es lo mejor para la empresa, ¿por qué no puedes verlo tú? Y es solo una idea, de momento, pero no está de más que empecemos a valorarla.

—No sabía nada de eso —le digo, mirándolo con admiración, intentando imaginar al joven que fue—. Entonces, ¿eras cortador?

—Y sin saber nada de moda me hice un hueco en el sector. Modas Manuel, se llamaba —me cuenta, esbozando una sonrisa, y sonrío con él—. Si no hubiera conocido a Gael, mi negocio se hubiera quedado como estaba, sirviendo solo a los mercadillos y a las tiendas de barrio... y me ganaba muy bien la vida, pero nada que ver con esto —comenta, sosteniéndome la mirada—. Yo no habría sido capaz de levantar este imperio sin él, de eso estoy completamente seguro. Mira, la vida es un cambio continuo, y pone frente a ti oportunidades que puedes coger o no. Yo podría no haberlo contratado, o no haber aceptado sus propuestas, y ahora no estaríamos aquí. Esto que nos ha planteado Gael es otro cambio, otra oportunidad para seguir creciendo y que además necesitamos, porque cada vez tenemos más quejas de los jefes de tienda porque no hay la rotación que debiera, y eso que todavía no ha llegado la nueva colección, imagínate cuando lo haga. Dime dónde ves el problema, porque, para mí, es la solución perfecta, sobre todo para las prendas de continuidad.

—En Maurice, ahí es donde veo el problema.

—Tan pronto como se aprueben los prototipos, algo que harás tú, se confeccionará en base a ellos, y te prometo que no habrá ningún tipo de variación ni en cuanto a calidades ni en cuanto a confección. Desde Diseño haréis los bocetos, los planos, los figurines y las fichas técnicas, tal cual se hace ahora, solo que el taller, en lugar de estar en la tercera planta, estará en China o donde se decida, y te aseguro que, como alguna prenda difiera del prototipo, se devolverá sin contemplaciones, y eso es algo que tiene muy claro Maurice y que tendrá claro la empresa que trabaje con nosotros. Si no confías en Maurice, al menos confía en Gael o en mí; creo que nunca te hemos fallado —me pide, y vacío discretamente mis pulmones, porque es la verdad y, si yo he crecido como persona y como diseñadora, ha sido gracias a ellos... a los dos, porque si Elkann ha sido y es mi maestro, Manuel es esa voz que abre mis ojos cuando ni siquiera la de Elkann es capaz de hacerlo.

—¿Y cuándo vais a ponerlo en marcha?

—Esto es solo una idea que se está empezando a plantear; todavía hay mucho que valorar, así que respira, que no es para mañana. No hace falta que te pida que seas discreta.

—Sabes que por eso podéis estar tranquilos.

—Nada más que decir, entonces. Venga, te invito a comer, seguro que con el estómago lleno no lo verás tan mal.

* * *

Almorzamos juntos en un restaurante que hay cerca de la compañía y, mientras Manuel me detalla esos inicios, que para mí son tan fascinantes, me acuerdo de que todavía no le he contestado. «En cuanto llegue a Diseño, lo hago», me prometo, aplazándolo de nuevo, pues no me parece correcto, en mitad de una comida y mientras él habla, ponerme a enviar mensajes, solo que, cuando regreso a mi departamento, su ritmo delirante me absorbe por completo y, sinceramente, lo olvido.

A la siete y media salgo disparada del trabajo para dirigirme al hospital, rezando a todos los dioses para no llegar tarde. «Como no vea a mi garbancita, me va a dar algo», me digo, deteniendo un taxi y dando gracias al cielo cuando compruebo que no hay mucho tráfico y puede circular con cierta rapidez. «Sí, venga, date prisa», lo apremio mentalmente, comprobando la hora en mi reloj de pulsera.

—Perdona, perdona, perdona, perdona... —me disculpo con mi hermana cuando consigo encontrar la sala, donde ya está esperando, para que le hagan la ecografía morfológica del segundo trimestre, y me estoy convirtiendo en toda una experta en la materia. Le doy un par de besos a Candela para, luego, abrazar a mi madre, que hoy también se ha sumado.

—Tía, ya pensaba que no vendrías —me recrimina mientras yo le doy un beso en la tripa.

—Se me había pasado que hoy no era donde siempre. Hola, garbancita, ¿cómo va todo por ahí dentro? ¿Mamá se está alimentando bien o te está hinchando a comida basura? —le pregunto, recibiendo como respuesta una colleja por parte de mi hermana.

»Mira que eres bruta —le recrimino, mirándola todo lo mal que puedo.

—No empecéis a hacer el tonto —nos regaña mi madre—. Candela come tan mal como siempre —me contesta por ella—. A esta niña le haré yo las papillas o a saber qué engullirá la pobre —apuntilla, y la miro sonriendo para luego detener la mirada en mi hermana, que va vestida con unas simples mallas, una sudadera y una chaqueta de chándal de acetato. ¡Oh, my Dior!, ese tejido debería estar prohibido.

—Déjame en paz —se anticipa a mis palabras—, y, como empecéis a darme la tabarra, la próxima vez me vengo sola.

—Joder con las hormonas —suelto, divertida, observando lo atestada que está la sala de espera. ¿Por qué siempre tiene que haber tanta gente?

—Habla bien —me reprende mi madre.

—Dime que no van todas delante de ti —le pido, pasando de mi madre en el mismo instante en el que sale la enfermera para llamar a mi hermana, ¡y gracias a Dios!, porque ya me temía lo peor.

—Buenas tardes —saludo al médico cuando accedemos a la sala.

—Buenas tardes, doctor —lo saluda mi madre.

—Hola —interviene mi hermana.

—Nos han dicho que es niña —se anticipa mi madre a Candela.

—¿Me acuesto ya? —le pregunta mi hermana mientras yo guardo silencio.

—Sí, bájate un poco las mallas y súbete la sudadera, por favor —le pide, y me coloco a un lado de la camilla para ayudarla.

—Ay, hija, ¡qué barrigón se te está haciendo! —exclama mi madre, poniéndose a mi lado—. ¿Es normal que tenga tanta tripa?

—Mamáááá... —se queja Candela, y ¿por qué no puede mi santa madre quedarse callada?

—¿Qué? —replica mientras el médico pone un poco de gel en la barriga de mi hermana. «¡Qué emoción!», pienso, cogiendo su mano y olvidándome de mi madre momentáneamente—. ¿Sabe usted, doctor? En mi casa solo sabemos hacer niñas. Yo, dos; mi hermana, dos más, y mi madre, que en paz descanse, también solo niñas. Las pililas se nos resisten.

«No puedo creer que haya dicho *pililas* —me digo, muriendo de vergüenza mientras en la pantalla aparece nuestra pequeña princesa—. Voy a ponerle hasta capota», me emociono, imaginándola llena de lazos.

—Es niño —suelta el doctor unos minutos después, y lo miro por encima de mis gafas de pasta. ¡Mira este qué espabilado! ¡Ahora viene y nos dice que es niño!

—No, es niña —le rebate mi hermana, firmemente convencida.

—Sí, eso nos dijeron en la última ecografía, porque te dijeron eso, ¿verdad? A ver si te has confundido y te dijeron que era niño y lo entendiste mal.

—¡Mamá!, ¿cómo va a entenderlo mal? Dijeron niña —le rebato.

—Las tres, ¿pueden mirar aquí? Esto, quieran o no, es un pene... o una pilila, llámenlo como quieran, pero es un varón.

—¡Ay, Dios mío! ¡Que vamos a tener un niño en casa! —grita mi madre, y no dudo que la han oído desde fuera—. ¡Cuando se lo cuente a tu padre, no va a poder creerlo! ¿Está seguro? A ver si ahora nos hacemos la ilusión y luego nos sale niña.

—¡Mamá! —la reprende Candela.

—¿Quééé? Tú no sabes las veces que le pedí al Señor que fuera niño... Si es que me escucha, lo que yo os diga, ¡que me escucha! ¡Ay, pero qué ganas tengo de explicárselo a vuestro padre! ¡Un niño! ¡Por fin vamos a tener un niño en casa! ¿Os lo imagináis? —parlotea, emocionada.

Y, no sé por qué, imagino un niño rubito, con los ojos azules y la mirada traviesa. Un niño que sea su hijo, solo que no debería pensar en estas cosas cuando no quiero ser madre... «y, sobre todo, cuando no he encontrado un momento a lo largo de todo el día para contestarle un simple mensaje», me recrimino mientras, de fondo, oigo las voces de mi hermana y mi madre.

Tras una revisión exhaustiva al bebé que dura mucho más que una ecografía cualquiera, abandonamos esta sala con la tranquilidad de saber que está todo bien y con la emoción, sobre todo por parte de mi madre, de saber que va a ser niño, aunque, si soy sincera, a mí me daba un poco igual. «Yo solo quiero que esté bien, que nazca sin complicaciones y que a mi hermana no le suceda nada malo durante el parto, total, voy a ponerle capota de todas formas», me digo, imaginando una en tonos azules o beiges.

—¿Dónde cenamos? —nos pregunta mi madre cuando salimos del hospital mientras llama a mi padre para darle la noticia.

—¿Os importa si no me apunto? —les formulo, deseando irme a su casa y arreglar lo que yo sola me temo que he estropeado.

—De eso nada, tú te vienes —me exige mi hermana, cogiéndome del brazo para evitar mi huida—. Tía, lo prometiste.

—Ya lo sé —admito, mordiéndome el labio inferior e inspirando profundamente—. Espera, dame un momento, necesito hacer una llamada —añado, soltándome de su agarre, porque, visto lo visto, no voy a esperar a llegar al restaurante y que suceda cualquier cosa que me impida hacerlo.

Alejándome de ellas, para no hacerlas partícipes de mi conversación, busco su nombre en mi lista de contactos para llamarlo, «y qué mal lo he hecho hoy —reconozco, sintiendo el frío de la noche adentrarse en mi interior con cada inspiración—. Venga, cógelo —le pido mentalmente, solo que no lo hace—. Puede que no haya oído la llamada o puede que sí y esté pasando tanto de mí como he pasado yo de él a lo largo del día», me fustigo, llamándolo de nuevo... y nada. ¡Maldita sea!

—Candela, no me mates, pero tengo que irme —le anuncio, acercándome a ellas.

—Tía, no me fastidies.

—Lo siento, en serio, pero tengo que solucionar una cosa y no voy a poder cenar tranquila sabiendo que tengo eso pendiente. Te prometo que mañana cenaremos juntas.

—Pero, ¡hija!, para una vez que me apunto a una de vuestras cenas, ¿ahora no vienes? ¿Puedes decirme qué tienes que hacer a estas horas? —me pregunta, disgustada, mi madre.

—Cosas del curro —le miento, dándole un abrazo para luego dirigirme hacia mi hermana—. No te enfades, ¿de acuerdo? Te llamo mañana.

—Ya te vale —replica, molesta, correspondiendo a mi abrazo—. Venga, mamá, vámonos tú y yo a cenar y a pensar nombres de niño —oigo que le dice, y me siento fatal, porque me apetece muchísimo ese plan, pero necesito hablar con él y, hostia, todo esto lo podía haber evitado si hubiera querido encontrar un minuto para contestar su wasap.

El taxi me deja en la misma plazoleta en la que ayer él aparcó la moto y, sintiendo los nervios llegar para acompañar mis pasos, me encamino hacia su casa. «Solo espero que me abra —me digo cuando llego frente a la puerta de su edificio—. Vaya, no pone el nombre en los botones del portero electrónico... —constato, haciendo una mueca, solo números, y no tengo ni idea de cuál es el suyo—. A ver, vive en un tercero y hay dos por planta —recuerdo—, o es el cinco o es el seis», deduzco, pulsando el cinco y deseando no haberme equivocado.

—¿Sí? ¿Quién es? —inquiere la voz de una mujer ya entrada en años, así que es el seis.

—¿Está Ciro? —le pregunto, a pesar de dudarlo mucho, porque, como no viva con su abuela, está claro que este no es el timbre de su casa.

—Ay, maja, te has equivocado. Ciro es mi vecino. ¿Lo buscas?

—Sí. ¿Puede abrirme, por favor? —le pido, porque casi mejor si me abre ella, no sea que siga pasando de mí y decida dejarme en la puerta de la calle.

—Claro que sí, maja. Anda, pasa —me contesta, abriéndola, y ella sí que es maja.

—Muchas gracias, señora —le agradezco, accediendo al inmueble y dirigiéndome con premura hacia el ascensor.

«Estoy nerviosa —admito, inspirando profundamente cuando se cierran las puertas y el elevador inicia su ascenso—. Y, aunque intento tranquilizarme durante ese corto espacio de tiempo, en realidad lo único que consigo es ponerme más atacada todavía —asumo cuando se abren las puertas en su rellano—, y qué tontería estar nerviosa por esto», me digo, obligándome a caminar con decisión hasta su puerta.

«Venga, llama —me ordeno, con la vista fija en el timbre—. Vamos, púlsalo —me insisto, cerrando y abriendo las manos, sintiendo cómo mi corazón golpea con fuerza mi pecho—. Estás haciendo el tonto; hazlo de una vez», me exijo, sin poder alejar la mirada de ese botón, y estoy exagerando y pensando que va a reaccionar como reaccionaría yo, cuando él no es como yo.

—¿No llamas? —oigo a mi espalda, y me vuelvo para encontrarme con la que supongo que es la mujer que me ha abierto, una señora que rozará los ochenta años, con el pelo cano recogido en un moño, muy bajita y vestida toda de negro.

—Pues no sé qué hacer... me lo estoy pensando —admito con sinceridad, esbozando una sonrisa inquieta.

—¿Quieres que llame por ti? —me propone, y sonrío más.

—No, no hace falta, gracias —musito, dirigiendo de nuevo la mirada hacia el timbre, y no puedo creer que esté así.

«Voy a llamar», me animo, alargado la mano, sintiendo el tacto del timbre en la yema de mis dedos.

—Eso es, venga, apriétalo —me anima la anciana, y, con una fuerte inspiración, hundo mi dedo en el botón. Ya está.

Cuando abre la puerta y su mirada se encuentra con la mía, doy por hecho que está tan cabreado como lo estaría yo, puede que incluso más.

Capítulo 23

—Vaya, esto sí que no lo esperaba —me suelta con dureza y, «vamos a ver, tampoco es para tanto», me digo, frunciendo el ceño.

—Lo siento, ¿vale? He tenido un día muy complicado y...

—No te estoy pidiendo explicaciones —me corta con frialdad, sin invitarme a pasar.

—Qué chica más bien vestida y qué guapa, ¿verdad? —le comenta la señora, y me vuelvo para mirarla, percatándome de que se ha referido a mí como *chica*—. ¿No vas a dejarla entrar? —le pregunta, provocando mi sonrisa.

—Amparito, ¿cuántas veces he de advertirte de que no abras a desconocidos? —replica, molesto, y me vuelvo para mirarlo mientras, de fondo, oigo a la tal Amparito contarle que me había equivocado.

«Maldita sea, está claro que no ha sido buena idea venir», reconozco, ya sin rastro de la sonrisa en mi rostro.

—¿Me hubieras dejado en la puerta? —le planteo, sintiendo cómo algo difícil de explicar se asienta en mi garganta; algo que duele, que late y que me impide tragar o respirar con normalidad.

—¿Has tenido tú algún problema en no contestar mis mensajes? —me rebate.

—¡Pero, hombre, no seas así y déjala entrar! —insiste la anciana y, si no estuviera doliéndome tanto, me haría hasta gracia.

—No se preocupe, Amparito, me marcho ya —le digo, volviéndome para largarme, y puede que yo me haya equivocado a lo largo del día, pero él, ahora, no es que esté haciéndolo mucho mejor que yo.

—Pasa —me ordena, y me giro para encontrarme con su mirada cerrada, ¡y una mierda voy a entrar ahora!

—Olvídalo, no me gusta que me hagan favores —siseo entre dientes, encaminando mis pasos hacia el ascensor.

—Pues no haber venido —oigo que me recrimina y, cuando aferra mi brazo con fuerza, me suelto de un tirón.

—Eres idiota, y yo más por estar aquí —afirmo, accediendo al ascensor completamente obcecada, sintiendo cómo la decepción y la ira se enredan entre sí. Lo lleva claro si piensa que voy a ir tras él. Antes me tiro por un puente.

—¡Me cago en la hostia! —exclama, para, casi al segundo, agarrarme por la cintura con ímpetu, pegando mi espalda a su pecho y elevándome con una facilidad pasmosa, para sacarme del ascensor ante la mirada encantada de Amparito, que debe de estar pasándoselo en grande.

—Haz el favor de soltarme —gruño, sujetando sus manos para obligarlo a hacerlo, pero me tiene fuertemente asida y, al final, desisto—. ¡Que sea la última vez que me coges así! —le advierto, cabreada, volviéndome para encararlo, cuando mis pies tocan el suelo de la entrada de su casa.

—¿Puedo saber qué haces aquí y a qué debo el honor de tu presencia? Por cierto, ¿necesitas que extienda la alfombra roja o tus ocupados pies pueden pisar un suelo corriente? —me pregunta, yendo hacia el salón, sin molestarse en mirarme, y lo sigo, viendo, de reojo, la biblioteca donde sigue ese libro, esperando a que lo coja.

—¿Se puede ser más idiota de lo que eres? —replico, y puede que esa no sea la mejor respuesta, pero es la que se merece, visto lo visto.

—Por supuesto, ponme a prueba —me contesta con insolencia, sentándose en el sofá, con una postura totalmente despreocupada, mientras siento la tensión dominar mi cuerpo.

—Oye, ya me he disculpado. ¿Necesitas que me flagele para que tu estúpido orgullo cierre el pico de una vez?

—Deberías irte, estoy cansado y no me apetece discutir contigo —me dice, esta vez con seriedad, «y, sí, debería hacerlo», coincido, sosteniéndole la mirada durante unos minutos; una mirada en la que no puedo ver nada, por mucho que intente hurgar en ella, y es curioso, cuando siempre he visto tanto.

—Si me marcho, ¿solucionaré algo? ¿Dejarás de estar cabreado o dejaré de estarlo yo? —le planteo, quedándome de pie frente a él—. Sé que lo he hecho mal y que debería haber encontrado un momento para contestarte, pero mi vida, a veces, es así y, por mucho que piense en una persona, soy incapaz de encontrar ese momento; es más, puede incluso que hasta olvide contestar un mensaje o devolver una llamada, pero porque tengo cientos de cosas de las que ocuparme y, si esto eres incapaz de entenderlo, mejor no empecemos nada, porque esta puede ser la primera bronca de las muchas que tendremos y, sinceramente, a mí tampoco me apetece discutir contigo —sentencio, dándome media vuelta para largarme, a pesar de que no es esto lo que quiero, «no cuando está doliéndome tanto», reconozco, dirigiéndome hacia la puerta con toda la decisión que soy capaz de encontrar dentro de mí.

—Espera. —Él, y su mano aferrando mi brazo. Y si la piel puede respirar con el contacto de otra, la mía está respirando ahora—. Perdona —murmura, y me vuelvo para darme de frente, esta vez sí, con la infinidad del cosmos y lo insondable del océano—. Yo también lo siento —prosigue, acercándose a mí para hundir su cabeza en mi cuello, y me pego a su cuerpo para abrazarlo, para respirar y para dejar de sentir este dolor ilógico que había empezado en mi garganta y que, palabra a palabra, había ido descendiendo hasta mi pecho, donde estaba haciendo un charco, como si estuviera llorando por mí.

—Iba a contestarte; de hecho, lo estaba haciendo, pero había olvidado que tenía una reunión y luego las cosas se han ido complicando —me justifico, abrazándolo con fuerza.

—No me des explicaciones, joder. Lo siento. Te juro que no soy así y que normalmente soy un tío comprensivo que no se cabrea por estas cosas; en serio, no sé qué me ha pasado —se disculpa mientras yo solo puedo aferrarme a su cuerpo y respirar con sus palabras.

«Yo tampoco sé qué me está pasando ni por qué me siento así —asumo, sintiendo las lágrimas asomarse a mis ojos—, y ni se te ocurra llorar por esto —me advierto—. Venga ya, hostias —maldigo, inspirando profundamente para intentar mantenerlas a raya, sin llegar a conseguirlo—. Menuda estupidez —gimoteo mentalmente, mojando su camiseta—. No lloro por las cosas importantes y voy y lloro por esta tontería, porque ha sido una tontería», reconozco, dejando de frenarlas para dejarlas ir.

—Si pretendías que me sintiera como una mierda, lo estás consiguiendo —me dice con gravedad, moviéndose para atrapar mi mirada con la suya, y, aunque giro la cara para evitarlo, al final logra salirse con la suya.

—Oye, que te quede claro que no soy una tía llorona; de hecho, ni siquiera pude llorar cuando fallecieron mis abuelos, pero luego lloro por chorradas como esta, o con el anuncio de El Almendro o con ese que hacían antes de la lotería y el calvo... y eres tan joven que igual ni siquiera conoces ese anuncio —comento, mosqueada, alejándome de él, sustituyendo el dolor por un enfado, también irracional, mientras él sonríe, cabreándome más—, así que no te creas lo que no es. ¿Sabes qué?, que me largo a mi casa. Suficiente he tenido con mi lunes como para encima tener que aguantar a un crío insolente a medio hacer que se cabrea porque no le contestas un condenado mensaje.

—Ya me he disculpado.

—¡Y ya ves lo que me importa! —exclamo, molesta, abriendo la puerta, que él cierra antes de que pueda llegar a hacerlo del todo.

Ni siquiera sé cómo me siento ni lo que quiero, y esto también es algo nuevo para mí.

—¿En serio lloras con el anuncio de El Almendro? —me pregunta a mi espalda, rozando mi oreja con sus labios y posando su mano en mi vientre para adherirme a él.

—Sí —admito con sequedad, negándome a ceder.

—Y con el del calvo —continúa, acercando sus labios a mi cuello, y siento que algo que no es nuevo para mí llega para borrar el dolor y el enfado; algo que me hace echar la cabeza hacia atrás para apoyarla en su cuerpo y que llena mi interior de calidez. El deseo. Ese deseo que tiene la capacidad de vaciar mi mente de palabras y de pensamientos para llenarla solo de emociones y sentimientos—, y, aunque soy un crío insolente a medio hacer, sé a qué anuncio te refieres —añade, deslizando sus labios por mi cuello hasta llegar a mi mandíbula, y esta vez no vuelvo mi rostro para evitarlo, sino que voy al encuentro de sus labios, alzando una mano para llevarla hasta su cara, ansiando encontrarlos—. Yo también he pensado en ti —declara antes de darme la vuelta para dejarme frente a él— y te he echado muchísimo de menos —me confiesa, descansando su frente en la mía mientras sus manos aprisionan mi cintura con fuerza, arrimándome más a él y arrancándome un suave suspiro, y me gustaría decirle que no ha sido el único en eso de echar de menos, pero no lo hago y guardo silencio, porque es mejor así y porque las palabras, a veces, solo sirven para complicarlo todo demasiado.

Lo beso acallando las suyas, sintiendo cómo ese charco que tenía instalado en mi pecho empieza a secarse, como si sus labios o sus manos fueran ese sol que, con sus rayos, evaporara el agua... «y de nuevo el sol, de nuevo el infinito del cosmos y de nuevo lo insondable del mar; de nuevo él y todo lo que provoca en mí», constato antes de dejar de pensar para darle la bienvenida a su lengua cuando se adentra en mi boca y para hundir mis manos en su pelo y pegarlo más a mí.

«Cómo lo he echado de menos —reconozco, rodeando su cintura con mis piernas cuando me alza—. Cómo había deseado esto —asumo, sin poder dejar de besarlo, sintiendo la suavidad de su pelo en la yema de mis dedos, su respiración alterada en mis labios y la fuerza con la que me apresa en mi piel—. Quiero tocarlo —pienso, colando mi mano por debajo de su camiseta—. Necesito tocarlo», admito, incorporándome cuando, con cuidado, me deposita en la cama, y ni siquiera me había percatado de que había empezado a andar.

De rodillas, me deshago de su camiseta mientras él se deshace de mi suéter, con nuestros labios unidos, con nuestras lenguas buscándose y con nuestros gemidos resonando en la habitación, hasta ahora sumida en el silencio.

—Pelirroja —musita con voz entrecortada, acunando mi

pecho con su mano, para luego apretar mi pezón y arrancarme un gemido que instala la urgencia entre mis piernas.

—Te quiero dentro de mí —le pido, sintiendo la piel de su pecho acariciar la mía mientras seguimos de rodillas en el centro de la cama y, sin poder frenarme más, llevo mis dedos al botón de sus *jeans* para desabrocharlos.

—Y yo quiero estar ya dentro de ti —responde con voz ronca, tumbándome para deshacerse de la poca ropa que me queda y, también, de la suya, y gimo sin que me haya tocado siquiera, porque puedes gemir de anticipación, puedes gemir ante lo que tienes frente a ti e incluso puedes arquearte con una sola mirada y, por Dios, no puedo más.

—Ciro, por favor —murmuro con voz entrecortada—. Ven, ven aquí —ruego, incorporándome, quedando de nuevo de rodillas delante de él para rodear su cuello con mi mano y hacer que se tumbe sobre mí, y no estoy pensando, solo estoy dejándome llevar por todo lo que siento, que es mucho.

—Espera, no llevo el condón —me avisa con voz rasposa cuando rodeo su largo con mi mano para llevarlo a la entrada de mi sexo, y quiero sentirlo así, necesito sentirlo sin nada que me prive de la sensación de su piel contra la mía.

—Solo un poco, por favor, dos minutos —le pido con la respiración completamente hecha un caos, mirándolo a los ojos, con nuestros labios rozándose—, dos minutos, solo eso —susurro, alzando las caderas para invitarlo a entrar y, cuando lo hace y su miembro accede a mi interior, mi gemido se une a su rugido. «¡Por Dios, qué sensación», me digo, buscando sus labios, su lengua y a todo él, «ya no voy a querer que se aparte», asumo, sintiendo cómo sus manos buscan las mías para entrelazar nuestros dedos por encima de mi cabeza.

Y si dos almas pueden conectar, las nuestras lo están haciendo ahora.

Aparcando esa urgencia que parece dominarnos cuando estamos juntos, empezamos a movernos despacio, deseando solo sentirnos, deseando solo disfrutar al máximo de este momento; de su mirada atestada de infinitos sosteniendo la mía; de mis labios en los suyos y de los suyos en los míos; de nuestros dedos enlazados y de nuestros cuerpos pegados, y, durante un breve instante, recuerdo cuando antes he sido incapaz de encontrar nada que no fuera el vacío instalado en su mirada, solo que, tras el vacío, puede llegar el todo, uno que sea solo el principio de algo. «Puede que este sea el nuestro, nuestro principio», acepto, alzado las caderas, sintiendo su piel deslizase con suavidad en mi interior.

—Pelirroja —me advierte entre dientes, insertándose hasta el fondo para luego detenerse, y percibo la fuerza con la que está aferrando mis manos, esa fuerza que no puede ejercer en sus caderas, y gimo, intentando alzar las mías para obligarlo a moverse—. Hace mucho que han pasado esos dos minutos —añade, descansando su frente en la mía—. Joder, como empiece a moverme en serio, no voy a poder parar —me previene y, ahora, más que nunca, somos un solo cuerpo con dos corazones.

—No quiero que te pongas el condón; quiero sentirte así, solo un poco más, por favor, dos minutos más —le pido entre gemidos y, cuando se mueve, sacando su largo para, de un empellón, volver a insertarse con fuerza en mi interior, gimo con esa misma fuerza... y tenía razón y yo tampoco voy a poder parar.

—Síííí, no te pares —gimoteo, moviéndome con él y ¡por Diossss...!

—¡Joder! Piensa en papillas y en pañales —masculla, apretando la mandíbula, y esas palabras son suficiente motivación como para alejarlo con energía de mi cuerpo.

—¡Mierda! Tienes razón, maldita sea, se me estaba yendo la cabeza —admito, sentándome sobre la cama mientras él se levanta para hurgar en uno de los cajones de la mesilla de noche, de donde saca una caja de preservativos.

«Menos mal que ha dicho esas palabras o en este momento estaríamos haciéndolo como locos sin protección.»

—Suerte que hay un adulto en esta relación —suelta, socarrón, acercándose de nuevo a mí, y sonrío mucho.

—¿No creerás que eres tú el adulto?

—No, qué va, eres tú, que quería follar a pelo —me contesta, insolente, acostándose sobre mí, y hago ver que no lo oigo, haciendo a un lado todo lo que le diría para solo gemir cuando se inserta de nuevo en mi interior, «y qué distinto es esto a lo otro», reconozco, alzando las caderas para ir al encuentro de las suyas.

«La Virgen, sííííí —gimo mientras él comienza a moverse con un ritmo demoledor y delirante, entrando y saliendo con ganas de mi interior— y, no, esto tampoco se asemeja en nada a lo otro», asumo, siguiéndole el ritmo, gimiendo y gritando ante sus contundentes acometidas, y, cuando el orgasmo llega fulminante, me dejo arrastrar por su fuerza de la misma forma en que lo hace él.

Con su corazón latiendo apresurado cerca del mío, veo llegar, en mi imaginación, a ese mismo niño rubito con los ojos azules y la mirada traviesa que he visto antes en la consulta del ginecólogo, «y no sé a qué viene esto —me riño, para casi al instante visualizarlo con un impermeable rojo a juego con sus botas de agua, saltando sobre los charcos o corriendo hacia mí para abrazarme—, y qué tontería», me sigo reprendiendo, clavando la mirada en la televisión de plasma que tiene frente a la cama.

—¿Estás bien? —oigo que me pregunta, y, no, no estoy bien, por lo que muevo mi cabeza para mirar el techo.

—Sí, lo estoy —le miento mientras él se mueve para salir de mi interior y me levanto para ir hacia el baño—. ¿Te importa si me ducho? —inquiero, echando a andar, aparcando la imagen de ese niño rubio que por momentos va desdibujándose, y mejor así.

—No si puedo ducharme contigo, señora adulta —se burla de mí, provocando mi sonrisa.

«A veces, sobre todo en momentos como este, me gustaría saber qué tiene la vida reservado para mí; me gustaría que se dejara de tantos misterios y que me mostrara lo que va a suceder», pienso, anudando mi pelo para evitar que se me moje.

—Vas a tener que dejarme ropa interior, otra vez —le digo, girándome para mirarlo, sonriendo cuando me encuentro con su sonrisa.

Puede que todavía tengamos muchas cosas que solucionar, pero no es el momento de hablarlas ahora, no cuando podemos hacerlas a un lado un poco más, como tampoco es el momento de calentarme la cabeza con cosas que, por mucho que lo intente, no voy a saber.

—Venga, reconócelo: te gusta más mi ropa interior que la tuya —me indica, socarrón, consiguiendo que sonría más.

—Puede ser —musito, guiñándole un ojo para luego entrar en la ducha seguida por él.

—¿Y puede ser que cenes conmigo y te quedes a dormir? —me plantea, abriendo el agua y, cuando sale gélida, suelto un respingo.

—¡Mierda! ¡Está helada! —grito al tiempo que él suelta una carcajada, alejando el monomando de nuestro cuerpo, solo que no puede estarse quieto y acaba salpicándome a propósito, provocando que me pegue todo lo que puedo a la pared, entre risas y con la piel erizada por el frío.

—¡Pero qué idiota eres! —chillo, aferrando el monomando con ganas para que le caiga toda el agua sobre la cabeza, solo que he olvidado que estoy jugando con un crío y, al final, la que termina bajo el chorro, y también entre sus brazos, soy yo. «Suerte que ahora ya sale templada», me consuelo entre risas. A la mierda el pelo.

—No me has contestado —me dice cuando cesa mi ataque de risa, pegándome a su cuerpo, «y estamos abrazados de nuevo», me percato, sintiendo el agua ya caliente correr por nuestros cuerpos.

—Pensaba que ya habrías cenado —le confieso, echando la cabeza hacia atrás para retirar los mechones que tengo adheridos a la cara y, maldita sea, «llevo rímel», recuerdo de repente.

—Estaba esperando a que una pelirroja insoportablemente ocupada se decidiera a dar señales de vida —suelta con insolencia, «y cómo le brillan los ojos», me fijo, sonriendo cuando lo hace él, olvidándome del maquillaje—. ¿Qué dices?

—Que cocinas tú.

—Vaya cosa, cocino todos los días —me contesta, ensanchando más mi sonrisa, y es un encanto y es irresistible.

—Dime que no parezco un oso panda —le pido, haciendo una mueca.

—No recuerdo cómo son los osos panda —me miente, carcajeándose, y, mierda, lo parezco—. Lo siento, pelirroja, sigo sin tener jabón desmaquillante —añade, pues ayer ya se lo pedí—. Vas a tener que conformarte de nuevo con este —me indica, tendiéndome el gel, y me encojo de hombros, resignada a quedarme sin pestañas.

Me seco el pelo mientras él prepara la cena y, vestida con uno de sus pijamas, con su ropa interior y sus zapatillas de ir por casa, llego hasta la cocina, donde está dándole la vuelta a una tortilla, y si yo creía que no había nada más sexy que un tío sexy en moto era porque no había visto a un tío sexy cocinando.

—Huele de fábula —comento cuando consigo reaccionar, pues me había quedado embobada mirándolo.

«Me gusta mirarlo —admito, echando a andar para colocarme a su lado—. Me gusta cómo se mueve, su cara de concentración cuando está haciendo algo, como ahora, o su gesto desdeñoso y vacilón cuando está tomándome el pelo. Me gusta su pelo, siempre revuelto, y el brillo de sus ojos», divago, apoyándome en la encimera y percatándome de que ya ha puesto la mesa e incluso ha encendido velas.

—Qué bien te sienta mi ropa —me halaga, guiñándome un ojo, y lo miro enarcando ambas cejas, sonriendo tanto como es posible.

—Si tú lo dices —replico, oyendo de fondo una canción. «¿De qué me suena?», me pregunto, mordiéndome el labio inferior—. Esta canción la pusieron en el pub, ¿verdad? —inquiero, deslizando la mirada por la estancia.

«Me gusta la reforma que ha hecho, pues, a pesar de que es una cocina actual, mantiene la esencia de la casa, y me gusta su casa y me gusta él», reconozco, deteniendo la mirada en las velas que ha dispuesto sobre la mesa; velas, cena y música. Es un encanto.

—¿No la has incluido en tu *playlist*? —me plantea, esbozando una sonrisa, sacándome de mis pensamientos.

—No recuerdo el título —contesto, dibujando la mía en mi rostro, y es su sonrisa; esa que viene envuelta de timidez.

—Voy a patentar esta sonrisa como mía, y cada vez que sonrías así vas a tener que pagarme con un beso —declara, consiguiendo que sonría más—. *Ocean*, de Karol G —me aclara mientras yo no sé qué decir.

—¿Estamos escuchando tu *playlist*? —indago, viendo cómo termina de aliñar la ensalada.

—Sí, y vas a encontrarte un poco de todo.

—Es cierto, había olvidado que tus grandes eran Marifé de Triana y Concha Piquer —comento, sonriendo mucho y arrancándole una carcajada—. Oye, ¿te ayudo? —le pregunto, comprobando la buena pinta que tienen la ensalada y la tortilla.

—Toma, llévala a la mesa —me pide, tendiéndome el plato con la ensalada, y o yo soy muy lenta secándome el pelo o él es increíblemente rápido entre los fogones.

—¿Esta tortilla de patatas es de esas que venden ya hechas? —inquiero, viendo cómo la pasa al plato, y debe de ser eso, porque tampoco he tardado tanto.

—No, y tampoco es tortilla de patatas al uso, sino tortilla de patatas exprés o, lo que es lo mismo, tortilla de patatas fritas de bolsa —me aclara, siguiéndome, y me vuelvo para mirarlo frunciendo el ceño. ¡Venga ya!

—¿Qué dices?

—¿Nunca la has probado? —demanda al tiempo que nos acomodamos en la pequeña mesa.

—No sabía ni que existía esa opción —admito mientras él corta un trozo para servirme a mí primero.

—Si hubiese sabido que ibas a venir, me hubiera esforzado un poco más, pero te aseguro que esta tortilla está casi tan buena como la otra. Venga, pruébala —me anima y, aunque no estoy muy convencida, lo hago—. ¿Algo que decir al respecto?

—Vaya... está buenísima —expreso, sorprendida.

—Como tú, que también estás buenísima —suelta como si nada, arrancándome una carcajada.

—Sí, claro —musito, acompañando el comentario con esa sonrisa que quiere patentar—. Por cierto, tienes una vecina que es un encanto. ¿Cuánto años tiene?

—Ochenta y tres, y no solo es mi vecina, es mi abuela postiza. —Y, si estuviera contando mis sonrisas, ya habría perdido la cuenta.

—¿Y eso? —indago, probando la ensalada—. Oye, yo creo que la cocina, a partir de ahora, va a ser siempre cosa tuya, porque está todo riquísimo. ¿Lleva miel? —le pregunto, sintiendo cómo el queso de cabra se deshace en mi boca y, Dios, está impresionante—. No me había dado cuenta del hambre que tenía, no he comido nada desde el almuerzo —le cuento, «y estoy parloteando sin parar», me percato, alzando la mirada para encontrarme con su sonrisa—. ¿Qué?

—Por partes. Es mi abuela postiza porque nos hemos adoptado y nos cuidamos entre los dos. Ella es viuda y no tiene hijos, así que yo la llevo al médico cuando se pone enferma y le hago la compra cuando no pueden traérsela, llueve o hace demasiado frío y no quiero que baje a comprar, y luego ella abre a pelirrojas que vienen a buscarme —me dice, provocando mi sonrisa— y también me hizo la comida y la cena todos los días que duró la reforma de esta cocina. Es bueno tener a alguien cuando no tienes a nadie —comenta, y alargo una mano para coger la suya, y no podía estar más equivocada con él cuando lo conocí.

—Menuda suerte tiene Amparito de tenerte.

—También puedo adoptarte a ti si quieres. ¿Qué me dices? ¿Quieres que nos cuidemos? Yo te hago la comida, la cena o lo que quieras y tú me sonríes así todo el tiempo.

—¿Yo solo tengo que sonreírte?

—De entrada, luego ya iré pidiéndote más cosas. ¿Qué te parece?, ¿nos adoptamos? —Y no se puede sonreír más de lo que yo estoy sonriendo—. Eso sí, si aceptas, tienes que permitir que cuide de ti y no puedes volver a marcharte sola cuando todavía no ha amanecido —me advierte, esta vez con seriedad—. Quiero que me despiertes para que te lleve a tu casa.

—Oye, sé cuidar de mí misma, llevo años haciéndolo, y te aseguro que no voy a despertarte para que me lleves a mi casa cuando puedo ir en taxi.

—Tengo claro que sabes cuidar de ti misma y que un taxi puede llevarte, pero el tema no es ese; el tema es que, cuando nos adoptamos, nos cuidamos y nos preocupamos también del otro. Yo cuido de ti y tú cuidas de mí. Tan fácil como eso. Sí o no, ¿qué dices?

—Que es otra forma de conjugar verbos.

—Así es, pelirroja.

—¿Y yo cuido de ti solo sonriéndote?

—Bueno, esto iba a pedírtelo más adelante, pero casi mejor si ponemos todas las cartas sobre la mesa ahora —responde, mirándome fijamente, y acabo de ver su sonrisa esconderse en la comisura de sus labios—. Tienes que encontrar un momento para contestar mis mensajes, sonreírme como estás sonriéndome ahora y ayudarme a cuidar a Amparito; se porta bien, por eso no te preocupes... en realidad cuida ella más de mí que yo de ella, ya verás qué lentejas y qué cocidos hace —añade, liberando su sonrisa y apoyando su peso en el respaldo de la silla para levantar las dos patas de delante—. Y, por supuesto, tienes que jugar mucho conmigo, ya sabes que soy un crío y necesito que me entretengan a todas horas. ¿Qué me dices, pelirroja? —vuelve a plantear, consiguiendo que me carcajee con ganas.

—Digo que sí.

—¿A todo?

—A todo —musito, sin poder alejar mi mirada de la suya—. ¿Has ganado ya? —inquiero, provocando que esta vez sea él quien se carcajee con ganas.

—No, no he ganado todavía, pero ahora te llevo más ventaja que antes —afirma y, sin poder borrar mi sonrisa, niego con la cabeza.

—No vas a anillarme —le aseguro, convencida.

—Cierto, pero voy a cuidar de ti y tú, de mí —replica, dejando de apoyar su peso en el respaldo para sentarse bien y mirarme, esta vez con seriedad—. Te prometo que, con eso, tengo suficiente, al menos de momento.

—Ya —susurro, bajando la mirada hasta mi plato y pinchando un trozo de queso para llevármelo a la boca, y ambos sabemos que ha mentido, solo que opto por callar, porque esta casilla en la que me encuentro ahora es la mejor de todas... Adoptarnos y cuidarnos, qué forma más bonita de decirme que quiere estar conmigo y de decirle que quiero estar con él.

Capítulo 24

Recogemos la mesa y limpiamos los platos sin dejar de hablar y, mientras yo le cuento mi día y él me cuenta el suyo, descubro, en esta pequeña cocina, lo fácil que puede llegar a ser estar con alguien y lo sencillo que resulta abrirse y mostrar cómo eres en realidad, y es que, a su lado, siento que no soy la diseñadora exigente que busca la perfección en todo ni tampoco la mujer que era antes de conocerlo, sino que estoy descubriendo otra versión de mí misma; una en la que me encanta ir en moto, compartir la ducha y en la que no me importa ir vestida con su ropa, incluso con restos de rímel en los ojos, y es una versión en la que me siento cómoda y relajada, y me gusta, me gusta sentirme así, y puede que la otra María Eugenia, esa que he sido toda mi vida, aflore en algún momento, pero, mientras se mantenga callada o escondida, voy a disfrutar de esta que soy cuando estoy a su lado.

—Estás agotada —adivina cuando intento ocultar un segundo bostezo.

—Cuando me ducho y ceno, es como si todo el cansancio que he ido acumulando durante el día saliera de golpe —admito, sintiendo que me duelen hasta los ojos de lo exhausta que estoy.

—Por suerte para ti, tengo una cama —me dice con insolencia, y sonrío mucho cuando lo veo acercarse a mí.

—¿Y no tendrás un cepillo de dientes también?

—No me hagas decirte que lo tendría si hubieras contestado mis mensajes —apuntilla con una sonrisa desdeñosa, y suelto un grito cuando me coge en brazos.

—¿Qué haces? —le pregunto, aferrándome a su cuello entre risas.

—Cuidar de ti —responde, saliendo de la cocina conmigo entre sus brazos, y nunca nadie había cuidado así de mí, y esto también me gusta, porque está bien saber cuidar de una misma y ser independiente, pero también está bien dejar que te cuiden; «en realidad está genial», me reafirmo, sonriéndole cuando mis pies tocan el suelo del baño.

—Me debes un beso.

—¿Cómo?

—Esa sonrisa es mía.

—Todavía no la has patentado.

—¿Qué sabrás tú? Bésame, pelirroja. —Y no se puede sonreír más de lo que lo estoy haciendo.

«Bendito bucólico fin de semana», pienso cuando mis labios acarician los suyos y mis dedos se enredan en su pelo, y es un beso dulce, tranquilo, de esos que saboreas, como si de un postre se tratara. «Puede que él sea mi postre —fabulo cuando sus manos se cuelan por debajo de mi camiseta— o puede que yo sea el suyo», y echo la cabeza hacia atrás, soltando un gemido cuando sus labios bajan por mi cuello y una de sus manos alcanza mi pezón.

—¿Estás demasiado cansada? —me pregunta, atrapando mi mirada con la suya, deslizando sus manos por mi cuerpo hasta llegar a mi espalda.

—Estoy muy cansada —musito, pegándome todo lo que puedo a su cuerpo, hundiendo mis manos en su pelo para tirar de él, sintiendo su erección en mi centro y su respiración en mis labios—, pero no voy a poder dormir si antes no juegas conmigo —añado, sonriendo, sintiendo que me pierdo entre los cientos de infinitos que dominan su mirada.

—Joder, eres perfecta —masculla, alzándome por el trasero para que rodee su cintura con mis piernas.

Sin dejar de besarnos y respirando ya entre gemidos, llegamos a la habitación, donde los pijamas caen al suelo, donde el deseo borra cualquier signo de cansancio que pudiera quedar y donde nuestra piel se convierte en el reclamo de la del otro. Y esta soy la María Eugenia que estoy descubriendo a su lado; la que grita sin que le importe que puedan oírla; la que aferra las sábanas con fuerza y se retuerce entre gemidos cuando sus labios se pierden entre mis piernas; la que rueda sobre la cama para perderse entre las suyas, y la que reclama sus besos, sus manos y su atención... «y es mío», pienso, sentándome a horcajadas sobre sus piernas, jadeando cuando tira de mi pelo con ímpetu. «Es mío», me repito mentalmente, echando la cabeza hacia atrás, frotándome sobre su miembro.

«Echo de menos la sensación de su piel contra la mía sin que haya nada que se interponga —reconozco, empezando a moverme sin poder alejar mis labios de los suyos—, y quiero que me cuide y cuidarlo y terminar todos los días así, a su lado. Sí, quiero esto y lo quiero a él», concluyo, soltando un grito de sorpresa cuando sus manos se posan en mis caderas para moverme y dejarme a cuatro patas sobre la cama, y grito más cuando me da una palmada en el culo. «Síííí, quiero esto», gimo, alzando más las nalgas y recibiendo una segunda palmada y, por Dios, «más», reclamo, gimiendo con ganas cuando siento sus labios en mi sexo, succionando mi clítoris hinchado, «y todo me da vueltas», asumo, sintiendo mi cuerpo atestado de sensaciones.

—Ciro —gimoteo, moviendo las caderas, invitándolo a lo que quiera, recibiendo otra palmada en mi trasero, y necesito correrme, necesito dejar de sentirme a punto de explotar, o no; ni siquiera sé lo que quiero.

—Joder —farfulla entre dientes, enfundándose el preservativo para seguidamente rozar mi mojada abertura con su sexo, y, a pesar de que me tiene fuertemente asida por la cintura, nunca me he sentido más libre.

—Vamos... vamos —gimo, alzando mi culo, gritando cuando, de un empellón, se adentra en mi interior.

«Nunca me había sentido así, con esta necesidad caliente y primitiva llenándome por dentro. Nunca había querido, y mucho menos necesitado, que me azotaran el trasero, ni nunca había gritado como estoy gritando ahora», asumo cuando me da otra palmada.

—Síííííííí, sííííííí —gimo, descontrolada, ante sus rotundas acometidas, dejándome ir y arrastrándolo conmigo cuando el orgasmo llega para llenarme por dentro—. Amparito debe estar escandalizada —le digo con la voz entrecortada cuando se deja caer sobre mi espalda.

—Vamos a tener que comprarle unos tapones o insonorizar esta habitación —responde, y cierro los ojos, aferrando los cientos de sensaciones que todavía colean en mi interior.

—O podemos no ser tan escandalosos —le propongo, sonriendo y sonriendo más cuando entrelaza sus dedos con los míos, sintiéndolo todavía encajado dentro de mí.

—Follar sin gritar es como ver un partido de fútbol y no celebrar el gol. Mejor vamos a comprarle unos tapones —replica, vacilón, «y me he enamorado de él», asumo, guardando silencio—. ¿Sabes por qué estaba tan cabreado? —me pregunta en voz baja cerca de mi oreja, y aprieto sus dedos con los míos, sintiendo la piel de su pecho abrazar mi espalda.

—Me ha quedado claro: porque no te he contestado —musito, percibiendo cómo su respiración se normaliza.

—Eso me ha molestado, pero no me he cabreado por eso. En realidad, más que cabreado, estaba dolido, o puede que ambas cosas. —Y, cuando voy a levantar la cabeza para mirarlo, me lo impide—. Creía que te habías arrepentido y que estabas dándome largas —me revela con seriedad.

—¿Tú haces eso? —le planteo, empleando esa misma seriedad, y esta vez no puede impedirme que lo mire—. ¿Das largas cuando quieres cortar con alguien? ¿Eres de los que deja de responder mensajes y simplemente desaparece?

—Nunca he tenido que cortar, porque nunca he estado con nadie, al menos no como quiero estar contigo —me confiesa, sosteniéndome la mirada.

—¿Nunca has tenido pareja? —inquiero, bajando el tono de mi voz.

—No, nunca.

—¿Por qué?

—Porque nunca había conocido a una tía con la que quisiera probar... hasta que te encontré en los viñedos.

—Ya... —murmuro, apoyando de nuevo la cabeza sobre la almohada.

—Siempre dices «ya» cuando no sabes qué decir —adivina, provocando mi sonrisa.

—Si alguna vez quiero cortar contigo, te aseguro que te lo diré mirándote a los ojos —afirmo, borrándola con mis palabras.

—Espero que no lo hagas.

«Yo también lo espero», pienso, sustituyendo mis palabras por un beso en su mejilla.

Y, como ayer, me duermo entre sus brazos y, como ayer, lo hago toda la noche del tirón, y con esta ya son tres noches seguidas durmiendo con mi cuerpo pegado al suyo, y puede que no sea nada memorable o relevante, pero para mí sí que lo es, porque yo no quería nada con él, con nadie en realidad, y ahora solo deseo sumar más noches a su lado, solo deseo cuidarlo y que me cuide y solo deseo ver qué pasa. Y, al final, será cierto que, ante la nada, aparece el todo.

Despierto con la primera alarma del móvil y, mientras entreabro los ojos, me doy cuenta de que estamos abrazados; «bueno, para ser exactos, tengo la cara escondida en su pecho, las piernas enredadas con las suyas y uno de sus brazos por encima de mi cabeza», compruebo un poco más despierta, esbozando la primera sonrisa del día.

—Pelirroja, apaga eso —oigo que me pide, con voz rasposa, y me doy la vuelta para hacerme con el móvil y silenciarlo.

—Sigue durmiendo —le pido, bajito, obligándome a levantarme, «pues sé que, si vuelvo a cobijarme entre sus brazos, no querré salir de ellos», reconozco girándome para mirarlo con ternura.

«Ha cerrado los ojos de nuevo —me percato, sin poder alejar la mirada de su rostro—. Cuánto se parece al niño que imagino continuamente», pienso, negando con la cabeza antes de abandonar la habitación y dirigirme al cuarto de baño, donde alivio mis necesidades más básicas y me lavo los dientes con su cepillo, tal y como hice ayer.

—¿En serio te has levantado? —le recrimino cuando asoma la cabeza por el baño, y no puede tener más cara de sueño de la que tiene.

—Espera a que me despierte —me pide, abriendo el grifo para casi meter la cabeza debajo del chorro del agua, y lo miro sonriendo.

«Anoche me di cuenta de que me había enamorado de él, y no me he vuelto loca —reconozco, sin poder dejar de mirarlo—, ni he entrado en bucle ni tampoco me estoy martirizando; simplemente lo he aceptado, he sido agua, y puede que ser agua forme parte de la personalidad de esta nueva María Eugenia que estoy descubriendo a su lado.»

—Toma —le digo, tendiéndole una toalla para que se seque—. Oye, ya sé todo lo que dijimos ayer, pero me parece una estupidez que tengas que levantarte tan pronto para llevarme a mi casa cuando hay taxis que pueden hacer lo mismo.

—A ver cómo te lo explico sin un maldito café que me despeje... —replica, apoyándose en la encimera del baño y llevándose las manos a la cara para frotarse los ojos, y me hace gracia que le cueste tanto despertarse—. Esta calle es peatonal y el taxi no puede esperarte en la puerta, sino que tienes que ir tú en su busca. Sé que crees que sabes defenderte, pero déjame decirte que tienes la misma fuerza que pueda tener una hormiga y, si un malnacido quisiera hacerte algo, lo tendría jodidamente fácil.

—¿De verdad crees que no sabría defenderme? —me asombro, entrando en cólera—. Mira, tengo treinta y ocho años, once más que tú —remarco, apuntándolo con el dedo índice mientras él me mira con hartura, cabreándome todavía más—, y nunca he necesitado que un machito venga a defenderme ni a protegerme como si yo fuera una princesa desvalida.

—Joder, pelirroja, qué ganas tienes de follón de buena mañana —masculla, resoplando y acercándose a mí, y ahora sí que se ha despertado—. Defiéndete, venga... Si puedes conmigo, ahí tienes la puerta y me largo a la cama, pero túmbame primero —me suelta, cogiéndome con fuerza para llevarme hasta la pared, y ha sido tan increíblemente rápido y potente placándome que ni siquiera he podido reaccionar—. No van a avisarte, no van a esperar a que estés lista para defenderte y no vas a irte sola —me asegura mientras no dejo de forcejear con él, sin lograr moverme.

Maldita sea, voy a apuntarme a clases de defensa personal solo para poder tumbarlo y abrirle su estúpida cabeza en canal.

—Me estás haciendo daño —farfullo, enfadada, rindiéndome y dejando de hacer esfuerzos para soltarme.

—Lo siento —musita, liberando mis muñecas y alejándose de mí—. Escúchame: eres mejor que yo en todo lo que haces, pero no tienes fuerza, y no tendrías que saber defenderte porque nadie tendría que querer atacarte, pero la realidad es que hay mucho hijo de puta por ahí suelto, y cuando tú te largas es todavía de noche y no hay nadie por la calle —me dice, guardando silencio luego durante unos segundos, y no necesito que hable para saber lo que está pensando—. Te aseguro que no voy a quedarme acostado, durmiendo como si nada. Oye, acordamos cuidarnos y esto es cuidarse, aunque te toque las narices —añade, atándome a su mirada.

—Y, el día que te tumbe, ¿se intercambiarán los papeles? —le pregunto, enfadada—. ¿Me dejaras llevarte a tu casa si es de noche?

—No vas a tumbarme, pelirroja, apenas he tenido que esforzarme para inmovilizarte; de hecho, creo que hasta Amparito podría contigo —se burla, y adivino su sonrisa llegar para esconderse en la comisura de sus labios.

—Eres idiota —replico con seriedad y, sinceramente, dudo mucho de que pueda encontrar la mía.

—Es verdad, soy idiota, pero soy el idiota que va a llevarte a casa —remarca con esa misma seriedad que he empleado yo, y niego con la cabeza para salir del baño en busca de mi ropa.

«Yo nunca he tenido miedo —pienso, empezando a vestirme—. Siempre me he movido por la ciudad, tanto de día como de noche, sin temer por mi seguridad, y es cierto que no tengo fuerza y que no podría defenderme, o sí, porque, ante el miedo, reaccionas, pero también puedes paralizarte —reconozco, sintiendo la mano gélida del temor llegar para deslizarse por mi espalda—. Igual he sido demasiado confiada y él me ha abierto los ojos o igual él es demasiado catastrófico y no tiene por qué suceder nada malo, aunque, para el caso, no importa, porque se ha salido con la suya», asumo, yendo hacia el salón para coger el libro que olvidé ayer.

—Vaya... —susurro, sonriendo muchísimo cuando veo el dibujo de mi flor enmarcado sobre un mueble que hay en un rincón.

«¿Cómo no había visto este rinconcito?», me pregunto, acercándome a él para cogerlo, sonriendo más al ver la lámpara con forma de hipopótamo, con una enorme bombilla sobre la cabeza, junto a unas cuantas fotografías enmarcadas al lado de mi flor... y ahí está ese niño que no dejo de ver, ese niño que supongo que fue él.

—Nunca me habían hecho un dibujo —oigo su voz a mi espalda, y me vuelvo para dedicarle su sonrisa, la que le he negado hoy—. Hombre, una sonrisa —me dice, esbozando otra—. ¿Ya no estás cabreada?

—No tanto —admito, quedándome enganchada al azul de su mirada atestada de infinitos.

—Solo quiero cuidar de ti; pónmelo fácil, ¿vale? —me pide con seriedad.

—No estoy acostumbrada a que cuiden de mí, así que no puedo prometértelo, porque lo más seguro es que me cabree como he hecho hoy.

—Pues vas a tener que acostumbrarte —afirma sin permitir que me suelte de su mirada.

—¿Sabes? Me joroba muchísimo que me hayas puesto el miedo en el cuerpo cuando yo nunca he sido una mujer miedosa —le confieso, dejando el marco junto al resto de fotografías.

—Lo siento, no es lo que pretendía —se disculpa mientras cojo la fotografía del niño, y qué curioso que, sin haberlo visto, no haya dejado de imaginarlo.

—Eres tú, ¿verdad?

—Con mi abuela.

—¿A la que le gusta la copla? —indago, recordando lo que me contó.

—Sí. En Rodas vivíamos en un edificio familiar; mis abuelos estaban en la planta baja y mis padres y yo, en el piso de arriba —me cuenta, colocándose a mi lado—. Creo que la copla sería de lo primero que escuché siendo bebé y ya no dejé de hacerlo hasta que nos mudamos a Menorca. Esas canciones forman parte de los recuerdos de mi infancia, como mis abuelos, la *moussaka* o esa isla.

—Y a tu abuela, siendo griega, ¿le gustaba la copla? A ver, que no es que no pueda gustarle, pero... no sé... —Seguramente me estoy explicando fatal, pues necesito un café o una cafetera entera.

—Ella no era griega, era española, y a mi madre, a mi hermana y a mí siempre nos habló en español.

—¿Qué edad tenías cuando te fuiste? —me intereso, dejando la fotografía junto a las otras.

—Tres años, aunque, en realidad, nunca nos fuimos del todo, porque siempre regresábamos, sobre todo durante las vacaciones de verano, que era cuando mis padres tenían más trabajo. Recuerdo que terminaba el colegio y a los pocos días ya estábamos mi hermana y yo en Rodas, en casa de mis abuelos —me cuenta con una sonrisa cargada de añoranza—. Oye, se te va a hacer tarde —me advierte, y no sé si está cambiando de tema o constatando una realidad.

—Es verdad —musito, y qué curioso que, cuando estoy a su lado, me olvide de todo, incluso de mi trabajo, que ha sido hasta ahora el motor de mi vida.

«Debería centrarme —me riño, pasando por su lado para ir en busca de mi abrigo—, porque no puedo despistarme así; de hecho, nunca me había despistado de esta forma, ni siquiera estando con Alberto, y por supuesto no puede resultarme más atrayente la idea de quedarme con él en lugar de ir a trabajar, porque así no voy a conseguirlo y yo quiero conseguirlo —me digo, dándoles énfasis a mis pensamientos—. Quiero lograr mis objetivos, y, sí, puede que me haya enamorado de él, pero eso no puede ir por delante de lo que realmente me importa. Ayer ya no llegué la primera al curro y hoy tampoco lo haré, y eso es algo que no suele sucederme —me recrimino, disgustada—. Además, a mí qué más me dará si a su abuela le gusta la copla o no, hostias.»

—Cuando dejes de hablar contigo misma, ya me lo contarás —oigo su voz, socarrona, y despierto de esta especie de ensoñación martirizadora en la que yo sola me había sumido.

—Estaba pensando que hoy tampoco voy a poder desayunar. Vamos, se me hace tarde —mascullo, torciendo el gesto y saliendo de su casa seguida por él.

«Maldita sea, he olvidado el libro de nuevo», recuerdo, torciéndolo más.

—¿Ayer no desayunaste? —me pregunta, siguiéndome hasta el ascensor cargado con ambos cascos, y cojo el mío.

—¿Un café a las doce cuenta como desayuno? —inquiero, observando su atuendo y sonriendo—. Vas hecho un desastre —lo reprendo, fijándome en la sudadera, los vaqueros y las *sneakers* de piel negras que calza—. Me he pasado media vida reprendiendo a mi hermana por vestirse así, y ahora voy y termino con un tío que viste igual que ella —me quejo, entre molesta y divertida, saliendo del elevador cuando se abren las puertas.

—Y yo me he pasado media vida huyendo de las tías que parlotean sin cesar por las mañanas y he terminado con una que no deja de hacerlo —me contesta con insolencia, poniéndose la chaqueta cuando salimos a la calle.

—Perdona, pero yo no parloteo sin cesar —me defiendo, fulminándolo con la mirada, echando a andar cuando lo hace él.

¡Será posible con el idiota este!

—Joder que no, y eso que solo escucho la mitad —me replica con esa cara de hartura que me ha puesto antes y, si no fuera porque tengo todas las de perder, le arreaba un guantazo ahora mismo.

—Pues da gracias entonces a que no te cuente la otra mitad —remarco, observando la calle desierta—. Y te has levantado para nada, porque, mira, no hay nadie, solo silencio y más silencio.

—¿Quieres callarte? —me pide, yendo hacia la moto y, aunque no lo he visto, sé que ha sonreído.

—O sea, que eres de los que tienen mal despertar y esto te lo podrías haber evitado; piénsalo para mañana —insisto, machacona, mientras él resopla poniéndose el casco, y lo imito, sonriendo, aferrándome a su cintura para subir a la moto.

«Nunca antes había visto el amanecer yendo en moto por un Madrid casi desierto —pienso, sintiendo su respiración en la yema de mis dedos y en la palma de mis manos, con mi cuerpo completamente pegado al suyo—, y, sí, podría seguir dándole la brasa, pero opto por darle ese silencio que me está pidiendo, porque puede que mañana también quiera ver el amanecer subida en su moto, agarrada a su cintura.»

Corro hacia mi habitación en cuando llegamos a mi casa, porque una cosa es no llegar la primera y otra, bien distinta, llegar la última. «Maldita sea. Maldita sea. Maldita sea —me repito, vistiéndome a toda prisa para luego correr hacia el baño, desmaquillarme y maquillarme de nuevo—, y si esta noch...»

—Toma —oigo su voz, y me vuelvo para ver el café que me está ofreciendo.

—Esto es una mierda y nada práctico —me quejo, cogiéndolo y dándole un sorbo. A la porra la chorrada esa de ver el amanecer sobre su moto.

—Tenemos que organizarnos mejor —me contesta, apoyándose en la pared, atrapando mi mirada a través del reflejo del espejo—: o nos levantamos antes o te vienes a vivir a mi casa.

—¿Y por qué a la tuya? Esta posee dos baños y un vestidor enorme, cosa que la tuya no tiene.

—No me importa compartir baño contigo, y en algún momento vamos a tener que vernos mear —suelta, sonriendo, consiguiendo que me atragante con el café—. Y podemos transformar una de las habitaciones libres de mi piso en un vestidor. Además, piensa en Amparito, no puedo dejarla sola.

Y estamos hablando de vivir juntos con una tranquilidad que no es ni medio normal y, tal y como me sucedió ayer, no he entrado en bucle, ni me lo estoy cuestionando ni me he vuelto medio loca... pero debería hacerlo, ¿verdad? Al menos darle un par de vueltas al asunto, porque no podemos decidir las cosas así, con prisas y sin valorarlo previamente... ¡Oh, my Dior! ¡Se me está yendo la cabeza! ¡Esta no soy yo!

—Espera —y me parece que la María Eugenia que he sido siempre, la que es una piedra enorme, va a empezar a asomar la cabeza—. Apenas nos conocemos. No podemos irnos a vivir juntos. ¿Estamos chalados o qué? —le pregunto y, si acepto, me estaré atando, en cierta forma, a él, y no es eso lo que quiero o, al menos, lo que he querido hasta ahora.

—¿Consideras vivir juntos a cenar y dormir? —inquiere,

enarcando una ceja—. Es una cuestión práctica, pelirroja. Piénsalo bien, no nos veríamos obligados a levantarnos tan temprano y tú tendrías todas tus cosas a mano.

—Es decir, que lo haces para no levantarte tan pronto —suelto, sonriendo, haciendo a un lado mis pensamientos y olvidando que llego tarde al trabajo.

—Por supuesto, ¿qué te creías? —me plantea con una sonrisa desdeñosa—. Por si no lo sabes, levantarse a las seis y media, todos los días, es una putada.

—Mucha gente se levanta a esa hora, incluso antes —le indico, retomando la labor de maquillarme—, y te levantas porque quieres.

—Cierto, me levanto porque quiero, y dime por qué cojones te levantas tú tan temprano si no entras hasta las nueve a currar.

—Si hiciera como tú, que ni te peinas, con media hora tendría más que suficiente —remarco, aplicándome el rímel. «Necesito tener desmaquillante en su casa», pienso de repente.

—No me has contestado.

—Porque me gusta empezar mi día desayunando tranquilamente, y no precisamente un café en el baño mientras me maquillo, mientras leo mis mails, compruebo mi agenda o trabajo un poco sin que estén interrumpiéndome continuamente. O lo hago en mi casa o en el curro, pero, si mi día no empieza así, me pongo de mala leche, no puedo evitarlo... sobre todo porque luego ya no tengo tiempo para comer nada hasta el mediodía y me pongo de más mala leche todavía —le confieso ante su sonrisa—. ¿Por qué estás sonriendo así?

—O sea, que no soy el único al que le toca las narices que le coman la oreja de buena mañana.

—¡Yo no te como la oreja! —exclamo, asombrada por su descaro, y no sé por qué tengo que sonreír cuando me está diciendo pesada en toda mi cara.

—Joder que no, y te estás desviando del tema —replica, cruzándose de brazos y enarcando una ceja y, maldita sea, con tantos tíos que hay en el mundo he tenido que enamorarme precisamente del más insolente, mal vestido y encantador de todos.

—Ya veremos y, si quieres decirme algo, aprovecha ahora, porque no tengo por costumbre mirar el móvil cuando trabajo —le comento, frenando mi sonrisa.

—Es cierto, había olvidado que eres una mujer insoportablemente ocupada.

—Y tú eres insoportablemente idiota —le dedico con una mueca, pasando por su lado para dirigirme a la habitación, donde, sobre la cama, descansa el dibujo de una flor. «Ya te echo de menos, pelirroja», leo al pie del dibujo.

Y, sí, me he enamorado de él... de mi irresistible chico de anuncio.

—Te debía un dibujo —oigo a mi espalda.

—Entonces, yo te debo una flor —susurro, cogiéndolo, ¡y qué bien dibuja!

—Con que digas que sí, me vale —insiste con voz ronca, y niego con la cabeza.

—Es muy precipitado —le hago ver, volviéndome para mirarlo.

—Te equivocas, es muy práctico. Piénsalo: yo te haría el desayuno, en silencio, y tú, también en silencio, contestarías tus mails, dibujarías o lo que quisieras.

—En silencio —repito con una sonrisa.

—Solo la primera media hora, luego ya te dejo parlotear todo lo que quieras.

—¡Vete a la mierda! —le espeto, completamente indignada, dándole una palmada y provocando su carcajada antes de encaminar mis pasos hacia el vestidor para coger mi chaqueta.

«Me da pena dejar mi casa, por mucho que me guste la suya —reconozco, llenando mis pulmones con una fuerte inspiración—. ¡Por Dios!, estoy valorándolo —me percato de repente—. Y es una locura. Y es precipitado. Y apenas nos conocemos, pero... pero quiero despertarme como ayer», admito, recordando esa canción que me cantó el domingo, dejando de pensar para simplemente ceder ante lo que deseo.

—Vamos a probar, solo unos días, y luego... luego ya veremos —cedo, percibiendo su presencia a mi espalda y volviéndome para encontrarme con su perfecta sonrisa y, si no me ha ganado ya, le falta bien poco.

—Estoy de acuerdo. ¿Te llevo al curro o coges un taxi? —me pregunta mientras me pongo la chaqueta.

—Cojo un taxi —respondo, haciéndome con mis cosas para dirigirme a la puerta seguida por él.

—Tú te lo pierdes —me indica, guiñándome un ojo, y sonrío tanto como se puede, cerrando la puerta de mi casa, muy segura de que va a darme muchísima pena dejarla, aunque sea solo por unos días.

—Oye, no quiero que en mi trabajo sepan que estamos juntos, ¿vale?, así que el taxi siempre va a ser mi opción —le aclaro mientras esperamos a que llegue el ascensor—, y este punto es tan importante para mí como para ti es cuidarme.

—¿Qué pasa?, ¿que te preocupa que Pilar te pida los quinientos pavos? —me suelta, accediendo al ascensor cuando se abren las puertas.

—Eso no va a pasar, porque no vas a anillarme —recalco, sonriendo—, y no es eso. Simplemente no me gusta que sepan de mi vida ni provocar chismorreos. D'Elkann, para mí, es un puesto de trabajo y no un lugar en el que hacer amigos —remarco ante su silencio, y no sé por qué me siento mal diciéndole esto, porque parece que me avergüence de él y no es eso—. Con Alberto era lo mismo, no podía decirlo cuando venía a la empresa —me justifico, y tampoco sé por qué lo hago.

—Lo que hicieras con ese tío no me importa —sentencia, saliendo del ascensor y, ¡venga ya!, no puede haberse cabreado.

—¿Te has cabreado?

—¿Te lo parezco? —me pregunta, enarcando una ceja.

—Sí, me lo pareces.

—Pues te equivocas. Nos vemos en casa —se despide, dándome un beso en la mejilla, antes de abrir la puerta del edificio y salir de él.

Y ha dicho «nos vemos en casa», y vamos a vivir juntos, al menos durante unos días, y sí que se ha cabreado y sí que es un buen momento para entrar en bucle y ser la piedra gigantesca que acostumbro a ser.

Capítulo 25

—María Eugenia, tienes a tu hermana al teléfono —me avisa Sonia, al otro lado de la línea.

—Pásamela —le pido, torciendo el cuello para sostener el aparato y no dejar de dibujar—. ¿Ya tenemos nombre para el garbancito? —le pregunto, observando mi boceto y sonriendo.

—Mamá quiere que se llame como papá, pero no lo veo. Yo prefiero Gabriel.

—Me gusta. Es corto, bonito y, además, es el nombre de un arcángel. ¿No le convence a mamá? —inquiero, extrañada, sin dejar de dibujar.

—Sí, pero le gusta más Francisco.

—Quiero mucho a nuestro padre, pero voto por Gabriel.

—Y yo. Por cierto, ¿estás demasiado ocupada para almorzar conmigo?

—Siento lo de ayer, tenía que solucionar un tema y... y me alegra haberme ido —reconozco, hablando en voz baja para no hacer partícipe a nadie de mi conversación, y es, en momentos como estos, cuando echo de menos tener un despacho propio.

—Pues come conmigo y compénsamelo.

—¿Pasas a recogerme tú y comemos en Pasta Mía? —le propongo, pues ese restaurante está a dos minutos caminando de D'Elkann.

—Por mí, perfecto. ¿A las dos te va bien?

—Sí, nos vemos luego. Te quiero, hermanita, y a Gabriel también. —«Y qué fuerza tienen los nombres, porque solo con nombrarlo ya lo siento más cerca de mí y estoy deseando que nazca», reconozco, mordiéndome el labio inferior.

—Nosotros también —contesta antes de colgar.

«Va a alucinar cuando se lo cuente —medito, cambiando rápidamente de pensamiento, frenando mi sonrisa cuando su rostro llega para intentar instalarla en el mío—, y creía que iba a volverme más loca o a entrar más en bucle, pero, en realidad, ha sido poner un pie en el departamento y dejar de pensarlo... No sé, puede que no sea tan descabellado ni tan mala idea. "Yo cuido de ti y tú cuidas de mí. Tan fácil como eso"», recuerdo, y esta vez ya no puedo frenarla más.

—Aquí tienes —me dice Sonia, dejando una pequeña bolsa, con el membrete de Maskala, el restaurante en el que cenamos juntos, sobre mi mesa, y la miro frunciendo el ceño.

—¿Qué es esto? —inquiero, sacando una pequeña caja, abriéndola y salivando en el acto, pues hay un pequeño bocadillo de algo que huele tremendamente bien.

—Tu desayuno, ¡qué va a ser! Ya me dirás cómo lo has hecho, porque este restaurante no prepara comida a domicilio y menos aún te lo lleva al curro, menudo nivel —me suelta antes de girar sobre sus talones y salir del departamento.

«Esto ha sido cosa suya, estoy segura, y es un encanto», pienso, cogiendo el móvil para enviarle un mensaje, que tecleo sin poder dejar de sonreír.

Gracias, eres un encanto.
¿Me lo has traído tú?

¿Y arriesgarme a que me vea alguien?

Leo mientras él continúa escribiendo.

Te lo ha llevado un chico que trabaja
allí.

¿Un amigo tuyo?

Le pregunto, y debería dejar de sonreír así de una vez.

¿Quieres dejar de parlotear y comértelo
de una vez?

En lugar de hacerlo, sonrío más, escribiendo mi respuesta.

Eres insoportablemente idiota.

Y tú eres insoportablemente tú.

¿Y eso es bueno o malo?

Le planteo, frunciendo el ceño.

Vas a tener que esperar para saberlo.
Te veo esta noche, pelirroja.

«Y estoy insoportablemente enamorada de ti —admito sin escribirlo, cerrando la aplicación para hincarle el diente al bocadillo—, y esto es algo que nunca nadie había hecho por mí —pienso, saboreando la increíble mezcla de sabores—. Está cuidándome, como cuida de Amparito o como cuidó de su hermana cuando enfermó.» Apoyo mi espalda en el respaldo de la silla para observar el departamento sin verlo realmente, y, aunque yo jamás he necesitado que cuiden de mí, en realidad, es bonito que lo hagan, o, al menos, a mí me lo parece, y siento cómo mi interior se llena de una sensación nueva que me hace sentir bien.

«Sí, es bonito que te cuiden y que se preocupen por ti —me digo, centrando mi atención en el boceto que tengo frente a mí—. Y ahora vamos a vivir juntos, solo durante unos días, pero vamos a probar y, como todo lo que tiene que ver con él, no ha sido algo que hayamos tenido que meditar, sino algo que ha surgido de manera natural», reconozco, sonriendo, recordando cómo asociaba el estar con él a subir los pies descalzos al sofá, y sigo sintiéndome igual, sigue siendo fácil y sigo sintiéndome cómoda y «en casa», porque él, en cierta forma, es casa, mi casa ahora.

* * *

Paso el resto de la mañana sumergida en el trabajo y, a las dos, encamino mis pasos hacia la recepción, donde ya está esperándome mi hermana y su abultada tripa.

—Hola —la saludo, dándole un abrazo—. Hola, chiquitín —musito, acariciándola a través de la sudadera, y nunca más voy a meterme con los atuendos de Candela, me prometo a mí misma.

—Parezco una vagabunda a tu lado —sentencia, mirándome de arriba abajo mientras abandonamos el edificio.

—Lo pareces —contesto, echando a andar, y no quería decir nada, lo juro, pero no ha podido ponérmelo más a huevo—. De verdad, es que, con lo guapa que eres, creo que podrías sacarte mucho más partido.

—Pues a Santi le gusto así —me suelta como si nada, deteniéndose, y me vuelvo para mirarla por encima de mis gafas de pasta.

—Perdona, ¿qué has dicho? —inquiero, deteniéndome también, frunciendo el ceño.

—Si no estuvieras tan ocupada siempre, lo sabrías —me responde, esbozando una resplandeciente sonrisa, pasando por mi lado.

—¿Estás con Santi? —indago, siguiéndola.

—Sí, desde hace unas semanas.

—¿Cómo que desde hace unas semanas? ¿Cuántas semanas? ¡Porque nos vimos el día de Reyes! ¿Ahí ya estabas con él? —le planteo, sintiendo el frío instalarse en mis pulmones con cada inspiración. Maldita sea, estoy deseando que llegue el buen tiempo.

—Sí —me confirma, sonriendo como debo de sonreír yo cuando estoy con él.

«Ciro y Santi son amigos —caigo en la cuenta de repente—, e igual mi hermana ya sabe lo nuestro y está callándose...

o igual él sabe lo de mi hermana y Santi y no me lo ha contado», proceso a toda velocidad.

—¿Y por qué no me lo habías comentado? —le recrimino, molesta.

—Porque últimamente no dejas de darme plantón —me recuerda con retintín— y porque, ¡mírame!, tía, estoy enorme —se queja, haciendo una mueca— y él podría tener a la chica que quisiera y no a una que venga con regalo incluido; supongo que temía que se lo replanteara y se echara atrás —me confiesa, encogiéndose de hombros.

—Bueno, pues está claro que no se ha echado atrás y que la chica a la que quiere eres tú, aunque vayas con regalo incluido —sentencio, abriendo la puerta del restaurante, localizando a Mauro, a Greta y a Luna sentados en la mesa que hay junto a la ventana. «Solo espero que nos instalen bien lejos de ellos, porque no pienso contar nada de lo nuestro con mis chicos tan cerca para oírlo», asumo, esbozando una sonrisa a modo de saludo.

Por suerte nos acomodan en el otro extremo del establecimiento y, una vez sentadas, compruebo que no haya ningún conocido cerca de nuestra mesa... y, es cierto, «soy insoportablemente yo», asumo, frenando mi sonrisa.

—Cuéntamelo todo, ¿quieres? —le pido, haciendo a un lado mis pensamientos.

—¿Recuerdas cuando te conté que me había encontrado con él en la puerta de mi curro?

—Sí, pero eso fue... ¡eso fue en octubre! —hago cuentas con rapidez.

—Exacto, y esa tarde nos llevó a otra y luego a otra y, sin darnos cuenta, estábamos quedando todos los días, y te prometo que he intentado dejarlo en una simple amistad, pero me ha resultado imposible, y, desde hace unas semanas, estamos juntos. Él es como yo y te va a horrorizar cómo viste, ni siquiera se peina —me explica, divertida, «y esto me pasa por hablar», me digo, frenándome para no torcer el gesto—, pero está pendiente de mí y de Gabriel... y quién iba a decirme que iba a enamorarme de mi mejor amigo del colegio.

«No existen las casualidades, pelirroja, y cada persona que

se cruza en tu camino lo hace por un motivo», recuerdo de repente, dibujando una sonrisa.

—No me importa cómo se vista, lo único que me importa es que te quiera y quiera a Gabriel; lo otro es secundario. ¿Lo saben mamá y papá?

—No, pero supongo que terminarán enterándose cuando nazca el peque y empiecen a verlo mucho por casa.

—Me alegro mucho por ti, de corazón.

—Pues yo estoy muerta de miedo.

—¿Por qué?

—Porque, cuando Gabriel nazca, todo cambiará, y temo que se harte y se largue, yo qué sé... No es lo mismo que sea tu hijo a que no sea nada tuyo, y dicen que al principio es todo muy duro, y mamá es muy pesada. Yo no puedo largarme, pero él sí, y no quiero que lo haga.

—Estás entrando en bucle e igual es cosa de hermanas —comento, esbozando una sonrisa, cogiendo su mano—. A ver, vayamos por partes. Mamá es pesada, mucho, pero ya estás tú, que eres adulta, para decírselo si se excede, y, sí, puede que sea duro y que los primeros meses sean un caos, pero estás olvidando lo que sentiréis cuando lo miréis o cuando lo tengáis en brazos. Puede que él no sea su padre biológico, pero está contigo y va a ser el único padre que este niño va a conocer si lo vuestro sigue adelante. Estoy segura de que Santi sabe muy bien dónde se está metiendo y, si ha insistido y sigue ahí, será porque así lo ha decidido y, no es por nada, pero ahora eres tú la que está viendo solo los contras —añado, recordando cuando, en mi casa, me acusó justo de lo mismo cuando yo le hablé de Ciro.

—Qué fácil es ver los toros desde la barrera —se queja, ojeando la carta—. ¿Qué vas a pedir?

—La ensalada de langostinos. ¿Y tú? —le pregunto, dejando la mía sobre la mesa.

—El arroz meloso de trufa. Sigo muriéndome de hambre a todas horas —me confiesa con una sonrisa, guardando silencio cuando el camarero viene para tomarnos nota—. Y, tú, ¿cómo vas? ¿A dónde fuiste ayer cuando te largaste? —indaga una vez a solas e, inexplicablemente, me pongo nerviosa.

—Tengo una cosa que contarte —anuncio en voz baja, sintiendo mi corazón atronar con fuerza en mi interior y... ¡venga ya!

—¿Qué cosa? —replica, cogiendo un trozo de pan para mojarlo con aceite.

—Estoy con el rubio de la moto —le suelto de sopetón, ruborizándome, y esto es lo que me faltaba ya.

—¿Cómo? —alucina, alzando la voz, con la boca atiborrada de pan.

—¡Shhhhh!

—Madre de Dios, menudo bogavante te estarás comiendo. ¡Lo sabía, lo sabía, lo sabía! —exclama, emocionada, tragando a toda prisa y acunando sus mejillas con sus manos, y eso digo yo, madre de Dios—. Tienes que contármelo todo y, cuando digo todo, es todo.

—¿Recuerdas que nos besamos? —Empiezo por ahí, porque no sé ni por dónde hacerlo.

—Sí —me contesta y, si estuvieran poniendo el estreno del momento, no estaría tan atenta... «Vamos, que no está comiendo ni pan», me percato, divertida.

—Pues a partir de ese día desapareció y no volvimos a vernos hasta el sábado.

—¿Qué sábado? —me pregunta, emocionada.

—El pasado.

—¿Solo lleváis unos días juntos? Tía, había imaginado que llevabais más tiempo —comenta, claramente decepcionada, y, viéndolo así, igual es un poco descabellado esto de irnos a vivir juntos, que seguro que lo es.

—Pues espera a que te cuente...

—¿Qué? ¡Venga! ¡Suéltalo! —me pide, chasqueando los dedos.

—Vamos a vivir juntos, pero solo unos días —le aclaro, porque es importante recalcarlo—, para probar y porque es más cómodo —prosigo, ante su mirada asombrada, y no me extraña que me mire así; de hecho, yo también me miraría de esa forma si pudiera.

—¿Vas a irte a vivir con él? —inquiere, y ha utilizado el mismo tono que hubiera empleado si le hubiese dicho que voy a vivir en la luna.

—Sí, y deja de mirarme así, ¿quieres?

—¡Madre de Dios!, sabía que no ibas a poder frenarlo y que ese beso te había gustado mucho más de lo que decías, pero esto es lo último que esperaba oír —reconoce, guardando silencio cuando nos traen las bebidas y, en cuanto nos dejan a solas, continúo.

—Créeme, también es lo último que yo esperaba hacer, y ya sé que visto desde fuera puede parecer precipitado, pero, en realidad, no lo siento así. Me gusta estar con él; es fácil, cómodo y, por lo que más quieras, esto que quede entre nosotras, pero me he enamorado de él, muchísimo, como si fuera una adolescente, y ni siquiera me reconozco cuando estoy a su lado; de verdad, es como si fuera otra, y sé que lo sensato no es irnos a vivir juntos tan pronto, pero por primera vez siento que estoy siendo agua y me gusta esta sensación.

—¿Y no le has dicho lo que sientes?

—No, y él tampoco lo ha hecho; bueno, me canta canciones que me hacen pensar que siente lo mismo que yo, pero...

—Espera, espera... ¿Cómo que te canta canciones? —me pregunta, sonriendo.

—Y me ha llevado el desayuno a la cama, con una flor, y yo le he dibujado otra que ha enmarcado y nos hemos adoptado —le cuento, sonriendo mucho, demasiado, supongo, y estoy muerta de vergüenza.

—A ver, explícame eso de que os habéis adoptado.

—Él me cuida y yo lo cuido —musito, azorada, mordiendo la cara interna de mi mejilla.

—¿Y dejas que te cuide?

—¿Por qué no iba a dejar que lo hiciera? —replico, frunciendo el ceño.

—Por nada —me contesta, sonriéndole al camarero cuando nos trae la comida.

—Dilo.

—No.

—Venga, no voy a mosquearme. ¿Qué has querido decir? —Y no sé por qué insisto cuando lo sé de sobra y debería dejarlo pasar.

—Alberto fue lo peor que pudo pasarte —me asegura con

seriedad antes de llenarse la boca con arroz y, maldita sea, lo sabía y no tendría que haber insistido.

—No quiero hablar de Alberto —sentencio, empleando un tono de voz cortante.

—Ya, pero ahora yo sí. Oye, tú cambiaste a su lado, y no precisamente para bien. Creo que llegaste a olvidar lo que era reírse, justificaste cosas que no tenían justificación alguna y te convertiste en una tía dura que podía con todo —y, con sus palabras, siento cómo el dolor llega para instalarse en mi garganta—. Te convertiste en algo así como una *superwoman* que no permitía que nadie cuidara de ella porque ya estaba ella para cuidar de los demás, sobre todo de él, y para sacar las uñas si hacía falta, que era lo que hacías cada vez que sus hijos se excedían, que era continuamente —prosigue, mirándome con seriedad, y apenas puedo tragar de lo cerrada que tengo la garganta—. Puede que ese tío sea más joven que tú, pero ha conseguido que sonrías continuamente, que te ruborices cuando hablas de él y que aceptes que te cuide, y eso es algo así como vencer al dragón.

—¿En serio piensas que Alberto fue lo peor que pudo pasarme? —le pregunto en voz baja, removiendo la ensalada, porque, a pesar de todo lo que sucedió, yo no lo siento así.

—Sí, y sé que te quería, pero se quería más a él —me asegura, convencida, mientras yo me limito a negar con la cabeza—. Dime una cosa... si ves el fango cubrir mi cuerpo hasta llegarme a la boca y no haces nada, ¿de verdad crees que me quieres? Ese tío permitió que el fango llenara tu boca y fue incapaz de mover un solo dedo.

—Ya lo sé, por eso lo dejé —susurro bajito.

—Y es la mejor decisión que has tomado en tu vida. —Y creo que, por primera vez, no me pregunto cómo sería mi vida si no se hubiera marchado.

—No quiero seguir hablando de Alberto. Esa etapa la cerré hace mucho y ahora estoy abriendo otra en la que me siento muy bien.

—Y no sabes cómo me alegro, y de que vayáis a vivir juntos también. Por fin te veo ilusionada y, sí, un poco como una adolescente, pero ya era hora, hermanita —comenta, sonriendo, y sonrío con ella, a pesar de que ese dolor ha clavado con saña sus púas en mi garganta.

—Pero solo van a ser unos días, ¿eh?, y para probar —insisto de nuevo.

—Ya, vale, lo que tú digas. ¿Me das ensalada?

—Claro —murmuro, intentando tragarme este dolor que se ha quedado atascado en mi garganta. Y me gustaría saber cómo se supera el dolor o la decepción cuando ya has pasado página y a esa persona la has dejado atrás.

«Sigo enfadada con él», recuerdo que le conté a Ciro.

«Pues perdónalo, pelirroja. Las cosas son tremendamente fáciles, somos nosotros los que las complicamos innecesariamente, aferrándonos a sentimientos que solo nos dañan. Hasta que no lo perdones, seguirás regresando a ese pasado, una y otra vez, como haces ahora, y seguirá doliéndote, como te duele ahora», rememoro su respuesta, marchándome con mis pensamientos al baño de su casa, y, durante unos segundos, vuelvo a estar sentada a horcajadas sobre sus piernas, vuelvo a oír su voz y vuelvo a sentir el frío colarse en la planta de mis pies.

—He decidido que voy a apuntarme a clases de defensa personal —le cuento a Candela, regresando a este restaurante y a los sonidos propios de estos locales.

—¿Y eso? —me plantea, llevando de nuevo su tenedor hasta mi ensalada para coger un poco de todo, y se la acerco para, seguidamente y mientras ella engulle a toda prisa, relatarle cómo ha empezado mi día o, más bien, nuestro día.

—¿Y se ha levantado a propósito para llevarte a casa y tú te has dejado? —alucina—. ¡Vaya!, menudo cambio en todo, ¿no?, porque, y te prometo que esto es lo último que digo de ese hombre, Alberto no se hubiera levantado... ni de coña —apuntilla mientras me limito a encogerme de hombros—, y encima está buenísimo y es guapísimo. Dime, ¿tiene algún defecto?

—Podría decirte que es muy idiota a veces, pero es que incluso me hace gracia —reconozco, esbozando una sonrisa.

—Y, por lo que veo, ya no te importa que tenga veintisiete años —me señala, sonriendo conmigo.

—No, la verdad es que ya no me importa mucho —admito,

sin dejar de sonreír—. Oye, Ciro y Santi son amigos, ¿verdad? —le pregunto, recordándolo de nuevo.

—Más bien creo que son colegas. Si coinciden en algún sitio, como aquel viernes, se toman algo juntos, sin más —me cuenta, y no es que me extrañe demasiado, «porque Ciro es colega de todo el mundo», pienso, sonriendo de nuevo... y es cierto que, junto a Alberto, dejé de reír e incluso de sonreír. Puede que Ciro y mi hermana tengan razón y que Alberto se largara fuera lo mejor para mí.

* * *

Me despido de Candela en la puerta del restaurante, prometiéndole que repetiremos más comidas como esta, «y, sí, por supuesto que vamos a hacerlo», me digo, encaminando mis pasos hacia D'Elkann, donde me enfrasco en mi trabajo en cuanto pongo un pie en el departamento.

«Cómo pueden cambiarte las personas que pasan por tu vida —reflexiono, colocándome detrás de Mauro para ver en qué está trabajando—, porque, cuando Alberto se marchó, decidí apostar por mi carrera, la única que no iba a fallarme; decidí no volver a vivir con nadie ni a implicarme como me había implicado con él, y ahora, con Ciro y en tan solo unos días, he dado marcha atrás en todo para volver a apostar por mi vida, para vivir con él, aunque sea solo por unos días, y para volver a darle peso a lo personal. Y qué bien me siento con esta decisión y bendito bucólico fin de semana —pienso, frenando mi sonrisa, que siempre parece estar lista para instalarse en mi rostro—. Sí, cómo pueden cambiarte las personas, porque creo que hacía años que no sonreía tanto ni estaba tan inspirada», admito, dirigiéndome a mi mesa con cientos de ideas revoloteando en mi mente, y qué casualidad que todas ellas llevan consigo el azul de su mirada.

—¿Te quedas? —me pregunta Luna, cerrando la lamparita de su mesa, y compruebo la hora; las siete en punto.

—¿Has terminado lo que te pedí? —le formulo con seriedad y, no sé por qué, me molesta que siempre sea la primera en largarse.

—Sí, aquí tienes —me responde, acercándose a mí para entregármelo.

«Me gusta su trabajo —reconozco, observándolo detenidamente— y, si se esforzara un poco más, sería la hostia.»

—Espera un poco, quiero hablar contigo —le pido, haciendo a un lado los bocetos que me ha entregado, esperando a que se vacíe el departamento para poder conversar con ella—. Acompáñame, necesito un café —añado, percibiendo su nerviosismo mientras dirijo mis pasos hacia la máquina expendedora. «Estoy molida y todavía tengo que ir a casa a por mis cosas», recuerdo, sacándome un café mientras el pasillo y el departamento van silenciándose a medida que todos van marchándose—. Me gusta tu trabajo —empiezo a decirle, encaminando de nuevo mis pasos hacia el departamento, desierto ahora—. Eres buena y tienes mucho talento —le indico, sentándome en mi silla mientras ella permanece de pie frente a mí—, pero también tienes mucha prisa por largarte, llegas la última y te vas de las primeras, y sé que, por regla general, cumples con tu horario, que es para lo que se te paga, pero los sueños no saben de horarios. ¿Sabes?, contigo tengo la sensación de que no estás dando todo lo que puedes dar, y es una pena, porque vas a quedarte siendo una más cuando podrías sobresalir por encima del resto. Mira, aquí hay gente que ya no puede dar más de sí porque su talento llega hasta donde llega, pero tú, en cambio, tienes ese talento que les falta a ellos, solo que, si no te esfuerzas y no lo trabajas, te quedarás al mismo nivel que esas personas... y es una pena. Y ya sé que eres joven y que te apetece salir y divertirte, pero esto es importante, porque no se trata solo de un trabajo, sino de tu futuro. Piénsalo —le pido con seriedad.

—Pero, María Eugenia, hago todo lo que me pides y cumplo con todos tus plazos. —Y no me puedo creer que no lo vea.

—Exacto, pero ¿dónde te dejas la iniciativa? —inquiero, levantándome, enfadada—. ¿Algún día te has quedado la última porque has imaginado un diseño increíble que necesitabas plasmar en el papel? ¡Nunca! ¿Alguna vez me has entregado algo que yo no te haya solicitado?, ¿algo que haya salido de ti? ¡Jamás! No se trata de cumplir un horario, se trata de esforzarse y de sacar eso que tienes dentro —sentencio, deseando zarandearla para que espabile—. Mira, solo voy a decírtelo una vez: o me demuestras lo que vales o te pongo a contestar el teléfono, por mucho talento que tengas —declaro con frialdad, cruzándome de brazos.

—Está bien —musita con voz quebrada, y alguien tenía que abrirle los ojos a esta niña... y ese alguien he sido yo.

Capítulo 26

Llego a mi casa casi a las ocho de la tarde y, tras limpiar las tacitas de café de esta mañana y cambiar el agua de la flor, me dirijo al vestidor para coger algo de ropa para estos días, solo que, lo que yo creía que iba a ser un equipaje ligero, acaba convirtiéndose en tres maletas a rebosar de ropa, zapatos y bolsos... «y porque me he cortado muchísimo —reconozco, mordiéndome la cara interna de una mejilla—. Solo es para unos días —me recuerdo, percatándome de que he evitado pensar en nada mientras hacía el equipaje, sintiendo cómo el nerviosismo y las dudas llegan para colocarse a mi lado—; si no es lo que espero, aquí está mi casa y siempre puedo regresar —intento tranquilizarme, sintiendo mi corazón empezar a bombear de forma desmedida dentro de mí—. Venga ya, no voy a entrar en bucle ahora —me reprendo, inspirando profundamente haciendo justo esto—, porque voy a empezar a cuestionármelo y me gustaría saber dónde ha quedado toda mi determinación», me lamento, hundiendo los dedos en mi pelo y sintiendo cómo mis pies dejan de tocar el suelo para empezar a flotar en el mar de las inseguridades.

El sonido del telefonillo me saca de ese bucle en el que estaba comenzado a entrar y, vaciando de aire mis pulmones, me encamino hacia ella.

—¿Sí?

—Abre, pelirroja. —Él, y, con el sonido de su voz, noto

cómo mis pies vuelven a tocar el suelo y cómo dejo de ahogarme en ese mar de incertidumbre que se había vuelto demasiado profundo.

—¿Qué haces aquí? —inquiero cuando se abren las puertas del ascensor, enmudeciendo en el acto cuando sus labios se estrellan contra los míos, y, dejándome llevar, hundo mis dedos en su pelo y mi lengua en su boca, oyendo de fondo el sonido de la puerta al cerrarse de un portazo.

—Comprobar que no te arrepientes —me dice con voz ronca, con sus manos rodeando mi cintura con fuerza.

—Pues estaba empezando a hacerlo —le confieso, sin alejar mi cuerpo del suyo—. Tengo las maletas hechas y te juro que he estado todo el día convencida, pero...

—¿Volvemos a lo mismo de esta mañana? —me plantea con seriedad, alejándose de mí.

—Supongo que sí —musito, maldiciéndome por dentro.

—¿Qué quieres hacer? Venga, dilo, deja de actuar guiada por la cabeza y dime qué quiere este de aquí dentro —me pide, presionando con su dedo índice mi corazón, «y quiero irme con él y no he necesitado ni un segundo para saberlo», admito, quedándome enganchada al azul de su mirada; ese azul que, si pudiera plasmar en un tejido, utilizaría para crear mi mejor diseño.

—Tengo las maletas en el vestidor —le anuncio, dejándome dominar por ese corazón que he silenciado durante tantos años.

Cuando asiente y pasa por mi lado, lo sigo inspirando hondo.

—¿Has cogido toda tu ropa? —me plantea, volviéndose para mirarme.

—No, solo lo indispensable —le indico mientras él me mira enarcando ambas cejas—. ¿Sucede algo? —añado, cruzándome de brazos.

—¿He dicho que suceda algo? —me rebate, enganchando sus pulgares en los bolsillos de sus pantalones.

—No, pero lo has pensado —adivino, al igual que adivino su sonrisa llegar para ocultarse tras la comisura de sus labios.

—Cierto, pelirroja. Vas a tener que llamar a un taxi, porque todo esto no cabe en mi coche —contesta, guiñándome un ojo, y sonrío cuando su sonrisa se expande en su rostro.

* * *

Y no caben en su coche ni tampoco en el ascensor de su edificio, así que, mientras él sube una parte, espero en el rellano con el resto de mi equipaje. «Esta va a ser mi casa ahora, al menos durante unos días», pienso, sonriendo y percatándome de que he dejado todas las dudas en mi casa, «y vuelvo a ser agua», reconozco, sonriendo mucho más cuando lo veo salir del cubículo.

—Ya solo me queda una maleta y una pelirroja por recoger —suelta, socarrón, y dudo mucho que se pueda sonreír más de lo que estoy sonriendo yo—. Esto ya está hecho —prosigue, guiñándome un ojo y arrancándome una carcajada mientras arrastro mi maleta hasta donde se encuentra él.

—Buenas noches, maja —me saluda Amparito cuando las puertas del ascensor se abren en su rellano.

—Buenas noches, Amparito —le devuelvo el saludo con una enorme sonrisa, y qué distinto de ayer a hoy.

—Ya me ha explicado Ciro que vais a vivir juntos —me comenta, esbozando una tímida sonrisa, y me fijo en el plato, cubierto con una servilleta de tela, que sostiene entre sus manos.

—Sí, pero solo por unos días —apostillo, y no sé por qué tengo que matizarlo cada vez.

—Te he hecho magdalenas, para darte la bienvenida, y porque Ciro me ha dicho que tú también vas a cuidar de mí.

«Qué mona es», pienso mientras ella retira la servilleta para mostrármelas, ¡y menuda pinta tienen!

—¡Ay, muchas gracias, Amparito! Pero no hacía falta, de verdad; estaré encantada de cuidar de usted.

—Yo no pido mucho, en serio, y no me gusta molestar. Muchas veces es Ciro quien no quiere que salga porque le da miedo que coja frío. Si tuviera un nieto, no cuidaría tanto de mí como lo hace él —me cuenta con orgullo, y me vuelvo para mirarlo, sonriendo más cuando mis ojos tropiezan con los suyos—. Hala, ya no os incordio más. Bienvenida, maja —se despide, tendiéndome el plato de magdalenas, que cojo para, seguidamente, darle un beso en su arrugada mejilla.

—Muchas gracias, Amparito —respondo, sintiendo cómo mi pecho se llena de cosas buenas, de esas que me hubiera perdido si me hubiese quedado en mi casa—. Qué encanto de mujer —musito una vez estamos a solas en su casa; «bueno, nuestra casa ahora», rectifico mentalmente, dejando el plato de magdalenas en la cocina—. Vamos a tener que hablar de compartir los gastos y de cómo vamos a hacerlo —le comento, haciéndome con el resto de las maletas que quedan en la entrada para seguirlo hasta esa habitación que tiene libre y quedándome con la boca abierta—. ¿Y esto? —le pregunto, asombrada, cuando consigo reaccionar, accediendo a ella. «¡Venga ya! ¿En serio?», exclamo para mí, observando el enorme vestidor en el que la ha convertido.

—No está terminado, pero, para dejar tus cosas, de momento, puede valer —oigo que me explica mientras yo no puedo cerrar la boca.

—¿Y qué se supone que falta? —inquiero, volviéndome para mirarlo.

—Un tocador en el que puedas maquillarte, un espejo de cuerpo entero o lo que tú quieras —detalla como si nada, y esto es demasiado.

—¿Has montado todo esto en un día, solo para unos días? —le planteo, a pesar de que es algo obvio.

—Pelirroja, solo son cuatro maderas bien puestas, no exageres —me rebate, apoyándose en la puerta, restándose mérito.

—Vete a la porra. ¿Realmente crees que solo son cuatro maderas bien puestas? —replico, conmovida, abriendo los cajones e inspirando el olor a madera, y he estado a punto de no venir cuando él ha montado un vestidor para mí, hostias—. Te quiero —le digo, girándome hacia él para mirarlo, y no he tenido que pensarlo ni darle cien vueltas, como tampoco he tenido que oírlo de sus labios, porque hay un «te quiero» enorme oculto en cada cajón y en cada percha, y expresarlo en voz alta ha sido tan fácil como subir los pies descalzos al sofá y tan fácil como es estar con él.

—Yo también te quiero, pelirroja —confiesa con seriedad, acercándose a mí, y observo el universo instalado en su mirada y, por supuesto que, tras la nada, hay un todo, solo tienes que saber verlo, y yo lo he visto y he atrapado la infinidad con ambas manos.

—¿Ya me has ganado? —le pregunto, emocionada, pegándome a su cuerpo y alzando las manos para rodear su cuello, provocando su carcajada.

—No, todavía no, pero sigo llevándote ventaja —contesta, acariciando mi mejilla con su mirada.

—No vas a anillarme —le recuerdo, percatándome de que todo lo que siento por él toma fuerza en mi interior, como si al liberar mis palabras le hubiera dado permiso para ensancharse dentro de mí.

—Por supuesto que no —me responde con voz ronca antes de unir sus labios a los míos, «y nunca he sido más feliz de lo que soy ahora», admito, buscando su lengua y soltando un suave gemido cuando doy con ella.

«Y espero que siempre sea así», pienso, colando mis manos por dentro de su ropa, encontrando su piel y sintiendo cómo la mía respira, como si se abriera ante él para llenarse de vida.

—Vamos a estrenar este vestidor como se merece —susurro, frotándome contra su erección y arrancándole un gemido.

—Tus deseos son órdenes para mí —oigo que me dice mientras sus manos me liberan de mi ropa y las mías, de la suya.

—Te quiero —susurro sin separar mis labios de los suyos al tiempo que me alza por las caderas para llevarme hasta esa pared en la que quiere poner un tocador, un espejo o lo que sea.

—Dímelo otra vez —me pide, llevando la punta de su erección a mi mojada abertura.

—Te quiero —musito, moviendo las caderas para invitarlo a entrar.

—Otra vez —repite con voz rasposa.

—Te quiero, te quiero, te quiero —murmuro, ya con voz entrecortada, cuando de un empellón se inserta en mi interior. No se ha puesto el preservativo y, ¡Oh, my Dior!... las palabras huyen de mi mente ante este aluvión de sensaciones.

—Yo también te quiero, pelirroja —me regala de nuevo, mirándome a los ojos y llevándome a ese infinito atestado de posibilidades en el que él está presente en cada una de ellas.

«Qué fácil es decir te quiero cuando dejas de frenarlo. Qué fácil es decirlo con tu cuerpo y tu mirada. Y qué fácil es todo cuando decides que lo sea», reflexiono, sin poder soltarme de la intensidad que anida en la suya, sintiendo su cuerpo llenarme por dentro tal y como hace todo lo que siento por él.

—No te apartes ahora —gimo, dejando de pensar para solo sentirlo en cada fibra de mi ser.

—Pelirroja, joder —masculla entre dientes.

—Espera, espera, no te apartes —le ruego entre gemidos, aferrando su cuello con fuerza, moviéndome con ese ritmo delirante que nos está llevando a perder la cabeza—. Síííííí, sííííííííí, sííííí... —gimo, recibiendo sus potentes embestidas y, por Dios, más, más, más, le exijo con mi cuerpo, soltando un grito cuando el orgasmo llega rápido, fulgurante, vibrante y explosivo en el mismo instante en el que me suelta para, en cuanto mis pies tocan el suelo, correrse sobre mi vientre con un rugido.

—Me cago en la hostia —farfulla, con la respiración tan alterada como está la mía.

—Perdona, creo que me he vuelto un poco loca —reconozco, pues sé que no se ha apartado porque no se lo he permitido.

—Joder, cada día voy a hacerte un vestidor nuevo —suelta, vacilón, provocando mi carcajada.

—Dime que te has apartado a tiempo —le pido ahora que estoy recuperando la sensatez.

—Me he apartado a tiempo —me asegura, mirándome directamente a los ojos.

—Dime que no hay ninguna posibilidad de que me quede embarazada —insisto, machacona, sintiendo el calor llegar para incendiar mis mejillas al recordar al niño rubito que no dejo de imaginar.

—Dime que no vas a volverte loca con esto —me rebate con seriedad.

—Ya me estoy volviendo loca —admito, cubriendo mi boca con ambas manos.

—Oye, me he retirado a tiempo, así que tranquila, ¿vale?

—Tendrías que haberme dicho pañales y papillas y todo eso —le recrimino, arrancándole una carcajada mientras me dejo arrastrar hasta el baño, evitando mirar mi vientre. «Pues sí que hemos inaugurado bien el vestidor», me riño con una sonrisa, y no puedo creerme que esté sonriendo con el problemón que puede caerme.

—Ya sé que soy el adulto de la relación, pero a veces incluso los adultos nos olvidamos de serlo —suelta, socarrón, volviéndose para mirarme, y sigo sonriendo a pesar del susto que llevo encima—, sobre todo cuando tenemos a una pelirroja impresionante pidiéndonos que no paremos —añade, con voz ronca, deteniendo sus pasos para mirarme.

—Pues esta pelirroja impresionante está muerta de miedo ahora —le confieso, perdiéndome en los cientos de azules que dominan su mirada.

—No me importaría nada que te quedaras embarazada, pero no es el caso, así que deja de agobiarte. Venga, vamos a ducharnos —me propone, entrando a la ducha.

—¿En serio te gustaría ser padre, con lo joven que eres? —inquiero, siguiéndolo.

—Siempre he pensado que me gustaría ser padre, pero nunca había conocido a una mujer con la que quisiera serlo —declara, llevando el chorro de agua hasta mi vientre para limpiarme—, ni nunca me había colgado de una tía como me he colgado de ti —prosigue, mirándome a los ojos, y siento cómo mi vientre y mi pecho se llenan de ese calor placentero que provocan los sentimientos—. No quiero que te quedes embarazada, al menos no ahora, pero, si sucediera, que no ha sucedido —me remarca, con esa seriedad que emplea en contadas ocasiones—, no me importaría, porque sería hijo tuyo y con eso tendría suficiente.

—También sería tuyo —musito, viendo a ese niñito rubio de pelo liso correr hacia mí.

—Cierto, pero no vas a quedarte embarazada, al menos no a corto plazo, así que olvídate del tema, ¿vale?

—Vale —susurro, sonriéndole, sabiendo que, a pesar de que no quiero ser madre, querría a ese bebé con toda mi alma solo por ser suyo.

* * *

Mientras deshago las maletas, él prepara la cena, y al final será verdad eso de que va a cocinar él. Sonriendo, accedo a la cocina, esta vez vestida con mi pijama.

—¿Ya has terminado? —me pregunta, volviéndose para mirarme, y no sé cómo lo hace, pero sus miradas son como caricias sobre mi piel.

—No, pero estoy hambrienta y esto huele muy bien —contesto, situándome detrás de él para abrazarlo, como cuando vamos en la moto, percibiendo su respiración en la yema de mis dedos y en la palma de mis manos—. ¿Qué has hecho?

—Que no comas carne me limita bastante —admite, girándose para mirarme, y sonrío mucho—. He preparado una quiche de verduras y una ensalada.

—Qué bueno, casi tanto como tú —murmuro, moviéndome ligeramente para quedar frente a él y llevar mis manos a su pelo para acercar su rostro al mío.

—¿Te das cuenta de lo práctico que es esto de vivir juntos? —me plantea, mordiendo mi labio inferior y llevando su mano a mi trasero para pegarme más a él.

—Ya me estoy dando cuenta —susurro, percibiendo mi respiración acelerarse de tan solo estar tan cerca de él.

—Y encima Amparito te ha hecho sus famosas magdalenas —me recuerda, arrancándome una carcajada.

—Y tú me has hecho un vestidor. Eres un encanto —declaro, bajito, dejando de sonreír para mirarlo directamente a los ojos.

—Ya te he dicho que no tiene importancia —me contesta, y me suelto de su cuello para coger la quiche, que está enfriándose sobre la encimera.

—¿La llevo ya a la mesa?

—Y me cuentas lo que estás pensando también. —Y niego con la cabeza, esbozando un amago de sonrisa, porque ni siquiera me había dado cuenta de que algo estaba flotando en mi mente y puede que lleve ahí horas o incluso días, solo que se encontraba oculto tras cientos de nubes que me impedían verlo.

—No tiene importancia —contesto, intentando ordenarlo dentro de mi cabeza y colocar las palabras en el orden correcto para que expresen cómo me siento, y no es algo fácil de conseguir, porque parece que me rehúyan y quieran seguir manteniéndose ocultas tras esas nubes en forma de otros pensamientos. Qué hábil es la mente para solapar ciertas emociones o reflexiones y ocultarlos tras otros, dejando solo la inquietud a tu alcance, y ni siquiera sé si es inquietud la palabra exacta.

—Todo lo que venga de ti tiene importancia —afirma, cogiendo la ensalada para llevarla a la mesa.

—¿Sabes? Hasta hace nada mi vida era mi carrera; de hecho, dejé a mi última pareja porque me propuso vivir juntos y tener hijos... y mírame ahora: viviendo contigo, aunque sea solo por unos días, y...

—Eso es importante matizarlo —me corta con sorna, esbozando una sonrisa mientras nos acomodamos en torno a la mesa.

—Por supuesto, y, a ello, súmale un tanto por ciento de posibilidades de que esté embarazada.

—Ya te he dicho que me he apartado a tiempo —me recuerda, armándose de paciencia.

—Ya, pero, cuando no utilizas el preservativo, siempre hay un tanto por ciento de posibilidades. El caso es que, no sé cómo lo has hecho, pero has conseguido lo que nadie, desde Alberto, había conseguido.

Y ahí está ese pensamiento que me rehuía y se ocultaba tras otros, Alberto, y puede que sea yo la que lo oculte inconscientemente, porque no me gusta acordarme de él, pero ahí sigue y, de verdad, me encantaría olvidarlo de una vez, me encantaría dejar de compararlo una y otra vez con Ciro, aunque en la comparación siempre salga perdiendo, y me encantaría pasar página definitivamente.

—¿Sabes por qué me gusta tanto el libro *Rebeca*? —me pregunta, apoyando sus antebrazos en la mesa, y ninguno estamos probando la comida.

—¿Por qué?

—Porque la protagonista indiscutible de la historia no aparece en ningún momento en la novela, y lo que me gusta precisamente de ese libro me toca muchísimo las pelotas en mi vida, porque ese Alberto sigue estando presente en la tuya. —Y no puede tener más razón de la que tiene y, de nuevo, ha sabido leerme incluso mejor de lo que sé leerme a mí misma.

—Forma parte de mi pasado, es imposible que no lo esté —intento justificarme, levantándome para sentarme sobre su regazo, solo que eso no es del todo cierto, porque soy yo la que lo rescato continuamente cuando podría dejarlo ahí, atrás en el tiempo—. Él fue, durante una época, el protagonista indiscutible de mi vida, y por él hice y excusé cosas de las que hoy me arrepiento muchísimo, pero eso ya es pasado —insisto, «solo que deja de ser pasado cuando está en tu presente, en la forma que sea», me recrimino—. ¿Recuerdas cuando en Buitrago de Lozoya me dijiste, frente al restaurante, que te alegrabas de que se hubiera largado? —le planteo ante su silencio—. Pues, con todo lo que había pasado y sabiendo que no lo querría de nuevo en mi vida, yo era incapaz de llegar a esa misma conclusión —le confieso en voz baja, llevando mis manos a su cuello—. Siempre me he preguntado qué hubiera sucedido si se hubiese quedado conmigo, y siempre he añorado esa posibilidad —admito ante su dura mirada mientras en mi mente sigo ordenando las palabras para que expresen lo que siento, sin maquillarlo y sin equivocarme—. Hasta hoy. Por primera vez me alegro de que se largara y ya no echo de menos esa posibilidad, porque ante mí tengo otra mucho más inmensa. Tú. Tú eres mi posibilidad, y has conseguido que desee que mi carrera no se interponga en mi vida, sino que discurra de manera paralela a ella; has conseguido que me enamore de ti y que quiera vivir contigo y ver qué pasa y, créeme, eso es muchísimo.

—¿Sabes quién debe ser el protagonista indiscutible de tu vida, pelirroja? —me plantea, sin permitir que me suelte de su mirada—. Tú. Tú tienes que ser el amor de tu vida y también tu posibilidad; los demás solo somos personajes secundarios. No quiero volver a sentir que otra persona, que no seas tú, sea la protagonista de tu vida, ni siquiera yo, por mucho que te quiera o que tú me quieras, y vamos a ver qué pasa, pero tienes que saber que ni yo ni nadie hace nada... Si tú cambias es porque decides hacerlo, y siempre será elección tuya, te salga bien o te salga mal.

—Pues ojalá me salga bien, porque quiero seguir teniendo esto —musito, pegando mi frente a la suya.

—Y yo, pelirroja, porque no imagino mi vida sin ti ahora —responde con seriedad, llevando sus manos a mi cuello para acercar mis labios a los suyos, y lo beso sabiendo que no quiero estar en otro sitio ni con otra persona, y eso, cuando tu carrera ha dominado parte de tu vida y Dior y París han sido, son, tu sueño, es algo para tener muy en cuenta.

—Te cenaría a ti si no estuviera tan muerta de hambre —le confieso, esbozando una sonrisa y provocando otra desdeñosa en su rostro.

—No me importa ser tu postre —me responde, socarrón, dándome una palmada en el trasero cuando me levanto para dirigirme a mi silla, y ensancho más mi sonrisa—. Oye, podrías tomar la píldora —me propone, sirviéndome un trozo de quiche.

—Y una mierda. Cuando la tomé tuve todos los efectos secundarios que podía tener y, además, me hinché como un globo, paso —le cuento, probándola a continuación y muriendo del gusto—. Está buenísima.

—¿Y no hay otra cosa? —inquiere, y me hace gracia el tono de fastidio que ha empleado.

—El DIU, pero me da miedo tener eso ahí dentro siempre.

—¿En serio? —me formula, divertido.

—¿Qué? ¿Por qué no te lo pones tú? —replico, poniéndome a la defensiva.

—Porque yo no puedo.

—Pues ya podrías —remarco, y qué mano tiene para la cocina—. Por cierto, he decidido apuntarme a clases de defensa personal —le cuento, cambiando de tema.

—Yo puedo darte clases.

—¿Tú?

—Sí, llevo media vida practicando aikido —me explica como si nada.

—Perdona, ¿qué has dicho?

—Aikido. Es un arte marcial —me aclara, pinchando un poco de ensalada.

—¿Como el karate? —indago, empezando a sonreír—. No me digas que vamos a dar cera y quitar cera —añado, empezando a descojonarme ante su mirada divertida, ¡venga ya!

—Algo mejor, pelirroja. Vas a saber defenderte.

—Paso —niego, totalmente convencida.

—De eso nada —y, maldita sea, tendría que haberme callado—. Créeme, es mejor ser un guerrero en un jardín que un jardinero en la guerra. —Y esto es lo que me faltaba por oír.

—Y yo soy el jardinero ahora, ¿verdad? —le pregunto con retintín.

—Un jardinero sumamente delicado, pero aquí está tu chico para convertirte en una guerrera —contesta, arrancándome una sonrisa, y por supuesto que es mi chico—. La finalidad de esta práctica no es que aprendas a atacar, sino a defenderte si lo necesitas, y no vas a conseguirlo en una semana, ni siquiera en meses, pero puedo intentar que aprendas lo máximo en el menor tiempo posible.

—¿Y podré tumbarte? —planteo, esbozando una sonrisa.

—Siempre puedes intentarlo, otra cosa es que lo consigas —me responde con fanfarronería.

—Oye, ¿hay algo que no sepas hacer? —le pregunto con admiración—. Por cierto, antes de que lo olvide: los sábados por la mañana vendrá mi instructora de yoga para darme clase.

—Yoga —me dice y, cuando frunzo el ceño, prosigue—. Me has preguntado si hay algo que no sepa hacer y el yoga es una de esas cosas que nunca he practicado; demasiado estático para mi gusto. Venga, ¿qué me dices? ¿Puedes encontrar una hora libre al día en tu ocupada agenda?

—Tendría que ser a las ocho de la tarde, porque dudo mucho que pueda llegar antes. —«Y me está dando pereza solo de pensarlo», asumo para mí—. Además, no hace falta que sea todos los días, con un par será suficiente —añado, observando su sonrisa desdeñosa y el brillo que esa sonrisa ha instalado en su mirada. «Es guapísimo», pienso, demorándome en su rostro, y podría ser un chico de anuncio si quisiera—. ¿Nunca has considerado la posibilidad de colocarte delante de la cámara?

Te aseguro que, si D'Elkann vendiera ropa masculina, te elegiría como imagen de la firma —le digo, provocando que su sonrisa se ensanche en su cara—. ¿Qué? ¿Por qué me miras así? —inquiero, sonriendo, observando cómo se reclina en el respaldo de la silla.

—Nada, que me hace gracia cómo pasas de un tema a otro sin apenas coger aire —me responde con insolencia.

—Y a mí me hace gracia lo idiota que eres —le respondo, cruzándome de brazos.

—Ya sabes que ese es uno de mis encantos —replica, vacilón—. A ver, voy a darte clase todos los días y, no, ser modelo es una de esas cosas a las que nunca me dedicaría. ¿Me habías dicho algo más? —se burla, enarcando ambas cejas, y no sé por qué tiene que hacerme tanta gracia.

—Sí, que eres idiota.

—Ya, pero me quieres y yo he adelantado diez casillas de golpe —replica, apoyando sus antebrazos en la mesa, dibujando esa sonrisa que tiene la capacidad de atrapar todas mis palabras.

—Ya... —musito, esbozando yo esa otra que es suya, sintiendo que, de alguna forma, hemos detenido el mundo.

—Y ahora es cuando no sabes qué decir —adivina, sin permitir que me suelte de su mirada y consiguiendo que sonría más— y también cuando yo detendría el mundo si pudiera —susurra con voz ronca, borrando su sonrisa y la mía, y, dejándome arrastrar por todo lo que siento, me levanto para sentarme a horcajadas sobre sus piernas.

—Lo haces cuando me miras así —le confieso, descansando mi frente en la suya y sintiendo cómo sus brazos rodean mi cintura— o cuando me tocas —añado en un murmullo, percibiendo sus manos colarse bajo mi camiseta para adueñarse de mi piel—, cuando me cantas canciones o cuando transformas una habitación en un vestidor en un solo día. Tú detienes mi mundo continuamente, solo que no te lo digo porque me cuesta hablar de lo que siento —admito, quedándome enganchada al azul de su mirada, que ha atrapado el brillo de las estrellas—. Por eso, a veces, no sé qué decir —prosigo, subiendo mis manos por su cuello para enredar los dedos en su pelo.

—Pues has conseguido que el que no sepa qué decir ahora sea yo —admite esta vez él, con voz rasposa, atrapando mis labios con los suyos, y cierro los ojos para perderme en la infinidad del universo, ese universo plagado de sentimientos que acelera tu respiración e instala, de golpe, la necesidad en la palma de tus manos—. Joder, te follaría a todas horas —masculla cuando, con un suave gemido, me froto sobre su erección. Con mis piernas rodeando sus caderas y mis brazos su cuello, se levanta para encaminar sus pasos hacia la habitación—. Espero que no tengas más hambre, porque estoy deseando comerme el postre —añade, depositándome sobre la cama para, seguidamente, librarme de la ropa, y gimo de anticipación, sintiendo mi centro humedecerse ante su abrasadora mirada.

—¿Sabes que me masturbaba pensando en ti? —le confieso con voz entrecortada, gimiendo cuando su lengua se desliza por mis pliegues.

—¿De verdad? —me formula, alzando la mirada para encontrarse con la mía.

—Sí —musito, sintiendo mi sexo palpitar de necesidad.

—Si no te deseara tanto, te pediría que lo hicieras ahora mismo —contesta antes de llevar sus labios hasta los míos para perderse entre ellos, para succionar mi clítoris y chupar mi sexo con avaricia.

«¡Por Dios!», gimo, echando la cabeza hacia atrás, aferrando las sábanas y alzando las caderas en busca de ese placer caliente que está empezando a brotar en mi vientre.

—Síííííí —jadeo, sintiendo mi mente y mi alma llenarse de él hasta eliminar todas las nubes que pudieran quedar, «y, madre mía, qué boca tiene», me admiro, llevando mis manos a su cabeza para pegarlo más a mi sexo, sintiendo mi cuerpo vibrar con su lengua y sus atenciones, gritando con ímpetu cuando el orgasmo explota dentro de mí—. Yo también quiero mi postre —susurro, incorporándome hasta quedar de rodillas frente a él, a pesar de que mis piernas todavía no han recobrado la fuerza. Rodeo su enorme miembro con mi mano para acariciarlo mientras su mirada se oscurece con mis atenciones—. Te deseo tanto que me duele —declaro, besándolo y saboreando mi deseo en sus labios y en su lengua.

—Pues ya somos dos —me dice, enterrando sus dedos en mi pelo para tirar de él, hundiendo su lengua en mi boca mientras mi mano empieza a masturbarlo... «y lo quiero en mi boca», pienso, gimiendo en sus labios, sintiendo cómo mi cuerpo reclama esa fuerza controlada que utiliza a veces en la cama.

—Espera —jadeo, separándome de sus labios para satisfacer mis deseos.

—Colócate a mi lado —me pide con la voz cargada de deseo, y me muevo ligeramente para hacer lo que me pide, gimiendo cuando percibo sus dedos pasearse por mi húmeda abertura. «¡Por Dios, voy a correrme como siga así», y cuando adentra dos de ellos en mi interior, ambos perdemos la cabeza—. Joder, pelirroja —gruñe, impulsando sus caderas hacia delante mientras yo, entre gemidos, le sigo el ritmo, y, cuando se corre en mi boca, trago con rapidez, dejándome manejar cuando me coloca de espaldas a él.

—Te quiero, joder —me dice con voz entrecortada, posando su mano en mi sexo para empezar a masajear mi clítoris mientras con su otra mano acuna uno de mis pechos.

—No puedo más —balbuceo, moviendo las caderas y restregando mi trasero con su sexo—. Necesito sentirte dentro de mí —musito entre gemidos, y nunca había necesitado tanto sentir a alguien.

—Espera —me pide, moviéndose. «Voy a ponerme un DIU», me prometo, respirando con dificultad, gimiendo cuando se sitúa de nuevo detrás de mí.

Y, cuando se inserta de una estocada en mi interior, noto cómo mis pulmones se vacían de aire y mis piernas pierden toda la energía. «Por Dios», gimo, dejándome caer sobre la cama para alzar mi trasero mientras sus manos aferran mis caderas con ímpetu para moverme a su antojo, y dejo de pensar para llenarme de sensaciones, las que provoca su cuerpo en el mío, las que se multiplican con el sonido de sus gemidos y las que brotan a través de mi piel con el sonido de los míos.

—Más fuerte, Ciro, más fuerte —exijo, sintiendo mis pechos balancearse ante sus acometidas, gritando cuando incrementa el ritmo y explotando cuando lo hace él, dejándome caer sobre la cama cuando él se desploma sobre mí.

—¿Sabes cuál era mi sueño antes de conocerte? —me pregunta, enlazando sus dedos con los míos, todavía encajado en mi interior.

—¿Cuál?

—Soñaba con vivir en cualquier isla griega, bebiendo *champagne* y rodeado de amigos y de modelos de largas piernas —me cuenta, e intuyo su sonrisa colarse con sus palabras.

—¿Y ya no sueñas con eso? —indago, clavando mi mirada en nuestros dedos entrelazados.

—Ahora sueño con estar contigo, donde sea, y ganarte la partida. —Y no me pasa desapercibido ese «donde sea».

—Y no vas a contarme en qué consiste el juego.

—Ya te he dicho que vas a tener que adivinarlo.

—Y yo te he dicho que no vas a anillarme. —Y estoy tan convencida de ello que pondría mi mano en el fuego ante esa afirmación.

—Eres tú la que no deja de nombrarlo. ¿No se te ha ocurrido que igual no consiste en eso? —replica, y vuelvo ligeramente la cabeza para encontrarme con su mirada atestada de cientos de azules.

—Ah, ¿no? —le pregunto, completamente sorprendida, porque juro solemnemente que creía que era eso; de hecho, estaba tan convencida que también hubiera puesto mi mano en el fuego ante ese final del juego.

—No —me responde, rotundo, saliendo de mi interior—. Vamos a lavarnos, tengo la hostia de trabajo todavía pendiente —me comenta, alejándose de mi cuerpo, y, si algo así es posible, afirmaría que mi piel lo echa de menos.

—¿Y eso? —le planteo, siguiéndolo hasta el baño, «y suerte que he venido», medito, sonriendo, y, como mis sonrisas, he perdido la cuenta de las veces en las que lo he pensado.

—Porque me he pasado el día montando cierto vestidor para cierta pelirroja —me dice, guiñándome un ojo.

—Eres un encanto —musito, sonriendo muchísimo.

—Y encima follo bien —fanfarronea con insolencia, arrancándome una carcajada, y lo sigo hasta la ducha.

—Vaya, la modestia no es lo tuyo —le indico, haciéndome con el monomando para, seguidamente, coger su miembro y ser yo la que lo limpie, y es la primera vez que hago esto.

—Pelirroja —me advierte con voz ronca, con la mirada cargada de deseo.

—Solo quiero lavarte —le aclaro, viendo cómo crece en mi mano.

—Y yo no soy de piedra, hostia —masculla, apretando la mandíbula.

—Ya lo veo —susurro, deslizando el agua caliente por su sexo, «y es perfecto y es mío».

—Tengo que trabajar —me recuerda, apoyando sus manos en la pared, aprisionándome entre ellas.

—¿Y quién te lo impide? —lo pico, arrancándole una carcajada.

—Menuda distracción voy a tener contigo —me dice, alejándose de mí para salir de la ducha, y lo miro sonriendo, sabiendo que no va a ser el único.

Capítulo 27

—¿Vas a leerlo? —me pregunta cuando accedo a la habitación con el libro *Rebeca* entre las manos.

—Tengo curiosidad —le confieso, yendo hacia la cama para sentarme a su lado, y apoyo la cabeza en su hombro para fisgar lo que está haciendo, sonriendo al ver una fotografía mía, del día de la entrevista, como fondo de escritorio de su portátil—. ¿Y esto? —le planteo, estudiándola, pues no es ninguna de las que aparecieron en el reportaje, sino otra en la que simplemente estoy sonriendo, mirando a la cámara, o más concretamente a él.

—¿El qué? —replica, como si no lo supiera de sobra.

—¿Tienes una foto mía de fondo de escritorio? —suelto, esbozando su sonrisa y dándole un beso cuando intuyo que va a pedírmelo.

—¿Eres tú? ¿No me digas? —bromea, con su frente pegada a la mía, provocando mi carcajada para, sin ahondar más en el tema, volver su rostro de nuevo hacia el portátil y abrir Photoshop para ponerse a trabajar, y me recuesto en la cama para empezar a leer.

«Qué fácil está siendo —me asombro, antes de sumergirme en las páginas del libro—; tan sencillo como subir los pies descalzos al sofá de casa y tan natural como respirar. Suerte que he venido», me repito por enésima vez, sonriendo cuando hunde sus dedos en mi pelo para empezar a acariciar mi cabeza, y bendito bucólico fin de semana que lo puso en mi camino.

* * *

Despierto con la primera alarma del móvil y, de nuevo, estoy entre sus brazos y percibo el calor de su piel abrazando la mía. Ni siquiera soy consciente de cuándo me dormí. Me muevo con cuidado para silenciarla y que no se despierte y, tal y como viene sucediéndome, sus brazos me parecen más atrayentes que mi trabajo, pero me obligo a no cobijarme en ellos de nuevo y a salir de la cama para dirigirme hacia el baño.

«Suerte que sigue durmiendo, porque, aunque a él no le importe vernos mear, a mí no me apetece en absoluto vivir ese momento», pienso mientras esbozo una sonrisa... la suya, posiblemente.

Una vez lista, me dirijo al vestidor para empezar a vestirme y admito que tenía razón y necesito un tocador, «además de un espejo de cuerpo entero», añado mentalmente, regresando al baño para maquillarme. «Debí dormirme leyendo —me digo, sonriendo—, y no dejo de sonreír y él tiene mucho que ver», asumo, sonriendo más.

Y mientras me tomo el primer café del día y degusto las magdalenas de Amparito, voy contestando mails, imaginando diseños y haciendo esta cocina un poquito mía, como he hecho mi lado de la cama, el vestidor o cada estancia que voy pisando y en la que voy dejando mis huellas; esas huellas invisibles que atesoran no solo pasos, sino también sonrisas, besos, palabras y miradas cómplices; esas huellas que, cuando vuelves a pisar, te hacen sentir como en casa. «Él es casa, es sentirse bien, cómoda y segura —sentencio mentalmente de repente, sonriendo—, y, con lo temprano que es, ya he perdido la cuenta de las sonrisas que llevo», me asombro, negando con la cabeza.

—Buenos días —lo saludo cuando su rostro somnoliento aparece en la cocina, recibiendo un gruñido como respuesta—. Anoche me dormí leyendo, ¿verdad? —le pregunto, viendo cómo se sienta en la silla que suele ocupar cuando cenamos, para luego apoyar los antebrazos en sus piernas y hundir los dedos en su pelo, y lo miro con ternura—. Vale, lo pillo, quieres silencio, ¿no? —añado, levantándome para prepararle un café.

Y, mientras él termina de espabilarse con el café entre las manos, yo me evado a mi mundo, a ese mundo maravilloso en el que el tiempo discurre de forma distinta mientras creo, imagino o rectifico bocetos y contesto mails o entrevistas.

—Buenos días —oigo que me dice al rato, y alzo la vista de mi portátil para mirarlo por encima de mis gafas de pasta.

—Hombre, bienvenido al lado de los despiertos.

—Te dormiste leyendo y, para tu información, Daphne du Maurier está muy ofendida contigo —me indica son sorna, y sonrío tanto como es posible hacerlo.

—¿Quién?

—La autora, ¿quién va a ser? ¿Te has comido todas las magdalenas? —me pregunta, frunciendo el ceño, contando los papelitos que hay sobre la mesa.

—Ah, pero ¿que había también para ti? Creía que Amparito me las había hecho para darme la bienvenida —le miento con seriedad mientras él me mira negando con la cabeza, y queda claro que no se ha despertado lo suficiente como para leerme—. Tendría que haber hecho eso, pero, no, te he dejado unas cuantas en la despensa —añado, esbozando una sonrisa mientras él frena la suya, mordiéndose su labio inferior, «e incluso recién levantado, con el pelo más revuelto que nunca, parece un chico de anuncio», reconozco, cerrando mi portátil para seguidamente ponerme de pie.

—Espera —me pide, levantándose él también, antes de que abandone la cocina—. ¿Comes conmigo o vas a estar insoportablemente ocupada? —me plantea, rodeando mi cintura con sus brazos, y me cobijo entre ellos, como hago cuando duermo y, de nuevo, estamos abrazados y no imagino un lugar mejor en el que estar.

—Siempre estoy insoportablemente ocupada, pero, sí, comeré contigo —acepto, buscando sus labios con los míos, para solo rozarlos— y luego dejaré que intentes convertirme en una guerrera —susurro, enterrando mis dedos en su pelo, sonriendo y provocando su risa—, y vamos a tener que encontrar un hueco, porque necesito un tocador y un espejo de cuerpo entero —prosigo mientras él hunde su cara en mi cuello para darme un dulce mordisco, acelerando suavemente mi respiración, y tengo que obligarme a separarme de él, solo que, antes de llegar a hacerlo, aferra mi mano con fuerza para detenerme.

—Te quiero, pelirroja —declara con seriedad.

—Y yo a ti —musito, esbozando su sonrisa y ensanchándola cuando tira de mi mano para pegarme a su cuerpo y besarme, y ojalá pudiera quedarme aquí, todo el día, entre sus brazos.

* * *

Paso la mañana pensando en él; sonriendo al recordar los muchos momentos que vivimos ayer y sintiendo cómo mi corazón se acelera exageradamente cada vez que imagino la posibilidad, por muy remota que sea, de que esté embarazada... «no lo estoy —me afirmo, deteniendo la mirada en el *moodboard* que tengo frente a mí—, solo que, hasta que no me venga el periodo, no voy a estar tranquila —prosigo mi discurso mental mientras un calor abrasador llena mis entrañas de tan solo planteármelo—, porque estar embarazada sería tan inoportuno ahora —me quejo—. Y, sí, es cierto, no he vuelto a saber nada de Toledano, puede incluso que nunca tenga noticias suyas y que esto, la vida que disfruto ahora, sea todo el misterio que me tenga reservado el universo o Dios, puede hasta que haya llegado ya a la cumbre de mi carrera y Dior sea siempre ese sueño imposible que jamás lograré alcanzar, ese escalón que nunca llegaré ascender... o, no, y no quiero que un bebé me impida lograrlo o subirlo», me digo, evadiéndome por completo de lo que acontece en este departamento.

«Puede que esté siendo egoísta o que esté totalmente equivocada, porque Almu dice que un hijo no te frena, sino que te impulsa, pero a mí sí que me frenaría, porque esto, mi trabajo actual, no es nada si lo comparo con crear una colección de alta costura o representar a una marca como Dior; eso sí que me absorbería y requeriría de todo mi tiempo y, a pesar de ello, quiero vivirlo por muy feliz que sea ahora», reconozco, deslizando la mirada por el Departamento de Diseño y por todas estas personas que trabajan siguiendo mis instrucciones, viendo, de repente, a ese niño rubito entrando por la puerta cogido de su mano. Y esa sería otra posibilidad, una que ha conseguido que mi corazón se expanda en mi interior durante los breves segundos en los que los he visualizado.

Si tuviera una balanza y colocara a Dior en un extremo y luego a él y a ese niñito en el otro, seguiría pesando más mi carrera... «y los he separado», me percato de repente, como si fueran incompatibles, como si no pudiera convertirme en la diseñadora de Dior estando a su lado. «Puede que ser madre no entre dentro de mis planes, pero él, sí —constato, sintiendo cómo mi corazón se contrae con fuerza ante la posibilidad de perderlo—. Y qué tontería —me recrimino mientras inspiro hondo—, porque él me quiere y yo lo quiero y, además, ayer me dijo que su sueño era estar conmigo donde fuera, y puede ser París —prosigo mi verborrea mental, yendo hacia mi mesa—, y menudo discurso acabo de soltarme a mí misma», me riño, mordiendo la cara interna de una mejilla.

Almorzamos juntos en el mismo bar de tapas en el que comimos aquel martes, tan lejano ahora, solo que, esta vez, nosotros ya no somos los mismos y las sonrisas, la complicidad y los besos no dejan de estar presentes, «y por supuesto que él es compatible con mi mundo y vamos a estar juntos —me animo, sonriendo ante una de sus insolencias—, y ni siquiera tendría que pensarlo ni que decírmelo», me reprendo, buscando su mano para enlazar sus dedos con los míos por encima de la mesa.

* * *

—Llegas cinco minutos tarde —me dice cuando accedo al salón mientras yo me limito a observar su atuendo.

«Venga ya, al final será verdad que vamos a dar cera y pulir cera.»

—¿De qué te has disfrazado? —le pregunto, expandiendo la sonrisa en mi rostro, observando la fina colchoneta que ocupa una parte del salón... y eso solo significa una cosa: que puedo terminar con mi culo en el suelo—. Ay, mira, yo creo que paso, de verdad: lo que menos me apetece ahora, después de estar todo el día currando, es esto, así que lo retiro, paso de tomar clases. Si no me ha pasado nada en casi cuarenta años, no va a sucederme ahora. Ya puedes desmotar todo esto y quitarte ese kimono o lo que sea que lleves puesto —comento, percatándome de que estoy parloteando, enarcando una ceja cuando lo veo acercarse a mí con un brillo en la mirada que me pone en alerta—. ¿Por qué me estás mirando a...? ¡¡¡¡Aaaahhhhhh!!!! —grito cuando me hace una llave o lo que sea, dejándome acostada, de espaldas, en el suelo, y ha sido tan increíblemente rápido que, cuando he querido darme cuenta, ya estaba en horizontal—. ¿Qué has hecho? —le chillo mientras él se retira, permitiendo que me levante.

—Esto es lo máximo que va a sucederte, pelirroja. Te aseguro que no vas a romperte el cuello ni voy a hacerte daño, así que déjate de historias y ve a cambiarte —me ordena mientas lo fulmino con la mirada—. Oye, practicas yoga... y la finalidad del aikido también es encontrar la paz mental, así que dale una oportunidad, solo unos días, los que vas a vivir aquí; luego prometo dejarte en paz.

Puede que sea porque no quiero que me deje en paz o porque me ha gustado eso de la paz mental, pero, a pesar de que me ha jorobado bastante que me tire al suelo, guardo mis palabras para mí para levantarme e ir a cambiarme.

* * *

Y cómo vuela el tiempo cuando eres feliz, cuando despiertas con una sonrisa y te duermes con otra, cuando todo es tan fácil como subir los pies descalzos al sofá de casa, como reír a carcajadas, adivinar sonrisas o descubrir rincones preciosos aferrada a su cintura; tan fácil como abrazarse en cualquier rincón de casa o tan fácil como respirar entre gemidos. Y, sí, el tiempo vuela y, en ese vuelo, los días se convierten en semanas e incluso en meses, y, no, no estoy embarazada, y, si soy sincera conmigo misma, tengo que reconocer que, cuando me vino el periodo, sentí una tristeza difícil de explicar, porque, en cierta forma, ese niñito rubio se estaba desdibujando frente a mí... pero era lo mejor, así que ahora llevo el DIU y sigo dando clases de aikido, porque sigo en su casa y hoy he tenido que ir a la mía a por más ropa, una ropa que ya tiene un hueco esperando en la suya o, más bien, en la nuestra, en ese vestidor que me montó en un día y que, con el tiempo, acabamos entre los dos, porque un sábado colocamos un papel con flores en la pared que quedaba libre y, más tarde, un tocador y un espejo de cuerpo entero.

«Puede que este sea el regalo que me tenga reservado la vida y no haya misterios que desentrañar», me digo, saliendo del ascensor, cargada con mis maletas, ayudada por él.

—¿Te quedas unos días más? —me pregunta Amparito, sosteniendo entre sus manos un plato de magdalenas. Seguro que se lo ha contado él, y sonrío muchísimo.

—Sí, eso creo —contesto, contemplando su sonrisa, que es tan amplia como la mía.

—Me alegro, maja. Te he hecho magdalenas —me anuncia, tendiéndome el plato, que cojo para luego darle un abrazo, y es que esta anciana, con sus cocidos, sus lentejas y con su forma de ser, me ha ganado por completo.

—Muchas gracias, Amparito —musito, sin poder dejar de sonreír, percatándome de una cosa enorme en este pequeño rellano; hace mucho, muchísimo tiempo, que dejé de pensar en Dior y en Toledano.

«Dejas tu felicidad en manos de tus logros, cuando tu felicidad debería estar por encima de ellos y de todo», rememoro, observando, de reojo, cómo entra en casa cargado con mis maletas, y está claro que esa frase ya no es aplicable a mí, porque podré conseguirlo o no, pero si de algo estoy segura es de que, cuando cumpla los cuarenta, lo celebraré con una enorme sonrisa, independientemente de dónde esté, porque mi felicidad ya no depende de mis logros, sino de nosotros. «Y seguro que él rebatiría mis palabras y me diría que mi felicidad solo depende de mí misma», pronostico, sonriendo, dándole un beso a Amparito para ir en busca de mi felicidad; de mi crío insolente a medio hacer, de mi chico de anuncio y de ese hombre irresistible que está consiguiendo que deje de ser un jardinero en la guerra para convertirme en una guerrera en un jardín; ese hombre que ha disipado las nubes de mi alma y ha logrado que deje a Alberto en ese pasado, que cada vez es más borroso, para verlo solo a él. «Y suerte que vine», me digo, cerrando la puerta de casa, de nuestra casa.

* * *

—La alarma —oigo su gruñido llegar hasta mi dormido cerebro junto con el sonido de mi móvil, «pero eso no es la alarma», detecto, más dormida que despierta, liberándome de sus brazos para coger el móvil y despertándome de golpe al ver el nombre de Candela en la pantalla.

—¡Candela! ¿Qué pasa? ¿Estás bien? —le pregunto a toda prisa, pues estamos en mayo y está a punto de salir de cuentas. Además, son las siete de la mañana de un sábado, «¡por supuesto que no está bien!», concluyo a toda prisa.

—¿Estabas durmiendo? —suelta con voz cantarina.

—Pues claro que estaba durmiendo, ¿sabes la hora que es? —le formulo, empezando a mosquearme con ella, «porque es evidente que está bien y lo que sea que le ocurra podía esperar», me digo, percibiendo cómo Ciro se incorpora y apoya su frente en mi espalda. «Tiene los ojos cerrados, seguro», adivino, frenando mi sonrisa.

—¿Ciro está durmiendo? —inquiere de un buen humor que no entiendo, sinceramente, porque a mí me está poniendo de una mala leche...

—Aquí no está durmiendo nadie gracias a ti. O me cuentas para qué me has llamado o te cuelgo. —Y puede que esto de tener mal despertar se pegue.

—Pon el manos libres, ¿quieres? —me pide, y obedezco, resoplando, y para nada he sido discreta—. Ciro, ¡buenos días! ¿Cómo está mi cuñado favorito?

«Y ahora es cuando le cuelgo», pienso, torciendo el gesto, oyendo el gruñido, en forma de saludo, que le dedica mi chico, y me vuelvo para ver cómo se deja caer de nuevo sobre la cama, cubriendo su rostro con un brazo.

—Oye, ¿te hemos hecho algo para que nos estés haciendo esta putada? —le planteo, provocando su carcajada.

—¿Puedes abrir el WhatsApp? Te he enviado un mensaje —me pide, y lo hago... para soltar un grito en cuanto se materializa frente a mis ojos la imagen que me ha mandado, en la que aparece con un bebé sobre su pecho, junto a Santi, «y esto es un quirófano y, ¡madre de Dios!», me emociono, empezando a verlo borroso por culpa de mis lágrimas.

—¡¿Que ha nacido ya?! Pero ¿cómo no nos has llamado antes? ¿A qué hora ha sido? ¿Cómo estás? ¿Cómo está? ¡Qué pequeñito! ¡Y es una monada! —suelto atropelladamente, entre lloros, mostrándole la imagen a Ciro, ahora ya despierto, y por supuesto que esto no podía esperar—. Tendrías que haberme llamado cuando te has puesto de parto —la riño, oyendo cómo mi chico le da la enhorabuena.

—¿Ya te has despertado, cuñado? —le pregunta mi hermana con puñetería, pues el mal despertar de Ciro no es ningún secreto.

—En eso ando —le responde mientras me levanto de la cama a toda prisa para dirigirme al baño.

«Ya me contestará luego, porque nos vamos al hospital», sentencio para mí.

—¡Pregúntale en qué hospital está y la habitación! —le pido chillando, antes de cerrar la puerta del baño, porque eso de que me vea mear es algo que todavía no he querido experimentar, a pesar de que él no tiene ningún reparo en hacerlo.

—¿Puedo pasar? —inquiere desde fuera.

—¡No, espera! —exclamo, alzando la voz.

—Pelirroja, esto es una tontería, voy a abrir la puerta.

—¡Que no! ¡Dame un minuto! ¡Mierda! —mascullo cuando lo hace.

—¿Ves como exagerabas? Es como verte sentada en una silla, pero sin ropa —me suelta con insolencia, apoyándose en la puerta y esbozando una media sonrisa mientras yo siento mi rostro arder y, sí, es una bobada, pero es mi bobada—. En algún momento tenías que pasar por esto y tampoco ha sido para tanto; además, seguro que has meado cientos de veces delante de tus amigas y con ellas no harás lo que haces conmigo —prosigue con fanfarronería mientras me limpio de la manera más discreta posible, y estoy muerta de vergüenza, hostias.

—Pues mira, listo, te equivocas —replico, tirando de la cadena mientras él se acerca a mí para hacer lo propio, «y no estaría de más tener dos baños», me lamento, encaminando mis pasos hacia el vestidor para empezar a prepararme—. ¿Le has preguntado en qué hospital está y la habitación? —cambio de tema, alzando la voz para hacerme oír—. ¿Y has visto qué bonito y pequeñito es? ¡Es una miniatura perfecta! Y tengo que coger la ropa que le he comprado, porque mi hermana es capaz de ponerle un chándal.

—Alucino con la capacidad que tienes para hablar sin parar incluso recién levantada —oigo su voz rasposa a mi espalda, y me vuelvo para verlo apoyado en el marco de la puerta, con el pelo revuelto y la mirada todavía somnolienta.

—Y yo alucino con lo idiota que eres —le dedico con una sonrisa.

—Bueno, pero eso no es ninguna novedad para ti —me indica, guiñándome un ojo—. Cualquier día voy a tener que coger apuntes para contestártelo todo —añade con una sonrisa insolente, y no lo mando a la mierda porque me hace gracia—. A ver, lo primero, no me creo que nunca hayas meado delante de tus amigas —me rebate mientras voy vistiéndome a toda prisa—. Lo segundo, está en La Paz, te mandará por WhatsApp la planta y el número de la habitación, y lo tercero, tu hermana no va a ponerle esa mariconada que le has comprado —afirma, convencido, y alzo la mirada para fulminarlo con ella.

—¿Perdona?

—Le has comprado un gorro con lazo. Joder, ¿quieres traumatizarlo? —me pregunta, divertido.

—No es un gorro, es una capota, y pueden llevarla tanto los niños como las niñas —me defiendo, completamente ofendida—. Lo que no entiendo es para qué le has comprado tú unas Nike; ni que fuera a salir corriendo.

—No son para ahora y, además, sé sincera, te hicieron gracia cuando las viste —me recuerda mientras me obligo a seguir ofendida, porque todos quieren vestirlo como si tuviera veinte años y es solo un bebé.

—Oye, ¿a qué esperas? ¡Venga, vístete! —lo apremio, haciendo a un lado el tema de la ropa, que sin duda va a dar mucho de sí, porque son tres contra una. «Maldita sea, ellos sí que van a traumatizarlo», farfullo mentalmente, disgustada.

—¿Quieres que vaya? —me plantea, esta vez con seriedad.

—¿No quieres venir? —me extraño, pues él y Candela se llevan fenomenal, a pesar de que se conocen desde hace solo un par de meses; de hecho, hay tal complicidad entre ellos que parece que se conozcan desde siempre, y encima es amigo y ahora cuñado de Santi.

—Pelirroja, tus padres van a estar allí —me recuerda, enarcando ambas cejas, y es verdad.

—Bueno, puedes ser un amigo mío —improviso, acercándome a él, necesitando tocarlo, y esto es algo que me sucede continuamente, así que alzo los brazos para rodear su cuello, percibiendo cómo mi cuerpo se adapta al suyo, como si él fuera mi molde y yo, el agua que puede adquirir diversas formas. Y qué fácil es ser agua a su lado.

—Son las siete de la mañana de un sábado; el único amigo que podría acompañarte a estas horas sería uno con el que has dormido —me indica con voz ronca, rodeando mi cintura con sus brazos.

Y este es un tema que hemos hablado muchas veces, porque mis padres ni siquiera saben que vivo con él. Suerte que no suelen ir a mi casa, porque, si lo hicieran, nunca me encontrarían en ella... y es una tontería esto de seguir ocultándonos, porque él ya es un eslabón de mi vida y una cosa es el curro y otra, bien distinta, mi familia.

—Tienes razón, ¿estás listo para conocer a tus suegros? —suelto, esbozando una sonrisa, la suya—. No quiero excluirte de esto, aunque le hayas comprado unas deportivas —le digo, sabiendo que, de los dos, la única que no estaba lista era yo—. Gabriel también es tu sobrino y quiero que formes parte de esto —musito, perdiéndome en el azul de sus ojos, ese azul cambiante que puede llevarme de una cala de aguas turquesas a lo más insondable del océano.

—O sea, que voy a verte mear y a conocer a tus padres todo el mismo día. Joder, pelirroja, me pregunto qué será lo próximo —suelta con sorna, provocando mi carcajada.

—Lo próximo será que te tumbe —replico, divertida, sin poder dejar de sonreír—. Ayer ya estuve a punto de conseguirlo, así que deberías ir preparándote para terminar con tu culo en el suelo.

—Solo me hiciste perder un poco el equilibrio —me rebate, sonriendo conmigo, «y estamos abrazados», me percato, mordiéndome el labio inferior—, pero, sí, pelirroja, dentro de unos diez años puede que, con un poco de suerte, lo logres —añade, hundiendo su cabeza en mi cuello para darme un suave mordisco mientras yo me río ante su comentario.

«Qué bonita y fácil es la vida a su lado y qué bien ha sonado eso de "dentro de unos diez años"», pienso, sintiendo el amor brillar en mi pecho, como si millones de estrellas hubieran bajado del cielo para instarse en mi interior y hacer más resplandeciente todo esto que siento, que es mucho.

Capítulo 28

Llegamos al hospital cogidos de la mano, «y estoy atacada», admito, sintiendo cómo empieza a sudarme la palma mientras el ascensor va marcando el número de las plantas. «Qué tontería que esté nerviosa», me riño, soltándome, fingiendo buscar algo en el bolso.

—Pelirroja —oigo que me dice mientras yo salgo del elevador a toda prisa en cuanto se abren las puertas.

—¿Qué? —inquiero, volviéndome para mirarlo y encontrándome con la calma de su mirada.

—¿Estás nerviosa? —me formula, enarcando una de sus cejas y acercándose a mí para atrapar mi mano de nuevo.

Cuando entrelaza sus dedos con los míos, bajo la mirada hasta ellos, maravillada por la capacidad que tiene para detener el mundo, para que deje de ver o de oír a la gente que nos rodea y solo pueda ver nuestros dedos engarzados o escuchar el sonido de su voz.

—Un poco —reconozco finalmente con una sonrisa, porque una cosa es abrazarnos, besarnos o cogernos de la mano cuando estamos solos, con Amparito o con mi hermana y Santi, y otra bien distinta es hacerlo frente a mis padres o quien sea de mi familia que esté en la habitación. Y puede que sea una tontería, pero, de nuevo, es mi tontería.

—Tranquila, lo harás bien —me suelta con insolencia, arrancándome una carcajada que libera mis nervios.

—Eres insoportablemente idiota.

—Y tú estás insoportablemente enamorada de mí —me recuerda, guiñándome un ojo, «y, si sonrío más, la sonrisa me llegará al cuello», admito, negando con la cabeza y echando a andar otra vez con su mano aferrando la mía.

—¿Se puede? —pregunto abriendo la puerta e, inconscientemente, aprieto su mano—. Madre mía... —musito con una enorme sonrisa cuando veo a Candela con Gabriel en brazos, «y por supuesto que este bebé va a ser el mayor regalo que le dé la vida», sentencio mentalmente, soltándole la mano para ir a abrazar a mi hermana—. Cande, es precioso —susurro, emocionada, acariciándolo con la mirada, tal y como me acaricia él a mí, porque puedes acariciar sin tocar y el roce puede ser tan de verdad como si tu piel estuviera rozando la del otro, porque esa caricia viene del alma y de lo que en ella tienes guardado—. ¿Has visto qué cosita? —me dirijo a Ciro, que está saludando a Santi y dándole la enhorabuena—. Ven, corre, míralo —lo apremio, alargando mi mano para coger la suya y tirar de él.

—Hola, hija... que tú entras y no saludas a nadie —oigo que me recrimina mi madre.

—¡Mamá! —me quejo, cayendo en la cuenta de que no he saludado a nadie ni tampoco se lo he presentado.

—Mamá, ¡¿qué?! Que digo yo que algo tendrás que decir, ¿no? —me increpa, señalándome a Ciro con la cabeza.

—Lo siento. Mamá, papá, os presento a Ciro, mi pareja —les anuncio y, a pesar de que no he alzado la voz, «mi pareja» ha sonado tan fuerte como si lo hubiera dicho a voz en grito.

—Tu pareja y tu bogavante —suelta mi hermana por lo bajini, consiguiendo que sonría muchísimo.

—La familia crece por momentos. Bienvenido, soy Francisco —se presenta mi padre con afabilidad, tendiéndole la mano.

Y, durante un breve segundo, me olvido de mi sobrino para simplemente ver cómo Ciro corresponde a su saludo, «y menuda marcha lleva mi corazón hoy», me percato, esbozando una sonrisa, porque ahora lo siento inmenso dentro de mí.

—Mamá está alucinando —susurra Candela bajito—, aunque, como para no hacerlo. A la pobre la tenías acostumbrada a tus maduritos interesantes y ahora le has traído al Ken malote de la Barbie —prosigue, machacona, consiguiendo que suelte una risotada mientras detengo la mirada en su pelo revuelto, en el brillo de su mirada y en su atuendo; unos simples *jeans* desgastados, con un suéter que marca todos los músculos de sus brazos—. Creo que voy a dejar de llamarte María Eugenia para llamarte María Sonrisitas —remata mientras yo no puedo dejar de sonreír ni tampoco de mirarlo.

Estoy coladita por él y debe verse a kilómetros de distancia, y suerte que fui a su casa y no me quedé en la mía.

—Encantada, hijo, yo soy María Eugenia —se presenta mi madre, dándole un abrazo—. ¡Por Dios, qué yernos más guapos tengo!

—Como tus hijas —apuntilla mi hermana, feliz de la vida, y me vuelvo para mirarla.

—Quién diría que acabas de parir, con la guasa que llevas. Anda, suéltalo, que tiene que acostumbrarse a mis brazos —le digo.

«Y, sí, menuda marcha lleva mi corazón hoy —insisto, sintiendo cómo se ensancha más en mi pecho mientras arrullo esta pequeña vida entre mis brazos—; es perfecto», constato, fijándome en sus diminutas facciones.

—Pues te queda bien —oigo que comenta mi hermana mientras yo solo tengo ojos para mi garbancito.

—Te lo vamos a querer quitar a todas horas —le comenta Ciro a Candela, y es increíble cómo el amor puede multiplicarse dentro de ti hasta alcanzar cifras impronunciables, porque apenas lo conozco y ya lo quiero más que a mi vida, y soy incapaz de apartar mi mirada de él.

Y durante un breve instante, sin saber por qué, pienso en lo que sentiría si fuera nuestro; si fuera ese niño rubito que tantas veces he visto en mi imaginación; si la que estuviera en esa cama fuera yo en lugar de mi hermana y, sí, mi corazón no para hoy porque ese pensamiento ha tenido la potencia suficiente como para contraerlo y que me duela.

—¿Quieres cogerlo? —le planteo a Ciro, sintiendo el latido del dolor instalarse en mi garganta, y no debería sentirme así, porque no tener hijos ha sido una decisión mía.

—Menuda pregunta... Ven aquí, pequeñín —me responde,

y con qué maestría se maneja, me sorprendo, observando cómo lo acuna entre sus brazos.

«Él sí quiere tener hijos y yo estoy siendo egoísta, porque esta decisión no debería pasar solo por mí y ambos deberíamos estar de acuerdo en un tema como este», reconozco, viendo, en mi imaginación, cómo entra en la habitación ese niño rubito con el que no dejo de fantasear, para situarse a su lado, junto a sus piernas, y alzar su mirada, del azul de sus ojos, para luego posarla sobre la mía. Y sé que es mi cabeza la que no deja de traerlo de vuelta, una y otra vez, solo que sigo dándole más peso a mi vida profesional que a la personal y, al hacerlo, consigo que ese niñito se aleje de sus piernas y de mí para abandonar esta estancia en la que estamos todos.

—Míralo, qué apañado —oigo que comenta mi madre.

—Oye, ¿estás bien? —me pregunta Candela mientras no puedo apartar la mirada de esa puerta que, en realidad, nadie ha abierto ni cerrado.

—Por supuesto —le miento, y me obligo a recomponer el gesto—. Bueno, cuéntame cómo ha ido todo.

—Qué poca vergüenza tiene, mira que no llamar —apuntilla mi madre, acercándose a la cama para arreglarle las sábanas con brío mientras mi padre se acerca a Ciro para ver a Gabriel y coger su manita—. Que nos hemos tenido que enterar a toro pasado. Sinvergüenza, que eres una sinvergüenza.

—Mamá, eran las dos de la madrugada y al fin y al cabo solo podía estar una persona conmigo y quería que fuera Santi —se justifica mi hermana, y yo también hubiera querido que fuera él quien me acompañara en un momento como ese.

—¿Y si llega a sucederte algo a ti o al niño? ¡Mujer, qué menos que decirlo! ¡Que yo no iba a entrar, pero estar fuera, al menos esperando, sí!

—Si llega a sucederte algo y mamá llega a estar fuera, habría sido capaz de entrar en el quirófano para pegarle cuatro gritos al médico —suelto con sorna, esbozando una sonrisa.

—Tú tampoco hubieras llamado, no hace falta que me lo digas, que ya lo sé. ¡Desapegadas, que sois unas desapegadas las dos! A ver si tengo más suerte con los yernos, porque anda que con vosotras... —parlotea sin parar y, por Dios, «puede que sea la hija del sacerdote, pero de lo que no hay ninguna duda es de que soy hija de mi madre», me planteo, haciendo una mueca, volviéndome para encontrarme con su mirada divertida, «y ha pensado exactamente lo mismo que yo», adivino, esbozando su sonrisa. Y, como las caricias que no necesitan tocar, nosotros tampoco necesitamos hablar para saber lo que está pensando el otro—. A ver esa ropita que le has traído —me pide mientras Ciro le tiende el niño a Santi, y lo maneja con tal destreza que parece que siempre haya tenido a un recién nacido entre sus brazos.

—Le he comprado unas cositas que son una monada —anuncio, emocionada, haciendo a un lado mis pensamientos para ir en busca de la bolsa que he dejado en la entrada de la habitación cuando hemos llegado.

—Le ha comprado un gorro con lazo —oigo que le cuenta a mi hermana con guasa mientras yo le tiendo las cajitas de ropa con su correspondiente lazo azul.

—¿Otra vez? ¡Que no es un gorro, es una capota! —le aclaro, molesta.

—Llámalo como quieras, pelirroja; al final no deja de ser lo que es —me replica, guiñándome un ojo y rodeando mi cintura con su brazo para pegarme a él y darme un beso en la mejilla, y lo ha hecho con tal naturalidad que ni siquiera me ha dado tiempo a sonrojarme.

—Me encantan las capotas —comenta mi madre, mirándonos con una enorme sonrisa.

—Pobre crío, ni se te ocurra ponerle eso —apuntilla mi padre, y me vuelvo para mirarlo con fastidio.

—Tía, ¿no lleva mucho lazo todo esto? —me pregunta mi hermana, sacando la ropita de la caja—. A ver, que es bonito, pero solo si le quitamos los lazos.

—No te preocupes, cuñada, que ya le he comprado yo unas Nike para compensar —suelta con sorna.

—Pero, vamos a ver, ¡que es un bebé! Tiene que ir con ropa blandita, cómoda y, sí, con lazos.

—No te preocupes, hija, ella que lo vista como quiera y luego, cuando nos los deje, ya lo vestiremos nosotras como queramos —se alía conmigo mi madre, provocando que sonría—.

Y tú, Santiago de mis amores, no acapares tanto, que quiero coger a mi nieto. Anda que no vamos a llevarte guapo tu tía y yo, con capotas, lazos y todo lo que se precie.

—¡Ni se te ocurra disfrazarlo, mamá! —protesta Candela.

—Ay, hija, Dios sabe lo que sucederá cuando tú te vayas a trabajar —replica, consiguiendo que me carcajee, «y es que ya tardaba en sacar a Dios a relucir», me digo, observando cómo mi hermana se dispone a abrir el regalo de Ciro, «y este le va a encantar», doy por hecho, esperando para ver su reacción.

—¡Ay, por favor, pero qué monada! —exclama, sacando las minideportivas de la cajita, y ya sabía yo que le iban a gustar—. Cuñado, eres el mejor —lo halaga, sonriendo todo lo que no ha sonreído con mi ropa, pero mi madre tiene razón y sabe Dios lo que sucederá cuando me deje a mi garbancito.

—Y lo próximo será un chándal —le anuncia, y me vuelvo para fulminarlo con la mirada, solo que estoy sonriendo y esa mirada queda en nada.

—Ni se te ocurra —le advierto.

—Tienes razón, mejor que sean unos vaqueros y una sudadera con capucha, así no hará falta ponerle el gorro ese —me replica, sonriendo conmigo, logrando que me carcajee, a pesar de que me repatea lo que me está diciendo.

—Hija, ¿me acompañas un momento fuera? —me pide mi madre, «y ya estaba tardando», me digo bufando suavemente, observando cómo abandona la habitación dando por hecho que voy a seguirla y, oye, podría no hacerlo y dejarla un ratito a solas con ella misma pensando en todo lo que quiere preguntarme, solo que soy una floja y termino cediendo.

—¿Qué pasa? —inquiero, viéndola venir, una vez estamos a solas en el pasillo.

—¿Cómo que qué pasa? Pero ¿cómo no me habías contado que estabas con un chico? Y, oye, ¡qué guapo es!, y tu hermana y Santi ya lo conocían, ¿verdad? —me interroga mientras yo me cruzo de brazos—, y yo sin saber de su existencia —me reprende, negando con la cabeza—. Y, dime una cosa, es más joven que tú, ¿a que sí?, ¿qué tendrá, la edad de tu hermana o es más joven? Que no tengo yo nada en contra de los chicos más jóvenes, pero como tú siempre habías salido con hombres más mayores, pues, eso, que me ha extrañado, y digo yo que ya podrías habernos comentado algo, que menuda cara se nos habrá quedado a tu padre y a mí, y, cuéntame, ¿lleváis mucho tiempo juntos? Parece un buen chico y a ti se te ve muy contenta —parlotea sin parar, consiguiendo, durante unos segundos, que me vea reflejada en ella. Por Dios, no me extraña que quiera silencio por las mañanas, porque me temo que tengo la misma facilidad que mi señora madre para enlazar un tema con otro sin apenas coger aire.

—Mamá, ¿eres consciente de todo lo que me has preguntado?

—Es que, hija, últimamente apenas te veo y... ¡Claro!, por eso ya casi no vienes a comer a casa, ahora lo entiendo, porque comes con él, ¿no es así? —adivina, gesticulando exageradamente con las manos, y en esto también soy clavadita a mi madre.

—Vivo con él, mamá —le confieso finalmente, provocando que abra mucho los ojos.

—¿Cómo que vives con él? ¿Desde cuándo? —indaga, aferrando mis brazos y acercándose más a mí.

—Desde hace varios meses.

—¿Y no nos habías comentado nada? —me recrimina, dándome una palmada en el brazo.

—¡Auuuuu! —me quejo, y ¡venga ya!—. Mamá, no me hagas recordarte la edad que tengo —vocifero, molesta.

—¡Mira, no me tires de la lengua! —me advierte, apuntándome con un dedo—. Anda que... tu hermana no me llama cuando se pone de parto y tú te vas a vivir con tu novio y ¡no hace falta decir nada! ¿Para qué van a decir ellas nada? —parlotea, enfadada, lanzando la pregunta al aire—. Ni que yo fuera algo suyo para saberlo. ¡Claro!, ¡como sois adultas e independientes, no hace falta que nadie sepa nada de vosotras! ¡Ni siquiera yo, que he sido la que os ha parido!

—Venga ya, mamá, no exageres. No te lo había contado porque simplemente estábamos probando, solo que unos días nos han llevado a otros y todavía seguimos en eso, probando —le explico, esbozando una sonrisa, y debería aceptar de una vez que eso de probar lo dejamos atrás hace mucho ya—. Y, sí, es más joven que yo, once años menor, pero nos complementamos tan bien que eso, ahora, es lo de menos. ¿Me habías preguntado algo más? —inquiero con retintín, recordando cuando esta mañana me ha dicho que iba a tener que coger apuntes para poder contestármelo todo.

—¡Y yo qué sé ya lo que te había preguntado! —«No me extraña que hasta ella pierda la cuenta», pienso, percatándome de que no puedo dejar de sonreír cuando se trata de él—. ¿Tú eres feliz? —me pregunta, acunando mis mejillas con ambas manos.

—Sí. —Y es un sí rotundo.

—Pues, si tú eres feliz, yo lo soy más, y haz el favor y tráelo a casa a comer —me pide antes de encaminar sus pasos otra vez hacia la habitación, y la sigo sintiendo mi corazón ensancharse de nuevo en mi pecho y, sí, menuda marcha lleva hoy.

* * *

—¿Vamos a desayunar? Tengo el café en los pies —me propone, tendiéndome el casco, y, durante un segundo, detengo la mirada en la fachada del hospital donde, en una de esas habitaciones, está mi hermana con su hijo, con Santi y con todos los amigos que acaban de llegar para conocer a mi garbancito, y qué momento más bonito están viviendo.

—Claro —acepto, sabiendo que tenemos una conversación pendiente o, al menos, la tengo yo.

—¿Alguna preferencia? —me plantea, subiendo a la moto, e intuyo que sabe que algo ronda por mi cabeza, solo que lo está dejando pasar, y casi mejor.

—Una terraza. Con el buen tiempo que hace no me apetece nada encerrarme en una cafetería —contesto antes de ponerme el casco, para, seguidamente, aferrarme a su cintura y montar en la moto.

Y mientras recorremos un Madrid ya despierto, imagino esa balanza que, al igual que al niño, no dejo de ver, en la que sigue pesando más mi carrera, aun sabiendo que mi felicidad se encuentra en el otro extremo.

—Caramba, ¡qué sitio más bonito! —exclamo cuando aparca la moto frente a una plaza plagada de cafeterías.

—Mira, en esa cafetería de ahí se pueden encontrar zumos verdes de esos que tanto te gustan, muchas semillitas de pájaro —comenta, refiriéndose a la quinoa, al sésamo y a las semillas de amapola— y comida de esa que no sabe a nada —prosigue con una sonrisa desdeñosa, guardando el casco en el maletín de la moto—, y luego, en esa de ahí, hacen unos bocatas de brascada, unas bravas y unos calamares para caer de rodillas —continúa mientras me acerco a él para guardar el mío—. Dime que estoy equivocado y que vas a elegir el bocata y las bravas —me pide, y sonrío tanto como se puede, porque me iría de cabeza a la cafetería de los zumos verdes y las semillitas de pájaro, como él las llama, pero sé que prefiere el bocata.

—Te mereces que elija la cafetería de los zumos verdes, pero, no, venga, vamos a por el bocata, que todavía tienes que pegar el estirón y necesitas alimentarte bien —me meto con él, provocando su carcajada mientras yo freno la mía.

—Sabes que tienes muchas cosas que contarme, ¿verdad? —me dice, pasando un brazo por encima de mis hombros para pegarme a él.

—¿Como qué? —inquiero, frunciendo el ceño mientras echamos a andar.

—Lo sabes de sobra, pelirroja —me asegura al tiempo que rodeo su cintura con mi brazo sin dejar de caminar y, de nuevo, estamos abrazados, solo que de forma distinta.

—No, no lo sé. Dímelo tú. —Y cómo me joroba que me lea tan bien.

—Mejor vamos a hacer otra cosa: dime el tiempo que hará dentro de quince días —me pide, dejándome noqueada, porque esto es lo último que esperaba que me planteara.

—¿Cómo? —le pregunto mientras nos acomodamos en una de las pocas mesas que quedan libres.

—Que me digas el tiempo que hará dentro de quince días —repite con seriedad, mirándome directamente a los ojos.

—¿Para qué quieres saberlo ahora?

—Porque tengo que hacer planes y esos planes pueden variar en función del tiempo que haga. Venga, dime qué tiempo hará —me exige con sequedad, y estoy tan perdida con esta conversación que ni siquiera sé qué contestarle—. ¿No te das cuenta? Eres tú la que va por delante todo el rato cuando ni siquiera sabes lo que sucederá mañana. ¿Crees que no me he dado cuenta de la cara que has puesto cuando has cogido a Gabriel en brazos o cuando lo he cogido yo? Si eres como un libro abierto, hostias, y ya sé que te dije que quiero tener hijos y que los hijos no entran dentro de tus planes, pero los planes pueden variar en cuestión de horas... y, con esto, no te estoy diciendo que vayas a cambiar de idea, porque puede ser que sea yo quien lo haga, o no; puede incluso que esto al final no llegue a nada o vete tú a saber. ¿Por qué no te limitas a disfrutar lo que estás viviendo ahora? Porque este tema ya me cansa.

—¿Crees que esto no va a llegar a nada? —indago, sin poder alejar mi mirada de la suya, y ojalá nos trajeran agua, porque siento la boca seca.

—No he dicho eso.

—Ya, pero yo te lo estoy preguntando.

—No lo sé, pelirroja. Ojalá dure para siempre, pero, puestos a imaginar posibilidades, puede que un día conozcas a uno de esos maduritos interesantes que siempre te han gustado; un tío refinado que vista como a ti te gusta, que juegue al golf y que beba whisky de veinte años, y, entonces, decidas que eso te va más que esto. —Y siempre me han gustado esa clase de hombre, solo que, ahora, me parecen un coñazo.

—¿Y por qué no puedes ser tú el que se fije en otra? No sé, puedes conocer a una modelo, recién salida del huevo, de piel tersa y largas piernas... trabajas continuamente con ellas.

—Eso no va a ocurrir —me asegura, convencido.

—Pues, si no va a ocurrir contigo, tampoco tiene por qué ocurrir conmigo.

—Perfecto, pues ya está —suelta como si nada, recostándose en la silla sin permitir que me libere de su mirada.

—Pues ya está —siseo entre dientes.

—Estábamos hablando de posibilidades que no tienen por qué suceder —me recuerda, armándose de paciencia, y no sé cómo nos hemos desviado tanto—. Contéstame a esto: ¿tú me quieres hoy?

—Por supuesto. ¿Qué pregunta es esa?

—¿Quieres vivir conmigo hoy?

—Ya vivo contigo —mascullo, molesta.

—Cierto, pero ¿hoy quieres seguir viviendo conmigo?

—Sí, quiero seguir viviendo contigo.

—¿Quieres quedarte embarazada hoy? —me pregunta, sorprendiéndome.

—No. —Y es un no rotundo que no alberga ningún tipo de duda.

—Pues ya somos dos, pelirroja, porque yo tampoco quiero ser padre ahora. ¿No te das cuenta? Lo que importa es hoy y lo que hoy queramos, porque mañana puede estrellarse un meteorito sobre nuestras cabezas, puede llamarte Toledano o como se llame el tío ese de Dior y pueden suceder tantas cosas que es una tontería perder el tiempo preocupándose por algo que posiblemente no vaya a suceder.

—Yo no veo las cosas como tú.

—No hace falta que lo jures —replica, esbozando una sonrisa—. ¿Sabes quién fue René Descartes? —me formula, sorprendiéndome.

—¿Un filósofo francés? —me aventuro a responder, pues no las tengo todas conmigo.

—Exacto. Y ese filósofo francés escribió una carta, casi al final de su vida, en la que plasmó que su vida estuvo llena de desgracias, muchas de las cuales jamás sucedieron. Deja de preocuparte por cosas que no han ocurrido y vive lo que tienes frente a ti —me pide, callando cuando llega el camarero para tomarnos nota—. Te quiero, como nunca he querido a ninguna tía —me confiesa en voz baja, inclinando ligeramente su cuerpo para acercarse a mí—, y, si imagino mi futuro, te veo a mi lado, con una niña pelirroja como tú, y es normal imaginar nuestros deseos, pero teniendo claro que la vida tiene sus propios planes reservados para cada uno de nosotros; puede que esa niña nunca exista y será porque debe ser así.

—Eso es conformismo —musito, evitando decir nada sobre el niño rubito que yo imagino continuamente.

—Te equivocas. Si yo me conformase, tú no estarías aquí sentada, pero, si después de luchar por ti, no lo hubiese conseguido, lo hubiera aceptado y hubiera seguido con mi vida. Hay una diferencia abismal entre conformismo y aceptación —me asegura mientras yo guardo silencio y, si él tiene razón, yo imagino a ese niñito porque es mi deseo, uno que puede que yo silencie, día tras día, a base de bocetos.

* * *

Mayo da paso a junio y, más tarde, a julio, mes en el que Amparito me obsequia de nuevo con magdalenas cuando vuelvo a llevar más ropa a nuestra casa, luego a agosto y a nuestro primer verano juntos en Formentera; al olor de salitre y al sabor del mar en nuestra piel, ese sabor que atrapamos con nuestros besos, nuestros labios y nuestra lengua cuando recorremos el cuerpo del otro, a las siestas desnudos, a las cenas bajo las estrellas y a todas esas primeras veces que trae consigo un primer verano que termina en Menorca, donde pasamos unos días con sus padres y donde las risas, el cariño y la complicidad llegan para abrazarnos, tal y como nos abrazamos nosotros todo el tiempo, porque seguimos haciéndolo, y no importa dónde estemos o con quién, y, mientras nosotros nos abrazamos, y nos decimos que nos queremos, los días pierden el brillo intenso del verano, y llega septiembre con su rutina; llegan nuestros desayunos en la cocina en silencio hasta que consigue despertarse, llegan nuestros «te echaré de menos» cuando tenemos que ir a trabajar, nuestras clases de aikido, que habíamos abandonado, y nuestras excursiones en moto, conmigo aferrada a su cintura.

Y con qué velocidad corre el tiempo cuando eres feliz, porque septiembre vuela y, tras su paso, llega octubre y el otoño; llegan los colores ocres y las hojas en el suelo, que se lleva el viento como se lleva nuestros días para traernos entre besos a noviembre, ese mes en el que nos encontramos ahora, y qué fácil ha sido, cuantísimas veces he sonreído y cuántas veces he dicho y oído «te quiero»; cuántas veces, tantas que no podría contarlas, he despertado entre sus brazos y he hecho de su cuerpo mi casa, porque él es casa, es calma, es ahora, es sentirse cuidada y es también felicidad, la mía y la que está por encima de todo. Y, no, ya no tengo ropa en mi casa, porque a finales de octubre fui a por la poca que me quedaba y, de nuevo, Amparito me obsequió con magdalenas para darme la bienvenida, y lo hizo con la misma sonrisa que teníamos nosotros instalada en nuestros rostros.

* * *

—Te quiero, mamá. Te llamo mañana —oigo que le dice en el mismo instante en el que estoy accediendo a la cocina, donde él se encuentra, y sonrío con cariño, porque Ciro llama todos los días a sus padres y a su hermana y siempre, antes de colgar, les dice que los quiere. Yo debería tomar ejemplo, porque ni me acuerdo de la última vez que se lo dije a mis padres.

—¿Le has dado recuerdos de mi parte? —inquiero, acercándome a él para abrazarlo por detrás.

—Sí, y te mandan muchos besos —me contesta, volviéndose para atrapar mi mirada con la suya—. Mi madre me ha preguntado si iremos unos días en Navidad; mi hermana siempre regresa a casa para pasar esas fechas en familia, ya sabes, como en el anuncio de El Almendro que tanto te gusta —suelta con sorna, rememorando lo que le conté y provocando mi sonrisa—, y le gustaría que nosotros fuéramos también —prosigue, sosteniéndome la mirada.

—O sea, que este año quieres protagonizar tú ese anuncio —respondo, esbozando una sonrisa

—Contigo a mi lado, llorando —me replica, vacilón.

—Muy gracioso —canturreo, ensanchando mi sonrisa.

—¿Qué me dices?

—Ya sabes que estoy deseando conocer a tu hermana y lo pasé muy bien esos días que estuvimos con tus padres; por supuesto que iremos. —Y, aunque no pudiera por trabajo, movería cielo y tierra para poder ir, porque sé cuánto echa de menos a su hermana, porque sus padres fueron un encanto conmigo y se desvivieron para que estuviera a gusto durante esos días y porque él es más atento y cariñoso con mis padres de lo que lo soy yo, que soy la hija—. Sí, por supuesto que iremos —sentencio, rodeando su cuello con mis brazos, y cómo me gusta percibir la suavidad de su pelo entre mis dedos.

—Joder, no veo el momento de presentarte a mi hermana y

ver cómo te pones nerviosa —me indica con guasa, borrando mi sonrisa en el acto, porque estaba atacada el día que conocí a sus padres.

—Eres insoportablemente idiota —le dedico, torciendo el gesto.

—Pues este insoportablemente idiota te tiene preparada una sorpresa —comenta, guiñándome un ojo.

—Ah, ¿sí? ¿Qué sorpresa? —le planteo, sonriendo de nuevo, admirando el brillo azul que se ha instalado en su mirada. «Y no puedo quererlo más», reconozco, percibiendo la fuerza con la que apresa mi cuerpo.

—He pensado que tú y yo podríamos hacer una escapada a Asturias este fin de semana; eso sí, tendrías que cogerte el viernes libre. ¿Qué opinas, pelirroja? ¿Crees que podrás liberar esa insoportablemente sobrecargada agenda que tienes para que tú y yo sigamos conjugando verbos?

—Lo intentaré —musito, sonriendo más, y suerte que la vida lo puso en mi camino, porque qué bonito está siendo recorrerlo con él a mi lado.

«Y la balanza ya está inclinándose hacia su lado —asumo, sintiendo mi corazón expandirse dentro de mí— y, si esto va de tener suerte, yo he tenido toda la del mundo —me digo, sin poder dejar de sonreír, y momentos como este deberían titularse *felicidad*.

Capítulo 29

—Hemos llegado —me anuncia, aminorando la velocidad para acceder, con el vehículo que hemos alquilado en el aeropuerto, a las inmediaciones del hotel, una enorme casona de piedra, situada en lo alto de una pequeña ladera y rodeada por extensos jardines, en la que las hortensias y la buganvilla de la fachada parecen querer robarles todo el protagonismo a las montañas y al mar que se adivinan al fondo, «y nunca había visto unas hortensias tan grandes como estas», pienso, mirándolas con admiración.

—¿Y se llama La Isla, este pueblo? —inquiero mientras recorremos el estrecho camino de gravilla que parte el jardín en dos.

—Y la playa que ves ahí al fondo también —me informa, deteniendo el coche en un lateral del edificio, donde hay más aparcados, y observo hacia donde me indica, donde el verde del césped y el morado, amarillo, rosa y blanco de las flores parecen querer fundirse con el azul del mar—. Hay un islote al que se puede llegar a pie cuando hay bajamar —me cuenta, apeándose del vehículo, y hago lo propio para llenar mis pulmones con la fragancia del mar, de las flores y del silencio, pues solo se oye el sonido del viento. «Y qué distinto es esto de Madrid», constato, feliz—. Esas montañas que ves ahí, son la sierra del Sueve, y hay una playa, la de La Griega, a la que tenemos que ir para que veas las huellas de los dinosaurios —continúa, entusiasmado, sacando el equipaje del maletero y, por lo que veo, no es la primera vez que ha estado aquí—. Dime que no guardas un dinosaurio muerto aquí dentro, por favor —me pide con guasa cuando agarra la enorme maleta en la que van mis cosas.

—Que tú no hayas cogido apenas ropa no significa que yo tampoco tenga que cogerla. Además, ¡es para dos días! —me defiendo, molesta, pues ya hemos tenido temita en casa.

—Aquí tienes ropa para dos meses, pelirroja —me rebate, sacando su pequeño *trolley* del maletero con una sola mano, «y tendría que haberle hecho yo el equipaje», me lamento, observando su atuendo: unos simples *jeans* y un suéter de cuello alto. «Seguro que va a pasar los dos días con los mismos pantalones», predigo, esbozando una sonrisa, en forma de disculpa, cuando me tiende mi neceser, un reducido maletín rígido—. Alucino con las tías y con la cantidad de cosas que necesitáis —se queja, provocando que sonría más, pues él solo ha cogido el cepillo de dientes y el desodorante mientras que yo llevo dicho maletín a rebosar de cremas, pinturas y brochas. «No me extraña que alucine», admito, haciéndome con una parte del equipaje para seguirlo al interior del hotel.

—Es fácil llevar poco equipaje cuando ni siquiera te peinas —me justifico, alzando la mirada hacia ese cielo pintado en tonos grises que nos está dando la bienvenida.

—Eso no es del todo cierto, me peino con los dedos —me rebate con insolencia, volviéndose para mirarme, y no parece para nada impresionado con el paisaje que nos rodea cuando yo no puedo dejar de admirarlo—. Tú has estado aquí más veces, ¿verdad? —le pregunto, deteniéndome.

—Solo una vez, pero me gustó tanto que estaba deseando regresar, contigo —me cuenta, guiñándome un ojo, antes de darse la vuelta para acceder al interior del establecimiento. «Le encanta hacer esto, dejarlo en el aire, y puede que ni siquiera sea consciente de ello», pienso siguiéndolo hasta la casona.

«¡Vaya!», exclamo mentalmente cuando accedo a ella mientras me fijo en la sala que se divisa a través de la recepción, donde la luz de la tarde se filtra a través de sus muchas ventanas, donde el fuego crepita en la enorme chimenea de piedra y donde los sofás que dominan la estancia parecen invitarte al descanso. «Me encantaría sentarme aquí, abrazada a su cuerpo frente a este fuego —y ya nos estoy imaginando mientras, de fondo, lo oigo charlar despreocupadamente con la chica que se encuentra en la recepción—. Seguro que, si no es su amiga, terminará siéndolo», me digo, esbozando una sonrisa, y siempre estoy sonriendo cuando él está cerca, como ahora, que no puedo borrarla de mi rostro.

Tras hacer el *check-in*, nos dirigimos a la habitación, situada en el piso superior, una que posee una terraza cubierta desde donde se divisan los jardines, esa playa de la que me ha hablado y las montañas al fondo, y no es que sea lujoso, pero tiene ese encanto que te hace sentir cómoda y en casa, «como él», me repito, recorriendo la estancia con la mirada hasta encontrarlo. Él es un encanto y, a su lado, siempre me he sentido cómoda y en casa.

—¿Cuándo viniste? —indago, presenciando cómo se acerca a mí con esos andares lentos y despreocupados que, en realidad, no lo son tanto, porque su mirada se ha cerrado con mi pregunta.

—Hace unos años —me contesta, sentándose en el pequeño sofá ubicado frente a los enormes ventanales, con la mirada fija en el paisaje imponente que se despliega delante de nosotros.

—Ya... ¿Me lo cuentas? —le pido, sentándome a su lado, cuestionándome si vino con alguna de sus amigas, «y qué distinta soy cuando estoy a su lado», reconozco, apoyando mi cabeza en su hombro y rodeando su cuerpo con mi brazo.

«Yo, que nunca he sido celosa, siento celos de esas mujeres que formaron parte de su vida —asumo, inspirando profundamente, sintiendo su respiración en la yema de mis dedos y en la palma de mi mano; esa respiración que quiero atesorar y guardar bajo mi piel, como si de un segundo latido se tratara—. Yo, que nunca he buscado el contacto físico y siempre he sido más bien fría, ahora necesito tocarlo y sentirlo cerca todo el tiempo, como ahora, cuando no puedo estar más pegada o abrazada a él. Y así, con todo, porque qué poco tiene que ver la mujer que soy a su lado con la mujer que he sido con mis anteriores parejas», reflexiono mientras él se mantiene en silencio.

—Vale, déjame adivinar... Viniste con alguna modelo de largas piernas y conjugasteis todos los verbos posibles, ¿a que sí? —suelto, haciendo a un lado mis pensamientos para alzar mi rostro y encontrarme con el suyo. «Y, a mí, ¿qué hostias me importaba?», me recrimino, adivinando de repente con quién vino, pues las poquísimas veces en las que me ha hablado de la enfermedad de su hermana ha aparecido esa mezcla de tristeza y dureza en su mirada, esa tristeza absoluta y esa dureza impenetrable que puedo ver ahora, y no tenía que haber insistido—. Oye, si no quieres hablar de ello, lo entien...

—Hubo una tarde, en mitad del tratamiento, que fue realmente mala —me corta, y siento cómo algo se contrae dentro de mí con el tono que está utilizando, el mismo tono que empleó aquel día, en Buitrago de Lozoya, cuando me lo explicó, y que parece ir asociado a esa parte de su vida—. Estaba viniéndose abajo y cogí una libreta y un bolígrafo y la obligué a hacer una lista de todo lo que haríamos cuando se curara. Venir a Asturias fue lo primero que anotó en esa lista y lo primero que hicimos cuando se recuperó —me cuenta con seriedad, sin tocarme, sin mirarme, abstraído en su mundo de recuerdos, y necesito traerlo de vuelta como sea.

—¿Y os alojasteis en este hotel?

—Sí, pero en las habitaciones de abajo, las que dan a esa sala que estabas mirando antes —me explica, para luego guardar silencio.

—No te gusta hablar de ello, ¿verdad? —le planteo con gravedad, incorporándome ligeramente para poder mirarlo, y a veces puedo llegar a ser muy torpe, porque esta pregunta también sobraba.

—No, no me gusta —me responde, llenando sus pulmones con una fuerte inspiración, para luego volverse para mirarme.

—Pues no lo hagamos, pero, si algún día necesitas hacerlo, estoy aquí, ¿vale? —respondo, alargando una mano para acariciar su mejilla.

—No hay nada de que hablar; lo que tenías que saber ya te lo he contado, y lo más importante es que ella lo superó —afirma, para luego guardar silencio, dirigiendo su mirada de nuevo al frente. Y lo que no sé es si está rehuyendo mi mirada o simplemente buscando la calma que parece emerger del paisaje—. Hay palabras que, para mí, están vetadas y prefiero no tener que pronunciarlas. El pasado, pisado está, y no quiero traerlo a mi presente para tener que ver esas huellas otra vez, y menos este fin de semana —concluye, sin variar el tono de su voz—. Dime que lo entiendes —añade, girándose de nuevo hacia mí.

Él también es distinto cuando se trata de este tema, y puede que no seamos de una forma concreta, sino de cientos de formas distintas que vamos adoptando en función de las personas o de las circunstancias que nos rodean; como el agua, que se adapta. Puede que, en el fondo, todos seamos un poco agua, porque podemos fluir, como la corriente de un río, o podemos quedarnos estancados, como el agua de los charcos; podemos ser claros o turbios y podemos ser de tantas maneras como moldes o situaciones haya.

—Por supuesto que lo entiendo —contesto, deseando que su mirada, tan cerrada como el cielo que nos acompaña hoy, se abra y me muestre el azul que tanto me gusta—. Y, ahora, sonríeme, dame un beso y dime que me quieres —le pido, esbozando su sonrisa y dibujando la suya en su rostro. Y siento el alivio recorrer mi pecho cuando la veo.

—Quieres demasiadas cosas, pelirroja —musita, llenando su mirada con ese brillo que sus palabras habían opacado.

—¿Tú crees? Porque ya estás sonriendo, ahora solo te falta el beso y...

—Decirte que te quiero, ¿verdad? —me interrumpe, con voz ronca, hundiendo sus dedos en mi pelo para acercarme a sus labios, consiguiendo, con ese simple gesto, que mi respiración se acelere—. Te quiero, pelirroja, más de lo que nunca he querido a nadie —me confiesa con solemnidad antes de pegar mis labios a los suyos, y siento cómo todo mi ser respira con este beso—. Solo he hablado de esto contigo —me explica en un susurro casi imperceptible, y percibo la fuerza controlada con la que está aferrando mi cuello—. Como ya te conté, me cuesta, la hostia, pronunciar en voz alta el nombre de esa enfermedad, y recordar esos días me pone malo. —Y, si el dolor puede pasar de un cuerpo al otro, acaba de hacerlo, porque lo siento latiendo en mi garganta con la misma potencia con la que debe de estar latiendo en la suya.

—Pues no lo hagas. Lo siento... No quería hacerte sentir mal —murmuro, rodeando su cuello con mis manos.

«Ojalá pudiera hacerme con todo su dolor para poder tirarlo por la ventana y que el viento lo atrapara entre sus fauces. Yo misma soplaría hasta quedarme sin aliento para ayudar a ese viento a mantenerlo lo más lejos posible de él», pienso, deseando liberarlo de todo esto que sigue doliéndole.

—Tú nunca haces que me sienta mal y soy yo el que lo siente —replica, pegando su frente a la mía, inspirando con fuerza—, y, aunque no lo parezca, este sitio me trae grandes recuerdos. Venga, vamos, no hemos venido aquí a hablar de cosas jodidas y hay cientos de sitios que quiero mostrarte —me dice, levantándose y agarrando mi mano para que lo haga yo también, solo que, antes de que pueda moverse, lo abrazo con todo el sentimiento que tengo dentro, necesitando sentirlo y que me sienta, necesitando consolarlo sin palabras y qué se sienta bien, porque es verdad y aquí no hemos venido a hablar de cosas jodidas, sino a disfrutar, a vivir y a exprimir cada segundo.

De la mano y tras abrigarnos, nos dirigimos a esa playa que tenemos a unos pocos minutos a pie, «y qué viernes más distinto», suspiro mentalmente, rodeando su cintura con mi brazo mientras él rodea mis hombros con el suyo. «Yo tampoco he querido a nadie como lo quiero a él», admito, observando el cielo plomizo que se cierne sobre nuestras cabezas y que, con sus tonos grises, parece querer ensombrecer el azul del mar, «como sus recuerdos en su mirada», y rodeo su cintura con mi otro brazo, «deseando ser yo ese rayo de luz que se cuele a través de las nubes para devolverle el brillo cuando lo pierda», me digo, sonriendo cuando besa mi cabeza.

—Esto es algo que, antes de conocerte, nunca hubiera hecho —reconozco en voz alta, observando la inmensa y desierta playa, en forma de concha, que tenemos frente a nosotros, y es tan natural y salvaje como lo que siento que nos une a nosotros.

—¿El qué? ¿Venir a Asturias? —me pregunta mientras nos internamos en ella.

«Qué frío hace», constato, sintiendo cómo el viento se cuela por debajo de mi ropa para erizar mi piel.

—Más bien, venir a Asturias un viernes laborable —matizo, esbozando una sonrisa.

—Es cierto, te has cogido un día libre... La hostia, pelirroja, no sé cómo puedes seguir viviendo, habiendo cometido semejante sacrilegio —suelta con sorna, y alzo la cabeza para perderme en su sonrisa y en el brillo de sus ojos, y qué ganas tenía de verlo.

—Puedes burlarte todo lo que quieras, pero es la verdad; yo siempre llegaba la primera y me marchaba la última, nunca me cogía un día libre y casi tenían que obligarme para que cogiera vacaciones... y mírame ahora.

—Sigues llegando la primera y seguro que marchándote la última —me rebate, enarcando una ceja, mientras recorremos esta playa, que parece sacada de un lienzo.

Y, durante un breve instante, abrazada a él, detengo la mirada en las suaves laderas pintadas de verde que parecen querer protegernos del viento de la misma forma en que lo hacen las montañas del fondo. «Qué entorno más hermoso», me maravillo, llenando los pulmones con la paz que parece flotar en el aire entremezclada con el olor del salitre, pues, a excepción de unas cuantas casas esparcidas, no hay nada más, solo naturaleza y silencio. Solo calma. Solo nosotros.

—No es cierto, ya no soy la última en marcharme —le confieso, pues, desde que tuve esa charla con Luna, parece que se hayan intercambiado los papeles y la que esté deseando largarse ahora sea yo, en lugar de ella, «que lo estoy», admito para mí—, pero no es solo eso —murmuro, agachándome para coger una concha de la arena—. Qué bonita.

—¿Y qué es? —me pregunta con seriedad antes de que enlace un tema con otro y me despiste.

—Tú —musito, atrapando su mirada con la mía—. Tú me has cambiado o yo he cambiado contigo, no lo sé, pero mi balanza está empezando a inclinarse hacia el otro lado y ya no me importa —le confieso, esbozando una sonrisa, la suya.

Y, durante una fracción de segundo, veo el brillo de un rayo de sol instalarse en su mirada, en esa mirada en la que soy capaz de ver el infinito del cosmos y el azul grisáceo del océano y en la que ese rayo de sol da paso a cientos de rayos más hasta conseguir que me sienta intimidada con la luz que está desprendiendo, «y qué tontería que me dé vergüenza que me mire así, cuando hace un instante he deseado ser ese rayo», pienso, negando con la cabeza, agachándome para coger otra concha.

—Mírame —me pide, y alzo la vista para encontrarme de nuevo con el brillo de la suya—. ¿Y eso es malo? —Y, con su pregunta, me levanto hasta quedar frente a este mar inmenso que hoy es del color del acero, posiblemente porque es un simple reflejo del cielo.

—Por supuesto que no, solo que yo imaginaba mi futuro de una manera y está siendo de otra y, si pudiera elegir entre lo que imaginaba y lo que estoy viviendo, me quedo con esto —afirmo, totalmente convencida, volviéndome hacia él para ver cómo guarda sus manos en los bolsillos de su chaqueta—. ¿Qué? —le formulo, encogiéndome de hombros, esbozando de nuevo su sonrisa.

—Cierra los ojos —me pide con gravedad, y frunzo el ceño ante su petición.

—¿Para qué? —inquiero con desconfianza.

—Tú ciérralos, pelirroja; solo dos minutos, venga —insiste, y hago lo que me solicita. Y cómo se agudizan los sentidos cuando dejas de ver, pues siento cómo la humedad que atesora la arena sube por la planta de mis pies; cómo el viento, cargado de ella, rodea mi cuerpo, y cómo la fragancia del mar se cuela en mi interior mientras el sonido de las olas al romper contra la orilla se entremezcla con el aullido de este viento de noviembre que nos acompaña esta tarde—. Ya puedes abrirlos —oigo a mi espalda, y hago lo que me pide para ver escrito sobre la arena con conchas «QUIERO CASARME CONTIGO».

Y nunca, jamás, mi mundo se había detenido con tanta fuerza. Nunca, jamás, mi mundo había enmudecido con tanta rapidez. Y nunca, jamás, una frase me había atrapado de tal forma.

—No te lo estoy pidiendo ni tampoco quiero que digas nada, solo deseo que lo sepas, que sepas que te elijo a ti y la vida que tenemos y que esto es lo que veo cuando imagino mi futuro —declara, colocándose a mi lado.

—¿Y por qué no es una pregunta? —replico con seriedad, atrapando su mirada con la mía.

—Porque, cuando te la haga, quiero estar seguro de que tu respuesta va a ser un sí, y, a pesar de lo que has dicho, todavía no estoy del todo seguro.

—Puede que te equivoques —musito, sin poder ver nada que no sea a él.

—¿Lo dices en serio? —indaga y, de antemano, sé que su mundo también se ha detenido con mis palabras.

—Prueba —lo animo a hacerlo, con la voz cargada de emoción; esa misma emoción que anida en su mirada y late en mi garganta.

—¿Quieres casarte conmigo? —me pregunta en un susurro que oigo con total claridad, rodeando mi cintura con sus brazos, y nunca su mirada había brillado tanto, ni siquiera antes, cuando he visto los rayos del sol instalados en ella.

—Sí. —Y es un sí tan rotundo como todo lo que siento por él y un sí tan de verdad como todo lo que estoy viviendo a su lado.

«Por supuesto que quiero casarme con él —pienso, sintiendo la caricia de su mirada sobre mis labios, esa caricia que se expande por todo mi cuerpo, erizando mi piel a su paso—. Por supuesto que he aceptado —me digo, sintiendo el mundo todavía detenido—. Sí, por supuesto que sí», me reafirmo en mi decisión cuando sus labios atrapan los míos para darme el beso más dulce y cargado de sentimiento que me han dado nunca. Y si alguien me preguntara en este instante qué es la vida, le diría que la vida es él; es la piel erizada, es sentir la respiración hecha un caos, es que tu corazón se expanda libre en tu pecho y es vivir el ahora, ese que nosotros vivimos continuamente.

—No tengo un anillo porque te aseguro que esto no estaba planeado, pero tengo esta concha que puede valernos, al menos, de momento —declara, cogiendo una de las muchas con las que ha formado la frase, para depositarla sobre la palma de mi mano, y seco la lágrima que había escapado fugaz de mis ojos.

—Creo que es la primera vez que lloro por algo importante —le confieso, esbozando una sonrisa.

—Haz el favor y no le restes méritos al anuncio de El Almendro —me responde con sorna, «y es imposible que el sol salga porque ha corrido para instalarse en sus ojos», pienso, perdiéndome en ellos—. Te quiero, pelirroja —musita, esta vez con seriedad.

—No tanto como te quiero yo —replico, apretando la concha entre mis dedos de la misma manera en que estoy apretándome a su cuerpo.

Y, con nuestros cuerpos pegados y nuestros labios encontrándose, veo llegar, en mi imaginación, a ese niño rubito que, durante un tiempo, había dejado de ver. Por supuesto que la vida tiene sus propios planes reservados para nosotros, porque yo no quería saber nada de él, ni mucho menos casarme, y ahora no puedo quererlo más y le he dicho que sí y, si le he dicho que sí a esto, posiblemente, algún día, le diré que sí también a la maternidad, porque... «¿quién soy yo para ir por delante de la vida cuando lo único que importa es vivirla?», me pregunto, emocionada.

—Estoy deseando quitarle la ropa a mi futura mujer —me dice con voz ronca, acelerando mi respiración.

—Y yo estoy deseando quitársela a mi futuro marido —susurro, enredando mis dedos en su pelo, y qué raro queda eso de «futuro marido», pero qué bien suena.

—Pues, ¿a qué estamos esperando? —me plantea, aferrando mi mano con fuerza para llevarme hasta el hotel, dejando a nuestras espaldas ese deseo escrito en la arena que, con el tiempo, será una realidad.

En cuanto cerramos la puerta de la habitación, nos fundimos en ese beso que voy a querer alargar toda la noche, ese beso que mantiene mi piel erizada y aviva la llama del deseo, que no es de color rojo, sino del color de sus ojos; el azul de la combustión completa, el azul del océano insondable y el azul de infinito... «ese infinito que yo encuentro en su cuerpo, en sus besos y en lo que me hace sentir», pienso, liberándolo de la ropa mientras él me libera a mí de la mía entre suspiros y gemidos. «Y hoy está siendo distinto —me percato, ya desnuda entre sus brazos—. Está siendo lento y dulce. Está queriéndome con su cuerpo como yo estoy queriéndolo a él con el mío, porque perder la cabeza está bien, pero esto está mejor», reconozco con un suspiro cuando sus labios se demoran en mi cuello, y que sustituyo por un gemido cuando accede a mi interior.

«Está yendo despacio —me doy cuenta, dándole la bienvenida con mis labios y mi piel—. Está disfrutando de este momento como estoy haciendo yo —noto, enlazando sus dedos con los míos—. Y está queriéndome también con su mirada, porque no solo puedes acariciar con una mirada, también puedes querer con ella, y él lo está haciendo todo con la suya y ojalá la mía le transmita todo lo que estoy sintiendo, porque, en estos momentos, soy incapaz de hablar», pienso, sin poder soltarme de ella.

Un gemido entrecortado escapa de mi garganta cuando lo noto encajado por completo, y lo sustituyo por un suspiro cuando empieza a moverse, y ha sido distinto desde que hemos entrado en la habitación, pues hoy la urgencia la estamos sustituyendo por la calma. Esa calma que nos insta a ir despacio y abrazar momentos, como mi piel está abrazando la suya. Esa calma que solo desea ralentizar el tiempo, atesorar sensaciones, y que tiene la capacidad de seguir erizando mi piel. Esa calma que te lleva a disfrutar de cada emoción, a suspirar en lugar de gritar, a sentir con cada fibra de tu ser y a vivir el ahora, que brilla tanto como el sol. «Y menuda sorpresa más bonita me tenía reservada la vida», me emociono, rodando sobre la cama hasta quedar sentada sobre él.

—Pelirroja —gime con voz raposa, impulsando sus caderas hacia arriba, aferrando la piel de mis caderas con fuerza, y ha sido una petición envuelta en una palabra, pero ha sido más que suficiente para instalar la necesidad en mi vientre y en mi centro y para arrancarme un gemido largo y ronco que alargo cuando incremento el ritmo de mis movimientos; un gemido que me lleva a otro y a otro mientras voy en busca de ese universo inmenso que tengo frente a mí, ese universo que se oculta tras el sol y que puede brillar tanto como sus rayos.

—Síííí, síííí —gimoteo, sintiendo cómo la urgencia se abre paso con una potencia y una necesidad demoledora; urgencia por besar, por arrancar gemidos, por tocar; urgencia por llegar a ese punto álgido donde todo resplandece hasta cegarte. «Más, más, mááásss, siempre más», pienso, echando la cabeza hacia atrás, permitiendo que mi cuerpo vibre con el suyo, gritando, dejándome ir y arrastrándolo a él conmigo.

* * *

—Ya me has ganado, ¿verdad? —le pregunto cuando consigo hacerme con la capacidad de hablar y respirar al mismo tiempo, sonriendo cuando siento la vibración de su risa en mi pecho.

—No, pelirroja, no te he ganado, pero me parece que tú vas a tener que saldar unas cuantas deudas —me indica con voz grave, y alzo ligeramente la cabeza para observarlo. «Todavía tiene los rayos del sol instalados en su mirada», me percato, quedándome enganchada a ellos, porque es imposible que brille tanto sin la ayuda del sol, y qué curioso que siempre eche mano del sol y del universo en todo lo referente a él.

—Venga ya, ¿en serio el juego no consistía en anillarme? —«Y no puedo creerme que haya utilizado esa expresión», me recrimino, poniendo los ojos en blanco.

—La apuesta consistía en anillarte, y ahí sí que te he ganado, pero nuestro juego va más allá —me indica, esta vez con seriedad, todavía encajado en mi interior.

—¿Más allá de casarnos? —le formulo con incredulidad, moviéndome ligeramente para apoyar un codo en la cama y, con la otra mano, acariciar su pelo. Si alguna vez tenemos hijos, me gustaría que se parecieran a él, como ese niño rubito que veo en mi imaginación, y que su pelo fuera tan suave como el suyo. «Y estoy pensando en hijos», caigo en la cuenta, esbozando una sonrisa. Por supuesto que soy distinta cuando estoy a su lado, porque, cuando estoy con él, puedo olvidarme del mundo, incluso de mi sueño de convertirme en la diseñadora de Dior—. Dime cuál es la última casilla —le pido, sintiendo el lento recorrido de su mano por mi espalda.

—De eso nada, pelirroja. Vas a tener que seguir jugando si quieres saberlo. Venga, vamos a darnos una ducha, que todavía tenemos que seguir conjugando verbos —me indica con insolencia, arrancándome una sonrisa, esa sonrisa que siempre está lista para expandirse en mi rostro cuando él está cerca.

Nos duchamos entre besos, cenamos desnudos en la cama,

bebemos *champagne* sobre el cuerpo del otro y perdemos la cuenta de las veces que nos sonreímos y nos decimos «te quiero», y, mientras el sol despunta en el horizonte y sus rayos iluminan esa playa donde él escribió ayer su deseo, nosotros llegamos al orgasmo entre besos y gemidos. Y, si hay momentos perfectos, este es uno de ellos.

—¿Crees que nos queda algún verbo por conjugar? —inquiero cuando consigo recuperar el aliento, provocando su risa, cuya vibración pasa de su pecho al mío.

—La verdad es que lo dudo. Joder, pelirroja, qué noche me has dado —me dice con guasa, y suelto una carcajada ante su comentario, para luego acurrucarme entre sus brazos. «Y no importa la cama mientras tenga sus brazos para darme cobijo», concluyo, cerrando los ojos para sumergirme en mis sueños, esos en los que aparece esa playa, sus ojos y su deseo escrito sobre la arena.

* * *

Despierto cuando el sol se encuentra ya en lo alto y ni siquiera nos hemos movido, pues compruebo que sigo en la misma postura en la que estaba cuando cerré los ojos, acurrucada entre sus brazos. «Ojalá siempre sea así —anhelo, escuchando su respiración, lenta y pausada—, y no hay prisa», me digo, volviendo a cerrarlos para dormirme de nuevo.

«Y, si hay fines de semana perfectos, este es uno de ellos», afirmo mentalmente mientras recorremos una ruta en la que el mar, hoy de un azul cobalto, y los prados, pintados con todas las tonalidades posibles del verde, son el fondo perfecto de nuestro lienzo. Un lienzo en el que las risas y los besos son de otro color, que resalta por encima del resto, y que adquiere más brillo según van pasando las horas hasta llegar a deslumbrarme mientras recorremos Lastres cogidos de la mano, poso para él en el faro y en sus imponentes acantilados, o mientras nos besamos en Llanes y me río a carcajadas con sus insolencias en Ribadesella.

* * *

—Tenemos que volver —comento, deslizando la mirada por este paisaje que nos ha acogido estos días—. Al final no hemos ido a ver las huellas de los dinosaurios, ni a los lagos de Covadonga, ni tampoco hemos hecho esa ruta de senderismo de la que tanto me has hablado —me quejo mientras él va cargando el equipaje. Y si esa posibilidad estuviera a mi alcance, me quedaría aquí una semana entera o dos o más.

—Por supuesto que volveremos —me asegura, acercándose a mí, para pegarme, con su cuerpo, al coche, y sonrío, rodeando su cuello con ambos brazos.

—¿Sabes que echo de menos ir en moto? —le pregunto, rememorando cómo nuestros cuerpos se adaptan encima de ella, como si fueran moldeables y pudieran adoptar la forma del otro para encajarse.

—Lo que echas de menos es meterme mano mientras conduzco... Venga, reconócelo, pelirroja —me rebate, vacilón, arrimándose más al mío, y suelto una carcajada.

—Qué va. En realidad, lo que más me gusta es darte la tabarra a través de los intercomunicadores —replico, arrancándosela esta vez yo.

«Y qué bonita es la vida a su lado», pienso, perdiéndome en el azul de sus ojos, y nunca he querido a nadie como lo quiero a él.

—Voy a echar de menos tenerte conmigo todo el tiempo cuando regresemos a Madrid —declara, esta vez con seriedad—. Es demasiado fácil acostumbrarse a ti, pelirroja —me confiesa, hundiendo su cabeza en mi cuello, y no puede estar más equivocado, porque lo fácil es acostumbrarse a él; «tan fácil como subir los pies descalzos al sofá de casa, tan natural como respirar, tan sencillo como vivir», recuerdo esas frases que, como el universo y el sol, parecen ir asociadas a él.

Capítulo 30

«Y no es el único que va a echar de menos al otro —me digo el lunes mientras intento concentrarme en el boceto que tengo frente a mí—, porque estoy deseando verlo de nuevo y no hace ni dos horas que nos hemos separado —asumo, tomando nota mental de llamar a mi hermana para contarle que vamos a casarnos—. Va a alucinar cuando se entere», pienso, esbozando una sonrisa y rebuscando el móvil por debajo de mis papeles cuando, de pronto, lo oigo sonar... y se me borra en el acto cuando, en la pantalla, leo el nombre de Sidney Toledano.

«Y, si el corazón puede detenerse sin que mueras, el mío acaba de hacerlo», constato, saliendo del departamento a toda prisa en busca de un poco de intimidad.

—¡Sidney! ¡Qué alegría! —lo saludo, encaminando mis pasos hacia el despacho de Elkann.

—La alegría es mía. ¿Qué tal estás? —me pregunta mientras noto mi respiración tan acelerada como lo está ahora mi corazón, porque ha pasado de estar detenido a ir a toda velocidad.

—Muy bien, ¿y tú? —contesto, obligándome a mostrarme tranquila y despreocupada, e inspirando profundamente cuando llego al despacho de mi jefe y el silencio me recibe.

—Creo que, como yo esté, dependerá un poco de ti —suelta con jovialidad.

«¡Oh, my Dior!, me están temblando las piernas —me percato, yendo hacia la silla de Elkann—, y, sí, lo sé, puede que no sea muy correcto utilizar su despacho para hablar con Sidney, pero es lo que tiene no tener uno propio», me justifico, sentándome.

—Y, eso, ¿por qué? —le formulo, adoptando el mismo tono animado que está utilizando él... y, todo sea dicho, estoy asombrada conmigo misma por la tranquilidad que aparento cuando, en realidad, estoy hecha un flan.

—¿Tienes unos minutos libres?

—Sin duda. ¿Qué sucede?

—Sobra decir que esto que vamos a hablar tú y yo es completamente confidencial —me indica, esta vez con seriedad, y suerte que estoy sentada, porque mis piernas acaban de perder toda la fuerza.

—Por supuesto.

—Raf deja la casa. De momento es algo que saben muy pocas personas, pero que hará público en breve —me cuenta con esa voz profunda que ya había olvidado—. Su etapa con nosotros ha finalizado, y yo sigo guardando esa manera de pensar arriesgada en forma de boceto que me regalaste en su día —me dice, sorprendiéndome—. Mira, quiero ser claro contigo, porque ambos somos personas ocupadas que no tienen tiempo que perder. Me gustaría que fueras la sustituta de Raf, pero tu nombre no es el único que está sobre la mesa, y en tu contra juega que nunca hayas diseñado alta costura ni te hayas enfrentado a lo significa estar al frente de una firma como Dior, pero me gusta la visión que tienes de la moda y la femineidad que transmites a través de tus diseños, la misma que transmitían los de Christian Dior. Como bien dijiste, «lo evidente y lo sencillo es para todos; lo difícil y lo arriesgado, para mí» —me recuerda mientras lleno mis pulmones de aire con una profunda inspiración—. ¿Sigues pensando igual? —me plantea, y tras esa pregunta intuyo que hay otra de mayor envergadura, «y es cierto que Dior es mi sueño», me digo, levantándome para empezar a deambular por este despacho, «pero D'Elkann lo fue mucho antes y no se trata de pisotear sueños, sino de cuidarlos y respetarlos».

—Por supuesto que sigo pensando igual —afirmo, con

toda la serenidad que soy capaz de encontrar dentro de mí—, y por supuesto que nunca he diseñado alta costura ni he estado al frente de una firma como Dior, pero eso no es algo que me preocupe en absoluto, porque sé que estoy capacitada para hacerlo —le indico, totalmente convencida—, pero, ya que tú estás siendo claro conmigo, yo también quiero serlo contigo. Esto que me propones me resulta muy atrayente, de verdad, pero yo tengo un compromiso profesional y también personal adquirido con D'Elkann —sentencio con seriedad, deteniéndome para recorrer, esta vez con la mirada, esta estancia en la que tantas horas, sobre todo al principio de mi carrera, pasé junto a mi jefe— y, si llegáramos a un acuerdo y mi nombre fuera finalmente el seleccionado, tienes que saber que no podría incorporarme de manera inmediata... al menos no hasta que mi puesto en la empresa quedara cubierto, y esto es algo que debe quedar claro desde el principio entre nosotros.

—Y no sabes cómo me complace oírte decir eso, porque que antepongas los intereses de D'Elkann a los tuyos propios dice mucho de ti —me halaga y, por Dios, no puedo creer que esté viviendo esto—. Dior cuenta con su propio equipo creativo, así que las colecciones van a seguir saliendo en fecha sin problema. Te propongo una cosa: ven a París, un día, tampoco necesitamos más. —«Y el mismísimo Sidney Toledano me está proponiendo ir a la *maison* para hablar con él», alucino, yendo de nuevo hacia una silla para volver a sentarme—. No sé si estarás de acuerdo conmigo, pero estos temas, sobre todo cuando hay un interés por ambas partes, es mejor hablarlos en persona. ¿Qué me dices?

—¿Cuándo necesitas que vaya?

—Que no tengamos prisa no significa que nos agrade estar sin director creativo. ¿Cuándo podrías venir?

«Directora creativa de Dior —flipo mentalmente, paladeando cada una de esas palabras, casi saboreándolas, porque nunca, en la historia de la firma, una mujer ha ocupado ese cargo, así que sería la primera en hacerlo—. Dior, sería la directora creativa de Dior, la hostia», sigo alucinando, sintiendo cómo empiezan a sudarme las palmas de las manos.

—Déjame consultar mi agenda y te contesto algo —le respondo finalmente, martirizándome por haberme cogido el viernes libre, hostias.

—Estaré esperando tu llamada. Hasta luego, María Eugenia.

«Y que Sidney Toledano, el máximo responsable de Dior, te diga que estará esperando tu llamada es como para volverse loca; en realidad, muy loca —asumo, colgando—. Estoy empezando a tener vértigo», me digo, aferrando los reposabrazos de la silla con fuerza, obligándome a inspirar y espirar hasta que esta sensación de mareo desaparezca.

«Vale, tranquila —me ordeno, llenando mis pulmones con una honda inspiración—. Tú querías esto, lo has querido toda tu vida, y no es el momento de sentir vértigo ni de acojonarte, sino de coger el toro por los cuernos y enfrentarte a él. Puedes hacerlo; no es que puedas, es que estás deseando hacerlo», me animo, cogiendo el móvil para llamar a Elkann.

—Buenos días, María Eugenia —me saluda, y no sé ni por dónde empezar.

—Buenos días. Necesito hablar contigo, ¿puedes ahora? —le pregunto, sintiendo el corazón empezar a bombearme en la garganta, porque, a pesar de que recuerdo perfectamente lo que me dijo, no puedo evitar estar nerviosa y, al mismo tiempo, sentirme un poco apenada.

—Por supuesto, ¿qué sucede? ¿Has vuelto a tener problemas con Maurice?

—No, esta vez no va de eso —musito, realizando una honda inspiración.

—¿Y de qué va? —inquiere con seriedad mientras yo guardo silencio, y no puedo creerme que esté costándome decírselo—. Te ha llamado Toledano, ¿verdad?

—¿Cómo lo sabes? —le planteo, sorprendida.

—Porque en voz muy baja se rumorea que Raf ha decidido no renovar su contrato con Dior —me cuenta, y qué no sabrá Elkann.

—Me ha pedido máxima discreción, así que te pido lo mismo.

—Por eso puedes estar tranquila. ¿Te ha ofrecido el puesto?

—Me ha propuesto ir a París para hablar de ello.

—Pues, entonces, ve.

—Gael... —Y es de las pocas veces que utilizo su nombre.

—Escúchame, tú y yo sabemos que odias seguir las tendencias y que esto se ha quedado pequeño para ti; de hecho, si creé la colección Dreams fue por ti, porque intuía que, si no te daba un proyecto de mayor envergadura, tu paso por la empresa iba a ser muy corto, y, aunque ahora vamos con una segunda colección, nuestro camino es muy distinto al de Dior.

—Odio admitir esto, pero estoy acojonada —reconozco en un susurro.

—El tema es simple: puedes quedarte aquí, trabajando en lo que te gusta y en tu zona de confort, o puedes arriesgarte —me asegura, con la misma firmeza con la que yo dije que lo arriesgado era para mí, y me encantaría saber dónde hostias está esa confianza que siempre ha dominado mis palabras—. Puedes hacer lo que quieras, pero, si me permites un consejo, que va totalmente en mi contra, yo me arriesgaría... Puede que te salga bien o que te des la mayor hostia de tu vida, pero al menos sabrás que lo has intentado —me anima, y, si pudiera, abriría ahora mismo un boquete en el suelo para meterme dentro y desaparecer del mundo durante unos minutos, y, maldita sea, no puedo creerme que esté sintiéndome así—. María Eugenia, tienes el talento suficiente y la fuerza necesaria como para embarcarte en ese proyecto —afirma, con absoluta confianza, mientras me obligo a centrarme solo en su voz y en lo que me está diciendo—. Cuando designaron a Raf como diseñador de Dior, ya intuí que esa no iba a ser una relación duradera, y no porque el minimalismo estuviera asociado a él, como muchos se empeñaron en remarcar, sino porque Raf venía del *prêt-à-porter* masculino y nunca había diseñado alta costura...

—Más o menos como yo —lo corto, sintiendo cómo la calma va llegando, y puede que sea porque la voz de Elkann siempre me ha transmitido seguridad o porque, simplemente, el momento de pánico está pasando.

—Te equivocas. Raf y tú no tenéis nada que ver, y es cierto que tú tampoco has diseñado nunca alta costura, pero, en tu caso, no sería problema alguno, porque eres rápida, controlas los tiempos y no necesitas incubar ideas, sino que ves el diseño ya en movimiento en tu cabeza y solo tienes que plasmarlo en el papel, y eso es lo que falla en él, a pesar de su talento incuestionable. Raf no dibuja, sino que hace dosieres que entrega a su equipo; él necesita tiempo, necesita pensar, valorar y sopesar cada diseño, y en alta costura, si hay algo que falta, es ese tiempo. Tú eres perfecta para ocupar ese cargo. Déjate de hostias, vete a París y escucha su propuesta.

—Que vaya a París no significa que vayan a darme el puesto; de hecho, Sidney me ha comentado que hay varios nombres sobre la mesa.

—Toledano es un tío listo, que sabe lo que le conviene a Dior, y, si te ha echado el ojo, no ha sido para dejarte escapar. Solo te pido tiempo, María Eugenia, para buscar a tu sustituta.

—Por eso no tienes que preocuparte. Te aseguro que no me iré de aquí hasta que mi puesto esté cubierto por la persona idónea —le confirmo, y esto es tan cierto como que me llamo María Eugenia—. ¿Tienes ya a alguien en mente?

—Hay una diseñadora inglesa, Celine Wilson, que me gusta mucho.

—No la conozco, pero, antes de traer a nadie de fuera, deberías mirar dentro de tu equipo, porque tienes a gente con muchísimo talento esperando su oportunidad. Espera que vaya a París y, si esto sigue adelante, quizá deberías plantearte pasar un par de semanas aquí, en España, para valorarlo por ti mismo.

—Está bien. Vete a París y luego vemos qué pasa. Joder, los responsables de compras de Dior no saben la que les va a caer como te den el puesto —comenta con sorna, arrancándome una carcajada.

—Solo por perder de vista a Maurice, me largaría hoy mismo a Dior.

—Pero no vas a hacerlo, porque me tienes mucha estima y vas a darme unos cuantos meses para que busque y forme a tu sustituta, ¿verdad?

—Verdad, y solo en el caso de que me den el puesto. Gracias por todo, eres la hostia como persona y como jefe. —Y nunca he dicho nada más cierto.

—El que tiene que darte las gracias soy yo. Ya puede ser buena tu sustituta, joder.

—Lo será —le aseguro, porque tengo en mente a la persona idónea para cubrir mi posible vacante—. Te llamo en cuanto regrese.

—Mucha suerte. Que se enteren esos franceses de lo que vales y que sean ellos los que vayan tras de ti. Te garantizo que no hay nada más atrayente que algo que no está a tu alcance. Mantenme informado —me pide antes de colgar.

«Y, por Dios ¡y por Dior!, no puedo creerlo —exclamo mentalmente, empezando a entusiasmarme y...— «¡ya era hora de que me sintiera así!», me digo, buscando el nombre de Ciro entre las últimas llamadas, para pulsarlo. Ojalá pueda cogerlo, porque necesito contárselo.

—¿Echándome de menos, pelirroja? —me pregunta, vacilón, consiguiendo que la sonrisa aparezca en mi rostro y que cualquier resto de temor que quedara en mi interior se diluya con el sonido de su voz.

—¿Y tú a mí?

—Yo siempre te echo de menos —me confiesa con voz ronca, y es un encanto.

—¿Sabes quién me ha llamado? —le planteo, feliz.

—¿Quién?

—Sidney Toledano —le anuncio, ensanchando mi sonrisa mientras el silencio se adueña de la otra parte de la línea—. Raf Simons, el diseñador de Dior, ha decidido no renovar su contrato y, entre los nombres que se están barajando para sustituirlo, se encuentra el mío. Me ha propuesto que vaya a París, para hablarlo en persona. ¿Te lo puedes creer?

—Esto es lo que siempre has querido. Me alegro mucho por ti —comenta con voz neutra.

Y, durante un instante fugaz, recuerdo cuando, en mi imaginación, coloqué a Dior en un extremo de la balanza y a él y al niño rubito en el otro, como si fueran algo incompatible que no pudiera ir de la mano. «Y por supuesto que pueden», sentencio, convencida, deseando que él también lo crea.

—Esto no cambia nada entre nosotros; lo sabes, ¿no? Porque voy a casarme contigo, me convierta o no en la diseñadora de Dior —le aclaro, sintiendo cómo algo dentro de mí se pone en alerta ante su silencio, y en realidad no sé si estoy confirmándoselo a él o a mí misma.

—Eso es algo que tengo clarísimo, pelirroja —me responde con insolencia, y adivino la sonrisa colarse a través de su voz de la misma forma en que el alivio se cuela en mi pecho.

—¿Me acompañarás a París? —le pido, y es la primera vez que inmiscuyo a una de mis parejas en mi carrera.

—No, ricura. Ahí tienes que ir tú sola, pero te estaré esperando en casa con una botella de *champagne* para bebérmela sobre tu cuerpo y celebrarlo como se merece cuando regreses —me indica, arrancándome una carcajada.

—En el caso de que me den el puesto.

—¿Acaso lo dudas?

—¿Sabes que me he acojonado cuando he oído su propuesta? —le confieso con seriedad—. Yo, que siempre he deseado esto, he sentido vértigo.

—Y, ahora, ¿sigues sintiéndolo? —indaga, empleando esa misma seriedad.

—Ahora siento una mezcla explosiva de entusiasmo y temor, todo al mismo tiempo, porque es muy fácil soñar a lo grande, pero, cuando lo consigues o estás a punto de lograrlo, llegan los temores. No sé... es que, ¡se trata de Dior!, y yo soy solo una hormiga ante ese legado. —Y, maldita sea, cómo me está jodiendo sentirme así.

—Es cierto, eres como una hormiga, porque eres trabajadora e incansable y tremendamente responsable con tu trabajo, y Dior es como esa montaña inmensa que vas a poder ascender sin el menor problema —me rebate, completamente convencido, y nunca una comparación había estado tan acertada—. Los temores siempre van a estar ahí, lo están ahora cuando solo es una propuesta, lo estarán cuando tengas que crear tu primera colección y seguirán a tu lado el día que tengas que mostrarla al mundo. No es malo tener miedo, pelirroja, porque el miedo también está ahí para protegernos —me asegura, convencido.

—¿Qué quieres decir?

—Imagina que tuvieras un león frente a ti. ¿Qué ocurriría si no apareciera el miedo para advertirte del peligro?

—Lo mismo que si apareciera, que me comería —contesto, sonriendo—, porque dudo mucho que pudiera correr más rápido que un león... y encima con tacones y una falda estrecha —prosigo, arrancándole una carcajada sexy y profunda.

Él es como mi bálsamo, como un lago en calma, porque ha conseguido que, en unos pocos minutos, me relaje por completo.

—Cierto, pero, puestos a imaginar, imagina que hubiera una puerta por la que escapar. ¿Te acercarías para acariciarlo o desaparecerías por esa puerta?

—Es evidente, me acercaría para acariciarlo —suelto, bromeando, reclinándome en la silla y dibujando una sonrisa resplandeciente en mi rostro.

—Y, si eres capaz de acariciar un león, eres capaz de ir a París y dejarlos con la boca abierta —me asegura, totalmente convencido—. Oye, esos temores son solo fruto de la responsabilidad; no te agobies con ellos y disfruta de este momento.

—Lo disfrutaré más cuando te vea.

—Y yo cuando te vea a ti —me confiesa en voz baja, y es increíble que pueda sentirlo tan cerca cuando está tan lejos.

—Te quiero —musito, y él siempre estará en esa parte de la balanza que pesa más.

—No tanto como te quiero yo a ti —afirma, y percibo cómo todo lo que siento por él crece un poquito más—. Tengo que colgar.

—Y yo. Nos vemos esta noche —susurro antes de cortar la comunicación, solo que esta vez lo hago con una enorme sonrisa en los labios.

«Tengo tantas cosas por delante que no sé ni por dónde empezar —me digo, abriéndole la puerta, de par en par, al entusiasmo para permitir que ocupe el lugar que, hasta hace unos segundos, ocupaba el temor—. Dior, ¡la hostia! —exclamo, levantándome para empezar a deambular de nuevo por este despacho—. ¡Dior! —me repito—. ¡Madre mía! —me emociono, cubriendo mis labios con una mano—. Es un reto enorme ponerme al frente de un legado como ese, pero puedo hacerlo, llevo años trabajando incansablemente, formándome e incluso aprendiendo francés, y ahora es el momento de demostrar mi valía. Por supuesto que voy a hacerlo», me prometo a mí misma, acompañando mi promesa con una fuerte inspiración.

Paso el resto del día enlazando una cosa con otra sin apenas tomarme un respiro; me reúno con Manuel para contárselo, saco un billete, para el viernes, con destino a París, para, seguidamente, confirmarle la hora de mi llegada a Sidney; llamo a mi hermana, durante la hora de la comida, para contárselo todo entre aspavientos, ahora que ya no queda ni rastro de ese temor que había llegado a paralizarme, y me pongo al día con todo el trabajo que tengo retrasado, que es mucho. «Y qué fuerza tienen las emociones, porque todavía siento la energía bullendo en mi interior a pesar de lo tarde que es», me percato, comprobando la hora en mi reloj de pulsera.

—Hola —lo saludo con una enorme sonrisa, cuando llego a casa y sale a recibirme.

—Hombre, pero si es la futura diseñadora de Dior —me contesta con otra sonrisa, acercándose a mí.

—Posible diseñadora de Dior —matizo, rodeando su cuello con mis brazos. Cómo lo he echado de menos.

—Tengo clarísimo que vas a conseguirlo. Enhorabuena, pelirroja —me felicita, abrazándome con ganas y alzándome. Y, mientras esté entre sus brazos, no me importa que mis pies no toquen el suelo.

—¿Te lo puedes creer? ¡¡¡Diorrrr!!! ¡¡¡Diorrrr!!! —exclamo, entusiasmada, soltando una carcajada y echando la cabeza hacia atrás, entre risas, cuando mis pies vuelven a tocar el suelo, y qué bonita puede ser la vida, sobre todo, cuando la vives a su lado.

—Estoy muy orgulloso de ti.

—Gracias —musito, perdiéndome en el azul de sus ojos, ese azul que hoy atesora todo el brillo del universo—. ¿Cómo lo haremos? —le pregunto, borrando la sonrisa de mi rostro, quedándome enganchada a ese brillo que tiene la capacidad de iluminar mis dudas más oscuras hasta hacerlas desaparecer.

—Tu sueño es Dior y, el mío, estar contigo —me confiesa, sosteniéndome la mirada—, y no me importa que sea aquí o en París.

—¿Y tu trabajo? —me preocupo, sintiendo la suavidad de

su pelo entre mis dedos—, tu casa, Amparito... —empiezo a enumerar, siendo consciente de todo lo que vamos a dejar atrás, tanto él como yo, porque irme a París significa alejarme de mi familia y no ver crecer a mi sobrino.

—Si lo conseguí una vez, podré conseguirlo de nuevo. La casa no me importa, porque siempre estará aquí, esperándonos, y sobre Amparito he pensado en buscar a alguien que venga de vez en cuando a echarle un ojo y a cuidarla cuando lo necesite, pero no voy a separarme de ti, ni vamos a vivir cada uno en un país distinto. —Y va a renunciar a todo lo que ha conseguido y a su vida por estar a mi lado, y nunca nadie ha hecho algo así por mí—. Sé que va a ser complicado y que, si ahora te veo poco, luego te veré menos todavía, pero tendremos la noche y los fines de semana para recuperar el tiempo perdido y estar juntos.

«Y "te quiero" se queda corto para expresar todo lo que siento por él», pienso, acercando mis labios a los suyos para decírselo con ellos, para transmitirle que lo he echado muchísimo de menos; para asegurarle que, por muy complicado que sea, que lo será, sabremos buscar el modo de lograrlo, y para expresarle que él es lo más importante de mi vida, porque Dior es importante, pero él lo es más.

Más, como esa canción que él me cantó y me canta a veces. Más, como todo lo que reclama mi cuerpo cuando estoy con él. «Más, y siempre es más, de todo», me invade esa idea mientras me pego a su erección. Y si las emociones tienen la fuerza necesaria como para mantenerte activa, los besos tienen la capacidad de alterar todo tu interior, de acelerar tu respiración, de contraer tu vientre y de instalar el deseo en cada fibra de tu ser.

—Había hecho la cena —me comenta con voz ronca, bajando la cremallera de mi falda para dejar que caiga al suelo, dejándome solo con la blusa de seda, las medias y los tacones—, había puesto ese vino que tanto te gusta a refrescar —prosigue, devorándome con la mirada para, casi al segundo, alzarme por las caderas y hacer que enrosque las piernas en torno a su cintura— y había encendido unas cuantas velas —añade antes de atrapar mis labios con los suyos—, pero todo eso me da igual ahora —me confiesa, apoyando mi espalda contra la pared para empezar a desabrochar mi blusa mientras solo puedo arrimarme a él, sin poder despegar mis labios de su piel mientras la humedad se adueña de mi centro, como los gemidos y los suspiros se adueñan de mis labios.

—Necesito una ducha antes —admito con voz entrecortada, sintiendo mis pezones erguirse con descaro dentro del encaje del sujetador.

—Pues que sea en la ducha —masculla, atrapando uno de mis pechos con una de sus manos y tirando de mi pezón y, «por Dios», gimo, ansiando sentirlo dentro de mí.

—Ciro —jadeo mientras me aleja de esa pared para llevarnos hasta el baño, «y no puedo esperar», asumo, llevando mis manos al botón de sus vaqueros para desabrochárselos.

—Joder, pelirroja —gruñe, librándome de la ropa interior y las medias, «y ni siquiera sé si podremos llegar a la ducha», me digo cuando, ya desnudos, atrapa mis labios con los suyos y su lengua se adentra en mi boca, arrancándome un gemido tras otro.

«Por supuesto que no vamos a poder esperar —tengo claro, frotando mi sexo contra el suyo, gimiendo cuando me alza por las caderas para insertarse con ímpetu en mi interior—, y a la mierda la cena y la ducha», pienso, solapando un gemido con otro mientras él entra y sale con una energía demoledora de mi interior.

—Sí, sí... sííííí —balbuceo, siguiendo el ritmo de sus acometidas, gritando y enloqueciendo, «porque siempre voy a enloquecer entre sus brazos», asumo, deseando alargar este momento tanto como pueda, buscando sus labios para atrapar sus jadeos y que atrape él los míos, chillando cuando el orgasmo explota en mi interior, llevándolo a él conmigo.

—Creo que ya podemos ducharnos —suelta con sorna, y sonrío con mis labios pegados a la piel de su hombro mientras mi corazón recupera el ritmo normal de sus latidos.

—Sí, yo también lo creo —contesto, divertida, moviéndome ligeramente para buscar su mirada, ensanchando mi sonrisa cuando la encuentro; una sonrisa que voy borrando lentamente mientras mis dedos se hunden en su pelo—. Gracias —susurro, quedándome enganchada al azul de sus ojos.

—Gracias, ¿por qué?

—Por todo; por hacer mi vida tan fácil, por cuidar de mí y por quererme como me quieres.

—Yo cuido de ti y tú cuidas de mí, ¿recuerdas? —replica, y me limito a asentir con la cabeza—. Puede que yo haga tu vida fácil, pero tú haces la mía más feliz, y no me importa dónde vivamos, siempre y cuando no podamos llegar a la ducha —sentencia, guiñándome un ojo y consiguiendo que mi sonrisa se adueñe de nuevo de mi rostro.

Capítulo 31

Despierto en mitad de la noche sintiendo los latidos descontrolados de mi corazón instalarse en mi garganta, tal y como lleva sucediéndome desde que el lunes recibí la llamada de Toledano, «porque no ha habido ni una maldita noche en la que me haya librado de ellos —reconozco, inspirando profundamente, sintiendo sus brazos rodear mi cuerpo—. Me estoy ahogando —me asusto, zafándome de ellos para encaminar mis pasos, apresurados, hacia el salón—. Y no sé si esto puede considerarse un ataque de pánico o qué hostias me está sucediendo, pero no puedo respirar», asumo, apoyando las manos en la mesa, obligándome a centrarme en la respiración para intentar controlar mis palpitaciones.

—¿Estás bien? —oigo que me pregunta, y niego con la cabeza, limitándome a inspirar y espirar, aferrando la mesa con fuerza. Maldita sea, no quería que me viera así.

—Mírame —me ordena, colocándose a mi lado mientras yo no puedo moverme y me estoy ahogando más—. María Eugenia, mírame —repite, esta vez con autoridad, cogiéndome por los hombros para que haga lo que me está pidiendo, y ojalá pudiera enfocar la mirada y ojalá pudiera controlar estos putos latidos—. Tranquila, venga, respira conmigo... —me indica, moviéndose para situarse detrás de mí, pegando su pecho a mi espalda mientras mis manos vuelven a aferrar la mesa, «porque necesito sujetarme a algo», constato, sintiendo cómo esa arritmia me quita el aliento. «¿Qué me está pasando?», me pregunto, asustada—. Concéntrate solo en mi respiración y en intentar seguirla con la tuya; no pienses en nada, cierra los ojos y solo respira... venga, inspira —me pide antes de llenar sus pulmones con una honda inspiración—, espira —continúa, cubriendo el reverso de mis manos con las suyas—. Otra vez, inspira... espira... —me marca los tempos, y me limito a hacer lo que me está indicando mientras estos locos latidos van perdiendo velocidad—, inspira... espira...», continúa mientras todo mi interior se llena de él; del sonido de su voz, del movimiento de su pecho cuando llena sus pulmones de aire o cuando los vacía y de la seguridad con la que sus manos están apresando las mías y, mientras todo dentro de mí va recobrando lentamente la calma, visualizo ese botón de *pause* que aparece muy a menudo cuando estoy a su lado y que tiene la capacidad de pausar mi mundo e incluso de ralentizar estos malditos latidos, como está haciendo ahora.

—Ya estoy mejor —comento cuando esta sensación de ahogo paralizante desaparece—. Gracias —susurro, sin poder alejar la mirada de nuestras manos, posiblemente porque me avergüenza enfrentarlo.

—¿Es la primera vez que te sucede? —me pregunta sin alejar sus manos de las mías, con su cuerpo todavía pegado al mío.

—No —reconozco—, pero hoy ha sido más fuerte —le confieso tras una honda inspiración.

—¿Desde cuándo te ocurre? —indaga, y percibo cómo la tensión está adueñándose de su cuerpo y de su voz.

—Desde el lunes —musito, y apenas ha sido un susurro.

—Me cago en la hostia, ¿y por qué no me has despertado? —farfulla entre dientes, alejándose de mí, y me vuelvo para encontrarme con la furia instalada en sus ojos.

—Sí, hombre. No voy a despertarte cada vez que tenga un maldito ataque de ansiedad o lo que sea que me esté sucediendo.

—¿Y por qué no? Oye, yo cuido de ti y tú cuidas de mí, ¿acaso lo has olvidado? —replica, acercándose a mí para hundir sus dedos en mi pelo y, a pesar de la oscuridad que nos ampara, puedo ver las emociones brillando en su mirada.

—No, por supuesto que no lo he olvidado, es solo que no

me gusta que me veas así, porque en realidad yo no soy así —respondo, de repente enfadada, alejándome esta vez yo de él—. En mi vida he tenido ataques de pánico o de ansiedad, y nunca he dudado de mí misma, pero, desde que me llamó Toledano, no me reconozco; es más, cuando imaginaba esta situación, me veía volviéndome loca de alegría y no muerta de miedo, y me está tocando mucho las narices sentirme así —reconozco, exasperada.

—Hasta la piedra más dura puede tener alguna grieta —me susurra con cariño, acercándose a mí.

—Tengo miedo de joderla, de decir algo inapropiado que les haga considerar que no soy la persona idónea o que mi falta de experiencia sea el detonante decisivo que les haga decantarse por otra persona; me aterra que, cuando por fin estoy a punto de logarlo...

—¿No te das cuenta de que esto que te está sucediendo es porque no dejas de estar en el futuro? A ver, dime donde estás ahora —me pide, rodeando mi cuerpo con sus brazos.

—En casa, dentro de tu abrazo —murmuro, esbozando una casi imperceptible sonrisa.

—Y ya sé que estás loca por mí, pelirroja, pero de lo que no tenía ni idea era de que todavía te ponías nerviosa cuando me veías —comenta con sorna, ensanchando mi sonrisa—. Así, mucho mejor. Deja el futuro para el futuro, porque ni siquiera sabes lo que dirás o lo que decidirán; deja de imaginar situaciones que, posiblemente, no van a darse y limítate a vivir solo tu ahora.

—Como si fuera tan fácil... —farfullo, cobijándome entre sus brazos, muy segura de que siempre encontraré la calma entre ellos.

—Es tan fácil como tú quieras que sea —me asegura, convencido—. Venga, vamos a dormir. No querrás llegar a París con ojeras, ¿verdad? —me pregunta, cogiéndome en brazos, arrancándome un grito de sorpresa y también una sonrisa, mientras me lleva hasta la cama, donde, entre sus brazos y con el corazón ya latiendo con normalidad, vuelvo a dormirme.

* * *

Llego a París a las once de la mañana, «y nadie diría, viéndome en este momento, que esta madrugada he tenido un ataque de lo que sea y que llevo toda la semana durmiendo pésimamente», pienso, observando mi reflejo en una de las puertas acristaladas del aeropuerto, pues las señales de cansancio parecen haber desaparecido con la ayuda del maquillaje y de la emoción que estoy experimentando, «y ya era hora», me digo, percibiendo la suavidad de la lana, de mi vestido gris topo, en mi piel. «Sí, ya era hora de que la María Eugenia que he sido siempre se manifieste de una vez, porque estaba hasta la triple costura de sentirme muerta de miedo. Puede que él tenga mucho que ver, o los mensajes de mi hermana y de mis padres infundiéndome confianza, pero por fin me siento segura de mí misma», admito, esbozando una sonrisa de asombro cuando salgo del aeropuerto y veo a Sidney saliendo de una berlina oscura.

—Vaya, no esperaba encontrarte aquí —le confieso, sin borrar mi sonrisa, acercándome a él para darle un par de besos, y estoy sorprendentemente tranquila, a pesar de tener frente a mí al mismísimo presidente de Dior, y puede que esa cena sirviera para algo más que para darme a conocer, porque esa noche, entre plato y plato, no solo conocí al presidente de Dior, sino que también conocí al hombre de carne y hueso que ocupa ese cargo.

—Qué menos que venir a recibirte, por favor —responde, invitándome a entrar en el vehículo... «y por supuesto que debía venir sola», le agradezco mentalmente a Ciro, accediendo al interior, seguida por él, y saludo educadamente al chófer, quien, de inmediato, se incorpora a la circulación.

—¿Hablas francés? —inquiere, descolocado, pues, entre nosotros, siempre hemos hablado en inglés.

—Por supuesto —le contesto, acompañando mi respuesta con una perfecta entonación, observando cómo una sonrisa complacida se adueña de su rostro, y hay hombres, como Sidney, que no necesitan hablar ni tampoco vestir trajes hechos a medida, que el suyo lo será, para emanar clase por todos los poros de su piel.

—¿Qué tal ha ido ese vuelo? —me pregunta, ya en francés.

—Muy bien —respondo, viendo cómo las gotas de lluvia y

la niebla parecen querer adueñarse del paisaje. «Si esto sale bien, viviremos aquí», medito, sintiendo cómo los nervios y también la emoción se adueñan de mi cuerpo—. Me gusta que llueva, puede que sea porque en Madrid no llueve mucho; este clima, que para otros podría resultar desapacible, para mí es perfecto —le confieso con una sonrisa mientras él guarda silencio, y es un silencio que no incomoda, sino uno cómplice, porque algo me dice que él ha pensado lo mismo que yo.

—Puede que algún día te hartes de esta lluvia. —«Y por supuesto que había pensado lo mismo que yo», me reafirmo, esbozando una sonrisa, negando con la cabeza.

—Ya te lo contaré si tal despropósito llega a suceder —replico, sosteniéndole la mirada, y algo me indica que no quiere ahondar en el tema, ni yo tampoco voy a hacerlo.

«Y qué bonita es París en días como estos, cuando los edificios parecen estar difuminados por la niebla y la fina lluvia, como en un cuadro de Pissarro», me pierdo en mis pensamientos mientras la berlina circula por la Avenue Montaigne, la gran arteria del lujo, donde las *boutiques* de las firmas más emblemáticas están ubicadas y donde, en el número treinta, se encuentra el emblemático edificio que, desde hace setenta años, alberga la sede principal de Dior.

—Hemos llegado —me anuncia cuando el vehículo se detiene frente a la puerta, donde, sobre la piedra de la fachada, aparece grabado, a ambos lados, el nombre de Christian Dior... ese nombre que tiene la fuerza suficiente como para voltear mi corazón y llevarlo hasta mi garganta, «y no es el momento de ponerme nerviosa», me riño, acompañando mis pensamientos con una profunda inspiración—. Bienvenida a París y a Dior —me dice en voz baja, escoltando su comentario con una sonrisa antes de abandonar el coche, y se la devuelvo, siguiéndolo y sintiendo cómo la confianza llega de nuevo en el momento en el que mis pies tocan este suelo parisino y la humedad y las gotitas de lluvia me dan su recibimiento particular—. Por favor —me indica, abriéndome la puerta de mis sueños. «Y si hay momentos que se mantendrán vivos en mi interior, hasta mi último aliento, este será uno de ellos», tengo claro cuando accedo a este universo de moda, clase, refinamiento e historia, en el que el fundador, Christian Dior, parece estar presente por todas partes y cuyo nombre evoca todos los prestigios de la alta costura; este gran hombre que revolucionó el mundo de la moda sin derramar una sola gota de sangre—. Vamos —me pide mientras discretamente observo todo lo que me rodea; los muebles lacados en blanco, las paredes a tono, las puertas de cristal con cuadrado biselado, los medallones Luis XVI, las arañas de cristal y la famosa escalera en la que se han presentado colecciones de moda y en la que se fotografiaron grandes actrices de la época, como Lauren Bacall o Marlene Dietrich.

Ojalá pudiera detenerme para saborear este momento, para deslizar la yema de los dedos por la barandilla de esta escalera o para quedarme en silencio frente al cuadro de este hombre, impulsor de mis sueños, para contemplarlo con detenimiento, puede que incluso para reverenciarlo, solo que, al contrario de lo que deseo, sigo a Sidney con paso decidido hasta el ascensor.

—¿Todo bien? —inquiere mientras inicia su ascenso, y podría decirle que estoy viviendo un sueño, que mataría por ver cada rincón de este edificio y por pasar horas y horas en los talleres de costura para ser testigo de cómo sus diseños van tomando forma; que los nervios, muy a pesar mío, están empezando a morderme por dentro y que me muero de la intriga por saber qué va a suceder, solo que, al igual que ha sucedido con mis deseos, no cedo ante ello y me limito a esbozar una sonrisa antes de contestarle.

—Todo muy bien —afirmo en el mismo instante en el que se abren las puertas.

—Me alegro. Vamos, entonces —me señala, haciendo un ligero movimiento con la cabeza para invitarme a salir.

Lo sigo a través de un largo pasillo de paredes blancas, de las que cuelgan fotografías, en blanco y negro, y, de nuevo, siento la necesidad de detenerme para observar cada una de ellas, pues todas las modelos que aparecen en estos retratos llevan diseños de la firma que, en su día, marcaron un antes y un después.

—Adelante —me pide Sidney, abriendo una puerta, y, cuando accedo a lo que resulta ser un enorme despacho y mi mirada tropieza con la de Bernard Arnault, dueño del grupo

LVMH, del que Dior forma parte, y uno de los hombres más ricos del planeta, y con la de su hija, Delphine, siento que tengo frente a mí no a un león, sino a dos; dos leones inmensos que de momento no están rugiéndome, sino que se mantienen expectantes a lo que yo pueda decir o hacer. Y, durante un breve, pero intenso, instante, experimento el deseo de desaparecer por la puerta que tengo tras de mí.

—María Eugenia, te presento a Bernard Arnault y a su hija, Delphine —me dice Sidney, colocándose a mi lado, y, puestos a hacer comparativas con animales, acabo de convertirme en una insignificante hormiga que puede caer fulminada como uno de ellos se limite a rugir.

«Es cierto, eres como una hormiga, porque eres trabajadora e incansable y tremendamente responsable con tu trabajo, y Dior es como esa montaña inmensa que vas a poder ascender sin el menor problema», rememoro con rapidez. «Por supuesto que voy a ser capaz», me reafirmo, esbozando una sonrisa distante y profesional, para, con toda mi decisión, acercarme a ellos y tenderles la mano.

—Encantada —los saludo, primero a Bernard y más tarde a su hija, y acabo de acariciar no a un león, sino a dos.

—Por favor, siéntate —me pide Sidney, haciéndome un gesto con la cabeza para indicarme la silla que debo ocupar.

—Estaba deseando conocerla —interviene Delphine, sentándose frente a mí—. Sidney nos ha hablado mucho de usted.

—Puede tutearme —le indico, dejando caer mis manos sobre mi regazo para seguidamente entrelazar mis dedos, manteniendo la espalda tan erguida como soy capaz. Y puede que ellos estén expectantes a lo que yo pueda decir o hacer, pero yo también lo estoy, porque deseo que vayamos al meollo del asunto de una vez.

—En ese caso, hazlo tú también —me pide, y asiento con la cabeza—. Como te ha contado Sidney, Raf ha decidido no renovar su contrato con Dior, por lo que, en breve, nos encontraremos sin director creativo —empieza a explicarme, y asiento de nuevo con la cabeza, manteniéndome en silencio.

—Como bien le ha dicho Delphine, Sidney nos ha hablado de usted y, como comprenderá, hemos estado informándonos sobre su trabajo, pero nos gustaría conocerla personalmente y saber un poco más sobre su persona —interviene Bernard, «y todo el discurso que tenía preparado y memorizado en mi cabeza termina de volatilizarse con cada una de sus palabras», me percato, entrando en pánico, solo que, antes de permitir que se adueñe de mi mente y la bloquee, inspiro discretamente, visualizando a Ciro detrás de mí, con su pecho pegado a mi espalda y sus manos aferrando las mías.

—Siempre he admirado la obra de Christian Dior —comento con voz pausada, imaginándome que sigo el ritmo de su respiración y permitiendo a mi corazón adueñarse de mis palabras— y el *new look* que llegó de su mano. Me gusta que las mujeres que visten mis diseños se sientan femeninas y poderosas, y odio seguir las tendencias, porque quiero que sigan las mías —les confieso, esbozando una media sonrisa, detectando, complacida, cómo Delphine sonríe conmigo—. Yo no quiero ceñirme a los códigos establecidos, sino que deseo reinventarlos; quiero revolucionar la moda y reinterpretarla, respetando los legados, pero avanzando hacia el futuro, porque pienso que, si puedes encontrar ese equilibrio perfecto entre el pasado y el futuro, entre lo que fue y triunfó y entre lo que puede ser y volver a triunfar, puedes crear grandes cosas. Yo no pretendo disfrazar a la mujer ni tampoco que vaya medio desnuda para atrapar miradas —«y esto es algo que sé que puede gustar o no», asumo, pero no por ello voy a dejarlo en el tintero—. ¿Me permite? —le pregunto a Bernard, señalándole con la cabeza el bloc que hay sobre la mesa, porque no hay nada mejor que el hecho de que vean con sus propios ojos lo que estoy intentando explicar.

—Por favor —me responde, y me levanto para hacerme con él y con el bolígrafo que está tendiéndome, y puede que el espíritu del modisto siga vivo entre estas paredes o que su esencia permanezca inalterable entre ellas, porque siento cómo la inspiración llega para llenarme por dentro y para llevarme a ese lugar donde la mujer quiere vestir de mujer y sentirse valorada por lo que es.

—La línea Corolle llegó para sustituir los vestidos austeros de la guerra, para vestir a la mujer con ropa femenina, marcando la silueta, y también marcó un antes y un después en la historia de la moda —comento, dibujando a toda velocidad la silueta de una mujer vestida con una reinterpretación de esa línea—. Reinterpretar, avanzar, insinuar, arriesgarse y vestir a la mujer como lo que es, una persona independiente, fuerte y segura de sí misma. Yo diseño esto y quiero esto —afirmo con seguridad, tendiéndoles el boceto que acabo de dibujar, «y puede que el león no sea tan león o que, en realidad, sí que puedas acariciarlo sin temor a morir en el intento», me digo cuando observo la discreta y casi imperceptible sonrisa que le dedica Bernard a Sidney.

—¿Puedes reinterpretarme la chaqueta Bar? —interviene Delphine, «y puedo hacer lo que me pidan», pienso, sintiendo la urgencia instalarse en mis dedos mientras dibujo a gran velocidad lo que en mi cabeza es ya un diseño.

—Todo puede reinterpretarse si tienes claro cómo hacerlo —le indico, tendiéndole el boceto que acabo de crear.

—Y, por lo que veo, usted sabe cómo hacerlo —me halaga Bernard mientras lo miro sin permitir que sus palabras instalen el entusiasmo en mi rostro.

«Que se enteren esos franceses de lo que vales y que sean ellos los que vayan tras de ti. Te garantizo que no hay nada más atrayente que algo que no está a tu alcance.»

—Yo veo moda allá donde miro... Donde usted verá un jardín, yo veré un sinfín de diseños, y no me importa trabajar duro, porque el éxito llega con el esfuerzo y la perseverancia, y eso es exactamente lo que le pido a la gente que trabaja para mí. Puedo ser muy dura y tremendamente exigente e incluso intransigente, pero porque sé, como usted bien ha adivinado, cómo hacerlo y también lo que quiero.

—Estoy completamente de acuerdo con tus palabras, porque estar al frente de una firma como esta requiere trabajo duro y un gran nivel de exigencia con uno mismo, y no dudo de tu capacidad de esfuerzo, pero no es lo mismo trabajar para la firma en la que prestas tus servicios ahora que hacerlo al frente de una firma como Dior, que puede presentar incluso hasta seis desfiles en un año, y en la que no solo hay que diseñar ropa y complementos, sino que hay que conceder entrevistas y representar a la firma en multitud de eventos —interviene de nuevo Delphine y, si una sonrisa puede ser altiva, la mía lo está siendo.

—Eso algo que no me preocupa en absoluto, porque creo que acabo de mostrarte la rapidez con la que diseño, y no solo moda, sino también complementos y tejidos. Lo de conceder entrevistas es algo que hago a menudo, y conocí a Sidney en una fiesta en la que yo iba representando a la firma en la que presto mis servicios actualmente —respondo con serenidad, para luego guardar silencio—. Yo no quiero convencerlos de que soy la persona idónea, sino que vosotros, usted —matizo, posando mi mirada sobre la de Bernard— deben saberlo y estar convencidos. Esto, al final, es un acuerdo entre ambas partes, y puede que por la suya esté claro, pero yo todavía no sé si me interesa, y no voy a negar, porque sería una estupidez hacerlo, que trabajar aquí representaría un reto fascinante, pero no es el único que tengo. —«Y lo he soltado con tal seguridad que hasta yo me lo he creído», me digo con asombro.

Benditos sean todos los ataques de ansiedad que he tenido si con ellos he logrado encontrar esta maldita calma de la que gozo ahora.

—Hablemos de condiciones, entonces —tercia Sidney... y una de dos: o se había marcado un farol con eso de que había más nombres sobre la mesa, tal y como termino de hacer yo ahora mismo, o esos nombres ya han estado aquí y, con ellos, no han llegado a ningún acuerdo—. En el caso de que aceptaras trabajar para nosotros, debes saber que tu control sobre la marca estará limitado a ropa y complementos, por lo que las campañas publicitarias de perfumes y belleza serán algo en lo que tú no tendrás competencia alguna. Sobra decir que firmarás una cláusula de confidencialidad, de exclusividad y de no competencia que te impedirá trabajar temporalmente para las compañías rivales de LVMH, en el caso de que, como Raf, decidieras no renovar tu contrato. En contrapartida, tendrás total libertad para crear y dos talleres a tu entera disposición, un salario anual de un millón de euros, un presupuesto anual de cincuenta mil euros para vestuario y un extra para apariciones públicas de setenta mil euros. —Y, «por Dios bendito», alucino, sintiendo cómo un ligero mareo se apodera de mi cuerpo ante esas sumas astronómicas—. Por supuesto, todo esto que estamos hablando en este despacho es confidencial.

—Por supuesto —musito, y no sé cómo he sido capaz de encontrar la voz.

—¿Le interesaría? —me pregunta Bernard, y podría decir que tengo que pensarlo, pero, ¡qué hostias!, ¡no tengo nada que pensar cuando en realidad trabajaría hasta gratis para ellos!

—¿Les interesaría a ustedes? —le formulo, con el rostro totalmente inexpresivo.

—¿Delphine? —le traslada la cuestión a su hija mientras contengo la respiración y, por favor, que diga que sí.

—Es arriesgado, pero, sí, me interesa —le contesta, convencida.

—¿Sidney?

—Desde que la conocí —le asegura, sin el menor asomo de dudas, y siento mi corazón completamente detenido.

—Ya solo queda usted —me indica con voz pausada, sosteniéndome la mirada, y nunca, jamás, podré olvidar este momento.

—Como le dije a Sidney, lo evidente y lo sencillo es para todos, y lo difícil y lo arriesgado, para mí. Me interesa —le respondo, sintiendo cómo un universo entero de emociones se asienta en mi pecho en el mismo instante en el que mi corazón reanuda sus latidos, solo que, ahora, lo hace al ritmo de esas emociones.

—Bienvenida a Dior —me regala Bernard, levantándose para ofrecerme su mano—. Puede tutearme —añade, esbozando una sonrisa, mientras yo aferro su mano con decisión.

—Y tú a mí —contesto, sonriendo esta vez de verdad.

—Bienvenida. Me ha gustado mucho la reinterpretación que has hecho de ambos diseños y espero ver pronto esos bocetos en un desfile —me dedica Delphine y, con su comentario, me vuelvo hacia Sidney, porque este tema no lo hemos tratado y es importante.

—No te preocupes, saben que vas a necesitar unos cuantos meses antes de poder incorporarte —me tranquiliza, anticipándose a mis palabras.

—Perfecto. Muchas gracias por darme ese tiempo —les digo, dirigiéndome tanto a Bernard como a Delphine.

—No tienes que darlas. Nos gusta rodearnos de gente talentosa, fiel a sí misma y también a la firma que representan, porque eso nos asegura que luego obtendremos esa misma fidelidad —me indica Sidney con una media sonrisa que dibuja otra en mi cara—. Lo que te pedimos nosotros, a cambio, es máxima discreción hasta que hagamos público tu nombre —añade, sentándose de nuevo, y, de reojo, observo cómo Bernard y Delphine hacen lo propio, por lo que doy por hecho que esta reunión todavía no ha terminado—, y es algo que no haremos hasta que te tengamos con nosotros. Como te comenté en su día, Dior cuenta con su propio equipo creativo, pero nos gustaría saber cuándo podrías incorporarte —añade mientras yo hago cálculos a toda prisa, porque estamos a mitad de noviembre y Elkann todavía tiene que regresar a España para elegir, y, entre ambos, formar a mi sustituta, y además está la nueva colección de por medio y todos los cambios que quiere implantar.

—Dos meses, tres a lo sumo. Ojalá pudiera ser más concisa, pero, en estos momentos, no me es posible.

—Entonces cabe la posibilidad de que, para los desfiles de *prêt-à-porter* no podamos contar con ella —comenta Delphine y, maldita sea, ojalá pudiera asegurarles mi presencia, porque estoy deseando incorporarme cuanto antes.

—Que eso no sea un problema —interviene Sidney—. Lucie y Serge —prosigue, haciendo referencia a los que intuyo que son los responsables del equipo creativo de Dior— pueden hacerse cargo de las siguientes colecciones, tanto la de alta costura de enero como de la de *prêt-à-porter* y, en cuanto pase toda la vorágine de los desfiles, anunciaremos su nombre —sentencia mientras yo espero, expectante, la reacción de Bernard y Delphine.

—Está bien, hagámoslo así —acepta Bernard, y suelto discretamente todo el aire que había estado reteniendo en los pulmones.

—La colección Resort sería tu carta de presentación, entonces —prosigue Delphine mientras yo siento los nervios adueñarse de mi cuerpo.

—Me parece perfecto —respondo al tiempo que veo cómo

Sidney se dirige a la mesa de donde antes he cogido el bloc, para hacer una llamada.

—Marie, por favor, ven a mi despacho con tu portátil. Tienes que redactar unos contratos —oigo que le dice, y me parece que ha llegado el momento de firmar todos esos contratos que, de antemano, intuyo que estarán llenos de cláusulas y letra pequeña y que, antes de que abandone este despacho, me unirán a Dior y a este sueño que me ha acompañado durante años.

Capítulo 32

Llego a Madrid a las nueve de la noche y, mientras el taxi me lleva a casa, intento contactar de nuevo con Ciro, tal y como llevo haciendo desde que Sidney me ha dejado en el aeropuerto. Solo espero que esté bien y que no le haya sucedido nada grave, porque es muy raro que, sabiendo lo que me jugaba hoy, no haya estado pendiente del teléfono, «como sí ha hecho mi familia», me digo, acompañando mis pensamientos con una profunda inspiración. Nada, sigue sin cogerlo.

—Maldita sea —susurro en voz baja, marcando de nuevo—. Mierda —musito para mí, insistiendo y sin llegar a contactar con él.

«En estos momentos estoy tan preocupada que ni siquiera puedo pensar en lo que he conseguido», reconozco mientras el taxi circula con rapidez a través de las sombras de la noche. Con el miedo atenazando mi garganta y con un mal presentimiento asentándose en mi pecho, me apeo del coche con rapidez en cuanto me deja en la plazoleta, acelerando el ritmo de mis pasos, casi corriendo, para llegar cuanto antes.

—¿Ciro? —lo llamo cuando abro la puerta de casa y la oscuridad me recibe. «¿Qué está pasando aquí?», me pregunto, dejando el bolso en la entrada para encaminar mis pasos hacia el salón—. ¿Ciro? —lo llamo de nuevo cuando adivino su silueta en el sofá... «y ¿por qué está en penumbras?», me planteo, encendiendo la luz y viendo la postura encorvada en la que se encuentra—. Ey... ¿qué pasa? ¿Qué haces ahí a oscuras? Te he estado llamando, ¿por qué no lo has cogido? —inquiero, acercándome a él a toda prisa y colocándome en cuclillas para poder observar su rostro—. ¿Qué te ocurre? —insisto cuando mi mirada se encuentra con la suya. Y donde yo vi universos enteros de estrellas y nebulosas, ahora no puedo ver nada, solo un vacío tenebroso que está helándome por dentro—. Ciro, ¿qué está pasando? —Y qué curioso que, cuando el miedo más absoluto se adueña de tu cuerpo, seas capaz de formular preguntas con la firmeza con la que yo he formulado esta.

—Nada. ¿Cómo ha ido eso? —me plantea con voz neutra, sin altos ni bajos, sin emoción ni entonación.

«¿Qué demonios está ocurriendo aquí?», me alarmo, viendo cómo reclina su espalda en el sofá, rehuyendo mi mirada.

—Lo sabrías si hubieras contestado solo una de mis cientos de llamadas —le recrimino, intentando atrapar su mirada sin llegar a conseguirlo, y nunca nadie había estado tan lejos de mí estando tan cerca—. Estaba preocupada —le confieso con un hilo de voz, posando mi mano sobre su rodilla, necesitando su contacto.

—Lo siento, he estado muy ocupado —me dice, levantándose para ir hacia la ventana y, no sé por qué, siento que está rehuyéndolo.

—Acabo de llamarte hace menos de cinco minutos —sigo recriminándole, levantándome también para acercarme a él, con esta necesidad acuciante de tocarlo creciendo en la palma de mis manos, y no solo necesito tocarlo, necesito que me mire y que vuelva de donde esté—. Ciro, ¿qué te pasa? —insisto, pegándome a su espalda, apoyando mi mejilla en ella e inspirando cuando lo hace él.

—¿Cómo ha ido? —repite, y es una pregunta que llega simplemente para no responder otra, no porque realmente le interese.

—Cuando me aclares qué sucede, te contestaré.

—Ya te lo he dicho, he tenido un día complicado —masculla, alejándose de mí, y lo miro sintiendo que floto en un mar inmenso donde mis pies no tocan el suelo y donde no hay nada a lo que pueda aferrarme.

—Yo tengo cientos de días complicados, pero, cuando llego a casa, lo dejo fuera —le rebato con un hilo de voz—. Mírame, por favor —le pido, sintiendo la humedad instalarse en mis ojos—. Por favor, mírame —le ruego, percibiendo el ligero temblor de mis labios—. Explícame qué ha pasado para que estés así.

—Oye, estoy cansado y no me apetece discutir. ¿Vas a contármelo? —Y nunca su voz había sonado tan fría y distante; al menos, nunca conmigo.

—¿Vas a contármelo tú?

—Ya te he dicho que no hay nada que contar, ¿acaso estás sorda? —replica, cabreado, y lo miro sin poder articular palabra, sintiendo cómo la decepción y la tristeza llegan al mismo tiempo para enredarse en mi garganta, estrangulándome con sus dedos huesudos y alargados.

—No, no estoy sorda, solo me preocupo por la persona a la que quiero —sentencio, con voz quebrada, y esto es lo último que esperaba encontrar cuando esta mañana nos hemos despedido en el aeropuerto.

—Lo siento... Perdóname, por favor, siento haberte hablado así... yo... yo... necesito irme —me anuncia, hundiendo los dedos en su pelo, y nunca lo había visto así, tan cerrado y hermético y, a la vez, tan perdido.

—¿Cómo que necesitas irte? Irte, ¿a dónde? —inquiero, liberando las lágrimas que he ido acumulando... y, no, no quiero que se vaya a ninguna parte—. ¿Es porque te estás arrepintiendo de algo? —indago, sintiendo cómo dentro de mí todo se desmorona y se rompe, y jamás me había dolido tanto el pecho o el corazón.

—No, por supuesto que no, es solo que... lo siento —susurra, soltando todo el aire de golpe, bajando su mirada al suelo.

—Ya te has disculpado antes y ni siquiera sé qué está pasando —le reprocho, sin poder dejar de llorar.

—Hay temas que yo... yo no puedo... no ahora... No me hagas hablar, ¡joder! —masculla, dirigiendo sus pasos hacia la puerta, y lo sigo, sintiendo que estoy viviendo una pesadilla o una broma pesada.

—¿A dónde vas? —le pregunto, cogiendo su brazo para

detenerlo—. Habla conmigo, dime qué está pasando y lo solucionaremos entre los dos, pero no te vayas —le pido ya entre sollozos—. Por favor, por favor...

—Oye, esto no va contigo, de verdad, y yo... necesito estar solo... Dame mi puto espacio, ¡hostia! —gruñe, soltándose de un tirón.

—¿Qué espacio? ¿Desde cuándo necesitamos espacio? —le recrimino, empezando a verlo todo desenfocado mientras él aferra el casco—. Creía que tú cuidabas de mí y yo de ti, pero, visto lo visto, eso no se aplica cuando hay que cuidarte a ti, ¿no es cierto? Porque si no va conmigo es porque va solo contigo, y ni siquiera quieres contármelo —lo increpo, entre lágrimas, mientras él abre la puerta y se encamina escaleras abajo, «y es como si el mismísimo diablo lo estuviera persiguiendo», pienso, llevándome una mano a la boca para contener el llanto que se ha formado en mi pecho o en mi alma.

Un llanto que dejo de contener en cuanto cierro la puerta y explosiona en mi garganta, donde explosionaron mis risas y mis carcajadas, todas ellas, o al menos la gran mayoría, provocadas por él, como este llanto que va cobrando intensidad mientras me dejo caer en el suelo de la entrada.

«Puede que se haya arrepentido y no quiera casarse —me digo, percibiendo cómo la frialdad del suelo se adentra en mi piel—. Puede que se lo haya replanteado y no quiera dejar su vida —reflexiono, sintiendo las piernas entumecidas por mi peso y el frío—, pero yo nunca le he pedido nada —me recuerdo, bajando la mirada hasta mis piernas—. Con lo feliz que he sido hoy y mírame ahora —me aflijo, desconsolada, viendo cómo las gotitas de las lágrimas van cayendo incesantes sobre mi falda de lana—. Había tantas posibilidades —me lamento, poniéndome de pie y encaminando mis pasos hacia el vestidor, apoyando mi mano en la pared a cada paso que voy dando, porque necesito un punto de apoyo...—. Un punto de apoyo... él es, era, mi punto de apoyo, y esto era lo último que esperaba vivir cuando he imaginado este momento —admito, encendiendo la luz y deteniendo la mirada, durante unos breves instantes, en cada uno de los rincones de esta estancia—. Una que empezó él, para darme una sorpresa, y que terminamos entre los dos. Y esto sí que ha sido una sorpresa —reconozco, sin poder dejar de llorar, porque yo pensaba que estaría pendiente de mi llamada, como hubiera estado yo de ser a la inversa...—. Pensaba que se lo contaría entre risas y aspavientos, que me felicitaría, que nos diríamos cuánto nos queríamos y que, luego, habría venido a recogerme al aeropuerto. Yo habría corrido hacia él para fundirme entre sus brazos mientras él me decía lo orgulloso que estaba de mí, y luego lo hubiéramos celebrado a nuestra manera. Y, en cambio, me he encontrado con esto... lo último que hubiera esperado, y al final será verdad eso de que no sirve de nada imaginar nuestro futuro, porque nunca será tal y como lo hemos hecho», me digo entre sollozos.

«Si al menos supiera qué ha sucedido... pero me ha excluido y se ha largado, y me gustaría saber dónde está el Ciro que conozco, el Ciro que es un encanto y el que me dijo todo ese de cuidarnos y adoptarnos. Sí, me encantaría saber dónde está ese hombre», me lamento, empezando a desnudarme sin dejar de llorar.

«Todo era demasiado perfecto —asumo, entrando en la ducha—. Alberto se fue y ahora se ha ido él, y puede que el problema esté en mí y haya algo defectuoso en mi interior. Puede que no se pueda tener todo en la vida y que, al final, la balanza sí acabe inclinándose hacia un lado —reflexiono, sintiendo cómo el agua se lleva mis lágrimas, pero no mi dolor—. Y, maldita sea, debería cabrearme con él, debería mandarlo a la mierda y largarme de esta casa ahora mismo. Se merece llegar y no encontrarme en ella, se merece encontrarse con lo mismo que me he encontrado yo. A la mierda, que se vaya a la mierda —repito entre sollozos—, pero tengo todas mis cosas aquí, mis cosas y también mi vida, porque mi vida está en esta casa, y siempre he pensado que él era casa y, hostias», maldigo, sin poder dejar de llorar.

Seco mi cuerpo, me pongo el pijama, deambulo por la casa, lloro y vuelvo a llorar, compruebo mi móvil a cada segundo y siento cómo mi corazón da un vuelco cuando, casi tres horas después, oigo la puerta abrirse. «Debería ir hacia él para pedirle explicaciones», me digo, sentada en el mismo sitio que ocupaba él cuando yo he llegado a casa y, qué curioso, es como si se hubieran intercambiado los papeles, con la única diferencia de que yo sigo sin saber por dónde me muevo.

—Lo siento, siento mucho lo que ha pasado, pero no quiero hablar de ello y tampoco quiero que me hagas preguntas; simplemente necesito que respetes mi silencio —me pide con voz neutra cuando accede al salón.

—¿Qué harías si yo te pidiera eso? ¿Me harías caso? —replico con seriedad, subiendo los pies al sofá para abrazar mis piernas.

—Quiero que sepas que me gustaría saber gestionarlo de otra forma, pero no sé hacerlo. Si no vas a poder darme ese silencio que te estoy pidiendo, creo que es mejor que nos tomemos un tiempo, y quiero que quede claro que no te estoy dejando y que sigo sintiendo lo mismo por ti, pero necesito estar solo ahora.

—¿De verdad no me estás dejando? —le planteo, levantándome del sofá para encararlo, sintiendo cómo la ira bulle con fiereza ahora que no hay nada que la frene—. Porque es lo que parece. Llevas todo el día sin cogerme el teléfono cuando sabías lo que me estaba jugando, lo que nos estábamos jugando, porque se suponía que íbamos a vivir juntos fuera donde fuera, y, cuando llego, me encuentro con esto. ¿Qué esperas que piense? Maldita sea, fuiste tú quien insistió en todo, quien hizo que me enamorara de ti, quien me propuso lo de adoptarnos y luego lo de casarnos y el que me dijo que yo era su sueño... y me largo a París, durante unas malditas horas, y, cuando regreso, todo ha cambiado, y de nuevo lo estás cambiando tú.

»¿Por qué hiciste que me enamorara de ti? ¿Por qué fuiste tan perfecto? ¿Por qué? Mi vida era la hostia tal y como era y tú la cambiaste para hacerme creer lo contrario y, ¿sabes qué?, que el espejismo no es el futuro, es lo que he vivido a tu lado, porque me has hecho creer lo que no era... y qué tonta he sido, porque al final resultará que sí que eres un niñato a medio hacer. ¿Quieres tiempo? Aquí lo tienes, aquí tienes todo tu maldito tiempo —le grito, y ojalá se lo hubiera planteado sin llorar—. Una vez te dije que, si quería dejarte, lo haría mirándote a los ojos —le recuerdo, quedándome enganchada al azul de su mirada; un azul duro y frío, como deben de ser las aguas del Ártico que se mezclan con el hielo—. Se terminó —musito, percibiendo el recorrido silencioso de las lágrimas por mi rostro, "y ojalá dijera algo", pienso, sosteniéndole la mirada. "Ojalá hiciera algo que cambiara esto, pero no va a decirlo ni a hacerlo", adivino, negando con la cabeza ante su silencio, rindiéndome y encaminando mis pasos hacia el vestidor.

Me visto con lo primero que encuentro, al igual que meto en una de las maletas lo primero que veo, completamente cegada por las lágrimas, la tristeza y el dolor, «y mira tú por dónde que al final sí que será incompatible mi carrera con él», concluyo, secándolas con rabia mientras llamo a un taxi para que venga a recogerme.

—Puedo llevarte —suelta a mi espalda.

—No, gracias. No quiero joderte tu espacio.

—Lo siento... Aunque no lo parezca, no era esto lo que quería.

—¿De verdad? Porque no estás haciendo nada para cambiarlo —le recrimino, aferrando la maleta con fuerza.

«Voy a irme y se ha terminado, y, si esto es una pesadilla, por favor, quiero despertarme ya; si estoy soñando, quiero abrir los ojos de una vez, porque necesito volver a sentir sus brazos rodeando mi cuerpo y necesito seguir viviendo mi vida a su lado», me digo, dándole unos minutos a mi pesadilla o a mis sueños para que finalicen, solo que no lo hacen, porque, en realidad, estoy despierta y esto no va a acabar y este dolor va a seguir acompañándome, vaya donde vaya.

—Vendré otro día a por el resto de mis cosas —sentencio, sintiendo mi mundo detenido y, de nuevo, lo ha detenido él.

«Y nunca he sido más consciente de todo lo que me rodea como lo estoy siendo ahora», pienso mientras encamino mis pasos hacia la puerta, arrastrando mi maleta; una puerta que hoy abro para salir y no para entrar y donde, en el rellano, no me encuentro con Amparito dándome la bienvenida con magdalenas, porque no llego, sino que me marcho, y marcharse está bien cuando estás deseando hacerlo, pero duele hasta matarte cuando sientes que estás dejando tu vida tras de ti.

Continuará...

Nota de la autora

Esta novela tiene pinceladas de varios libros, entre ellos, la bilogía *Miles de emociones*, donde se produce ese primer encuentro entre Ciro y María Eugenia. Aunque te he contado lo esencial, valiéndome de los recuerdos de la protagonista, te invito a leerla. En esa historia te adentrarás, de la mano de Víctor y Valentina, en una bodega centenaria, te pasearás entre vides y sentirás cómo tu pecho se llena de miles de emociones.

Referencias de las canciones

Right here waiting, ℗ 1989 Capitol Records Inc., interpretada por Richard Marx.

(Everything I do) I do it for you, ℗ 1993 A&M Records, interpretada por Bryan Adams.

Please, ℗ 2018 Republic Records, una división de UMG Recordings, Inc., interpretada por Jordan Smith.

Nessun dorma, esta compilación ℗ 2005 Decca Music Group Limited, interpretada por Luciano Pavarotti.

Nuvole bianche, ℗ 2004 Ludovico Einaudi, interpretada por Ludovico Einaudi.

E più ti penso, ℗ 2015 Sugar Srl, interpretada por Andrea Bocelli y Ariana Grande.

Ocean, Universal Music Latino; ℗ 2019 UMG Recordings, Inc., interpretada por Karol G.

Como si fueras a morir mañana, ℗ 2020 Sony Music Entertainment España, SL, interpretada por Leiva.

+, ℗ 2019 Universal Music España, SLU, interpretada por Aitana, con la colaboración de Cali y El Dandee.

Mi reino, ℗ 2019 Universal Music España, SLU, interpretada por Cepeda.

Otros libros de la autora en Booket:

booket

www.booket.com

www.planetadelibros.com